Bruce Holbert

Einsame Tiere

Roman

Aus dem Englischen
von Peter Torberg

liebeskind

Die Originalausgabe erschien 2012 unter dem Titel
Lonesome Animals im Verlag Counterpoint, Berkeley.

Covergestaltung: Marc Müller-Bremer, München
Covermotiv: Scott Stulberg / Trigger Image
Typografie und Satz: Frese Werkstatt, München
Herstellung: Sieveking, München
Druck und Bindung: CPI – Ebner & Spiegel, Ulm

ISBN 978-3-95438-034-3

Für Holly, Natalie, Luke und Jackson

Wir sind einsame Tiere. Unser ganzes Leben mühen wir uns, weniger einsam zu sein. Und eine unserer uralten Methoden dabei ist es, eine Geschichte zu erzählen.

JOHN STEINBECK

Kraft ist ja immer nur ein Gefühl, das sich aus der Schwäche der anderen ergibt.

JOSEPH CONRAD

PROLOG

Schon zu Russell Strawls Zeiten gab es den Mythos vom starken, schweigsamen Mann aus dem Westen. Doch das Gegenteil kommt der Wahrheit wohl näher. Die Beschaffenheit der Gegend und die Entfernungen sorgen dafür, dass es dort selbst in ruhigen Zeiten weithin nur wenige Menschen gibt. Gegen die Stille, die solchen Räumen innewohnt, kämpft der Verstand an, indem er seine eigenen Geschichten erzählt. Deren Klang erfüllt die wachen Stunden und drängt sich in alle erinnerten Träume. Die abwesenden Blicke, die zögerliche Reaktion auf jedes an die Menschen dort gerichtete Wort beruhen nicht auf besonderer Nachdenklichkeit oder Ernsthaftigkeit, auf Ruhe, Einsamkeit oder gar Entfremdung ihrer Seele, sondern auf der Erschütterung durch fremde Worte, die im reißenden Strom der eigenen treiben.

In den zehn Jahren vor seiner Heirat leistete Russell Strawl Polizeiarbeit in der Gegend des oberen Okanogan County. In jener Zeit verhaftete er 138 Indianer, 97 Weiße und eine Frau, die ihm fast den Hut vom Kopf schoss, als er versuchte, sie zu überreden, ihm ihre Pistole auszuhändigen. Er tötete elf Männer auf der Flucht, weil es unter den jeweiligen Umständen zu mühsam gewesen wäre, sie lebendig zurückzuschaffen. Drei weitere tötete er bei Schusswechseln, einen schlug er mit einem Schmiedehammer zum Idioten.

Seine Schecks zahlte er direkt bei der Armed Forces Bank ein, was ihn anfangs daran hinderte, das Geld zu versaufen, und nach einem Jahr nahm ihn seine Arbeit ohnehin mehr gefangen, als dies jede Kneipe hätte tun können. Der Herr im

Himmel füllte sonntagmorgens die Leere in den Gläubigen aus; bei Strawl tat dies das Gesetz.

Strawl konnte einen Schuldigen riechen – vielleicht, weil ihm der Geruch vertraut war. Er konnte vorhersagen, welche Anhöhe der Gesuchte wohl zum Rückzug wählen würde, denn er hätte sicher dieselbe genommen. Im Gesicht eines Menschen konnte er den Samen der Tat erkennen, bevor der es vielleicht selbst wusste.

Unter den Geschichten, die über ihn erzählt werden, gibt es jene, in denen er einem Verdächtigen, der sich im Unterholz zu verbergen hoffte, zurief: »Du schätzt sicher gerade die Entfernung zwischen dir und dem Gestrüpp ab und überlegst, ob ich dich treffe, bevor du es erreichst. Die Chancen stehen gut für dich, fast fünfzig/fünfzig. Und wenn du erst mal in den Wäldern bist, nun, dann ist das Glück vielleicht noch etwas länger auf deiner Seite. Aber dann werde ich dich eben auch erschießen, nicht verhaften, das ist einfacher für mich, ganz ohne Papierkram oder Gerichtsverfahren. Liegt ganz bei dir. Wenn du eine Waffe hast, kannst du versuchen, mir eine Kugel zu verpassen, obwohl das bisher noch niemand geschafft hat, und wenn du ein Hirn in deinem Schädel hast, dann weißt du, wer ich bin.«

Der Verfolgte wog seine Chancen ab, Strawl öffnete seinen Revolver und drehte die Trommel, um sicherzugehen, dass jede Kugel auch an ihrem Platz war. Vielleicht feuerte er dann ein Mal in das Gelände oberhalb des Mannes und ließ Dreck auf ihn herabregnen. Anschließend wartete er stumm und ging nicht auf die Unterhaltung ein, die sein Verdächtiger vielleicht anstrengte, um Zeit zu gewinnen oder die Langeweile zu vertreiben. In den meisten Fällen dauerte es keine fünf Minuten, und der Mann schleuderte seine Waffe aus dem Gestrüpp. Strawl hantierte dann vorsichtig mit Handschellen und Seil und half ihm dabei, auf sein Pferd zu steigen, wenn er denn eins hatte.

Andere wiederum brauchten Stunden. Strawl aß dann zu

Mittag, rauchte und ließ The Governor – sein Pferd – aus dem Kaffeetopf saufen. Wenn es kalt war, schichtete er mit dem harzigsten Brennmaterial, das er finden konnte, eine Feuerstelle auf. Ein paar wenige, die genug Ausdauer hatten, um es bis zur Dämmerung zu schaffen, verfluchten ihn, während das Licht am Horizont verging. Zu Beginn seiner Tätigkeit begegnete er solchen Situationen, indem er den Wind im Rücken behielt und alles, was zwischen ihm und der Beute Feuer fangen konnte, anzündete. Oder er löste, wenn der Boden abschüssig und steinig war, mit einer Brechstange Felsbrocken heraus und ließ sie in Richtung des Flüchtigen rollen. In späteren Jahren fand er die Warterei nicht mehr so unterhaltsam, also beschleunigte er die Sache, wenn ihm nach vielleicht einer Stunde langweilig wurde, indem er Hand- oder Leuchtgranaten aus Armeeüberschüssen warf.

Seine Fähigkeit, Herz und Seele in eine Satteltasche zu packen, und die Unfähigkeit seiner Gegner, dasselbe zu tun, machten den Unterschied zwischen ihnen aus. Sein Geisteszustand hatte dann kaum noch etwas Menschliches. Strawl nahm an, dass ein solcher allen gleich zugänglich war und die zentrale Wahrheit darstellte, um die jeder Mensch sich drehte, doch bedachte er nicht die Möglichkeit, dass der Stern, der ihn mit seiner Schwerkraft festhielt, vielleicht gar kein Stern, sondern nur ein schwarzer Planet war und er lediglich ein unbedeutender Mond, der ihn umkreiste.

In den Augenblicken, in denen Strawl gegen eine Tür donnerte und in den Raum einfiel oder außerhalb des flackernden Scheins eines Feuers im Schatten einer Fichte kniete, stand jede Sekunde erst mal ganz für sich selbst, und was darin geschah, bestimmte entweder, was in der nächsten Sekunde passierte, oder eben nicht. Manche Sekunden schienen sich in einem angenehmen Zufall zu vermischen wie Ölfarben, andere wiederum existierten voneinander getrennt wie die Farben auf der Palette und lagen in nutzlosem Widerstreit.

Das Recht glich inmitten dieses Durcheinanders nur einem Zufall, einem Augenblick, der einfach die Verkleidung der Gerechtigkeit überstreifte, wenn sich der Wirbelsturm gelegt hatte.

Ankläger betonen immer eher die Bösartigkeit des Blitzschlags, Verteidiger dagegen die unausweichlichen Kräfte von Jetstream, Luftdruck, Kondensation und Topografie. Bei richtigen atmosphärischen Bedingungen lauert in jedem ein Tornado; der Unterschied liegt nur in den Umständen.

Soviel Mitleid auch Schmerz und Schaden bei einem Nahestehenden auslösen mochten, die Richter und ihre Hämmer ermutigten damals die einfachen Geschworenen zu strikter Klarsicht. Strawl hatte mehr als einmal miterlebt, wie sie einen Unschuldigen verurteilten, nur um eine kurze Atempause von der moralischen Zweideutigkeit außerhalb der Gerichtsmauern zu erhaschen.

Strawl aber blieb im behaglichen Schutz des Sturms und glaubte, zufrieden zu sein.

Als eine Frau – die einzige, die Strawl jemals über das natürliche Verlangen des Fleisches hinaus begehrte – diesen Lauf der Geschichte für eine Weile durchbrach, schien es ganz so, als hätten Natur, Urteilsvermögen und Glück sich endlich auf Strawls Seite geschlagen. Dabei standen Frauen in seiner Gedankenwelt eigentlich nicht an erster Stelle. Kirchgängerinnen kümmerten sich um die Kasernen, und gelegentlich suchte die Tochter des Gemischtwarenhändlers – Emma Everett lautete ihr Name – Strawls Quartier auf, öffnete die Fenster und schüttelte das Bettzeug aus. Sie hatte eine zarte, gerade Nase, lange, dunkle Haare und besaß wenig von der Förmlichkeit, die ihn an den meisten Frauen so abstieß.

Im September näherte sie sich ihm. Die Luft war schwer von Staub und Herbstspreu, die das Licht einfingen. Sie trug ein langes Kleid, das dünn genug war, um in der niedrig stehenden Sonne den Schatten ihrer Beine sehen zu lassen.

»Wie wär's mit einem gesunden Spaziergang?« fragte sie ihn.

»Ich laufe schon den ganzen Tag durch die Gegend«, erwiderte er.

Sie legte den Kopf zur Seite, blinzelte ihn an und schob dann wie ein kleines Kind die Unterlippe vor. Sie streckte die Hand aus. Er stand auf, nahm die Hand aber nicht, also hakte sie sich bei ihm unter. Ihr Gesicht lag zur Hälfte im Dunkeln, und im Schatten gefielen ihm ihre Nase, die dünnen Lippen und die Zähne, die, wie die alten Frauen zu sagen pflegten, nach innen gebogen waren, weil sie zu lange an der Brust genuckelt hatte.

Auf einem Felsvorsprung oberhalb des China Bend setzte er sich ins klamme Gras und lauschte den Grillen, die sich über ihre Bäuche kratzten. Emma kniete sich neben ihn. Ihre Schuhe waren in seiner Griffweite. Am liebsten hätte er sich vorgebeugt und sie mit seinem Taschentuch geputzt.

»Ich arbeite im Laden«, erklärte Emma. »Dort sehe ich fast jeden aus dem County, nur dich nie. Würde es dich denn umbringen, ab und zu mal vorbeizuschauen?«

»Der Kommandant macht die Einkäufe«, antwortete Strawl.

Sie runzelte die Stirn.

»Ich hab's nicht so mit Gesprächen.«

»Weil die Leute dich bei deiner Arbeit anlügen?« wollte Emma wissen.

»Ich hab schon ein paar Klopper zu hören gekriegt«, sagte Strawl lachend. »Wörter verwandeln sich nach einer Weile in Krach. Wenn ein Haus brennt, ist ›Feuer!‹ schon ganz nützlich, aber nicht so nützlich wie ein Eimer Wasser.«

»Na, dann dürften die Bücher auf deinem Nachttisch ganz schön stauben, wenn du sie aufschlägst.« Strawl liebte Bücher. Sie bildeten geschlossene Systeme. Er fragte sich, ob sie sich über ihn lustig machen wollte.

»Warum hast du mich hergeschleppt?« fragte er.

»Weil ich nicht dachte, dass du mitkommen würdest.«

Sie beugte sich vor und küsste ihn; ihr Gesicht löschte den Himmel aus. Sie schloss die Augen, und ihr Gesicht wurde so leer wie ein Blatt Papier, das auf seine Schrift wartet.

Er hielt ihren Kopf in seiner Hand, erfreute sich an dem Gewicht, dann legte er sein Gesicht an ihres, und ihre Lippen prallten aufeinander. Ein Blutstropfen befleckte Emmas Vorderzahn. Sie küsste ihn erneut, und er schmeckte ihr Blut in seinem Mund. Danach sah er auf den sauberen Scheitel in ihren Haaren hinunter, auf die weiße Haut, ihre Stirn und die Nase. Sie reckte ihm den Kopf entgegen, und er senkte seine Lippen auf ihre. Sie öffnete den Mund, als wollte sie aus einem Bach trinken, und er spürte, wie sein Mund es ihr gleichtat.

Emma nahm seine Hand und verschränkte ihre beiden Hände über ihr. Da packte er sie an den Handgelenken und zog sie an sich, bis sie zum Küssen nah genug war. Schweiß brannte ihm auf dem Schädel. Ihre Nasenflügel zitterten, ihre Lungen füllten sich. Er fand die Knöpfe an ihrem Kleid. Ihre Finger flatterten wie winzige Vögel auf seinen Handrücken. »Oh«, sagte sie. »Oh.«

Er starrte ihre Brüste unter dem Leibchen an. »Ich weiß nicht, was ich tun soll«, sagte er.

Sie nahm seine Hand. »Bitte glaub nicht, dass ich es weiß. Was du tun sollst, meine ich.«

»Ich glaube, was immer du willst«, sagte Strawl.

Emma lachte leise. »Unwissenheit, das ist besser als Blumen oder Bänder oder Parfüm.«

Im zweiten Jahr seiner Ehe verfolgte Strawl einen Monat lang ein übles Halbblut. Auf der Spur des Mannes stieß er auf ein Mädchen, kaum älter als vierzehn, das mit einem Ast vergewaltigt worden war, und auf ein weiteres, nicht viel älteres, halb zu Tode geprügelt und dann mit einem zerbrochenen Billardqueue missbraucht. Bei seinem dritten Opfer hatte der Täter eine Brust als Trophäe mitgenommen.

Das erste Mädchen war noch bei Bewusstsein gewesen und hatte eine recht gute Täterbeschreibung abgeben können: braune, kurze Haare mit Stirnfransen, drahtig, stark. Das zweite fügte noch an, er würde zu oft blinzeln. Auch das dritte Mädchen konnte kurz vor seinem Tod noch etwas beisteuern, das blutrote Taschentuch, das ein Mann namens Reynolds – auf den auch der Rest der Beschreibung zutraf – gern bei sich trug. Strawl fand ihn im Red Garter in Coulee Dam, als er sich gerade mit einigen Ranchhelfern, die beim Schneiden der Luzerne eine Pause einlegten, einen Pitcher Bier teilte.

Strawl schoss Reynolds, der auf einem Stuhl saß, die Kniescheiben weg. Die Bauerntrampel krochen unter den Pooltisch. Strawl kam auf Reynolds zu, trat ihm aufs Handgelenk und jagte ihm eine Kugel durch die Hand, dann tat er dasselbe mit der anderen Hand, an der daraufhin nur noch der Ringfinger baumelte. Schließlich schleifte er Reynolds an den Knöcheln hinaus, band ihn an sein Pferd und feuerte in die Luft. Das Pferd raste die steile Straße entlang, Reynolds Kopf knallte bei jedem Schritt auf den Asphalt. Als das Pferd müde wurde, schoss Strawl erneut in die Luft, und das Pferd stürmte auf die Landstraße, wo es einem Laster gerade noch ausweichen konnte. Reynolds selbst hatte kein Glück, sein Kopf zerplatzte unter den Rädern des Studebaker wie eine Melone.

In den folgenden zwei Monaten fanden Strawl und Emma fast jeden Morgen nach dem Aufwachen Blumen vor ihrer Tür, Früchtebrot, eine Schnur mit frisch ausgenommenen Forellen daran oder eine Kalbsleber. Emma schnitt all die Geschenke auf, kochte und lud die Nachbarn zum Essen ein, tischte üppige Mahlzeiten auf, die Strawl in Ruhe genießen konnte, da sie auch noch die Konversation bei Tisch führte. Ab und an zog sie ihn mit schwieliger Hand in die Küche, schloss und verriegelte die Tür, gab ihm einen Zungenkuss und schlug mit ihren

Hüften gegen seine, bis sie beide vor Leidenschaft ganz rote Gesichter hatten.

Sieben Wochen später stieß er auf einer Straße in Nespelem auf einen perversen Kerl, der seine Waffe zog, als wäre er Jesse James höchstpersönlich, doch Strawl sprang der Kugel aus dem Weg und verbarg sich hinter einer Ulme. Der Perverse feuerte erneut. Strawl sah die Kugel den Lauf verlassen, sah den Qualm. Er ging in die Knie und hörte die Kugel in den Widerrist einer Appaloosa-Stute eindringen, die am Pferdestall angebunden stand. Das Pferd bäumte sich auf und zerrte den ganzen Vorbau des Stalls auf die Straße. Strawl stützte das rechte Handgelenk auf das linke und drückte ab. Die Kugel riss dem Mann die Hoden vom Penis. Seine Hose wurde feucht vor Blut, als hätte er sich rot eingenässt, und mit beiden Händen hielt er sich den Unterleib, als könnte er so alles wieder richten. Strawl steckte die Pistole des Mannes ein, zog ihm ein Messer und eine Rasierklinge aus der Tasche, dann ging er ins Militärgefängnis und nahm ein spätes Mittagessen ein. Danach schickte er zwei Corporals los, um den Mann einzusammeln; er überlebte, kam vor Gericht und saß dreiundzwanzig Jahre in Walla Walla ab, wo er Granit aus Steinbrüchen schlug, mit dem Farmwege geschottert wurden.

Eins der Mädchen, die dem Mann zum Opfer gefallen waren, kam eine Woche später mit einem Glas Aprikosengelee vorbei. »Ich habe drei Nächte in Folge schlafen können«, berichtete sie. Strawl erwiderte nichts darauf, aber Emma brach in Tränen aus, und in jener Nacht zog sie ihn an sich wie eine hungrige Wölfin und ließ ihn erst wieder los, als der Mond schon den halben Himmel überquert hatte. Strawl kam sich vor wie ein Held.

Emma teilte ihm sechs Wochen später mit, dass sie schwanger sei, und er hatte das Gefühl, eine fremde Gegend erreicht zu haben, zu der er zwar aufgebrochen war, aber ohne jemals damit gerechnet zu haben, auch anzukommen. Jemand lud ihn ein, einer Kirche beizutreten. Emma schloss sich einem eleganten Quilt-Nähkreis an, und der Kommandant schlug vor Strawl solle doch mehr Zeit am Schreibtisch verbringen. Er steckte seine Ersparnisse in ein Stück Land auf der anderen Seite des Flusses, und Emma zeichnete Pläne für ein Haus.

Seine Tochter kam gesund zur Welt, und sie nannten sie Dorothy, doch daraus wurde schon bald Dot. Emma schnalzte und summte dem Baby Tag und Nacht etwas vor, aber für Strawl entwickelte sich das Kind zu einer Enttäuschung. Er fand keinen Zugang zu dem Säugling, und schon bald war ihm das Kind so fremd wie der Mond.

Zudem ruht die Geschichte nicht in der Routine, wie sie ein Familienleben mit sich bringt, trotz der Tatsache, dass sich in ihr ein Großteil des Lebens abspielt. Strawls Frau wusste, was sich hinter seinem Händeringen und den Blicken aus dem Fenster tatsächlich verbarg: Vorboten einer Flucht vor ihr und der Tochter in seine Arbeit. Für ihn waren sie nicht interessanter als eine Weide. Aber die Beschreibung eines Mannes, die Litanei seiner Verbrechen ergaben immerhin eine Geschichte, die Strawl in jenen Tagen der Rechtschaffenheit zu Ende erzählen und als Argument dafür ansehen konnte, dass sich in der Welt tatsächlich gewisse Verhaltensmuster und Logik fanden, und wenn schon nicht Gerechtigkeit, dann zumindest Vergeltung.

Seine Gewohnheit verlangte, dass er allein war. Die Isolation trieb seinen Verstand zurück in den Schädel wie eine Muschel in die Schale, und in der Isolation kam er auch zu dem Schluss, dass jeder Mensch den Knorpel und das Fleisch seiner Lebenstage, Erfahrungen und Emotionen zu einem Mahl zerstampft, mit dem er sich füttert, um sich nicht leer zu fühlen. Der Wert eines Menschen bemaß sich an seinen Fähigkeiten als Schlachter; manche zerteilten und entbeinten ihre Stunden und Jahre, ohne darauf zu achten, und wunderten sich, warum sie überhaupt auf Blut stießen, während sich andere wiederum bewusst machten, dass sie beides waren, Schlachter und Wurst.

Damit lag er natürlich falsch.

Als Strawl der Auftrag erteilt wurde, der schließlich als das Massaker im Box Canyon bekannt wurde, hatte er seine Unwissenheit und sein Glück allerdings noch nicht verloren.

Box Canyon lag im Norden, und *Norden* war ebenso sehr eine Richtungsangabe wie *Hölle* eine Ortsbezeichnung. Grundstückslinien und Grenzen zwischen Countys oder Ländern waren nur Gerüchte. Niemand wusste, wo der Hohe Norden begann und wo er zu Ende ging, doch war man sicher, dass sich dort alles fand, was die Weißen fürchteten, und auch der letzte Rest dessen, was sie nicht verstanden. Jede Art von Störung, die nach einem Monat noch immer ungeklärt war, ließ die Armee in jene Richtung zeigen, und als County und State Police die Pflichten der Armee übernahmen, fanden sie das ebenfalls recht hilfreich. Strawl hatte im Norden schon Männer aufgegriffen, in einer Gegend voller Berge und Bäume und Felsen, wie man sie auch andernorts antraf; der einzige Unterschied lag in einem späteren Frühling und einem früheren Herbst, hinzu kamen ein paar Wölfe und Panther. Die Indianer wussten das, doch die Polizisten des Bureau of Indian Affairs verwiesen alle Verbrechen, an denen sie selbst beteiligt oder die aufzuklären sie zu faul waren, trotzdem in jene Gegend.

Das Massaker im Box Canyon fand weder in irgendeinem Canyon statt, noch handelte es sich um ein Massaker. Eine Methow-Sippe, die nicht dafür bekannt war, Ärger zu machen, hatte das Reservat verlassen, um in den Okanogan Hills Beeren zu sammeln. Ein Rancher namens Doering hielt die magere Gruppe an, die sein Land überquerte. Die Indianer willigten schnell ein, einen Umweg über eine Landstraße zu machen, aber der Rancher, der deutscher Abstammung war, hatte wohl noch ein wenig Hunnenblut in den Adern und schoss dem alten Großvater, der für sie sprach, in die Schulter. Pferde bäumten sich auf, Reiter fielen zu Boden, und in dem ganzen Durcheinander brach sich der Rancher an einem Baumstumpf das Genick, und eine Kugel landete im Oberschenkel seines Vorarbeiters – höchstwahrscheinlich aus Doerings Gewehr, wie sich später herausstellte. Die Witwe Doering bestand jedoch darauf, dass es Mord gewesen sei, und der Superintendent schickte Strawl los, um die Sache zu klären.

Die Methows wussten genug über die Militärjustiz, um zu ahnen, dass sie ihr Heil in den bewaldeten Hochlagen suchen mussten. Sie machten sich auf den Weg in den tiefsten Wald jener Gegend. Nördlich von Aeneas, jenseits des Kettle River, gingen sie in Richtung Curlew und kanadische Grenze. Steil wie ein Kirchturm stieg der Wald an, bis an die Frostgrenze so dicht mit Fichten und Birken, Espen und Tamarack-Lärchen bewachsen, dass selbst gegen Mittag der Weg dunkel und feucht blieb. Dazu kam noch ein Teppich aus Farnen und Unterholz, der sich in solcher Umgebung bildete und für ein langsames Fortkommen sorgte. Strawl brauchte sechs Tage, bis er der Gruppe nahe genug kam, um sie zu hören, und weitere zwei, um sie zu sichten. Sie mühten sich auf einem Pfad um den Chesaw Mountain herum, schleppten ihre Habe auf Rückentragen und einer Stangenschleife. Über und unter ihnen glitzerten blanke Granitklippen wie frisches Wasser.

Strawl arbeitete sich vor bis an den Fuß einer Schuttrutsche. Als sie erneut in Sichtweite kamen, gab er einen Warnschuss in die Felsen über ihnen ab, wie er das immer tat, wenn er einen Verdächtigen stoppen wollte, der bereits Angst hatte. Das Gewehr spuckte Schwefel und Qualm, und der Donner hallte von den Felsen wider. Eine Sekunde verging still, was ihn, im Nachhinein betrachtet, stutzig hätte machen sollen, denn zumindest die Frauen hätten doch überrascht aufschreien müssen. Steine rutschten. Einer polterte durch die Bäume und skalpierte Schösslinge und Sträucher. Eine alte Frau wehklagte. Die Familie, so nahm Strawl an, war wohl vor Angst aufgeschreckt und hatte ein brüchiges Stück Weg gelöst. Er näherte sich der kleinen Gruppe, entdeckte karierte Hemden und Wolldecken zwischen den Felsen, dazu Socken und nicht zusammenpassende Schuhe. Drei Meter unterhalb des Pfades sah er Vater und Sohn halb unter Steinen begraben.

»Was ist passiert?« fragte er.

Die alte Frau bewegte den Zeigefinger, als würde sie auf ihn zielen und abdrücken.

»Ich hab sie nicht erschossen«, beteuerte Strawl.

Die alte Frau schüttelte den Kopf und wies auf die Felsen über ihnen. »Verdammt, das habe ich nicht gewollt!« brüllte Strawl. Die Frau starrte ihn an wie einen Tornado, einen Blitz oder einen mörderischen Froststurm.

Strawl hob die Steine von den Körpern. Der Schädel des Vaters leckte wie ein Kürbis, das Hemd war befleckt von grauer Hirnmasse. Ein Stein hatte dem Jungen die Brust mit einer derartigen Wucht aufgeschlagen, dass Rippen und Brustbein sich geteilt hatten und ein Streifen Fleisch von dreißig mal sechzig Zentimetern herausgerissen worden war. Darunter zogen Herz und Teile der Lunge noch Luft an und flatterten, bis sie ihre Mühen beendeten.

Plötzlich schrie ein Mädchen, halb nackt und voller Beulen, etwas auf Salish und eilte zwischen den Bäumen auf sie zu. Sie rannte über die Steine, stürzte sich auf ein Bündel und riss an den Lederriemen.

Strawl rechnete schon damit, sie würde einen Revolver zücken. Doch sie hielt nur ein Abhäutemesser in der Hand. Erleichtert rief er ihr in ihrer Sprache zu, sie solle das Messer weglegen. Sie blinzelte ihn an, verstand die Worte, aber nicht, wie er sie hatte aussprechen können. Dann zog sie die Klinge über die eigene Kehle. Blut schoss in einem Bogen aus der Arterie, und der rote Schaum färbte ihre Haut und den Felsen unter ihr. Sie ließ sich auf ein Knie nieder. Das Blut floss aus ihr heraus wie aus einem geöffneten Zapfhahn. Als Strawl sie erreichte, war das Blut dick wie Sirup.

Strawl setzte sich auf einen flachen Felsen und sah ihr beim Sterben zu. Zum Sprechen war er zu müde. Er blieb durch die Tageshitze hindurch dort sitzen, bis zum kühlen Abend. Er hatte keinen Kompass, der ihn von diesem Ort wegführen konnte, und kein Herz, das ihm Blut in die Muskeln gepumpt und ihn vorwärtsgedrängt hätte.

Er trug die Leichen in eine Senke, in der die Erde weicher war. Dort hob er drei Gruben aus. Er ließ die alte Frau singen und schloss dann die Gräber. Als er fertig war, war es Nacht. Er bot der Frau an, sie mitzunehmen, aber sie war gewillt zu bleiben, und er konnte keine überzeugenden Argumente vorbringen, nicht in ihrer Sprache, nicht in seiner.

Gerüchte und Ortspresse zementierten Strawls Reputation bei den Kriminellen und in der Öffentlichkeit; zwar gingen die Meinungen ursprünglich weit auseinander, aber im Laufe der Zeit flocht sich daraus ein dichter Zopf.

Zehn Tage später bereitete Strawl gerade das Frühstück zu, wie jeden Morgen, wenn er keine Verdächtigen verfolgte. Die Pfanne war voll mit spritzend heißen Krakauern. Er schlug noch drei Eier hinein. Hinter ihm hantierte Emma herum, ordnete Behälter, deckte den Tisch. Das Kind schlief. Normalerweise wäre das ein schöner Augenblick für die beiden gewesen, doch als er Emma um die Pfeffermühle bat und sie damit herumtrödelte, Servietten und Silberbesteck ordentlich auszurichten, klopfte Strawl mit dem Wender gegen die Pfanne und wiederholte: »Pfeffer.« Emma schaute ihn provokant an und verdrehte die Augen, da hob er die Pfanne und hieb ihr damit seitlich gegen den Kopf. Die Wurst flog auf den Boden, Fett, Blut und Hirnflüssigkeit verklebten Emma das Haar und tropften ihr über das Gesicht.

Sie schwankte, blinzelte ihn an, fiel dann seitlich um und krampfte. Strawl nahm ihren Kopf in die Hände und sah zu, wie ihre Pupillen die haselnussbraune Iris ihrer Augen schwärzten. Das vier Jahre alte Kind rührte sich im Nebenzimmer, fand ein Spielzeug und blieb ruhig, bis eine Nachbarin ihm die Augen zuhielt und es wegbrachte.

Emma atmete noch zwei Tage lang, dann nicht mehr.

Strawl legte bei seinem Kommandanten ein Geständnis ab und bestand auf Gerichtsverfahren und Gefängnis. Der Kommandant beurkundete Emmas Tod als Unfall und befahl, sie ohne Untersuchung zu bestatten. Er beförderte Strawl zum Captain, doch der reichte am folgenden Tag seinen Rücktritt ein, entfernte sich bis zum Ende seiner Militärzeit unerlaubt vom Dienst und nahm Aufträge von Männern der Staatsbehörden und später von Bundesagenten an.

Dot schlief mit in seinem Bett, wo sie unter seinem ausgebreiteten Arm lag, doch er fand keine Ruhe. Am dritten Tag brachte er sie zu den freundlichsten Nachbarn und blieb schon bald ganze Jahreszeiten fort, ausgestattet nur mit Bettzeug und den Bänden von Isaac Stevens. Manchmal ertrug er wochenlang nichts außer Stille, aber nicht die Art von Stille, wie sie viele Männer der jüngeren Generation kannten, die ihre stoischen Fähigkeiten aus Groschenheftchen und Kinofilmen hatten. Strawls Schweigen war keine heroische Wahl. Nichts darin war Selbstsicherheit oder Ruhe, ganz im Gegenteil: Es war eine qualmende, gefrorene Verwirrung oder, wenn sie bis ins Unerträgliche gesteigert war, ein Aufbringen aller Kräfte, so losgelöst von Willen oder Glauben, so sehr nur in dem wurzelnd, was direkt vor ihm lag, selbst wenn er blind dafür war, dass es ihn anwiderte.

Ihm war, als würde er rückwärts leben, als würden ihm die Jahre Weisheit rauben, nicht bringen. Er erkannte, was alle sehen sollten, die bei der Polizei arbeiteten: Noch im tugendhaftesten Leben lag Anarchie verborgen wie eine scharfe Patrone, und jeden Augenblick konnte der Schlagbolzen auf den Zündkopf fallen und das wirbelnde Blei in jede beliebige Richtung rasen lassen.

In diesen Jahren waren die einzigen Worte, die ihn erreichten, jene, die ihn zu einem Verdächtigen brachten oder in die Irre führen sollten. War er auf einem Pferd unterwegs, passte er seinen Atem dem des Tieres an, der einzige Geschmack im Mund war der von den Resten der Mahlzeiten aus den Blechbüchsen der Armee oder von etwas, das er eine Stunde zuvor erlegt hatte. Sein Verstand war leer bis auf das, was ihn umgab, und er suchte darin nichts als Stille. Doch seine Ohren verweigerten ihm diesen kleinen Dienst, denn jene Form von Stille ist keinem Menschen vergönnt.

I

In jenen Tagen war die Omak Stampede eines von vielen Rodeos und Omak nur eine weitere Holzfällersiedlung. Im Jahr des großen Börsenkrachs im Osten der Staaten drängte die Frau des Sägewerkbesitzers zusammen mit ihrer Frauengruppe ihren Mann und die Stadtväter dazu, eine Verfügung zu erlassen, dass die Bars um 21 Uhr schließen mussten, und der Sheriff wurde angewiesen, Indianer und Viehtreiber wegen Vagabundierens zu belangen, wenn sie weniger als zehn Dollar bei sich hatten.

Im Spätsommer 1932 schlossen zwei Speiselokale und die drei vorhandenen Kneipen ihre Pforten, darunter das Lucky Seven, das auch als Rathaus diente. Die Ranchhelfer suchten sich Arbeit beim Dammbau und am Zahltag ihr Vergnügen im Hurenhaus. Der zweite Luzernenwuchs blieb stehen, da es niemanden mehr gab, der die Mähmaschinen und Ballenpressen bediente, vom Tragen und Aufstapeln der Ballen ganz zu schweigen. Im darauffolgenden Winter stellten die Stadtväter fest, dass die Frauen zwar feine, tüchtige Damen waren und die Glocken der fünf Kirchen an den Sonntagen wirklich schön läuteten, doch dass auch sie sich nicht dazu herabließen, mit Mehl und Zaundraht, Nägeln und Hämmern hausieren zu gehen oder die Arbeitskräfte zu beschaffen, die die Hämmer auch benutzten.

Der Bürgermeister, der das schwarze Los gezogen hatte, fuhr nach Nespelem und versprach dem dortigen Stamm ein Rodeo mit Langhäusern, Slahal-Spielen, Wahluke-Wein und einem Powwow, falls sie zu einem Gemeindefest erscheinen würden. Eine Indianerin namens Pence schlug vor, die Keller

Downhill Races auf den Okanogan Sand Hill zu verlegen. Sechs Monate später spülte das erste Omak Stampede Rodeo and Suicide Race genügend abgebrannte Wanderarbeiter und Cowboys in die Stadt, um die Ranches durchs Frühjahr zu bringen.

Strawl hatte einen guten Ruf als Reiter und genoss als Gesetzeshüter weithin Ansehen, auch wenn ein Großteil davon aus übler Nachrede erwachsen war. Mit fast dreiundsechzig Jahren war er eingeladen worden, bei dem Spektakel mitzumachen. Als er ablehnte, bot ihm das Festkomitee an, ihn zum Marshall der Parade zu ernennen, und als er auch dies ablehnte, bat ihn der Stadtrat, wenigstens die Startpistole beim ersten Rennen abzufeuern. Er willigte unter der Bedingung ein, dass es keine öffentliche Ankündigung gab. Grund dafür war wohl kaum Bescheidenheit. Zwar war sein Ruf so groß, dass jeder, der ihm begegnete, ihn auch erkannte, ob er nun auf eine Kanzel stieg oder in einem Cabrio fuhr. Zugleich hatte die Hälfte der Zuschauer aber Grund genug, ihn zu töten oder zu verwunden, also entschied er, es ihnen so schwer wie möglich zu machen.

Kurz vor Sonnenuntergang, eine halbe Stunde vor dem Rennen, fand man ihn in einer Gruppe tattriger Siebzigjähriger, die am Startpunkt des Rennens unter einer riesigen Eiche standen und rauchten. Er war zwar zehn Jahre jünger als sie, aber kaum anders als bei ihnen zogen seine Sichelfüße und seine in sich gekehrte Art die Schultern nach innen und ließen ihn zusammensinken. In seinen Tagen als Gesetzeshüter hatte seine Gestalt ernst und einfach gewirkt, ein Eindruck, den er stets gegen die Lügen der Verdächtigen oder der ihnen Nahestehenden eingesetzt hatte.

Der alte Belsbe musste fürchterlich husten. Er war schon seit zwei Monaten krank, dabei ging gerade nur ein Schnupfen herum. Gut möglich, dass die Männer, die da bei ihm standen, bereits bei seiner Hochzeit dabei gewesen waren, ganz sicher würden sie ihn zu seiner letzten Ruhestätte tragen, doch ohne einen Sohn, der sein Land übernehmen konnte, würde seine Witwe wohl gezwungen sein, die landwirtschaftlichen Geräte versteigern zu lassen. Sie standen in Cowboyhemden und Boloties beisammen, schätzten insgeheim ab, wie viele Tage Belsbe wohl noch hatte, gingen im Geiste ihre eigenen Besitztümer und die der anderen durch.

Land, das war Wahrheit jenseits von Grundbuch und Vertrag, jenseits von Addition, Subtraktion, Algebra oder Analysis, die sie vielleicht in der Schule gelernt hatten, und auch jenseits des Gottes, von dem sie in der Kirche hörten, oder der abgedroschenen Geschichtslektionen, die Politiker einflochten, um Stimmen zu ergattern. Land war eine so unumstößliche Wahrheit, dass dafür keinerlei Glaube nötig war. Land *war* einfach. Strawl hatte seine eigenen zweihundert Hektar schon lange seinen Kindern überschrieben – ein Fehler, der ihn langsam in den Bankrott trieb, auch wenn es für die Erde und ihre Flora keinen Unterschied machte.

Die Teilnehmer trennten sich langsam von der Menge. Sie standen in einem engen Grüppchen zusammen und reichten Whiskeyflaschen und Laudanum weiter, unten rief der Rodeo-Sprecher die Ergebnisse der letzten Bullenreiter aus und schimpfte auf die Clowns, die auf den Viehgattern hockten. Gelächter, Gemurmel und wiederkehrender Applaus brandeten zusammen mit dem Geruch von Schmalzgebackenem aus den Imbissständen vom Ufer her auf.

Strawl kontrollierte die Patronen in der Starterpistole und besah sich dann den Kurs, der mit einem Sprung auf den 62 Grad steilen Hang begann und sechzig Meter tief bis zum Okanogan River führte. Waren Pferd und Reiter am anderen Ufer, ging es dreißig Meter hoch zum Rodeo-Platz.

Das Rodeo kam langsam zum Ende, und der Sprecher lenkte die Aufmerksamkeit der Zuschauer auf eine Stelle über und hinter der Nordtribüne. Lichter, die entlang dem Kurs an Stangen befestigt waren, blendeten sie plötzlich. Pferde, so bleich wie der Mond, stellten sich auf die Hinterbeine und drehten sich. Sie schnaubten, als die letzten Reiter ihre Sättel festzurrten. Ein Pferd wieherte und wehrte sich gegen das Zaumzeug. Auch die anderen Tiere reagierten, bis das ganze Rennfeld in Bewegung geriet. Reiter johlten, griffen nach ihren Peitschen und banden sich Lederbeutel voller Schotter an die Sättel, mit denen sie nicht ihre Pferde anfeuern, sondern auf die Konkurrenten eindreschen wollten.

Der Bürgermeister nickte Strawl zu; der hob den Arm und gab einen Schuss ab. Alles sprang über den Rand und stürmte geschlossen den Hügel hinunter, der zu steil war, um Pflanzen oder Saatgut halten zu können. In einem Atemzug legte die Hälfte der Reiter die sechzig Meter bis zum Wasser zurück. Der Rest verbarg sich in dem Nebel aus Mensch und Pferd, der auf den Okanogan River zudriftete. Jene, die noch auf ihren Pferden saßen, mühten sich durchs Wasser, schwammen ein paar Meter und kämpften sich dann auf den Rodeo-Platz hoch, der erneut voller Licht und Lärm war.

Die anderen Reiter verteilten sich über den Hang und das diesseitige Ufer, humpelten auf gebrochenen Knöcheln herum, mit ausgerenkten Schultern, geprellten Rippen und aufgeschlagenen Schädeln. Ihre Pferde standen am Flussufer und tranken, als hätte man sie still und leise auf eine Weide geführt. Drei Tiere probierten, auf gebrochenen Beinen voranzukommen, und waren ganz erstaunt, dass so etwas Festes wie ein Knochen so schnell in Zweifel gezogen werden konnte. Später würde man sie in der Tierkörperverwertung von ihrem Leiden erlösen und zu Schweinefutter verarbeiten.

Die Menge verstummte. Die Temperatur war drückend, Strawls Pflichten als Ehrenmarschall waren erfüllt. Er zündete sich eine weitere Zigarette an und bewunderte die orangefarbene Glut, die das Papier versengte. Am klaren Himmel erkannte er die Sternbilder. Das war alles, was noch von dem übrig geblieben war, was ihm seine Mutter beigebracht hatte,

Sterne am Himmel, die Bilder ergaben, wie sie jemand irgendwann mal festgelegt hatte.

Strawl suchte nach den Rotariern mit seinem Scheck. Die Herren fühlten sich in seiner Gegenwart nicht wohl und würden ihn nicht lang aufhalten. In seinen Polizeitagen, als ihr Ton ihm gegenüber noch zu Überheblichkeit geneigt hatte, war Strawl schon mal mit einem ihrer Kinder im Schlepptau in ihren Geschäften aufgetaucht. Vertraulich übergab er ihnen dann Beweise dafür, dass ihre Töchter irgendwelches Gesindel in ihre Schlüpfer ließen oder ihre Söhne schmutzige Heftchen stahlen, um sich selbst zu beschmutzen. Keine Verbrechen, hatte er gemeint. Nur Unziemliches. Nichts, was ein Mann der Gesellschaft in der Öffentlichkeit wissen wollte.

Die Alten schlenderten zu einem Stand hinüber, der kalte Drinks anbot. Übrig blieb nur ein drahtiger, schlanker Mann. Er strich sich den langen Schnurrbart glatt, und seine blauen Augen blinzelten in der staubigen Luft. Er trug den grauen Hut eines County Sheriffs.

»Tja, ich nehme an, du weißt, warum ich hier bin«, sagte der Mann.

»Entweder du bietest mir einen Job an, Officer Dice. Oder du verhaftest mich.«

»Beide Möglichkeiten sind schon diskutiert worden.«

»Und?«

»Ersteres. Wir möchten dich anheuern.«

»Wozu Zeit und Geld verschwenden? Das Reservat ist doch gleich auf der anderen Flussseite«, meinte Strawl.

Dice sagte nichts.

»Und es liegt nicht in eurem Einzugsbereich.«

»Nein, das tut es nicht.«

»Soll doch die Stammespolizei ihn jagen.«

Dice besah sich seine Hände. »Die Sache ist etwas komplizierter.«

Strawl lachte. Dice war Sheriff im angrenzenden County,

verließ aber allenfalls sein Büro, um über die Straße ins Rathaus zu gehen und mit dem Bürgermeister zu Mittag zu essen. Auf sein Drängen hin wurde sein Bild neben der Verbrechensspalte in den Wochenzeitungen abgedruckt, obwohl er noch nichts Gröberes als unerlaubtes Betreten untersucht hatte, seit er Strawl im Amt des Sheriffs nachgefolgt war. Selbst als Jasper Sampson von der Bürgerwehr als Brandstifter festgenommen worden war, nur um dann seine Gefängniszelle in Brand zu stecken und sich dabei selbst zu grillen, hatte Dice sich einen Bundesbeamten für die Drecksarbeit geholt. Nicht, dass er nicht den Mumm gehabt hätte für den Job; er sah nur keinen Gewinn darin. Hiram Evans wollte im kommenden Winter seinen Senatsposten im State House aufgeben. Ein wohlmeinender Nachbar war auch zu Strawl gekommen und hatte ihn gebeten, sich für den Posten zu bewerben. Dice dagegen brauchte dazu keine Aufforderung.

Strawl rief einen vorbeikommenden Jungen zu sich.

»Hol mir was Kaltes zu trinken«, sagte er zu ihm. »Und zwar zügig.« Der Bursche deutete auf sich. Strawl nickte.

»Jawohl, Sir.« Der Junge schaute sich nach dem Getränkestand um.

»Du hast ihm kein Geld gegeben«, stellte Dice fest.

»Es wird ihm ein Vergnügen sein, mir ein Glas zu spendieren.«

Dice sah dem Burschen nach. Das Rodeo unten war zu Ende. Strawl lauschte, wie die Schritte der Zuschauer auf den Holzbohlen der Tribüne klapperten.

»Du hast George Taylor erwischt«, erklärte Dice. Taylor war nach dem Großen Krieg Bankräuber gewesen. Er hatte an ein und demselben Tag zwei Filialen der Old National Bank überfallen. Eine Woche später hatte Strawl seinen verlassenen Wagen bei Leahy Junction entdeckt. Er lieh sich ein Pferd und folgte ihm nordwärts bis zum Columbia River, dann nach Osten durch das Reservat. Schließlich erschoss er Taylor durch ein

Hüttenfenster, als er sich gerade an einem Holzofen Speck briet.

Dice schob die Hände in die Taschen.

»Setz doch die Staatsjungs auf den Mistkerl an«, riet ihm Strawl.

»Hab ich schon«, antwortete er.

»Na, dann haben die doch sicher ein, zwei Spuren.«

»Nichts.« Dice hielt inne, zündete sich eine Zigarette an und hielt Strawl die Schachtel hin, doch der lehnte ab, er war mit seiner eigenen Kippe noch nicht fertig.

»Hab gehört, du hast jetzt Hilfe«, sagte Dice. »Angeheuert?«

Strawl schüttelte den Kopf. »Dots Mann.«

»Ach, ich dachte, der wäre gebildet.«

»Schuhsohlen kann der auch nicht essen.«

»Diese Rechtsverdreher im Osten haben uns ganz schön an die Gurgel gekriegt, hm?«

»Ich bekomme meine Mahlzeiten immer noch regelmäßig«, erwiderte Strawl.

Dice zog an seiner Zigarette. Sein zusammengekniffenes Gesicht leuchtete in der Glut rosa auf.

»Und, kommt der Damm?« fragte Strawl.

»Jetzt, wo Roosevelt den Kongress am Kragen gepackt hat.« Roosevelt war ein Lügner, aber ein guter. Er hatte Geld für einen Staudamm in Grand Coulee angefordert, ähnlich wie der von Hoover, aber der Kongress hatte nur genug für eine niedrigere Konstruktion bewilligt. Roosevelt hatte die Ingenieure dennoch beauftragt, mit den ursprünglichen Plänen fortzufahren, und dann dem Kongress überantwortet, das Bauvorhaben entweder fertigzustellen oder zu erklären, warum man fünf Millionen Dollar für einen Damm ausgegeben habe, der kein Wasser aufhalten würde.

»Da sollen sich die Arbeiter tummeln wie in einem Ameisenhaufen, hab ich gehört.«

Dice nickte.

»Alles eingetragene Wähler, nehme ich an.«

»Sobald sie ihre Lohnschecks eingelöst haben.«

Strawl lehnte sich an die Eiche. Die Streifenborke drückte ihm Linien in die Haut seines Arms.

»Würdest du dir wohl mal eine Leiche anschauen?« fragte ihn Dice.

»Wo?«

»Truax' Kühlraum.«

»Und die Familie hat nichts dagegen, dass ihr die Leiche in einem Kühlraum aufbewahrt?«

»Ihn so aufzubewahren, ist nicht annähernd so grausam wie seine Todesart.«

Strawl hatte sowieso vorgehabt, in der kommenden Woche den Fluss zu überqueren und nach Nespelem zu fahren, um bei Clara's Mill Sägeblätter schleifen zu lassen. Den Fleischer aufzusuchen, war kein Umweg. »Ich schau mir die Leiche an«, willigte er ein.

Der Junge kam zurück. Er reichte Strawl einen Pappbecher, Strawl nahm ihn und trank.

Dice warf dem Burschen einen Vierteldollar zu. Der Junge schaute ihn an. »Wollen Sie auch was?« fragte er.

Dice schüttelte den Kopf. Der Bursche verschwand.

»Du hast eine Schwäche für Kinder?« fragte Strawl.

»Und ich gebe gern einen aus«, antwortete Dice.

Strawl pustete eine Wolke Zigarettenqualm in seine Richtung und sah ihn blinzeln.

»Hier grenzen drei Countys im Umkreis von fünfzehn Meilen aneinander«, erklärte Dice.

»Na, dann könnt ihr ja alle mal die Köpfe zusammenstecken.«

»Ich will damit sagen, da steckt richtig Geld drin. Könnte ganz nützlich sein.«

Strawl drehte den Becher in der Hand. »Wie geht's denn deiner Frau?« fragte Strawl.

»Die hat mit der ganzen Geschichte nichts zu tun.«

»Geschichte«, wiederholte Strawl. »Ein Wort, viele Möglichkeiten, oder?« Er drehte den Pappbecher, bis er die Naht fand, dann schob er den Daumennagel unter die Ecke und zog die Beschichtung ab. »Wie lange bist du jetzt Polizist?« fragte Strawl.

»Mit der Zeit als dein Stellvertreter sind es wohl zehn, zwölf Jahre, schätze ich.«

»Und hast du in all der Zeit jemals jemanden erlebt, der mich verarscht hat?«

»Nein«, sagte Dice.

»Oder mich wie ein Weib herumgescheucht hat?«

Dice schüttelte den Kopf.

Strawl spuckte zu Boden und grinste. »Glaubst du vielleicht, dass ich mit dem Abzeichen, das ich in die Schublade gelegt habe, auch alles andere abgelegt habe?«

Dice drückte seine Zigarette am Stiefelabsatz aus und sah Strawl noch einmal an. Dice hatte zu sehr gedrängt und zu wenig gelockt, und Strawl wartete ab, wollte wissen, ob Dice genug Verstand besaß, einen Rückzieher zu machen. Als Dice sich umdrehte und ohne ein Wort zu sagen zu seinem Wagen ging, musste Strawl ihm das zumindest zugestehen. Er sah dem Streifenwagen nach, ein kantiger Chevy, der auf gerader Strecke 130 Sachen fahren konnte, so behaupteten es zumindest die Anzeigen in den Magazinen.

2

Am folgenden Morgen traf Strawl kurz nach Sonnenaufgang an der Thacker-Fähre ein. Er fuhr seinen Jagdwagen, einen Pickup. Vom Unterboden ragten eiserne Gabeln bis über den Kühlergrill. Sie hielten eine 50-Kilo-Eisenstange, an die Strawl eine Kabelwinsch genietet hatte. Von November bis März ersetzte er sie durch einen Schneepflug.

Der junge Bill Thacker, Wild Goose Bills Sohn, stocherte an Bord der Fähre in seinem Frühstück herum. Bill jr., der stets spät aufstand und den ganzen Tag trank, war ein durchaus bemerkenswerter Junge, konnte aber Wild Goose Bill nicht das Wasser reichen. Der hatte die Fähre einst für die Armee eingerichtet, die die Sippen der Salish durch die Gegend des Big Bend bis in die Okanogans und wieder zurück gejagt hatte, bis die Bundesregierung endlich die Reservatsgrenzen festlegte. Bill hatte gutes Geld dabei verdient, aber er spielte und trank auch mit jedem, dem danach war, was ihn daran hinderte, die Reichtümer anzuhäufen, die er sonst gehabt hätte. Seinen Spitznamen hatte er sich bei einem trinkreichen Jagdausflug zu Thanksgiving geholt, der damit endete, dass er die Lieblingsgans eines Farmers erledigte und dann behauptete, er hätte sie in Richtung Kanada davonwandern sehen. Schließlich war er bei einer Schießerei um eine Frau ums Leben gekommen, die er heiraten wollte, obwohl die Idee bei der Frau selbst und dem anderen jungen Kerl, dem sie eingeflüstert hatte, er wäre ihr Favorit, nicht gut angekommen war. Die Frau bekam von Bill zwei Kugeln in den Arm; der junge Kerl und er wechselten dagegen genug Blei, um sich der Obhut eines Arztes für immer zu entziehen.

Bill jr. wischte sich das Kinn ab und stand auf, dann zog er seinen öligen Staubmantel an und setzte einen breitkrempigen Hut auf, der von Fahrten durch weniger schönes Wetter als an diesem Morgen schwer mitgenommen war. Er löste die Kette am Tor, und Strawl fuhr den Pick-up vorsichtig über die Rampe auf den Kahn. Bill zog an einer Seilrolle, die schwere Rampe hob sich, dann drückte er die Fähre ins Wasser hinaus. Bill machte die Leinen von den Stangen los, die zu beiden Seiten der Fähre im Flussboden steckten. Die Strömung trieb sie in Richtung der Stützpfeiler flussabwärts, doch Bill jr. warf den Dieselmotor an und brachte die Fähre in eine Linie mit dem Kabel, das zum gegenüberliegenden Ufer gespannt war. Er zog an einem Seilstarter, und ein kleiner Motor sprang an, der eine Seilrolle drehte. Als Bill die Kurbel einrasten ließ, packte die Spule das Kabel mit einem Ruck und machte sich daran, sie über den Fluss zu ziehen. Zwei Möwen erhoben sich bei dem Krach, und eine Entenfamilie teilte sich und ließ die Fähre passieren.

Am anderen Ufer schlug Bill sein Hauptbuch auf und setzte die Fahrt auf Strawls Rechnung, dann senkte er die Rampe auf das sandige Ufer. Die Straße führte aus dem Canyon heraus und brachte Strawl erneut in die Okanogans. Auf dieser Flussseite war es erheblich schöner als auf Strawls. Die Hänge zum Fluss waren von Blaubüschel-Weizengras und breitblättrigen Pflanzen wie Balsamwurzel oder Wolfskraut begrünt. Erlen und Pappeln standen hier und da an den Uferwänden und in den Wasserrinnen. Strawl konnte Pollen in der Luft riechen, der mit Fichten- und Tannenharz versetzt Indianermedizin ergab.

Oben auf den flachen Wiesen tauchten ein paar Farmhäuser auf, manche gestrichen, andere verlassen, die Außenwände von Wetter und mangelnder Wartung ganz verzogen. Herabfallende Äste hatten ein, zwei Dächer durchschlagen. Die Indianer hatten die Siedlungen nach einem Jahr der Missernte aufgegeben, oder sie hatten einfach beschlossen, dass die Arbeit auf einer Farm, die sie nie hatten haben wollen und mit der sie Rechnungen bezahlen sollten, für die sie keinerlei Verantwortung zu tragen meinten, keine Option für ein weiteres Jahr wäre.

Auf den Lichtungen dahinter fanden sich weitere Häuser: armselige Hütten und Schuppen, häufig aus rostigem Blech oder mit Motorhauben und abgehackten Autodächern als Wänden. Elch- und Hirschkadaver hingen zum Reifen an ein paar Pappeln und Robinien, die sie beschatteten. Zwei Männer lagen in einem Garten wie schlummernde Liebende, aneinandergeschmiegt wie Löffel. Schmiere hatte ihre karierten Hemden dunkel gefärbt. Der eine hob den Kopf, beschirmte sich die Augen und schaute zu, wie Strawl vorbeifuhr. Ein Doppeldecker tauchte über die Straße und stieg dann in die Höhe, bis die Maschine ein ferner Fleck am Himmel war, den nur noch Strawl hören konnte.

Die Siedlung bestand aus vier Straßen mit passablen Häusern, umgeben von Bruchbuden, so wahllos verteilt wie Spucke auf einem Felsen. Weißen Männern wie Metzger Truax gehörten die Maschinen, der Pferdestall, die Kneipen und der Gemischtwarenladen. Als sie ins Reservat gekommen waren, hatten die meisten von ihnen nichts gehabt außer dem, was sie sich leihen oder was sie stehlen konnten. Schließlich hatten sie sich auch Frauen genommen, doch im Reservat herrschten wirre Vorstellungen über die Institution der Ehe. Die Händler weigerten sich, Stammesbeziehungen anzuerkennen, und die Kirchen verheirateten die Heiden erst, wenn sie den Katechismus lesen konnten. Zeremonien, amtliche Vollmachten, Prediger und Friedensrichter, all das war mühsam, also entledigte man sich dieser Dinge aus blanker Bequemlichkeit. Das Brautwerben bestand darin, dass der Mann die Frau so lange mit Whiskey abfüllte, bis sie seiner Leidenschaft nachgab oder darüber einschlief. Frauen wechselten den Besitzer wie Traktor-teile, und nicht selten wurde ein hübsches Mädchen regelrecht dazu gezwungen, wenn seine Familie nicht die Mittel oder die Waffen hatte, um sich zu wehren. Der katholische Priester schalt seine Gemeinde wöchentlich ob solcher Fehltritte, doch die sonntäglichen Vormittage brachten für die örtliche Bevölkerung noch ganz andere Aufgaben und Schwierigkeiten mit sich, und die wenigen, die auf den Kirchenbänken saßen, gehorchten ohnehin bereits den kirchlichen Lehren.

Strawl wartete, während acht gefleckte Rinder vorbeikamen, die von einem Indianerjungen im Overall mit einer Weidenrute geführt wurden. Ein kleiner gelber Köter folgte ihm mit heraushängender Zunge.

Im Metzgerladen mahlte Truax gerade eine Pfanne voller Schweinsreste zu Wurst. Er schaute auf beim Klingeln der Glocke, die an der Tür hing, drückte die Augen zusammen und blinzelte, als er Strawl erkannte. Seine Hand bewegte sich zu einer Schublade hin, in der seine Pistole und ein Kuhfuß lagen Strawl hatte mit dem Mann nie dienstlich zu tun gehabt, allerdings hatte er mal seinem Bruder bei einer Streiterei in einer Bar ein schielendes Auge verpasst. Andererseits hatte er Truax' jüngstem Sohn aus einem Fall von schwerem Diebstahl herausgeholfen, nachdem der sich im Suff mit einer Bande von Taugenichtsen eingelassen und mit ihnen ein Maultier und einen Wagen aus dem Pferdestall des Priesters gestohlen hatte.

»Hebst die Waffen noch immer am selben Ort auf, wie ich sehe«, sagte Strawl. Truax lächelte. »Hab dich nicht erkannt Sheriff.«

»Na, vielleicht eben gerade schon.« Strawl lachte und nickte in Richtung des Fleisches und des Fleischwolfs. »Das solltest du besser gut pfeffern.«

»Und wenn ich Pferdehufe und Biberzähne pfeffern würde, die essen alles.«

Truax wusch sich die Hände an der Spüle und trocknete sie dann mit einer Schürze ab, die an einem Kleiderhaken baumelte. Er war über eins achtzig groß und hatte einen Brustkorb wie ein Ochse; trotz der spindeldürren Beine, auf denen alles ruhte, gab er eine ziemlich imposante Gestalt ab.

»Ich hab mich schon gefragt, wie viele noch, bevor du auftauchst.«

»Ich steh nicht auf der Lohnliste«, sagte Strawl.

Truax klopfte die Asche aus seiner Maiskolbenpfeife und füllte sie wieder. »Ich hab da einen Rat für den, der draufsteht.« Er schmauchte. »Fang den Mistkerl oder spann jede Menge Stacheldraht zwischen dem Damm und hier.«

»Wenn das mit dem Stacheldraht so leicht ginge, würden wir das machen«, antwortete Strawl.

Truax nickte. »Wir könnten genauso gut zu Kanada gehören. Je weniger die mitkriegen, umso besser.«

»Außer, ein Mörder läuft bei euch rum.«

»Quatsch«, wiegelte Truax ab. »Ich kenne keinen anständigen Mann über fünfzig, der noch nie jemanden umgebracht hat.«

»Dich eingeschlossen«, fügte Strawl hinzu.

Zehn Jahre zuvor hatte Truax' Nichte die Aufmerksamkeit eines älteren Mannes erregt, der kurz darauf mit eingeschlagenem Schädel gefunden worden war. Strawl hatte das Gerücht aufgeschnappt, Truax hätte dem Verehrer empfohlen, zwischen Ehre und Leben zu wählen; doch der arme Kerl hatte das wohl für eine Partie Poker gehalten und alles auf eine Karte gesetzt. Strawl konnte Truax leiden und hatte sich dem Opfer gegenüber zu nichts verpflichtet gesehen. Er hatte den Fall der Stammespolizei übergeben, und als niemand etwas ausspuckte und Truax noch ein Fass Bier als Spende obendrauf legte, wurde die Sache als Selbstmord abgehakt.

Truax' Verbrechen entsprach denen, die im Reservat vorkamen. Hier war Justitia keine Frau mit verbundenen Augen, die die Tugenden eines Mannes gegen seine Sünden aufwog, sondern eine schlechte Schützin, die gelegentlich eine Kugel in einen Faustkampf hinein abgab, um die Kämpfenden daran zu erinnern, dass sie ihres Amtes walten könnte, wenn sie wollte.

»Ich hab dir doch gesagt, ich arbeite nicht für die«, sagte Strawl.

Truax spuckte ins Spülbecken und ließ Wasser nachlaufen. »Wenn es nur um Mord ginge, dann würde sich Dice darauf beschränken, uns sonntags die Methodisten auf den Hals zu hetzen und in Friedhöfe zu investieren. Die machen sich keine Sorgen um irgendwelche Morde. Die machen sich Sorgen um Morde mit Stil und Methode.«

»Und dieser Typ hat einen Hang dazu?«

»Der scheint zu glauben, seine Leichen kommen ins Museum, hab ich den Eindruck. Schau selber.«

Truax öffnete die Eisentür zum Kühlraum. Er hielt ein Streichholz an jede der herabbaumelnden Laternen, und nach und nach wurde es im Raum hell. Blut hatte sich aus dem angrenzenden Schlachtraum unter der Wand durchgearbeitet. Der kalte Raum roch nach Fleisch und Metall, vom Licht aufgescheuchter Staub wirbelte umher. Am Gatter auf der anderen Straßenseite brüllte ein Stier. Ansonsten war es bis auf das Ticken der Flammen in den Laternen still.

Die Leiche ruhte auf drei Baulatten, die wiederum auf zwei eisernen Rollwagen lagen. Das Gesicht zeigte nach unten und war blau – nicht die Farbe, die ein Weißer annehmen würde, sondern jene dunklere von indianischer Haut in Leichenstarre. Das Brustbein war aufgesägt worden, nicht mit einer Axt aufgebrochen. Der Mörder hatte dann sorgfältig Schlitze für die Rippen angebracht, offenbar mit einem Rasiermesser, um diese anschließend durch die Rückenhaut zu ziehen, bis sie wie Engelsflügel aussahen. Die Schulterblätter verstärkten diesen Eindruck noch, auch wenn man wohl keinen Engel oder seine Leiche finden konnte, dessen Haut mitsamt dem daran hängenden Fett streifenweise in den ausgeweideten Körper baumelte wie geronnenes Wachs oder dessen Sehnen aus den Wunden hingen wie zerschlissener Jeansstoff.

»Wer hat ihn gefunden?« fragte Strawl.

»Mills. Hat sein Pferd an die Stange vor dem Eisenwarenladen gebunden, und da war die Leiche.«

»Ist er in der Gegend?«

Truax schüttelte den Kopf. »Ist beim Holzrücken mit den Canucks.«

Strawls Zigarette war ausgegangen. Er klopfte sein Hemd ab, zog einen Lederbeutel aus der Tasche und nahm ein Papier aus der Packung. Er streute Tabak darauf, drehte es, fand seine Streichhölzer und legte beides auf die metallene Theke.

»Eingeweide?«

Truax schüttelte erneut den Kopf.

»Irgendwelches Blut?«

»Nur da, wo die Leiche lag.«

»Und woher weißt du das alles?«

»Na, wie alle anderen bin ich auch hingerannt, als Mills losbrüllte.«

Strawl nickte. »Warum am Eisenwarenladen?«

»Keine Ahnung. Viel wichtiger finde ich, dass der Kerl ausgenommen und zerlegt wurde wie ein Truthahn.«

Strawl sah sich die Fußsohlen des Mannes an, dann Knöchel und Handgelenke. Er war nicht gefesselt oder geschlagen worden. Mit einem Schnitt an jeder Seite war er an den Oberschenkelschlagadern ausgeblutet. Geronnenes Blut verstopfte die Kerben. Ein weiterer Schnitt hatte die Jugularvene geöffnet und den Schädel entleert. Jeder Schnitt war sauber ausgeführt und wieder zugenäht worden. Das Opfer hatte einen Schlag gegen die Schläfe bekommen, mit einem Gegenstand, der scharf genug gewesen war, um die Haut bis auf den Knochen zu durchdringen, und stumpf genug, um einen münzgroßen Knochensplitter in das einzige innere Organ zu treiben, das der Mörder nicht entfernt hatte. Eine Spatenspitze vielleicht, überlegte

Strawl. Keine ungewöhnliche Waffe im Reservat. Gewehre machten Lärm, Messer erforderten größere Nähe und ein wenig Erfahrung im Umgang. Bei einem Spaten hatte man zumindest das Überraschungsmoment auf seiner Seite.

Der Schlag war wohl nicht tödlich gewesen. Schädelbrüche führten selten zum Tod, und wenn, dann dauerte es länger. Dazu brauchte es normalerweise eine Reihe von Schlägen. Die Augäpfel des Mannes waren blutunterlaufen, so als wäre er erwürgt worden, doch Strawl fand keine Würgemale.

Eine Stunde lang untersuchte er die Leiche, dann verließ er den Kühlraum und ging wieder in den Laden. Truax drehte weiter Fleisch durch den Wolf, die Kurbel quietschte bei jeder Umdrehung. Strawl dachte über die sauberen Schnitte an der Leiche nach: keine Ausrutscher, keine wilden Stiche, die auf Unsicherheit hätten hindeuten können, kein wütendes Hacken, nur präzise ausgeführte Arbeit. Der Rest war Wahnsinn oder ein merkwürdiger Sinn für Humor. Die Schnitte verrieten den Künstler. Der Mörder hatte sich von allen Emotionen freigemacht, um diese Tat durchzuführen.

»Eine ziemliche Sauerei«, sagte Truax. Strawl nickte.

»Nicht dein Problem.«

»Nein.«

»Und wer kümmert sich jetzt darum?«

»Niemand.«

Die Haut zwischen Truax' Augenbrauen faltete sich. Er rieb sich die Stirn und legte an jeder Schläfe Daumen und Zeigefinger aneinander. »Und du kannst da nichts machen?«

»Der Stamm hat seine eigene Polizei. Vielleicht haben sie Glück. Werden sie brauchen.«

»Rothäute, die eine Rothaut jagen«, meinte Truax.

»Warum bist du so sicher, dass das ein Indianer gewesen ist?« fragte Strawl.

»Das sind die Einzigen, die genug Zeit haben, um sich so auszutoben«, antwortete Truax. »Alle anderen haben zu arbeiten.«

Draußen blendete Strawl die Sonne, dann durchbrachen Maschinenrattern und das Schwirren von Flügeln und Klappen die Luft. Strawl schaute zu dem Flugzeug hinauf und breitete die Arme aus; vielleicht würde er selbst eines Tages abheben, wenn ihm danach sein sollte, doch noch blieb er der Erde verbunden. Im davonhuschenden Schatten des Fliegers sah er aus wie gekreuzigt.

Strawls Gehör war so fein wie der Geruchssinn eines Hundes auf der Fährte, alle Geräusche waren für ihn klar und säuberlich voneinander getrennt. Er konnte Schritte auf drei Kilometer Entfernung hören und meist auch erkennen, wer sie machte, selbst bei starkem Regen. Sein Verstand teilte die Geräusche so weit auf, dass es war, als könnte er sehen, was sie verursachte. Doch dieser Lärm hier verrührte seine Wahrnehmung zu einem Chaos und griff seine Nerven an.

Er setzte sich auf einen Schattenplatz auf der Tribüne, bis das Flugzeug noch mal über sie hinwegschoss und eine Weile knapp über dem harten Boden schwebte, so als bräuchte es einen Augenblick, um wieder zu einer simplen Maschine zu werden. Dann kam es klappernd auf dem Boden auf und hielt neben der winzigen Haupttribüne der Pferderennbahn, auf der neben Strawl noch zwanzig Indianer und Schlagballspieler saßen.

Das Mädchen, das mitgeflogen war, berichtete, es habe von oben nichts erkennen können, nicht sein Haus, nicht den Ort. Der Fluss sei nur ein Rinnsal gewesen.

»Ein Wunder, dass sich die Vögel nicht verfliegen«, meinte Strawl.

Alle drehten sich zu ihm um. Die Menge teilte sich, als er auf das Flugzeug und den Piloten zuging, dem er seine Marke zeigte.

»Polizeiliche Ermittlungen«, sagte Strawl. Die Gegend war weitläufig, es gab hier nur wenige Menschen. Dafür jede Menge Unterschlupf, wenn man allein zurechtkam, und das taten die meisten. Strawl hatte beschlossen, dass ein Blick von oben vielleicht hilfreich wäre.

Er kletterte über den Flügel ins Cockpit der Maschine. Der Pilot reichte ihm eine verschmierte Fliegerbrille, doch Strawl lehnte ab. Die Zylinder der Maschine surrten. Die Pleuelstangen klickten, die Nocken jaulten, und der Vergaser verwirbelte Luft und Sprit zu einem Gemisch, das von der Zündkerze entfacht wurde. Die Reifen sprangen über den harten Boden, die Flügel bockten auf gegen Wind und Schwerkraft, bis die Maschine zitterte und auf einmal an Höhe gewann. Langsam kletterten sie über die Dächer hinweg, Schachbrettfelder lagen zwischen den staubigen Wegen, ähnlich dem schweren, karierten Wollmantel, den der Pilot trug. Die Bäume waren auf dem Stielansatz stehende Zapfen, dann Kreise in verschiedenen Grüntönen.

Der Pilot zog über den Ort, den Festplatz und die nach oben gereckten Gesichter hinweg. Strawl deutete nach Norden und Westen. Der Pilot nickte, und sie folgten dem Flussbett. Wasserfälle schäumten die schwarzen Fluten. Etwas später flatterte ein Schwarm Blesshühner wie auf Befehl aus einem glatten Teich bei Washington Flats auf. Sie wirkten wie ein verirrter Schwarm Fische, ebenso verloren wie der fliegende Strawl.

Dann lag der Damm vor ihnen, eine Narbe, die den Flusslauf markierte, aus dieser Höhe nur eine kleine Wunde, eine, die man überlebte, die den eigenen Mut oder seinen Mythos noch betonte.

Strawl wies den Piloten an, zur anderen Seite zu fliegen, und sie schwebten über das Farmland hinweg wie noch kein Vogel zuvor, so tief, dass Strawl den Schatten des Flugzeugs über das Land huschen sah. Almota war dort, wo er es vermutet hatte, dann kamen die Quelle und der Canyon, Big Hole und all die Straßen, die die Farmen zart wie Seidenstickereien durchzogen. Rinder schauten blöde in die Höhe. Eine Herde Rotwild schoss mit der gleichen Plötzlichkeit aus einem Weizenfeld, in dem sie geäst hatte, wie der Vogelschwarm zuvor aus dem See, und die Tiere sprangen elegant über Fels, Gestrüpp und Stacheldraht, bis die Maschine sie überholte. Dann blieben sie stehen und starrten dem Lärm des Motors hinterher.

Sie flogen an Osborne Corner vorbei, an Pearl und der Troutman Ranch Road, am Tag Ear Lake, an Badger Spring und an den Chalk Hills, dann drehten sie über dem alten Fort Okanogan um in Richtung Reservat. Strawl konnte jeden einzelnen Baum, jede Bucht am Fluss erkennen, jede Biegung, jedes Kräuseln. Bald kamen Kartar Town und das hellere Blau und Grün der südlichen Finger des Omak Lake in Sicht. Die silbernen Granitklippen am Nordufer blitzten in der Sonne.

Strawl wies mit dem Daumen in die Höhe, und der Flieger stieg auf, bis das ganze Land wie in Dunst gehüllt unter ihnen lag und er sich einbildete, er könne die Erdkrümmung am Horizont ausmachen. Jenseits des Bonaparte Mountain kreisten sie wie ein Habicht über dem unbevölkerten Norden, der durchsetzt war von Felsen, überwuchert von Sträuchern und Bäumen aller Arten, die hier heimisch waren. Das einzige Geräusch bildeten der Motor und der Wind, doch es hatte schon längst aufgehört, Geräusch zu sein. Strawl bemerkte, dass sein Talent hier oben nutzlos war. Lauschen verband den Verstand mit einem bestimmten Augenblick, dann mit dem nächsten, doch der Himmel war zu groß, als dass eine Sekunde hörbar verstrich und durch die folgende ersetzt wurde. Wenn Gott Ohren hatte, dann war Stille alles, was er hörte. Gebete und Choräle, Schwüre und Flüche wiederholten sich und wurden so ununterscheidbar wie Regentropfen auf der Wasserfläche eines Flusses. Lachse schwammen geräuschlos wie Tote zweihundert Meilen die Strömung hinauf, Bäume wuchsen dreißig Meter in die Höhe, ohne einen Laut zu geben, abgesehen von dem der Nadeln im Wind. Selbst die Zeit dünnte angesichts des Landes fast zu einem Nichts aus. Tausend Jahre. Und Babylon war nur ein Wort.

Von hier oben besaß Strawl das alles wie ein Gott seine Welt. Nichts geschah, ohne dass er es erkannte, deshalb machten ihm die Morde auch solche Sorgen. Der Rauch eines Holzfeuers verschmierte den Horizont. Strawl konnte es riechen: zu klein für einen Waldbrand, zu grau, um nur Teil des Dunstes zu sein. Er dirigierte den Piloten in die Richtung, und sie flogen zehn Minuten, doch der Rauch kam nicht näher. Strawl entdeckte einen Jungen, der ein paar Ziegen an Stricken über einen Pfad führte. Der Junge schaute nach oben, sein Körper war nur ein dunkler, gedrungener Fleck unter seinem Gesicht. Strawl wies den Piloten an, weiterzufliegen, doch der schüttelte den Kopf. Strawl zeigte ihm noch einmal seine Dienstmarke, aber der Pilot deutete auf die Tankanzeige, und Strawl, der enttäuscht darüber war, nun ins Gefängnis der Schwerkraft und dieses sich drehenden Planeten zurückzukehren, gab nach.

3

Als Dice ihm die Fallakten hinschob, begriff Strawl, warum er die Einzelheiten vor der Presse verheimlichte.

Das erste Opfer war ein Mann vom Stamm der Nez Perce, etwa dreißig Jahre alt. Auch er hatte einen Schlag gegen die Schläfe bekommen. Die Leiche wies keinerlei Wunden auf, die Strawl mit einem Kampf in Verbindung bringen konnte, obwohl selbst ein im Sterben Liegender sich doch wohl dagegen wehren würde, kastriert zu werden. Der Mörder hatte den Hodensack abgeschnitten, ausgeleert, dann gebeizt und gegerbt; nachdem er ihn mit Tabak gefüllt hatte, hatte er ihn ans Haus des Postmeisters genagelt.

Die beiden nächsten Opfer waren im gleichen Alter gewesen. Der eine Mann hatte an einem Strick von einer Ulme auf dem Gelände gebaumelt, das man in Nespelem als Park bezeichnete. Er war von Hals bis Anus aufgeschlitzt und wie ein Fisch ausgenommen worden, und zwar so gründlich, dass auf den Fotos zu sehen war, wie die Sonne durch die Haut fiel, welche Rippen und Wirbelsäule bedeckte. Der Mörder hatte eine der unteren Rippen freigebrochen und die Leber des Mannes daraufgespießt.

Das dritte Opfer war gehäutet worden. Man hatte die Haut – mit Skalp und allem Drum und Dran – eines Sonntagmorgens über das hölzerne Schild drapiert gefunden, das die Besucher des Indianerreservats Colville begrüßte.

Der Vierte war wie der Erste kastriert worden. Das Foto zeigte nur einen roten Fleck. Eine Woche später jedoch tauchte in einem Billigladen in Mason City ein aus den Schamhaaren des Mannes geflochtenes Band auf, als Schmuck an einem Damenhut.

Indianern ging der Ruf nach, mit Leichen respektlos umzugehen. Vor dreißig Jahren hatten sich die Lakota und ihresgleichen auf den Plains viele Skalpe geholt, wenn sie zu wütend waren, um klar denken zu können, und auch die Stämme im Südwesten verhielten sich auf alle erdenkliche Weisen Frauen und Kindern gegenüber widerwärtig. Nun lagen aber tausend Meilen zwischen dort und hier, und entgegen allem, was Phil Sheridan und die Missionare dachten, mussten nicht alle Indianer getötet oder bekehrt werden, um mit den Weißen auszukommen. Der Schlimmste unter den ortsansässigen war Chief Bird, doch der war eher Politiker als Krieger und ärgerte die Regierung nur deshalb, weil er nie lang genug an einem Ort blieb, als dass man einen Zaun um ihn und seine Leute hätte ziehen können. Bei Auseinandersetzungen neigten die örtlichen Stämme eher dazu, den Feind zu blamieren, als zu töten. Sie stahlen die Pferde einer anderen Sippe und gaben sie nach einer Woche blau angemalt zurück oder schlichen sich in ein schlafendes Camp und pinkelten in die Töpfe vor den Zelten der Rivalen. Das Übelste, was Strawl jemals mitbekommen hatte, war, dass in den lang vergangenen Kriegen Gegner gefangen genommen und ihnen die Zeigefinger abgehackt worden waren. So hatten sie nicht mehr richtig den Bogen spannen können, waren aber am Leben geblieben.

Dice hockte Strawl gegenüber auf der Schreibtischkante. Strawl hielt ihm die Akte schräg hin. »Wie wurden sie getötet?«

»Alle mit einem stumpfen Gegenstand«, antwortete Dice.

»Mit demselben?« fragte Strawl.

Dice zuckte mit den Schultern. »Zu Anfang sind wir nicht sonderlich sorgfältig vorgegangen, das muss ich gestehen. Die Stammespolizei hat den Ersten gefunden. Eine Kiste Bier und ein Korb Hühner, das ist deren Vorstellung von Polizeiarbeit. Die wussten nicht mal, dass er kastriert worden war, bis der

Beutel auftauchte. Dann riefen sie bei uns und in Ferry County an, aber da war es zu spät, um noch sonderlich viel rauszukriegen.«

Strawl nickte.

»Bei den anderen waren wir früher dabei, aber das hat nur wenig geholfen, wie du siehst.«

Strawl schloss die Augen. Im Ort gab es Strom, und die nackte Glühbirne an der Decke ließ das Papier blendend weiß strahlen. Er blinzelte noch einmal die Fotos an und rieb sich die Schläfe. Dice' Büro lag in einer Ecke des Gebäudes, die Zellen in einer anderen. Strawl konnte einen Gefangenen hören, der aufstand und sein Frühstück entgegennahm, eine Schale Pampe, die ihm ein Hilfssheriff gebracht hatte. Der Mann war wegen tätlichen Angriffs festgesetzt worden, hatte Dice erklärt, ein Vergehen, das unter Arbeitern allgemein ignoriert wurde. Es war normal, dass es zwischen Okies und Lohnarbeitern zu Prügeleien kam, und das Bureau of Reclamation wollte keine Arbeitskräfte verlieren. In diesem Fall aber hatte der Mann einen Ingenieur vermöbelt. Dice würde ihn für vierzehn Tage in der Zelle behalten, bis der Richter wiederauftauchte und die Zeit festlegte, die dafür abzusitzen war.

Dice stopfte Tabak in seine Pfeife und zündete sie an. Süßer Qualm füllte den Raum. »Was verlangst du?« fragte er.

Strawl lehnte sich zurück. Er hatte gehört, dass manche Seelen dazu bestimmt waren, andere zu verfolgen, so wie manche dafür gemacht waren, Verbrechen zu begehen, und Minute um Minute kam ein neuer Stein hinzu, bis sie so weit waren, um sich ihren Weg ins Staatsgefängnis von Monroe zu pflastern, raubend oder schießend. Es war nicht das Blut, das Strawl vermisste, auch nicht die Vorstellung, Unrecht zu vergelten. Es war still auf der Ranch, aber er fand dort keine Gelassenheit. Zwischen all dem Anpflanzen und Schneiden, der Pflege der Vorratssilos und der Werkzeuge, die er entweder brauchte oder bald brauchen würde, war sein Kopf so voller Geräusche wie das Radio. An den meisten Tagen hätte er am liebsten irgendwann ein Gewehr abgefeuert, nur um den Klang des Knalls genießen zu können.

»Was, glaubst du, steckt hinter den meisten Morden?« fragte er Dice.

»Schlechte Laune«, antwortete Dice.

»Oder schlechte Karten«, meinte Strawl.

»Oder schiere Dummheit«, sagte Dice. »Erinnerst du dich noch an die Bank in Coulee City?«

»Ja.« Ein Möchtegern-Dillinger hatte es geschafft, mit einem Koffer voller Knete abzuhauen, hatte dabei aber einen Mann erschossen, der gerade einen Gesundheitsspaziergang machte; er hatte wohl befürchtet, der Mann könnte gegen ihn aussagen. Dabei war der arme Kerl blind gewesen. Der Mörder war erst vor ein paar Monaten gehenkt worden.

»Und was steckt hinter diesen Morden?« fragte Strawl.

Dice sah ihn an. »So etwas wie dieser Fall ist mir noch nie untergekommen«, antwortete er, stopfte seine Pfeife und legte sie dann im Pastetenblech ab, das als Aschenbecher diente.

»Kinder«, meinte Strawl. »Bei allem, was mich hätte ruinieren können, also, wer hätte da gedacht, dass es die Kinder sein würden.« Er kicherte. »Die halbe Ranch. Die haben sie verloren. Und die will ich als Lohn.«

Dice schüttelte den Kopf. »Zu viel.« Wieder schmauchte er und sprach dann durch zusammengebissene Zähne, die den Pfeifenstiel festhielten. »Hab mal gehört, der beste Cop muss selbst ein halber Krimineller sein.«

»Dasselbe hab ich von Politikern gehört«, erwiderte Strawl.

Dice lachte. Ein Hilfssheriff kam am Büro vorbei, mit der leeren Schüssel des Gefangenen in der Hand.

Strawl stand auf.

»Ich kann dir die Hälfte geben.«

Strawl sah ihn an. »Mit der Hälfte bin ich immer noch halb pleite.«

»Du hältst nicht viel von der Gemeinschaft, richtig?«

»Nicht mehr als unbedingt nötig.« Strawl nahm seinen Hut. »Also, noch mal viel Glück«, sagte er.

»Sollte ich dich verhaften und uns eine Menge Ärger ersparen?« fragte ihn Dice.

Strawl blieb einen Augenblick stehen, so als würde er sich eine Antwort überlegen, und ging dann hinaus.

In der Stadt betrat er den Gemischtwarenladen, hakte Dots Einkaufsliste ab, legte noch je einen Beutel Bonbons für die Mädchen drauf und für das Baby einen Lutscher, der so groß war wie sein Kopf, damit es sich nicht daran verschluckte.

Wie viele Rancher beendete er seinen Besuch am Rande der Schlucht und blickte skeptisch auf die Arbeiten am Damm. Als der erste Roosevelt Präsident gewesen war, hatte er ihnen die Zukunft vorausgesagt:

Ihre barbarische, pittoreske und erstaunlich faszinierende Umgebung kennzeichnet einen primitiven Zustand der Existenz … der im Vorwärtsmarsch unseres Volkes untergehen wird. Diese Doktrin scheint gnadenlos, und das ist sie auch; und doch ist sie gerecht und vernünftig … lasst diese Männer das Schicksal der Jäger und Trapper erleiden, die von dem Wild lebten, welches die Besiedlung des Landes ausgerottet hat, lasst sie … von dem Land verschwinden, das sie nur behindern.

Das hielt T. R. allerdings nicht davon ab, den Charakter der Alteingesessenen zu bewundern; oft imitierte er sie ohne jeden Hauch von Ironie oder Zynismus. Rituelles Jagen und der Kampf gegen die indigenen Völker luden das stagnierende, abkühlende kaukasische Blut mit jener Gewalt auf, die als Wahrheit in der menschlichen Seele liege, erklärte er. Zu der Zeit allerdings fungierte Wyatt Earp bereits als Ringrichter bei Boxkämpfen und beriet Hollywood-Filmregisseure.

T. R. diente als Prophet des Westens. Sein Neffe Franklin

war die fleischgewordene Prophezeiung. Vergöttlicht durch die Zeitungen und die Wanderarbeiter auf der Suche nach Jobs (sein gerahmtes Foto hing neben den Familienfotos an der Wand jedes Ladens und jedes Lokals im Umkreis von hundert Meilen), versprach er ein Wunder aus Beton, das die Überschwemmungen flussabwärts stoppen und die Wüstenmitte des Staates bewässern sollte. Am Ende, so posaunten die Zeitungen, würde es ein Bauwerk geben, in dem genügend Beton verarbeitet war, um einen Bürgersteig bis zum Mond zu gießen.

Der Fluss markierte die Countygrenze, und Mason City hockte fast mittendrauf. Auf der Seite des Grant County stand ein Heer an Zelten, in denen Horden von verzweifelten Männern aus dem Mittelwesten hausten; sie waren ganz versessen auf einen Platz unter der Plane und drei feste Mahlzeiten am Tag. Das Projekt brachte ihnen kaum mehr als das Essen ein, aber das erschien angesichts des blanken Nichts wie ein Vermögen. Das bisschen Geld, das sie zusammenkratzen konnten, verprassten sie auf Grand Coulees B-Street, auf der es nur einen einzigen Gemischtwarenhändler gab, aber drei Cafés mit Damenbetrieb an Freitagen und Samstagen.

Strawl rieb sich die Augen. Das Städtchen Grand Coulee stand auf einem flachen Steilufer oberhalb der Felsen, hoch genug, um dem Columbia River zu entgehen, wenn er während der Chinook-Winde im Frühling über die Ufer trat. Überall gab es Kirchen, und an den Sonntagvormittagen, während die Unglücklichen, die unten kampierten, sich an offenen Feuern Frühstück machten, den letzten Rest Whiskey leerten und sich danach Heat-Cocktails aus Benzin, Milch und Honig brauten, füllten die Gesegneten und Gläubigen die Kirchenbänke, schlugen Gesangsbücher auf und trällerten – die Frauen in ohrenbetäubend hohen Stimmlagen, die Männer mit Boloties in kaum mehr als Musik erkennbaren Tönen. Alkohol und Kirchenglocken spielten sich in die Hände. Man leerte den Männern freitags und samstags die Taschen und erklärte dies am Sonntag zu deren eigenen Sünden. Aber das war, wie Strawl wusste, nur die halbe Wahrheit. Die andere Hälfte war die Tatsache, dass nicht das Trinken die meisten Männer zu Trinkern machte; es war das Loch in ihnen, in das sie den Alkohol schütteten, und dieses Loch leerte sich fast so schnell, wie es gefüllt wurde. Deshalb musste man stetig weitertrinken – oder leer zurückbleiben, doch das zu tun, weigerten sie sich.

Im Laufe der Bauarbeiten war bereits ein Teil der Schlucht abgetragen worden. An Seilen und in Geschirren baumelnde Männer hatten dreißig Meter unterhalb der Klippenkante Dynamit angebracht. Nach der Detonation hatte sich ein anderes Team abseilen lassen, um die Felswand mit Presslufthämmern zu glätten. Unten räumten andere den Schutt weg, hoben die fünf Tonnen schweren Granit- und Kalksteinbrocken mit langhalsigen Kränen beiseite und legten sie auf großen Kippern ab, deren Räder zu beiden Seiten über die Ladefläche hinausgingen. Die Schlepper brachten Abraum ans Ufer, um den Fluss damit einzubetten. Das Gestein war silbern und glänzte in der Sonne wie Zinn.

Im Fluss selbst hatten die Bauarbeiter einen einfachen Kofferdamm aus Bohlen errichtet, die wie riesige Eisenbahnschwellen aussahen. Damit wurde ein Drittel der Flussbreite umgelenkt. In dem tiefen Koffer hatten die Männer dann das Flussbett ausgehoben, bis sie auf den felsigen Untergrund gestoßen waren; den hatten sie flach gehämmert und anschließend Stahlstangen in den Stein getrieben, die als Verankerungen der Betongussformen dienten. Bleirohre voller Flusswasser verliefen gitterförmig daran vorbei, um den Beton zu kühlen, ein Vorgang, der ansonsten ewig gedauert hätte.

Strawl rauchte und beobachtete die Arbeiter, die über die ganze Baustelle huschten wie eine biblische Heuschreckenplage. Nichts dort unten sah so aus wie früher. Nicht einmal Großstädte veränderten die Landschaft, die sie beherrschten, derartig. Der Mörder war diesem diffusen Gewühle entsprungen, während Strawl all jene getötet oder verhaftet hatte, die Sand im Getriebe hätten sein können. Und so war er für das, was hier geschah, ebenso verantwortlich wie Roosevelt.

Er lehnte sich im Autositz zurück, bis die Sonne sich der Westseite der Schlucht näherte und ein Pfeifsignal die Schicht beendete. Er hörte Schotter knirschen und Dice' Dienstwagen anhalten.

»Dein Land war nicht so viel wert, wie ich gedacht hatte«, sagte Dice.

Ein Muskel unter Strawls Kiefer flatterte und krampfte. Er rieb daran. »Und du hast den ganzen Tag gebraucht, um das herauszufinden?«

»Meine Büroangestellte ist etwas lahmarschig.«

»Gute Leute sind schwer zu finden«, sagte Strawl.

»Grant County ist bereit, deinen Lohn mit zu übernehmen, also kriegst du wohl, was du willst, wenn du denn noch willst.«

Für die Landräte und Stadtväter, die sich diesen Betongötzen erdacht hatten, war Strawl ebenso altertümlich wie die Eingeborenen, die er eingesperrt hatte, vielleicht sogar noch wilder – ein gemeingefährlicher Köter, den nichts im Zaum halten konnte, es sei denn, ein anderer gemeingefährlicher Köter tauchte auf.

Dice reichte ihm einen Vertrag. »Du willst das doch sicher offiziell machen«, sagte er.

Als Strawl sich nicht rührte, sah Dice ihn an. »Bedenken?«

Strawl zuckte mit den Schultern. Er nahm den ekelerregenden Geruch von Dice' Tabak wahr und fragte sich, was sich wohl Hässliches dahinter verbarg.

»Ich habe keinen Stift«, sagte er schließlich.

4

Der Himmel färbte sich in der Morgendämmerung blaurot, und die Kumuluswolken, die über den Horizont trieben, hatten jenen rosigen Farbton, der Homer so gut gefallen hatte, ganz gleich, was sich darunter abspielte.

Als Strawl die Wanderjahre aufgegeben und sich die Ranch gekauft hatte, war Dot elf Jahre alt gewesen. Dank der Schule und ihrer Pflegeeltern zeigte sie einen wachen Verstand. Sie bestand darauf, Strawl weiterzubilden, las ihm laut aus der *Ilias* und der *Odyssee* vor. Danach erklärte sie ihm jeweils die Auswirkungen eines Kampfes oder der Tat eines Gottes, der sich gegen einen anderen gestellt hatte. Die Figuren hielten dauernd Reden und stritten sich in ihren eigenen Lagern häufiger, als dass sie das Schwert gegen einen Feind richteten. Kaum interessierte sich Strawl einmal näher für einen von ihnen, machte sich dieser schon zum Narren. Allerdings mochte er die Stelle, an der Hektor aus dem Krieg zurück zur ummauerten Stadt kam. Seine Gattin hielt den Sohn auf dem Arm, und als er die Hände nach ihm ausstreckte – Strawl konnte sich den Namen nicht merken –, brach das Kind in Tränen aus und drückte sich an die Mutter. Einen Augenblick schien es, als bliebe Hektor nichts anderes übrig, als ihnen das Herz zu brechen und zu sterben. Dann aber bemerkte er, dass das Kind mit weit aufgerissenen Augen auf seinen eisernen Helm und das Büschel Pferdehaar starrte, das aus ihm herausspross. Er setzte den Helm ab, der Junge sprang auf ihn zu, und für einen Moment waren sie glücklich.

Strawl hörte es an der Tür klopfen. Er drehte am Knopf der Tischlampe in der Küche und schaute zu, wie die Flamme das Flammrohr hinaufzüngelte. Dann nahm er den schwarzen Topf vom Herd, goss eine zweite Tasse Kaffee ein und stellte sie der eigenen gegenüber auf den Tisch. An den Vormittagen gerann die Flüssigkeit, die seine Gelenke schmierte, zu einer Art Paste, und oft erstarrte ein Ellbogen oder ein Knie von ihm ganz, als hätte er Sand im Getriebe. Sich fließend bewegen zu können, vermisste er. Neben seinem guten Gehör hatte er sich immer seiner Schnelligkeit gerühmt. Ein übermäßig hoher Spann hatte ihm einen ziemlichen Sichelfuß beschert, was in einer Gegend, die noch weitgehend von Pferden und krummbeinigen Reitern durchquert wurde, ordentlich für Spott gesorgt hatte, zumindest bis er zwölfeinhalb war und dieselben Muskeln, die seine Knie so weit auseinandertrieben, ihn plötzlich schnell wie ein Pferd werden ließen. Auf Jahrmärkten schlug er junge Burschen und ausgewachsene Männer auf der Sprintstrecke und auch auf dem Oval der Pferderennbahn – sogar dann, wenn er allein gegen eine ganze Staffelmannschaft antrat. Der einzige Wettkampf, den er verlor, war gegen ein Fahrrad, und selbst da brach er erst nach anderthalb Meilen unter lauten Anfeuerungen und gebrüllten Wetteinsätzen bewusstlos zusammen. Er kam wieder zu sich, als der Ausrufer ihm Aufputschmittel für Pferde unter die Nase hielt.

Selbst der Priester hatte sein Talent einmal in einer Predigt erwähnt, doch wandte er sich später von Strawl ab, als dieser sich weigerte, weiter Rennen zu laufen; da nannte er ihn als Beispiel für fehlgeleitete Eitelkeit und blanke Halsstarrigkeit. Strawl hatte keine Ahnung, wo das eine begann und das andere aufhörte, und obwohl ihn die neue Gereiztheit, die sich gegen ihn richtete, verwirrte, hatte er weder die Absicht, das genauer unter die Lupe zu nehmen, noch die Worte, um seine Konfusion in eine Frage zu fassen. Und selbst wenn er es geschafft hätte: Er hätte nicht gewusst, wem er sie stellen sollte.

Nicht lange danach war sein Vater mit ihm bis zum Ende des Blocks gegangen. Er hatte zwei Kinder in der Wiege und noch drei weitere, die jünger waren als Strawl.

»Abraham musste seinen Erstgeborenen opfern. Schätze, das muss ich wohl auch«, sagte er.

»Gott hat Abraham aber zurückgehalten«, korrigierte ihn Strawl. »Er schickte ihm einen Engel.«

Sein Vater hatte in den weißen Himmel hinaufgestarrt und genickt. »Ja, aber Abraham war auch von Gott gesegnet und Gründungsvater einer Nation. Ich glaub nicht, dass wegen dir und mir ein Engel erscheinen wird.«

Er war stehen geblieben, hatte zwölf Silberdollar in Strawls Hand gelegt und ihm die Stummelfinger zugedrückt. »Viel Glück, Sohn«, hatte er noch gesagt.

Wieder klapperte es an der Haustür.

»Herein«, sagte Strawl.

Der Luftzug von der offenen Tür her ließ die Flamme der Laterne zittern.

Strawl beobachtete seinen und Dots Schatten an der Wand hinter dem Tisch. Dot war inzwischen eine vierschrötige, untersetzte Frau, so unansehnlich wie Strawl selbst und mit nur wenigen Vorzügen ihrer Mutter gesegnet. Außer, sie saß auf einem Pferd. Dann verwandelte sie sich in eine Gestalt aus der Artussage, ihre kleinen blauen Augen strahlten wie die einer Furie, und ihre Adlernase wirkte römisch, herrschaftlich. Sie saß auf dem Pferd, als wäre sie damit verwachsen, und ritt wie ein besessener Indianer. Kein Mann hätte mehr aus einem Pferd herausholen können, fand Strawl.

Dot ging durchs Zimmer und setzte sich. Ihre beiden Töchter folgten ihr schnatternd. Sie zogen den Jungen, der erst zehn Monate alt war, in einem Karren hinter sich her und brachten Strawl Eier und Wurst auf einem Teller, beides noch warm. Dot nahm ihr Tuch ab, legte es in den Schoß und strich sich eine Strähne aus dem Gesicht, die sich auf dem Weg hierher gelöst hatte. Strawl schaute zu, wie sie einen Laib Brot aus der Tasche holte und den Kanten mit einem Küchenmesser abschnitt. Sie butterte die Scheibe und steckte dem Jungen ein Stück davon in den Mund.

»Jemand Interessanten beim Rodeo getroffen?«

Strawl kaute auf einem Stück Wurst herum und schluckte. Dann trank er von seinem Kaffee. »Söhne von Schlampen und Dreckskerlen und ein paar Lügner«, antwortete er. »Ich hab da gut reingepasst.«

»Na, ich hoffe, du hast ihnen ein paar faustdicke Lügen aufgetischt.«

»Hab behauptet, ich sei reich.« Er hob den Teller an und schaufelte sich ein halbes Ei in den Mund. Dot starrte ihn an, bis er herunterschluckte. Strawl wischte das Eigelb mit seinem Brot auf.

»Esther hat ein Kaninchen geschossen«, sagte sie.

»Ist Violet eifersüchtig?«

»Nein, aber sie wollte auf eine Katze aus der Scheune schießen, um gleichzuziehen.«

»Hat Arlen sie gelassen?«

»Das sind Haustiere, hat er gesagt.«

»Hat sie nicht abgeschreckt, oder?«

Dot schüttelte den Kopf. »Sie hat ihm gesagt, Sara Rinker habe Hauskaninchen. ›Das war ein Wildkaninchen‹, meinte Arlen zu ihr, woraufhin sie geantwortet hat: ›Alle Tiere sind wild, bis man sie zähmt.‹ Dann sagte Esther, Wildkaninchen seien noch nicht mal aus derselben Züchtung wie die fürs Haus, und Violet erwiderte, über Züchten zu reden sei eklig, und da habe ich die Kartoffeln aufgesetzt und es Arlen überlassen, das zu regeln.«

»Rechtsverdreher, die beiden«, stellte Strawl fest. Er trank seinen Kaffee aus. »Officer Dice hat sich mit mir unterhalten.«

»Hat er was über Elijah gesagt?«

»Das Thema kam nicht auf«, sagte Strawl. »Diese Morde in Cache Creek machen Ärger. Er braucht dabei Hilfe.«

»Hat er dir eine Abmahnung unter die Nase gehalten?«

»Was?«

»Denkt er, dass du dahintersteckst?«

»Denkst du das?«

Dot blickte von dem Jungen auf, der gerade sein Brot mit Butter verputzte. Sie blinzelte, und die Zeit, die sie brauchte, um zu antworten, traf Strawl ebenso sehr wie die Antwort selbst. »Darüber habe ich lange nachgedacht«, sagte sie. »Du hast einen gewissen Ruf, und ich kenne dich nicht gut genug, um mich selbst vom Gegenteil zu überzeugen.«

»Ich habe keinen davon umgebracht.«

»Ist das nicht deiner Erfahrung nach das, was alle sagen würden, ob schuldig oder nicht?«

Strawl lachte. »Ich bewundere deine Skepsis.«

»Ich nicht«, entgegnete Dot.

»Nun, die herrschenden Mächte haben entschieden, dass ich auf der Seite des Rechts stehe. Zumindest für den Augenblick.«

»Glauben sie, dass Elijah dafür verantwortlich ist?«

»Hab ich doch schon gesagt. Von deinem Bruder war nicht die Rede.«

»Du hast mir nicht gesagt, was du glaubst.«

»Dein Bruder ist ein Rätsel. Aber ich bezweifle, dass er ein Mörder ist, vor allem nicht in diesem Ausmaß. Nur ein Dieb.«

Dot schüttelte den Kopf. »Was du ihm gegeben hast, hat er nicht geklaut.«

»Ich habe ihm nicht mein halbes Land gegeben, um es zu verscherbeln.«

»Schätze, das hättest du wohl besser in den Vertrag geschrieben.«

»Ja, vielleicht«, sagte Strawl.

»Wie ist Dice darauf gekommen, dass du Interesse hättest?« fragte Dot.

»Hat gehört, dass ich pleite bin.«

Dot schenkte nach. »Das ist keine Schande«, sagte sie. Ihre Stimme war so tief wie ein Fass Whiskey und voller Schotter. Sie klang wie ein zänkisches Weib, selbst wenn das nicht ihre Absicht war. Strawl hatte sie stets mehr bewundert als sich an ihr erfreut. Sie sagte die Wahrheit, ganz gleich um welchen Preis. Das machte sie so nobel wie einen Ritter, aber auch zu einer strengen Gesellschaft. »Ich hab's ja nicht aufgeteilt«, sagte sie.

Als sie heirateten, waren Arlen und Dot in ein Haus in Chelan gezogen, wo das County ihn dafür beschäftigte, einen kleinen Damm oberhalb der Fälle zu entwerfen. Strawl und Dot schrieben sich gelegentlich Briefe, bis er von einem unerzogenen Rotfuchs überrannt wurde. Der Arzt richtete ihm beide Beine, gipste sie ein und nahm das Pferd als Lohn. Arlen, Dot und die Mädchen kehrten zurück, um die Tiere zu versorgen und die Saat auszubringen. Arlen ließ sonntags Farmerzeitschriften auf dem Küchentisch herumliegen, wenn Dot das wöchentliche Familienessen kochte, das so reichlich war, dass Strawl sich die Reste die ganze Woche über abends aufwärmen konnte. In den Zeitschriften wurden neue Dünger angekündigt, Experimente bei der Unkrautbekämpfung besprochen und Eggen mit rotierenden Zacken begutachtet. Arlen bedrängte Strawl fast bis zur Besinnungslosigkeit, doch die unebenen Stellen zu planieren, die Strawl unbebaut ließ, und sprach sehnsüchtig von einem gasbetriebenen Mähdrescher, der das ganze Land in ein paar Tagen abernten würde. Die überzeugendsten Punkte in den Zeitschriften unterstrich er. Strawl hatte gegen all das nichts vorzubringen, außer dass das nötige Geld dazu fehlte.

Dots Familie blieb, und zwei Jahre später ertrank Ida – Strawls zweite Frau und Elijahs Mutter –, als sie bei Hochwasser allein angeln ging, wie sie es zu tun pflegte. Ihre Leiche wurde nie gefunden, sie war wahrscheinlich hundert Meilen flussabwärts Richtung Meer getrieben worden. Ihr Tod erschütterte die Kinder, und Strawl versuchte, die Wunde zu stillen, indem er die Ranch zwischen ihnen aufteilte.

Er hatte gehofft, Elijah mit seinem Anteil auch die Verantwortung zu übertragen und Dot und Arlen mit ihrem einen Anker zu geben. Keines von beidem trat ein.

Arlen war klüger als Strawl, hatte aber wenig Vertrauen zu sich selbst. Wie ein Pokerspieler mit zu wenig Geld setzte er große Summen auf schlechte Blätter und scheiterte daran, normal zu spielen. Er hatte versucht, das schmutzige, launische Wetter mit dem Hybridweizen zu überlisten, der im Palouse gedieh, aber dort regnete es im Juni ein halbes Inch pro Stunde, und der Boden war schwarz genug für jede Art von Saat. Das felsige Tal war weniger fruchtbar, und bis Arlen das herausgefunden hatte, steckte sein Teil des Landes schon so tief im Dreck, dass Strawl sich seiner annahm, bis es wieder etwas abwarf.

Nach sechs Monaten halbherziger Bemühungen hatte Elijah seinen Anteil, die Hälfte von Strawls Besitz, an Hemmer verhökert, einen unangenehmen Nachbarn. Dem Jungen fehlte es am Willen, etwas zu Ende zu bringen, und das galt nicht nur für seine Arbeit. Beim Damespiel sah er Züge, die andere übersahen, doch meist wurde ihm langweilig dabei, und so verlor er oder hörte einfach auf zu spielen. Strawl hatte beobachtet, wie er beim Pokern Münzstapel aufschichtete und sie auf Karten setzte, mit denen er nicht hätte spielen sollen. Der Junge war zwar nicht von ihm, aber auch Strawl war in seiner Jugend so sprunghaft gewesen wie Speck in der Pfanne und hatte die Aufmerksamkeitsspanne einer Pferdebremse gehabt. Er hatte ihn verzogen. Als Elijah und seine Mutter eingewilligt hatten, bei Strawl einzuziehen, hatte Dot gerade auf der Highschool in der Stadt angefangen, und der Junge konnte nach Erledigung seiner Hausaufgaben angeln und jagen und herumstreifen, wie es ihm Spaß machte.

Strawl fragte sich, ob Dot wohl wusste, wo sich Elijah herumtrieb. Es war nicht ihre Art, mit ihrer Meinung hinterm Berg zu halten, aber sie sah Elijah als ihren Bruder an, und Geheimnisse unter Geschwistern waren am schwersten zu knacken. Sie spürten eine Verbundenheit, die sogar noch über die von Mann und Frau hinausging. Bei denen konnten sich die Lenden ebenso schnell wieder trennen, wie sie sich verbunden hatten. Selbst Eltern gaben manchmal ihre Kinder verloren, aus Scham, Kriminelle erzogen zu haben. Die Kindheit war ein einsames Geschäft, und diese Einsamkeit gemeinsam zu meistern, schien Geschwister schnell aneinanderzuschweißen. Dot hatte es Strawl zwar übel genommen, dass Elijah einen gleich großen Anteil erhalten hatte, aber als dieser ihn verscherbelt hatte, war sie zufrieden damit gewesen. Strawl hatte seine gerechte Strafe erhalten. Für Dot war das eine merkwürdig verfahrene Sache zwischen Strawl und ihr. Schon früher hätte sie Elijahs Aufenthaltsort für sich behalten, und nun, da er sein Erbe durchgebracht hatte, würde sie ihn erst recht nicht preisgeben. Wollte Strawl sie dazu bringen, musste er in ihr schon einen Zorn schüren, den er wohl nicht mehr so einfach würde löschen können, wenn die Sache ein Ende gefunden hätte.

»Ich wollte nur ein wenig Ruhe haben«, sagte Strawl.

Dot schaute in ihren Kaffee. »Er wohl auch, schätze ich.«

»Vielleicht hätte ich ihn verprügeln sollen«, meinte Strawl.

»Was er mit seinem Erbe getan hat, das ist deine Dummheit und seine. Du hast mich nie um Rat gebeten.«

»Bist du immer noch sauer?« fragte er.

»Du bist fair gewesen.« Sie hielt inne und blinzelte. »Ich war ein wenig sauer, aber jetzt schon lange nicht mehr. Wir haben mein Gehalt und unsere Hälfte der Ranch. Wir kümmern uns um dich.«

»Ich habe nicht vor, meinen Lebensabend als seniler alter Knochen auf deiner Veranda zu verbringen, vielen Dank.«

»Würde mich nicht überraschen, wenn du das so geplant hättest.«

»Ich wünschte, ich wäre so gerissen«, sagte Strawl.

Dot seufzte und sammelte die Kinder ein. »Ein Stück Land ist kein Ersatz für Liebe, Vater«, erklärte sie.

»Das sollte es auch nicht sein.« Strawl schüttelte den Kopf. »Es gibt dafür eine Urkunde und einen Preis, und man kann es genau abmessen. Das ist alles, was ich euch geben konnte. Land.«

»Ich würde tauschen. Mehr von dir und weniger Land«, erwiderte Dot.

»Nein«, sagte Strawl. »Du würdest tauschen, aber mehr von jemand anderem und weniger von mir.«

Dot erwiderte nichts darauf.

»Ich kann es dir nicht verdenken«, fuhr Strawl fort. »Ich würde mich auch eintauschen, wenn ich einen Willigen finden könnte. Vielleicht können wir mich ja gegen eine alte Zuchtstute eintauschen.«

Dot kicherte. »Vielleicht, wenn sie nur drei Beine hat.«

»Na, das wäre ja schon mal eins mehr als jetzt«, erwiderte Strawl. Dann durchquerte er das Zimmer und sah auf ein abgewetztes Regal, das Elijah schon vor vielen Jahren für sich reklamiert hatte.

»Wie ich sehe, hat er wenigstens den Eselsschädel fortgeschafft.« Elijah war dreißig Meilen weit geritten, um ihn einem Pferdedoktor abzukaufen.

»Nicht den Unterkiefer. Den hat er samt den Zähnen bronziert.«

Strawl schüttelte den Kopf.

»Samson«, erläuterte Dot. »Der hat damit die Philister erschlagen.«

»Für einen wahrhaft Gläubigen sind Gewehre wohl zu einfach, schätze ich.«

»Sieht so aus«, bestätigte Dot.

»Und was hat er gesagt, wozu er das Geld brauchte? Haben wir ihm denn etwa nicht immer ausgeholfen, wenn er um was gebeten hat?«

»Vielleicht brauchte er etwas, um das er nicht bitten konnte.«

»Und was könnte das sein?«

»Der Himmel auf Erden. Jesu Auferstehung. Wer weiß?«

Strawl brachte Dot und die Kinder an die Tür. Jenseits der Weide, hinter der Scheune, hatte Arlen ihr Haus gebaut, am Squaw Creek, denn dort wuchsen die Ulmen, die Dot wegen ihres Schattens so gern mochte. Strawl hatte ihnen davon abgeraten. Die Senke stand bei jedem Tau unter Wasser, wie Strawl es vorausgesehen hatte, und das Haus wäre binnen Kürzestem ruiniert gewesen, hätte Arlen nicht Granitschotter vom Fluss herangekarrt und unter das Fundament gelegt, dazu metallene Wasserrohre in beide Richtungen. Im Frühling zitterte der Boden wegen des vorbeirauschenden Wassers, und der Hof war ein Sumpf, den man nur über eine Reihe von Planken passieren konnte. Arlen hatte sie zu diesem Zweck zugeschnitten. Und so wurde nicht ein Hausbalken nass.

»Ich sehe, Stick steht schon bereit«, sagte Dot. Das Pferd war an den Verandapfosten gebunden.

»Ist nicht so kräftig wie The Governor«, antwortete Strawl. »Aber er wird's schon schaffen.«

»Du könntest auch den Pick-up nehmen«, schlug sie vor.

»Pferde haben keinen Motorschaden und brauchen kein Benzin.«

»Hab gehört, er ist verrückt, dein Killer«, sagte Dot. »Vielleicht schneidet er dich ja in Stücke und serviert dich im Café auf einem Brötchen.«

»Wenn der Kerl mich wollte, dann wäre ich schon längst Fleischpastete oder würde beim Pferdestall vom Mantelhaken baumeln«, erwiderte Strawl.

»Du musst doch zugeben, er ist irre.«

»Meistens ergibt das, was die Irren machen, am meisten Sinn.«

Dot stemmte die Hände in die Hüften und starrte ihn an.

»Andere Leute verstümmeln. Ist das vielleicht vernünftig?«

»Der Mann ist sehr gründlich. Ist halt nur die falsche Gründlichkeit.«

»Wenn du mich trösten willst, dann holst du aber ganz schön weit aus«, sagte Dot murrend.

Strawl grinste sie an. »Du brauchst keinen Trost. Ich überquere nur den Fluss, hab ich schon zigmal gemacht.«

Sie umarmte ihn dennoch, und die steife Verkrampfung ihrer Arme und Oberkörper fiel ihnen beiden auf.

»Bleib unglücklich, in Ordnung?« sagte Dot. »In deiner Lebensphase soll man nicht mehr so viel genießen. Du bist alt, und wenn du dich freust, vergeht die Zeit zu schnell.«

»Da ist was dran«, meinte Strawl. Er schaute Dot und ihren Kindern nach, wie sie den harten Schotterweg zur Scheune kreuzten und sich dann unter den Koppelstangen hindurchbeugten.

»Sag deinem Mann, wenn er den Mähdrescher kauft, den er da im Auge hat, dann soll er gleich damit weiterfahren. Auf meinem Land will ich den nicht sehen.«

Dot drehte sich um. »Ist nicht dein Land, ist meins. Mit Brief und Siegel.«

Strawl winkte mit einer Hand. »Egal. Solange ich lebe, ist das hier Strawl Canyon und Strawl Road, und hinterher auch noch. Das hier ist mein Platz.«

5

Stick hielt sich immer ganz beachtlich, wenn sie die fünfzig Rinder hüteten, die hinterm Haus grasten, aber eigentlich war es das Temperament des Pferdes, weswegen Strawl es bevorzugte. Stick war eigensinnig genug, um dem Reiter einen niedrigen Ast um die Ohren fliegen zu lassen, wenn es sich langweilte, hatte also Persönlichkeit, was es zu einem angenehmen Begleiter machte. Außerdem war jedes Pferd, das merkte, wenn sein Reiter einnickte, auf unbekanntem Territorium Ohren, Nase und Augen für ihn. Was die Strecke anging, war Stick eher nicht dafür gebaut, acht Achtelmeilen zu laufen, sondern zwanzig Meilen zu gehen. Er bahnte sich seinen Weg wie ein Einbrecher auf einem knarzenden Dach, und er konnte von morgens bis in die dunkle Nacht hinein hügelauf und -ab traben, wenn man ihn nicht an die Kandare nahm.

Strawl schob seine .06er und seine Schrotflinte in die Gewehrscheide und steckte sich eine Pistole hinter den Gürtel. Trockenfleisch vom Hirsch, eine Dose Mehl, ein Säckchen Kaffee, der Topf und abgewetztes Kochgeschirr füllten eine Satteltasche. Dazu kamen noch ein Öltuchbeutel mit Streichhölzern, Schnur, Nadel und Faden sowie ein Jutesack voller Äpfel, um Stick durch grasloses Land zu bringen. In der anderen Satteltasche klapperte die Munition. Außerdem hatte Strawl eine Brieftasche voller Spesengeld dabei, das ihm die drei Countys in separaten Umschlägen zugestellt hatten.

Strawl stieg auf und schraubte sich seinen schwarzen Homburger Hut, den er sich ohne besonderen Grund zugelegt hatte, auf den Kopf. Das Pferd trabte los, und Strawls Augen tränten im Wind. Er zog den Hut tiefer ins Gesicht und fühlte sich schuldig, solche Befriedigung dabei zu empfinden, seine Familie hinter sich zu lassen und auf eine so schwarze Seele zuzureiten, wie er sie noch nie erlebt hatte.

Wieder bestieg er die Fähre. Young Bill wunderte sich über das Pferd. Auf der anderen Seite des Flusses wärmte Strawl die Präriesonne. Eine Formation Stockenten durchschnitt den Himmel, und Strawl beobachtete einen Rotbussard, der auf einem Zaunpfosten saß und eine Maus im darunterliegenden Gras beäugte. Als er die Straße parallel zum Fluss nahm, ließ der Wind nach, und er knöpfte seine Segeltuchjacke auf.

Strawl führte Stick nordöstlich über einen Wildpfad, dann ging es westwärts weiter an der Hopkins Ferry Road vorbei, zum Eingang des Hopkins Canyon und zur Fähre über den Fluss. Er kam wieder an Clara's Mill vorbei, wo er seine Sägen hatte schärfen lassen. Das ganze Gebäude und die Maschinen waren früher auf Flachbooten vom Okanogan Country hergeschafft worden; vor zehn Jahren war das in aller Munde gewesen.

Strawl stieß auf die Landstraße zur Stadt. Autos überholten sie und trieben Stick mit ihren Hupen in den Straßengraben. Strawl fürchtete, er könnte wild werden, aber das Pferd kümmerte sich nur um seine Arbeit. In Nespelem hielt Strawl am Gemischtwarenladen an, kaufte eine Handvoll alter Rettiche und verfütterte sie zur Belohnung an sein Pferd.

Strawl ritt ostwärts die Wack-Wack Road entlang zum Joe Bird Creek, dem er oberhalb der Wasserscheide von Nespelem folgte, bis der Bachlauf an seinem Ursprungsort verschwand. Auf der anderen Seite kam er nach Ferry County und ins Land der San Poil. Am Peter Dan Creek suchte er sich einen neuen Pfad und folgte den Mäandern, bis Wasserlauf und Pfad nordwärts in ein Dickicht mündeten, in das Strawl nicht wollte. Stattdessen führte er Stick auf eine Weide, wo das Pferd sich mit Tussockgras und wildem Hafer vollfressen konnte. Gegen Mittag trafen sie auf den Manila Creek. Stammesverwaltung oder County hatten die Landstraße geglättet und neuen Schotter aufgebracht. Unterhalb des Johnson Ridge ließ Strawl Stick für eine halbe Stunde im Schatten rasten, dann ritt er weiter Richtung Norden. Es gab keinen Weg mehr, aber das Land war offen. Gestrüpp und Wüstensalbei, ein Backofen im August, doch der Boden war weich und gut, wenn man zu Pferd unterwegs war.

Strawl entdeckte einen schmalen Pfad, der ihn westwärts bis zu einer von einem kleineren Bach entwässerten Ebene führte. Der Tag war heiß und stickig geworden, als wollte ein Sommergewitter aufziehen. Die Wildblumen rochen intensiv, fast widerlich in ihrer Süßlichkeit. Strawl bahnte sich einen Weg durch Tannen und Tamarack-Lärchen, dann blieb er am Rand einer rechteckigen Lichtung stehen, umgeben von einem leicht erhobenen, mit Basalt übersäten Boden voller Fichten, Tannen und Birken, die das Licht ausdünnten, und genug Unterholz, um jede Annäherung zu einer lärmenden Angelegenheit zu machen.

In der Mitte lag eine Senke, die noch immer voller Grundwasser stand. Die grasbewachsene Weide – in einer Farbe zwischen Grün und jenem Gelb, das sie den ganzen Spätsommer und Herbst über tragen würde – wogte im Wind. Grashüpfer tickten und schwebten durch die Luft, gute Köder zum Angeln in den Bächen ringsum.

Strawl hielt sich zwischen den Bäumen und umkreiste die Lichtung. Auf der anderen Seite stand eine gut gebaute Blockhütte mit einem Blechschornstein; an der Nordwand war ein Klafter verwittertes Holz zum Schutz vor dem Wetter aufgestapelt. Dreißig Meter südlich ragte eine windgetriebene Pumpe aus einem Brunnen. Dahinter war das Plumpsklo – in einer weiteren Senke, damit die Abwässer nicht in Richtung Brunnen sickerten.

Der Bewohner der Hütte war der letzte lebende Medizinmann der San Poil. Sein Name lautete wörtlich übersetzt *Rabe im Flug*, auf Englisch wurde er aber Marvin genannt.

Strawl mied das Plastikfenster und hämmerte mit dem Pistolenknauf an die Tür.

Sie ging einen Spalt weit auf, und ein wässriges Auge betrachtete ihn. »Keine bösen Männer hier«, sagte der Mann.

»Marvin, so leicht wirst du mich nicht los.«

Keine Antwort.

»Ich möchte dich nur etwas fragen.«

»Marvin weiß nichts«, sagte Marvin.

»Welche Farbe haben die Federn eines Stars?«

»Marvin weiß nichts.«

»Jetzt lügst du aber, Marvin. Einen Gesetzeshüter anzulügen, ist ein ernstes Vergehen.«

»Was ist ein Star?«

»Ein Vogel, Marvin. Daher auch die Federn.«

»Braun.«

»Braun?«

»Braune Federn.«

»Himmel.« Strawl seufzte.

Marvin blieb stumm hinter der Tür stehen.

»Was ist mit diesen Morden?« fragte Strawl.

»Ich weiß nichts von Morden.«

»Du hast keine Ahnung, wovon ich spreche?«

»Ich weiß von nichts. Keine Morde. Kein Whiskey für Marvin.«

»Marvin, ich beschuldige dich nicht.« Strawl wartete eine Weile. Er hörte Geflüster. Marvin hatte eine Frau, aber Strawl konnte nicht erkennen, ob es ihre Stimme war oder die von jemand anderem. Er hatte Marvins hirschlederne Hose hinter dem Haus gesehen, sonst nichts, es gab auch keine Zufahrtsmöglichkeit, aber das schloss ja nicht aus, dass jemand zu Fuß gekommen war.

»Ist das Inez, Marvin?«

»Inez ist nicht hier«, antwortete Marvin.

»Und wer zum Henker ist dann da drin?«

»Marvin.«

»Noch eine Lüge, Marvin. Du lügst wegen Inez. Ich könnte sie einsperren.«

»Inez ist nicht hier«, beharrte Marvin.

»Ich will nur nett sein, Marvin. Ich weiß, du hast nichts verbrochen. Dann tu aber auch nicht so, als hättest du doch. Ich bin nur hier, um mit dir zu reden, mehr nicht.«

»Du bist nicht mehr das Gesetz. Haben sie mir gesagt.«

»Wer? Die hinter der Tür bei dir?«

»Indianer. Indianer haben es mir gesagt.«

»Die Indianer hinter der Tür.«

»Ich bin hinter der Tür.«

Strawl lehnte sich an die Wand. Er hörte Geräusche in der Hütte und sah in den blauen Himmel hinauf. Reine Nostalgie hatte ihn hierhergebracht. Damals, als es noch Gerüchte über einen möglichen Aufstand gegeben hatte, musste Strawl Marvin mehrmals verhaften, seiner medizinischen Praktiken wegen. Marvin war jedes Mal respektvoll und willig geblieben, doch kaum hatte der Richter ihn wieder auf freien Fuß gesetzt, war er zu seinen Pulvern und seinem Gesang zurückgekehrt. Einmal hatte Strawl ihn nackt einkassiert, damit er vor lauter Scham einsichtig würde, aber Marvin saß einfach nur seine Zeit ab und verließ das Gefängnis in Sträflingskleidung. Strawl verpasste ihm zwei blaue Augen und brach ihm die Nase, bevor Marvin auch nur aus dem Schatten des Gefängnisses treten konnte, dann brach er ihm noch zwei Rippen, doch Marvin wehrte sich nicht, versuchte nur, sich zu schützen. Danach humpelte er einfach zu seiner Hütte und sang ein Gebet. Strawl weigerte sich daraufhin, ihn weiter zu verfolgen.

Jetzt war Marvin harmlos und zu weit weg von allem, um mehr als nur Gerüchte mitzubekommen. Im besten Falle konnte Strawl vielleicht das Land der San Poil ausschließen, mehr nicht. Wenn er ehrlich war, wollte er nur sehen, wie die Zeit mit dem Mann umgesprungen war.

»Ich kann nicht zulassen, dass du mich einfach so hinhältst, Marvin. Sonst macht noch die Runde, ich sei weich geworden. Mach die Tür auf, dann kann ich behaupten, wir hätten geredet, und dann lass ich dich wieder in Ruhe.«

Marvin erwiderte nichts darauf. Strawl sah auf die Uhr und gab ihm zwei Minuten, dann rammte er seine Schulter gegen das alte Holz. Die Kette gab nach, und Strawl trat in die Hütte. Zwei rehäugige Enkelkinder sahen zu ihm auf und versteckten sich dann unter dem Tisch.

»Also, ich habe dir nie etwas getan, aus dem du ableiten könntest, ich würde kleinen Kindern was tun«, sagte Strawl.

Marvin schwieg weiter. Sein langes Haar hatte er sich mit einem Stück Lederzügel im Nacken zusammengebunden. Sein Gesicht war faltig, aber nicht aufgedunsen und abgelebt wie so manches andere in der Stadt. Inez, seine winzige, grauhaarige Frau, kauerte sich hinter ihn.

»Was weißt du über diese Morde?«

Marvin blickte auf seine Schuhe. In seinen frühen Tagen bei der Polizei hatte Strawl solche Gesten stets als Schuldanzeichen gewertet, doch dann hatte er erkannt, dass es bei den Stämmen der Salish als Beleidigung galt, einem Mann in die Augen zu schauen.

»Sie sind böse«, sagte Marvin.

»Das sind sie. War das ein Indianer?«

Darauf antwortete Marvin nicht.

»Ich will keine Fakten wissen. Aber was hältst du von der Sache?« Strawl hielt inne, suchte nach einem Wort. »Wie in einem Spiel. Würdest du wetten, der Mörder ist ein Indianer?«

»Ein verrückter Indianer vielleicht.«

»Und ein Weißer? Ein verrückter Weißer?«

Marvin schüttelte den Kopf.

»Warum nicht, Marvin?«

»Kein Vorteil für ihn.«

Strawl nickte.

»Danke, Marvin«, sagte er. Er sah zu den Kindern unter dem Tisch hinüber – aufgerissene Augen und struppige schwarze Haare –, dann zu Inez, die hinter Marvin kauerte. »Ich entschuldige mich für die Störung.«

Draußen stand eine hölzerne Kabelrolle vom Damm, wie sie die Ortsansässigen als Picknicktische benutzten. Strawl band Sticks Satteltaschen ab und legte einen halben Sack Mehl für Inez und sein Kartenspiel für die Enkel auf die Rolle, dazu noch eine Handvoll Zuckerstücke, die als Belohnung für Stick gedacht gewesen waren.

Er verbrachte den heißen Nachmittag damit, sich einen Weg zurück zur Straße nach Nespelem zu bahnen und die sechs Meilen zur Dienststelle der BIA zu reiten, der Behörde für Indianerangelegenheiten. Mietwohnungen, in denen früher Soldaten gewohnt hatten, umstanden ein Grasfeld, auf dem sie exerziert hatten. Die Hälfte des Platzes war nun übersät mit Waisenkindern und verlassenen oder verwitweten Frauen samt ihren Kindern. Am hinteren Ende war ein medizinisches Versorgungsgebäude, wo eine Krankenschwester alle möglichen Tabletten an jene verteilte, die sie dazu überreden konnte, welche zu schlucken.

Das Polizeirevier stand neben der Mastenfabrik, die einen Versuch darstellte, die Stammesangehörigen zu Unternehmern zu machen. Bislang hatten sie es aber nur geschafft, weiße Waldarbeiter anzuheuern, die die Baumstämme anlieferten, und ein Team aus Indianern aufzustellen, das sie mit den Lademaschinen von den Sattelschleppern hob, sowie ein weiteres, um die Sägen zu bedienen. Nicht, dass die Indianer faul gewesen wären, die ganze Sache war ihnen eher ein Rätsel. Die jungen Männer arbeiteten einen Tag lang oder eine Woche, dann verschwanden sie wieder, weil sie nicht sahen, dass ihr Leben am Ende der Arbeit ein anderes war als zu Beginn.

Mit der Stammespolizei war es allerdings eine besondere Angelegenheit. Sie stellte Indianer ein, die assimiliert genug waren, um einen wöchentlichen Lohnscheck gut zu finden, aber vor allem auch jene, die den Job als Erlaubnis ansahen, sich so zu benehmen, wie es ihnen gerade Spaß machte oder ihnen etwas einbrachte. Hauptsache, die Kaufleute und Bürger von Nespelem flussauf- und flussabwärts waren zufrieden. Wie in den meisten anderen Reservaten untergrub die BIA die Autorität der Häuptlinge und Medizinmänner dadurch, dass sie die Ruhelosen und die Mischlinge anheuerte, um das Reservat zu beaufsichtigen. Uniformen machten diese Männer zu Huren, ihre Waffen machten sie zu Huren mit Messern.

Strawl band Stick an die Verandabrüstung und öffnete die Reviertür. Die Luft stand vor Zigarettenqualm. Zwei Polizisten sahen von ihren Schreibtischen und ihrem Papierkram auf, drei weitere saßen um ein Cribbagebrett herum, alle in schweißfleckigen grauen Uniformen.

Otis, der Kräftigste von ihnen, war der Diensthabende, und er erkannte Strawl sofort. Er legte seine Karten hin und stand auf. »Sie haben hier keine Zuständigkeit.«

»Ein großes Wort, Zuständigkeit«, erwiderte Strawl.

Otis' fettige Haut glänzte im Schein der nackten Glühbirne. Er hatte sich die Haare eingeölt und zu einer Seite gekämmt. Der Scheitel saß sauber.

Strawl faltete die Verfügung auseinander, die ihm Polizeirechte in drei Countys einräumte. »Hier steht was anderes.«

Otis kam auf ihn zu und besah sich das Papier. »Haben Sie eine Dienstmarke?« Strawl zog sie aus der Tasche.

»In diesem Papier steht nicht, dass wir Ihnen helfen müssen«, erklärte Otis.

»Ich kann also nicht mit Ihrem Entgegenkommen in dieser Angelegenheit rechnen?«

»Nein«, antwortete Otis.

Strawl nickte. Noch bevor er die Tür hinter sich geschlossen hatte, begannen die Männer zu lachen. Draußen suchte Strawl herum, bis er in einem der Streifenwagen einen Gummiknüppel fand. Er nahm ihn vom Sitz und schob ihn hinter seinen Gürtel. Die Wagenschlüssel steckten in der Zündung, ebenso bei den beiden anderen Fahrzeugen.

Eine Meile zurück hatte er einen Bullen auf einer eingezäunten Weide gesehen; er war von den Rindern getrennt worden, die für den Schlachthof bestimmt waren. Als Strawl ihm jetzt ein Seil über den großen Schädel warf, blieb er ruhig genug, um sich führen zu lassen. Strawl band ihn an Stick und ging mit ihm in Richtung BIA-Büro. Unterwegs fand er einen Nesselbusch. Er zog Handschuhe an und riss einige Nesseln aus, legte sie vorsichtig über den Sattelknauf und achtete darauf, mit ihnen nicht an Sticks Fell oder seine eigene Haut zu kommen.

Am Polizeirevier startete er zwei der Streifenwagen und stellte sie rückwärts gegen die Seitentüren des Gebäudes. Er wickelte die Nesseln um den Griff des Gummiknüppels, band sie mit einem Lederstreifen seiner Satteltasche fest und führte den Bullen zu der einzigen Tür, die er nicht blockiert hatte. Strawl fürchtete, der Bulle könnte durch die Bodendielen brechen, aber sie trugen ihn. Er öffnete die Tür, drängte den Bullen hinein, hob den Schwanz des Tieres, schob ihm den Knüppel mit den Nesseln in den Hintern und trat ihm gegen die Hoden. Der Bulle schrie auf und wollte kehrtmachen, doch Strawl feuerte zwei Mal in die Decke, was das Tier ablenkte. Es zerschlug zwei Schreibtische direkt vor sich, dann brüllte es wieder und stürzte auf zwei der Kartenspieler zu, die zur Tür rannten. Sie öffneten sie, erkannten ihre Notlage und drehten sich um. Der Bulle brach dem einen das Knie, bohrte sich bei dem anderen in den Oberschenkel und schleifte ihn gegen einen Schreibtisch, bevor der Mann sich befreien konnte.

Otis stand mitten im Raum. Der Bulle stürmte auf ihn zu, senkte den Kopf und riss ihm die Beine unter dem Körper weg. Einen Augenblick lang lag er quer über dem Tier. Hände und Stiefel reichten bis zum Boden, sein Kopf schlug dem Bullen gegen die riesige Brust. Dann fuhr dieser herum, und Otis flog von seinem Rücken gegen einen Aktenschrank. Der Bulle griff erneut an, und Otis stöhnte, als er unter die Klauen geriet. Sehnen schnalzten und rissen wie Hühnerknorpel. Mit einem Horn wühlte das wütende Tier in Otis' Unterleib, eine Blutspur überzog sein Polizeihemd. Der Bulle grunzte und sabberte über ihm, warf dann den anderen beiden Cops einen Blick zu, die daraufhin sofort ein vergittertes Fenster mit einem Stuhl einschlugen und durch Glas und Draht hinaussprangen.

Strawl versuchte, den Bullen auf die offene Tür zuzutreiben, doch als er feststellte, dass dieser viel zu wild dafür war, schoss er ihm zwei Kugeln durch den Schädel. Er fand die Fallakte im ersten Aktenschrank, den er durchging, und steckte den Inhalt in eine Mappe, die auf dem Tisch lag. Dann bahnte er sich einen Weg an den stöhnenden Männern und dem Bullen vorbei und achtete sorgsam darauf, nicht in das Blut zu treten, das über den Boden floss.

Er hatte ja durchaus Grund, der BIA die Hölle heißzumachen, aber das mit dem Bullen war vielleicht doch übertrieben gewesen. Strawl hatte angenommen, der Bulle würde die Männer einfach in eine Ecke drängen, damit er sich nehmen konnte, was er wollte, doch es stellte sich heraus, dass der Bulle, einmal losgelassen, Strawl zu sehr ähnelte. Auch er war wie eine Kugel, die die Trommel verlassen hatte und dorthin flog, worauf ein anderer gezielt hatte, ohne ein Bewusstsein vom Schaden zu haben, den sie anrichtete.

Als Strawl die erste Seite der Akte überflog, war sein Zorn gleich wieder da. Wutschnaubend ritt er den Weg zurück. Als er bei Marvins Hütte ankam, umkreiste er die Weide und die Außengebäude. Ein Stoß mit der Schulter, und die Tür brach auf. Das alte Paar saß am Tisch und aß Brot und Würste. Die Spielkarten lagen neben den Kindertellern. Strawl packte Inez bei den Haaren. Sie schrie, und er zog sie über den Tisch, warf dabei das Essen um. Er schüttelte sie, bis sie aufrecht stand, zeigte Marvin seine Pistole und nickte in Richtung Küchentheke. »Deine Gläser sind voll mit Pulvern, wie ich sehe«, brüllte Strawl. »Machst du wieder Medizin?«

»Ich zeige es nur den Kindern«, beteuerte Marvin.

»Ist das alles?«

Marvin blieb stumm.

Strawl drehte die alte Frau an den Haaren herum. »Heute Morgen kam ich als Freund und hatte nur ein paar Fragen. Seitdem bin ich eines Besseren belehrt worden. Genauer gesagt, ich bin jetzt wie ein Anwalt, und ein Anwalt stellt keine Fragen, auf die er nicht schon die Antworten kennt. Also, wollte jemand Medizin oder nicht?«

»Meine Medizin ist so alt wie ich.«

»Das Alter kümmert mich nicht, deins nicht und auch nicht das von dem Zeug.« Die Kinder waren unter dem Tisch verschwunden. Strawl ließ die Haare der alten Frau los.

»Also?«

»Ein Mann war hier.«

»Er wollte Medizin?«

Marvin nickte.

»Wie sah er aus?«

»Es hat nicht geklappt.«

»Die Medizin?«

»Er wollte Geistermedizin. Um sich zu verbergen und wiederzukommen. Es hat nicht geklappt.«

»Er ist nicht gegangen.«

»Nein, er ist hier geblieben.«

»Er ist also von hier?«

Marvin stand da, still wie der Mond der Brechenden Bäume. Seine Augen waren so weit aufgerissen wie die der Kinder.

»Verflucht, jetzt sag mir, wie er aussah.« Strawl zerrte Inez zur Tür hinaus. So hatte er das nicht geplant gehabt, aber eine andere Möglichkeit sah er nicht mehr. »Du hast ihn gesehen«, brüllte er. Marvin schüttelte den Kopf. Inez sagte nichts, atmete nur schwer und zitterte unter seinen Händen. Marvin fing an zu summen, dann konnte Strawl ein paar Worte verstehen. »Gegrüßet seist du Maria, gesegnet sei die Frucht der Mutter. Gesegnet sei die Frucht.«

»Hier gibt's keine Maria, zu der du beten kannst, Marvin«, sagte Strawl. »Nur mich. Und ich bin ein rachsüchtiger Gott.«

»Er hat von dem Pulver gestohlen, als wir am Fluss fischen waren«, sagte Marvin.

»Wann?«

»Monate her«, antwortete Marvin. »Kein Jahr. Kein halbes. Monate.«

Strawl verdrehte Inez die Haare.

»Er mag die alte Art«, fuhr Marvin fort. »Aber er kennt sie nicht.«

»Wie kommst du darauf?«

»Er hat auch von der Maisstärke und dem Mehl genommen.«

»Du kennst ihn, richtig?«

Marvin zuckte mit den Schultern.

»Du und er, ihr plant einen Aufstand, oder?«

»Nein«, sagte Marvin. »Kein Aufstand.«

»Überzeuge mich.«

»Es gibt niemanden, gegen den wir kämpfen und gewinnen können.«

»Nur euch selbst.«

Marvin nickte.

»Das hat er also vor? Auf den Kriegspfad zu gehen? Zu welchem Stamm gehört er?«

Marvin zuckte wieder mit den Schultern. »Zu seinem eigenen«, sagte er.

»Er ist ein Killer, Marvin. Er wird diese Babys töten und dich und Inez, weil du mit mir gesprochen hast. Er wird es herausfinden und deine Enkelkinder grillen wie Weihnachtsschinken. Deine einzige Chance, sie zu schützen, besteht darin, mir alles zu sagen, was du weißt, verdammt.«

»Mehr weiß ich nicht.«

»Du willst, dass diese Babys gegrillt werden?«

»Ich weiß nichts. Ich kann lügen, aber dann kommst du zurück wie heute, deshalb sage ich die Wahrheit.«

Strawl verfluchte Marvin, dann setzte er die Pistole mit dem Lauf nach oben ans Ohr der alten Frau und feuerte. Sie schrie auf. Blut aus ihrem Ohr spritzte ihm ans Handgelenk. Marvin kniete sich hin und fing seine Frau auf, die zu Boden stürzte. Strawl schaute auf die beiden hinunter.

»Du sagst mir Bescheid, wenn du von ihm hörst, sonst kommt ihr anderes Ohr auch noch dran.«

6

Strawl ritt zum Keller Butte, um dort sein erstes Lager aufzuschlagen. Der Felsensporn erhob sich aus dem langen Rücken, der die Stämme der Nespelem und der San Poil seit tausend Jahren voneinander trennte und die beiden gleichlautenden Flüsse noch erheblich länger. Strawl lagerte an einem Joch, von dem aus er auf Marvins Weide und Hütte schauen und alle Zugänge überblicken konnte. Hinter ihm war eine riesige Granitplatte, die ihm – außer in den Morgenstunden – Schatten versprach und die Lichter der Ortschaft Keller bis auf ein Leuchten jenseits eines weiteren, niedrigeren Bergrückens verbarg. An einer Ponderosa-Kiefer fand er Äste mit Nadeln, die dort lagernde Hirsche weich gelegen hatten; er schnitt die untersten ab, um sich daraus ein Bett zu bauen, dann legte er seine Schlafrolle aus und wartete auf die Dunkelheit.

Dreißig Meter tiefer und sechzig Meter entfernt spielten Marvins Enkel Fangen und trommelten mit Stöcken auf einer Pfanne herum. Das Trommeln stieg bis zu ihm hinauf. Marvins Frau lag zusammengerollt auf einer Decke unter dem Picknicktisch und fing die letzten Strahlen der untergehenden Sonne ein. Marvin kam mit einem Eimer Wasser zu ihr. Er weichte einen Lappen ein und wusch ihr vorsichtig das Gesicht, dann mahnte er die Kinder auf Salish, still zu sein. Sie hörten mit dem Krach auf und legten sich wie kleine Welpen zu ihr. Strawl konnte sich ihr gemeinsames Leben ebenso wenig vorstellen wie das eines Ameisenhaufens.

Strawl wischte eine Kuhle aus und schichtete Kiefernreisig auf. Er legte Zweige einer umgestürzten Birke dazu, zündete alles an und schürte das Feuer, bis es gut brannte, aber niedrig genug war, um nicht bemerkt zu werden. Er goss Wasser aus seiner Feldflasche in die Bratpfanne und machte sich Brot zu seinem Dörrfleisch.

Sein ganzes Erwachsenenleben lang hatte er Menschen gesehen, die jahrelang jeden Tag immer wieder das Gleiche machten, und er war froh gewesen, dass dies nicht sein Schicksal gewesen war. Er bevorzugte Einsamkeit, doch in letzter Zeit war ihm klar geworden, dass das nichts mit freier Wahl zu tun hatte. Elijah hatte seine Meinung zum Leben als Farmer und zu Strawl deutlich zum Ausdruck gebracht, kaum dass seine Mutter gestorben war und er einen Scheck in der Hand gehalten hatte, den er zu Barem machen konnte. Ida wiederum hatte ihre Zeit allein in seiner Gesellschaft genossen. Dot zog dem ein Buch vor. Und die Enkelkinder nahmen die Geschenke, die er aus der Stadt mitbrachte, nur zögerlich entgegen. Wenn er mit ihnen rangelte und dabei etwas lockerer ließ, damit sie ihn in die Nase zwicken oder ihm auf die Ohren hauen konnten, nutzten sie das lieber dafür, zu Mutter oder Vater zu fliehen. Er war schlechte Gesellschaft, das war offenkundig, und die Ereignisse des Tages waren dafür mehr als Beweis genug. Vor zwanzig Jahren hatte er solch einen Ruf mit Respekt verwechselt, doch wenn er allein auf Fährtenlese war oder kampierte, ging ihm auf, dass dies vielleicht in der Stadt so war, aber nicht in seiner eigenen Vorstellung. Er beugte sich vor und nahm eine Handvoll Erde auf. Nichts war gerechter als Erde. Zur Erde zurückzukehren, glich alles wieder aus. Zwei Frauen, zwei Blumensträuße, zwei Prediger, eine zweitägige Sauftour, zumindest bei Ida, und das alles für Erde, die wieder zu Erde wurde.

Bei Sonnenaufgang wachte Strawl verkrümmt und mit Schmerzen auf und blieb die ganze Tasse Kaffee über verschlafen hocken. Im Morgenlicht ging er noch einmal die Unterlagen in der Aktenmappe durch. Er legte sich die Verhörnotizen zurecht, die ab dem dritten Mord auf gelbem Papier getippt worden waren, wohl weil Dice und Higgenbothem aus Wenatchee damit begonnen hatten, Druck auf die Untersuchungen der BIA auszuüben. Niemand hatte eines der Verbrechen beobachtet, niemand erinnerte sich an die Opfer, abgesehen von kurzen Beschreibungen, auch nicht an irgendwelche Streitigkeiten vor den Morden.

Die Taten wiesen komplizierte Muster auf, die Opfer selbst hingegen gar keine, bis auf die Tatsache, dass sie sich alle nicht gewehrt hatten. Lag dem Ganzen Hass zugrunde, dann steckten in der Brust dieses Mannes ein Herz, das Winterkälte pumpte, und im Kopf ein Verstand so geduldig wie der eines Bussards. Die meisten Verbrechen wurden aus blanker Gier begangen, auch wenn die Täter eher von Bedürfnissen sprachen. Für Kriminelle war das Gesetz eine Fülle von Streitfragen, Raub eine Form der Überredungskunst und Mord fehlgeleiteter Fanatismus. Das machte sie selbstgerecht. Ein Teil von ihnen wollte erwischt werden, sah dies als Abrechnung an. Strawl verstand sie, gab ihnen gelegentlich sogar recht – die meisten Taten, die ein Mensch begehen konnte, waren zu manchen Zeiten ungesetzlich und zu anderen legal. Die Geburt eines Kriminellen mochte einfach nur zu einem entsetzlich falschen Zeitpunkt stattgefunden haben, genau wie die eines Opfers.

Die BIA war nicht völlig nachlässig gewesen. Neben Marvin hatten sie mit den Anführern jener konföderierten, im Reservat lebenden Stämme gesprochen, die sie auftreiben konnten, doch viele waren nicht länger Methow, Lakes, Nespelem oder Chelan, Palus oder Wenatchi. Die Nez Perce wiesen noch genügend Kennzeichen auf, um sich von anderen Gruppen zu unterscheiden, auch die Bird People blieben unter sich, aber die anderen hatten sich zu einem so gemischten Eintopf verrührt wie die Weißen. Niemand wusste etwas über die Verbrechen, und wenn doch, dann wollte keiner etwas der Polizei der BIA sagen.

Unter dem Bericht fand sich eine Liste mit Verdächtigen. Rutherford B. Hayes, ein knapp zwei Meter großer Kerl aus Indiana, hatte mit Mitte dreißig schon eine ziemliche Schneise der Verwüstung geschlagen und sich so den Spitznamen Pale Horse verdient. Strawl hatte ihn bereits drei Mal verhaftet; beim letzten Mal hatte er achtzehn Monate in Monroe absitzen müssen. Die Zeit im Knast zähmte ihn nicht gerade, sondern entfremdete ihn nur noch mehr von den Menschen. Er baute sich aus Baumstämmen und Grasnarben ein ansehnliches Haus, für das er sich die Holzschindeln vom Sägewerk klaute, aber nur, weil er nicht das Werkzeug hatte, sich selbst welche zu schneiden. Strawl weigerte sich, in dem Fall zu ermitteln, berief sich auf Mangel an Beweisen, dabei war das Zedernholz auf Hayes' Dach unbestreitbar da.

Schwieriger war die Frage nach dem Land, auf dem Hayes gebaut hatte. Es klammerte sich an die windabgewandte Seite des Granite Mountain. Gehörte Hayes das Land oder nicht? Eigentlich gab es darüber nicht viel zu diskutieren: Er hatte weder eine Besitzurkunde noch eine Quittung. Das Land wurde von der Stammesverwaltung und von der Forstbehörde beansprucht, aber Strawl weigerte sich, ohne ordentliche rechtliche Rückendeckung eine Klage zuzustellen. Das Haus blieb, wo es war. Hayes züchtete eine Meute Doggen, die genauso mürrisch waren wie er selbst. Ihr Gebell war meilenweit zu hören, und Gerüchten zufolge hatten die Tiere den letzten Braunbär in der Gegend gerissen.

Hayes war zu einem Mord fähig, fand Strawl, aber die Art von Aufmerksamkeit, die diese Morde weckten, widersprach den letzten zwanzig Jahren im Leben des Mannes. Dennoch, ohne Widersprüche kam kaum ein gelöstes Verbrechen aus.

Der Nächste auf der Liste war allerdings noch in voller Blüte: Jacob Chin, genannt *Der bei den Schwestern liegt.* Chin, halb Chinese, halb Indianer, hatte zu Beginn sein Geld auf ehrliche Weise als Cowboy verdient. Doch er ritt die Pferde auf derart brutale Weise zu, dass sie häufig zuschanden kamen oder so nervös wurden, dass sie schon bei einer Änderung der Windrichtung bockten. Gewaltverbrechen waren eher sein Ding. Er führte so etwas wie einen Schwarzmarkt im Reservat, verscherbelte an die Kulis Opium und getrocknete Kokablätter, die ihm ein Cousin aus Venezuela schickte. In Inchelium gehörten ihm zwei Schindelhäuser, in denen er jeweils eine dürre Indianerin für drei Dollar pro Nummer anbot. Erst als Strawl schon im Ruhestand war, hatte Chin ziemlich Wind gemacht; aber alles, was er über den Mann wusste, war reines Hörensagen. Seine Straftaten interessierten Strawl weniger, seine Vorliebe für Indianer schon mehr. Mit vierzehn hatte er seinen San-Poil-Onkel mit einer Schaufel erschlagen. In seiner Akte fanden sich acht tätliche Angriffe, alle auf Indianer, und in einer Gegend, in der Schlägereien so gut wie nie gemeldet wurden, war das schon eine Menge.

Auf der Liste war auch einer der Bird-Jungs. Die trieben sich in Banden herum, und Strawl konnte den Namen nicht denen zuordnen, die er kannte. Die Birds, eine lockere Gruppe aus Onkeln, Neffen, Cousins und Brüdern, hielten zusammen und waren nicht sonderlich an der Stadt interessiert. Tauchten sie doch einmal dort auf, machten sie Ärger, und Gerüchten zufolge hatten sie mit dem Tod von Tar Evans zu tun gehabt, eines Trappers, der nicht wusste, wann er mit dem Saufen und Reden aufhören musste. Zwanzig Jahre lang war Evans bergab und mit dem Kopf voran in sein Grab gerannt. Sein Tod war weniger ein Verbrechen denn Ergebnis seiner Natur gewesen. Er war von einem Schlag mit einer Latte niedergestreckt worden, was Vorsatz eher unwahrscheinlich machte. Der Mann jedoch, nach dem Strawl suchte, hatte mehr Vorsätze als ein Stachelschwein Borsten.

Strawl stand ebenfalls auf der Liste. Sie hatten keine Begründung dazu notiert – keine Waffe, kein Motiv –, abgesehen von seiner Vergangenheit und seiner allgemeinen Bösartigkeit. Es überraschte ihn nicht. Das also war der Grund, warum sie ihn die Akte nicht hatten einsehen lassen. Denn stimmte der Verdacht, hätte er so einen Tipp erhalten, und wenn nicht, mussten sie mit seiner Rache rechnen. Wenn man auf Grizzlyjagd ging, hatte man sich mit der Tatsache abzufinden, dass der Bär ebenfalls auf der Jagd nach einem war und für diese Aufgabe besser gerüstet; das Gleiche galt für Strawl und die Polizei, und er war noch dazu bewaffnet. Die BIA wollte sich da lieber aus der Schusslinie halten.

Es gab keinerlei Gesprächsnotizen. Strawl vermutete, dass die Indianer nicht gewillt gewesen waren, ihre Theorien den Vorgesetzten vorzutragen und Schläge oder Schlimmeres zu riskieren. Und ihre jüngste Begegnung mit Strawl bewies ja, dass ihre Vorsicht nicht unbegründet gewesen war.

Strawl stocherte in der verglimmenden Asche des morgendlichen Feuers herum und goss den Kaffee darüber. Es war noch kühl, aber die Schwüle des Vortages war einem Hochdruck gewichen, und der Himmel war blau. Strawl schloss die Augen, um sie vor dem Qualm zu schützen. Neidvoll erinnerte er sich an die guten Augen, die seine ersten indianischen Scouts gehabt hatten. Sie unterschieden Braun- und Grüntöne, wie das nur Indianer konnten, registrierten jede Bewegung.

Strawl war mit sechzehn zur Armee gegangen. Dort trank er Whiskey, lieferte sich Kämpfe und gewöhnte sich an die Wachstube in Denver. Alles regte ihn auf, alles ein wenig, nichts mehr als anderes. Er fraß vieles in sich hinein, mit dem Ergebnis, dass er eines Tages mehr schluckte, als ein Mann verdauen konnte, und mit einem Mal ertrug er es nicht mehr, wenn sich jemand wie ein Mensch verhielt. Dann ging schnell ein Handgemenge los und auch wieder vorbei, jemand endete als blutiger Haufen am Boden, und plötzlich lag dessen Leben in Strawls Hand. Manche schauten flehend, andere vertrauensvoll, wieder andere warteten nur darauf, dass Strawl sich entschied.

Schließlich forderte der Kommandant ihn auf, die Armee zu

verlassen oder sich versetzen zu lassen. Er entschied sich für Letzteres, ritt neun Monate lang als Postkurier in Astoria, Oregon, und wann immer er Ausgang hatte, ging er an den Pazifik, angelte und sammelte Muscheln.

Das Meer war ihm ein Trost. Das Rauschen der Wellen und der Wind, der ganz voll war mit den unparfümierten Düften all dessen, was unter den Wellen lebte und starb, brachten seinem Herz Ruhe und bezwangen seinen Verstand, so wie das Wissen um den Allmächtigen einen Gläubigen bezwang. Aus dem Meer zog er die einzige spirituelle Führung, auf die er Anspruch erhob, auch wenn er das nicht in Worte fassen konnte.

Ein Magengeschwür machte ihn zudem zum Abstinenzler. Eigentlich war er ganz glücklich über diese Ausrede. Denn wenn er trank, dann tat er das nicht halbherzig, dann löschte die Trunkenheit ihm Gedächtnis und Bewusstsein aus wie eine Decke, die man über ein Feuer legte. Doch sein Körper machte auch ohne Alkohol einfach weiter, wurde von Winden angefacht, die er nicht verstand. Die vielen Trümmer und blauen Augen, die er hinterließ, waren Beweis genug für ihre Stärke.

Zwei Mal wurde er während seines Dienstes von Banditen angegriffen, beide Male gab er seine Postladung nicht her. Beim zweiten Mal schlug er einen der Goldwäscher mit der Pistole nieder und lieferte ihn über den Sattel gebunden bei den Behörden ab. Als der Colonel in Tonasket einen Polizisten brauchte, wurde er zum Sergeant ernannt und abermals versetzt.

Strawl schaute zu, wie der Tau im milder werdenden Vormittag verdunstete. Er zündete sich eine Zigarette an. Der Schornstein über Marvins Hütte gab Qualm von sich; Marvin oder seine Frau machte Feuer für das Frühstück.

Stick war ausgeruht. Strawl stieg auf das Pferd und lenkte es nach Norden. Er ritt über Wildwechsel, ließ das Pferd sich seinen eigenen Weg suchen, wenn die Wiesen verschwanden und nackten Hügeln wichen, auf denen Hirsch und Elch keine

Pfade brauchten. Der Kühle des Vormittags folgte eine fast angenehme Wärme, dann eine Hitze, in der Stick schäumte vor Schweiß, bis Strawl ihn an die Kandare nahm. Die Sonne verschwand schneller, als sie aufgegangen war, Abendröte legte sich einen rostig strahlenden Atemzug lang über das Land, dann breitete sich Dunkelheit aus, und der Schweiß, der seinen Hut und sein Hemd befleckte, ließ Strawl frösteln. Er kampierte auf einem Kamm jenseits des Granite Mountain und, so hoffte er, außerhalb der Geruchsreichweite der Doggen.

Am folgenden Morgen stand er auf und umkreiste den Berg, bis er einen Kamm fand, der auf der anderen Seite lag und ihm einen Blick auf die Tür von Rutherford Hayes' Hütte erlaubte, ohne dass der Wind ihn an die Hunde verriet. Er band Stick an eine Tamarack-Lärche und ruhte sich im schmalen Schatten des Baumes aus, bis Hayes die Tür öffnete. Strawl bohrte zwei Kugeln in die unterste Treppenstufe der Veranda Der Mann stürzte ins Haus zurück und kam mit einem Gewehr wieder, dick wie ein Zaunpfahl.

»Ruf die Hunde zusammen, Root«, rief Strawl.

Hayes drehte den Kopf, suchte nach Strawl.

»Wenn ich dich hätte treffen wollen, würdest du schon bluten. Es geschieht dir nichts.«

»Wer bist du?« rief der Mann.

»Russell Strawl.«

»Sheriff Strawl?«

»Ich habe keinen Haftbefehl auf deinen Namen und nicht die Absicht, dich da von der Veranda zu holen. Ich will nur reden, das ist alles.«

»Na, dann komm«, rief Hayes. Er pfiff, und fünf Hunde, von denen jeder Einzelne fast so viel wog wie Strawl selbst, kamen aus unterschiedlichen Richtungen aus dem Unterholz. Strawl ließ noch fünf Minuten verstreichen, für den Fall, dass es Nachzügler gab, dann ging er von seinem Aussichtspunkt zu der Anhöhe, auf der Hayes' Hütte stand.

Hayes saß mit einem abgebrochenen Taschenmesser auf der Veranda und polkte Strawls Kugeln aus der Treppe. Die erste, ein zerdrücktes Stück Blei, lag neben ihm.

Strawl war überrascht, dass der Mann so glatt rasiert war, als hätte ein Barbier ihn bedient; auch sein inzwischen graues Haar war zwar vielleicht nicht modisch geschnitten, aber doch zumindest von annehmbarer Länge. In seinem Gesicht standen die Falten, die man nach zwanzig Jahren erwarten konnte. Nur in seinen Augen stimmte etwas nicht. Die blaue Iris war zu hell, etwas fehlte darin, war durch etwas anderes ersetzt worden. Hayes blinzelte Strawl an, als wäre dieser weit weg.

»Wie geht's, Rutherford?« fragte Strawl.

»Das bin ich«, antwortete Hayes. »Das ist mein Name.«

»Rutherford«, sagte Strawl. »Ich kenne dich schon seit Langem. Du musst dich mir nicht vorstellen.«

»Du hast mich hier gelassen«, sagte Hayes. »Die wollten mich von hier verjagen.« Der Mann sprach erst leise, dann wieder lauter und wieder leiser, so als suchte er nach der richtigen Lautstärke, in der man miteinander redete.

Strawl sagte: »Ich habe dich auch ins Gefängnis gebracht, erinnere dich.«

Hayes sah ihn lange, zu lange an, aber Strawl bemerkte nichts Rüdes in diesem Blick.

»Das brauchte ich auch«, sagte Hayes.

Die Hunde wimmerten und kratzten an der Tür.

»Okay, wenn ich sie rauslasse?«

»Solange sie nicht versuchen, mich umzureißen.«

Hayes lachte. »Die wollen nur rausfinden, ob du einer von ihnen bist oder einer von mir. Viel mehr Unterschiede machen sie nicht.« Er reichte Strawl eine Handvoll Trockenwildfleisch. Die Hunde ergossen sich zur Tür heraus, und Strawl gab jedem einen Leckerbissen. Sie stritten nicht wie Stadthunde, machten kein Tamtam, schlangen das Fleisch nicht hinunter. Nein, sie warteten, bis jeder ein Stück hatte. Strawl tätschelte einen der

Hunde, und die anderen wimmerten, also bekamen sie alle ihren Anteil an Zuwendung ab.

»Angenehme Gesellschaft«, meinte Strawl.

»Sichere Gesellschaft«, sagte Hayes.

»Sicherer als Menschen, meinst du?«

Hayes brauchte zehn Minuten, um seine Gedanken zu sortieren, aber Strawl fand, er hatte hier keine Eile und reichlich Zeit zum Philosophieren.

»Andersherum«, meinte Hayes dann. »Sie sind keine Menschen. So sind sie sicher vor mir.«

»Menschen können anstrengend sein«, pflichtete Strawl ihm bei.

Hayes schüttelte den Kopf. »Ich brauche die Dinge schlicht Ich bin sonst gefährliche Gesellschaft.« Er kratzte sich an einem Leberfleck unter dem Kinn. »Hunde sind leichter im Umgang, die schreien nicht herum, wenn ich was falsch verstehe.« Hayes nickte zu Stick hinüber, der die Lärchennadeln unter dem Baum beschnupperte, an den er gebunden war. »Ich vermisse die Pferde«, sagte er. »Als Junge konnte ich gut mit Pferden umgehen.«

»Könntest du hier oben gut gebrauchen«, meinte Strawl. »Ich bin überrascht, dass du noch keins in deinem Zoo hast.«

Hayes nahm die zerschlagene Kugel mit den Fingern auf. Strawl sah, wie die Finger sie auf die andere Handfläche legten. Einen Augenblick lang wog Hayes sie in der Hand, dann schlossen sich die Finger darum. »Zu leichtes Vorankommen. Würde mir vielleicht gefallen«, sagte er. »Vielleicht auch nicht. Beides passt mir nicht.«

Strawl setzte sich und zog seinen Tabaksbeutel aus der Hosentasche. Er drehte eine Zigarette, bot sie Hayes an und drehte sich dann selbst eine. Hayes zog vorsichtig und hustete, dann zog er noch einmal, pustete den Rauch aus, dachte eine Minute nach und warf dann die Kippe zu Boden, wo sie vor sich hin qualmte.

Strawl zog an seiner Zigarette und atmete aus. »Ein mühsames Laster«, sagte er. »Ohne bist du besser dran.«

Hayes sagte eine Stunde lang nichts. Erst wirkte die Stille ungelenk, dann langweilig, dann angenehm. Strawl sah über den festgetretenen Platz hinaus, schaute den Hunden beim Raufen zu und wie sie sich dann einen Nachmittagsschatten suchten. Sie dösten friedlich, und Strawl beneidete sie. Ein paar frühe Gänse durchfurchten den Himmel. Ihr Geschnatter klang wie Lachen. Strawl beobachtete sie zwanzig Minuten lang und versuchte vorherzusagen, an welchem Wasserloch sie sich wohl niederlassen würden. Er stand auf, ging über den Hof zu Stick, pumpte Wasser in einen Eimer und gab dem Pferd zu trinken. Dann zog er Kaffee und Zichorie aus der einen Satteltasche und seinen Kaffeetopf aus der anderen. Hayes lächelte, trug alles ins Haus, zündete den Franklin-Ofen an und bereitete den Kaffee zu. Anschließend kehrte er mit zwei gefüllten Bechern zurück, darin je ein Zweig Minze, die wild hinterm Haus wuchs.

»Hast du in letzter Zeit jemanden umgebracht?« fragte Strawl.

Hayes nahm sich eine weitere Viertelstunde Zeit für die Antwort. Von jedem anderen Mann hätte Strawl einen Haufen prächtiger Ausreden erwartet, aber Hayes schien es nur um Genauigkeit zu gehen.

»Es müsste erst vor Kurzem gewesen sein«, fuhr Strawl dann fort. »Mit jeder Menge Firlefanz drum herum. Und mehr als einer.«

Hayes besah sich seine Hände. »Mein Verstand arbeitet nicht mehr so wie früher«, sagte er. »Nicht abgenutzt wie bei alten Leuten. Er arbeitet nur nicht mehr richtig mit den Wörtern. Ich erinnere mich bloß noch an das Wetter und an Gerüche, aber ich kann es nicht in Worte fassen, weil die Wörter mir versagen, wenn das Wetter weiterzieht.« Er wirkte wie ein Kind. Er weinte. Kein Schluchzen, nur Tränen, die ihm aus den Augen quollen und die Wangen hinunterliefen. »Ich erinnere mich seit langer Zeit nicht mehr an Menschen«, erklärte er. »Ich gebe zu, ich hatte Mordlust in mir. Vielleicht ist sie ohne mein Wissen wieder rausgekommen.«

Strawl rauchte zu Ende.

»Schätze, du brauchst mich für einen Prozess«, sagte Hayes.

Strawl schüttelte den Kopf. »Du warst es nicht.«

»Verstehe ich nicht.«

»Diese toten Männer. Darüber muss jemand lange nachgedacht haben«, sagte Strawl. »Darin steckt mehr Grausamkeit, als ein Mann einfach aus Versehen aufbringt.«

Strawl machte mit den Lippen ein schmatzendes Geräusch, und zwei Hunde kamen zu ihm. Er tätschelte ihnen die Köpfe und hörte sie in der Hitze hecheln. Ein dritter brachte ihm einen Stock und legte ihn vor seine Füße. Strawl warf ihn fort und schaute zu, wie die drei Hunde übereinanderpurzelten wie ungestüme Kinder. Einer brachte den Stock zurück, Strawl warf ihn erneut, und wieder jagten sie hinterher, doch diesmal waren sie so damit beschäftigt zu balgen, dass sie den Stock ganz vergaßen.

»Das war's also?« fragte Hayes.

»Das war's«, antwortete Strawl. »Tut mir leid, dass ich so reingeplatzt bin. Ich weiß, die Menschen sind dir unangenehm.« Er pumpte sich etwas Wasser in eine Hand und wusch sich das Gesicht. »Rutherford, hast du irgendetwas Ungewöhnliches in der Gegend bemerkt?«

Hayes antwortete: »Feuer nördlich.«

»Der Wald brennt doch diesen Sommer überall.«

»Holzrauch«, fuhr Hayes fort, »Tamarack wahrscheinlich. Nichts Pechartiges wie Astansätze oder Wurzelstöcke, nichts Hartes wie Obstbäume. Ein Ofen vielleicht oder ein Camp.«

»Wie weit nördlich?«

Hayes schniefte. »Nicht bis Kanada«, sagte er. »Aber auch nicht weit davon weg.«

»Riechst du es auch jetzt noch?«

Hayes nickte.

»Und warum hast du mich nicht gerochen?«

»Du hast nicht gebrannt.«

Strawl rauchte wieder. War man allein, dann schärften sich die Sinne am weiten Land wie eine Klinge am Schleifstein. Strawl wusste das; seine eigenen Sinne waren auf ähnliche Weise geschärft worden. Er hatte Männer gekannt, die behaupteten, sich nur anhand von Gerüchen orientieren zu können, doch kein Talent überstieg das Hören und Sehen eines ganz normalen Menschen, der aufmerksam blieb.

Hayes hatte allerdings keinen Grund, zu lügen oder sich zu brüsten. Strawl zweifelte seine Ehrlichkeit nicht an. Doch wenn man eine Klinge lange genug über einen Stein zog, war selbst der beste Stahl irgendwann mal abgeschliffen, und dann hatte man nichts mehr in der Hand außer einem Knochengriff und Spänen.

»Und hast du sonst noch etwas Interessantes gesehen?« fragte Strawl.

»Na ja, ich hab einen frischen Pfad entdeckt. An einer Stelle waren da viel Blut und ein totes Baby.«

»Das könnte interessant sein, Root.«

»Der Pfad war nichts Besonderes. Ein Wildwechsel, den jetzt auch Menschen nehmen.«

»Mit Blut und Baby auf dem Pfad, oder hast du beides getrennt voneinander gefunden?«

»Nach einer halben Meile etwa. Nicht ausgeblutet. Ein großer Fleck und das Baby mittendrin. Winzig wie ein Welpe. Die Kojoten hatten sich noch nicht über die Nachgeburt hergemacht, aber die Elstern stritten sich schon darum, da hab ich sie weggescheucht.«

»Eine Fehlgeburt wohl«, sagte Strawl.

»Dachte ich auch.«

Strawl streckte die Hand aus. »Also, ich bewundere deine Nase«, sagte er. »Und danke für die Mühe.«

Hayes erwiderte nichts darauf, doch als Strawl aufstand und gehen wollte, machte er eine Bemerkung über den zur Neige gehenden Tag und fragte, ob Strawl auf seiner Veranda kampieren wolle. Strawl nahm das Angebot an. Hayes gab ihm die Reste eines Elch-Stews zu essen, recht fad, ohne Salz und Pfeffer, aber so sämig und voller Wildgemüse, dass sie es mit Messer und Gabel essen konnten. Hayes hatte kein Brot, also briet Strawl etwas von seinem Mehl mit einer Prise Stärke zu einem guten Fladenbrot, mit dem sie die Soße aufwischten. Den Rest verfütterten sie an die Hunde, die schon darauf warteten, an die Reihe zu kommen.

7

Am nächsten Morgen stand Strawl auf und wunderte sich, dass Hayes in seinem selbst gebauten Bett liegen blieb und weiterschlief. Strawl nahm an, dass ihre kurze Unterhaltung für Hayes ebenso anstrengend gewesen sein musste wie der lange Lauf für den Griechen in Marathon. Er ließ ihm Kaffee da, etwas Salz, eine Kerze und ein Streichholzbriefchen, dazu noch ein wenig Tabak für den Fall, dass Hayes doch noch seine Meinung ändern sollte. Dann verabschiedete er sich mit einem weiteren Stück Dörrfleisch von den Hunden.

Er ritt bis zum frühen Abend, genoss die Kühle, dann begegnete er einem Jungen, der eine Reihe Esel mit einem Stock vor sich hertrieb. Die Esel waren mit Flanell- und Wollballen beladen sowie mit anderen Kurzwaren und Säcken voller Mehl und Getreide aller Art. Dem Jungen waren wohl vor längerer Zeit die Haare unter einer Schüssel geschnitten worden; nun hingen sie ihm ins Gesicht, das rund war und Strawl engelhaft vorkam. Er war noch ein wenig pummelig, musste erst noch die Drahtigkeit des Heranwachsenden erreichen und watschelte beim Gehen.

Strawl ließ Stick anhalten.

»Wo willst du hin?« fragte er den Burschen.

Der Junge wies in die Richtung, aus der Strawl gekommen war.

»Bringst du das alles zu Hayes?«

Der Junge schüttelte den Kopf. Die Esel grasten in der Haargerste ringsum. Der Bursche scheuchte eins der Tiere von einer Distel fort. Strawl bot ihm ein Stück Dörrfleisch und etwas übrig gebliebenes Brot an. Dann schaute er dem Jungen zu, wie er beides so sorgsam aß wie ein Waschbär.

»Weißt du irgendetwas über ein totes Baby?«

Der Junge schüttelte erneut den Kopf.

»Kannst du sprechen?«

»Ja, Sir.«

»Hast du was angestellt?«

»Nein.«

»Na, dann benimm dich auch nicht so, als ob«, ermahnte ihn Strawl. Er ließ ein Stück Fleisch fallen. Der Hund roch daran und blickte dann zu dem Jungen auf, der nickte. Der Hund schnappte sich das Dörrfleisch, dann trottete er in den Schatten einer Fichte und fraß es.

»Ein guter Hund«, sagte Strawl und trieb Stick voran.

Er ritt weitere zehn Meilen und überdachte seine Möglichkeiten. Jacob Chin wohnte in einer anderen Richtung und erforderte viel mehr Zeit und Energie, als er für eine Fährte der BIA zu investieren bereit war. Stattdessen beschloss er, in Keller ordentlich zu essen und sich dort mal umzuhören. Er bog von dem Pfad ab, der zu Marvin führte, und machte sich auf den Weg zum Fluss und zu der Ortschaft. Keller lag am Rande des Swahila Basin, einer flach verlaufenden Steppe an der Mündung des San Poil River. Der Ort hatte früher eine Viertelmeile tiefer gelegen, dort, wo der Fluss in den Columbia River mündete, aber das Bureau of Reclamation hatte den ganzen Ort aufgekauft, Land, Gebäude, Straßen, und dann niedergebrannt, um den neuen Ufern des Auffangbeckens Platz zu machen. Im Westen konnte Strawl am Flussufer ein paar verlassene Häuser ausmachen. Darunter lag auf einer ehemaligen Weide ein Friedhof voll offener Gräber. Ein Arbeitstrupp von drei Indianern stach mit Schaufeln in den Boden. Ein Mann brachte Leichen zu einem höher gelegenen Fleck, wo ein zweiter Trupp sie umbettete. Der katholische Priester murmelte sein »Asche zu Asche« über den Toten, die nie erfahren würden, dass sie ansonsten verdammt wären, und legte ein Zinnkreuz zu Töpfen und Perlen und Kopfschmuck. Zimmerleute hatten die Särge aus einfachen Brettern genagelt. Die Kirche hatte darauf bestanden, dass die sich auflösenden Decken und Kleider ersetzt wurden, in die die Skelette bisher gewickelt waren. Keiner machte sich die Mühe, die leeren Gräber wieder zu schließen. Der steigende Wasserpegel würde sie ohnehin fortwischen.

Von all den Ansiedlungen des Countys war Keller Strawl immer am liebsten gewesen. Die winzigen Häuser hatten entlang dem Flusslauf gestanden, jedes mit eigenem Steg, mit Gestellen, um den Fisch zu trocknen, und stetig brennenden Fässern, die das Tal mit duftendem Kiefernqualm erfüllten. Kleine Schlepper waren im Kanal zwischen den beiden Flüssen geschippert, hatten mit zusammengeketteten Auslegern das Holz gezogen, welches die Holzfäller und Rücker in den schmalen oberen Flussarm geworfen hatten. Ein kleines Sägewerk zerlegte die Kiefern zu Brettern, und eine Mühle mahlte den Sommerweizen, den die Rancher oben im Canyon anbauten. Eine Fähre fuhr abwechselnd nach Westen und Norden, transportierte Güter und Reisende zur oberen Hälfte des Colville-Reservats oder brachte sie zu den Farmen auf der anderen Seite des Columbia River. Größter Stolz der Ortschaft war immer noch ein halb professionelles Baseballteam voll junger Talente, die den Ball werfen und die Schläger schwingen konnten, als hätten sie seit tausend Jahren nichts anderes getan. In der Stadt gab es nur eine Bar, aber dafür einen Eisenwarenladen, der auch Schwarzgebranntes anbot, einen Pferdestall und einen Kurzwarenladen, wo die Frauen Gabardine und Gingham kaufen konnten, dazu zwei Kirchen, eine katholisch, die andere methodistisch; beide hießen jedoch jeden Kirchgänger willkommen.

Strawl vertrödelte den Rest des Tages im Lebensmittel- und Eisenwarenladen. Erst hockte er auf den Verandastufen, wo die Stammkunden vorbeilaufende Bekannte anhielten und Neuigkeiten austauschten. Um ihn allerdings machten sie einen weiten Bogen. Die Nachricht von seiner Anwesenheit verbreitete sich, die Kauflustigen verschoben ihre Einkäufe, bis der Ladenbesitzer schließlich Strawl anflehte, die Veranda zu verlassen. Strawl ging daraufhin in die Kirche, wo der neue Pfarrer, der ihn nicht kannte, zu sehr mit den Sorgen seiner entwurzelten Gemeinde beschäftigt war und mit dem Problem, eine Kirche zu haben, die bald zu sehr unter Wasser stehen würde, um eine große Hilfe zu sein. Als Strawl ihm erklärte, es würden bereits Babys sterben, sah der Mann so aus, als wollte er gleich in Tränen ausbrechen, doch Antworten hatte er keine.

Als Nächstes überlegte Strawl, einfach irgendwelche Personen zu verhaften, um ihnen Angst einzujagen, und sie dann mit Fragen und Anschuldigungen zu bepfeffern, aber wenn er wollte, dass die Menschen sich vor ihm fürchteten, dann hatte er das schon erreicht, und wenn sie noch mehr Angst vor ihm bekämen, hätten sie nur noch mehr Grund, zu schweigen, nicht weniger. Jede Person, der Strawl begegnete, wusste, wer er war, ob er sie nun kannte oder nicht. Praktisch alle hatten Verwandte oder Bekannte, die von ihm schon mal eine Tracht Prügel, eine Kugel oder ein Verfahren mit anschließender Gefängnisstrafe erhalten hatten. Lori Carlin, ein Farmer, setzte sich zu ihm und sprach mit ihm, doch sein einziger Beitrag zum Fall war, dass es sich bei den Mördern sicher nicht um Stick Indians handelte, um Geister, denen die Weißen und die Indianer so schlechte Dinge zuschrieben wie platte Reifen oder gefallene Frauen.

»Diese Geister sind nicht böse«, erklärte der Mann. »Nur widerspenstig.«

Am Nachmittag beschloss Strawl, noch mal von vorn anzufangen. Er aß in einem kleinen Eichenhain, hielt dort bis zur Dämmerung ein Nickerchen und ritt dann in Richtung des alten Orts, wo es vielleicht eher Leute gab, die ihm mehr als nur Gerüchte zutragen konnten.

Am Abend sah Strawl dort jedoch als Erstes die Füße seines Sohnes, der an ein Seil gebunden war und von einer Pappel baumelte. Die einzige noch brennende Straßenlaterne im Ort beleuchtete das Dach der Kneipe, ließ aber Baum und Elijah im Schatten, sodass er fast vorbeigeritten wäre.

Strawl fuhr mit den Augen die Beine hinab, von den Fußfesseln bis zu den nach außen gekehrten Hosentaschen. Elijahs nackte Arme, die hinter seinem Rücken zusammengebunden und an den Gürtel gefesselt waren, hatten Gänsehaut, aber auf seinem Gesicht erschien ein Grinsen.

»Sieht so aus, als würdest du in der Klemme stecken«, sagte Strawl.

»Hab schon Schlimmeres erlebt.« Weil er kopfüber hing, war Elijahs T-Shirt die schmale Brust hinaufgerollt, und man konnte seine Rippen zählen. Davon abgesehen, wirkte er unbeeindruckt, seine braune Haut glänzte wie das lackierte Walnussholz ihres Küchentischs, seine Augen waren noch dunkler. Pupille und Iris schienen eins zu sein. Sie spiegelten wider, was sie sahen, und hüteten es gleichzeitig. Seine hohen Wangenknochen liefen an Kiefer und Kinn spitz zu und umfassten sein wölfisches Gesicht wie ein Dreieck. Bald nach Idas Tod hatte er sich die Haare kurz geschnitten. Er pflegte sie mit Öl und zog den Scheitel so sorgfältig, dass Dot behauptete, er würde die Haare zu beiden Seiten abzählen. Er war halb betrunken, halb verrückt, aber ganz er selbst.

»Schon lange hier?« fragte Strawl.

»Lang genug, dass ich allen Spaß hatte, den ich damit kriegen konnte«, antwortete Elijah. »Du könntest mich nicht vielleicht herunterschneiden?«

»Diejenigen, die dich da hochgezogen haben, haben sich ganz schön Mühe gegeben.«

Elijah lachte. Kein Schreien, kein Kichern, ein echtes Lachen. Strawl rollte sich eine Zigarette, zündete sie an, beugte sich vor und schob sie Elijah zwischen die Lippen, dann drehte er sich auch eine. Elijah schmatzte und paffte, bis er genug Rauch einziehen konnte.

Strawls Zigarettenasche flackerte auf und wurde grau. Er zog sein Taschenmesser hervor.

»Hat ja keinen Sinn, wenn die Armen gegeneinander arbeiten, schätz ich«, sagte er. Er zog die Klinge ein paarmal über das Leder und machte Elijahs Hände frei. Das Messer hatte allerdings schon eine Weile keinen Schleifstein mehr gesehen, und das schwere Hanfseil war stärker. Strawl unterbrach seine Arbeit und betrachtete die glänzende, abgewetzte Klinge. Qualm stieg unter ihm von Elijah auf, zusammen mit seinem feuchten Atem. Elijah grinste immer noch und baumelte weiter vor sich hin. Seine Faulheit ging Strawl auf die Nerven; zumindest hätte er sich hochdrücken und so das Seil entspannen können.

»Verjubelst du auch schön mein Geld?« fragte Strawl.

»Das ist ein Haufen Zaster. So schnell geht das nicht. Zumindest nicht mit normalen Annehmlichkeiten. Aber vielleicht habe ich ja Anteile und Aktien gekauft.«

»Du kennst doch nicht mal den Unterschied von Anteilen und Aktien.«

»Egal.«

»Das Land war alles, was ich hatte. Deinetwegen habe ich es geteilt.«

»Es war auch alles, was ich hatte, also hab ich's verkauft. Man sollte eben keine Sachen vererben, wenn man noch eine Weile weiterleben will. Aber ich bin dir nicht böse deswegen.«

»Ich bin schon früher für tot erklärt worden«, sagte Strawl.

»Und wie kümmert sich Hemmer um das Land?«

»Gar nicht. Ich hab's ihm vor sechs Wochen wieder abgekauft. Hat mich den letzten Penny und einen Schuldschein gekostet.«

»Wie schade. Wäre doch ein guter Witz gewesen: Du hockst auf der Veranda und schaust zu, wie er schuftet.«

»Tut mir leid, dich enttäuschen zu müssen.«

Elijah zuckte mit den Schultern. »Vielleicht fällst du ja vom Pferd und wirst zum Krüppel.«

»Morgens fühle ich mich jetzt schon so«, sagte Strawl.

Elijah spuckte die Zigarette zu Boden. Strawl schaute zu, wie sie verglomm.

»Welcher Mensch und Vater ist unter euch, der, wenn sein Sohn ihn um ein Brot bittet, ihm einen Stein geben wird?«

»Du hattest immer reichlich zu essen.«

»Und sie sollen zu den Ältesten der Stadt sagen: Dieser unser Sohn ist widerspenstig und ungehorsam und gehorcht unserer Stimme nicht und ist ein Prasser und Trunkenbold. So sollen ihn steinigen alle Leute seiner Stadt, dass er sterbe, und du sollst so das Böse aus deiner Mitte wegtun, dass ganz Israel aufhorche und sich fürchte.«

»Na, dann bist du offensichtlich taub«, meinte Strawl.

»Oder hier ist nicht Israel.«

»Das sicher nicht«, sagte Strawl. »Verrätst du mir, was du mit dem Geld gemacht hast?«

Elijah, der noch immer am Baum hing, schüttelte den Kopf. Strawl klappte die Klinge ein, drehte sich eine weitere Zigarette, dann eine für Elijah. Er zündete ein Streichholz an und ließ die Schachtel liegen.

»Bedien dich«, sagte er.

Rostende Autos säumten die Straße zur Ruine der alten Siedlung. Seit dem Börsencrash konnten sich nur wenige Benzin oder Öl leisten. Die meisten begnügten sich wieder mit Pferden; die waren langsamer, liefen aber mit nichts als Gras, und das zu rationieren oder zu konfiszieren, hatten die großen Hechte noch kein Mittel gefunden.

Das Sägewerk des Ortes war angesichts der drohenden Flut

geschlossen worden, doch es gab noch ein Lokal, das von einem Chinesen geführt wurde und das beste Essen im Umkreis von hundert Meilen bot. Sein Besitzer Woo hatte nie vorgehabt, derart weit in den Norden zu ziehen, als er ins Land gekommen war, um Schienen zu legen. Später hatte er die Gelegenheit zur Goldsuche genutzt, ein Unterfangen, bei dem Erfolg ebenso gefährlich war wie Misserfolg. Fand man nichts, hungerte man; den wenigen, die etwas fanden, ging es aber oft noch schlechter. Einmal hatten ein Stromer aus Lewiston und seine Partner im Winter sechsunddreißig Männer ermordet. Eine frühe Schneeschmelze lockerte den Grund des Snake River weit genug, um das Seil freizugeben, mit dem die Leichen dort verankert worden waren. Bald trieben sie alle durch die Sägewerksansiedlung, immer eine oder zwei am Tag. Die Schuljungen ließen Bücher und Hausaufgaben liegen und angelten nach toten Chinesen. Der Mörder verprasste seine Beute gerade mit Gin und Huren, als ihn die Nachricht erreichte. Einen Tag später wurde er verhaftet, während er in einem Schaumbad lag. Er hatte wohl angenommen, dass sich wegen eines Schwarms Buddhisten niemand die Mühe machen würde.

Schließlich wanderte Woo im Laufe eines Jahres ins Reservat ein, kochte im örtlichen *Fettigen Löffel* und belieferte Hotels, wobei er genug zusammensparte, um sich mit einem ständig betrunkenen Kanadier zusammenzutun, der eines Tages Richtung Norden verschwand und nicht wiederauftauchte. Strawl hatte gehört, dass Woo zu dickköpfig wäre, um seine Zelte trotz der drohenden Flut abzubrechen. Mehr an vernünftigen Informationen hatte er den ganzen Tag nicht bekommen. Strawl hatte zudem schon seit Jahren nicht mehr vor etwas Exotischerem als einer Hühnerpastete gehockt. Diesen Luxus wollte er sich jetzt gönnen.

Das Lokal hatte kein Schild, aber es war nicht schwer zu finden, denn in dem Ort, wo früher über tausend Menschen gewohnt hatten, lebten keine zwanzig mehr. Ein feuchter

Duft, mehr von Gemüse als von Fleisch, ging von dem Gebäude aus.

Laternen verbreiteten das einzige Licht, an jedem Tisch eine. Die nächststehende flackerte in dem Luftzug, den Strawl hereingelassen hatte. Hinter der Theke kochten drei kleine Chinesen im Schein einer Laterne, obwohl Strawl einen Block entfernt Strommasten gesehen hatte. Sie unterhielten sich in ihrer wie Glockengeläut klingenden Sprache.

Der Raum war ein großes Rechteck, in einem kleineren dahinter befand sich die Küche. Eine Theke, die aus einem der Brände in Nespelem gerettet worden war, stand vor der Küche, dazu ein halbes Dutzend wackliger Barhocker. Im restlichen Raum waren Tische mit karierten Tischdecken verteilt, im Hintergrund thronte ein großer Spieltisch unter einer Deckenlampe. Daran fand ein Spiel statt; Strawl sah vier weiße Männer in Baumwollhemden, einen mit modischer Hose und einem Hemd, das zum Arbeiten viel zu sauber war, und zwei Indianer in karierten Flanellhemden und Leinenhosen.

Die rauen Wänden des Raums waren unverputzt, und eine warme Abendbrise ließ die Tischdecken flattern; aber das Essen war sehr beliebt. Für Woos Gerichte machten viele extra einen Umweg. Drei Mädchen servierten, brachten dampfende Teekannen und Teller voller Reis und Gemüse. Strawl entdeckte Huhn in Aprikosensauce und schmale Rindfleischstreifen mit Erbsen und Paprika. Auf einem Teller lag eine ganze Ente, in Zucker nahezu schwarz gebacken. Eine Frau schlürfte eine Suppe, klar wie Wasser, am Grund des Tellers lag ein gebratenes Ei. An den Tischen saßen Mädchen in Kleidern, dazu Männer und Frauen im Sonntagsstaat.

Strawl tippte sich an den Hut und nickte Woo zu, sah aber keinerlei Anzeichen, dass der ihn erkannte. Das enttäuschte ihn, er war öfter hier gewesen als in jedem anderen Lokal.

»Was möchten Sie?« fragte Woo. Er trug einen Schnurrbart, aber nicht von der Art, die man mit einem Chinesen in Verbindung gebracht hätte. Er hatte ihn so rasiert, dass er kaum über die Breite seiner Nasenflügel hinausreichte. Woo schlurfte beim Gehen, und die Hand, in der er den Pfannenwender hielt, war gelähmt.

»Ich möchte grünen Tee«, antwortete Strawl und setzte sich an die Theke. »Und die gezuckerte Ente. Aber pfeffrig. Mit süßsaurer Soße und Gemüse.«

Woo lächelte. »Auch Suppe?«

Strawl nickte.

»Ist lang her«, meinte Woo. »Ich vergesse langsam, wie man richtig chinesisch kocht, denke ich.« Er lachte mit hoher Stimme. »Ich dachte, Sie sind nicht mehr Cop.«

»Mir war einfach nach fremdländischer Gesellschaft«, sagte Strawl.

Woo schüttelte den Kopf. »Sie mögen nur Woos Ente.«

»Das ist wahr«, räumte Strawl ein.

Die Portion hatte Familiengröße. Woo hielt ihm zum Spaß ein Paar Essstäbchen hin.

Strawl türmte die einzelnen Bestandteile des Essens zu Hügeln auf, die er getrennt voneinander halten wollte, doch schließlich verrührte er alles zu einer schmackhaften Pampe.

»Sie jagen den bösen Mann?«

»Einen bösen Mann, ja«, sagte Strawl.

Woo nickte heftig. »Er macht allen Angst.«

»Was wissen Sie über Chin?«

»Sie essen hier in Zukunft umsonst, wenn Sie ihn töten.«

»Ich werde darauf zurückkommen. Was haben Sie gegen ihn?«

»Er hat mein gutes Pferd gestohlen und mir fast den Barspiegel kaputt geschossen.«

Woo zeigte auf Einschusslöcher in der Wand.

»Hat er die Morde begangen?«

Woo wischte einen Teller ab und stellte ihn auf einen Stapel. »Vielleicht. Er ist böse.«

Strawl trank seinen Tee aus. »Ich werde ihm mal einen Besuch abstatten«, sagte er. »Was ist mit den Birds?«

»Die essen hier, wenn sie vorbeikommen. Zahlen und machen nichts kaputt. Sind viele. Ich weiß nicht alle Namen.«

»Ich auch nicht«, meinte Strawl. »Sehen doch alle gleich aus.«

Woo nickte. »Groß.« Er klopfte sich gegen die Brust.

»Ja. Jeder von denen könnte locker einen Stier heben und über einen Bach tragen, selbst die Frauen. Glauben Sie, die würden solche Morde begehen?«

Woo zuckte mit den Schultern. »Ich frage nicht. Ich höre nur.«

Strawl nickte. »Und was hören Sie?«

»Dasselbe wie Sie. Männer wurden getötet, dann komisch zugerichtet. Hat noch keiner vorher gesehen, so was. Kein Kampf. Sehr vorsichtig.«

Strawl schüttelte den Kopf. »Zu viele Leichen in zu kurzer Zeit. Ein Irrer bringt vielleicht noch mehr um, aber Sie haben recht, wenn er nicht so vorsichtig ist wie ein Möbelschreiner, dann erwischen wir ihn. So etwas braucht Zeit, Geduld und einen Plan, der über das hinausgeht, was jeder Wald-und-Wiesen-Gauner hinkriegt.« Er saß einen Augenblick da und trank Tee, dann tippte er mit dem Finger an den Tassenrand. »Der Mörder kannte die Männer, Woo. Sie haben ihm vertraut. Deshalb hat es keinen Kampf gegeben.«

»Woo traut keinem«, sagte Woo.

»Gute Einstellung«, meinte Strawl.

Am hinteren Tisch gab es Unruhe. Einer der Pokerspieler war pleitegegangen. Der Geber, der junge Hollingsworth, stand da, grinste und sah ihm hinterher. Hollingsworth trug Schlaghosen, die so schrill gestreift waren wie bei einem Gangster aus Chicago, aber seine Cowboystiefel waren spitz und hatten glatte Sohlen. Er hatte Locken wie ein Mädchen. Strawl bezweifelte, dass der Bursche einen Hut besaß. Sein

Vater hatte sich mal in der Politik versucht und wollte sich dafür sogar auf Strawls Posten wählen lassen. Als Reaktion darauf hatte Strawl ein Gerücht aufgewärmt, wonach der alte Hollingsworth einen Scheck hatte platzen lassen. Als der ihn des Rufmords beschuldigte, stellte Strawl einfach selbst einen Scheck für die Zeitung her, der verschmiert war und als Beweis vor einem Richter nicht standgehalten hätte, aber die Öffentlichkeit war nun mal nicht juristisch geschult, und Strawl gewann die Wahl mit links. Hinterher hatte Strawl Beschreibungen von Hollingsworths drei Wagen mitsamt den Nummernschildern herausgegeben und seine Stellvertreter angewiesen, den Autos bei Sichtung sofort Strafzettel zu verpassen, ansonsten würden sie ihre Jobs verlieren. Nach einem Monat kam Hollingsworth überhaupt nicht mehr ins County, umrundete es, wenn er nach Omak wollte, oder fuhr gleich nach Osten in Richtung Spokane.

Strawl hatte den jungen Hollingsworth schon zwei oder drei Mal wegen öffentlichen Ärgernisses verhaftet. Einmal hatte er ihn über Nacht eingesperrt und ihm Mortadella zu essen gegeben, die er vorher in eine mit Pisse gefüllte Kloschüssel getunkt hatte. Der Kerl war ein Vatersöhnchen. Die meisten, die mit einem Silberlöffel im Mund geboren wurden, blieben das bis zu ihrem Todestag – ihre Väter waren zu groß, um sie jemals zu Männern werden zu lassen, und sie hatten von Sorgen so wenig Ahnung wie von Schlangengruben.

»Setz dich zu uns«, lud ihn der Silberlöffel ein.

»Ich bin hier ganz zufrieden«, sagte Strawl. Karten hatten ihn noch nie sonderlich interessiert. Er sah keinen Sinn darin, sie auf den Tisch zu werfen, um andere dafür zu bekommen. Und selbst wenn man gewann und seinen Einsatz verdreifachte, war das immer noch nicht die Zeit oder die notgedrungenen Unterhaltungen wert.

Ein anderer Spieler am Tisch drehte sich um. Er trug einen gestreiften Overall, wie man ihn bei der Eisenbahn öfters sah;

ein Bremser, nahm Strawl an. Das Gesicht des Mannes war rot und von Pockennarben zugerichtet.

»Hab gehört, du hast deine Ranch verloren. Wohl zu pleite, um mit Geld zu spielen«, sagte der Bremser.

Strawl lächelte und schüttelte den Kopf. »Bist ein echter Immobilienhai, hm?«

Die Augen des Bremsers blitzten. »Land ist nicht das Einzige von Wert.«

»Das Einzige, was zählt, das hast du selbst gesagt.«

»Kümmert euch nicht um den alten Mistkerl. Der ist abgebrannter als ein Streichholz«, sagte Hollingsworth. »Weiß ich genau.«

»Kein Kampf hier drin«, flüsterte Woo Strawl zu.

Strawl nickte und zog zehn Dollar aus der Tasche. Hollingsworth führte. Strawl ließ sich von ihm Kleingeld geben. Die anderen am Tisch versanken wieder in sich und warteten auf die Karten. Ein schaufelgesichtiger Lohnarbeiter namens Pete spielte offensichtlich mit dem Hollingsworth-Jungen zusammen. Zwei San-Poil-Cowboys klammerten sich zu beiden Seiten von Pete und dem Silberlöffel an ihre Karten. Cloud war ihr Name. Auf dem Land gab es eine ganze Reihe von ihnen, Cousins oder Brüder, Strawl wusste es nicht, aber er konnte sehen, dass sie ihn erkannt hatten.

»Kennst du die Birds?« fragte Strawl einen von ihnen.

Die beiden schüttelten die Köpfe. Eine Runde später tauschten sie die Karten gegen ihre Baseballmützen ein und verschwanden durch die Hintertür.

»Wegen dir?« fragte Powell, der Eisenbahner. Er wirkte recht freundlich und bot Strawl mit seinen schmierigen Fingern eine Zigarette an, die Strawl jedoch ablehnte.

Strawl meinte: »Auf manche habe ich diese Wirkung.«

Alle lachten, nur der dunkelhäutige Mann ihm gegenüber nicht. Er schien etwa in Strawls Alter zu sein. Strawl hielt ihn für einen schwarzen Iren. Der Mann wirkte zu verzweifelt, um eine Ranch zu besitzen. Strawl vermutete, dass ihm die Banken alles genommen hatten, und seinem Stapel nach zu urteilen, nahmen ihm die Karten den Rest.

Die Karten wechselten zwischen ihnen hin und her, aber Strawl kümmerte sich nicht allzu sehr darum. Er setzte und passte und gab, wenn er an der Reihe war. Doch nur selten bot er als Erster oder erhöhte seinen Einsatz. Er hoffte, etwas aufschnappen zu können, aber die Mitspieler schienen es darauf abgesehen zu haben, ihn abzulenken.

»Spielst du eigentlich auch mal?« fragte der dunkle Ire.

Pete, das Schaufelgesicht, teilte aus. Hollingsworth nickte, und Pete deckte Strawls letzte Karte auf. Ein König.

»Schau an«, sagte er. »Das muss ja Glück bringen.«

Strawl warf dem Silberlöffel einen Blick zu, dann drehte er die Karte um und steckte sie in sein Blatt. Er hatte noch zwei weitere Könige. Seit er mitspielte, hatte noch keiner drei Könige überboten, aber als er an die Reihe kam, warf er die Karten hin. Dann musste Silberlöffel geben, und er deckte jede einzelne von Strawls Karten auf. Zwei Zweien und ein König, den Rest beachtete Strawl nicht.

»Gibt nicht viele, die mit offenen Karten spielen«, meinte das Schaufelgesicht.

»Besser wär's«, sagte der Ire. »Er hat den ganzen Abend nur einen Einsatz verloren.« Sie gaben Strawl die nächsten Blätter, manchmal war ein gutes dabei, ein hohes Pärchen oder ein Flush, bei dem nur eine Karte fehlte.

»Verdammt noch mal, du magst wohl kein Geld, hm?« fluchte der Ire.

Der Eisenbahner gab und legte Strawl drei Siebener hin. Strawl warf die Karten auf den Stapel.

»He, du Penner! Wie kannst du so eine Hand wegwerfen?« Der Ire stand auf und wollte um den Tisch gehen, dann besann er sich eines Besseren. »Du dummer alter Ziegenbock. Das bist du. Ein alter Ziegenbock. Ein Dummkopf.«

»Entscheide dich mal«, sagte Strawl. »Bin ich nun ein alter Ziegenbock oder ein Dummkopf?«

»Beides.« Der Ire sah sich in der Runde um. »Niemand nennt ihn ab jetzt mehr anders als Dummkopf. Oder alter Ziegenbock. Kapiert, Dummkopf?«

Strawl lächelte. »Alter Ziegenbock gefällt mir wesentlich besser.«

»Dummkopf«, wiederholte der Ire.

Der Silberlöffel und sein Partner grinsten sich an. Strawl beobachtete sie. Sie verschworen sich wie Schwuchteln. Für sie war das alles nur Zerstreuung. Man musste auf das achten, was man nicht sah. Der Silberlöffel hielt ein Messer versteckt. Strawl hatte gesehen, wie er sich am Stiefelschaft rieb, um es zurechtzurücken.

Eine Partie später klapperte es auf der Veranda. Die Spieler blickten auf. Elijah öffnete die Tür, schnappte sich eine Whiskeyflasche von hinter der Theke, nahm einen ordentlichen Schluck, dann noch einen, und hielt die Flasche gegen das Licht. »Ihr habt kein Brot gegessen und keinen Wein getrunken und kein starkes Getränk, auf dass ihr erkennen solltet, dass ich der HERR, euer Gott, bin«, sagte er, richtete die Flasche auf die Kartenspieler und nahm wieder einen Schluck. »Gebt dem Kaiser, was des Kaisers ist, und mir, was meines ist.«

Keiner sagte etwas dazu.

»Gib dem, der dich bittet, und wende dich nicht ab von dem, der etwas von dir borgen will, und den unnützen Knecht werft hinaus in die äußere Finsternis; da wird das Weinen und das Zähneknirschen sein.« Elijah bot sein Gewehr als Bezahlung an, Woo öffnete die Kasse und gab ihm vierzig Dollar in Einer- und Fünferscheinen.

»Verfluchter Halsabschneider«, schimpfte der Ire.

»Wer spricht da?« fragte Elijah. »Will Kojote mich schon wieder täuschen?«

»Scheiße«, sagte der Ire.

»Es ist Kojote«, fuhr Elijah fort. »Wie der Große Schöpfer gesagt hat. Alle Tiere wenden sich gegeneinander. Sie haben das Große Gesetz vergessen.«

»Jetzt bringst du aber deine Religionen durcheinander, oder?« sagte Silberlöffel.

»Gott kennt keine Grenzen«, erwiderte Elijah. Er wirkte unbeeindruckt. Pete drückte mit dem Stiefel einen Stuhl vom Tisch.

»Ich danke euch«, sagte Elijah. »Vielleicht habt ihr eine Donnerbüchse zu tauschen.«

»Gibt keine Indianer mehr, die so reden«, meinte Pete. »Du sprichst wie eine Rothaut aus alten Tagen.«

»Und du nun auch.« Elijah lachte. Er sah Strawl an.

»Er heißt Dummkopf«, sagte der Ire. »Ihm gefällt zwar Ziegenbock besser. Aber Dummkopf passt besser.«

Elijah schüttelte den Kopf. »Sein Name ist Tod, und er reitet ein fahles Pferd.«

»Kann gut sein, dass er so alt ist wie der Tod«, sagte der Eisenbahner. »Aber uns nützt er oder sein Pferd nichts. Er setzt nie was.«

»Vielleicht ist er gute Gesellschaft.«

»Wüsste nicht, wieso«, entgegnete Powell. »Reden tut er auch nichts.«

Elijah sagte: »Ich bin voller Worte, er ist voller Schweigen. Wir sind wie Sonne und Mond, wie Alpha und Omega.« Dann reichte er dem Iren die Whiskeyflasche. »Vielleicht erlaubt dir das hier, mit deinem kleinen Ich weiterzuleben.«

Der Ire trank. Elijah fuhr fort: »Die Sonne steigt über seine Behausung im Osten, das ist sicher, aber es gibt keinen Beweis dafür, dass es so ist, nur Tag und Nacht. Geld wird viele Male die Hände wechseln, bis es die Person findet, bei der es bleibt. Auch das ist sicher.«

Pete, das Schaufelgesicht, kümmerte sich nicht weiter um ihn und fummelte an seinem Stapel Ein-Dollar-Noten herum.

Der Ire sah zu, wie Elijah sich bei Silberlöffel für einen Dollar Kleingeld wechselte.

»Andrew«, sagte Elijah zu dem Iren, »du bist mal wieder arm. Gott hat keine Liebe für dich. Du spielst wie Sinkalip. Geh mal aufs Klo und lies in deinen Exkrementen.«

»Verdammt!« Andrew holte mit der flachen Hand nach Elijah aus. Strawl fing seinen Ellbogen auf halber Strecke ab und stieß den Iren von seinem Stuhl.

»Ich hab keine Angst vor dir, Dummkopf.« Der Mann fuchtelte herum und stellte seinen Stuhl wieder hin.

Der Eisenbahner reichte dem Iren die Flasche. »Lass gut sein, Andrew.«

Elijah nahm die Karten und mischte sie etwas unbeholfen, weil ihm der linke kleine Finger fehlte, dann verteilte er sie über den Tisch. Strawl saß rechts von ihm, und Elijah blickte ihn an, bedeutete ihm, das Spiel zu eröffnen. Strawl betrachtete seine Karten. Alles Karo. Er blickte genauer hin und erschrak: Straße bis zum Buben. Er setzte einen Dollar.

»Also, endlich geht's mal los«, stöhnte der Ire. Er erhöhte, Powell ebenfalls. Fünf Dollar mehr lagen in der Mitte, als Strawl wieder dran war. Er sah sich um, ob noch jemand etwas sagen wollte, doch alle schauten nur in die eigenen Karten. Und weiter ging's. Die Flasche folgte den Geboten. Silberlöffel und Schaufelfresse legten ihr Geld zusammen. Strawl hörte sie flüstern und sah, wie sie sich heimlich Handzeichen gaben, um ihre Blätter zu vergleichen. Bei der nächsten Runde passte Silberlöffel.

Strawl griff in die Brieftasche und nahm das Spesengeld heraus. Elijah erhöhte um weitere fünf Dollar. Strawl beobachtete, wie die anderen mitgingen. Jeder starrte in die eigenen Karten, war sich sicher, das Gewinnerblatt in Händen zu halten, außer Elijah, den die Ernsthaftigkeit des Spiels nur amüsierte.

Strawl wusste, zu sehr an die Karten zu glauben, die man vor sich sah, war unklug. Gerade gute Karten kosteten Geld –

mit schlechten ging kaum einer pleite –, und er merkte, dass alle den Fehler begingen, nur auf das eigene Blatt zu setzen, statt darüber nachzudenken, was dagegen sprach.

»Neue Karten jemand?« fragte Elijah. Keiner wollte welche.

»Ach, du Scheiße«, meinte der Eisenbahner.

Elijah hatte als Letzter erhöht, und wieder setzte er, zwei Scheine diesmal, beides Zwanziger. Er warf sie in die Tischmitte. Die Spieler sahen sie flattern, dann still daliegen. »Ein Schein für mich«, sagte Elijah. »Und einer für Jesus, der sein Leben gab, auf dass wir Sünder leben.«

Das Schaufelgesicht hatte nicht genug Geld und wusste nicht weiter.

»Ich setze mein Modell A«, sagte er schließlich.

Elijah schüttelte den Kopf. »Geld«, forderte er.

»Hab ich nicht.«

Elijah nickte in Richtung Silberlöffel. »Frag deine Squaw, die soll dir aushelfen.«

Silberlöffel grinste. »Es gab mal eine Zeit, da hättest du Decken und Glasperlen akzeptiert.« Er griff in die Tasche und suchte nach weiteren drei Fünfern.

»Es gab auch mal eine Zeit, da Samson die Philister mit dem Kiefer eines Esels erschlug. Dann hat ihm Delilah die Haare abgeschnitten. Doch er lernte und betete zu Gott und durfte zuletzt das ganze große Gebäude zum Einsturz bringen.«

»Tot war er trotzdem«, entgegnete Silberlöffel.

»Aber alle anderen auch.«

Der Ire starrte Strawl an. Sein Gesicht war mit jeder Karte heller geworden, doch nun schaute er wieder so mürrisch drein wie immer. »Du hast den ganzen Abend noch nichts gesetzt, warum jetzt?«

»Mir gefallen meine Karten«, sagte Strawl.

»Uns allen gefallen unsere Karten.«

Dagegen hatte Strawl nichts einzuwenden. Die anderen auch nicht, also stieg der Ire aus.

Der Eisenbahner folgte ihm, ohne auch nur in seine Brieftasche zu schauen. Elijah hielt ihnen die Flasche hin, und die beiden teilten sie sich.

Strawl erhöhte um weitere zehn Dollar.

»Petey?« fragte Elijah.

»Ich hab doch schon gesagt, ich hab nichts mehr.«

»Und was ist mit dir, Hundefreund?«

»Ich hab schon alles gesetzt.«

Elijah grinste. »Nur noch wir beide, wie es aussieht«, sagte er zu Strawl.

»Immer langsam«, meinte Pete. »Du kannst uns doch nicht einfach ausschließen.«

»Doch«, entgegnete Elijah. »Kann ich.«

»Du weißt, meine Schuldscheine sind gut«, erklärte Silberlöffel.

»Ich weiß nur, dass du das sagst«, erwiderte Elijah. »Aber dieser Mann hier will vielleicht gar nicht mit dir ins Geschäft kommen.«

»Ist nicht in Ordnung, Pete einfach aus dem Spiel zu drängen«, sagte Hollingsworth.

»Mich hast du doch davongejagt wie Moses.«

»Das hast du auch nicht anders verdient«, sagte Pete. »Das willst du doch wohl nicht bestreiten?«

»Nein, will ich nicht, aber darum geht es nicht.«

»Mann, wir hatten noch nie einen so hohen Einsatz.«

»Das haben wir vielleicht auch nie wieder, wenn wir dich ohne Bargeld mitspielen lassen.«

»Ich will mich ja nicht vor dem Bezahlen drücken«, beharrte Pete.

»Was willst du dann? Der Einzige, der dir hier vertraut, ist Hollingsworth, und dem traut niemand.«

»Nennt eure Bedingungen«, sagte Pete. »Du und er.«

Elijah wandte sich an Strawl. »Möchtest du sehen, wie er einen frischen Pferdeapfel isst?«

Strawl sagte: »Sein Partner muss auch damit einverstanden sein.«

»In Ordnung?« fragte Elijah.

»Das ist dann aber doppelt wert«, sagte Hollingsworth. Strawl legte noch zehn Dollar drauf, Elijah ebenfalls.

Pete deckte vier Könige auf. Powell seufzte.

Elijah schüttelte den Kopf. »Es regnet Brei, und ich hab keinen Löffel.« Er warf seine Karten fort, ohne sie aufzudecken.

»Und?« fragte Pete.

Strawl legte seine Karten auf den Tisch.

»Nur ein Flush?« jubelte Pete.

Der Eisenbahner sagte: »Pete, schau lieber genau hin.«

Die Karten lagen nicht in gerader Reihenfolge. In dem Augenblick, in dem Pete erkannte, dass er geschlagen war, wirkte er tatsächlich fast so, als hätte er einen Schlag abbekommen. Sein Schaufelgesicht wurde rot. Er machte den Mund auf, stotterte aber nur.

Elijah erklärte: »Mein Pferd steht am Pfosten vor dem Haus. In Woos Stall gibt's Hafer.«

Strawl sammelte die Scheine ein und sortierte sie nach Wert. Er ließ sich Zeit damit. Elijah steckte seine einfach ein.

Sie nahmen die Flasche mit hinaus. Elijah kehrte mit Futter zurück, und sie hörten zu, wie das Pferd kaute.

»Sollte nicht lange dauern«, sagte Elijah. »Er ist so pünktlich wie 'ne Uhr.« Elijah zündete eine Laterne aus der Bar an, damit sie ihre Gesichter sehen konnten. Die Flamme flackerte im Wind, und ihre Umrisse wankten. Der Ire hatte die Flasche für sich behalten. Er hatte schon zu viel intus.

»Wir hätten ihn aufknüpfen sollen, als wir die Gelegenheit dazu hatten.« Er schubste Strawl, fiel dabei aber selbst hin.

»Du hast doch nur Geld verloren«, sagte Elijah zu ihm.

Der Ire schaute vom Boden aus zu Strawl hoch. »Ich bin kein Kämpfer«, sagte er.

»Dann benimm dich auch nicht wie einer«, riet ihm Elijah.

»Ich wette, Petey weiß sich zu wehren«, sagte der Eisenbahner. Er zog den Iren an den Armen hoch, bis dieser wieder stehen konnte.

Keiner von ihnen stellte eine Bedrohung dar, außer für sich selbst. Der Eisenbahner war klug genug, das zu wissen, der Ire aber nicht.

»Die Wette halte ich«, sagte Elijah.

Silberlöffel lächelte. »Du setzt ja eine Menge auf einen alten Mann.«

Elijah schüttelte den Kopf. »Ich habe einfach kein Vertrauen in Pete.«

Strawl sah, wie Pete sich eine Antwort überlegte; als diesem klar wurde, dass die einzig vernünftige Antwort ein Hieb wäre, hielt er sich zurück, bis sich seine Chancen vielleicht verbesserten. Eine Art von Überlegung, die Strawl verabscheute. Sie zeigte Schwäche.

Silberlöffel grinste, obwohl sein Partner so provoziert wurde. Eine unausgewogene Allianz, erkannte Strawl.

Sie rauchten zwanzig Minuten lang, bis sich der Pferdeschweif hob und Scheiße zu Boden fiel. Dampf und Gestank stiegen auf. Elijah hatte eine Gabel aus der Bar geholt, er stach in einen Pferdeapfel und hielt ihn mit der Laterne vor Petes Gesicht. Zu Strawls Überraschung schnappte sich Pete sofort die Gabel, biss hinein und fing an zu kauen. Den ersten Bissen kotzte er wieder aus, doch den zweiten bekam er herunter. Der Eisenbahner reichte ihm den Whiskey.

»Himmel Herrgott, Petey.«

Elijah klopfte ihm auf den Rücken. »Der hat sich ja draufgestürzt wie ein Dachs auf seinen Bau.« Strawl nickte. Pete hatte seine Medizin ohne zu murren genommen.

Nun hielt Elijah die Laterne vor Hollingsworths Gesicht. Er streckte ihm die leere Gabel hin. »Suchst du dir selber aus, oder magst du lieber bedient werden?« fragte Elijah.

»Keins von beidem«, antwortete Hollingsworth. »Du hast geschummelt, behaupte ich.«

Elijah lachte. »Und warum bin ich dann nicht reicher?«

»Du und er, ihr steckt unter einer Decke. Schätze, ihr teilt euch die Kohle später.«

»Na, dann zeig uns doch mal, wie ich das gemacht habe.«

»Du bist mir Beweis genug. Wir haben dich schon mal wegen Falschspielerei rausgeschmissen. Was beweist uns, dass du es diesmal nicht getan hast?«

Pete starrte die Gabel an. »Du frisst es auch, wenn ich es schon getan habe«, sagte er. Ob Partner oder nicht, er wollte nicht die Geschichte herumgehen lassen, dass er alleine die Scheiße gegessen hatte.

Aber Hollingsworth war nun mal mit einem Silberlöffel im Mund geboren worden, und er war es nicht gewöhnt, etwas zu tun, was ihm keinen Spaß machte. »Du kannst runterschlucken, was du willst, ich passe.«

Nach diesen Worten drückte er die Laternenflamme mit dem Daumen aus und zog das Messer aus dem Stiefel. Elijah tat einen Schritt zurück. Er hielt ein Streichholz an den Lampendocht. Die Klinge in Hollingsworths Hand flackerte wie Wasser im Mondschein.

Elijah sprach leise; er hielt seine Hand mit der Fläche nach oben, so als wollte er einen Colt hineinlegen. »Pack das Messer weg«, sagte er.

Silberlöffel lachte. »Glaubst du vielleicht, ich hab Angst?«

»Ich glaube, das solltest du besser«, warnte Elijah ihn.

Hollingsworth warf das Messer von einer Hand in die andere, so als wäre es zu heiß zum Festhalten. Er wusste nicht mit Messern umzugehen, wie Strawl sehen konnte, und beim nächsten Wurf fuhr er mit Schulter und Hüfte zwischen Hollingsworths Handgelenken hindurch und brach ihm drei Rippen. Er hörte die Klinge zu Boden fallen, dann verpasste er ihm einen weiteren Hieb und einen Tritt, der ihm die Schulter brach. Noch am Boden liegend, kroch Hollingsworth Richtung Messer. Strawl trat ihm aufs Handgelenk wie einer Schlange hinter den Kopf, bis Hollingsworth regungslos liegen blieb, abgesehen von seinen mühevollen Atemzügen.

»Jetzt wird er keinen Pferdeapfel mehr runterkriegen«, stöhnte Petey.

»Nein«, bestätigte Elijah. »Aber ihm wäre ein Bauch voller Mist sicher lieber als ein Bauch voller Blut. Hol Doc Everett.«

Pete nickte. Strawl bezweifelte nicht, dass er tun würde, was Elijah sagte. Er war es gewohnt, Befehlen zu gehorchen, und Hollingsworth war zu verletzt, um selber welche erteilen zu können.

»Die werden ihn verhaften«, sagte Powell.

»Wer?«

»Die Polizei. Hollingsworth gehört der halbe Berg. Die werden das nicht einfach so hinnehmen, dass er da liegt wie ein zerbrochenes Möbelstück.«

Elijah lachte. »Dieser alte Mann hier *ist* Polizist.«

Strawl und er stiegen auf und ließen ihre Pferde die Straße entlanggaloppieren. Sie ritten an dem Baum vorbei, an dem Elijah gebaumelt hatte, und verschwanden in der Dunkelheit der Nacht. Kaum waren sie im Tal, kamen die Pferde gut voran. Nach einer Meile hielt Strawl an, und Elijah ließ Baal, sein Lieblingspferd, langsamer werden und machte kehrt. Er leerte seine Taschen und gab Strawl die Geldscheine.

»Er hatte recht«, sagte Elijah und tätschelte sein Pferd. »Hollingsworth. Ich hab geschummelt.«

»Und wie ist das gute Blatt an mich geraten?« fragte Strawl.

»Ich kann den Trick nur so«, antwortete Elijah. »Außerdem hätten die mich wieder in den Baum gehängt, wenn ich mir selber einen Straight Flush gegeben hätte.«

Stick wieherte. Er mochte es, wenn es zügig voranging, und wurde ungeduldig. Elijah sah in den Himmel hinauf, der für Ende August sehr klar war und Kälte versprach.

»Weißt du, wo du übernachtest?« fragte Strawl.

Elijah schüttelte den Kopf.

»Na, wenn es nicht regnet, hab ich eine Idee, wo wir ordentlich rasten können.« Strawl richtete sein Pferd westwärts aus, zurück zur Wasserscheide. In der Dunkelheit wirkten die bewachsenen Hügel wie seine Erinnerung ans Meer. Er sah, wie Elijah voranritt und in ihnen verschwand. Ein merkwürdiger Sinneseindruck, so als wäre das Land zu zahm für einen Mann auf einem Tier. Dabei saß er ja selbst auf einem.

8

Am nächsten Morgen war Elijah verschwunden, seine Schlafrolle lag aber noch da. Strawl füllte aus einer Feldflasche den Kaffeetopf auf und wartete darauf, dass das Wasser auf dem Frühstücksfeuer kochte.

Vor neun Jahren hatte Strawl im Trading Post eine Reihe von Kindern beobachtet, allesamt in gestärkte Hosen und weiße Hemden gekleidet, gehütet von einem katholischen Diakon. Eine Indianerin, die gerade Bohnen einkaufte, erkannte ihren Sohn und rief ihm etwas zu. Ein Junge von höchstens drei Jahren drehte sich um, ein großes Kruzifix wippte an seiner Brust, und er rannte los, voller Angst vor der Tracht Prügel, die die alten Worte ihm androhten. Strawl erinnerte das an den Pharao, der erlassen hatte, alle kleinen Jungen zu töten.

Einen Monat später hatte er Elijah gesehen, wie er vor der Kirche kauerte und vom Priester mit einer Weidenrute ausgepeitscht wurde. Der Priester holte gerade aus und wollte erneut zuschlagen, da beugte sich Strawl von seinem Pferd herunter, packte das Handgelenk des Mannes mit der einen Hand und schnappte sich den Jungen mit der anderen. Noch bevor die beiden protestieren konnten, hob er den Kleinen aufs Pferd. Der Junge sagte nichts, streichelte nur den Hals des Rotfuchses im Takt seines Ganges. Das Hemd hing ihm aus der Hose. Der Hemdrücken war blutig und klebte an der Haut fest. Strawl zog an seiner Zigarette und aschte sich dann auf die Hutkrempe. Der Junge schnappte sich die Zigarette, als Strawl an den Zügeln umgriff, und verteidigte seine Beute energisch.

»Deine«, sagte Strawl schließlich in der Sprache der Nez Perce.

»Du kannst Indianisch.« Der Junge zog an der Zigarette und atmete fachmännisch durch die Nase aus.

»Nur den Bergdialekt«, erwiderte Strawl.

»Wieso?«

»Weil ich nie mit den Indianern auf der Clearwater-Seite zu tun gehabt habe.«

»Wieso kannst du die Sprache?«

»Ich hab die Indianer gejagt.«

In Nespelem kaufte Strawl Bonbons und Eutersalbe für die Wunden des Jungen. Der lutschte die Bonbons, und Strawl verarztete ihn. Im Stall von Leeland McClunes Farm begutachtete Strawl den Bullen, wegen dem er eigentlich unterwegs gewesen war. Er war zufrieden und verabredete mit dem Besitzer, dass ein angeheuerter Mann das Tier in der folgenden Woche über den Fluss bringen sollte. Er bezahlte in bar und kehrte zu dem Pferch zurück, wo er den Jungen und das Pferd zurückgelassen hatte. Beide waren verschwunden.

Strawl lieh sich McClunes Quarter Horse aus und machte sich an die Verfolgung. Der Junge hatte die Straße nach etwa hundert Metern verlassen und war über ein gepflügtes Feld geritten, bis er auf eine Weide und in das dichte Unterholz dahinter ausgewichen war. Ein Stück weiter war der Weg durch einen kahlen Kamm eingegrenzt. Strawl wartete hinter einem hohen Felsen, und als der Junge auf einem Wildwechsel vorbeikam, schnappte sich Strawl die Zügel und hielt den Rotfuchs an.

»Ich verstehe langsam, wie du zu der Tracht Prügel gekommen bist«, sagte er.

Strawl brachte McClunes Pferd zurück, dann ritt er mit dem Jungen nordostwärts zu den Siedlungsgebieten der Nez-Perce-Indianer. Rauch stieg von ein paar Schindelhütten auf. Von den Weißen gefürchtet, von den Nespelems und San Poils verachtet, hatten die Nez Perce ihre Tipis oder Blechhütten auf ein paar 40-Hektar-Grundstücken errichtet, die ihnen der Dawes Act zugewiesen hatte. Ihr Vieh blieb häufig unbeaufsichtigt und streunte umher. Die Nez Perce waren nicht gewillt, das Land ihrer Götter einzuzäunen.

Strawl fragte den Jungen nach dem Weg, und Elijah führte ihn zu einem Tipi im Schutz eines Tamarack-Hains. Eine Frau mittleren Alters zeigte sich an der Öffnung. Elijah grinste sie an und glitt vom Pferd.

»Da haben Sie ja einen schönen Pferdedieb großgezogen«, meinte Strawl zu ihr.

Die Frau trug nur ein Kleid aus Jutesäcken, aber sie hatte saubere Hände, und ihre Haare waren nach hinten gebunden.

»Gefällt's ihr hier?« fragte Strawl Elijah.

Der Junge zuckte mit den Schultern. Strawl sah die Frau an. »Ich habe Arbeit«, sagte er. »Ihr Junge wird sich nicht mehr mit den Priestern herumschlagen müssen, und es gibt reichlich zu essen.«

Strawl brauchte Hilfe bei Dot und beim Kochen, und die Frau und der Junge schienen in Schwierigkeiten zu stecken.

»Wie wär's?« fragte er.

Schließlich nickte die Frau zustimmend. Am folgenden Vormittag schickte er eine einfache offene Kutsche zu ihnen.

Der Junge hatte nicht mal einen richtigen Namen. Bei der Geburt war er Elaskolatat genannt worden, ein Name im Sahaptin-Dialekt, der mit jenen konsonantenreichen Salish-Färbungen verwandt war, die allen, die nicht die Zunge besaßen, sie auch zu sprechen, so zahlreich erschienen wie die Bäume im Wald. Elaskolatat bedeutete: *Das Tier, das sich im Boden versteckt.*

Seine Mutter war die jüngste Frau seines Vaters gewesen, und als dieser bei der Grippeepidemie 1918 starb, war das Kind noch zu jung für jene Nacht voller Dampf und Qualm und Geister, in der die Jungen ihre Erwachsenennamen erträumten.

Dieser rituelle Schlaf sollte sich für ihn auch später nicht mehr ergeben. Denn bei der katholischen Beerdigung seines Vaters wurde er Zeuge von Weihrauch, lateinischen Beschwörungen und klackernden Rosenkränzen.

Mit vier Jahren stieg Elaskolatat auf den Wagen voll stoischer Kinder, der sie zu Kirche und Schule fuhr. Schon von früh an widersetzte er sich nicht den Lektionen, vor allem nicht der Sprache. Er begriff die Macht der Predigt und war beeindruckt, dass Wörter eine solche Kraft besaßen. Was ihren inneren Wert anging, machte er sich allerdings etwas vor, eine Fiktion, die ihn sein Leben lang plagen sollte.

Wie besessen las er in dem einzigen Buch, das es zu Hause oder in der Kirche gab: die katholische Bibel. Mit acht Jahren kannte er jedes Kapitel, jeden Vers und glaubte langsam an den hebräischen Gott. Elaskolatat war noch kein Seher, aber in den Bildern, die seine Gedanken erfüllten, erblickte er sein eigenes aufsteigendes Gesicht. Es war, als würde er sein Spiegelbild im Wasser besänftigen; je länger er auf die Worte schaute, umso ruhiger wurde er, bis er sich gefestigt fühlte, auf der richtigen Seite stehend. Dann verwirrte manchmal ein namenloser Gedanke das Bild wie ein Wind oder eine Ente, die auf dem Wasserspiegel landete und sein Ebenbild aufrührte und verzerrte.

Er verschlang die Bibel wie eine Fliege ihre Mahlzeit, verschlang jeden Abschnitt, spie den Inhalt wieder aus und labte sich an seinem eigenen Erbrochenen. Er klaute einen Band Apokryphen und ein Exemplar des gnostischen Thomasevangeliums aus der Bücherei des Priesters und verschlang auch diese. Fünf Monate lang studierte er sie, und als er sich von den Büchern erhob wie Rip Van Winkle nach zwanzig Jahren Schlaf, waren die Dinge um ihn herum nicht mehr wie früher. Also beharrte er auch auf einem neuen Namen, der den Übergang passend markieren sollte. Von dem Augenblick an hörte er nur noch auf Elijah.

Seine erste Prophezeiung war: ein Sturm. Doch am folgenden Tag stand das Kirchenthermometer auf 38 Grad, und die Luft trug nicht mal die allerhöchsten Wolken. Elijah dachte ernsthaft über seinen Namen und seine Berufung nach, bis sich zwei Tage später am nördlichen Horizont Gewitterwolken auftürmten. Eine Stunde vor Sonnenuntergang zuckten Blitze, scheuchten Donner die Herden auf, ein Wind von achtzig Stundenkilometern riss die Dächer von einigen Scheunen und Häusern, dann brachen die Wolken auf und fluteten das gesamte Reservat mit einem ungeheuren Platzregen. Es hatte ihm an Geduld gemangelt, deshalb beschloss er, seinen Prophezeiungen kein Datum mitzugeben. Er kündigte seiner Mutter die neuen Jahreszeiten an, und innerhalb weniger Wochen bedeckte der erste herbstliche Frost das Land, zwei Monate später fiel der erste Schnee und vier Monate darauf blühten die Butterblumen. Der Priester schalt ihn und meinte, jeder Idiot könnte die Jahreszeitenwechsel auf drei Wochen genau voraussagen. Allerdings wusste Elijah schon zu diesem Zeitpunkt, dass die Wahrheit des Auguren weniger in der Genauigkeit der Angaben bestand als in dem Wagemut, der nötig war, sie zu äußern. Der Punkt sei nicht, sagte Elijah zum Priester, ob der Messias an einem Mittwoch oder einem Donnerstag käme, sondern dass er überhaupt käme, und jene, die seine Wiederkehr vorhersagten, würden sich als weise herausstellen, während jene, die zweifelten, dumm und ungläubig blieben. Der Priester verpasste ihm ob seiner Frechheit eine Ohrfeige, und die Jungs hinter ihm kicherten, denn Elijah hatte genau diese Reaktion zehn Minuten zuvor vorausgesagt.

Ida nähte für Essensreste und etwas Mehl Perlen an Mokassins und wusch die Wäsche der Nachbarn. Sie brachte sich und den Jungen mit Pfannenbrot, Beeren und Lachs durch, den sie auf Brettern neben den Wasserfällen trockneten. Im Herbst jagte Elijah Wachteln und Beifußhühner mit Weidenfallen, und Ida briet sie abends über dem Feuer und erwärmte Dosengemüse in einem Topf, der auf einem flachen Stein in der Mitte des Ringfeuers stand. Jeden Winter töteten die Nachbarn einen Elch oder Hirsch oder Jungbären und hinterließen ihn vor ihrem Eingang. Dann zerlegten Ida und Elijah den Kadaver, legten das Fleisch auf einem Kreuzgitter aus grünen Zweigen aus, bedeckten das fettige Fleisch mit Steinsalz und räucherten es.

Idas Gefühle konnte Strawl nur erahnen. Zwar heiratete er sie sechs Monate darauf, aber sie blieb ein Spiegel seiner eigenen Bedürfnisse, erkannte seine Wünsche im Voraus und erfüllte sie ihm, noch bevor er einen Mangel verspürte. Selbst wenn sie sich für ihn hinlegte, hatte dies nichts mit ihr zu tun. Er schaute ihr ins Gesicht, wenn sie ineinander verschlungen waren, und sah in ihren flachen Zügen und der dunklen Iris nur die Hülle einer Frau, die jedes Ereignis in ihrem Leben vorbeiziehen ließ, damit sie es ablegen konnte.

Aber sie hatte Leben zurück ins Haus gebracht. Erst verachtete Dot die Eindringlinge, doch Ida lernte schnell, ihre Lieblingsmahlzeiten zu kochen, und neckte sie mit derart absonderlichen Geschichten von Elster und Fuchs, dass Dot sich schon bald gedrängt fühlte, lautstark darauf zu reagieren. Dot war zudem zwar eher für Wissenschaften denn für Religion zu haben, aber Elijah las nichts anderes, also stritt sie sich um jedes Wort in der Bibel mit ihm, bis die beiden ein besseres Bibelenglisch sprachen als alle Pfarrerskinder.

Inzwischen schwiegen sie meist wieder, auch Elijah, der eine Unterhaltung zu ähnlichen Zwecken einsetzte wie Strawl, nämlich um etwas zu erfahren, auch wenn seine Methoden erheblich großzügiger waren als die von Strawl. Niemand ließ sich mehr über anderer Leute Sorgen aus als er. Doch wie ein Quartalssäufer war er irgendwann plötzlich in Schweigen versunken und ohne Vorwarnung, Entschuldigung und Erklärung aus der Familie verschwunden.

Die Sonne war über den Horizont gestiegen, als Strawl Elijah jetzt die Böschung heraufkommen hörte. Er erklomm den Kamm mit zwei Beifußhühnern, die er in einer Schlinge gefangen hatte, außerdem trug er eine Satteltasche voller Camawurzeln. Es war drei Monate her gewesen, noch bevor die Morde in der Zeitung gestanden hatten, dass Strawl den Jungen zum letzten Mal gesehen hatte. Er war enttäuscht, dass er ihm nicht böse sein konnte, und fragte sich, ob er überhaupt noch das Zeug zur Mörderjagd hatte.

Während der Kaffee kochte, half Strawl Elijah dabei, die Hühner zu rupfen, dann schnitt er einen frischen Eichenzweig, der kräftig genug war, um die beiden Vögel zu halten, und drehte sie über dem Feuer. Das Fett spritzte zischend in die Glut. Elijah schnitt Zwiebeln und legte sie auf dem Pfannenboden aus, dann stellte er die Pfanne auf einen heißen Stein. Er suchte sich ein flaches Stück Schiefer, säuberte es und drückte darauf mit der flachen Messerklinge die Camawurzeln zu einer Paste. Als er fertig war, legte er mehrere Weidenzweige über die Kohlen und tat die Hälfte der Zwiebeln dazu, deckte Paste und Zwiebeln mit weiteren Zweigen ab, schob die Glut mit einem langen Stock zu einer Seite, vergrub die Camawurzeln an dieser Stelle und häufte die Glut wieder darüber. Von rohen Camas wurde einem schlecht wie von fuseligem Whiskey, wurden sie aber den Tag über gebacken, ergaben sie einen leckeren Brei.

Als die Vögel fast fertig waren, schob Strawl sie vom Stock auf die Pfanne, Elijah teilte sie, Schlegel und Brust, rührte Heidelbeeren zu Zwiebeln und Fleisch und gab Wasser sowie Mehl hinzu, bis das Ganze zu einer dicken Soße wurde. Er stellte die Pfanne zum Schmoren zurück auf den Stein, und Strawl fand in seinen Sachen ein Kuchenblech zum Abdecken.

Als die Vögel ausreichend gar waren, nahm Strawl die Pfanne vom Feuer und gabelte die fleischigeren Stücke auf Elijahs Blechteller, er hatte die Vögel schließlich gefangen. Elijah teilte sie und gab Strawl einen gerechten Anteil davon zurück. Ihre Hände und Gesichter glänzten beim Essen vor Fett. Elijah wechselte bei jedem Bissen von Fleisch zu Zwiebeln; so sorgsam hatte er schon immer gegessen. Strawl drehte ihnen Zigaretten. Hohe Wolken bebänderten den Himmel, aber die Sonne brannte heiß, die Luft war trocken, und noch vor Mittag würden sie verdunsten. Der Wind, der bei sich Sonnenaufgang erhoben hatte, war zu einem Hauch verklungen.

»Was hast du denn bei dem Kartenspiel gesucht?« fragte Elijah.

Strawl legte sich ins gelbe Gras zurück und sah einem Raben zu, der über den Himmel kreuzte. Er ließ Qualm aufsteigen, der sich über ihm auflöste. »Es gibt da einen Mörder, den das County gerne loswerden will. Ich habe nur zugehört, wie das jeder gute Bürger tun sollte.«

»Kain hat Abel erschlagen.«

Strawl gab eine weitere Lunge voll Rauch ab. »Die Opfer waren nicht miteinander verwandt, und der Mörder kann ja auch nicht mit allen verwandt sein, also schätze ich mal, du hast da die falsche Textstelle.«

»Alle Menschen sind Brüder«, beharrte Elijah.

»Und am Ende eines jeden Regenbogens warten ein Topf Gold und ein Kobold.«

Elijah legte sich zurück und stellte sich die Kaffeetasse auf die Brust. »Hast du bei deinem Ausflug was Interessantes herausbekommen?«

»Nur dass die Jugend von heute weder pokern noch mit dem Messer umgehen kann.«

Elijah trank seinen Kaffee aus, dann kramte er seine Bibel aus der Satteltasche, legte sich wieder ins Gras, stützte sich mit einem Ellbogen auf und las darin. Zehn Minuten später schlug er das Buch wie eine Tür zu. »Schätze, ich bin der verlorene Sohn.« Er nickte zur Selbstbestätigung. »Und Dot ist der fleißige Sohn. Sie muss ja eine Wut haben«, sagte Elijah. »Nur dass sie unrecht hat.«

»Hat sie nicht.«

»Was, Wut oder unrecht?«

»Beides. Deine Schwester und ihr Mann hüten die Ranch,

die unsere Albernheiten finanziert«, sagte Strawl. »Ich an deiner Stelle würde nett von ihr sprechen.«

Elijah zerkaute einen Grashalm. »Ich wollte niemanden beleidigen. Sie hält sich an ihren Teil der Schrift. Ich hatte nur vergessen, dass ich dasselbe tue. Das ist eine Erleichterung, ehrlich.«

»Werde nur nicht allzu selbstgefällig«, mahnte ihn Strawl. »Wenn du dich wie eine Gestalt in einem Buch verhältst, kann es passieren, dass du dich dabei ertappst, eine Geschichte zu leben, die du nicht mehr ablegen kannst.«

Elijah klopfte auf die Bibel. »Ich möchte diese Geschichten ja gar nicht ablegen.«

Strawl lachte. »Damit überbietest du sogar Jesus.«

»Das ist Blasphemie.«

Strawl schüttelte den Kopf. »Nein, Gethsemane. Lass diesen Kelch an mir vorübergehen.«

»Er war sich noch nicht sicher.«

»Kein Wunder, dass die verfluchten Juden ihn nie ernst genommen haben. Da taucht einfach einer auf, ohne Gold und ohne Vorstellung davon, was Gott denkt, und behauptet, er sei der Erlöser. Also, das nenne ich einen Mann, der zu pleite ist, um mit ihm zu trinken, und zu verrückt, um ihm einen Schnaps zu spendieren.«

Elijah starrte ihn an.

»Mir scheint, Gottvater hätte seinen Sohn besser über seine Pläne informieren sollen.«

Strawl schaute zu, wie Elijah mit einem Stock im Staub kritzelte, während seine Wut zunahm. Er blickte zu Strawl auf. »Hast du deswegen die Ranch weggegeben? Um wie Gott zu werden?«

»Ich bin noch weit entfernt von jeder Göttlichkeit«, entgegnete Strawl. »Und ich hatte nicht mal einen Plan.«

Darauf sagte Elijah nichts. Sein langes schwarzes Haar fiel ihm vor die Augen wie ein Vogelflügel, und er wirkte so zart wie ein Mädchen.

»Die Sanftmütigen werden das Erdreich besitzen«, verkündete Elijah. Er ging zur Kuppe. Strawl schloss die Augen und machte ein Nickerchen. Elijahs Rufe weckten ihn. Der Junge stand an der Klippe und deutete auf etwas. Strawl eilte die hundert Meter zu ihm hin. Unten fiel ein Schuss, Blechtöpfe klapperten.

»Woo hämmert seine Töpfe gegeneinander«, sagte Elijah.

Strawl nickte. Er hörte zwei weitere Schüsse.

»Jemand ballert auf ihn«, fügte Elijah an.

Strawl schob sich einen Grashalm zwischen die Zähne und kaute ihn flach.

»Da schießt jemand, um gehört zu werden.«

Strawl machte kehrt und stieg auf sein Pferd. Elijah folgte ihm. Sie galoppierten die vier Meilen bis zur Siedlung. Woo stand mitten auf der harten Lehmstraße und schlug mit einer Pfanne gegen einen Suppentopf. Pete stand mit einer Schrotflinte neben ihm. Zu seinen Stiefeln sammelten sich rote Hülsen, daneben kaputte Schindeln. Er hatte die Dachtraufe abgeschossen. Strawl packte die Waffe mit einer Hand unter dem Lauf, drückte sie zurück und schlug Pete dabei die Nase blutig. Unbewaffnet wurde dieser schnell still.

Woo hämmerte weiter mit seinen Töpfen herum. Strawl zückte die Pistole und schoss ein Loch in die Pfanne.

Woo sah ihn mit aufgerissenen Augen an. »Sie haben meine Pfanne getötet.«

»Ich besorg Ihnen eine neue«, sagte Strawl. »Also, was zum Teufel ist hier eigentlich los?«

Woo führte sie hinter die Kneipe zur Küchentür. An einer improvisierten Wäscheleine zwischen zwei Stangen baumelten die Cloud-Jungs in denselben Klamotten wie am Pokerabend zuvor. Von ihrem Gewicht hing das Seil durch, und ihre Stiefelspitzen berührten im Wind den Boden. Ein paar Tropfen Blut geronnen im Staub. Strawl roch die Leichen; noch faulten sie nicht, aber das würde in der Hitze nicht lange dauern. Man hatte ihnen die Köpfe abgeschnitten und mit Stacheldraht an die geöffneten Handflächen gebunden. Der Mörder hatte sich die Zeit genommen, die Köpfe zusätzlich mit Schnur und Klammern zu befestigen. Lider hingen schlaff über blicklosen Augen. Ihr Tod schien ihnen peinlich zu sein.

»Wohnen Sie hier«, fragte Strawl Woo, »oder sind Sie immer noch mit Coretta zusammen?«

»Coretta«, antwortete Woo. Coretta war eine fette Indianerin, die aus einem Kartenspiel mit einundfünfzig Karten die Zukunft las.

»Waren die schon so, als Sie gekommen sind?«

Woo zuckte mit den Schultern. »Ich bin vorne rein.«

»Und wie haben Sie sie dann gefunden?«

Woo zeigte auf Pete. »Er trinkt Kaffee, geht aufs Pisshaus, dann höre ich Schreie.«

Strawl wandte sich an Pete. »Warst du das?«

Pete blinzelte. »Ich hab nichts gegen die Burschen.«

»Ihr Mörder auch nicht. Er argumentiert nur gern mit Leichen. Ich erledige dich jetzt und kassiere das Geld von der Polizei.«

»Aber warum?«

»Ich mag Geld«, erklärte Strawl.

»Und er erschießt gerne Leute«, sagte Elijah.

»Die waren schon da, als ich zurückkam«, erklärte Pete. »Mehr weiß ich nicht.«

»Ich hab schon viele mit besseren Geschichten umgelegt«, sagte Strawl drohend.

»Die Holtens«, sagte Woo. »Er hat alle drei getötet. Sie hatten mich ausgeraubt.«

Pete sah aus wie ein Stier, der darauf wartet, mit einem Hammerschlag erledigt zu werden. »Stimmt das?«

»Das ist erst der Anfang.« Strawl richtete die leere Schrotflinte auf ihn und senkte sie dann. »Du hast für so etwas keinen Mumm. Was ist mit deinem Partner? Er scheint sich für was Besseres zu halten. Der könnte einen anderen umbringen.«

»Der ist beim Pferdedoktor«, antwortete Pete. »Lungenriss.«

»Und was ist mit den anderen?« fragte Strawl.

»Powell hat absolut nichts Böses im Sinn.«

»Und der Ire?«

»Na ja, der mag niemanden«, räumte Pete ein. »Wenn er jemanden umbringen wollte, dann könnte er das wohl schaffen. Aber er müsste erst darüber nachdenken.«

Strawl stellte Petes Schrotflinte an die Hauswand und begutachtete noch einmal das Werk seines Mörders. Fliegen schwirrten um Blut und Knochen. Wieder keinerlei Grausamkeit, nur Sorgfalt. Als Strawl die fettigen Köpfe anhob, entdeckte er die gleichen Schläfenwunden. Er hörte einen Vogel piepsen. Ein Regenpfeifer, der sie von seinem Nest ablenken wollte, dachte er, aber es war keiner zu sehen, und gesehen zu werden war dabei ja das Wichtigste.

Das Piepsen wurde lauter. Den Leichen waren die Münder zugenäht worden. Strawl öffnete den ersten, und ein Spatz flatterte dem Cloud-Jungen zwischen den Zähnen hervor. Er breitete die Flügel aus und flog davon. In dem anderen Schädel hockte ein winziger Star. Er setzte sich auf die tote Zunge, stieß einen Geburtsschrei aus und schiss.

9

Strawl trennte die Schnüre durch, mit denen die Köpfe an die Körper gebunden waren, und versuchte, die Klammern zu lösen, ohne die Haut zu zerreißen. Dann hob er die Leichen von der Wäscheleine. Sie fielen zu Boden wie Getreidesäcke. Der Mörder hatte den Männern Haken zwischen die Rippen getrieben, um sie an die Leine hängen zu können. Elijah und Strawl standen da und betrachteten die Körper und die Köpfe daneben.

»Himmel«, sagte Strawl. »Ich weiß nicht, ob der Mann denkt, er macht was Hässliches oder was Schönes.«

Elijah sah aus, als würde er gleich weinen. »Vielleicht beides«, sagte er.

Strawl wollte sie umgehend begraben. Irgendeine flache Stelle, wo es nicht felsig war, wäre in Ordnung, außerdem hatten sie ja noch Woo und Pete, die beim Buddeln helfen konnten.

Elijah schüttelte den Kopf. Petey und Woo hielten sich raus.

»Ihr seid einfach nur zu faul.«

»Vielleicht hat die Familie noch ein paar Vorbereitungen zu treffen.«

Fliegen summten um die Wunden.

»Zu einer Beerdigung braucht es keinen Sarg. Bei Verschollenen auf dem Meer geht es auch ohne.«

»Die hier sind aber nicht verschollen.«

Strawl nickte in Richtung der Männer zu seinen Füßen und ihrer Köpfe, die einsam auf dem harten Boden lagen. »Vielleicht sollten wir ihnen lieber mitteilen, dass sie es doch sind.«

Elijah nickte. »Wir müssen es ihren Eltern beibringen.«

Strawl stupste einen der Köpfe mit der Stiefelspitze an. Sand narbte die Wange. Ein paar Körnchen trockneten im Auge. Strawl starrte Elijah an. »Wie genau bringt man das einer Mutter bei?«

»Die Toten«, sagte Elijah. »Wir richten die Toten her.«

»Na, dann bitte«, forderte Strawl ihn auf.

Pete beugte sich vor und würgte, doch es fiel nur ein wenig Galle zu Boden.

»Na, hat es dir das Frühstück verdorben?« fragte Strawl.

Pete erwiderte nichts darauf. Er öffnete die Hintertür und ging zu Woo hinein. Durch die Plastikscheibe in der Tür sah Strawl, wie der Chinese mit zittrigen Händen Kaffee einschenkte, aber Pete kümmerte sich nicht weiter um seinen Teller mit Eiern und Würstchen.

Draußen platzierte Elijah jeden Kopf auf dem seiner Meinung nach richtigen Hals. Danach bohrte er mit dem Taschenmesser ein Loch durch die Haut eines Schlüsselbeins. Er fädelte eine Schnur hindurch und wiederholte es auf der anderen Seite des Kopfes. Dann verschwand er im Schuppen hinter der Kneipe und kehrte mit einem Hammer und einer Handvoll verzinkter Nägel zurück. Er versuchte, einen Nagel ins Genick zu hämmern, aber die Haut schmierte, und der Kopf rollte davon.

Strawl rauchte.

»Irgendwelche Vorschläge?« fragte Elijah.

»Hab ich schon gemacht.«

»Möchtest du, dass man Dot irgendwo verscharrt, ohne dass die passenden Worte dazu gesprochen werden, und das an einem dir unbekannten Ort?«

»Ich will, dass sie überhaupt nicht begraben wird.«

»Das ist das Einzige, was man sich nicht aussuchen kann«, erwiderte Elijah.

Da hatte er recht. Der Junge biss die Zähne zusammen und hob Hammer und Nagel.

»Du kannst ihre Köpfe nicht an die Schultern binden«, sagte Strawl.

»Gibt es ein Gesetz dagegen?«

»Nur die Gesetze der Physik. Haut reißt wie Papier, Knochen splittern, sonst wären ja Zimmerleute Chirurgen. Hat Woo Holzlatten da?«

»Nur Abfallholz«, antwortete Elijah.

»Wenn du ein paar zweieinhalb Zentimeter breite Stücke findest, die lang genug sind, und passende Holzschrauben dazu, dann kannst du vielleicht Wirbelsäule und Schultern so fixieren, dass ein Kopf dranpasst.«

»Wie ein Kreuz?«

Strawl nickte. Er überließ ihn seiner Aufgabe. Woo legte ein paar Würstchen und Hotcakes auf, Strawl wusch sich an der Theke die Hände in einem Eimer und schaute dann zu, wie sein zweites Frühstück auf dem Grill zischte. Petes blieb unangetastet, doch er trank so schnell Kaffee, wie Woo nachschenken konnte.

Woo stellte Strawl nach kurzer Zeit einen Teller hin und schob ihm den Tabasco über die Theke. Strawl schraubte die Flasche auf, drehte sie um und schlug so lange auf den Flaschenboden, bis seine Spiegeleier mit orangenen Flecken übersät waren. Er öffnete ein Eigelb und zog ein Würstchen durch die gelbe Pfütze auf dem Teller.

Elijah hatte Bretter und Schrauben beschafft und suchte nun nach einer Möglichkeit, die Cloud-Brüder mit der Stirn an das obere Brett zu binden, ohne dass sie abrutschten. Die Hitze legte ihnen die letzten Schweißperlen auf die Stirn, ließ ihre Gesichter glänzen und die Haare schwer herabhängen. Die abgehackten Köpfe wirkten ausdruckslos, als würden sie ihre missliche Lage wenig überraschend finden.

Ein Schwarm ungeduldiger Elstern krächzte auf Woos kaputter Dachtraufe. Strawl hatte schon einen grauweißen Hund ums Haus schleichen sehen, dann hatte sich ihm ein gelber Köter angeschlossen. Schließlich schaffte Elijah es, die Schädel mit den Gürteln der Männer an die Kreuze zu binden.

Noch klappten ihre Köpfe nach hinten und gaben den Blick auf die offenen Hälse frei. Elijah schnitt Holzkeile zu und trieb sie zwischen Bretter und Hinterköpfe. Dann drehte er zur Sicherheit noch drei Schrauben durch das Holz und die Schädel. Er besah sich das Ergebnis und war zufrieden.

Strawl füllte eine Karaffe mit Wasser und gab sie Elijah. Niemand kam vorbei, keiner blieb stehen, abgesehen von Woos wenigen Gästen und den Burschen, die die Leichen sonst zu ihrer Ruhestätte oberhalb der Wasserlinie brachten.

Woo besaß einen Karren, mit dem er immer seine Vorräte holte; Strawl spannte Stick und Elijahs Stute Baal davor. Elijah, Woo und er hoben die Cloud-Jungs auf die Ladefläche, dann deckten sie sie mit Decken aus Woos Schrank zu.

Elijah lenkte den Wagen. Die Leichen hüpften auf den Planken des Karrens herum. Es war Mittag und heiß. Stare stürzten sich auf den Karren, als er an einem Lehmufer vorbeikam, wo sie ihre Nester hatten. Ein paar Lerchen trillerten. Strawl hörte einen Habicht seinen Ansitz in einer Tamarack-Lärche verlassen und durch den blauen Himmel huschen. Fliegen summten um die Wunden der Toten, aber Woo besaß einen Sack Kalk, und sie hatten ein wenig davon über die Wunden gestreut, um den Gestank zu mildern.

Hinter Strawl lag sein Sattel im Karren. Er nahm das Gewehr aus der Scheide, klappte es auf und putzte die Kammer mit einem sauberen Taschentuch. Er lauschte dem Rauschen und dem leichten Wind, der die trockenen Trespen und Fuchsschwanzgräser rascheln ließ. Die Straße zog sich an der Ostseite der Senke entlang, die der San Poil ins Land geschnitten hatte. Gemessen am Columbia River war das natürlich nur ein Rinnsal, vor allem gegen Sommerende, aber er hatte diesen Teil des Countys geformt und die Felsen und Fichtenwälder der Okanogans bis nach Kanada geteilt. Ein paar der ursprünglichen San-Poil-River-Clans wie die Cloud-Familie hatten genügend Rinder, um Geld damit zu verdienen. Das hier war den alten Zeiten so nahe, wie diese Familien es nur finden konnten. Strawl bildete sich ein, dass sie sich glücklich schätzen sollten.

Die Prärie im Swahila Basin war durchsetzt von Pappeln und Kiefern, und so zogen sie abwechselnd durch Licht und Schatten, die sie wärmten und kühlten wie im Fieber. Im Gras raschelten die Nagetiere, Chukarhühner gackerten bei einem Felsabgang, und Strawl hörte die Grillen, die Dots Töchter immer für Klapperschlangen hielten.

»Haben alle Morde einen Grund?« fragte Elijah.

Strawl nickte. »Viele und keinen. Vielleicht steht in deinem Buch ja etwas darüber.«

Elijah rauchte seine Zigarette zu Ende und leckte die Spitze an, um die letzte Glut zu löschen. Er schnalzte Stick zu, der auf einen gefährlich niedrigen Ast zuhielt. Elijah zog die Zügel an, bis das Pferd erkannte, dass der Mensch hier wohl dem Tier ein Stück voraus war.

Elijah schlug nach einer Pferdebremse und wischte sich die Reste vom Hosenbein. »Ganz gleich, wo wir diese Seelen begraben«, sagte er, »wir sollten nur vermeiden, mit den Lebenden darüber in Streit zu geraten.«

Die Gebäude der Cloud-Ranch am Rand des Felds warfen lang gezogene Schatten. Ein paar uralte Ulmen verdunkelten das Haus, doch einer der Bäume war kürzlich einer Krankheit zum Opfer gefallen. Gespalten, geviertelt und an der Nordwand aufgestapelt, würde das Holz ein Jahr lang trocknen und dann einen Winter lang verheizt werden. Das Feld wurde mit langen Rohren bewässert, die aus einem hohen Wassertank kamen. Der Tank speiste sich aus einem Brunnen. Zu beiden Enden stand je ein riesiger, insektenhafter Sprinkler. Das weidende Vieh tupfte im Schatten der Robinien und Ponderosa-Kiefern eine Hügelflanke. Dort gab es genug Gras für einen weiteren Monat, solange das Vieh sich nicht mit blühendem

Rittersporn und Pippau selbst vergiftete, den einzigen schädlichen Kräutern diesseits des Flusses.

Die Zugangsstraße war aufgepflügt worden, dann befüllt und planiert. Ein schwarzer Labrador kam bellend angerannt und folgte dem Karren. Die Sippschaft der Clouds saß auf Küchenstühlen auf der Veranda, Nachbarn und ferne Angehörige bei ihnen. Sie verstummten, als der Karren näher kam. Jedes Mal aufs Neue erstaunte Strawl, wie schnell sich schlechte Neuigkeiten verbreiteten. Es erleichterte ihn allerdings auch. Ein Großteil des Wehklagens durfte schon zu Ende sein.

Elijah brachte die Pferde zum Stehen und sprang vom Karren. Strawl folgte ihm. Sie klopften sich den Staub von den Hosen und gingen dann die Verandastufen hinauf. Die Männer trugen Jeans und jene hell karierten Hemden, die Indianer anscheinend schön fanden, die Frauen blumige Druckstoffe, die sie eigenhändig bestickt hatten.

Strawl hob den Hut. Er ließ Elijah sprechen.

»Es tut mir leid«, sagte der. Die Mutter der Cloud-Jungs nickte. Unter den bemalten Beinen ihres Stuhls lag ein Ranzen aus Rohhaut, in Umschlagform und der Größe eines Armeebündels. Sie hatte Zinnober, rotes Ocker und ein Rot aus Salbeiknospen genommen, um Streifen darauf zu machen. Ein gelb-orangener Kreis aus Birkenrindentropfen und Eberesche war wie ein loser Kopf über den leuchtenden Streifen zu erkennen. In den Händen drehte sie einen Ball aus verknoteter und verdrehter Schnur, mit der die Jahre, die guten Jagden, die harten Winter, Geburten und Todesfälle der Familie angezeigt wurden. Die Schnur hatte sie um ihre Handgelenke gelegt, doch noch immer schlug sie Schlinge um Schlinge.

»Ich habe sie«, sagte Elijah zu ihr.

Sie blickte auf, und ihr Gesicht verzog sich.

Strawl meldete sich zu Wort. »Die Leichen.«

»Ihr könnt sie sehen, wenn Ihr wollt«, sagte Elijah.

»Hier? Ihr habt sie hergebracht?« fragte der Cloud-Vater. Er trug einen Bolotie mit Stein am Hals und blickte auf, als wäre er gerade erwacht.

»Ja«, sagte Elijah. »Er und ich.«

»Der alte Sheriff?« fragte der Mann. »Er hilft dir?«

Elijah nickte.

»Er war das nicht?«

»Nein«, antwortete Elijah.

Der alte Indianer zog eine Pistole unter der Decke auf seinem Schoß hervor, öffnete das Magazin und nahm die Kugeln heraus. Er sah Strawl an. »Du hörst Dinge«, sagte er.

Strawl nickte.

»Du hast schon andere getötet«, sagte der Mann. Die Waffe war nicht dazu bestimmt gewesen, Rache zu üben. An so etwas glaubten die San Poil nicht sonderlich. Für sie lief die Zeit nur in eine Richtung.

»Ich verstehe«, meinte Strawl.

Der Mann sah Elijah einen Augenblick an, blinzelte mit seinen wässrigen Augen, stand auf und ging mit seiner Frau zu dem Karren. Strawl ließ Elijah sie zu den Leichen bringen. Dort standen sie und betrachteten ihre Jungen. Die Mutter schob eine Haarsträhne beiseite. Aus der Kleidertasche nahm sie ein paar Rosenkränze und legte jedem einen auf die Brust. Der alte Mann öffnete seinen toten Söhnen je eine Hand und klemmte Federn hinein, dann kehrten sie zu ihren Stühlen und ihrem Jammer zurück.

Strawl prüfte das Geschirr der Pferde. Elijah sprach mit den Eltern. Schließlich kam er zum Karren. »Sie haben uns gebeten, uns um sie zu kümmern. Sie möchten nicht, dass der Priester davon erfährt und eine Messe fordert.«

Diesmal lenkte Strawl die Pferde. Die Leichen waren der Verwesung nah. »Gab es bei ihnen in den alten Zeiten Beerdigungen?«

Elijah zuckte mit den Schultern. »Ich habe bisher nur christliche Begräbnisse gesehen.«

»Also, da muss für die Menschen noch etwas anderes dran sein als nur die körperliche Ertüchtigung, sonst würde sich doch keiner die Mühe machen.«

»Asche zu Asche«, sagte Elijah.

»Hast du nicht erst vor ein paar Stunden für ein Ritual plädiert?«

»Hab mich geirrt«, meinte Elijah.

Eine Weile fuhren sie schweigend weiter. Die Pferdehufe klapperten den Takt des kürzer werdenden Tages. Strawl hatte Durst, aber der nächste Bach war noch eine Meile entfernt und dreißig Meter ein Steilufer runter. Er wusste nicht, ob ein Schluck den Aufwand lohnte.

Plötzlich wurde er müde. Seine Beine taten weh, und auch hinter seinen Augen schmerzte es. Er reichte Elijah die Zügel, stützte die Ellbogen auf die Knie, legte den Kopf in die knotigen Hände und grub sich die Finger in die Schläfen. Er konnte sich schnaufen hören, spürte sein Herz in der Brust wummern. Nach einer Meile sagte er: »Haben die Jungs noch ihre Eingeweide?«

Elijah antwortete nicht darauf.

»Du hast dich doch mit ihnen abgemüht. Wiegen sie, was ein Mensch wiegt?«

»Mehr oder weniger«, antwortete Elijah.

»Der Kopf macht zehn, höchstens zwölf Pfund aus. Die Eingeweide das Doppelte oder noch mehr. Das wären dann fast fünfzig Pfund, ein Drittel ihres Gewichts. Das hättest du bemerkt.«

»Ein Schnitt am Hals hätte sie völlig ausbluten lassen«, sagte Elijah. »Nur die Beine hoch, und nach einer Zigarettenlänge wären sie staubtrocken gewesen.«

»Aber Blut wiegt nichts im Vergleich zum Fleisch«, erwiderte Strawl. Er stieg über die Sitzbank und zog die Decke weg. Dann öffnete er ein Hemd, riss die Knöpfe ab, anschließend das andere Hemd. Er fand keine Spuren, also kontrollierte er die Halswunden. Die Köpfe waren mit einer Axt abgetrennt worden, die Haut wirkte zurückgezogen. Strawl berührte sie. Sie spannte sich, gab aber nach. Er teilte das Haar, um nach der tödlichen Verletzung zu suchen. Grob und tief klaffte der Schnitt, wahrscheinlich von derselben Axt, die sie enthauptet hatte.

»Er hat es eilig gehabt«, sagte Strawl. »Er wollte es hübsch machen, aber er hat sie nicht ausgenommen und nicht ausbluten lassen, und er hat sie nicht mit einem Rasiermesser erledigt.«

Elijah nickte. »Ergibt Sinn. Musste ja zwischen Pokerspiel und Frühstück passieren.«

»Hätte überhaupt nicht sein müssen. Er wollte es nur so sehr, dass er das Risiko eingegangen ist.«

Als sie wieder bei der alten Ansiedlung eintrafen, war es bereits kühler geworden. Elijah fuhr sie zum alten Friedhof hinüber.

»Du bist ein faules Stück«, meinte Strawl.

Elijah grinste. Schnalzend führte er Stick bis an ein offenes Grab. Dann packte er den Körper, der am Karrenende lag, und ließ ihn hineinpurzeln. Der Kopf löste sich; Elijah nahm ihn in beide Hände und sah ihm einen Augenblick lang ins Gesicht.

»So long, Partner.« Er warf den Kopf ins Grab, stand auf und starrte vor sich hin.

»Ich hab nur geraten, welcher Kopf zu welcher Leiche gehört. Die einzige Chance, sicherzugehen, ist, beide zusammen zu begraben.«

Strawl griff den zweiten Toten bei den Knöcheln, Elijah nahm die Arme, sie holten aus und warfen die Leiche ins Grab. Der Kopf, seiner oder nicht, wackelte, und die durchgetrennte Kehle öffnete sich wie ein fleischiger, zahnloser Mund. Strawl und Elijah richteten noch einen Blick auf die Burschen, die nun Rücken an Rücken lagen, wie zwei Hälften, die endlich zueinander gefunden hatten.

»Die Familie hat uns gebeten, auf dem Rückweg noch mal vorbeizukommen«, sagte Elijah.

Strawl antwortete nicht.

»Wir müssen da was essen.«

»Schätze ich auch.«

»Und uns wohl auch betrinken.«

»Kennen unsere Manieren denn gar keine Grenzen?« fragte Strawl.

Elijah stieg auf den Karren. »Ich erinnere mich, als man noch zum Vergnügen trank«, sagte er. »Jetzt ist es nur eine weitere gottverdammte mühselige Aufgabe.«

10

Entlang der Straße zum Haus der Clouds stand ein Dutzend Fahrzeuge. Elijah hob einen Metallring an und machte ein mit Stacheldraht gespicktes Tor auf. Sie fuhren über eine Weide, dann öffneten sie einen hölzernen Zaun und ließen die Pferde frei. Die Tiere rollten sich im Staub. Elijah legte einen Ballen Luzerne, den er von einem Stapel an der hinteren Mauer holte, in eine Futterkrippe. Daneben stellte er zwei Eimer Hafer. Strawl pumpte Wasser in den Trog. Elijah und er hörten zufrieden zu, wie die Pferde fraßen und soffen.

Aus dem Haus drangen Stimmen und vom Schnaps aufgerautes Gelächter herüber. Ein paar Mädchen in bunten Kleidern und mit steinernen Gesichtern wechselten sich mit einer Gruppe Jungs darin ab, mit einem Seil an einem Ulmenast zu schwingen. Strawl rollte sich eine Zigarette und rauchte.

»Ich hol dir was zu essen«, sagte Elijah.

»Willst du mich verstecken?« fragte Strawl. »Heute habe ich nichts angestellt, außer ihre Toten nach Hause zu bringen.«

»Gibt nicht viele, deren Erinnerungen an dich mit dem heutigen Tag enden«, meinte Elijah.

»Ich habe der Familie in all den Jahren nie was angetan.«

»Du existierst. Das ist schon Unheil genug.«

»Der große weiße Teufel.«

»Der Teufel hat keine Farbe«, sagte Elijah, »aber woher sollen sie wissen, dass nicht du hinter all diesen Morden steckst, denen an ihren Jungs eingeschlossen?«

Strawl breitete die Hände aus.

Elijah schwieg eine Weile. »Ich dachte nur, ich erspar dir die

Mühe, dich unter die Leute zu mischen«, sagte er schließlich. »Du hast die Menschen noch nie sonderlich gemocht. Und keiner legt Wert auf deine Gesellschaft.«

»Ist das so?«

»Du bist ein Schuldschein, den niemand einlösen kann.«

»Dafür hast du mich aber ziemlich gut um eine Menge Bares gebracht«, sagte Strawl.

Elijah hockte sich hin und kaute einen Grashalm flach. Strawl rauchte zu Ende. »Ich nehme einen Teller«, sagte er schließlich.

Elijah nickte, und Strawl sah ihm hinterher. Auf dem oberen Boden in der Scheune legte er sich dann eine Unterlage aus Stroh zurecht und seine schwere Decke darüber. Er holte den Sattel vom Karren und trug ihn die Leiter hinauf, um seinen Kopf darauf zu betten. Er wünschte, er hätte ein Buch eingepackt, aber in seinen Satteltaschen fanden sich nur die Unterlagen, und er hatte weder die Geduld noch genügend Licht, um sie durchzugehen.

In der Hitze des späten Nachmittags versammelte sich die Gesellschaft auf der vorderen Seite der umlaufenden Veranda. Cloud stand auf einer Erhebung im Hof wie ein tieftrauriger Mustang, der seine Herde betrachtet. Er hielt einen echten Stetson in der Hand. Die glatten schwarzen Haare hatte er sich zur Seite gestrichen, doch der Hutabdruck blieb sichtbar. Seine gestärkte Leinenhose hätte auch in einem Tornado ihre Falte behalten, und seine türkisfarbenen Hemdknöpfe passten zu dem Stein an seinem Bolotie.

»Ich möchte eine Geschichte erzählen«, fing er an. Langsam wurde es um ihn herum leiser.

»Wir lebten damals auf einem alten Flecken bei Desautel. Ein übler Wind hatte die Schindeln vom Dach geweht, also habe ich die beiden Jungs mit Teerpappe hinaufgeschickt. Das Dach war steil, und sie hatten Angst, runterzufallen. Da holten sie sich zwei Längen von meinem guten Hanfseil und banden sich ein Ende an ihre Gürtelschlaufen und das andere Ende an die Stoßstange vom Pick-up. Kurz darauf fuhr ich los, um in der Stadt Schindeln zu holen.«

Jemand scharrte mit dem Schuh über den Boden. Zwei weitere betrachteten ihre Stiefel.

»Sie haben den Motor nicht gehört, und ehe sie sich's versahen, glitten sie übers Dach und fielen die andere Seite runter. Einer stürzte in eine alte Ulme, der andere in die Rosen. Als ich zurückkam, waren sie nur noch halb am Leben. Einer von ihnen, ich weiß nicht, wer, rief: ›Weck mich nicht, ich träume, ich bin ein Vogel.‹«

Cloud drehte seinen Hut in den knotigen Händen und zündete sich eine Zigarette an. »Ich fand's witzig«, sagte er schließlich.

Die Menge sagte nichts, bis Elijah, der es nicht ertrug, wenn andere sich blamierten, rief: »Tja, wir wollten nur noch hören, ob das Haus ein Stockwerk hatte oder zwei.«

Die Anwesenden brachen in schallendes Gelächter aus, eine der Schwestern der toten Jungs stand auf und umarmte den Vater, und schon war seine Geschichte gerettet, ganz einfach.

Eine Stunde später brachte Elijah Strawl einen Teller voller Wildfleisch, Kartoffeln, Rüben und Zwiebeln, auf allem thronte ein Stück Pfannenbrot, dazu gab es eine Karaffe kalten Tee.

»Bedank dich bei ihnen«, sagte Strawl.

»Hab ich schon«, erwiderte er.

»In meinem Namen«, sagte Strawl.

»In Ordnung.«

Elijah kehrte zur Familie zurück, und Strawl aß oben im Heu. Durch die offene Scheunentür sah er, wie sie sich stoisch über ihre Teller hermachten wie Ameisen, die ihren Haufen zerlegen. Die Tische im Haus standen voller Kasserollen und Teller mit Fleisch und Gemüse. Die Kinder aßen an den breiten Fensterbrettern oder kleinen Beistelltischen, ihre Mütter auf dem Boden neben ihnen; die Männer beugten sich über die Verandabrüstung oder saßen zu dritt auf den Stufen. Eine Tür klappte zu, und Strawl sah, wie die Eltern der Toten sich ein Stück von dem Haus wegbewegten. Im nachlassenden Licht waren sie nur als Umrisse zu erkennen, als sie ein paar Schritte in Richtung der untergehenden Sonne liefen. Sie berührten sich nicht, doch auf Strawl wirkten sie stärker verbunden, als hätte man sie zusammengenäht. Sie beugte sich vor und nahm ein flaches Brett in die Hand; er drehte sich zu ihr um. Linkisch schlug sie ihm mit dem Brett gegen die Schulter. Er beugte die Knie, um das Gleichgewicht zu halten. Wieder schlug sie zu, diesmal auf die andere Seite, dann wechselte sie erneut. Seine Silhouette bebte und stabilisierte sich wieder nach jedem Schlag, und nur ihr mühsames Schnaufen und die Schläge des Bretts auf seinem Körper waren zu hören. So machte sie weiter, bis sie zu erschöpft war, um das Holz noch einmal zu heben. Er nahm es ihr ab und stellte es wieder neben die Hintertreppe, wo sie es gefunden hatte. Ihr Verhalten zeigte alle Anzeichen einer emotionslosen Gewohnheit und die Überzeugung für ein Ritual, das nicht aufgrund des Todes ihrer Söhne durchgeführt wurde, das Ereignis aber bekräftigte.

Strawl aß zu Ende und wanderte zu einer Erhöhung auf der Weide hinaus, um den Sonnenuntergang zu betrachten. Unter den Trauergästen erkannte er Marvin und Inez an ihren Stimmen. Die Dämmerung umfing das Haus und die Besucher mit aschfahlen Schatten. Marvin sang ein Lied, die anderen stellten ihre Gläser ab, bis er zum Ende gekommen war. Strawl sah ein Schattentrio, das sich von der Hauptgruppe löste und hinter die Scheune eilte. Er verlor es bei einem Espenhain aus den Augen, der zwischen ihm und dem Haus stand. Einer der Schatten war Elijah.

Strawl hörte zwei Frauen singen, fast so, wie Marvin es getan hatte.

Ich werde euch nicht vergessen, mein Volk.
Ich habe euch in meiner Handfläche geformt.
Ich werde euch nicht vergessen, mein Volk.
Ich werde euch nicht als Waisen zurücklassen.
Ich werde nie mein Eigen vergessen.
Vergisst eine Mutter ihr Baby?
Das Kind in ihrem Bauch?
Und selbst wenn jene vergessen,
Mein Eigen vergesse ich nie.

Strawl hörte Elijahs Stimme zwischen den Bäumen, als das Lied verklang.

»Dies ist unser Blut, für dich vergossen«, sagte er. Zwei Frauenstimmen wiederholten es, dann hielten sie inne – um Whiskey zu trinken, wie Strawl vermutete, nachdem er die Frauen hatte husten hören.

Elijah verkündete: »Dies ist unser Leib, für dich gegeben.«

Strawl entdeckte sie am Bachufer. Sie zupften an einem Stück Brot herum und aßen, hielten dabei die Köpfe wie zum Gebet gesenkt. Elijah erhob sich vor den Frauen, baute sich über ihnen auf und schien sie mit einer kreuzesähnlichen Geste zu segnen. Sie sahen ihn an wie Tiere, die auf ihr Futter warteten. Elijah zog sich das Hemd aus der Hose, öffnete seinen Gürtel, und die Frauen halfen sich gegenseitig bei ihren Kleidern. Die Sonne ging hinter dem engen Tal unter. Ein strahlend gelbes Licht stand noch auf dem Felsen, und die Gestalten wirkten für einen Augenblick wie Zeichnungen. Eine der Frauen legte sich ins kühle Gras unter den Bäumen, und Elijah gesellte sich zu ihr. Sie jammerte und jaulte wie ein Kojote, bis Elijah schließlich aufschrie wie eine ganz eigene Art von Tier. Dann hörten sie auf, lagen still im Gras, und nach zehn Minuten wechselten die Frauen den Platz, und Elijah wiederholte mit der anderen den Akt und die Geräusche. Danach ruhten sie erneut, bis sich die Frauen bewegten und erst Elijah, dann sich ankleideten. Elijah ließ sich von ihnen zur Totenfeier zurückgeleiten, so leise, wie sie sie verlassen hatten.

Strawl wusch seinen Teller und die Karaffe unter der Pumpe ab. Als er zu seiner Lagerstatt zurückkehrte, war es noch dunkler geworden. Er legte sich hin und versuchte, an nichts zu denken. An den Abenden kurz nach ihrer Heirat hatte Dos Mutter ihm öfter aus ihrem Shakespeare-Band vorgelesen. *Lear* war sein Lieblingsstück. Er mochte Edmund, der so überaus von einer Philosophie überzeugt war, dass er sich benahm wie ein Gedanke selbst und sich auf andere stürzte, als wären auch sie einfach nur Vorstellungen und Morde nichts als rhetorische Floskeln. Sie wiederum bevorzugte *Hamlet*. Das Stück beunruhigte Strawl. Für solch einen Mann konnte Rache doch kein Motiv sein. Rache war dumm und blutig und nutzlos gegen die Zitadelle der Zeit. Der Mann hatte die primitive Trommel der Wut hinter sich gelassen, tanzte aber noch immer zu ihrem Takt.

Strawl bedauerte, unter Scheunendach und Balken zu liegen. Jederzeit zog er Kälte einem Dach vor, wenn erst mal der Schnee geschmolzen war. Unter offenem Himmel konnte der Schlaf einen übermannen, ohne dass man es merkte; ein Dach brachte einen sofort von dieser Vorstellung ab. Als Kind hatte Strawl sich gefürchtet, wenn sein Vater die Laterne auspustete. Bis er fast sieben war, war Strawl jeden Morgen weinend aufgewacht. Seine Eltern dachten zwar, er wäre einfach nur ein Morgenmuffel, aber tatsächlich war sein Schluchzen Ausdruck der Erleichterung darüber, die Nacht allein gemeistert zu haben. Sein Weinen war jetzt schon lange verklungen, doch die Augen zu schließen und sich ganz fallen zu lassen, verlangte noch immer mehr Anstrengung, als Strawl lieb war.

Elijah weckte ihn nach Mitternacht.

»Verzeih mir, Vater, denn ich habe gesündigt.«

Strawl blinzelte.

»Ich habe dich gesehen, wie du uns beobachtet hast«, sagte

Elijah. Er reichte Strawl eine Flasche Traubenlimonade. Strawl trank. »War doch kein großes Vergehen«, sagte Strawl.

»Das waren die Frauen der beiden«, erwiderte Elijah.

»Das ist schon etwas riskanter.«

»Sie wollten, dass ich ihre Männer zurückhole. Anders wusste ich mir nicht zu helfen.«

Strawl legte sich zurück. Er wollte den Jungen nicht weiter bedrängen, sah keinen Vorteil darin.

»Schätze, so mancher hat schon Schlimmeres aus schlechteren Gründen getan«, meinte er.

Elijah legte sich ins Heu gegenüber von Strawl. Schon bald war sein Atem regelmäßig und langsam, er schlief. Strawl trank aus und wünschte sich, er könnte aufstehen und all das Gift in sich in die Glasflasche pinkeln, um sie dann wieder zu verschließen, irgendwo zu vergraben und nach einem Tag, einem Monat oder einem Jahr zu vergessen.

Strawl stand auf und wusch sich das Gesicht an der Pumpe. Der Geruch von modrigem Heu und taufeuchtem Sommerweizen stieg ihm in die Nase. Er roch frischen Kaffee und konnte sich nicht davon abhalten, in Richtung des Duftes zu gehen. Cloud saß auf den Stufen und rauchte eine Maiskolbenpfeife. Er nickte und lud Strawl ein, sich zu ihm zu setzen. Strawl zog seinen Tabak aus der Tasche und drehte sich eine Zigarette. Clouds Frau brachte ihrem Mann Kaffee, und als sie Strawl sah, holte sie noch eine weitere Tasse. Strawl bedankte sich und trank. Es schmeckte besser, als er gehofft hatte, mit Zichorie und einem Schuss Whiskey. »Danke, dass ich in der Scheune übernachten durfte.«

Cloud nickte. Er trank ebenfalls. Sein Hemd war offen, ein blauer Fleck färbte seine Brust.

»Ich möchte herausfinden, wer das euren Söhnen angetan hat«, erklärte Strawl.

»Ich dachte, du wolltest meine Söhne verhaften.«

»Sie hatten nichts getan«, sagte Strawl.

Der alte Mann legte einen Finger auf den Pfeifenkopf und zog, bis die Asche qualmte.

»Außerdem ist Verhaften nicht mehr mein Job. Die Regierung bezahlt mich nur dafür, herauszufinden, wer diese Morde begeht.«

»Morde sind hier nichts Ungewöhnliches«, sagte Cloud. »Auch nicht sehr anders als früher.«

»Es geht um die Art«, sagte Strawl. »Die macht ihnen Angst. Sogar mehr als die Indianer.«

Cloud rauchte. »Wir machen niemandem Angst.«

Strawl legte Tabak auf sein Papier, leckte eine Kante an und rollte sie über die andere. Cloud strich ein Streichholz an, Strawl beugte sich vor und entzündete seine Zigarette. Er beschloss, von seiner Befragungstechnik abzulassen.

»Kannten deine Jungs die anderen Toten?«

Cloud antwortete: »Die Jungen kennen sich alle gegenseitig.«

»Hast du die anderen gesehen?« fragte Strawl.

»Sie waren zu Besuch. Sie haben auch in der Scheune geschlafen.«

»Alle?«

»Waren es vier?«

Strawl nickte.

»Die waren hier. Der Erste hat das letzte Heu zu Ballen gepresst. Ein anderer hat Holz gehackt fürs Essen. Ist einen Monat geblieben. Die letzten beiden waren wild. Die hatten nirgendwo ein Zuhause.«

»Worin glichen sie sich? Und deinen Jungs?« fragte Strawl.

»Sie sind tot«, antwortete Cloud.

Strawl trank seinen Kaffee und rauchte, Cloud ebenfalls. Ein paar Frühaufsteher schlossen sich ihnen an. Sie rekelten sich auf der Veranda, gähnten und schauten zu, wie sich die Sonne über die Okanogans ergoss.

»Die anderen Jungs. Nez Perce?« Strawl legte sich einen Finger an die Nase.

»Ich denke, ja«, antwortete Cloud. »Aber nicht aus Josephs Sippe. Vielleicht Whitebirds.«

Strawl dankte dem Mann. Sie rauchten schweigend zu Ende, und als die Frau seine leere Tasse nahm und wieder frisch auffüllte, war er froh, den Kaffee nehmen und einfach dort sitzen bleiben zu können, wo er war.

»Wirst du ihn stoppen?« fragte Cloud.

Manche glaubten, der nüchterne Intellekt der Indianer, der so grundlegend sei wie Haut und Knochen, wäre es, was das Land erhielt, andere wiederum behaupteten, es wäre genau der Mangel an Intelligenz. Wenn die Stämme es geschafft hätten, sich mit Beton und Lastwägen auszustatten, dann hätten sie vielleicht ebenfalls einen Damm errichtet und den Fluss leer gefischt. Strawl wusste nur, dass sie genau das eben nicht getan hatten. Er hatte mal den Ausspruch gehört, dass, wenn man nur allen Ungeheuern der Natur die Krallen ziehen würde, auf der anderen Seite des Tisches das wahre Ungeheuer zu erkennen wäre. Ob damit Gott oder die Menschen gemeint waren, wusste Strawl nicht mehr, doch nun jagte er das wahre Ungeheuer – und es war ebenfalls über diese Ranch gezogen und hatte in derselben Scheune geschlafen wie er.

Strawl schüttete den letzten Rest Kaffee ins Gras. »Ja«, sagte er schließlich. »Ich werde ihn stoppen.«

11

In seiner Jugend schwoll Elijahs Bekanntheit an, auch wenn die Ansässigen zu beiden Seiten des Flusses ihn wohl eher als Exzentriker beschrieben denn als Seher. Seine zusammengeflickte Familie ließ ihn umherstreifen; sie bestand ja selbst aus Planeten, die um getrennte Sterne kreisten: Dot um Gatten und erstes Kind, Ida um die häuslichen Pflichten und ihr eigenes stummes Universum, Strawl um die Langeweile, eine Ranch zu führen.

Elijah machte bald Vorhersagen von Autounfällen, Krankenhausaufenthalten und Verhaftungen, wobei er weiterhin bei so vagen Zeitangaben blieb, wie seine Zuhörer es erlaubten. Manche pfiffen anerkennend, wenn sich wieder mal eine Prophezeiung bewahrheitete, manche schüttelten die Köpfe und lachten, einige bejubelten ihn als indianischen Wahrsager, doch niemand hielt Elijahs Werk für etwas anderes als eine Kuriosität. Er selbst dachte über die Möglichkeit nach, dass er seine Umgebung nur eingehender beobachtete als andere und dass seine Visionen der nahenden Ereignisse vielleicht auf Berechnungen fußten, die jeder hätte durchführen können, wenn er nur gewollt hätte. Er beschloss, sich stärker ins Zeug zu legen. Zwei Mal beklagten sich Nachbarn, er wäre bei ihnen eingebrochen, doch als sie bemerkten, dass nichts fehlte, weigerte sich Dice, Anklage zu erheben. Elijah hatte zugegeben, in die Häuser eingedrungen zu sein, an Stehlen hatte er aber kein Interesse. Er behauptete, er hätte nur wissen wollen, wie es sich anfühle, in anderen Häusern zu leben. Strawl fiel keine passende Bestrafung ein, aber Dot versteckte seine Bibel, bis er

Goldlöckchen und die drei Bären zu ihrer Zufriedenheit aufsagen konnte.

Nach kurzer Zeit störten sich die Ansässigen kaum noch an seinen Besuchen, manchmal fühlten sie sich fast gesegnet durch seine Präsenz, sahen sich nicht mehr als Opfer seiner Streifzüge. Doch wie die Propheten aus alten Zeiten litt Elijah an seiner eigenen Melancholie. Er hatte genug Verstand, um sich von allen Zeugen zu entfernen, wenn sie ihn überfiel. Dann verschwand er in den Wäldern und angelte in einem Bach, ließ seinen schwärenden Gedanken freien Lauf und befreite sich so von den Qualen. Die eine Hälfte von ihm sprach, die andere hörte zu. Häufig brüllte er stundenlang nichts anderes an als Kiefernnadeln, und seine Stimme strömte dahin wie abfließendes Wasser nach einem Wolkenbruch. Dann tröpfelten die Wörter wieder zu einer erträglichen Stille aus.

Einen Monat nach seinem siebzehnten Geburtstag erwachte Elijah aus unruhigem Schlaf, und sein rechter Arm schmerzte. Das Kissen war klamm vor Schweiß. Er streckte seinen Arm in Richtung Fenster. Die Haut wirkte im Mondlicht silbern. Er machte eine Faust, und die Muskeln, die zur Hand führten, bewegten sich beim Schließen eines jeden Fingers wie gewohnt, doch der Schmerz verging nicht. Kein Krampf, kein Rheuma – das ihn quälte, wenn er Schnee und Regen vorhersagte –, auch keine gezerrte Sehne, die sich hätte entspannen müssen, wenn er sich rührte. Er suchte nach der Quelle, es war der Ellbogen, dazu kam ein vergleichbarer Schmerz in den Zähnen. Nerven verknüpfen sich bis in die Zähne, wusste Elijah, und er schloss daraus, dass das der Grund für den unruhigen Schlaf war. Von diesem Wissen besänftigt, schlief er wieder ein.

Zwei Tage später kehrte der Schmerz auf der Straße, die aus Nespelem herausführte, wieder, als Elijah gerade an der katholischen Kirche vorbeiritt. In der Woche darauf haute ihn der Schmerz auf derselben Straße und erneut in der Nähe der Kirche fast aus dem Sattel. Er starrte seinen Arm an und fragte sich, wie etwas so wehtun und dennoch am Körper bleiben konnte.

In jener Nacht ging er früh zu Bett und dachte über den Schmerz nach, der langsam in ihn reinkroch, sich sammelte und dann wieder verging, kaum dass die Kirche aus seinem Blick und seinem Bewusstsein verschwand. Doch jetzt kehrte die Pein sogar zurück, wenn er nur »Kirche« dachte, und ebbte wieder ab, wenn er seine Gedanken davon abbrachte. Eine weitere Woche später war er auf dem Weg zum Einkaufen, da sah er den Kirchturm, und der Schmerz drückte ihn fast nieder. Elijah schloss die Augen und ließ die Pferde an dem Gebäude vorbeiziehen. Der Schmerz ließ nach, flackerte aber immer wieder auf, wenn er sich nur das fleckige Gras des Friedhofs vorstellte, die weißen Latten an dem ihn umgebenden Zaun oder die hohen Doppeltüren am oberen Ende der Betonstufen.

Er betete nicht. Falls Gott jedem seiner Gläubigen zuhörte, dann wäre der Herr nichts weiter als ein Lakai, im besten Falle ein Söldner, der für einen Haufen Ave Marias oder Vaterunser den einen einem anderen vorzog. Für Elijah lag die wahre Verehrung darin, das Heilige im Alltäglichen zu erkennen. Allerdings verdoppelte er das Studium der beiden Testamente, fügte Sprichwörter hinzu und zog Parabeln ab wie ein Buchhalter, der sein Hauptbuch ausgleichen will, bis er auf eine Summe kommt, die ihn aus den roten Zahlen hält.

Einen Monat später entdeckte der neue Priester Elijah am Fuß der Treppe, wie er gerade die eintreffenden Kirchgänger vor etwas warnte.

»Wann?« fragte ein Kind.

»Bald«, antwortete Elijah.

»Worum geht es?« wollte der Priester wissen.

»Feuer«, sagte das kleine Mädchen. »In der Kirche.«

Elijah teilte dem Mann seine Prophezeiung mit. Der Priester hörte sie sich mit seinem glatt rasierten, hellen Gesicht an, das in der Wärme des Vormittags zu leuchten begann, und neigte den Kopf zur Seite.

»Warum sollte denn die Kirche brennen?« fragte er.

Eine Menschenmenge hatte sich versammelt, weiße Händler in braunen Jacketts und Indianer in dünnen weißen, bis an den Hals zugeknöpften Hemden. Die weißen Frauen gingen weiter in die Kirche, doch die Indianerinnen blieben draußen. Der Priester war ein höflicher Mensch, schüchtern, nur nicht auf der Kanzel, wo er über die gesenkten Köpfe seiner Gemeinde hinweg aus der Bibel las und kurze Predigten hielt, mit denen sich alle anfreunden konnten.

»Der Herr sendet Feuer, wenn er Läuterung will. Er hat es mit Wasser versucht, aber das war ein Chaos, wenn Sie sich erinnern.«

»Was gibt's hier denn zu läutern?« wollte der Priester wissen.

Das sei Gottes Sache allein, antwortete Elijah, sie müssten ihn schon vertrauensvoll beim Wort nehmen.

»Das geht nicht, tut mir leid«, sagte der Priester zu Elijah.

»Dann ist das der Grund, warum die Kirche brennen wird.«

Der Priester verwies ihn des Grundstücks, aber Elijah blieb beide Gottesdienste über außerhalb des Zauns stehen und wiederholte höflich seine Prophezeiung. Es war früher Winter, Feuer war die geringste Sorge der Kirchgänger, doch von nun an wartete Elijah jeden Sonntag – nach dem Frühstück mit Ida und Strawl bei Sonnenaufgang – mit derselben Warnung auf sie und war dabei in seiner Art ebenso devot wie die Strenggläubigsten der Gemeinde. Die Kinder brachten ihm Geschenke, Bonbons, einen Keks mit Butter und Honig, halb gerauchte Zigaretten, die sie aus Aschenbechern geklaubt hatten. Elijah zog seine Handschuhe aus und segnete sie mit einem Kreuzzeichen auf der Stirn. Das empörte die Gemeinde, die darauf beharrte, dass die Polizei Elijah aus der Ansiedlung vertreiben solle, aber die BIA hatte kein Interesse daran, es sich mit Strawl zu verscherzen oder sonntags zu arbeiten.

Der Winter wich, aber der Frühling brachte nur trockene, warme Winde und wolkenlosen Himmel. Die Schneeschmelze füllte die Bäche, dann versiegten sie bis auf ein Rinnsal, das sich bis zum Spätsommer hielt. Die gepflügten Felder warfen so viel Staub auf, dass die Feuerwehr es mindestens zwei Mal für Qualm hielt. Die Ortsansässigen hatten von der Dust Bowl gehört, den Staubstürmen, und mieden erfolgreich dieses Thema, doch schon bald ließ das Korn, das auf den Feldern aufging, die Blätter hängen und wurde gelb. Das Vieh wurde mangels Wasser aufsässig.

Der Frühling wich dem Sommer, und die Erwachsenen der Gemeinde begannen, den Propheten zu verspotten. Ihr Sarkasmus und ihr Hohn brachten auch die Kinder gegen Elijah auf. Statt Geschenke zu reichen, bewarfen sie ihn nun mit Steinchen und riefen: »Feuer, Feuer, weg mit ihm!«

Geduld war zu Elijahs zweiter Natur geworden; in der Öffentlichkeit zu stehen, war allerdings eine andere Sache. Es war nicht der Spott, der ihm Sorgen machte, sondern die Tatsache, dass seine Prophezeiung die Kirchgänger vom Wort Gottes abbrachte, anstatt sie heranzuführen. Der Juni blieb heiß, Wälder fingen durch Blitze aus heiterem Himmel Feuer, alle körperlich fähigen Indianer bildeten Brandbekämpfungsteams mit Picken und Äxten, der Rasen ging ein, und die Luzerne wuchs nicht, weil es kein Wasser für die Bewässerungsanlagen gab. Die Gebäude wurden trocken wie Zunder. Elijah erkannte, dass seine Prophezeiung der Grund für diese Merkwürdigkeiten war. Gott war daran gebunden, und er würde den Regen zurückhalten, bis sich Elijahs Feuer bewahrheitete. Die Vorsehung glühte in der Sonne.

In der letzten Woche des Monats kam die Gemeinde mit Hauben und Gesangsbüchern in die Kirche, fächelte sich Luft zu und zerstreute sich anschließend wieder. Das Thermometer stieg auf 35 Grad Celsius. Der Priester spannte zwei Pferde an und machte sich auf den Weg zu den Bettlägerigen. Elijah riss ein Streichholz an und hielt es an das Holz, das an der Altarwand aufgestapelt war. Der Schwefel flammte gelb auf und roch beißend, dann fing das Holz Feuer, die getrocknete Kiefer knisterte, und Rauch stieg auf.

»Herr, ich erlöse dich von diesem Versprechen«, sagte Elijah und ging davon, während die Flammen die Verandabrüstung hinaufkletterten.

Am folgenden Morgen erschien die Polizei auf Strawls Ranch. Dice und ein Indianer der BIA befragten Elijah am Küchentisch. Ida, die zu viel Angst vor der Polizei hatte, ging vor dem Pferch auf und ab. Elijah verteidigte sich. Die Kirchgänger waren Fremde. Er hatte keinen Grund, ihnen Schaden zufügen zu wollen. Der neue Priester war immer gut zu ihm gewesen, und wenn Elijah ein Ungläubiger wäre, hätte er keine sieben Monate an die Gemeinde verschwendet oder eine Anklage wegen Brandstiftung riskiert wegen eines Hauses, das sie ohnehin in nur einem Jahr wieder aufbauen würden. Diese Erfahrung würde die Gemeinde außerdem eher stärken, nicht verstreuen. Als Elijah geendet hatte, meinte Dice: »Ich kann gegen keinen dieser Punkte etwas vorbringen.«

Der Polizist der BIA stand mit Dice auf, und Elijah sah ihnen hinterher, wie sie zum Streifenwagen gingen, einem Studebaker, und davonfuhren. Staub stieg in der heißen Luft auf. Strawl stand ebenfalls da, bis der Wagen über der Anhöhe verschwand und der Staub im Dunst verging.

»Na, gerade noch einer Kugel ausgewichen?« fragte Strawl.

Elijah antwortete nicht darauf.

»Also, wie möchtest du deine Eier?«

Elijah mochte Rührei, und er ging in den Erdkeller hinterm Haus, um ein paar Würstchen zu holen. Gemeinsam schälten sie Kartoffeln, brieten sie in Fett, kochten Kaffee und bereiteten genug Frühstück zu, dass auch Arlen, Dot und die Mädchen mitessen konnten, die früh aufgestanden waren und gerade ihren gelben Hund mit einem in einer Socke steckenden Kiefernzapfen ärgerten. Mit dem Zapfen sollte er lernen, beim Apportieren eines Vogels vorsichtig zuzubeißen.

Am folgenden Sonntag stellte Elijah gegenüber der Kirchenruine einen Beistelltisch mit Brotwürfeln und ein paar Schnapsgläsern voll Traubensaft auf.

Der Christus, den Elijah kannte, war ein Geschenk, um die Sünden des Vaters zu tilgen, nicht die der Menschen. Gott war ein grausamer, selbstsüchtiger Vater – und darüber selbst untröstlich. Die Kreuzigung war eine sich selbst zugefügte Wunde, die dazu diente, ihn seinen Gläubigen gleichzumachen. Doch hatte er nicht mit der Mühsal des Sohnes gerechnet, auch nicht mit dem Mitleid, das andere diesen Mühen entgegenbrachten, und so blieb nur die Wiederauferstehung als einziger Schutz vor einem weiteren Ausbruch grausamen Verhaltens.

Am nächsten Sonntag hatte die kirchenlose Gemeinde ein Zelt aufgebaut, das sie sich von der Armee geliehen hatte. Ein zerschundener Himmel hing tief über ihnen, und es nieselte. Nebel und Dunst schwebten in den Senken und zogen in Fetzen und Mustern den Fluss entlang. Als die Kirchgänger an Elijah vorbeikamen, nickten die Männer und tippten sich an die Hüte; die Frauen wendeten die Blicke ab, aber die Kinder staunten ihn in unverhohlener Ehrfurcht an. Der Priester sah ihm einen Augenblick ins Gesicht und ging dann weiter. Elijah hatte mit Schlimmerem gerechnet, doch nun wünschte er sich mehr Reaktion, wünschte sich, sie würden begreifen, dass das Feuer nicht der entscheidende Punkt war und auch nicht, wie es ausgebrochen war. Der Wille des Herrn bedrückte sie, doch sie richteten ihr Leben allein nach den Umständen aus. So wurden Wunder zu etwas so Alltäglichem wie das Wetter und trafen sie wie Tiere, die Schutz suchten, wenn der Himmel voller Regen oder Schnee oder Hitze war, nur um danach wiederaufzutauchen, als sei überhaupt nichts geschehen.

Kinder umringten Elijahs Tisch, aßen das Brot und tranken den Saft, wobei sie darauf achteten, sich nicht ihre guten Sachen dreckig zu machen.

»Aber das ist doch nicht wirklich dein Leib«, sagte ein Kind. »Wie kann das dein Leib sein?«

Ein paar Kinder gaben ihm recht, und die Eltern lächelten und amüsierten sich über den perplexen Propheten. Elijah hob die Hand. »Ihr habt recht«, sagte er. »Das geht so nicht. Glücklicherweise gibt es ja noch die alte Methode.«

Elijah zog etwas aus seiner Tasche, das so silbern glänzte wie Wasser – ein Beil, das stundenlang an einem Schleifstein geschärft worden war, wie sie später herausfanden –, er legte seine Hand auf den Tisch und trennte sich mit einem einzigen Schlag den linken kleinen Finger ab.

»Jetzt«, sagte Elijah, als der Finger über den Staub auf die Kinder zurollte. »Jetzt ist es mein Leib.«

12

Inchelium war Mitte der Dreißigerjahre kaum mehr als eine Anhäufung von Hütten, ein Postamt und Anlaufstelle für die Gifford Ferry, die noch immer jeden Tag von Sonnenaufgang bis Mitternacht den Columbia River überquert. Die dem Colville-Reservat gegenüberliegende Seite gehört den Spokanes. In den alten Zeiten hatte ein blonder Indianer namens Barney Whitehead eine Spelunke mit erdigem Boden und einem Segeltuchdach gleich neben der Anlegestelle. Der Schuppen schenkte selbst gepanschten Gin für fünf Cent das Glas aus und Bier zum Dreifachen des Marktpreises.

Als Strawl eintraf, hatten die Stammgäste Stühle auf den Parkplatz gestellt, und dort saßen sie mit Bierflaschen zwischen den Knien und gezückten Schrotflinten und ballerten auf jede Gans, die das Pech hatte, vorbeizukommen.

Strawl rechnete nicht damit, Jacob Chin in Inchelium eher zu finden als an irgendeinem anderen Flecken auf dieser Seite des Staates, doch aus verschiedenen Gründen lebten viele seiner Exfrauen, Konkubinen und Mitverschwörer an dem Ort, dazu noch eine Schwester, die, worüber sich die meisten einig waren, die schönste Frau war, die man je gesehen hatte. Sie ließ Inchelium nie weit hinter sich, und es gab Gerüchte, dass sie manchmal nackt über die Waldpfade ritt. Strawl fand, er könnte dort ebenso gut mit seiner Suche nach dem Mann beginnen wie anderswo.

Als Strawl zwei Tage zuvor auf sein Pferd gestiegen war, um loszureiten, hatte Elijah auch Baal gesattelt, ohne dass sie ein Wort gewechselt hätten. Sie näherten sich Inchelium von Colville aus, nachdem sie den Sherman Pass durch mehrere Hundert Hektar vom Feuer heimgesuchten Landes genommen hatten. Gräser und Wildblumen wucherten über die Ebenen, genährt vom Kompost der vernichteten Bäume. Ganze Felder wiegten und teilten sich im Wind.

Die frühe Mittagssonne hob den Tau von Boden, Fels und Baumnadeln, und die Luft war diesig und klamm. Strawl schob den Hut in den Nacken und wischte sich die Stirn. Er zog an den Zügeln und ließ Stick an einem öffentlichen Trog am Dorfrand saufen. Elijah erlaubte Baal dasselbe.

»Kennst du dich hier aus?« fragte ihn Strawl.

»Kennt der Herr seine Schafe?«

»Das werden wir herausfinden«, sagte Strawl.

Sie ritten weiter, bis sie zu einem blauen Haus mit Teerpappendach kamen. Es gab keinen Rasen, nur Unkraut, aber neben der Holztreppe hatte jemand einen dürren Rosenstrauch gepflanzt.

Strawl stieg ab und band Sticks Zügel an einen Maschenzaun, der das Grundstück umringte.

»Also los«, sagte Strawl.

Elijah sah ihn an, schwang dann das rechte Bein über Baals Rücken, ging ein paar Schritte zur Tür und klopfte.

»Hast du Jake gesehen?« fragte er.

Die Frau, die an die Tür gekommen war, musste Mitte vierzig sein. Sie sah an Elijah vorbei zu Strawl hinüber.

»Kenn ich nicht«, antwortete sie.

»Martha, du warst mit ihm verheiratet«, beharrte Elijah.

»War ich«, sagte sie. »Jetzt kenne ich ihn nicht mehr so gut.« Dann schloss sie die Tür.

Elijah stemmte die Hände in die Hüften und hob dann einen Arm. Er ließ einen Finger kreisen. Strawl versuchte, sich um einen Schuppen zu schleichen, um nach dem Hintereingang zu suchen, doch zwischen dem Haus und einem hohen Zaun hatte jemand eine Reihe Holz aufgeschichtet. Strawl stieg auf die Äste, aber der Stapel kam ins Rutschen. Er verlor das Gleichgewicht. Ein Holzscheit schlug ihm gegen das empfindliche Knie, ein anderes traf ihn heftig am Ohr. Außerdem schreckte der Lärm eine Meute Katzen auf. Nach einem Chorgesang aus Katzenjaulen und Fauchen sprangen ihn drei davon an, als er sich von dem Stapel weg mühte. Nebenan bellte ein Hund.

Strawl zog sich zur Straße zurück. Elijah hatte aufgegeben, er klopfte nicht noch einmal an und saß schon auf Baal, als Strawl auftauchte. Sie ritten zwei Blocks weiter zu einem Haus gegenüber der aus Gasbetonsteinen errichteten Schule und der Feuerwehr.

»Du solltest dich besser etwas herrichten«, meinte Elijah.

Strawl zog sein Taschentuch aus der Hemdtasche und tupfte sich das Blut von Unterarmen und Handrücken. Elijah war abgestiegen und sah Strawl von unten kopfschüttelnd zu.

»Es würde dir mal guttun, nicht zu lästern«, sagte Strawl.

»Große Worte von einem Mann, der sich von ein paar Katzen hat vermöbeln lassen.« Elijah drehte sich zur Tür um; Strawl ging mit Stick zu einer Stelle außer Sichtweite. Er drehte sich eine Zigarette. Ein leichter Wind drängte vom Fluss her gegen die grünen Blätter einer Eiche, eine Schaukel knarzte auf dem Schulhof. Dort, wo die Kinder sich einen Weg von der Lehmstraße zu den Spielgeräten gebahnt hatten, glänzte das Gras rings um die Schule.

Die Haustür ging zu, und Elijah kehrte niedergeschlagen zu seinem Pferd zurück. Seine Kiefermuskeln arbeiteten. Er ritt zum nächsten Haus und klopfte an. Als niemand an die Tür kam, machte er sich gar nicht erst die Mühe, aufzusitzen, sondern führte das Pferd bis zum nächsten Haus und band es an einen Baumstamm. Ein Weißer kam heraus, dem seine grauen Haare schief um den Kopf standen wie ein schlecht sitzender Heiligenschein.

Er schubste Elijah von der Tür weg. Er trug kein Hemd, nur

Hosenträger, und seine Haut glänzte rosig. Elijah starrte den Mann an. Der blinzelte, beäugte Strawl, dann wendete er seine Aufmerksamkeit wieder Elijah zu.

»Ich kenne dich nicht«, sagte er.

»Das ist richtig«, bestätigte Elijah.

Der Mann machte die Tür zu.

Beim nächsten Haus nickte eine alte Indianerin und bot ihm Gebäck an, das Elijah an Baal verfütterte, aber die Frau wusste nichts über Jacob Chin. Elijah klopfte an jedes Haus in dem Block, dann ging er über die Straße und arbeitete die andere Seite ab.

»Kennst du welche von den Leuten?« fragte Strawl.

Elijah zuckte mit den Schultern. »Ein paar.«

»Sieht man dir nicht an.«

Elijah reckte sein Kinn zu einem Haus an der Straße. »Warren da drüben. Letzten Winter habe ich ihm und seinem Bruder geholfen, einen Elch zu zerlegen.«

»Du hast dich nicht sonderlich um ein Gespräch bemüht.«

»Ich suche einen Mörder«, entgegnete Elijah.

Strawl lachte. »Was hast du zu ihm gesagt?«

»Ich hab ihnen gesagt, ich bin auf der Jagd nach Jake.«

»Kein Hallo?«

»Nein, ich hab nur nach Jake gefragt.«

»Unter anderen Umständen hättest du aber schon ein wenig geplaudert, oder?« Strawl zündete sich eine Zigarette an und ließ sich von Elijah an der Schule vorbei zu der einzig nennenswerten Kreuzung führen, wo eine Tankstelle und ein Lebensmittelladen zwei der vier Ecken einnahmen. An den anderen beiden standen eine geschlossene Bar und ein Pferdestall.

»Rundheraus zu fragen ist doch nicht natürlich«, sagte Strawl.

»So zu tun, als ob ich nicht nach jemandem suchte, den ich suche, auch nicht.«

Strawl seufzte. »Bist du mit der Wahrheit verheiratet?«

»Die Wahrheit ist natürlich«, erklärte Elijah.

Strawl schüttelte den Kopf. »Kriegen, was man möchte, das ist natürlich.« Eine Weile blieben sie stumm. Der Wind kühlte sie. Der Sommer verlor an Kraft.

Elijah wies auf den Columbia River. »Wenn ich Hunger habe, mag ich Fisch – und Wasser, wenn ich durstig bin, aber wenn der Fluss zwischen mir und den Orten liegt, an die ich will, dann suche ich mir eine Fähre oder eine Brücke. Und das sind die Lügen.«

»Könnten auch Wahrheiten sein, nur auf andere Weise.«

»Auf welche Weise denn?«

»Auf eine Weise, die dich über den Fluss bringt.«

Wieder schwieg Elijah eine Weile.

»Und was ist dann ein Staudamm?« fragte er schließlich.

Strawl dachte einen Moment nach, fand aber keinen Weg, die Metapher weiter auszubauen.

»Ein Staudamm ist ein großes Stück Beton, das einen Fluss aufhält, du blöder Hund«, sagte er.

Elijah lachte. Strawl fühlte sich unterlegen und blieb mürrisch, als sie auf einer Lehmpiste Richtung Nordseite der Ansiedlung ritten. Eine andere Straße führte sie schließlich zu einer Schiefersteilwand am Fuß der Grate, die der Fluss in den Fels geschnitten hatte. Strawl hörte eine Quelle. Elijah und er hielten an und ließen die Pferde ihren Durst stillen.

In einem Ulmenhain stand ein Haus; nicht aus Brettern und Nägeln, sondern aus Granit, von tausend Jahren Strömung rund geschliffen. Die Steine waren schmalseitig aufgeschichtet und mit Beton verfugt worden, wobei dieser mit einer Sorgfalt abgekellt worden war, die hier in der Gegend ungewöhnlich schien. Das Dach war aus Feuerschutzgründen mit frischen Schindeln gedeckt. Echte Glasfenster steckten in den dafür vorgesehenen Aussparungen, so passgenau, dass Fensterbretter und Rahmen ohne Dichtungsmasse gut saßen. Es gab keinen Grund, warum das Gebäude nicht bis ins kommende Jahrtausend stehen sollte. Ein wenig Rasenfläche umgab das Haus, ein Tor ohne Zaun hielt nur ungenügend Wache gegen Diebe oder Besucher. Kein Hund bellte. Es gab keine Außengebäude, keinen Pferch. Rauch stieg aus dem Kamin. Die Bewohner waren wach.

Elijah band Baal nahe den betonierten Verandastufen an und öffnete die Tür. Der Schein einer Laterne fiel heraus. Ein paar Minuten später winkte Elijahs Arm. Strawl machte Stick an einer der Ulmen neben einem Haufen Wildhafer fest.

Drinnen beleuchtete eine Laterne das niedrige Tischchen neben einer Sofabank, auf der Chins Schwester saß. Ihre Schönheit hatte schon für zahlreiche gebrochene Nasen gesorgt und für doppelt so viele Verhaftungen. Sie hatte den Höhepunkt ihrer Attraktivität zwar schon ein paar Jahre hinter sich, doch blieb sie weiterhin exotisch und schön, wirkte nun auch stattlich, hatte hohe Wangenknochen und eine Haut von der Farbe gut gepflegten Holzes. Ihre Nase war klein, die Augen waren groß und voll von etwas, das, wie Strawl erkannte, selbst heute noch einen klugen Mann zum Volltrottel machen konnte. Sie war an jenen Stellen schlank geblieben, wo es einer Frau gut stand, und an jenen breiter geworden, wo es ebenfalls gut aussah. Vor ihr auf dem Tisch lagen Karten in Reihen, jedes Auslegen einer Karte wurde von einem Schwung ihrer geflochtenen schwarzen Haare begleitet, und das Schmatzen der Karten und das Rauschen der Haare waren die einzigen Geräusche in dem Zimmer, mal abgesehen von der Laterne, die ihren Kerosinvorrat verbrannte. Ein älterer Mann, nicht ganz so alt wie Marvin, aber mindestens so alt wie Strawl, rauchte und trank Tee. Einmal korrigierte er das Kartenspiel der Frau, und sie wechselte die Karten wie empfohlen, ohne ein Wort zu sagen. Niemand sprach, bis sie die abgelegten Karten zwei Mal durchgegangen war, um sicherzugehen, keinen Zug übersehen zu haben. Strawl schaute zu, wie sie die Karten einsammelte und mischte, nicht mit groben, fleischigen Männerfingern, die darauf abzielen, die Karten zu biegen, sondern so flink wie das Flattern von Vogelflügeln, in einem synchronisierten Rhythmus, wie Federn in der Luft.

Statt die Karten erneut auszuteilen, schob sie sie ordentlich zusammen und legte den Stapel beiseite.

»Bitte.« Sie nickte zu einem Stuhl in der Küche. »Setzen Sie sich. Entschuldigen Sie meine schlechten Manieren.«

»Verbindlichen Dank«, sagte Strawl. Auch Elijah nahm sich einen Stuhl und nickte dankend.

»Sind Sie hungrig?« fragte die Frau. Dann wischte sie die Frage beiseite. »Sind Sie«, sagte sie. »Wer ist das nicht um diese Abendzeit?«

In der Küche schnitt sie aus dem Fladenbrot ein paar Tortillas, zündete den Ofen an und kochte die harten Bohnen, die sie hatte einweichen lassen. Als sie fast so weit waren, um sie zu Mus zu machen, hob sie einen Lukendeckel im Küchenboden an, verschwand im Keller und kehrte mit einem Streifen Wildrücken zurück, den sie mit einem Handmahlwerk zerkleinerte. Sie setzte das Fleisch auf und gab noch ein halbes Dutzend Gewürze dazu.

Strawl sah sich im Raum nach irgendwelchen Hinweisen um, dass Jacob sich hier versteckte oder kürzlich zu Besuch gewesen war. Er fand nichts. Die Schwester führte einen makellosen Haushalt, das schien in ihrer Natur zu liegen. Er beobachtete sorgsam, ob sie nervös wurde, doch sie wanderte nur weiter zwischen Topf, Pfanne und Schneidebrett hin und her, und wenn sie den Eindruck hatte, Strawl, Elijah und der schweigsame Mann auf dem Sofa hätten ausgetrunken, dann weitete sie ihren Radius aus und goss nach.

Sie servierte auf Porzellantellern, Gabel und Löffel waren aus echtem Silber, nur die Messer aus praktischen Gründen aus Edelstahl. Sie schenkte vier Schnapsgläser mit Brandy ein und stellte eins neben jeden Teller. Der schweigsame Mann schraubte ein Einmachglas mit grünen Chilis und Pfefferschoten auf.

Strawl roch daran und löffelte dann die Mischung auf seinen Teller. Er tunkte eine Gabel voll Bohnen hinein, und als sie ihm schmeckte, hielt er das Glas schräg und schaufelte sich noch mehr davon über sein Essen. Elijah verzichtete darauf, aß aber, als ginge es um eine Wette, und die Frau stand auf und nahm seinen Teller, noch bevor sie selbst einen Bissen gegessen hatte. Strawl schaute ihn stumm an, der Junge wirkte niedergeschlagen, doch dann kehrte die Frau mit seinem neuen Essen zurück, beugte sich vor und gab ihm einen Kuss auf die Stirn. Er blickte nach oben. Sie blieb einen Moment lang, wo sie war, sodass er ihr blinzelnd in die Augen sehen konnte. Sie lächelte, und in derselben Sekunde verspürte Strawl einen Hauch von Eifersucht.

Sie tranken Brandy und Tee und aßen schweigend auf; nur das Klackern des Silbers auf dem Porzellan war zu hören. Als die Frau die Teller abräumte, füllte der alte Mann Tabak in eine gebogene Pfeife. Er nickte, Elijah und Strawl drehten sich Zigaretten und folgten dem Mann auf die Veranda.

Jeder zündete sich ein Streichholz an und sog Qualm ein. Drei Glutköpfe leuchteten bedrohlich in der Dunkelheit auf. Der Mann hatte graue Schläfen, doch das restliche Haar war noch schwarz. Er hatte es sich wie einen Helm ums Gesicht geschnitten. Seine Augen wirkten weniger schräg stehend, als sie waren, vielleicht weil sein Gesicht vom Wetter gegerbt war. Man hätte ihn für einen x-beliebigen Farmer halten können.

Die Frau schloss sich ihnen an, raffte ihren Rock und setzte sich auf eine der unteren Stufen. Sie schaute hinaus, dorthin, wo die Bäume im letzten Wind raschelten, und warf den Männern nur gelegentlich einen Blick durch den Rauch zu.

»Sie jagen Jacob Chin«, sagte der Mann.

Strawl nickte.

»Mein Schwager. Der Bruder meiner Frau. Sie sind deshalb hierhergekommen.«

»Yep«, sagte Strawl.

Der Mann seufzte und überdachte die Situation. »Finden Sie es falsch«, fragte er, »wenn ich Ihre Schwester eine Hure nenne?« Strawl erwiderte nichts; der Mann sah Elijah an.

»Finde ich ziemlich hart«, antwortete Elijah.

Die Frau versteckte ihr Gesicht hinter dem Brandy und trank.

»Und was, wenn sie eine wäre? Ich meine, nach der Definition. Wenn sie Geld oder Geschenke für Sex nehmen würde.«

Elijah blieb stumm.

»Wäre das was anderes, als wenn man sagen würde, sie hat braune Haare oder sie ist groß oder klein?«

»Es wäre grob«, sagte Elijah.

»Wirklich?« fragte der Mann. »Aber wenn man es liebevoll aussprechen würde, wie eine Mutter, die den Leuten sagt, mein Sohn ist Kongressabgeordneter oder Arzt. Er heilt die Menschen. Heilt uns denn eine Hure nicht auch?«

Elijah schien verblüfft. Strawl drehte sich zur Tür um, damit er der Frau nicht auf den Hinterkopf starren musste.

»Das sagt ihr Bruder«, fuhr der Mann schließlich fort.

»Jacob?«

Der Mann nickte. »Und warum sollte ihr Bruder lügen?« Er rutschte auf dem Stuhl herum, den er sich aus der Küche mitgebracht hatte, damit er Elijah und die Frau besser sehen konnte. Die Frau blickte in den Hof und ließ das Männerarbeitshemd und ihre geflochtenen Haare für sich sprechen.

Er wendete sich an Elijah. »Wenn er sagen würde, sie hat einen hübschen Hintern, also, das wäre sicherlich nicht richtig. Dabei könnte das genauso wahr sein, wie wenn er sagt, sie ist eine Hure. Wenn er so einen dürren Hintern mag – mit einer kleinen Rundung dort, wo der hintere Oberschenkelmuskel dünner wird und das Fleisch ansetzt, dann ein weicher, hübscher Bogen wie ein Horizont und ein steiler Abstieg zur Wirbelsäule, so flach wie Nebraska. Wenn ihm das gefällt wie der

Klang von Hunden auf der Fährte oder wie ein blauer Himmel am Morgen, wäre das nicht aller Wahrheit wert?«

Elijah trank einen Schluck Brandy, dann Tee. Er wirkte enttäuscht. Beides war kalt. Die Finger der Frau spannten einen Grashalm. Sie hielt ihn an die Lippen und pfiff darauf.

»Würde dieser Mann denn nicht lügen, wenn er behauptete, sie hätte keinen Hintern von genau den Proportionen, die er am schönsten findet? Welchen Weg soll ein solcher Mensch einschlagen?«

»Den der Dummheit«, sagte Strawl.

Der alte Mann lächelte. »Für Sie und mich mag das gelten. Wir haben genügend Winter hinter uns, um praktisch zu denken. Wir wissen ja, dass der Frühling gewiss kommt.«

»Und dann wieder der Winter«, ergänzte Strawl.

Der Mann klopfte die Pfeife am Geländer aus. »Hoffnung und Verzweiflung jagen einander wie Kinder, und die Zeit, das sind die Götter beim Spiel. Wir wissen viel.«

»Zum Beispiel, dass jeder Hintern nur so gut ist wie seine Vorderseite.«

»Klug formuliert«, meinte der Alte. »Aber unser Freund hat noch nicht ausreichend viele Jahreszeiten gesehen, um da so sicher zu sein. Er glaubt, eines Tages bleibe der Frühling, trotz der Winter, die er erlebt hat.«

»Ein Romantiker«, sagte Strawl.

»Wäre eine solche Beobachtung also eine Sünde bei einem, wie Sie sagen, Romantiker?« Wieder zündete er sich die Pfeife an, zog daran und pustete eine Wolke beißenden Qualms aus. »Würde sie einen solchen Mann nicht quälen? Müsste er denn nicht verrückt sein, um gesund zu bleiben?«

»Keine Ahnung«, sagte Strawl.

»Und vergessen Sie nicht, diese Schwester mit dem anatomischen Wunder, sie verkauft es – besser formuliert, vermietet es –, damit sie und er genug zu essen haben. Sollte es ihm denn möglich sein, den Hintern zu trennen von der Schwester, die ihn versorgt, oder die Stimme, die da unter den Freiern stöhnt und japst, von jener, die ihn zum Essen ruft oder ihn als Kind bei Fieber und Verletzung besänftigt hat?«

Elijah drehte sich eine zweite Zigarette.

»Es wäre sicher eine Erleichterung, alles der Frau in die Schuhe zu schieben, doch er müsste auch ihre Eltern einschließen, die die beiden einst an der St. Rose of Lima Catholic Church in Bellingham ausgesetzt haben. Und dann würden diese wiederum auf ihre eigene Not verweisen, und wer kann schon einen Menschen dafür verdammen, dass er lebt und weiter leben will? Wer ist verantwortlich für die vielen unglücklichen Schwangerschaften, die ausgetragen werden? Die Lust, so könnte man argumentieren, ist eine Schwäche, doch selbst die Heilige Schrift sieht sie schon vor. Ein lächerliches Argument zwar, da werden Sie mir zustimmen. Ein Gott, der behauptet, unsere Gier nach dem anderen sei Sünde, nur um genau dies dann zu verlangen, damit Familien gegründet werden können. Tja, da macht er alles komplizierter, als vernünftig wäre. So gefühllos oder unpraktisch kann Gott doch nicht sein.«

»Es sei denn, er hat Sinn für Humor«, sagte Strawl. Dann sah er Elijah an. »Wirst du zulassen, dass er den Allmächtigen schlechtredet?«

Elijah entgegnete: »Das ist nicht mein Gott, von dem er redet. Das ist der der Katholiken.«

»Haarspalterei«, sagte Strawl.

Der Alte starrte in seine offenen Hände, dann sah er Strawl an. »Glauben Sie, dass solche Grausamkeit von oben kommt?«

»Tut nichts zur Sache, was ich glaube.«

»Oh doch. Sie sind ein Waisenkind.«

»Das ist kein Geheimnis.«

»Sie haben also kein Mitgefühl?«

»Wie schon gesagt, tut nichts zur Sache, was ich denke.«

»Haben Sie eine Schwester?«

Strawl schüttelte den Kopf.

»Ah. Wenn Sie eine hätten, wäre es vielleicht anders. Und wenn sie schön wäre.«

Gegen Abend wurde es kühler. Elijah legte seine Jacke über die nackten Beine der Frau. Strawl lauschte auf die Pferde, um sicherzugehen, dass beide noch dort waren, wo sie sie zurückgelassen hatten.

»Das wäre dann das Ende der Schuldzuweisungen«, erklärte der Alte.

»Also gut«, sagte Strawl. »Ich erteile unserem Freund die Absolution für alle möglichen Indiskretionen bezüglich seiner Schwester. Da hat er sich die Begnadigung verdient.«

Der Alte nickte. »Sie würden also auch zugeben, dass man ihm vergeben muss, wenn er die Kundschaft seiner Schwester verachtet. Denn er hat ja doppelt Grund dazu: als Bruder und als Liebhaber. Ist doch nur natürlich, dass er sie hasst.«

Strawl nickte.

»Und auch nicht unnatürlich, dass jene, zu deren bösen Taten noch unhöfliche Bemerkungen über ihn oder seine Schwester kommen, ihn besonders wütend machen. Es wäre wohl nicht sonderlich schockierend, wenn sich herausstellte, dass er drei oder vier von ihnen enthauptet und an den Haaren oder Bärten an Straßenlaternen aufgehängt hat, wo sie am nächsten Morgen von den Priestern und Nonnen gefunden wurden, die nach den Morgengebeten einen Spaziergang machten. Eigentlich sollte man seine Zurückhaltung bewundern und ihm verzeihen, dass er den Lebensmittelhändler und seine Frau umgebracht hat, die seine Schwester zwar weder jemals berührt noch mit ihr gesprochen haben, aber eben doch an der großen Verschwörung beteiligt waren, indem sie aßen, während seine Schwester und er nichts zu essen hatten, und schliefen, als die beiden müde waren, und ein schützendes Haus hatten, wenn es regnete. Wer könnte ohne zu zweifeln von sich behaupten, unter diesen Umständen nicht das Gleiche zu tun?«

Strawl lächelte. »Ich nicht«, sagte er.

»Würden Sie einen solchen Mann verhaften?« fragte der Alte.

Strawl schüttelte den Kopf. »Ich würde ihn erschießen.«

»Und hätten Sie kein Mitleid?«

»Welch schlimmere Strafe gäbe es denn für einen solchen Menschen, als weiterzuatmen?«

»Aber er hat sich doch nicht schuldig gemacht.«

»Das ist nicht wahr.«

»Na, dann ist er zumindest nicht schuldiger als alle anderen.«

Strawl nickte. »Ein tollwütiger Hund ist nicht absichtlich krank, und die Propheten hören nicht absichtlich die Stimme des Herrn in ihren Köpfen, und doch hält uns das nicht davon ab, ihnen eine Kugel in den Hirnkasten zu jagen oder sie an ein paar Balken zu nageln. Und wir haben recht damit, ich und die Römer. Ihrer Theorie zufolge war Judas so unschuldig wie die Jungfrau Maria. Niemand ist schuldig, und doch müssen manche Menschen erschossen werden, ihnen oder anderen zuliebe. Mir ist das ganz gleich, Hauptsache, das Geld kommt an.«

Plötzlich fing die Frau an zu lachen, und sie lachte so lange, bis die drei verstummten. Dann sah sie den Alten durch den Rauch hindurch an. »Vielleicht kannst du jetzt diese Geschichte mal beiseitelegen, Howard. Ich bin es müde, dass wir alle Heilige sind.«

Sie stand auf, ging an ihnen vorbei und ließ Elijahs Jacke in seinen Schoß fallen, bevor sie im Haus verschwand. Dort zündete sie eine Laterne an, trug sie in ihr Zimmer und zog die Vorhänge zu. Unter ihnen fiel Licht hindurch; sie legte ihre Bekleidung ab und eine andere an, und das allein reichte schon, um die Aufmerksamkeit der Männer zu bannen, sogar noch, als sie die Lampe heruntergedreht hatte und es im Zimmer dunkel war.

»Sie wissen, warum ich hier bin«, sagte Strawl. Der alte Mann nickte.

»Sie weiß es auch, oder?«

»Ja.«

»Dieser Jacob, was kümmert der Sie?«

»Mich kümmert, was er für sie ist.«

»Ich habe gerade eine Geschichte darüber zu hören bekommen. Was kümmert Sie das Ganze?«

»Mich kümmert, was sie für mich ist.«

»Ihre Frau. Scheint, sie beide wären ganz froh, Jacob verschwinden zu sehen.«

»Das könnte stimmen«, sagte der Alte.

»Aber das war nicht Ihre Idee?«

Der Mann nickte.

»Sagen Sie mir nur, wo ich ihn finde. Den Rest denke ich mir selber.«

»Woher wissen Sie, dass er der Mörder ist, den Sie suchen?«

»Ich weiß, dass er schon gemordet hat und dass er so abgedreht ist wie ein Kreisel. Das macht ihn zum Klassenprimus.«

»Er wird nicht ins Gefängnis gehen.«

»Sie wären überrascht, wer alles einwandert, wenn die Alternativen schwinden. Hängen muss er sowieso.«

»Das wird er nicht zulassen.«

»Dann muss ich ihn erschießen. Ich werde bezahlt, und Sie werden den Schatten zwischen Ihnen beiden los.«

»Nein«, entgegnete der Alte. »Das ist nichts, was man erschießen kann.«

Strawl drückte die Kippe am Stiefelabsatz aus. »Wir werden drüber schlafen«, sagte er. Er ging hinters Haus und nahm seine Schlafrolle vom Pferd, Elijah tat dasselbe bei seinem Pferd. Es war kalt; sie schürten ein Feuer gegen den Morgenfrost. Der alte Mann bat sie ins Haus, aber Strawl zog dem warmen Bett einen kalten Himmel vor, besonders bei einem Haus, in dem es so viele verschiedene Versionen derselben darin lebenden Menschen gab. Elijah sagte nichts. Sein Schweigen war nicht traurig, sondern bedacht, so als wartete er darauf, dass sich die

Schalen einer Waage auspendelten. Sie schliefen bis nach Mitternacht, dann wurden sie geweckt vom Heulen der Frau und den Versuchen des Alten, sie zu beruhigen. Es dauerte eine halbe Stunde. Strawl hörte, wie sie leiser wurde, aufschluchzte und wieder weinte. Elijah stand auf, ging ins Haus und betrat ihr Schlafzimmer.

»Ich bin eine blutschänderische Hure«, sagte sie.

»Du bist beides nicht«, erwiderte Elijah.

»Doch«, beharrte sie.

»Glas kommt in der Natur nicht vor«, sagte Elijah. »Wusstest du das? Die Alchimisten jagten dem Stein der Weisen hinterher, um zwei Dinge zu erschaffen: Gold und Glas. Das eine aus erkennbarem Grund, das andere wegen des Rätsels, denn was ist rätselhafter als ein Stein, den man nicht sehen kann, durch den hindurch man aber alles sieht? Deine Schönheit ist aus Glas, sie reflektiert die Schönheit anderer wie ein Spiegel. Du bist ein Rätsel, aber du weißt es nicht. Du hast eine Seele, die das Glas erhellt. Und wenn du dein eigenes Licht erkennen würdest, dann könntest du die Liebe sehen und erwidern. Doch dann sagt dir ein Mann die harte Wahrheit, eine, die du nicht hören willst und die er nicht aussprechen will: Es gibt keinen Gott, den Armen wird nicht die Erde gehören, deine Schönheit ist nicht zeitlos. Und dann schreist du: ›Warum sagst du mir das?‹ Erst später wird dir klar, er schaut nicht durch dich hindurch wie durch Glas, das will er auch nicht. Stattdessen will er sich die Haut mit deinen Glassplittern aufritzen, sein Blut auf dich fließen lassen und dich so sichtbar machen.«

»Wer ist dieser Mann?« fragte sie.

»Das könnte jeder von uns sein. Um den Mann geht es nicht.«

»Hast du die Kirche niedergebrannt?«

Elijah lachte. »In dem Sommer ist eine Menge niedergebrannt«, sagte er.

»Ist mein Bruder der Mörder?«

»Nein.«

»Woher weißt du das?«

»Weil ich nicht möchte, dass er es ist.«

Als sie eine halbe Stunde geschwiegen hatte, kehrte Elijah zu seiner Schlafstatt zurück. Strawl und er lagen da und lauschten lange den Grillen. »Vermisst du den kleinen Finger oft?« fragte Strawl.

»Ich zähle einfach weiter bis zehn«, sagte Elijah.

Sie blieben eine Weile stumm.

»Ich habe noch nie jemanden so Schönes gesehen«, sagte Elijah.

»Ich auch nicht«, antwortete Strawl. »Aber sie hätte erheblich mehr Glück gehabt, wenn sie so unscheinbar wie ein Gerstensack wäre.«

Darauf erwiderte Elijah nichts.

»Vielleicht hast du sie angelogen«, sagte Strawl. »Könnte gut der Bruder gewesen sein.«

»Aber du bist dir nicht sicher, also ist das die Wahrheit, bis eine andere an ihre Stelle rückt.«

Strawl sagte nichts, sondern grübelte, bis er einschlief, über die Verwüstung nach, die Jacob Chin und seine Schwester angerichtet hatten.

Als sie aufwachten, gab die Frau ihnen Wildwurst, Brötchen und Soße zum Frühstück, und sie aßen mehr, als sie zum Sattwerden brauchten. Keiner verlor ein Wort über Jacobs gegenwärtigen Aufenthaltsort, doch Strawl entdeckte den Einzahlungsbeleg einer Bank in Wilbur und am Schlafzimmerspiegel eine Büffelhautmütze, wie sie die Montana Crow trugen, zu groß für den Mann und die Schwester und eher von der Art, wie sie ein Mann wie Jacob, *Der bei den Schwestern liegt*, aus lauter Eitelkeit überziehen würde. Wenn die Mütze noch hier lag, dann war er im Süden, bei den Siedlungen und den Morden, dort, wo der Herbst noch nicht Einzug gehalten hatte.

13

Als die Pferde sie wieder über den Kamm trugen, der den San Poil River begrenzte, wies Strawl Elijah an, bei den Häusern und Hütten im Tal nachzuforschen. Strawl blieb auf der Kammlinie und hielt nach Rauch Ausschau. Am späten Nachmittag sah er Elijah wieder hochkommen. Jacob hatte eine Frau im Swahila Basin. Mehrmals im Monat kümmerte sie sich um seine Wäsche und kochte für ihn. Er war vor zwei Tagen dort gewesen, dann hatte er die Wilbur-Fähre genommen. Offenbar hatte er eine gemeinsame Geschichte mit den Cloud Boys. Einer von ihnen hatte ihn mal beleidigt.

»Vielleicht ist er nach Kanada rüber.«

»Wie kommst du darauf?«

»Einfach so.«

»Aha«, sagte Strawl.

Jacob würde sich in den Siedlungen auf der anderen Seite des großen Flusses herumtreiben, dort war die Weizenernte eingebracht, die Farmhelfer hatten Geld und wollten nach einem Monat voller Sieben-Tage-Wochen und vierzehn Stunden Arbeit am Tag vor allem Whiskey. Bei Karten und Würfeln waren sie leichte Beute.

»Eigentlich sollte es schwieriger sein«, meinte Elijah.

»Was denn?«

»Sie zu finden.«

»Wie kommst du darauf?«

»Durch die Bücher.«

»Bücher haben keine Ahnung«, sagte Strawl.

In Keller kaufte Strawl genug Mehl und Trockenfleisch für

eine weitere Woche draußen; Elijah besorgte eine ganze Torte in einer Schachtel, die er sorgfältig an den Sattel band. Er brauchte drei Seile, um sie zu sichern. Die alte Keller Road führte sie durch die nördlichen und östlichen Gegenden des Swahila Basin, das beste Farmland im gesamten Reservat. Gelber Weizen beugte und hob sich im Abendwind, und die Grannen wehten wie Schaum auf der strohblonden See.

Auf der anderen Flussseite begrenzten die einzigen Palisaden nördlich des Big Bend drei Meilen lang das Wasser, und es gab weder Ufer noch Sandbank. Je nach Lichteinfall glitzerte der Granit silbern, grün oder rot. Die sechzig Meter hohe Steilwand warf einen Schatten über den eilig dahinhastenden Fluss und das gegenüberliegende Ufer, wo Strawl und Elijah rasteten und die Pferde trinken ließen. Die beiden sammelten Weizenstängel, rieben die Grannenpelze ab und verfütterten die Körner an die Pferde. So zogen sie in Richtung Fähre weiter, bis die Pferde gesättigt waren. Im Dämmerlicht gesellten sie sich auf dem Flachdeck der Fähre zu drei Fords und einem Chrysler. Die Fahrer hockten mürrisch hinter den Lenkrädern oder spielten an ihren Radios herum, obwohl an dieser tief gelegenen Stelle nichts übertragen wurde als Rauschen. Der Fährmann lenkte den Bug in den Wind, um die Flusswellen zu teilen. Die Gischt sprühte gegen die Autoscheiben und benetzte Strawls Gesicht. Er nahm den Hut ab, um seinen Kopf zu kühlen, dann fuhr er sich mit der Hand über das feuchte Haar, die buschigen Brauen und die Augen, bis zum starken Dreieck seiner Nase, den schmalen Lippen und den abgewetzten Zähnen zwischen ihnen. So mussten sich die Leichen anfühlen, wenn der Bestatter sie herrichtete.

Die Pferde hielten ihre Schädel in die Luft und genossen die feuchte Brise. Elijah kaute schweigend ein Stück Trockenfleisch. Der Fährmann lenkte den Bug an eine Reihe von Spunddielen, gab kurz Gas und stellte den Motor ab. Er eilte an den Bug, hakte den ersten Ring am Betonpier ein, drückte dagegen, um die Fähre abzubremsen, und zog gleichzeitig eine rostige Kette durch den Ring, deren einzelne Glieder so groß waren wie Fäuste. Dann verriegelte er die Kette mit einem schweren Schloss, und schon war er beim nächsten Ring und brachte die Fähre so präzise zum Halten, dass sie nicht schaukelte und auch die Bugkette nicht spannte. Der Fährmann löste eine Metallrampe, spuckte einen Strahl Tabaksaft ins Wasser, zog einen Splint durch den Bolzen, mit dem die Platten am Anleger gesichert wurden, und winkte dem ersten Wagen, der sein Licht anmachte und von der Fähre fuhr, ebenso wie anschließend die anderen Fahrzeuge, die eine gelbe und rote Lichterkette auf die Spitzkehre stickten.

Das Wetter war mild. Strawl und Elijah ließen die Pferde langsam gehen. Auf den Feldern brummten Mähmaschinen in der Dunkelheit, daneben waren die Stimmen der Männer zu hören, die die Säcke zunähten und auf lange Pferdekarren warfen. Maschinen krochen voran, wirbelten Staub und Häcksel auf, und der scharlachrote Mond ergoss sein Licht über den Horizont. Die kühle, sich setzende Luft roch so kräftig wie ein Backofen.

Als sie über den Kamm des Canyons kamen, zündeten sie sich Zigaretten an, dann sahen sie sich an.

Elijah blickte in die Nacht hinaus, die dunkel war bis auf das Sternenlicht und den roten Mond.

»Dass er heute Nacht jemanden umbringt, ist wohl auch nicht wahrscheinlicher als letzte Nacht«, sagte Strawl.

Elijah erwiderte: »Aber auch nicht unwahrscheinlicher.«

»Vielleicht legt er ja ein Lästermaul oder einen Aufschneider um.«

Elijah rauchte eine Minute, dann spuckte er sich auf den Daumen und drückte die Glut aus. »Er hat der Welt bisher nichts Gutes getan. Wäre eine Schande, ihn aufzuhalten, wenn er das Sündenbuch ausgleichen will.«

Strawl trieb Stick an, führte ihn auf eine Lehmpiste neben

dem Schotter, dann auf eine weitere, von der nur noch zwei überwucherte Reifenspuren zu sehen waren. Eine Meile weiter kamen sie an einen uralten Schuppen. Die Wände hielten nicht viel ab, aber das Wetter war ruhig, und drinnen gab es einen Eisenofen und genug Holz, um ein anständiges Frühstück zu bereiten. Sie legten den Pferden in einer Senke Fußfesseln an, wo sie grasen und dösen konnten. Dann breiteten sie ihre Schlafrollen aus und legten sich darauf. Elijah trank Wasser aus einer Feldflasche, dann wusch er sich sein Gesicht über einer Pfanne. Er schloss die Augen und goss sich den Rest über den Kopf. Zufrieden beugte er sich über die Pfanne, rieb sich den Kopf so trocken wie möglich und ließ das Wasser von den Haaren in die Pfanne tropfen. Als er damit fertig war, kämmte er sich die Haare nach hinten, legte den Kopf auf den Sattel und fiel in den schnellen, geisterlosen Schlaf der Jugend.

Strawl konnte nicht schlafen. Er lag da und lauschte durch die glaslosen Fenster hinaus. Der Wind frischte auf, legte sich, dann nahm er wieder zu. Strawls Ohren filterten das Geräusch und fanden die Pferde: Stick, der das Gewicht von einer Seite auf die andere verlagerte, Baal, der frische Sprossen aus dem Boden zupfte und sie im Maul zu Brei zerrieb. Ein Laster zog den Hügel hinauf, der Motor jaulte, bis der Fahrer endlich kuppelte und schaltete.

Strawl hätte später gern behaupten können, er hätte bis Sonnenaufgang wach gelegen und sich seiner Sünden erinnert oder über die Physik eines Planeten nachgedacht, der sich so langsam drehte, dass alle Geschöpfe darauf aufrecht stehen konnten, und dennoch so aus der Zeit geraten war, dass der Kalender alle vier Jahre einen Extra-Tag einfügen musste, damit er wieder Sinn ergab. Eigentlich dachte er wirklich öfters über so etwas nach, aber die Jagd nach diesem Menschen schickte seine hochtrabenden Gedanken in den Winterschlaf. Er verschlief die unausweichlichen Fragen. Aber Wissen war ohnehin nur ein weiterer Krug, aus dem man trank. Einer war voller

Arithmetik, der andere voller Wörter, und man konnte sie austauschen und aus allen in langen Zügen trinken, ohne überhaupt irgendetwas zu begreifen. Bei den meisten Menschen war der Verstand ein Sieb, keine Zisterne.

Im blauen Schein vor der Morgendämmerung sah Strawl ein Paint Horse, das sich einen Wildwechsel entlangquälte. Der Reiter, ein riesiger Kerl, hing schlafend über dem Sattelknauf. Jacob, *Der bei den Schwestern liegt*, war fast zu schwer für sein Pferd. Er brauchte ein Quarter Horse oder vielleicht eine Araberkreuzung, wenn er Strecke machen wollte, nicht so ein dürres Paint Horse.

Es war, als hätte der Herr Jacob für die Ilias bestimmt: gelenkig wie eine Katze und breit an Brust und Gesäß. Er hatte dünne Beine, aber Arme so dick wie Baumwurzeln. Das nach hinten gekämmte, geölte Haar glänzte im Dämmerlicht rot – wie eine Kraft, die man nicht in Anzeigen suchen oder sich mit Hanteln antrainieren konnte. Gottes Plan wohnt in solchen Körpern, mehr als in einer Priesterseele oder einer Liebesglut oder einem Chirurgenskalpell. Schon wenn er nur atmete, war so ein Mann Prophet und Prophetie in einem, schnell wie der Verstand des Allmächtigen und ebenso schuldlos. Was immer ihn erschaffen hatte, stand außerhalb von Sünde, Vergebung oder Schuld.

Strawl beobachtete, wie Mann und Pferd den Weg zum Fluss hinunter nahmen, dann auf einen Pfad entlang einem Zaun wechselten und im vormorgendlichen Dämmer darüberzogen. Rinder muhten, als sie vorbeikamen, der Weizen rührte sich im Wind, der jeden Morgen über dieses Land strich, ob nun bei 30 oder -25 Grad Celsius. Jacob stieg ab, um ein stacheldrahtbewehrtes Tor zu öffnen, und schloss es anschließend hinter sich. Strawl hörte den Motor eines Trucks, erst jammerte der Anlasser, dann sprang er an. Jacob und das Pferd schauten in die Richtung des Geräuschs. Sperlinge tschilpten. Wachteln schlugen. Ein Virginia-Uhu rief und verstummte, und die Möwen über dem Fluss schrien und umkreisten die Landestelle der Fähre und die Müllcontainer. Regenpfeifer schimpften und das Chukarhuhn im Schieferbruch gluckte, als Pferd und Reiter vorbeikamen, Schattenspuren im fahlen, stärker werdenden Licht, ein gesegnetes Pferd und ein heiliger Mann, nur Spuren und Licht, das einen Augenblick lang gebrochen wurde, dann nicht mehr.

Ein Jahr vor Strawls Amtsrücktritt hatte ihm ein Deputy aus Lincoln County namens Lucky – der allerdings alles andere als ein Glückspilz war: Jacob hatte ihm mal ein Auge ausgestochen, anstatt sich verhaften zu lassen – von dem heruntergekommenen Ranchhaus erzählt, in das sich Jacob gelegentlich zurückzog. Der Deputy hatte sich ein wenig umgehört und herausgefunden, dass der Ort weder verlassen noch dauerhaft bewohnt war. Chins Schwester hatte das Gebäude mit zwölf unbrauchbaren Morgen Land einem alleinstehenden Rancher für wenig Geld und ein paar Dienste abgekauft und dann alles auf Jacob übertragen. Der Deputy hatte kein Interesse daran, in ein Hornissennest zu stechen, aber er erzählte allen davon, in der Hoffnung, dass vielleicht jemand anderes das Risiko eingehen wollte.

Erst hatte Strawl angenommen, Jacob würde nach Norden ziehen – nach Loomis und Palmer Lake, um dort zu trinken, zu angeln und sich zu verstecken. Ein Schuldiger hätte das getan. Stattdessen war Jacob hier, zwischen den Weizenbauern und Farmersiedlungen, wo sein Kommen und Gehen bei den Ortsansässigen wohl kaum unbeobachtet blieb. Jacob könnte sich hier sicher gut gegen einen einzelnen Mann behaupten, aber eine ganze Gruppe würde ihn ohne große Schwierigkeiten überwältigen. Jacobs Ortswahl beunruhigte Strawl.

Dass Elijah sich der Jagd angeschlossen hatte, beunruhigte ihn ebenfalls. Strawl konnte keinen Grund dafür erkennen, und er neigte auch nicht dazu, Gesellschaft zu suchen, allerdings konnte sich Elijah als ganz nützlich erweisen, falls sie mit einem so beeindruckenden Mann wie Jacob die Klingen kreuzen sollten. Und doch war Elijahs Anwesenheit etwas, das Strawl nicht verstand, und das in einem Geschäft, bei dem blinde Flecken schon besseren Männern als ihn das Leben gekostet hatten.

14

Strawl stand auf und machte im Ofen Feuer. Er setzte Kaffee auf und fiel dann in einen stillen, traumlosen Schlaf, aus dem er erst erwachte, als er den Schinken in der Pfanne brutzeln hörte. In einer zweiten Pfanne wölbte sich ein Kreis aus Brötchen; Elijah stand gebeugt über ihnen und achtete darauf, dass sie nicht anbrannten.

Strawl frühstückte und schaute Elijah zu, der das Schinkenfett mit einem Brötchen aufwischte.

»Er ist den Spiegel Canyon runter«, sagte Strawl.

Elijah trank einen Schluck Kaffee und betrachtete die schwarze schwappende Oberfläche in seiner Tasse. Dann blickte er auf und blinzelte.

»Ist im westlichen Zugang verschwunden und eine Stunde später am östlichen Ausgang wiederaufgetaucht.«

»Dann ist er nicht im Spiegel Canyon.«

»Die Straße«, sagte Strawl. »Die heißt Spiegel Canyon Road, bis zum Fluss.«

»Na, hättest du doch gleich sagen können, dass du die Straße mei nst.«

»Hab nie das Gegenteil behauptet.« Strawl lehnte sich gegen seine Bettrolle und schloss die Augen.

»Du hast es aber nicht eilig, oder?« fragte Elijah.

»Er auch nicht. Ein vorsichtiger Mann hat es nie eilig.«

»Weiß er nicht, dass er verfolgt wird?«

»Er wird doch schon sein ganzes Leben lang gejagt«, antwortete Strawl. Er nahm noch einen Schluck Kaffee, doch der war kalt geworden.

»Hinter dem Haus fließt der Fluss, links und rechts sind Steilhänge. Ein Weg rein und raus.«

»Er weiß, was er tut.« Dann schwieg Elijah eine Weile. Er schenkte Strawl Kaffee nach.

»Du stellst aber einen Haufen Fragen«, sagte Strawl.

»Ich hab doch gar nichts gefragt.«

»Nein, aber du hockst da und wartest auf die Antworten.«

Elijah legte den Gurt um seine Bettrolle und zog ihn stramm. »Du scheinst aber auch nicht genug zu wissen, um kluge Betrachtungen anzustellen.«

»Ein kluger Mann behält sie für sich.«

»Na, dann lass dich von mir nicht zum Blödmann machen. Schweigen spricht mich ebenso an wie alle anderen.«

Strawl tat das mit einer Handbewegung ab. »Du könntest doch einem Baum die Rinde abschwatzen.«

»Aber dafür muss der Baum nicht viel sagen.«

Strawl döste wieder weg; sein Hut, der nach Haar, Schweiß und Leben roch, hielt das Licht ab. In der Abenddämmerung hatten sie die besten Chancen. Da wurde das Licht trügerisch, und das Zwitschern der Vögel würde ihnen Deckung bieten. Vielleicht erwischten sie Chin ja sogar betrunken. Strawl versuchte zu schlafen, aber das Rheuma in Hüften und Knien zwang ihn dazu, ständig die Position zu wechseln, und das machte seinen Schlaf unruhig. Schließlich gab er es ganz auf und lehnte sich gegen seinen Sattel. Mit ausdruckslosem Gesicht trank er eine Tasse lauwarmen Kaffee.

Elijah riss an den Dielenbrettern ein Streichholz an. Beißender Schwefelgeruch drang zu Strawl hinüber, als das Streichholz aufflammte, dann brannte der Tabak.

»Du hast die Arbeit auf der Ranch nie sonderlich gemocht.«

Strawl schüttelte den Kopf. »Können ja nicht alle solche Glückspilze sein wie du. Verscherbelst einen Hof, den du nie geführt hast, und schmeißt dann in der Kneipe ein paar Runden.«

»Da habe ich Glück gehabt, zugegeben«, sagte Elijah. Er

zog an seiner Zigarette und atmete aus. »Aber dir macht das hier Spaß. Du hast die Trense zwischen den Zähnen und galoppierst ja schon fast.«

»Hast du Schwierigkeiten, mitzukommen?«

»Mein Pferd beschwert sich«, sagte Elijah.

»Vielleicht solltest du dir ein Fahrrad zulegen.«

»Ich versteh nicht, warum du gekündigt hast. Wenn dich hier nicht drei Countys für ein und denselben Job bezahlen würden, den sie selbst nicht erledigt kriegen, würde ich sagen, du entgleitest dir langsam.«

»Ich bin alt geworden.«

Elijah winkte ab. »Die Ranch hat dich alt gemacht. Deshalb wolltest du sie loswerden.«

Eine Zigarette flog gegen Strawls Hut, gefolgt von einem Streichholzheftchen. Strawl legte sich den Hut auf die Brust.

»Ich hab einen Mann umgebracht.« Er zündete sich die Zigarette an.

»Mehr als nur einen.«

»Schätze, ich hab das Ende erreicht«, sagte Strawl.

»Das ist keine Antwort.«

»Einmal, kurz nachdem ich als Polizist angefangen hatte, habe ich eine Großkatze gejagt. Sie hatte ein Kind getötet und ein zweites verletzt. Wir sind zu solchen Fällen gerufen worden, als ob Bären und Wildkatzen Verbrecher wären. Ich hab das Vieh einen Baum hinaufgejagt, und da hockte es dann auf einem hohen Ulmenast, achtzig Kilo Muskeln, Krallen und Zähne. Ohren an den Schädel gelegt. Es krallte in die Luft, brüllte und machte The Governor ganz verrückt. Ich legte mein Auge ans Zielfernrohr und wartete ab, ob das Tier auf einen anderen Ast springt oder zu Boden klettert. Als ich abdrückte, dachte ich immer noch, die Katze könnte fliegen oder sich in Rauch verwandeln oder sich einfach in Luft auflösen. Irgend so einen Zauber vollbringen. Es konnte doch nicht sein, dass sie einfach so starb, aber als die Kugel sie traf, da zuckte sie nur, verlor den Halt und fiel zu Boden. Sie atmete noch eine Minute und starb dann. Das war alles.«

»Das muss aber doch viele Jahre vor deiner Kündigung gewesen sein.«

»Dreißig vielleicht.«

»Ziemlich alter Grund.«

»Ich brauche halt länger«, sagte Strawl.

Den Rest des Tages verdösten sie. Gegen Abend sammelte Strawl seine Sachen ein und sattelte auf; Elijah tat es ihm gleich. Während des Ritts in den Canyon sagte Strawl kein Wort. Elijah drängte ihn nicht. Man konnte sich bei einem Mann wie Jacob Chin anschleichen, aber man konnte ihn unmöglich überraschen, denn er hatte nie mehr als den nächsten Schritt vor Augen und ließ sich nur reizen, indem man ihn darauf warten ließ.

Der Canyon machte einen Knick. Die Spiegel Ranch, ein zweigeschossiges Plantagen-Haus mit Säulen auf der Veranda und einer Schaukel, die im Abendwind knarrte, schaute ums Eck. Scheune und Werkstatt lagen neunzig Meter dahinter, dazwischen war ein Pferch, aber die Ranch hatte keine Pferde und Rinder mehr. Die Gerste wartete darauf, geerntet zu werden, ein Raupentraktor darauf, die Erde zu pflügen und wieder von vorn zu beginnen.

Sie folgten zeitweilig einem Bachbett. Die sandigen Hänge boten keinen Halt für Vegetation. Sie kamen langsam voran, Strawl oben an der Kante, Elijah unterhalb am Grund.

Als der Canyon dort einen Knick machte, wo sich das Wasser von einem benachbarten Einzugsgebiet sammelte, hob Elijah die Hand, und Strawl zog an Sticks Zügeln. Ein Motor hustete und knallte, aber es kam aus westlicher Richtung und war nur zu hören, weil der Wind gedreht hatte. Der Canyon endete abrupt; prähistorische Fluten hatten einen Abgrund von einer Meile Breite geschnitten und den Canyon in eine Reihe von trockenen Kanälen verwandelt.

Das darunterliegende Land war kaum von Wert. Es war zu steil und zu felsenübersät, um lohnende Ernten einzubringen. Die breiteren Pfade waren voll grüner Luzerne und ordentlicher Reihen mit Pfirsich- oder Apfelbäumen. Ein paar apathische Kühe und ihre Kälber glotzten die Männer an und grasten dann weiter auf der Hügelflanke. Strawl sah keinen Zaun, sondern nur den sich schlängelnden Fluss, einen steilen Anstieg und antriebslose Rinder.

Ein ganzes Stück von Strawl entfernt ließ Elijah Baal einen Abstieg durch den Schieferbruch suchen, dann durch einen Birkenhain, wo der Boden Wasser hielt. In den Schatten wuchsen Kojotenweiden und Arizona-Haselstrauch, was Baals Vorankommen behinderte. Weiter weg hörte Strawl ein Pferd wiehern und eine Ziege meckern. Nachdem er die Gegend eine Weile abgesucht hatte, entdeckte er ein kleines Haus, einen Pferch und eine verfallende Scheune. Die Witterung hatte die Außenwände von jeder Farbe befreit, der Wind ein Drittel der Schindeln vom Dach geholt. Die jüngsten Überreste lagen auf einem unebenen Flecken Gras zwischen Haus und Pferch verstreut.

Der Wind hatte zugenommen, dennoch hörte Strawl, wie ein Pferd hart auftrat, einen Sprung machte und wieder landete. Erneut meckerte die Ziege. Strawl öffnete eine Satteltasche und hielt sich einen Feldstecher vor die Augen. Er sah ein Pferd, das sich im grauen Staub wälzte. Die Ziege drehte große Kreise um das Tier, bis es innehielt und die Ziege ihm gegen den Hals stupste, woraufhin das Pferd wieder auf alle viere kam und selbst im Kreis lief; die Ziege drehte sich in der Mitte gleichzeitig wie ein Kreisel. Dann ermüdete das Pferd, trabte zur höchsten Stelle des Geheges und besah sich hoheitsvoll Scheune, Pferch und Haus. Die Ziege schlief im Schatten des Pferdes ein.

In solch friedlicher Umgebung kamen genauso viele Männer ums Leben wie bei Kneipenschlägereien, wusste Strawl, er war sich nur nicht sicher, ob Elijah das auch wusste. Er zog den rechten Fuß aus dem Steigbügel und stieg ab. Dann führte er Stick ein Stück über eine Schotterschräge, bis sie zu einer winzigen Kuhle kamen. Dort tunkte er ein Halstuch in die Feldflasche, kippte das überschüssige Wasser in eine Pfütze, aus der Stick saufen konnte, band sich das Tuch um die Stirn und setzte den Hut wieder auf, um sich Schatten zu spenden. Elijah kam den Hang herauf. Grillen summten vorbei. Eine Katze untersuchte das Gestrüpp neben dem Haus, bis plötzlich ein Fasan aufflog; da sprang sie vor Überraschung rückwärts.

Eine Viertelstunde später erreichte Elijah Strawl, der ihm den Feldstecher reichte. Elijah begutachtete die Hütte, dann gab er Strawl das Fernglas zurück und trank aus seiner Feldflasche.

Die Sonne ging unter, und sie wechselten sich mit dem Feldstecher ab. Den Pferden wurde langweilig, sie schliefen im Stehen ein. Strawl und Elijah dösten ebenfalls, bis Strawl unten die Tür knarren hörte. Jacob stand in der Tür, umrundete dann das Haus und blickte in westliche Richtung, wo es rosig leuchtete. Wolken federten in der Hitze, blau und violett, doch sie waren zu dünn, um mehr zu bringen als Tau. Jacob stützte sich auf seine Flinte und sah den Horizont an, bis ihn die Dämmerung rot färbte. Dann drehte er sich zum Canyon um und winkte mit der Flinte in ihre Richtung.

Sie schauten zu, wie er Pferd und Ziege fütterte und mit ihnen sprach wie mit Menschen. Eine zweite Katze folgte ihm leise und schnüffelte an dem Pferdedung neben einem halbierten Ölfass herum, dem Trog. Plötzlich hörte Strawl Flügel schlagen und sah eine Eule, die mit einem dritten miauenden Kätzchen in den Fängen abhob. Sie stieg in Richtung Mond auf, bis ein Gewehrschuss fiel, der Vogel nach unten kreiselte und die Katze losließ. Jacob sprang über den Pferchzaun, warf sich in den Staub und stand mit der Katze in der Hand wieder auf.

»Könntest du das?« fragte Elijah.

Strawl schüttelte den Kopf. »Nicht mal zu meinen besten Zeiten.«

Die beiden schwiegen eine Weile, dann gab Strawl einen Schuss in die Nacht ab. Jacob antwortete darauf wie ein Ritter aus Malorys Tafelrunde, der sein Schwert mit einem anderen kreuzt. »Wir werden ihn ein andermal verhaften«, sagte Strawl.

»Ich dachte, du wolltest ihn töten.«

»Dann töten wir ihn eben ein andermal«, sagte Strawl. »Tot ist er dann so oder so.«

Strawl stand auf und schnalzte. Stick kam heran, Strawl nahm die Zügel und bahnte sich einen Weg hügelab zum Haus. Er warf Elijah einen Blick zu. »Wäre doch gar nicht deine Art, eine interessante Unterhaltung auszuschlagen.«

Strawl blieb hundert Meter vor dem Haus stehen, Elijah war noch weit hinter ihm. Er pfiff und bekam eine zweifache Antwort. Strawl führte Stick zu der Ziege und dem Pferd. Beide hoben die Köpfe, als er vorbeikam. Das Kätzchen eilte ins Gestrüpp und schlug dann hastig einen Bogen bis zu einem groben Küchenstuhl, auf dem Jacob mit dem Rücken zur Hauswand saß. Die Pfeife zwischen seinen Zähnen glühte. Es sah aus wie auf einer der Fotografien, auf denen Roosevelt versucht, mit Zigarettenspitze den New Deal schmackhaft zu machen. Die Katze kletterte auf Jacobs Schoß, und er kraulte sie hinter den Ohren.

Dann nickte er zu einem längs gespaltenen Baumstamm. Strawl band Stick an einen Baum und setzte sich. Elijah folgte ihm bald. Jacob ging ins Haus und füllte zwei Eimer mit Hafer und Reis. Er stellte sie vor die Pferde hin und gab jedem noch eine Handvoll Würfelzucker. Die Männer hörten, wie sich die Pferde ihre Nüstern an den Eimern stießen; als sie gefressen hatten, führte Jacob sie zum Saufen an den Fasstrog.

»Hallo, Elijah«, sagte Jacob. »Tut mir leid, das mit Ida.«

»Danke«, erwiderte Elijah.

»Dir auch, nehme ich an.«

Strawl nickte.

Jacob holte zwei Blechteller und schöpfte aus einem Kessel,

der auf dem Feuer stand, auf jeden davon eine satte Kelle Bohnen und Schinken, dann zog er aus einem Eimer Radieschen und Karotten, die aus dem Garten hinter dem Haus stammten.

»Du wirkst gar nicht so furchterregend«, meinte Jacob zu Strawl.

»Alter und Sentimentalität haben ihn siech werden lassen. Er ist nur noch ein Schatten seiner selbst«, sagte Elijah.

»Zum Glück für mich«, erwiderte Jacob.

»Ich bin allerdings noch nicht jedermanns Fußabstreifer«, sagte Strawl.

Die Grillen sägten an der Nacht. Eine Katze streifte durchs Gras, gefolgt von einer zweiten. Sie umkreisten Strawl und Elijah und tauchten dann zu Jacobs Füßen wieder auf. Seine Hand baumelte über dem Knie, und als ein Katzenschwanz dagegenschlug, zog er sanft daran, bis die Katze miaute. Dann ließ er sie los, und die Katze kehrte um und bettelte wieder um dieselbe angenehme Folter. Elijah beugte sich vor, hob die andere Katze hoch und strich ihr über den Kopf, doch sie wehrte sich und er ließ sie frei. Sie eilte hinter Jacobs Stuhl und beäugte Elijah von dort.

»Lustig wie die Menschen, nicht?« sagte Jacob. »Und echte Killer. Hier gab's früher jede Menge Eidechsen, Erdhörnchen, Mäuse und Streifenhörnchen. Ihre Mama ging auf Mördertour wie Bonnie ohne Clyde. Das Einzige, was jetzt noch im Umkreis von hundert Metern lebt, ist ein Dachs, und wenn die beiden hier erst mal das richtige Alter haben, werden sie ihn schon ordentlich ärgern und in den Wahnsinn treiben.«

Er wackelte mit den Fingern, und die Katzen haschten danach.

»Sie bringen mir immer ihren Fang«, fuhr Jacob fort. »Legen ihn halb gefressen vor die Tür. Sogar Kaninchen und Schlangen. Hunger haben sie keinen. Ich füttere sie mit Fleisch und Soße und Brot, darauf stürzen die sich wie Forellen im Bach.« Die Katze hatte genug gespielt und rollte sich unter ihm zu einem Ball zusammen. »Die üben schon mal für die Zeit, wenn ich fort bin und sie sich um sich selbst kümmern müssen«, sagte Jacob. »Sie quälen die Mäuse. Lassen sie noch 'ne Stunde leben, nur zum Vergnügen.«

»Schätze, sie kommen nicht oft ins Kino.«

»Würden wahrscheinlich das Licht auf der Leinwand jagen. Die hier zumindest.« Er strich der Katze einmal über den Rücken.

»Ist das die, wegen der du die Eule abgeschossen hast?«

»Hast du das gesehen?«

Strawl nickte. »Die Eule wollte auch nur was fangen. Genau wie die Katze. Hatte nicht verdient, zu sterben.«

»Töten ist Natur«, meinte Jacob. »Ich bin genauso Tier wie die beiden hier. Oder die Eule. Ich hab auch nie geplant, sie abzuschießen oder auch nur zu jagen. Ich sitze einfach nur irgendwo, bis ich hungrig werde. Irgendwas, das getötet werden muss, kommt dann schon vorbei.«

»Menschen auch«, sagte Strawl.

»Ich esse keine Menschen.«

»Aber getötet hast du schon ein paar.«

»Manchmal kommen mir welche quer.«

»Du scheinst jedes Mal lebend davonzukommen.«

»Du aber auch«, sagte Jacob. »Vielleicht haben wir mehr Übung als die meisten anderen.«

»Tja, töten kann man wohl nicht mit dem halben Arsch.«

»Nicht, wenn du nicht auf der getöteten Seite stehen willst«, meinte Jacob. Er lehnte sich zurück, streckte sich auf dem Stuhl aus und legte die Handflächen hinter den Kopf. Seine dicken Arme schwollen noch mehr an. »Diebstahl ist falsch, und das mach ich auch nicht mehr«, erklärte er. »Aber töten? Man erlebt keinen Tag, ohne dass man Zeuge eines Mordes oder Totschlags wird oder sich ganze Armeen gegenüberstehen. Babys, die ihre Mütter bei der Geburt umbringen, oder wir, die wir Brot und Trockenfleisch essen, während tausend

Chinesen aus Mangel an Reis verhungern.« Er drehte ein Holzscheit im Feuer, ließ die Glut fliegen und starrte hinein. »Aber entscheide du«, sagte Jacob. »Was glaubst du, wann sind die Menschen tot?«

»Wenn sie kein Bewusstsein mehr haben, nehme ich an.«

Jacob nickte zustimmend. »Bücher und Gesetze sind nur Wörter und Geräusche, das ist nichts, nicht mal der kleinste Schatten, im Vergleich zum Töten.« Er ließ den Stock ins Feuer fallen und schüttelte seinen wollhaarigen Kopf. »Sterben sollte wie Schlechtwetter sein; wenn du kein Dach über dem Kopf hast, wirst du nass, und früher oder später droht uns das allen einmal.« Wieder schüttelte er den Kopf. »Ich hab zu viel Zeit allein verbracht. Ich rede schon in großen Kreisen.«

Strawl nickte. »Besser, als wie eine Ente im Stall zu hocken.«

»Nicht, wenn du den Stall gebaut hast«, entgegnete Jacob.

Strawl lachte und Jacob tat es ihm gleich. Ihr Lachen durchschnitt die Nacht. Elijah beobachtete ihre Fratzen im Schein des Feuers.

Ein paar Schwalben tauchten durch eine Mückenwolke außerhalb des Lichts, wendeten und stießen erneut hinein.

Elijah lag gegen seinen Sattel gelehnt, Pistole griffbereit, und folgte Strawls merkwürdiger Befragung. Keiner hatte Angst vor dem anderen, aber es war sich auch niemand sicher, die Oberhand zu haben. Elijah wurde klar, dass Strawl es so wollte.

Jacob stand auf und ging ins Haus.

»Von weiter oben waren wir im Vorteil«, sagte Elijah zu Strawl.

»Er wusste, dass wir kommen«, entgegnete Strawl.

Jacob kehrte mit einer Kaffeekanne und zwei Blechtassen zurück. Er reichte Strawl eine und stellte die andere auf ein Gitter zum Wärmen.

»Hab euch in dem Wolfskraut hinter dem Hügel gehört. Und dann ist da eine Lerche verstummt.«

»Aber du bist hier geblieben«, sagte Elijah. »Hat deine Schwester dir Bescheid gegeben?«

»Sie wäre die Letzte, die das tun würde.«

»Hatte auch nicht den Eindruck, dass es ihr den Tag versauen würde, wenn du unter die Erde kämst«, sagte Strawl.

»Sie will mich nicht tot sehen. Sie will nicht, dass ich es war.«

»Eine kalte Spur, würde ich sagen.«

Jacob entgegnete: »Ich würde ihr trotzdem folgen, bis zu der Stelle, wo sie und ich uns zum ersten Mal gegenseitig die Knöpfe aufgemacht haben. Weiter würde ich jedoch nicht gehen. Ich bin ein Sünder, aber ein ehrlicher.«

Strawl rauchte. »Mal ganz offen, ich kapier das nicht ganz. Also, die, die mit ihren Müttern rummachen, die wollen zurück in den warmen Schoß.« Er klopfte die Asche an einem flachen Stein ab und legte die Zigarette dann beiseite. »Aber eine Schwester? Das ist doch irgendwie so, als würde man mit sich selber rummachen, oder?«

»Du bist ein ungehobelter Mistkerl«, sagte Jacob.

»Interessant, wenn man bedenkt, was du mit ihr angestellt hast.«

Elijah warf einen Blick auf seine Waffe. Strawl verlagerte sein Gewicht, doch Jacob machte nur den Rücken rund und starrte ins Feuer.

»Niemand hat ihr Schlimmeres angetan als ich, das stimmt.« Er blickte auf.

»Sie ist aber auch ein Hingucker«, sagte Elijah.

»Makellos«, bestätigte Jacob.

Strawl schüttelte den Kopf. »Sie ist nicht frei von Sünde. Es sei denn, du hast sie gezwungen.«

»Das habe ich nie.«

»Es gibt viele Möglichkeiten, einen Menschen zu etwas zu bringen«, sagte Strawl.

»Wohl wahr«, sagte Jacob.

»Und viele Möglichkeiten, ihn zur Aufgabe zu zwingen. Du warst mehr als einmal bei ihr, richtig?«

Jacob stocherte im Feuer herum.

»Also, einmal verstehe ich ja. Na, zumindest könnte ich das entschuldigen. Gegen den Zufall kommt man nicht an. Aber zwei Mal, da kann man nicht mehr auf Unwissenheit oder schweren Rausch plädieren. Wie machst du es mit ihr? Vielleicht hältst du ihr ja eine Waffe an den Kopf, aber dann wird das ein Problem mit dem Gleichgewicht. Oder du nimmst sie von hinten wie ein Stier. Dann siehst du aber ihr Gesicht nicht. Sie weint, es tut ihr weh. Das möchte man ja alles sehen. Du willst ihre Hände nehmen und ihren Widerstand spüren. Du willst dein Gesicht über ihrem, ganz nah, damit sie nichts anderes wahrnimmt. Du möchtest sehen, wie sie aufgibt. Das brauchst du.«

Jacob sah ihn streng an. »Ich habe sie nie gezwungen. Wir dachten, wir geben aufeinander acht.«

Strawl setzte nach. »Hast du die Karten neu gemischt? Ein bisschen von dir in ihr und ein bisschen von ihr in dir, und schon hast du ein neues Blatt. Und nun hängst du an den Erinnerungen wie ein schmachtendes Schulmädchen. Sei froh, dass du keinen Bruder hattest, mehr sag ich nicht dazu.« Elijah hatte die Waffe in der Hand.

»Du bist wirklich so sinister, wie man sich erzählt.«

Strawl nickte. »Bin ich. Aber ich hatte zwei Schwestern, und die hab ich nie nackt gesehen und hab das auch nie gewollt. Was sagt das über dich?«

»Du bist ein Mörder«, sagte Jacob.

»Du auch«, erwiderte Strawl. »Ein durchgeknallter, kranker Pickel am Arsch der Menschheit. Und ich bin hier, um die Eiterbeule aufzustechen.«

Jacob stand auf, Muskeln und Knochen und Fleisch verdeckten den Himmel. »Töte mich, du mörderischer Hurensohn. Hier stehe ich und rühre mich nicht weg, nicht wegen eines

Menschen, eines Tiers oder einer Kugel.« Er versetzte Strawl einen Schlag gegen die Schulter, der ihn von seinem Platz zu Boden warf, dann hockte er sich auf ihn. »Töte mich.«

Strawl drehte sich zu einem Holzscheit und schlug es quer über Jacobs Kniescheibe. Der jaulte auf, und Strawl, noch auf allen vieren, trieb seine Schulter in die Hoden des großen Kerls. Jacob grunzte und landete einen Schlag auf Strawls Ohr, von dem diesem der Schädel dröhnte. Er verwirrte ihm die Sicht und zwang ihn wieder in die Knie. Jacob erbrach einen silbernen Schwall ins Feuer. Es zischte, und die aufgeschreckten Katzen sahen vom Lichtrand aus zu. Jacob spuckte aus. »Ich lauf nicht weg, und ich habe keine Angst.« Er humpelte zu Strawls Satteltasche, holte die Flinte hervor und lud sie. Dann zog er sie über das Gras zwischen ihnen, wobei der Abzugshahn gegen einen Stein schlug und die Ladung in die Hauswand jagte. Die Katzen sprangen in alle möglichen Richtungen davon. Selbst Ziege und Pferd suchten Schutz im Heustall.

»Dein Gewehr jagt von allein«, sagte Jacob.

»Gewohnheit«, erklärte Strawl.

»Gut ausgebildet.«

Strawl berührte vorsichtig die Beule hinterm Ohr. »Kann alles außer zielen. Aber das wäre wohl zu viel verlangt.«

Elijah stützte sich auf einen Ellbogen. Eine Katze rollte sich bei ihm zusammen und gähnte. »Und, wer gewinnt?«

»Das Gewehr«, antwortete Jacob.

»Also, wenn ihr das mit dem gegenseitigen Umbringen hinter euch habt, dann prügelt euch von mir aus gerne blutig, Hauptsache, ihr weckt mich nicht. Und kommt nicht auf die Idee, ich schaufle eure Gräber.« Er drehte ihnen den Rücken zu und legte den Kopf auf die Decke.

»Willst du immer noch getötet werden?« fragte Strawl.

»So oder so, ist mir egal«, antwortete Jacob.

»Auf lange Sicht kann ich dir nichts versprechen. Aber für heute Abend habe ich alle Kraft aufgebraucht.«

Jacob nickte. Der Kaffee kochte auf, und er goss Strawl und sich ein.

»Dice war hier«, sagte Strawl.

»Er hat mir erzählt, du bist auf Mördertournee«, bestätigte Jacob. »Und meinte, ich solle mit dir rechnen.«

»Und da bin ich.«

»Du kommst mir aber nicht wie ein Künstler vor«, sagte Jacob.

Strawl kicherte.

»Schätze, er hat dir gesagt, ich hätte die Morde begangen«, fuhr Jacob fort.

»Nicht mit so vielen Worten«, erwiderte Strawl.

Das Feuer brannte, und sie schauten hinein.

»Dice ist es egal, wer's war«, sagte Strawl. »Er denkt, einer von uns wird schon den anderen umbringen, und dann dreht er das Ganze so, dass der Tote der Gesuchte ist.«

Jacob dachte eine Weile darüber nach. »Wenn ich es bin, dann muss ich dabei betrunken gewesen sein«, sagte er. »Ich würde ja schon nüchtern mal einen töten, aber dann bestimmt nicht so ein Rätsel daraus machen, das ist unpraktisch. Betrunken bin ich allerdings alles andere als praktisch. Ich fang dann ziemlich schnell an zu brüten, und dann geht der Gaul mit mir durch.« Er trank von seinem Kaffee. »Schätze, wir brauchen Beweise.«

»Hast du welche?«

»Nur meinen schlechten Ruf.« Er nickte in Richtung Tür. »Du kannst dich aber gern umschauen.«

Strawl nahm die Kaffeetasse von einer Hand in die andere. »Trinkst du oft?«

»Ein-, zweimal im Monat, kommt drauf an, wann ich an Geld komme und an wie viel. Hab ich nur eine Handvoll, verstecke ich es vor mir selbst.«

Strawl stellte die Tasse auf den Boden und zog seine Utensilien aus der Hemdtasche. »Rauchst du?«

»Nur Pfeife.«

»Wie du meinst.« Strawl faltete das Papier, dann öffnete er den Beutel und ließ etwas Tabak auf die Falte rieseln. Jacob stand auf und ging ins Haus. Strawl leckte das Papier an und drehte es fest. Er zündete ein Streichholz an und schob sich gerade die Zigarette in den Mund, als er Jacob mit einem Krug Corn Whiskey wieder aus der Tür kommen sah. Er hielt Strawl den Krug hin.

»Wenn ich mich betrinke, wer befragt dich dann?«

Jacob überlegte einen Moment, dann goss er einen Schluck Schwarzbrand in den Rest von Strawls Kaffee. »Mehr gibt's nicht. Dann kannst du dich erinnern, und ich muss nicht sagen, ich hätte allein getrunken.«

Jacob füllte seine eigene Tasse und trank. Er seufzte so tief und ehrlich wie ein Hund, der sich schlafen legt. Strawl beneidete ihn. Er nippte an seiner Tasse. Seine Kopfhaut kribbelte. Er schloss die Augen, und seine Lider waren von rötlichem Licht überstrahlt, so als wäre sein Blut das Firmament und der Puls des Alkohols die Sternbilder darauf.

Jacob trank kräftig. Strawl ließ sich mit seiner Tasse Zeit, enttäuscht und erleichtert, dass er nicht mehr bekam als den Schluck im Kaffee. Jacob schenkte sich nach und goss den letzten Rest Kaffee dazu, um dem Schnaps die Schärfe zu nehmen. Er drückte die Augen zusammen und blinzelte, dann schürzte er die Lippen und machte ein brummendes Geräusch. Zwei kleine Katzen rieben sich an den Stuhlbeinen, er fischte sie mit je einer Hand auf, so als würde er sie auf einer Waage halten. Sie wehrten sich träge. Eine biss ihm in den Daumen, und er warf sie in Richtung Feuer. Die Katze landete auf einem heißen Stein, miaute und sprang in die Dunkelheit hinaus.

»Tut mir leid, Katze. War nicht böse gemeint.« Jacob warf noch ein Stück Holz ins Feuer. »Verzeihen muss man sich mühsam erkämpfen«, sagte er.

»Was muss dir denn verziehen werden?« fragte Strawl.

»Jeder Augenblick, den ich atme«, antwortete Jacob. Er nahm einen großen Schluck und spuckte ins Feuer.

»Leben ist doch keine Sünde.«

»Das ist die schlimmste Sünde«, entgegnete Jacob. »Leben ist das Einzige, was keinen Sinn ergibt. Die Welt ist simple Arithmetik, wenn du das Leben abziehst.«

»Allerdings wäre dann keiner da, der zusammenzählt.«

»Umso besser«, sagte Jacob. »Hast du mitgekriegt, dass sie jetzt Nationalparks einrichten? Da drin darf keiner jagen oder angeln. Auf dieser Seite der Grenze kannst du Forellen fangen, aber nicht auf der anderen, dabei kann man die Trennlinie gar nicht sehen, die sieht nur die Behörde. Weiß die Forelle überhaupt, was eine Grenze ist?«

Strawl tippte mit dem Zeigefinger gegen seine Tasse. »Schwierig, für einen Fisch zu sprechen.«

»Glaubst du, ich hab die anderen umgebracht?« fragte Jacob.

»Ich glaube, du hast Interessen jenseits des Üblichen«, antwortete Strawl, »und sie wurden jenseits des Üblichen umgebracht.«

Jacob nickte und trank. »Ich lasse mich gelegentlich hinreißen. Willst du mich verhaften?«

»Nicht bei dieser Katzenbande, die dich bewacht.«

»Sie sind klein, aber mächtig.«

Strawl nickte.

»Und warum habe ich diese Männer umgebracht?«

»Sag du's mir.«

»Vielleicht weil ich kein Indianer bin.«

»Ein halber. Wir sind doch alle die Hälfte von irgendwas. Oder ein Viertel oder noch Schlimmeres.«

»Wegen so etwas würde ich schon jemanden töten. Die Hälfte von irgendwas zu sein. Ist ja furchtbar.«

Strawls Tasse war leer. Er griff nach der Kaffeekanne, aber die war ebenfalls leer. Er nahm seine Feldflasche und trank einen Schluck. Jacob hielt ihm den Schwarzbrand hin.

»Bin noch im Dienst«, sagte Strawl ablehnend.

Jacob hob die Tasse. »Auf die Arbeitsscheuen«, sagte er. Nach dem Himmel zu urteilen, war es kurz vor dem ersten Morgenlicht. Strawl stocherte im Feuer herum, Jacob stand auf und ging in Richtung Fluss. Strawl sah ihn verschwinden.

»Du solltest mir besser folgen«, sagte Jacob. »Keine Ahnung, was ich noch anstelle.«

Strawl stand trotz der Schmerzen in Knien und Lendenwirbeln auf und folgte den Geräuschen von Jacobs betrunkenem Wanken. Bald konnte er den Fluss rauschen hören. Sie blieben beide stehen, warfen ein paar Steine und lauschten, wie sie ins Wasser platschten.

»Hier«, sagte Jacob. Strawl folgte seiner Stimme zu einer riesigen Kiefer, fünfundvierzig Meter hoch und ein halbes Jahrtausend alt. Jacob war schon drei Meter über ihm im Baum. Strawl zog sich an einem kräftigen Ast hoch, balancierte sein Gewicht aus und griff nach einem höheren Zweig. Über ihm war eine Stufe in den Baumstamm gehackt worden, es gab auch einen abgeschnittenen Ast als Fußstütze. Jacob kletterte voran. Im Kiefernduft suchte Strawl nach den Ästen, die Jacob zu Trittstufen gestutzt hatte. An anderen Stellen hatte er Resthölzer als Sprossen angenagelt, und ein Hanfseil baumelte von oben herab, falls sie ausrutschen sollten. Strawl taten die Hände weh. Pech und Harz klebten an ihnen. Über sich hörte er Jacob klettern. Im Osten schwoll an der Schluchtkante das Sonnenlicht an. Eine halbe Stunde später wurde das Land grau, dann braun, dann golden vor Licht. Strawl war fast oben angelangt. Unter ihm blitzte und funkelte der Fluss wie eine Handvoll Vierteldollarmünzen auf einem Gehweg. Das Rauschen des Wassers hörte nie auf. Selbst in fünfundvierzig Metern Höhe schlug es an sein Ohr wie der Pulsschlag eines Herzens, das aus etwas gemacht war, was sich seiner Vorstellungskraft entzog.

Jacob, ein nierenförmiger Schatten mit Arm, winkte ihm. Er

hockte auf einem Sitz, den er gebaut hatte, und rutschte zur Seite, um Strawl Platz zu machen. Der Sitz war breit, die Äste darüber waren bis an den Stamm gekürzt.

Irgendwie hatte Jacob es geschafft, Tasse und Schnapskrug mitzubringen. Er trank und seufzte, dann hielt er Strawl den Krug hin, doch der lehnte noch immer ab.

»Du hast keinen Vater?« fragte Jacob.

»Schätze, das ist kein Geheimnis.«

»Väter sind eh nur Geschichten.« Jacob spuckte aus. »Ich hasse Geschichten, wirklich. Du solltest alle verhaften, die Geschichten erzählen.«

»Dann muss ich dich wohl verhaften.«

Jacob schüttelte den Kopf und trank die Tasse leer. Er ließ sie fallen, und sie sahen zu, wie sie von Ast zu Ast stürzte, bis sie klappernd zu Boden fiel. »Ich bekämpfe Worte mit Worten. Deshalb halten mich die Leute wohl für verrückt.«

»Und ich dachte immer, weil du dir Huren hältst und alle umbringst, die dich ärgern.«

»Und weil ich mit meiner Schwester geschlafen habe.«

»Und einen Hang zu Todeskunst hast.«

»Hab sie alle verarscht, hm?« Er trank aus dem Krug, stellte ihn neben sich ab. »Vor tausend Jahren brauchte ein Geruch oder ein Geschmack keine Bezeichnung, um zu existieren. Die Tage hatten keine Stunden – es gab kein sechs Uhr, sieben Uhr.«

»Aber es gab Tage«, wandte Strawl ein.

Jacob schüttelte den Kopf. »Der Sonnenaufgang kümmert sich nicht um die Uhrzeit, der Sonnenuntergang auch nicht. Ich sitze jetzt neben dir. Beim letzten Sonnenaufgang war ich meilenweit entfernt, und trotzdem wird kein Tag draus.«

»Guter Punkt«, sagte Strawl. »Die Zeit sollte besser den Kopf einziehen.«

Jacob schüttelte erneut den Kopf. »Geschichten sind ein Gefängnis«, sagte er.

Strawl nickte. Er hatte gelesen, dass das Licht in der Sekunde 300 000 Kilometer zurücklegt, aber die Dunkelheit war noch viel schneller, denn sie verschwand nie.

»Du bist alt genug, um senil zu sein«, sagte Jacob. »Aber Gott hasst dich.«

»Wenn er auch nur annähernd so ist, wie die Priester sagen, dann stimmt das wohl«, erwiderte Strawl.

Doch unter diesem Himmel, der in der Dämmerung so tief und blau war, fühlte er sich zum ersten Mal seit vielen Jahren wieder fest verankert. Er spürte, wie sich die Erde drehte und dabei Zeit und Erinnerung und jene Geschichten erfand, die Jacob so verachtete. Stille umgab die Häuser und Scheunen am Horizont, die durstgeplagten Felder. Stille umfing auch den Fluss, und Strawl kam sich vor wie in riesigen tröstenden Händen. Gemeinsam schauten Jacob und er zu, wie die Sonne über den Horizont und in den Himmel stieg. Die Vögel sangen, dann sangen sie noch lauter und verstummten wieder. Unter ihnen kreiste ein Habicht auf der Jagd. Elstern schimpften und sprangen von Ast zu Ast. Lerchen trillerten, ein Rabe antwortete krächzend. Ein leichter Wind strich über die Kiefernnadeln und verging mit zunehmender Temperatur wieder.

Strawl dachte über sein Leben als Jäger von Menschen wie Jacob nach, von weisen Dummköpfen, die einfach nur ungestört Verbrechen begehen wollten. Sie baten nicht um Erlösung, allenfalls um Zeugen.

»Ich hätte es tun können«, meinte Jacob. »Nicht unwahrscheinlich.«

Strawl nickte. »Ein Mann, der sich derart hoch im Baum einen Sitz baut, dem kann man alles zutrauen.«

Jacob lächelte. Es schien ihn zu freuen, dass er zu den Morden fähig gewesen wäre und dass sich diese Fähigkeit aus derselben Quelle speiste, die ihn den Baum hinaufgeschickt hatte. Beide gaben sie einen Pistolenschuss in die Luft ab, um den neuen Tag zu feiern.

Sie dösten in der warmen Sonne; der erste Schlag mit der Axt schreckte sie nicht auf. Die Erschütterungen fühlten sich an, als kämen sie aus dem Schlaf. Jacob träumte von einem gefrorenen See und einer Hirschkuh, die ein paar grazile Sprünge machte und dann mit in der Luft strampelnden Vorderläufen einbrach. Auch Strawl träumte – von weißem Qualm, so dick, dass er nichts sehen konnte. Aber er ließ sich atmen wie reine Luft – bis der Lärm von Eisen, das Holz durchschlug, Strawl weckte.

Elijah sah nach oben. »Ich hab euch gesagt, ihr sollt mich nicht wecken.«

»Der Mann nimmt seine Ruhe ernst«, stellte Jacob fest.

»Seine Ruhe ist wohl alles, was er ernst nimmt.«

Bei jedem Schlag erzitterte der Baum. Strawl sah Jacob an, der ins Licht blinzelte.

»Soll ich ihn erschießen?« fragte Strawl.

Jacob schüttelte den Kopf. »Äxte sind für Bäume gemacht und Bäume für Äxte.«

Es dauerte eine halbe Stunde voll schwerer Schläge, bis der Baum gefällt war. Elijah hatte ein rudimentäres Verständnis von Physik und mehr als ein paar Jahre Erfahrung im Bäumefällen. Am Ende wankte der Baum auf einem letzten inneren Kern, der ihn noch aufrecht hielt, dann stürzte er nach einem weiteren Schlag wie ein fallender Unterarm in Richtung Wasser, drehte sich dabei im letzten Augenblick und schleuderte Strawl und Jacob flussabwärts in die Fluten, wo sie weder unter den Baum geraten noch gegen ihn geschwemmt werden konnten.

Die beiden schlugen aufs Wasser, strampelten verwirrt und verfroren, bis sie sich an einem Felsen, der etwa drei Meter vom Ufer entfernt lag, festhalten konnten. Elijah warf ihnen ein Seil zu und fischte sie heraus.

15

Für Jacob waren Geschichten nur der willkürliche oder unwillkürliche Zusammenstoß von Ereignissen, denen irgendwelche glücklichen oder unglücklichen Seelen im Weg standen, aber die Menschen, die nach Bedeutung hungerten, verknüpften Glück und Gerüchte zu mythologischem Geschehen.

Vielleicht, so grübelte Elijah, würden von den Menschen irgendwann die Erinnerungen abfallen wie die Schwänze von ihren Hintern, als sie nicht länger Affen waren. Und schon würde man wieder im Paradies landen, wo es rein und geschichtenlos zuging. Bis dahin musste man sich aber mit Geschichten begnügen, so müde sie auch sein mochten; man musste sie ausgießen, wie es Krüge mit Wasser oder Blut taten.

Während sie weiterritten, döste Elijah weg und dachte an all dies, als wäre er in einer weit entfernten Galaxis und würde die elliptischen Bahnen der Planeten, die Implosionen von Sternen und Einschläge von Asteroiden auf Monden beobachten, die ihre Wunden hunderttausend Jahre lang tragen würden. In diesem Zustand hatte er keine Angst vor jenen Augenblicken im Leben eines Menschen, in denen es ihn drängt, solch großen Kräften nachzugeben und sich von ihnen beherrschen zu lassen wie von der Schwerkraft.

Strawl hielt an einem Laden in Keller und füllte ihre Essensvorräte auf. Draußen sah er Elijah mit einem Cousin der Clouds sprechen, der seine Kappe falsch herum trug.

»Was wollte er?« fragte Strawl.

»Seelenfrieden.«

»Hat er darum gebeten?«

»Nein, er hat gefragt, ob wir den Bösewicht gefunden haben.«

Strawl lud weiter auf.

»Was hast du ihm denn gesagt?« fragte er.

»Richtet nicht, damit ihr nicht gerichtet werdet, sieben Mal.«

»Das wird der Täter wohl auch sagen.«

»Haben wir denn schon einen?«

»Nicht zwangsläufig«, antwortete Strawl. »Aber auch nicht unwahrscheinlich.«

»Und warum hast du ihn dann nicht verhaftet?«

»Du hast uns doch kämpfen sehen. Ziemlich schwierig, jemanden zu verhaften, der einen vermöbelt.«

»Na, dann hättest du ihn ja erschießen können.«

»Wenn ich ihn erschieße, und dann wird doch wieder ein Indianer tranchiert wie zu Thanksgiving, was dann? Anders als du gehört hast, erschieße ich Leute nur aus guten Gründen.«

»Ist verrückt sein ein guter Grund?«

»Manchmal der einzige, aber ich bin nicht verrückt genug, um den Mann zu erschießen, und nicht sicher genug, dass er erschossen werden sollte. Wenn er auf der Flucht wäre, wäre er nach Norden gegangen. Oder Osten. Meinetwegen auch Westen, da hätte er sich in den Hügeln verstecken können. Aber er geht in die einzige Richtung, in die er nicht hätte gehen dürfen. Was kümmert dich das eigentlich so? Das ist doch mehr Arbeit, als du sonst in einem Jahr erledigst.«

»Ich werde nicht dafür bezahlt, also mache ich es zu meinem Vergnügen.«

Strawl sagte nichts darauf.

»Wenn ich mein blitzendes Schwert schärfe und meine Hand zur Strafe greift, so will ich mich rächen an meinen Feinden und denen, die mich hassen, vergelten. Ich will meine Pfeile mit Blut trunken machen.«

»Hört sich ja nicht gerade nach einem Menschenfischer an«, sagte Strawl.

»Nein, aber nach dir und mir.«

»Sprich nur für dich selbst«, sagte Strawl.

»Soll niemand reden wider mich.«

»Wenn du weiter Bibelverse von dir gibst, wäre es mir lieber, du machst das außer Hörweite.«

»Schätze, damit kann ich dienen. Marvin hat ein freundliches Ohr. Außerdem hat er Idas Medizinbeutel gepackt.«

»Und was machst du damit?«

Elijah zuckte mit den Schultern. »In den Fluss werfen. Näher an ihrem Grab war ich noch nie.«

Strawl nickte und sah zu, wie Elijah Baal zwischen den Häusern am San Poil entlangführte und überall dort einen Besuch abstattete, wo noch eine Laterne brannte.

Strawl erklomm die Anhöhe und hielt nach dem Rauch eines Lagerfeuers Ausschau. Wieder schlug er sein Lager oberhalb der Hütte des Schamanen auf. Er grub die Camas unter den kalten Kohlen aus, schnitt sie in dünne Scheiben und warf sie in den Topf. Dann machte er ein kleines Feuer und kochte die Camas mit einem Stück Trockenfleisch weich, während er die beiden Wachteln und das Raufußhuhn rupfte und ausnahm, die er am Nachmittag erlegt hatte. Er gab die Vögel nach und nach in den Topf, dazu Fenchel und wilden Oregano. Er öffnete eine Flasche Bier und schüttete die Hälfte in das Stew, dann rührte er Mehl ein, um alles anzudicken, und streute noch Schnittlauch darüber, den er aus Jacobs Garten hatte. Er hielt das Feuer klein, trank das warme Bier aus und ließ den Eintopf leicht köcheln, bis über ihm im klaren Nachthimmel der Orion funkelte.

Selbst aus dieser Entfernung konnte er Marvin und seine Enkel deutlich hören, die mit Elijah an dem Behelfstisch vor dem Haus saßen und Pfannenbrot mit Stew aßen, das Inez zubereitet hatte. Die Kinder bettelten um Geschichten, und Elijah ermutigte sie, bis Marvin sich endlich auf eine Apfelkiste setzte und seine Stimme gen Himmel richtete. Er sprach Englisch, das war die einzige Sprache, die seine Enkel verstanden, mal abgesehen von den paar Brocken Salish, die sie für Geheimnisse verwendeten.

»In diesem Land, klagst du, ist die Sonne zu heiß, aber im Sommer, Kojote, ist Hitze notwendig. Nur dir gefällt sie nicht. Also zieht eine Wolke auf und wirft dir Schatten, doch du bist nicht zufrieden. Noch mehr Wolken ziehen auf, genug, um den Himmel zu verdüstern. Aber selbst das gefällt dir nicht. Die Wolken brechen auf, und es regnet. ›Mehr‹, forderst du, und es gibt einen richtigen Schauer. Der Biberteich läuft voll, und der Biber kommt aus seinem Damm und spielt. Rehwild bettet sich zum Schutz in ein Felsenbirnengestrüpp. Neben deinem Weg taucht ein Bach auf, du steigst hinein, doch er ist nicht tief genug, um darin zu baden; aber du hast gerade eine Glückssträhne. ›Der Bach soll tiefer sein‹, forderst du, und der Bach schwillt zu einem großen Fluss an. Das Wasser schäumt über den Fels. Kojote, hast du keine Angst? Du bist ein Dummkopf. Du wirst von der Strömung umgeworfen. Du rollst den Hang hinunter wie ein Stein. Ein Sturm ohne Luft. Du gehst in deinen Wünschen unter. Du schnappst nach Luft und übergibst dich am Flussufer. Die Bussarde kreisen über dir. Du überzeugst sie davon, anderswo nach Fressen zu suchen, oder ist es nur dein Schatten, der sich mit ihnen streitet, weil er weiterleben will? Das ist der Grund, warum Big River über seine Ufer tritt und der Lachs in seinen Fluten schwimmt. Weil du keinen Schatten findest.«

Marvin hielt inne und trank aus einer Blechtasse.

»Später bringst du den Lachsen bei, dem Fluss zu folgen. Als du den Menschen begegnest, befiehlst du einem Lachs, aus dem Wasser in deine Arme zu springen, und lädst die Menschen ein, zu schlemmen. Die größten Stücke bietest du jenen Dörfern an, die dir die schönsten Jungfrauen geben. Doch eine Okanogan-Jungfrau verweigert sich, und da versiehst du den Fluss mit einem steinigen Wasserfall, den die Lachse nicht überwinden können. Du schaffst weitere Fälle am Kettle River und am Spokane River, weil sich auch dort die Jungfrauen dir verweigern. Du bist selbstsüchtig. Das ist deine Art.«

Das Feuer brannte, und die Kinder suchten sich ringsum ihre Plätze. Elijah blieb stumm. Das Licht wich aus dem Himmel. Dann fuhr Marvin fort. »Kojote brachte den Menschen bei, dass Caluk Pferden hilft und Mahonienblättertee den Kindern. Vanille bei Blindheit und Moose bei Arthritis.«

»Helianthus weckt ein leidendes Organ zu neuem Leben«, fügte Elijah hinzu.

»Ja«, sagte Marvin. »Das sind alles gute Dinge, aber unser Kojote hat auch Tollkraut erschaffen und Schwarzen Nachtschatten und Belladonna. Sie unterscheiden sich nicht sehr von ihren genießbaren Verwandten, und mit ihnen wollte er diejenigen beseitigen, die sich weigerten, auf die Tier-Menschen zu hören, und die Dörfer von den Schwachsinnigen befreien, die eine Blumenfarbe nicht von einer anderen unterscheiden konnten – deshalb sollten ja die Kinder auf die Älteren hören. Auch das ist Kojotes Werk. Auch das ist sein Weg.«

Marvin beendete seine Erzählung mit Sätzen, die direkt aus Elijahs Altem Testament hätten stammen können. »Wenn die Tier-Menschen zurückkehren, wird Sinkalip all die Geister der Toten mitbringen. Es wird kein Camp mehr auf der anderen Seite existieren. Alle Menschen leben dann zusammen. Es wird keinen Unterschied mehr geben zwischen den Lebenden und den Toten. Dann wird alles wieder seinen richtigen Platz haben«, verkündete Marvin. »Darauf warten wir.«

Schließlich drehte Marvin die Laternen auf der Veranda aus, und Strawl hörte, wie sie zu Bett gingen, auch Elijah, der wohl in einem Nest aus Decken irgendwo in der Küche schlafen würde.

Strawl merkte, dass er hungrig war. Er drehte sich zwei Zigaretten und legte sie für später beiseite, dann suchte er sich einen flachen Stein, wusch ihn mit Wasser aus der Feldflasche ab, und als er zufrieden war, hob er das Huhn aus dem Topf und breitete Brust und Flügel auf dem Stein aus, dazu gab es Soße. Er teilte das Fleisch mit seinem Jagdmesser und schaufelte sich die dicke Soße mit einem Stöckchen in den Mund. Mit den Zähnen riss er am Knorpel; Blut tropfte ihm aufs Kinn. Er war froh, denn er hatte schon eine ganze Weile nicht mehr allein gegessen, und nur dann verwandelte es sich in reine Philosophie, bar jeder Nuance. Was sonst herumhüpfte und Vogelgedanken hegte, war ihm nun Nahrung.

Eine Stunde später raschelte das trockene Wolfskraut, dann hörte Strawl einen Stein rollen und einen Mann schnaufen, der wieder Tritt fasste. Grillen verstummten und setzten nach einer Minute wieder ein. Ein Hase oder Dachs brach aus dem Unterholz. Ein paar Eulen wurden still, und Strawl konnte den Ast unter ihnen hören, als sie ihr Gewicht verlagerten und sich zum Flug bereit machten. Es waren zwei Männer, hintereinander, mindestens neun Meter zwischen sich. Die Laute und Pausen der Insekten wechselten sich vor und hinter ihnen ab. Marvins Haus war dunkel, aber Strawl hatte die Personen dort unten ohnehin schon ausgeschlossen, als er die tollpatschigen Geräusche gehört hatte. Jemand, der sich ernsthaft anschleichen wollte, wäre schwerer auszumachen. Niemand Wichtiges bewegte sich derart unbeholfen.

Strawl zündete sich eine Zigarette an und hielt eine Hand um die Glut, allerdings bezweifelte er, dass diese Besucher genug Verstand hatten, um die Glut vom Feuer unterscheiden zu können. Die beiden blieben stehen, um an der Spitze der Kuppe Atem zu schöpfen, dabei schnauften sie so laut, dass die Insekten verstummten und ein Streifenhörnchen schimpfend Alarm schlug.

Die Eindringlinge näherten sich Strawls Lager mit dem Wind im Rücken, und Stick wieherte leise. Strawl kniete außerhalb des Lichts hinter einer Ponderosa-Kiefer und einem Dickicht aus Grindelien. Silberlöffel trug einen Arm in der

Schlinge und stützte sich auf eine Krücke. Strawl beobachtete im Schein des Feuers, wie er die Decken, die Strawl auf seinen Sattel gelegt hatte, mit dem Stiefel wegschob.

»Er ist hier gewesen«, sagte er.

»Nun ist er aber weg«, erwiderte Dice.

»Wir haben ihn fast.«

Dice besah sich Feuer und Ausrüstung. »Oder er uns«, sagte er.

Silberlöffel stockte der Atem unter den gebrochenen Rippen. »Aber Sie haben es doch selbst gesagt, er ist ein Krimineller.«

»Davon sollten Sie ihn überzeugen, nicht mich.« Dice stocherte mit einem Stock im Feuer herum. »Der alte Mann, der dieses Feuer gemacht hat, hat mir beigebracht, dass eine Klapperschlange sich nie im Unrecht sieht und ihre Zähne dich nicht erst um Zustimmung bitten, bevor sie dich vergiften.« Er sah zu Silberlöffel auf. »Wollen Sie nach Ihrer letzten Begegnung mit ihm wirklich in der Dunkelheit herumtappen und ihn suchen, wenn er so denkt?«

Das Feuer entzündete einen harzigen Ast, der knallend aufbrach, und die beiden dachten eine Weile nach.

»Sie haben Prügel eingesteckt und wollen es ihm heimzahlen, ich weiß«, sagte Dice. »Aber vielleicht ist jetzt die Zeit, nach Hause zu gehen und sich ein wenig zu kurieren.«

Silberlöffel nickte, und Dice ging den Weg voran, den sie gekommen waren, genauso lärmend, aber weniger unbeholfen.

Strawl tat Silberlöffels Rachegelüste sofort ab – der versuchte nur, das Gesicht zu wahren, wenn schon nicht in der Meinung anderer, dann zumindest aus eigener Eitelkeit. Er dachte allerdings länger über Dice' Rolle in der Angelegenheit nach. Strawl fragte sich, ob er die Situation gleich erkannt hatte und den Hügel absichtlich so laut heraufgekommen war wie ein Ziegenbock, der auf einer Dose herumklapperte. Um Strawl zu warnen. Dice war nur schwer einzuschätzen. Er hatte Strawl schon zwei Mal hereingelegt, beide Male mit großer Raffinesse. Dice' Motiv war allerdings klar, und Hollingsworth, ob nun ein Silberlöffel oder nicht, war ihm dabei zu nichts nütze. Körperverletzung war schwer zu beweisen, vor allem wenn der Beschuldigte auf der Lohnliste von gleich drei County-Polizeirevieren stand. Hollingsworth mochte ja Geld haben, aber er hatte auch nur dieselben Zeugen wie Strawl, der sich wiederum sicher war, dass sie ihn genug fürchteten, um ehrlich auszusagen. Und damit wäre die Sache erledigt.

In Marvins Haus unten blieb es still, abgesehen von der kleinen Rauchwolke, die aus dem Kamin stieg. Das Feuer fiel zu Glut zusammen, schützte das Haus aber vor der Kälte des frühen Morgens, die selbst im August herrschte. Die Pferde unten wieherten, Stick antwortete, wenn auch sein Interesse sichtlich erlahmte. Strawl legte noch Holz nach und trug dann seinen Sattel mehr aus Gewohnheit aus dem Lichtschein hinaus. Ein Mörder lief noch immer frei herum. Strawl allerdings fürchtete nichts in diesem Land. Er war sich sicher, dass die Bedrohungen, die seine Fähigkeiten nicht abwehren konnten, von seinem Ruf in Schach gehalten wurden, auch im Schlaf.

16

Einen Tag und eine Nacht später erwachte Strawl, mit Handschellen an ein Krankenhausbett gefesselt, in Grand Coulee. Aus einer Flasche über ihm tropfte Salzlösung in einen intravenösen Schlauch. Ein Auge wollte sich nicht öffnen lassen. Er blinzelte mit dem anderen, bis er Wände und ein Fenster erkannte. Seine Brust schmerzte. Er hob die Hände, bis die Ketten ihn stoppten. Seine Fingerknöchel waren abgeschürft und blutig. Der Ringfinger seiner linken Hand schien gebrochen zu sein.

Nachdem Strawl fast besinnungslos geprügelt worden war, hatten ihn die noch bewegungsfähigen BIA-Lakaien unter Führung von Hollingsworth und Pete in einen Birkenhain am Bachlauf gezerrt. Hollingsworth fesselte ihm Handgelenke und Knöchel. Die anderen drei hatten längere Ketten dabei. Sie banden Strawl an einen Baum, den sie bis auf Kopfhöhe von Zweigen freigeschnitten hatten, dann öffneten sie seine Handfesseln und befestigten die Gelenke an auseinanderliegenden Ästen. Hollingsworth stellte Strawl auf einen Felsbrocken, zog die Kette stramm und sicherte sie mit einem Schloss. Mit der zweiten Kette band er ihm die Knöchel an, mit der dritten die Taille. Die anderen hielten ihre Waffen auf Strawl gerichtet. Hollingsworth schlug mit einem Stein als Hammer und der Hilfe zweier BIA-Polizisten den Brocken weg, und Strawl hing am Baum.

»Man sagt, auch Christus sei in Wahrheit erstickt. Das Zwerchfell gibt unter dem Gewicht nach und kann keine Luft mehr ziehen«, sagte Hollingsworth. Seine Begleiter und er sammelten ihr Werkzeug zusammen und nahmen den Weg, den sie gekommen waren. Strawl sah, wie der Staub über ihrem Pfad aufstieg und sich in der Dunkelheit wieder setzte.

Er konnte nicht länger das Wasser halten und blieb die ganze Nacht über feucht. Sein Gewicht zerrte an den Schultern und bog ihm den Rücken durch. Er schlief unruhig ein und wachte taubedeckt auf. Den ersten Tag über mühte er sich auf jede nur mögliche Weise ab, schüttelte den Baum, bis die Zweige klapperten und Blätter und Blattläuse in der warmen Luft von oben herabregneten. Es wurde heiß, und er holte sich an manchen Stellen einen Sonnenbrand, wo die Sonne durchs schüttere Blattwerk fiel. Er wand sich, um den Schmerz an den Stellen zu lindern, doch all die Mühe endete nur damit, dass er sich an anderen verbrannte, also gab er auf. Ameisen machten sich an seinen Knöcheln zu schaffen, und als sich sein Darm am späten Nachmittag entleerte, stürzten sie sich auf seine Exkremente und gingen daran, sie fortzuschaffen. Ein paar trauten sich weiter bis in seinen Hintern vor, um sauber zu machen.

Ein leichter Wind bei Sonnenuntergang brachte ihm Erleichterung, und er verbrachte eine schlaflose Nacht. Als sein Urin abging, konnte er den Schmerz riechen, metallisch, aber unscharf, rauchig. Am Ende des folgenden Tages wusste er nicht mehr, was unter oder über ihm war. In beiden Richtungen schimmerte es wie im Himmel oder auf dem Wasser oder über in der Sonne brütenden Feldern. Er lauschte seinem eigenen Atem, seinem Puls. Er wusste, man brauchte nicht auf die Körpertätigkeiten zu horchen, alles wurde auch ohne Gedanken zusammengehalten, aber er fürchtete, endgültig die Kontrolle zu verlieren.

Sein ganzes Leben hatte er sich an die Einsamkeit geklammert. Doch jetzt packte sie ihn wie ein Schmerz, kam als ein Zittern über ihn, das Freude nahekam, aber keine war. Ganz allein zu sein war unmöglich und unausweichlich zugleich, und dem Alleinsein auszuweichen, hieß darauf zuzugehen.

Strawl merkte, wie sein Verstand sich vor Übelkeit wand, sich im Kreis drehte wie ein irres Kalb und dass er sich an das erinnerte, was er wusste, und dann nur noch daran, dass er sich an etwas erinnerte.

Als er am dritten Morgen aufwachte, machte Dice gerade ein Feuer und kochte sich Kaffee. Nachdem er eine Tasse getrunken hatte, sägte er die Äste ab, löste die Ketten, und Strawl ließ sich gegen den Baum sinken. Dice goss frisches Wasser aus einer Feldflasche in seine Kaffeetasse und hielt sie ihm hin. Strawl senkte den Kopf und trank. Sein Gesicht zitterte und zuckte unter seinen Atemzügen, die trockenen Lippen platzten auf und bluteten, und er trank, bis sein Durst gestillt war.

»Jetzt bist du zahm, hm?« sagte Dice.

Strawl schwieg.

»Ich suche nach einem Mörder«, sagte Dice. »Du auch?«

Strawl war zu schwach, um zu antworten.

»Dachte ich mir. Vielleicht, weil du ihn schon im Spiegel gesehen hast.«

Dice verhaftete Strawl; der schlief zwei Tage lang. Als er aufwachte, wechselte die Krankenschwester gerade seinen Tropf. Sie eilte hinaus und kehrte mit Dice zurück, der sich auf einen Stuhl am anderen Ende des Zimmers setzte und sich den schmalen Schnurrbart glatt strich.

Strawl klapperte mit den Handschellen.

Dice nickte. »Du erinnerst dich vielleicht, du bist verhaftet.«

Strawl griff mit der freien Hand nach einer Tasse mit lauwarmem Wasser und trank.

»Hat Hollingsworth eine satte Wahlkampfspende geleistet?« fragte Strawl.

»Sein Vater.«

»Du hast nach ihrer Pfeife getanzt, hast es dir verdient. Wird mir die Anklage hier vorgelesen oder vor Gericht?«

»Vor Gericht, wenn du dazu in der Lage bist.«

»Bin ich«, sagte Strawl.

Dice stand auf und nahm das Klemmbrett vom Fußende des Betts. »Du hast drei gebrochene Rippen und eine Gehirnerschütterung, eine geprellte Lunge, dazu einen gebrochenen Finger, eine ausgerenkte Schulter, zahlreiche Prellungen und Schürfwunden. Du bist ein zerschundener alter Mann.«

»Ich nehme an, du hast die Jungs von der BIA, die sich auf mich gestürzt haben, ebenfalls hinter Gitter gesteckt.«

»Du hättest den Bullen nicht auf sie treiben dürfen.«

Strawl tat der Kopf weh, und er schloss für eine ganze Weile die Augen. »Ich dachte, es wäre dir nicht recht gewesen, wenn ich sie umgelegt hätte. So erschien es mir als eine angemessene Reaktion.«

Wieder war es im Zimmer still. Nur Strawls mühsames Luftholen war zu hören.

»Ohne Akte kann ich keinen Mordfall lösen, Dice.«

»Hast du auch nicht. Stattdessen hat es zwei weitere Morde gegeben. Und alle in deiner Umgebung.«

»Ich wäre vielleicht weitergekommen, wenn du nicht beide Seiten gegen die Mitte ausgespielt hättest. Du setzt jeden auf jeden an und hoffst, den Letzten zu verhaften, der noch steht, oder?« Wieder nahm Strawl einen Schluck aus der Tasse. Er seufzte und rieb sich die wunde Seite. »Für eine Anklage reicht das nicht.«

Dice schüttelte den Kopf. »Die brauche ich nicht. So fertig wie du bist, dauert es gut einen Monat bis zur Anklageverlesung. Also bis September, und Higgenbothem wird dann auf einer Hochzeit irgendwo im Osten sein, und im Oktober ist der ehrwürdige Richter zwei Wochen auf Jagd. Dann ist November und Wahlzeit.«

»Hast du die Kerle den Hügel hinaufgeschickt?«

»Ich habe sie nicht davon abgehalten.«

»Nachdem du mich mit Silberlöffel eingelullt hast.« Strawl versuchte zu lachen, bekam aber nur ein Husten heraus. »Schätze, ich habe deinen Anstand überschätzt und deine

Arglist unterschätzt«, sagte er, als er wieder sprechen konnte. »Kann gut sein, dass du es in der Politik weit bringst.«

»Das habe ich vor«, sagte Dice.

»In dem Geschäft ist immer November«, meinte Strawl. »Das solltest du besser nicht vergessen.«

Strawl dachte daran, Dice etwas an den Kopf zu werfen, aber er hatte nichts in Reichweite, das eine ordentliche Beule hinterlassen hätte. »Ich kündige nicht.«

»Ich habe dich angeheuert. Ich feuere dich. Die Sache ist erledigt. Mehr als dich brauche ich nicht.«

Strawl schüttelte den Kopf. »Du bist ein Trottel. Ich habe dein Geld, und ich habe eine Waffe und eine Satteltasche voller Munition. Ich werde mich weiter umschauen, bis ich zufrieden bin, denn das bin ich noch nicht. Und du wirst dabei Schaden nehmen, mein Freund. Dafür werde ich sorgen.«

Dice kicherte. »Die Handschellen und die Wache da sagen etwas anderes.«

Die Wache an Strawls Tür brachte ihm die Wochenzeitungen und ein, zwei Magazine. Strawl entdeckte ein altes Foto von sich mit der Unterschrift: »Der Beschuldigte.« Der Artikel las sich wie von Dice geschrieben und verriet gerade genug Einzelheiten, um die Leute zufrieden zu stellen, aber keinerlei Anschuldigungen, die Dice später nicht zurücknehmen konnte.

Eine Woche nach seiner Verhaftung bestellte sich Strawl Kekse. Elijah hatte die Krankenhausküche bestochen, sie mit Abführmitteln zu würzen. Strawl bot sie dem Deputy an, der vor der Tür stand. Drei Stunden später wurde der Wachmann unruhig und entschuldigte sich. Strawl blinkte mit einer Taschenlampe zum Fenster hinaus, Elijah kletterte die Feuerwehrleiter hoch, schlug die Scheibe ein und öffnete die Handschelle mit einem Seitenschneider. Strawl, der noch immer von den Opiaten benebelt war, brauchte eine ganze Weile, um die wacklige Leiter zum Parkplatz hinunterzuklettern.

Elijah brachte ihn mit dem Pick-up zur Ranch. Dot kam ihnen auf der Veranda entgegen und half Arlen und Elijah dabei, Strawl aufs Sofa zu legen.

»Man wirft dir Mord vor«, sagte Dot.

»Ja.«

»Glaubt die Polizei, dass du es warst?«

»Nein.«

»Und warum haben sie dich dann verhaftet?«

»Weil ich es hätte sein können«, sagte Strawl.

Dot blinzelte. »Hast du ein Alibi?«

Strawl schüttelte den Kopf. »Ich bin mir noch nicht mal sicher, für welche Tage ich eins bräuchte.« Strawl zitterten die Beine, und er hielt sich an einem Stuhl fest.

Dot trat auf ihn zu. »Du könntest sagen: ›So etwas würde ich nie tun. Dazu hätte ich gar keinen Grund. So ein Mensch bin ich nicht.‹«

»Ist das denn wahr?« fragte Strawl.

»Nein«, antwortete Dot. »Aber so würde ich es gern hören.«

Elijah drehte Strawl eine Zigarette und zündete sie an. »Du hast also kein Alibi.«

Strawl zog Rauch in die Lunge.

»Denen ist mein Alibi egal. Was hast du mit dem Geld für meine Ranch gemacht?«

Elijah antwortete nicht darauf.

Strawl legte die Zigarette auf den Rand der Untertasse, die Arlen als Aschenbecher geholt hatte. »Ich muss jetzt schlafen«, sagte er.

Er fiel in einen tiefen, traumlosen Schlaf und erwachte bei Tagesanbruch. Ihm fehlten die Schmerzmittel aus dem Krankenhaus. Er stand auf, humpelte in die Küche, setzte Kaffee auf und aß drei Brownies von einem abgedeckten Teller. Koffein und Zucker stärkten ihn. Das Gehen fiel ihm leichter, auch wenn seine Rippen schmerzten.

Arlen lag unter der Raupe, schmierte die Gelenkstücke und mühte sich mit seinen drahtigen Armen am Kupplungsgehäuse ab. Er tauchte unter der Maschine auf. Strawl nickte ihm zu. Arlen nahm die Brille von der Nase und putzte sie mit dem Hemdschoß. Seine Zeitungsjungenkappe beschirmte sein schmales Gesicht, das so aussah, als wäre der Großteil davon in Richtung Nase gezogen worden – wie bei dem Erdhörnchen, das Strawl von den Witzseiten her kannte. Er wirkte oft so, als würde er gleich nach vorn umfallen vor Eifer, andere Male war es wiederum, als kämpfte er mit Gegenwind. Arlen sah ihn für einen Augenblick mit wässrigen Augen an, klatschte dann in die Hände und machte sich wieder an die Arbeit.

Strawl wechselte das Öl an seinem Jagdwagen, doch seine Verletzungen machten aus der halbstündigen Angelegenheit eine, die dreimal so lange dauerte. Dot brachte ihnen Frühstück. Nach dem Ableben seiner ersten Frau und vor Idas Ankunft hatte Strawl nach der Jagd oft Dot besucht. Dann hatte sie ihn bei der Hand genommen und war mit ihm zum Fluss gegangen, wo sie Steine und Äste in die Strömung warfen. Er rauchte, sie kaute Süßigkeiten aus dem Kramladen in Omak. Sie hatte aufgehört zu sprechen. Sie sprach nicht in der Schule und auch nicht bei den Cunninghams, bei denen sie untergebracht war. Er fragte sie nie nach ihren Gründen.

Arlen und er kamen unter den Maschinen hervor. Sie säuberten sich Hände und Unterarme mit einer öllösenden Paste und wuschen sich dann unter der Pumpe draußen ab. Dot stellte die Teller auf Betonsteine und schob dem Jungen eine Flasche in den Mund. Dann winkte sie mit der Hand. »Essen«, sagte sie.

Sie machten kurzen Prozess mit Eiern, Schinken und Bratkartoffeln. Arlen lag schon bald wieder unter dem Traktor, und die Mädchen reichten ihm Werkzeug, das er nicht brauchte, aber trotzdem annahm. In der Scheune standen Pflug, Kultivator, Egge und Sämaschine, alle frisch geputzt und zusammengelegt wie Grashüpfer. Strawl hatte sie immer das ganze Jahr über draußen auf dem Brachland am Bach stehen lassen, aber Arlen hatte sogar die Räder der Sämaschine entrostet. Strawl entdeckte sechs oder sieben Dosen rote Farbe unter der Werkbank, alles von International Harvester.

»Als Mutter gestorben ist, warst du auch hinter bösen Männern her«, sagte Dot.

»Erinnerst du dich noch an sie?« fragte Strawl.

»Nein«, antwortete sie. »Sie ist nur weg.«

»Weißt du auch, wie?«

»Sie hat sich an irgendetwas den Kopf eingerannt.«

Strawl nickte. »Du glaubst, dass ich herumlaufe und Indianer ausweide. Glaubst du vielleicht auch, ich habe sie umgebracht?«

»Gott, nein«, sagte Dot und winkte ab. »Ihr Tod hat dich schwerer mitgenommen als mich.«

»Da war ich am Boden«, sagte Strawl. »Und Ida?«

»Der Fluss«, antwortete Dot. »Nicht mal du kannst einen Fluss auspeitschen.«

Strawl kippte den Kaffee herunter und stellte die Tasse ab. »Weißt du, man kann nie vorhersagen, was die schlimmsten Verbrecher alles anstellen, weil sie es nämlich selber nicht wissen. Diejenigen, die eine Karriere daraus machen, wägen die Risiken ab und sitzen ihre Zeit ab, wenn sie geschnappt werden. Die übrigen sind aber ein ganz anderes Thema. Womöglich begehen sie die ganze Zeit über kleinere Verbrechen, ohne sie überhaupt so zu nennen. Dann ändert sich der Mond, und sie richten die Waffe auf jemanden und wundern sich, warum alle anderen so aufgeregt sind.«

»Hört sich ja nicht so an, als ob man als Detektiv viel Verstand braucht.«

»Es macht vielleicht keine Schwierigkeiten, sie aufzustöbern, aber sie töten dich schneller als Wyatt Earp. Die sind schon von Geburt an Desperados. Brauchen kein Motiv für einen Mord, nur die Neigung dazu.«

»Bedauerst du sie?«

Strawl sah Dot an. »Du bist klug, aber du weißt auch nicht alles«, sagte er. »Die Gänse fliegen im Herbst nach Süden, aber kein Bewusstsein lenkt sie. Die Gans weiß nur, dass alle anderen Gänse auch da hinfliegen.«

Er sah zu den Mädchen und dem Jungen hin. Ihm fiel nichts ein, was er ihnen hätte sagen können, und das war, fand er, eine ebenso schwere Sünde wie die, die andere begingen. Er wandte sich wieder seinem Wagen zu und drehte mit einem Werkzeug, das Arlen gefertigt hatte, um die Arbeit einfacher zu machen, am Ölfilter. Er sah noch ihre Füße, dann öffneten sie die quietschende Tür und gingen hinein.

Am darauffolgenden Abend schickte Strawl Elijah zur Keller-Fähre, um sich wegen Pete und dem Silberlöffel umzuhören. Jacob zu schnappen, sollte keine Schwierigkeiten bereiten, falls irgendwelche Beweise ihn zu einem wahrscheinlicheren Kandidaten machten. In jedem Fall lief hier aber immer noch ein Mörder frei herum, und Strawl, ob nun noch dafür angeheuert oder nicht, war entschlossen, den Kerl zu erledigen. Als Erstes musste er allerdings ein paar Schulden tilgen.

17

Nachdem er Baals Schritte in der Entfernung hatte verklingen hören und Elijahs Laterne aufgeflammt und in der Dunkelheit wieder verschwunden war, humpelte Strawl zum Jagdwagen und startete den Motor. Er nahm die Straße zum Coulee Dam. Seine Hände auf dem Lenkrad leuchteten im grünen Schein der Armaturen. Die Tachonadel zeigte knapp 80 km/h, und der Pick-up schwankte wie ein Schnapsbruder. Noch schneller, und der Wagen würde ihn auf die Straße werfen.

Jenseits des Buffalo Lake blendeten ihn Lichter. Die Bauarbeiten wurden in Doppelschichten durchgeführt, und die Elektriker hatten Lampenketten mit hohen Wattzahlen über die Baustelle gespannt. Weitere beleuchteten die Zeltstadt, noch andere den Kofferdamm. Die längsten Ketten hingen über dem niedrigen Ufer auf der anderen Flussseite und markierten das Westende der Baustelle. Dort waren die Arbeiten an der Konstruktion erledigt, und man konzentrierte sich auf das Kraftwerk. Hausgroße Generatoren lagen auf der Seite, ihr Metall glänzte. Die Turbinenräder, die dort hineinpassten, waren mit gebogenen Rotorblättern bestückt, von denen jedes zwei Tonnen wog. Der Grobschotter an den Ufern blinkte, als hielten tausend zur Erde gefallene Sterne das Wasser gefangen und als würde die Galaxis selbst die Arbeit befeuern.

In einer Metallkiste, die an die Kabine des Pick-ups geschweißt war, lag Strawls Werkzeug. Er schaltete die Lichter einen Block vor dem Polizeirevier aus und ließ den Motor im Leerlauf tuckern, dann packte er drei Schraubenschlüssel, einen Flachkopf- und einen Kreuzschraubenzieher ein, dazu noch eine Drahtschere. Auf dem Parkplatz entdeckte er einen Streifenwagen mit kaputter Achse und nahm das Funkgerät heraus. Er schloss es am Zigarettenanzünder seines Pick-ups an und fuhr dann zu Dice' Privatadresse. Im Haus brannte kein Licht, aber auf der anderen Straßenseite stand eine unbekannte Limousine. Strawl meldete bei der Zentrale eine verdächtige Person und stotterte bei der Adresse, als würde er sie von einem Blatt Papier ablesen. Dann hielt er an einer höher gelegenen Stelle, von der aus er das Haus beobachten konnte.

Strawl drehte sich eine Zigarette, zündete sie an und schaute zu, wie der Qualm in der kühlen, dunklen Luft verschwand. Er erinnerte sich zurück, wie er einst zu jagen gelernt hatte, nachdem die paar Dollar ausgegeben waren, die ihm sein Vater für Notzeiten mitgegeben hatte. Er war allein gewesen und hatte gehungert, bis er eines Tages über dem ersten Kaninchen stand, das er jemals mit einer Falle gefangen hatte. Er schaute auf den Kadaver wie auf eine gut erledigte Arbeit. Das verwirrte ihn, deshalb erlegte er noch drei weitere Kaninchen auf dieselbe Weise. Er hörte sie in ihren Fallen quieken, und später betrachtete er die gehäuteten Tiere, die auf einem selbst gebauten Gitter über dem Feuer lagen und aneinanderpassten wie Zähne in Kerben.

Strawl trank Kaffee. Er hatte daran gedacht, sich eine Thermoskanne mitzunehmen. Von seiner Stelle aus sah er weder den Damm noch den schwarzen Fluss, aber das Licht quoll von der Baustelle herüber wie bittere Galle aus den durchbohrten Eingeweiden der Erde. Strawl hatte Arlen mal sagen hören, dass alles, was man für festen Boden gehalten hatte, gar keiner war. Das Land trieb wie Eierschalenstücke auf einem Meer um ein Eigelb herum, das so elementar und heiß war, dass es Felsen zu wütend qualmendem Klebstoff schmolz. Strawl wusste nicht genug über die Welt, um dagegen etwas vorbringen zu können.

Blaue und rote Lichter flammten in der Entfernung vor einer Wolkendecke auf. Dice war weiter westlich gewesen, als er hätte sein sollen. Wahrscheinlich in Coulee City. Ein Rodeo-Cowboy hatte da vor ein paar Jahren eine Kneipe aufgemacht und eine Bühne eingebaut. Die Leute fuhren meilenweit, um dort zu essen, zu tanzen, zu trinken und sich zu prügeln.

Der Wagen legte Meile um Meile zurück. Strawl beugte sich vor, starrte in den schwarzen Kaffee und ließ sich die Hitze übers Gesicht streichen. Dice hatte seine Frau zu jung geheiratet. Einmal die Woche lud er sie zum Essen ein, und letztes Jahr hatte er ihr ein mit Diamanten besetztes Armband gekauft, aber den meisten Frauen war Geld egal. Nicht anders als die Männer wollten sie Liebe, wie sich herausstellte.

Der Einsatzwagen bog zu Dice' Haus ab; die Reifen schleuderten Schotter gegen die Stoßstange. Dice ließ Blaulicht und Sirene an, hoffte wohl, dass der Lärm die Beteiligten ihre ehebrecherischen Annäherungen schleunigst beenden lassen würde, damit er sich weiter einreden konnte, seine Verdächtigungen wären nur das natürliche Misstrauen eines Polizisten.

Strawl trank seinen Kaffee. Er war bitter, brannte ihm in der Kehle und glühte ihm dann im Magen wie ein heißer Stein. Er hörte die Wagentür schlagen, dann Dice, der die Haustür aufschloss. Strawl schüttete den Rest auf den Schotter hinter der Seitenscheibe, kurbelte den Sitz nach hinten und schlief ein.

Am Morgen betrat Strawl das Polizeirevier durch die Hintertür. »Dice hat seine Frau vermöbelt«, sagte Barnes, als er ihn sah. Barnes war aus dem Süden und hörte sich beim Sprechen immer so an, als würde er singen. Außerdem dachte er so langsam, wie er sprach. Strawl hatte ihn behalten, weil sein simpler Verstand es ihm erlaubte, jeden Befehl auszuführen, ohne ihn zu hinterfragen; das kam echter Loyalität näher, als Strawl es sonst je erlebt hatte.

»Sie liegt im Krankenhaus.« Barnes nickte in Richtung der Pistole hinter Strawls Gürtel. »Die brauchen Sie nicht. Hat eh keiner von uns sonderlich ernst genommen, Ihre Verhaftung.«

Strawl nickte. »Man kann nie vorsichtig genug sein, wie's scheint. Haben Sie sie gesehen?«

»Nein. Nur ihn.«

»Dice?«

»Ja, Sir. Sitzt in der Zelle. Hat sich eingeschlossen und mir die Schlüssel zugeworfen. Keine Ahnung, wozu, zum Henker. Sie hat's nicht anders verdient.« Barnes wollte auf etwas hinaus, aber er war ein zu eingefleischter Untergebener, um seine Meinung zu äußern, ohne dazu aufgefordert worden zu sein. Strawl ließ ihn eine ganze Minute lang schmoren.

»Was ist?« fragte Strawl schließlich.

»Was soll ich denn mit ihm machen? Er hat doch nichts verbrochen«, sagte Barnes. »Nicht wirklich.«

»Hat er seine Waffe rausgerückt?«

Barnes nickte.

»Ich kümmere mich darum«, sagte Strawl.

Auf Dice' Schreibtisch fand er dessen Hut, Tabak und Pfeife. Er brachte es Dice, der in der Zelle kauerte. Es war Morgenschicht, er war der Einzige, der einsaß. Strawl ging Barnes' Schlüssel durch, bis er den richtigen fand, und schloss auf. Dice sah ihm nicht in die Augen, bis er es ihm befahl.

Strawl nahm die Pfeife aus der Tasche, stopfte sie und zündete sie an. Dice blickte durch wirre Haare hindurch auf und nahm die Pfeife. Strawl öffnete die Zellentür. »Komm mit, wenn du das regeln willst.«

Dice stand auf. Strawl führte ihn zum Einsatzwagen. Er hielt am Blumenladen, kaufte einen Strauß und reichte ihn Dice. Der starrte die Blumen an. »Du bist ein verrottetes Stück Mann. Auch nicht besser als wir anderen. Wird Zeit, dir eine Lektion zu erteilen, du scheinheiliger Mistkerl«, flüsterte Strawl.

Er hielt am Krankenhaus an, und sie überquerten den geschotterten Parkplatz. »Seine Frau«, sagte Strawl.

Die Dame am Empfang war eine gottesfürchtige Frau und

hatte nie groß über Strawl nachgedacht, höchstens wenn Wahlen anstanden. Sie nannte ihm die Zimmernummer. Sie kamen am Schwesternzimmer im ersten Stock vorbei. Zwei Schwestern dösten auf ihren Stühlen und hörten eine Radio-Show. Ein Monitor piepte. Strawl fand selbst den Weg.

»Schau dir die Verwüstung an, die du angerichtet hast, Sheriff. Wie willst du jetzt damit leben?« fragte Strawl. »Das geht doch gar nicht.«

Karen Dice lag in einem der Krankenhausbetten; es blubberte aus einem Schlauch in ihrer Kehle. Strawl besah sich ihr Krankenblatt, konnte aber das Gekritzel des Arztes nicht entziffern. Ihre Wange wirkte, als hätte sie einen halben Apfel im Mund. An der Augenbraue nässte eine Naht auf der Schwellung. Ihr Ohr war blau und blutbefleckt.

Dice setzte sich auf den Stuhl neben dem Bett. Er rutschte nach vorn und nahm ihre Hand. Sie drückte ebenfalls zu, war aber von den Morphinen noch ganz benebelt. Als der Doktor Visite machte, sah er Dice über seine Drahtgestellbrille hinweg an. Dice ließ die Hand seiner Frau los, als hätte er alle Rechte eines Ehemannes verwirkt. Ihre Hand baumelte über der metallenen Bettkante, und sie spreizte die Finger, als wollte sie nach etwas greifen oder nur genügend Kraft sammeln, um sie auf den warmen Platz neben sich zurückzulegen.

Der Doktor beugte sich vor, öffnete eines ihrer Augen mit dem Daumen und leuchtete mit einer Stiftlampe hinein. Das Weiß war blutunterlaufen, die Pupille von Betäubungsmitteln geweitet. Dice legte ihr die Hand wieder an die Seite. Er tätschelte sie, und die Muskeln in ihren Unterarmen flatterten. Strawl erkannte, dass Dice auf eine Weise reagierte, wie er es nie hätte tun können, jenseits von Schuld und Scham. Der Dämon der Liebe, nach dem es seine Frau verlangt hatte, war geweckt. Strawl schüttelte den Kopf. Dice war zu ungeduldig gewesen. Rache, so sagte man doch, genießt man am besten kalt.

Strawl sah in den Spiegel an der Tür. Er war unrasiert, wirkte müde, hatte noch immer Veilchen um die Augen. Er hörte die Maschinen arbeiten. Der Arzt legte Karen das Stethoskop auf die Brust und lauschte. Strawl fand es merkwürdig, dass alle Männer immer nur diese Stelle berühren wollten, dass ihre Hände dabei zitterten und die Frauen auch. Der Arzt allerdings ließ die kleine Scheibe liegen und zählte bei sich, so als wäre es ganz normal, sie dort zu berühren. Er schrieb eine Zahl auf das Krankenblatt und hakte das Klemmbrett am Fußende des Betts ein.

Dice entdeckte eine leere Karaffe. Er ließ Wasser einlaufen und stellte die Blumen hinein. Dann platzierte er die Karaffe auf dem Nachttisch. Draußen kam der Arzt, ein alter Mann, der den Ersten Weltkrieg durchgemacht hatte, zu Strawl.

»Sheriff«, sagte er. »Haben Sie ihm das eingebrockt?«

»Die Wege des Herrn sind unergründlich«, antwortete Strawl.

»Was man von Ihnen nicht behaupten kann«, meinte der Arzt nur.

18

Vier Tage später öffnete Dot Strawls Haustür und fand dort Elijah vor. Arlen und sie hatten seit Strawls Rückkehr jeden Abend die Kinder und etwas zu essen vorbeigebracht, und wenn alle aßen, wechselte Dot Strawls Verbände, trug Salben auf und rieb seine Beine ein, um Muskelschwund vorzubeugen.

»Na, schau doch mal, was die Katze da angeschleppt hat«, sagte Dot. Sie machte die Tür weiter auf und ließ Elijah herein.

»Möchtest du einen Bissen?« fragte Strawl.

»Brot und Fisch?« entgegnete Elijah.

Strawl schüttelte den Kopf. »Rindfleisch und Kartoffeln.«

Dot reichte das Kind an Arlen weiter und gab Elijah zu essen.

Der zwinkerte dem Jungen zu. »Aber bei allen Kindern Israels soll nicht ein Hund mucken«, deklamierte er.

»Du sollst ihm nichts vorpredigen«, rief Dot aus der Küche.

»Willst du Heidenkinder?«

»Nein, ich möchte, dass sie über die Quelle nachdenken.«

»Worte des Herrn, nicht meine.«

»Aber sie kommen aus deinem Mund.« Dot stellte den Teller vor ihn hin, doch Elijah aß nicht. Er saß schweigend und abgestraft da.

»Wer den Willen tut meines Vaters im Himmel, der ist mein Bruder und meine Schwester. Sind wir nicht Bruder und Schwester?« fragte er schließlich.

Dot seufzte. »Brüder und Schwestern vertrauen einander. Sie weichen sich nicht aus.«

»Hört auf zu zanken, und du sag mir, was es Neues gibt«, ging Strawl dazwischen.

»Tja, Hollingsworth ist bester Laune«, erklärte Elijah. »Er hat die Zeitung mit deinem Verbrecherfoto bei sich und liest allen den Artikel laut vor.«

»Und die Jungs von der BIA freuen sich auch diebisch, oder?« fragte Strawl.

»Die glauben, sie haben die Lage wieder im Griff.«

Strawl wischte mit seinem gebutterten Brot einen Soßenfleck auf.

»Hühner gackern«, sagte er, »doch zum Krähen brauchst du einen Hahn.«

»Und einen Esel zum Schreien«, sagte Dot.

Strawl ließ seine Gabel auf den Teller fallen. »Du verdirbst mir die Verdauung.«

»Vielleicht kannst du ja im Knast besser verdauen«, entgegnete Dot.

»Der Knast will ihn nicht«, sagte Elijah.

Arlen beugte sich vor. »Wenn ich es mir recht überlege, warum ist denn die Polizei noch nicht aufgetaucht? Das hier ist ja nun die wahrscheinlichste Adresse.«

Strawl zuckte mit den Schultern. »Ich hab ihnen die Anschrift gegeben, damit sie mir meine Sachen schicken können. Die haben mein Jagdmesser einkassiert, und ich schulde der Klinge noch ein, zwei offene Rechnungen.«

Dot meinte: »Das ist keine Antwort.«

»Männer hierherzubringen, um mich zu verhaften, dazu müsste Dice erst mal eingestehen, dass ich abgehauen bin. Das würde er wohl gern vermeiden.«

»Das ist nicht der Grund«, widersprach Elijah. »Habt ihr von der Frau von Dice gehört? Sie liegt seit Tagen im Krankenhaus, und es wird sicherlich noch mal so lange dauern.«

»Du würdest doch keine Frau schlagen?« fragte Dot Strawl.

»Das brauchte er nicht. Hat Dice schon selber besorgt.«

»Er hat seine Frau verprügelt?«

»Hat sie fast umgebracht.«

»Hört sich gar nicht nach Dice an«, sagte Dot.

»Nein, tut es nicht«, bestätigte Elijah. »Da könnte man sich fragen, was denn wohl in einem Mann ein solches Feuer entfachen kann.« Er sah von seinem Teller hoch zu Strawl und aß dann ein Stück Kartoffel. Dot folgte seinem Blick.

»Nur weil man den Schlüssel ins Schloss steckt, heißt das noch nicht, dass man den Motor gebaut hat oder einem der Wagen gehört. Es heißt nur, dass man weiß, wo der Schlüssel passt.«

»Hast du den Sheriff dazu gebracht, seine Frau so zuzurichten?« wollte Dot wissen.

»Ich hab geschlafen«, antwortete Strawl. »Der Herr ist für seine Schöpfung verantwortlich, frag den Propheten.«

Elijah lächelte. »Ein gutes Alibi. Das kann selbst Dice nicht widerlegen. Und er wird nie wieder eine Klapperschlange am falschen Ende anpacken.«

»So sollte es auch sein«, sagte Strawl.

Dot stützte den Kopf in die Hände. »Du hast ihn dazu gebracht, seine Frau anzugreifen. Mein Gott, glaubst du, meine Mutter hätte dich nicht dafür umgebracht, Frauen wehzutun?«

Es wurde still im Raum.

»Was glaubst du denn zu wissen?«

»Ich war vier Jahre alt, nicht vier Monate.«

Strawl nickte.

»Du warst alles für mich«, sagte Dot. »Ich habe stundenlang auf dem Fensterbrett gesessen und treu wie ein Hund darauf gewartet, dass du den Weg entlangkommst.« Sie warf Arlen einen Blick zu. »Bei ihm machen die Mädchen dasselbe. Ich beneide ihn darum. Hat Mutter auch getan. Das wusste ich schon damals.« Sie zog Esther, die Ernste, an einem losen Kleiderband zu sich. Das Kind stand brav da, während Dot ihm über die Haare strich. »Du warst alles für mich«, wiederholte sie.

»Gott weiß, warum«, sagte Strawl.

»Sie wusste es. Sie hat mich ermutigt. Deinetwegen, nicht meinetwegen. Und gewiss nicht ihretwegen.«

»Daran kannst du dich doch gar nicht erinnern.«

»Doch«, sagte Dot. »Weil ich mich dabei ertappe, wie ich dasselbe tue.«

»Und warum?« fragte Strawl.

Dot zuckte mit den Schultern. »Liebe«, sagte sie. »Und ein normales Leben. Es liegt Trost in der Routine, und es ist schön, jeden Abend eine kleine Feier daraus zu machen, wenn dein Mann nach Hause kommt.«

Strawl blieb still. Er konnte seine eigenen schweren Atemzüge hören. »Habe ich dir je von deinen Großeltern erzählt?«

Dot schüttelte den Kopf.

»Dafür gibt es einen Grund«, sagte Strawl.

»Du hast es nicht gewollt«, sagte Dot. »Ich erinnere mich noch daran, dass du es nicht gewollt hast.«

»Ich wünschte mir, mein Gedächtnis wäre auch so großmütig wie deins«, sagte Strawl. »Zu viele Dinge, die ich tun wollte, stehen mir aber dabei im Weg.«

»Es ist schon lange her«, sagte Dot.

»Das stimmt«, pflichtete Strawl ihr bei. Er stand auf und ging in die Küche, um sich eine Portion nachzuholen.

»Was war das denn?« flüsterte Elijah.

»Geht dich nichts an«, schnappte Dot.

»Ich hab meinen Teil verkauft«, sagte Elijah. »Bist du deshalb so sauer? Er hat's zurückgekauft. Du kriegst alles. Ich hab dir einen Gefallen getan.«

»Das Land hat nichts damit zu tun, auch wenn es von besseren Manieren gezeugt hätte, uns vorher Bescheid zu geben. Wir hatten eine Verabredung. Ich habe meinen Teil davon eingehalten. Du solltest auf ihn achtgeben. Stattdessen hast du dein Erbe verscherbelt und das Geld für sonst was verplempert.«

»Was, sieht er etwa nicht so aus, als hätte ich auf ihn achtgegeben?«

»Nein, er sieht zerschunden aus. Und es hat zwei weitere Morde gegeben.«

»Ich weiß nicht, ob er dafür verantwortlich ist oder für die anderen«, sagte Elijah.

»Weißt du, dass er es nicht war?« flüsterte Dot.

Strawl kam mit seinem vollen Teller zurück ins Zimmer gehumpelt. Elijah kümmerte sich um das Baby. »Und er rief seinen Knaben, der sein Diener war, und sprach: Treibe diese Frau von mir hinaus.«

Dot starrte ihn an. »Und eure Kinder sollen Hirten sein in dieser Wüste vierzig Jahre und eure Untreue tragen, bis dass eure Leiber aufgerieben werden in der Wüste«, sagte sie.

Elijah hörte nicht hin. »Und ihr Mädchen seid so frech zu eurer Mom, wie ihr nur könnt?« Er piekte Violet in die Rippen, und sie kicherte.

»Sie sind unausstehlich wie immer«, sagte Dot.

»Und dem Baby geht's gut?«

»Ja.«

Elijah sah zu Arlen. »Bist du bei guter Gesundheit?«

»Uns geht's allen gut«, erklärte Dot.

»Schön«, sagte Elijah. »Also, ich habe Geschenke, falls jemand möchte.«

Die Mädchen kreischten auf und folgten ihm zur Tür hinaus zu Baal und den Satteltaschen. Dot wartete einen Augenblick, schnappte sich dann das Baby und ging hinterher.

Strawl sah zum Fenster hinaus. Der Ahorn war noch ganz sommerlich, die Blätter glänzten grün und glatt im schräg einfallenden Licht. Elijah beglückte die Mädchen mit Bonbons und Bändern und hielt dem Baby einen kleinen Ball hin, den es sofort in den Mund steckte.

»Ich sehe, du hast den großen Hügel geeggt. Hast du vor, Wintergetreide anzubauen?«

Arlen nickte.

»Könnte klappen«, meinte Strawl. »Die Erde dort hält das Wasser besser als anderswo, dabei sollte sie das eigentlich gar nicht, bei der Schräge.«

»Der Boden ist weich«, sagte Arlen. »Die Schneelage kann einsinken und läuft nicht ab.«

»Ich wusste doch, es gibt einen vernünftigen Grund dafür. Ich wusste nur nicht, welchen.« Strawl reckte das Kinn zur Tür. »Sag ihr, es ist alles in Ordnung«, fuhr er fort. »Sag ihr, ich hätte es dir gesagt, und du nimmst es mir ab.«

»Tu ich aber nicht.«

»Kannst es ja mit einem Gebet wiedergutmachen, wenn du die Lüge nicht erträgst.«

Strawl stand auf. Alles tat ihm weh, aber er war so weit wiederhergestellt, wie die kurze Zeitspanne es zuließ. Er ging zur Tür.

»Ich mach mich morgen auf den Weg«, rief er Elijah zu. »Es wäre besser für dich, hierzubleiben. Die Scheiße wird mir nur so um die Ohren fliegen, und du kommst mir so vor, als hättest du nicht die richtige Kleidung für solch ein Wetter.« Dann sah er Dot an. »Sag nichts. Du weißt, ich höre eh nicht zu.«

»Ich habe noch zwei Schachteln Munition«, sagte Elijah.

»Die wirst du brauchen.«

»Du glaubst, ich habe dein Geld verplempert«, sagte Elijah.

»Nein«, entgegnete Strawl. »Du hast zu viel Fantasie dafür.«

»Und was glaubst du, warum ich es genommen habe?«

»Ich habe keine Ahnung«, sagte Strawl.

»Und wenn ich es dir verrate?«

»Dann hätte ich immer noch keine Ahnung«, sagte Strawl.

Als Erstes sah sich Strawl gezwungen, die jüngsten Streitigkeiten endgültig zu klären. Elijah und er überwältigten die übrig gebliebenen Polizisten der BIA in ihrem Büro, als sie am Morgen zur Arbeit kamen. Die meisten humpelten, zwei trugen nach ihrer Begegnung mit dem Bullen noch immer Kopfverbände. Strawl fesselte die sechs Männer mit Handschellen aneinander, trieb die Gruppe zum Pick-up und machte die Handschellen am unteren Ende der Auspuffrohre fest. Dann dirigierte er Elijah nordostwärts zu einem Hain aus Harthölzern und Brombeeren oberhalb vom Owhi Lake. Dort fanden sich reichlich Bärendreck und verklumpte Haare. Er befahl den Deputys, sich auszuziehen und sich in einem Kreis um den höchsten Baum zu stellen, dann fesselte er sie. Er hatte zehn Pfund Schweinefleisch aus dem Laden dabei, dazu ein paar Gläser Honig. Strawl goss ihnen Honig über Köpfe, Leib und Beine, dann hängte er jedem ein Kotelett oder ein Schinkenstück um den Hals und verstreute den Rest im umliegenden Gestrüpp.

Jeder Atemzug fiel ihm schwer, doch er befahl Elijah, als Nächstes zu Hollingsworths Ranch zu fahren. Dort schlug Strawl die Tür mit einer Axt ein und scheuchte Silberlöffel und seinen Vater von einem guten Essen auf, das ihre Frauen ihnen und den Kindern serviert hatten. Strawl fesselte sie ebenfalls aneinander. Als der alte Mann, dessen Gesicht ganz rot war vor kleinen Äderchen, mit dem Gesetz drohte und etwas von einem ordentlichen Verfahren und von Freunden in gehobenen Positionen faselte, brach Strawl ihm mit dem Pistolenknauf die Nase.

Elijah fuhr schweigend weiter und sagte auch nichts, als Silberlöffel mit ihm zu verhandeln versuchte, doch sein Gesichtsausdruck verriet, dass ihm derart grobes Vorgehen nicht leichtfiel. Strawl überlegte, wie er die beiden loswerden konnte. Erst dachte er daran, sie zu erschießen, aber selbst ihm wäre es schwergefallen, seine Unschuld zu beteuern, wo er sie doch aus einem Haus voller Zeugen geholt hatte.

Elijah überredete ihn dazu, sie irgendwo draußen auszusetzen und es ihnen zu überlassen, nach Hause zu kommen.

Strawl steuerte das Westende vom Omak Lake an, wo es keine Straßen gab und die paar Indianer so weit in der Vergangenheit lebten, dass sie zwei Weiße für Teufel halten würden. Um es ihnen noch schwerer zu machen, schlitzte er den beiden die Fußsohlen auf, goss Benzin auf die Wunden und zündete es an.

Am Abend lehnte sich Strawl gegen eine Satteltasche, während Elijah das Lager aufschlug und drei Forellen zubereitete, die er aus dem Friedlander Creek gezogen hatte.

»Wer ist der Mörder, wenn nicht Jacob Chin?« fragte Elijah.

»Jemand mit genügend Grips und Geduld und Geld, um sich von Zeugen fernzuhalten«, antwortete Strawl. Er streckte einen Finger aus und bohrte ihn sich in die Fläche der anderen Hand. »Bei den meisten Verbrechen sind sich zwei nicht einig, wem etwas gehört, haben aber auch nicht den Verstand, es dem anderen abzuluchsen, oder die Geduld, darauf zu warten, dass es ihnen zufällt. Also rauben oder töten sie.«

»Oder beides.«

Strawl nickte. »Dann haut derjenige, der die Tat begangen hat, ab. Wenn er wirklich bösartig ist, hinterlässt er vielleicht Spuren, die einen auf den Gedanken bringen könnten, ein anderer sei der Täter, aber das kommt selten vor und ist meistens so schlecht geplant, dass es nicht der Rede wert ist. Meistens bleibt es beim Ersteren. Jemand benimmt sich unaufmerksam oder unanständig und kriegt erst später mit, dass er auch noch ein Verbrechen begangen hat.«

Der Fisch war gar, und Elijah ließ einen für Strawl auf ein Bett aus Blättern gleiten. Strawl klappte sein Taschenmesser auf und schnitt ein Stück ab. Die goldene Haut schmeckte nach Salz, und ein Auge sah zu ihm auf. Elijah sagte nichts. Er trennte die kleinen Gräten vom Fleisch und zog sorgfältig die Haut ab.

»Hat dir nicht gefallen, den Kerlen die Füße aufzuschlitzen, hm?« sagte Strawl. »Oder die Jungs von der BIA zu Bärenfutter zu verarbeiten.«

»Ich habe nichts davon getan.«

Rauch stieg vom Feuer auf. Strawl legte Holz nach, sah, wie die Flammen übergriffen, flackernde Bilder wie ein Kino ohne Leinwand, Licht und Schatten wechselten sich ab.

»Du hast es zugelassen«, sagte Strawl.

Elijah nickte. »Es soll doch euer Gutes nicht verlästert werden.«

»Oder andersrum.«

»Ja.« Elijah steckte das Messer weg und legte den Fisch neben sich auf die Blätter. »Und was, wenn ich es nicht zugelassen hätte?«

»Dann wärst du tot. Oder ich. Oder der eine hätte den anderen überzeugt, und genau das ist ja auch passiert.«

Elijah starrte ins Feuer. Er blinzelte einmal, dann noch mal. Ansonsten blieb sein Gesicht so ruhig wie ein See. »Ich sehe das anders«, sagte er.

Die Flammen züngelten und rauchten. Es war ein gutes Feuer, mit einem Boden aus Kohlen, die bis zum Morgen glimmen würden, umgeben von Steinen und Astwerk, das zu grün war, um von einem flüchtigen Funken in Brand gesteckt zu werden. Strawl machte seine Schlafstatt fertig und schob sich den Sattel unter den Kopf. Er schloss die Augen.

»Vielleicht kann er nicht anders«, sagte Elijah. »Er hat Gefallen am Morden und beabsichtigt, weiterzumachen, egal, ob es nun falsch ist oder nicht. Im Guten Buch kommt jede Menge Genuss an Dingen vor, die man nicht genießen sollte. Als da wären David und Bathsheba …«

»Oder Samson und Delilah.«

»Solomon.«

»Solomon und wer?«

»Hohelied. Wie auch immer.«

»Sodom und Gomorrha.«

»Das sind Städte, alter Mann, wie Nespelem und Keller, keine Menschen.«

»Na, dann eben Lot und sein Salzstreuer«, sagte Strawl.

Elijah kicherte. »Adam und Eva.«

Strawl wedelte mit der Hand. »Kain und Abel.«

»Anderes Thema.«

»Das Thema ist Mord.«

»Tja, du kannst kaum eine Seite im Alten Testament aufblättern ohne einen Mord.«

»Moses hat doch seine ganze Sippe mit all diesen Plagen hingerafft, oder nicht?« fragte Strawl.

»Die hat Gott geschickt. Moses hat nie wieder Blut vergossen, nachdem er zum Propheten wurde.«

»Na, dann ist er auch nur so ein verfluchter Politiker«, sagte Strawl.

Elijah trat aus dem Schein des Feuers, zog eine Decke aus der Satteltasche und legte sich Strawl gegenüber hin. Er bettete seinen Kopf auf den Sattel und vergewisserte sich, dass sein Gewehrholster in Griffweite war.

Strawl versuchte ebenfalls zu schlafen, aber die Unterhaltung beunruhigte ihn. Er entrollte seine Decke, von Elijah weg. »In den alten Zeiten, da hatte ich einfach einen Namen, eine Täterbeschreibung und eine Waffe, die Verbrecher hatten Angst und ich nicht. Ein Hirsch oder ein Fasan versteckt sich im Gestrüpp, bis du fast dagegen läufst, aber die Menschen springen los, kaum dass sie dich hören, ganz gleich, wie gut ihre Deckung ist.«

»Der hier verwischt jedenfalls seine Spuren.«

Strawl schüttelte den Kopf. »Der hier *hinterlässt* gar nicht erst Spuren.«

Elijah rauchte eine Weile. Strawl wartete auf den Schlaf.

»Und was machen wir dann hier?« fragte Elijah.

»Wir tun so, als ob«, antwortete Strawl.

»Was tun wir?«

»Wir tun so, als ob wir was wüssten.«

»Und die BIA und die Hollingsworths?«

»Die haben auch so getan, als ob.«

»Was?«

Strawl zuckte mit den Schultern. »Was immer sie acht Stunden schlafen lässt. Wir sind doch auch nicht anders.«

»Und warum hat sie jetzt das harte Schicksal getroffen und nicht uns?«

Strawl drehte sich zu Elijah um und klopfte mit der Hand die Erde flach. Mit dem Zeigefinger zeichnete er ein Strichmännchen hinein. »Die können sich als alles ausgeben, was sie wollen. Das kümmert mich nicht. Allerdings sind sie mir diesmal damit in die Quere gekommen. Also habe ich mich meinerseits als etwas ausgegeben, an dem sie nicht vorbeikamen.«

Strawl verstummte. Er schloss die Augen und beobachtete das blutige Rot der Innenlider im Schein des Feuers. Das Blut pulsierte in seinen Adern. Die Herzklappen öffneten und schlossen sich, seine Lunge arbeitete wie ein Blasebalg. Sein Atem war konstant wie das Sternenlicht, das auf ihn fiel, und doch bewegte er sich; Bewegung war die Konstante. Die Erde drehte sich und zerrte an der Schwerkraft, Tag und Nacht, Frühling und Herbst, aber für die Sonne war immer Tag und für den Mond immer Nacht, ohne Unterlass, ohne Bedeutung, ohne Hoffnung. Sie sind wie die Götter, dachte Strawl, und das ist Frieden.

Elijah las im schwindenden Licht. Seine Lippen bewegten sich, und sein Körper wiegte im Takt der biblischen Sprache hin und her. Strawl wunderte sich über die Liebe des Jungen zu diesen Geschichten, dann wunderte er sich nicht mehr. Seine eigene Zeit hatte nichts hervorgebracht, was mit diesen Epen konkurrieren konnte, nur Groschenheftchen, zum Konsum bestimmt. Geschichten über Billy the Kid und Bat Masterson hatten wenig Wahrheit zu bieten und noch weniger Kunst. Wie Jacob gesagt hatte, das waren keine Geschichten, nur irgendwelche Ereignisse, von denen jemand behauptete, sie wären passiert. Sinn und Moral hingen ihnen nur dem tatsächlichen Geschehen entsprechend an.

Und doch konnte Strawl ein Cowboy mit Gitarre und guter Stimme mit »Utah Carol« zu Tränen rühren, wie nicht einmal seine eigenen Nachkommen es vermochten, und bei »The Strawberry Roan« musste er lachen, ein Lachen, das eigentlich seinen Enkelkindern hätte zuteilwerden sollen.

Er wusste um die Rituale, die Menschen aus ihrem Leben machten, wusste, was andere von ihm erwarteten, und dass sie seine Taten betrachteten, als gehörten sie zu einem größeren Ganzen. Er reagierte darauf so entsprechend wie möglich und hatte sich auf diesem Weg eine Zeit lang selbst in eine Geschichte verwandelt. Gewalt verstärkte nur noch die Bewunderung der Gemeinschaft für ihn. Selbstauslöschung aber war das Ende jeden Mythos. Menschen beteten keinen Gott an; sie trauerten über seine Ermordung und ihre Beteiligung an der Tat. Götter waren keine Wesen, sondern fehlerhafte Kompassmarkierungen, die die Welt nutzte, um sich selbst zu leiten, zumindest so lange, bis sie sich derart verlaufen hatte, dass sie nach der nächsten Geschichte suchte, die Orientierung versprach.

Strawl war klar, er hatte seine Arbeit zu gut gemacht, und weil er am Leben geblieben war, hatte er jede Geschichte überlebt, die ihn auf die Seite des Guten hätte stellen können. Klar war ihm auch, dass er keinerlei Neigung hatte, dies zu ändern.

19

Sie ritten zum Swahila Basin, ließen den Vormittag vergehen, bis sie wieder bei der Ranch der Clouds eintrafen, wo man ihnen zu essen gab und sie darüber informierte, dass ein gelangweilter Angler mit einer Schwäche für Beeren die Polizisten der BIA befreit hatte. Sie waren von Feuerameisen belagert worden, hatten aber genug Krach gemacht, um alle größeren Tiere fernzuhalten. Silberlöffel und sein alter Herr waren eine Holzrückegasse entlanggekrochen und schließlich auf einen Waldarbeiter gestoßen, der ihnen Jutesäcke als Bekleidung gab und sie ins Krankenhaus nach Omak fuhr, wo sie versorgt und wieder entlassen worden waren.

»Die Wege des Herrn sind unergründlich«, meinte Elijah.

»Er ist noch immer mit den Narren.«

»Und warum bist du dann so durchgeprügelt worden?«

Strawl ging nicht darauf ein.

»Glaubst du, Gott hat seine Finger im Spiel, James?« fragte Elijah.

Cloud nickte und sagte, könnte schon sein, aber seine Augen waren müde, und für Strawl war deutlich, dass er nur den Jungen bei Laune halten wollte.

»Jacob Chin hat sich ein Kalb geholt, ist aber nicht eingebuchtet worden«, sagte Cloud.

»Sind die Bullen auf dieser Flussseite mit Dice verbündet?« fragte Elijah.

Cloud sagte: »Der Farmer hat sich nicht beschwert. Er hat es nur beim Kaffee erwähnt.«

»Vielleicht sollten wir ihn deswegen mal aufsuchen.«

»Magst du Kalbfleisch?« fragte Strawl.

»Ich dachte, du wolltest diesen Mörder finden.«

»Ich hab Chin von der Liste gestrichen«, sagte Strawl.

»Und wer hat dich draufgeschrieben?« fragte Elijah.

Strawl nahm etwas Tabak aus der Satteltasche und drehte sich eine Zigarette.

»Ich hab gedacht, du bist Polizist«, setzte Elijah nach. »Du hast in den letzten Tagen eine Menge Zeit damit verbracht, dich mit anderen Polizisten anzulegen, und weit und breit ist kein Mörder zu sehen.«

»Ich bin zuerst ein Mann, der jedem Paroli bieten und die Waagschale zu seinen Gunsten beeinflussen will, erst dann bin ich Bulle oder Bürger oder sonst irgendwas.«

»Paroli bieten, das heißt also, auf gleicher Höhe zu sein.«

»Nein, es heißt vor allem, aufrecht zu stehen«, entgegnete Strawl.

Er rauchte. Stick scharrte mit den Hufen und schlug mit dem Schwanz nach einer Fliege.

»Er ist wie du«, sagte Cloud.

Strawl reckte sein Kinn in Richtung Elijah. »Wie, er?«

»Ja. Er. Und Jacob Chin«, sagte Cloud.

»Da muss ich dir recht geben.« Strawl nickte. »Deshalb sollten wir ihn mal besuchen, schätze ich.«

Sie brauchten den Großteil des Tages für die Strecke, mussten erneut die Fähre nehmen und hatten Chins Hütte erst bei Sonnenuntergang in Sicht. Kein Rauch stieg auf, und der Corral stand offen. Keine Ziege, kein Pferd. Strawl gab einen Schuss ab, doch kein Gewehr antwortete, nur Vögel zeterten und flatterten auf. Strawl und Elijah stiegen ab und riefen, hörten aber keine Erwiderung, also öffneten sie die grifflose Tür, die an Scharnieren aus Lederstiefelabsätzen hing und mit einem an beiden Seiten des Türpfostens befestigten Gurt gesichert war. Der einzige Raum in der Hütte war erstaunlich aufgeräumt. Teller und Dosen standen aufgestapelt auf einem Regal-brett neben einer Pfanne und zwei ineinandersteckenden Töpfen. Bei einer Pritsche entdeckten sie eine Laterne und zwei Bücher, eins über Geschichte, das andere ohne Deckel. Auf einem aus Restholz zusammengezimmerten Tisch lag ein Stück Seife, daneben stand ein noch halb voller Wascheimer, in der Ecke ein Strohbesen.

Elijah sah Strawl an, der nur nickte.

Sie gingen raus zu Stick und Baal, ritten etwa hundert Meter, bis Stick sich wieder in die Richtung drehte, aus der sie gekommen waren. Strawl zog an den Zügeln. Stick wehrte sich, gab dann nach und machte sich mit gesenktem Haupt wieder auf den Weg zum Fluss.

»Was ist denn?« fragte Elijah.

»Blut«, sagte Strawl. »Er riecht Blut. Verflucht.«

Sie nahmen den Wildwechsel zum großen Fluss. Zwei der Katzen huschten durchs hohe Gras neben ihnen. Strawl duckte sich bei einem niedrigen Ast, dann auch Elijah. Gelber Pollen hing ihnen an Kleidung und Haaren.

Das letzte Licht tauchte den Fluss in Ocker und Schatten, auch den Basalt, die aufgeworfene Erde und die Stoppelfelder. Dunkle Fichten- und Birkensilhouetten reihten sich vor dem samtigen Himmel auf. Das Licht nahm immer weiter ab, und seine langen Fäden schienen sich über den Horizont zu ziehen wie abflauende bernsteinerne Echos von Stimmen, die den Farben vielleicht innewohnen.

Schon bald hörten sie Insekten summen, dann das Gezänk von Elstern; sie rochen den süßen Gestank vergammelnden Fleisches. Jacobs armloser Körper hing kopfüber an einem Kiefernast in drei Metern Höhe. Eine Brise vom Fluss brachte ihn in Bewegung. Der Körper wurde durch eine Eisenstange gehalten, die durch die Achillesferse getrieben und dann fest an den Ast gekettet worden war. Unter der Leiche war ein Feuer zu Glut zerfallen; ihr rosiger Schein pulsierte schauerlich und fiel auf Jacobs Kopf. Ein Tropfen geschmolzenes Fett glitt über seine Haut und zischte und qualmte dann auf der Glut.

Strawl näherte sich, beugte sich vor und untersuchte den baumelnden Kopf. Die Augäpfel waren auf die Hälfte des ursprünglichen Umfangs geschrumpft. Die Hitze hatte das Weiß der Augen orange verfärbt, ohne dass die Äderchen geplatzt waren. Die Pupillen waren so geweitet, dass von der Iris nur ein schmaler Streifen übriggeblieben war, und auch der war so dunkel geworden, dass man ihn kaum noch erkennen konnte. Die Augen ähnelten eher Kindermurmeln, jedes hing lose am Sehnerv in den viel zu großen Höhlen.

Darüber waren die Lippen ganz schmal geworden, die angespannten Muskeln hielten ein grässliches Grinsen fest, so als wäre Jacob noch immer halb anwesend und könnte seine missliche Lage erkennen. Die Haut seiner Wangen wurde von der Schwerkraft nach unten gezogen, sodass sein Gesicht aufgedunsen wirkte; die Backen waren nicht geschwärzt oder verbrannt, sondern fast gekocht – Räucherfleisch, wie bei einer Elchkeule.

Die Flammen hatten seine Haare zu feinem Staub versengt, der ihm von der Kopfhaut wehte, wann immer die Luft ringsum in Bewegung geriet.

Vor dem Geruch gab es kein Entkommen, ganz gleich, wo man stand. Die Kätzchen miauten, schnupperten umher und stritten sich um eine Sehne. Die Elstern wagten eine Annäherung, und Strawl erschoss drei von ihnen, bevor die anderen sich in die tiefer werdenden Schatten verzogen.

»Die Kojoten haben sich wohl die Arme geholt«, sagte Strawl. Doch fünf Minuten später sah Elijah sie von einem Nachbarbaum hängen, an den Handgelenken angekettet. Dort baumelnd, wirkten sie wie eine uralte, grausame Keilschrift.

Strawl untersuchte den Kopf eingehender. Er fand keine Spur von der Waffe, die der Mörder bevorzugte, keine Spur von überhaupt irgendeiner Waffe. Dann zog er die Arme vom

Baum. Der Mörder hatte sie mit einer Axt von den Schultern getrennt, die Gelenke waren von den schlecht ausgeführten Schlägen beschädigt.

»Da hat er noch gelebt.« Strawl schüttelte die beiden losen Arme, und die Hände winkten. »Jacob, du hast einen echten Kampf geliefert. Das muss ich schon sagen. Du hast es ihm schwer gemacht. Schau mal.« Er deutete zu Elijah. »Das Feuer ist nur wenig aufgeschichtet, der Mistkerl hat erst eine Grube dafür gegraben. Siehst du die Rinde im Sand? Er hat das frische Holz so an das Brennholz gestellt, dass es auf das Glutbett fiel, nachdem das alte weggebrannt war. Ein langsam arbeitendes Feuer.«

Strawl suchte umher, bis er einen Ast fand. Er stocherte in der Asche unter den Kohlen. »Das Feuer gart ihn schon seit Tagen«, sagte er. »Und er hat noch gelebt. Er ist wohl schließlich verblutet, aber das dürfte Stunden gedauert haben.« Strawl schüttelte den Kopf. »Wie lange er wohl noch wusste, dass er geschmort wird?«

Elijah erwiderte nichts darauf. Er war abgestiegen und hielt Baals und Sticks Zügel. Die Pferde rupften Gras, und Strawl hörte ihnen beim Mahlen zu. Elijah starrte wie hypnotisiert in die Glut, und der rosige Schein spielte auf seinem glatten Gesicht.

»Er hat also gelitten«, sagte er.

Die leeren Augenhöhlen hatten sicher ungeheuer wehgetan, allerdings musste die Blindheit einen Mann wie Jacob noch wütender gemacht haben als jeder Schmerz. Das Sterben durfte ihm leichter gefallen sein. Dennoch war er gezwungen gewesen, beides zu durchleiden, ohne Illusionen, Hoffnung, Glaube. Das Blut hatte als Erstes die Venen und Arterien im Brustkorb verlassen, aber die Schlagadern hatten weiter das Herz bedient und es schlagen lassen; auch das Gehirn, das plötzlich von der Schwerkraft versorgt wurde, anstatt dagegen arbeiten zu müssen, war wohl wacher gewesen als je zuvor. Jacob musste gehört haben, wie sein Blut heruntertropfte und im Feuer unter ihm zischte, er musste den Übelkeit erregenden Verlust an Lebenskraft gespürt haben, so als hätte er in einer leerlaufenden Badewanne gesessen. Er hatte seine versengenden Haare gerochen – ein ekelhafter Gestank, schon wenn es nicht die eigenen waren. Er hatte gespürt, wie sie in seine Kopfhaut hinein verschwanden. Abgesehen vom Reißen und Zerteilen der Haut, des Fleisches und der Sehnen, das er hatte ertragen müssen, hatten sich auch seine Fettzellen langsam verflüssigt, und er hatte schließlich begriffen, dass seine Haut sich bewegte und von den Muskeln löste wie nasser Stoff.

Strawl ließ sich auf ein Knie nieder. Sein Kopf war ganz leicht, so als hätte man ihm einen Schlag versetzt. Er schwebte auf seinem Nacken und seinem Körper wie ein Kinderballon, der im Wind hin und her gerüttelt wurde. Strawl schüttelte ihn vorsichtig, um sich zu vergewissern, dass sein Bewusstsein noch immer an sein körperliches Selbst gefesselt war. Er öffnete den Mund zu einem Oval, holte Atem. Die Luft kühlte ihm die Lippen und verwandelte seine Zähne in feuchte Steine. Er gab ein kleines Geräusch von sich, einen einzelnen Vokal, das Gedärm eines Worts ohne das Skelett der Konsonanten. Sein Blick glitt zu Boden, auf den Sand unter ihm, das graue Gestein, fast zu fein, um sichtbar zu sein. Seine Hände zitterten, als er mit den Fingern in die Erde grub und wacklige, fingerbreite Spuren hinterließ. Er holte Luft, um seine Hände zu beruhigen, doch sie gehorchten nicht. Sie schwebten dahin wie sein Kopf, kaum noch mit dem Rest des Körpers verbunden.

Er legte den Kopf in den Nacken und sah in den Nachthimmel. Die Dunkelheit war wie der Sand und die Sternbilder nur deshalb der Erwähnung wert, weil es zwischen den Lichtflecken so ungeheuer schwarz war, ein Schwarz, das sie verschlingen würde, ähnlich wie der Sand das Treibholz verschlang, das sterbende Insekt, den Fisch und den Menschen. Strawls Hände zitterten noch. Er legte sie zusammen, hoffte, das Zittern der einen Hand würde das der anderen ausgleichen und zusammen würden sie stillhalten. Stattdessen verstärkten sich die Zuckungen nur, und er kam sich vor wie ein reuiger Sünder, der im Angesicht eines wütenden Gottes vor Angst zittert. Er löste die Hände wieder voneinander und steckte sie in den kühlen Sand. Ihre Zuckungen stiegen die Arme hinauf bis in Schultern und Brustkorb, und er atmete, als würde er schluchzen, dabei war er weder traurig noch verletzt. Das Blut pochte ihm in den Ohren, und als er die Augen schloss, konnte er den Puls durch seine Lider schlagen sehen, ein Rhythmus, erst grau, dann schwarz. Der Fluss wand sich wie eine Vene, das Wasser war so schwarz wie der Himmel, schwarz wie die Schlucht um sie herum, schwarz wie die Baumstämme, schwarz wie der Fels, schwarz wie die Vögel, die über einen winzigen Himmelsabschnitt flatterten. Allein die Zeitgebundenheit des Lichts ließ ihre Umrisse erkennen. Doch darunter blieben nur Dunkelheit und eine Ordnung, die keinerlei Polizeiarbeit verlangte, eine Regierung, die kein Gesetz brauchte, eine Religion ohne Dogma oder Theologie – eine, die kein Gebet einforderte, keinen Glauben, so wenig war sie zu leugnen. Dabei gab es kein Licht bei ihr, keine Wärme, ja sie besaß nicht mal einen Namen, weil Vornehmheit und Furcht das Wort ausradiert hatten, aber nicht die Sache selbst.

An den Wahnsinn zu glauben, hatte früher einmal etwas Heiliges gehabt: Wer konnte schon bei Verstand bleiben, wenn er in Gottes Antlitz schaute? Und wozu? Strawl holte wieder Luft, ein kurzes, zerbrochenes Atmen zwischen den Konvulsionen seines zitternden Zwerchfells. Die meisten Menschen hätten in solchen Augenblicken Entsetzen empfunden, andere Traurigkeit oder eine tragische innere Aufgeräumtheit. Strawl spürte nichts von alledem. Die Luft in seinem Kopf wurde schwer und wolkig. Wieder rang sein Brustkorb nach Sauerstoff, und er merkte, dass er kurz davorstand, ohnmächtig zu werden. Die Muskeln in seinem Gesicht zogen an, die Haut spannte sich auf eine Weise, an die er sich nicht erinnern konnte. Die anderen Gesichtspartien versuchten aus Gewohnheit, den Ausdruck abzumildern, doch diesmal war der Drang zu stark. Strawls Gesicht brach auf wie ein Halloween-Kürbis und grinste.

Strawl lachte. Zum ersten Mal seit vierzig Jahren lachte er aus vollem Herzen. Das Lachen hallte durch die Schlucht.

»Ich dachte, du hättest eine Schwäche für Chin.«

»Ich habe den Mann bewundert«, sagte Strawl.

Elijah schüttelte den Kopf. »Und warum amüsiert dich dann sein Ableben so?«

»Ableben?« fragte Strawl zurück. Jacobs Blut roch für ihn wie geschweißtes Eisen unter einer Flamme. Er erinnerte sich daran, wie Jacob sein Recht auf die Sünde mit seiner Schwester beansprucht hatte – mit der Gewissheit und Vehemenz eines Mannes, der auf seinem eigenen Grund und Boden stand und ein beglaubigtes Papier als Beweis in Händen hielt. So schien auch er sich an einen bestimmten Augenblick zu klammern, von dem zu lösen er sich weigerte, ganz gleich, welchen Schaden das anrichten mochte, einen Augenblick, in dem all die Freude und all die Tragik eines Lebens ruhten. Es war, als hätte dieses Ereignis sein Herz jeden Tag verschlungen, und jeden Tag hätte er es wieder in sich hineingestopft.

Solche Erinnerungen hatte Strawl nicht. Sein Gedächtnis war das eines Tiers, ohne Raum für Empfindungen. Alle Gefühle, denen er begegnet war, gründeten auf Wut oder Furcht – wie bei den Wildkatzen und Bären und deren Beute – oder auf Pflichterfüllung. Meist folgten sie einer Vermutung, die auf der Beobachtung anderer beruhte, und imitierten jene, von denen er glaubte, dass sie sich besser damit auskannten.

»Dieser Mann ist nicht von innen verfault und im Wald umgefallen wie eine sterbende Kiefer. Was für eine Art Mann stirbt denn so?« fragte Strawl. Er warf Jacobs Arme in Richtung Elijah. Sie verschwanden in der Dunkelheit, aber Strawl konnte sie noch immer riechen, noch immer in seinen Händen spüren. »Sie mussten ihn aus dieser Welt herausbohren, herausschießen und in die Luft jagen wie die Felsen für den Damm. Die Bruchsteine säumen den Fluss meilenweit zu beiden Seiten, so riesig und hartnäckig war der Fels. Von dieser Art war der Mann. Verdammt, ich liebe diesen Kerl.« Er hielt inne. »Wie heißt der Satz? Welch ein Meisterwerk ist der Mensch? Shakespeare, nicht deine gottverfluchte Bibel mit Propheten und Heiland. Welch ein Meisterwerk ist der Mensch?« sagte Strawl.

»Und was ist mit dem Mann, der das getan hat?« wollte Elijah wissen.

»Der auch. Sie beschreiten diese enge Welt wie ein Koloss.«

»Noch mehr Shakespeare.«

»Ja.«

Elijah schüttelte traurig den Kopf. »Ist doch der Mensch gleich wie nichts; seine Zeit fährt dahin wie ein Schatten.« Er nickte zu Jacob Chin hinüber. »Frag ihn.«

Strawl versetzte ihm mit dem Handrücken eine Ohrfeige, die ihn in den Sand warf.

»Das habe ich«, sagte Strawl, der sich über dem Jungen aufbaute. »Und er hat geantwortet.«

20

In Nespelem berichtete Truax ihm nichts aus dem Umland, was Strawl nicht schon wusste. Strawl kaufte zehn Pfund Trockenfleisch, davon zwei mit Cayennepfeffer. Er zahlte in bar.

»Soll ich das nicht auf die Rechnung setzen?« fragte Truax.

»Nein«, sagte Strawl. »Wie hoch ist die denn schon?«

Truax sagte es ihm, und Strawl zog genügend Geld aus der Spesenrolle, um sie zu begleichen. »Wir sind also quitt?«

Truax nickte, suchte in einer Schublade nach seiner Pfeife, stopfte sie und zündete sie an. »Bist du ganz da, Strawl?«

»Bin ich nicht«, sagte Strawl.

Einen Augenblick lang schwiegen sie. Strawl bemerkte, wie draußen vor dem Fenster der Himmel grau wurde. Eine Wolke bedeckte die Sonne, dann kehrte alles zur mittäglichen Farbe zurück.

»Ich hab nur gerade gegrübelt«, sagte er. »Ist noch keine sechs Wochen her, dass du diese Leiche da hinten liegen hattest, mit der das ganze Rennen angefangen hat, und jetzt bin ich wieder hier, um es zu Ende zu bringen. Schätze, ich bin nur ein alter Gaul, der seine Runden dreht.«

»Kommt mir kürzer vor«, sagte Truax.

»Oder länger«, meinte Strawl. »Kommt drauf an, durch welches Ende des Fernrohrs du schaust.«

»Hab gar nicht gewusst, dass du mit der Flasche tanzt. Bist du auf den Kopf gefallen oder wieder durchgeprügelt worden?«

Strawl schüttelte den Kopf. »Du hast mich gefragt, ob ich ganz da bin. Ich bin halb hier und halb woanders, aber ich bin putzmunter und bereit, jeden Tanz anzunehmen, zu dem der Fiedler noch aufspielt.«

»Na, ich hoffe nur, du lässt dir nicht von diesen Jungs der BIA und von Dice den Takt vorgeben.«

Strawl schüttelte den Kopf. »Die können doch nur Krach schlagen, und den höre ich zwanzig Meilen entfernt. Ich rede hier von Musik, nicht von Lärm.«

»Na, dann pass gut auf deinen Kopfschmuck auf«, sagte Truax.

»Du auch«, erwiderte Strawl.

Dann machte er sich auf den Weg. Die Glocke schlug an, als er die Tür hinter sich schloss. Es war warm, aber herbstfrisch. Ein von der Armee beauftragtes Unternehmen hatte alle zwei Meter Kreise in den hölzernen Gehsteig geschnitten, und in jedem Loch stand nun eine dürre Weißeiche, jung genug, dass Zweige und Blätter Schatten über die Straßen warfen, die so dünn wie Fischernetze waren. Die Bäume ergaben eine Ordnung, die dem Durcheinander von Gebäuden mit Flach- und Satteldächern und ihren rinnenlosen Traufen vollkommen zuwiderlief.

Strawl blieb stehen und drehte sich eine Zigarette, dann durchquerte er das Flackern aus Schatten und Licht, und seine Stiefel schlugen dabei einen langsamen rhythmischen Takt, der lauter klang als das zufällige Geklapper der meisten anderen Menschen. Seine Beine bewegten sich wie aus eigenem Willen, waren sich sicher, wo er unsicher war, und gaben ihm mit jedem Mal, da sie auf die grauen Fichtenbretter unter ihm traten, mehr Sicherheit; fünfzehn Zentimeter Holz, dann ein halber Zentimeter Spalt, dann das nächste Brett, und Strawls Schatten schwebte durch die Ordnung und das Chaos der anderen. Er rauchte, trat durch den Qualm, der anders roch als der Gestank in seiner Lunge und Kleidung. Am Zaun vor Hurds Taverne waren vierzehn Pferde angebunden, daneben standen eine Buick-Limousine mit vier Türen und ein rostiger

Ford-Laster, Baujahr 1923, mit genügend Platz auf der Ladefläche, um zehn Mann zu transportieren. Das Wetter hatte ausreichend Einsehen gehabt, um den Staub zu binden, die Sonne stand sauber geputzt am blauen Himmel, und Strawl konnte jenseits der Ansiedlung das unterschiedliche Grün der Fichten, Tannen und Birken erkennen, die den nahe gelegenen Kamm bedeckten, dann den grauen und rostigen Fels, auf dem nichts wuchs, sowie den blaugrauen Salbei, der den Hang darunter sprenkelte.

Der Junge, den er vor sechs Wochen und dann eine Woche darauf noch einmal gesehen hatte, eilte in die entgegengesetzte Richtung davon, als er Strawl erkannte. Strawl sah ihn in einer Seitengasse verschwinden, sein Hund sprang mit nickendem Kopf hinter ihm her. Ein Ford Modell A ohne Türen klapperte an ihm vorbei, dann folgten zwei von Indianern berittene Rotbraune. Strawl konnte die Tiere riechen. Die Männer waren feucht von ihrem eigenen Schweiß. Eine Meile östlich hörte er eine Frau mit einem Kind sprechen, und etwas näher, in südlicher Richtung, wies ein Vorarbeiter einen Indianer an, den Traktor zu nehmen und das Sommerbrachland zu pflügen. Die Taverne hatte keinen Hintereingang, nur den an der Straßenseite, dazu eine weitere Öffnung zur Gasse. Strawl konnte sich an einen Tisch zwischen den beiden Türen setzen und sie von dort mühelos überwachen. Elijah hatte Stick und Baal am Pferdestall angebunden, damit sie gefüttert wurden und zu trinken bekamen; dort hatte er sich auch einen einrädrigen Karren ausgeliehen und schob ihn zum Handelsposten, um das Notwendigste für sie zu holen.

Strawl ging auf die Kneipe zu, und mit jedem Schritt wurde er sicherer, hatte er immer weniger Zweifel an seinem Unterfangen.

Er öffnete die Tür und ging hinein.

Der Laden gehörte Garfield Hurd, einem ehemaligen Armee-Sergeant, der ein Vermögen damit verdient hatte, den Indianern Schwarzgebrannten zu verhökern, und nun sein Geld langsam wieder dabei verlor, ihnen legal Schnaps zu verkaufen. Das Gebäude hatte, wie alle Häuser in Nespelem, dünne Wände und war geschindelt, was im Sommer zu größter Brandgefahr führte. Feuer hatte die Siedlung, die noch keine dreißig Jahre alt war, schon zweimal dem Erdboden gleichgemacht.

Strawl blieb einen Augenblick lang in der Tür stehen, bis sich seine Augen an die Dunkelheit gewöhnt hatten. Drinnen saßen zwölf Männer von vielleicht siebzehn bis achtundvierzig Jahren. Alle hatten sie eine Woche zuvor einen Brief erhalten. Hurd hob eine Hand, und Strawl erwiderte den Gruß. Hurd schenkte ein großes Glas Bier ein. Strawl nahm es und trank. Er sah zu den drei hinteren Tischen hinüber, an denen der Bird-Clan saß. »Ich brauche sechs Eimer Bier und Bourbon«, sagte Strawl.

Hurd suchte unter der Spüle nach dem Whiskey, fand ihn und sah zu Strawl auf, um sich noch einmal zu vergewissern, was dieser vorhatte. Strawl hob den Finger, und Hurd stellte die Flasche auf die Theke. Dann füllte er die Holzeimer mit Bier. Strawl nahm drei davon, holte kurz darauf den Rest und die Flasche, ließ aber das Schnapsglas stehen. Die Birds neigten nicht dazu, den Whiskey abzumessen, wie er wusste.

Strawl kaufte auch ein Dutzend Zigarren. Er zündete jedem eine an und verteilte das Bier, bis der ganze Clan schmauchte und trank. Strawl nippte an seinem Glas und spielte eine halbe Stunde lang mit der Zigarre herum. Die Blattadern des Deckblatts glühten vor der Asche auf wie blutige Flüsse in einer dunklen Landschaft – ähnlich den Kohlen, die Jacob Chin gegart hatten.

Strawl klappte seinen Revolver auf und ließ die Trommel kreisen, hörte jede einzelne Kammer klicken, bis die Trommel stehen blieb. Er schob fünf Kugeln hinein und drehte erneut am Zylinder, dann klappte er die Trommel wieder zu, drückte auf den Abzug, um sie zu zentrieren, und jagte einen Schuss in die

Wand über dem Clan. Der Knall brachte das Gemurmel zum Erliegen. Die Birds starrten Strawl an.

»Jungs«, sagte Strawl. »Lasst euch nicht in euren Erinnerungen stören. Bitte. Es tut meinem Herzen gut, euch so entspannt zu sehen.«

Alle blieben still.

»Trinkt, sagte ich«, rief Strawl. Er schoss etwas tiefer in die Wand. Einer der Birds nahm den Whiskey vom Tisch, trank einen Schluck und reichte die Flasche an seinen Nebenmann weiter, der es ihm gleichtat; die anderen hoben ihre Biergläser und beäugten weiter Strawl.

Der bestellte erneut sechs Eimer Bier. Der Qualm der Zigarren stieg an die Decke, sammelte sich dort und sank in einem silbernen Nebel hinunter. Strawl glaubte, darin den Geruch von Jacobs Fett wahrzunehmen, das ins Feuer tropfte. Er erinnerte sich, wie sein Verstand bei diesem Anblick zu schweben begonnen hatte, und wieder spürte er, wie er abhob und außerhalb seines Kopfes geriet. Er schoss in den Boden, um sich zu fokussieren, doch obwohl der Schuss in seinen Ohren klingelte, der Pulverdampf ihm in die Nase stieg und das Loch in der Diele groß genug war, um den Daumen hindurchzustecken, schwebten seine Gedanken weiter getrennt von ihm.

»Gestern habe ich einen Mann gesehen. Jemand hat ihn geschmort. Langsam. Bei lebendigem Leib.«

Die Birds verstummten.

»Schätze, er war wohl ein Verbrecher. War in zwei Countys zur Fahndung ausgeschrieben, obwohl nirgends stand, weswegen. Da waren nur ein paar Dinge genannt, die er getan hat. Diebstahl, Prügeleien. Das sind keine Verbrechen, es sei denn, jemand anderes beschließt, dass sie es sind. Die großen Tiere stehlen Tag für Tag. Deshalb stecken wir ja in Schwierigkeiten, richtig? Und Schlägereien? Jeder einzelne Atemzug ist ein Kampf, oder nicht, Jungs? Könnt ihr euch an einen einzigen Augenblick erinnern, der kein Kampf war? Gewehre und

Fäuste, das ist es, was das Gesetz nicht mag, aber manche haben eben nur Gewehre und Fäuste, und wieder andere kämpfen gegen Sachen, die sich von Gewehren und Fäusten nicht beeindrucken lassen.«

Er hielt inne und sah sich in der stummen Runde um. Einige klammerten sich an ihre Biergläser, andere saßen mit den Händen auf dem Schoß da und blickten zu Boden.

»Der Mann musste schwer einstecken. Man hat ihm die Arme von den Schultern gehackt, dann wurde er wie ein Stück Fleisch aufgehängt und geschmort, doch er blieb am Leben. Er hätte sich für den Tod entscheiden können. Ich habe viele gesehen, die sich dafür entschieden, als ihnen klar wurde, dass ihre Uhr abgelaufen war. Er aber nicht, er lebte weiter. Obwohl er wusste, dass es nichts anderes mehr gab, als geschmort zu werden und zu sterben, so oder so.« Strawl feuerte in die Decke, ein Lichtstrahl fiel herein. Wieder drückte er ab, und ein weiteres Leuchtband durchschnitt den Raum. Strawl stand auf, und die beiden Lichtstrahlen trafen seine Brust.

Der älteste Bird stand auf. Er war grau an den Schläfen, doch seine Haut war so glatt wie bei einem Kind. Die einzigen Falten, die er hatte, waren an den Augenwinkeln, und die ließen ihn weise und wach wirken. Ein schönes Volk, fand Strawl. Der Mann hieß Raymond, und keiner sprach ihn jemals als Ray an.

»Wir haben nichts getan«, sagte er.

»Ich klage auch niemanden an.«

»Jagst du denn keinen Mörder?«

»Begeht ihr denn Morde?« Strawl hielt dem Mann die Waffe neben die Schläfe.

Raymond trank aus der Whiskeyflasche und reichte sie einem Cousin oder Neffen, einem, der nicht jung genug war, um sein Sohn zu sein.

»Hab gehört, du wärst der Mörder«, sagte er zu Strawl.

»Hab ich auch gehört«, erwiderte Strawl.

»Das würde heißen, du jagst deinem eigenen Schwanz hinterher.«

»Und das ist so gar nicht meine Art«, meinte Strawl.

»Nein«, bestätigte Raymond. »Das ist es nicht.«

»Tja, und Leichen herzurichten hört sich auch nicht nach dir an«, sagte Strawl. Er hob erneut die Pistole und schwenkte sie durch den Raum. »Euch andere kenn ich nicht so gut.«

Der Indianer, der die Whiskeyflasche hielt, nahm einen Schluck.

»Lass uns in Ruhe«, sagte er.

Strawl schoss ihm die Flasche aus der Hand. Die Kugel streifte einen Cousin, er fiel zu Boden und heulte auf, dann fasste er sich an den blutenden Arm. Strawl sah, wie das Blut durch das Hemd drang und zu Boden tropfte wie bei Jacob, wie Zeit, die verging. Er beugte sich vor und besah sich den Liegenden. »Scheiß auf den Schmerz«, sagte er. »Scheiß auf die Angst.« Er lachte. »Fick deine Schwester.«

Es war todstill. Die Wunde war sauber. »Glatter Durchschuss«, sagte Strawl schließlich. »Du wirst ohne Probleme wieder ein Glas heben können.«

»Uns zu töten wird nichts bringen«, sagte der Mann, der noch immer den Flaschenhals festhielt.

Strawl richtete die Waffe auf ihn. »Vielleicht doch«, sagte er. »Das weiß man erst, wenn man es getan hat.«

»Die Polizei wird dich verhaften.«

»Die Polizei hat mich zwanzig Jahre lang dafür bezahlt, Indianer zu belästigen und zu töten. Die werden sich freuen, ein paar umsonst zu kriegen.«

Er stellte sein Bierglas auf den Tisch und sah zu, wie es wackelte und sich dann beruhigte. Kondenswasser legte einen Ring auf das Holz darunter. Er holte Luft und betrachtete seine Hände, bis das Zittern nachließ. Die Rückwand war mit Einschusslöchern gespickt, und blasse Lichter fielen hindurch, wie Sterne bei einsetzender Dämmerung. Patronenhülsen klapperten auf dem Boden unter seinen Stuhlbeinen. Die Indianer starrten ihn an, manche mit weit aufgerissenen Augen, und suchten nach Möglichkeiten, zu verschwinden, oder nach Möbelstücken, um sich darunterzuwerfen.

»Verdammt«, sagte Strawl. Das war nicht, was er vorgehabt hatte.

Er sah Raymond an.

»Wir waren doch immer ehrlich miteinander, oder nicht?« fragte Strawl. »Im Großen und Ganzen, meine ich. Ihr habt vielleicht mal gelogen, um nicht geschnappt zu werden, und ich, um euch zu schnappen, aber wir haben nie geleugnet, was wir waren, keiner von uns.« Strawl zeigte mit einer Bierflasche auf die Familie. »Henry habe ich mal für sechs Monate hinter Gitter gebracht. Schätze, ein paarmal habt auch ihr mich reingelegt.« Dann hielt er inne.

»Ihr habt Straftaten begangen, aber die meisten sind durch eure Lebensart gerechtfertigt. Deshalb habe ich euch nie besucht.«

Raymond und die anderen warteten darauf, dass er fortfuhr.

»Ich habe mein Leben lang die Teufel in mir angerufen, und sie sind meinem Ruf gefolgt. So sehr, dass sie nun ohne Aufforderung erscheinen, und dann muss ich andere Teufel herbeirufen, um gegen sie anzukämpfen. Ich habe ohne Grund Blut vergossen. Ich würde gern behaupten, dass es mir leidtut, aber meistens ist das nicht der Fall. Mein Versagen, ich weiß.« Er schwieg. »Das hat mich stark und Furcht einflößend gemacht, aber es hat mich auch bis auf einen letzten Rest aufgerieben.« Einen Augenblick lang schloss er die Augen. »Und diese Dinge, die ich in letzter Zeit gesehen habe.« Er trank einen Schluck. »Ich jage einen Mann, der ein Mensch ist und noch etwas anderes dazu. Die Art, wie Jacob Chin gestorben ist, zeigt, dass der, den ich suche, mehr ist als nur ein gewöhnlicher Mörder. Er hat die Macht, einen solchen Mann sterben zu lassen, ja, aber auch den Willen, zuzuschauen und ein derartiges

Ende zu würdigen. Es ist etwas Schönes am Blut, etwas jenseits der Schönheit des Fleisches, eines fliegenden Vogels, eines Bildes oder eine Liedes, ja sogar jenseits der Gottesgnade«, sagte Strawl. »Das weiß dieser Mann. Ich muss erfahren, was er empfindet. Dann kann er mit mir machen, was er will.«

»Und was, wenn es dein eigenes Gesicht ist, das du am Ende siehst?« fragte Raymond.

»Das wird wohl so kommen«, antwortete Strawl. »Aber es wird auch das Gesicht eines anderen sein.«

»Vielleicht ist dein Ungeheuer einsam.« Die Gruppe lachte.

»Ungeheuer sind immer allein«, entgegnete Strawl. »Aber niemals einsam.«

Er legte die Waffe auf den Tisch und lud nach, hob sie hoch und ließ die Trommel kreisen, damit alle sehen konnten, dass sie gefüllt war. Dann drehte er der Pistole und den Indianern den Rücken zu. »Hier ist meine Waffe. Wer diese Taten begangen hat, wird mich jetzt töten, ich werde sterben, und viele werden froh darüber sein, dass ich tot bin, aber ich werde denjenigen getroffen haben, der all das getan hat, werde ihn kennen und zufrieden sein. Töte mich, aber nur, wenn du die anderen umgebracht hast.« Strawl seufzte. »Und wenn du es warst und mich jetzt nicht tötest, dann bist du kein Mann, noch nicht mal ein Hund, sondern eine Schlange, die sich in ihrem Loch verkriecht.«

Keiner rührte sich außer Hurd, der hinter der Theke nach seiner Schrotflinte griff.

Sie würden ihn jetzt töten, das wusste Strawl – er hatte weder das Gesetz auf seiner Seite noch die Angst des Schuldigen, die sie davon abhalten konnte –, aber er würde zumindest seine Antwort haben. Und der Tod war womöglich eine Erleichterung, wie ein später Sonntagvormittag ohne Pflichten und ohne Licht, das ins Zimmer fiel, ohne Gewissen, das einen plagte, bis man endlich aufstand. Wenn man sich gerade daranmachte, die Füße auf den kalten Boden zu stellen, fiel einem ein, es ist Sonntag, die Muskeln entspannten sich, der Kopf sank zurück ins Federkissen, und man schloss die Augen, im Kopf wurde es wieder dunkel, und man war froh, wie gesegnet, über weitere zehn Minuten im Bett. Allein war es besser, ohne eine Frau, mit der man es teilte, die einen weckte und fragte, ob sie Kaffee kochen solle, oder gleich Kaffee machte, ohne zu fragen, und dann mit dem Frühstück begann, für das man dreißig Sekunden nach dem Aufstehen dankbar war, das man aber in jenen Minuten zuvor so sehr verachtete, als läge mit ihm ein ganzer Tag Zäuneziehen vor einem.

Der Bird-Clan flüsterte, rauchte und grübelte. Minuten vergingen, bis das Bier ausgetrunken war und die Zigarren zu kurzen Stumpen verraucht waren. Der Raum leerte sich, zwei oder drei Männer nickten auf dem Weg zur Tür der neuen Barfrau zu, und mit ihrem Fortgehen kehrte Strawls Erschöpfung zurück. Es war keine Erleichterung, am Leben zu bleiben, wenn man dabei doch außerhalb des Lebens stand. Schließlich blieb nur noch Raymond übrig. Er öffnete die Trommel, nahm die Patronen heraus und bohrte das brennende Ende seiner Zigarre in einen Blechaschenbecher.

»Wir haben mit diesen Morden nichts zu tun«, sagte er.

»Ich bin kampfesmüde, Raymond«, erwiderte Strawl. »Du hättest sie sehen sollen. Der Erste hatte Flügel aus seinen eigenen Rippenknochen. Und der Letzte. Na, hab ich ja schon erzählt. Und beide noch jung.«

»Niemand von uns ist jung«, sagte Raymond. »Nicht mal die Neugeborenen.«

Strawl reichte Raymond eine neue Zigarre und saß schweigend da, als der Mann die Taverne verließ. Er nahm noch einen Schluck von dem Bier vor ihm, aber es war lauwarm und bitter und stillte seinen Durst nicht. Raymond und seine Leute hatten niemanden umgebracht. Strawl hielt nichts von der Vorstellung, man könnte in den Augen die Seele erkennen. Gesichter waren etwas anderes. Er verließ sich nicht darauf, was sie verrieten, sondern auf das, was sie nicht verbergen konnten. Das Leben setzte jedes Gesicht auf eine Weise in Bewegung, die weder Bart noch Rouge maskieren konnte, jedes erzählte anders vom Leben. Raymond hatte es zwar geschafft, sich einen lebhaften Geist zu erhalten, aber jeder Muskel an seinem Schädel war müde. Die Haut hing so locker über sein Gesicht wie ein Poncho. Seine Geschichte darin war zu Ende, und was blieb, war Geschichte ohne Erinnerung, so tot wie in einem Buch. Töten war ihnen nicht mehr gegeben. Sie waren nur noch Zeugen dafür, dass Gerüchte und Gerede sich gelegentlich zu mehr ausweiten konnten.

Strawl war gescheitert.

Er hatte keine Verdächtigen mehr, dafür aber eine ganze Herde an übellaunigen Polizisten auf den Fersen, die sich ein Rennen darin lieferten, wer sich als Erster das größte Stück von ihm schnappen konnte. Er war müde, musste schlafen. Er hoffte, dass Elijah nicht mit den Pferden herumgetrödelt hatte. Es war nur ein kurzer Ritt bis Conant Springs und zu der sanften Weide ringsherum.

Strawl erhob sich, um seine Rechnung zu bezahlen. Hurd war verschwunden, und die Barfrau stand mit dem Rücken zu ihm und spülte Gläser. Ihr dunkles Haar hatte einen Mittelscheitel und war mit einem Perlenband zusammengebunden. Sie stand auf eine ihm vertraute Weise da. Das Gesicht der Frau tauchte im Spiegel auf, dann drehte sie sich um, und er erkannte sie: Ida, seine verstorbene Frau, Elijahs Mutter. Sie zählte das Geld und ließ es dann auf der hellen Holzfläche liegen.

»Du lebst«, sagte Strawl.

Sie nickte.

»Hat dich die Strömung gerettet?«

»Nein«, antwortete sie. »Ich war nie im Fluss.«

Strawl legte sich die Hände vors Gesicht und rieb sich die Stirn. »Hat Elijah dir das Geld gegeben?«

»Er hat Geld?«

»Er hat die halbe Ranch verkauft. Ich wüsste gerne, wofür er den Erlös verplempert hat.«

»Er hatte keine Ranch.«

»Ich habe ihm die Hälfte von meiner gegeben«, erklärte Strawl. »Nachdem du gestorben warst.«

»Ich habe ihn nicht mehr gesehen, seit ich dich verlassen habe.«

»Aber er weiß, dass es dir gut geht.«

»Er weiß es«, sagte Ida.

»War es denn so schlimm, mit mir zu leben?« fragte Strawl.

»Ja«, antwortete sie. »Für mich schon.«

»Und warum bist du dann geblieben?«

»Bin ich nicht.«

»Und du konntest nicht gehen, ohne mich zu täuschen und mir weiszumachen, du wärst tot?«

»Nein«, sagte sie.

Strawl schwieg, bis sie weitersprach.

»Ich wollte keine Unordnung in dein Haus bringen.«

»Wie großzügig von dir«, sagte Strawl. Er klopfte mit den Fingern auf den Tresen und ließ Münzen und Scheine springen. »Allerdings hat mich die Beerdigung ganz schön was gekostet.«

Ida stellte ein getrocknetes Glas ab, nahm dann das nächste, rieb die Innenseite trocken; ihre dunkle Hand drückte sich flach ans Glas.

»Ich habe keinen Röcken hinterhergejagt. Ich habe dich nie geschlagen. Ich habe dich immer versorgt.«

Sie ließ Wasser laufen und spülte ein weiteres Glas ab.

»Na dann, viel Glück«, sagte Strawl.

Er nahm sein Geld und trat hinaus ins grelle Tageslicht. Es blendete ihn, und er musste blinzeln. Elijah saß auf der Bank vor der Taverne.

»Die gleiche Anzahl, die reingegangen ist, ist wieder rausgekommen. Immer noch kein Mörder.«

»Nein«, sagte Strawl. »Hab aber deine Mutter getroffen.«

Elijah nickte.

»Das Geld. War das für sie?«

Elijah schüttelte den Kopf.

»Du wusstest, dass sie nicht ertrunken war.«

»Das wusste ich.«

»Wäre ein guter Grund. Das Geld und sie«, sagte Strawl.

»Ich weiß«, meinte Elijah. »Aber nicht für mich.«

»Vielleicht könnte ich es ertragen, ein wenig getäuscht zu werden.«

»Du bist häufig getäuscht worden.«

»Wirklich?«

»Dot hat sie aus dem Haus geschmuggelt. Das war ihr Teil der Abmachung.«

»Abmachung?« fragte Strawl.

»Mein Teil war es, dafür zu sorgen, dass du keine Indianer mehr umbringst.«

»Scheint, du hast den leichteren Teil gekriegt.«

»Das wusste Dot aber nicht.«

»Aber du.«

»Ja.«

»Sicher.«

»Ja.«

Strawl bemerkte das Grinsen auf dem Gesicht des Jungen, ein komisches Lächeln, das er kannte, auch wenn ihm der Ausdruck nicht vertraut war.

»Jacob war seit etwa vier Tagen tot. Dann wäre er also in der Nacht gestorben, bevor du wieder auf die Ranch gekommen bist, richtig?«

»Richtig«, antwortete Elijah.

Strawl hörte den satten Schlag, bevor er ihn spürte. Sein Knie gab auf eine Weise nach, für die es nicht gebaut war, und er fiel ungelenk auf die Seite. Der Schmerz war ihm schon vertraut: Es war nichts Schönes oder Wundersames daran, nur

Schmerz, und er war eines glorreichen Todes nicht wert, auch nicht eines einfachen Todes, nach dem die Leute trauern. Zusammen mit dem Schlag ließ ihn dieses Wissen sich seinem Schicksal ergeben. Ein weiterer Hieb mit dem Gewehrkolben gegen die verletzten Rippen verschlug ihm den Atem, und er glaubte zu ertrinken, wie er es bei Ida geglaubt hatte. Der nächste Schlag traf seinen Knöchel. Er richtete zwar den geringsten Schaden an, löste aber den größten Schmerz aus, und Strawl schrie auf wie ein verwundetes Tier – endlich, endlich wieder wütend.

21

Elijah schlug die Füße in Baals Flanken und spürte, wie Luft aus dem Tier wich. Außerhalb der Siedlung trieb er das Pferd weiter an, aber Baal hatte das mittlere Trab-Tempo noch nie gut halten können, und schließlich drückte Elijah die Knie an den Widerrist des Tieres, und die Stute ging in leichten Galopp über. Zehn Meilen weiter legte er Baal neben einer Birke am Südufer des Owhi Lake Fußfesseln an. Er stieg die Basaltklippe hinauf, blieb an einem Gestrüpp mit Felsenbirnen stehen und packte sich eine Handvoll in die Hemdtaschen. Die feste Haut gab im Mund nach und platzte schließlich auf, und Elijah schmeckte den sauren Saft und das Fruchtfleisch. Er hielt die Beeren eine Weile auf der Zunge fest, dann schluckte er sie hinunter und nahm die nächsten in den Mund. Oben auf der Klippe blickte er auf Nespelems unscharfe Umrisse im Dunst aus Staub und Hitze. Das Land glühte noch immer wie im Sommer, aber das Espenlaub hatte sich bereits verfärbt; statt wie Münzen im Sonnenlicht zu blinken, fielen die Blätter von den Zweigen und sammelten sich in windabgewandten Senken am Fuß der Felsen, die im ganzen Becken unterhalb Elijahs verstreut lagen. Er suchte den Himmel ab, entdeckte aber nur zwei kreisende Habichte. Er beobachtete, wie sie ihre ausgebreiteten Schwanzfedern am stillen Himmel ausrichteten. Eine aufziehende Brise hob sie in die Höhe, brach dann ab, und die Vögel fielen hinunter, bis der nächste Wind sie wieder aufnahm. In der heißen Luft schlugen sie kaum mit den Flügeln, sondern segelten nur mit dem Wind und gegen ihn an.

Elijah hatte keinen Zweifel, dass Strawl ihm folgen würde.

Der alte Mann kannte nichts anderes. Elijah bedauerte ihn, und dieses Mitleid, wurde ihm klar, hatte ihn dazu bewogen, zu gestehen. Nein, das stimmte nicht ganz. Er wusste, dass der Kern seines Geständnisses Eitelkeit gewesen war. Die einzige Person, die seine Arbeit wirklich zu würdigen wusste, war sein falscher Vater, und wie ein wahrer Sohn hatte Elijah seinen Beifall gesucht. Und nun verfolgte ihn dieser Mann, wie er schon so viele verfolgt hatte, und er würde Elijah wahrscheinlich töten oder ihn zu einem Leben im Gefängnis verdammen, was tatsächlich wohl die einzige Form von Billigung darstellte, zu der Strawl in der Lage war. Doch Elijahs Taten konnten in dieser Welt keinen anderen Weg vom Gerücht zur Wahrheit nehmen. Blut und Knochen zu offenbaren, war nichts als Predigen von der Kanzel herab, wenn nicht auch noch eine Abrechnung dazukam, die sein eigen Fleisch mit ins Spiel einbezog.

Elijah seufzte, und einer der Habichte oben drehte seitlich ab, als hätte er es gehört oder die Veränderung des Windes durch den Atem gespürt, die eine solche Äußerung brachte. Elijah war nicht von Natur aus blutrünstig. Jeder der Morde hatte ihm tagelang alle Nahrung im Mund zu Asche werden lassen. Er war erleichtert darüber, mit den Morden fertig zu sein, die Taten Strawl gestanden und ihm damit die ganze Angelegenheit übergeben zu haben. Elijah vertraute Strawl sonst in keiner Weise, aber dies waren nun mal die Pflichten, für die der Allmächtige ihn vorgesehen hatte, und die konnte er ebenso wenig ablegen wie die eigene Haut.

Jacob Chin war allerdings ganz allein Elijahs Bürde. Keine anderen seiner Kunstgriffe kamen an Jacobs Tod heran. Einem Ende wie dem von Jacob beizuwohnen, war eine Aufgabe, die weit über das Gewöhnliche hinausging. Der Anstand hatte verlangt, dass Jacob die Bedingungen festlegte, schließlich gestand ihm Elijah eine Fülle an Erfahrung zu, die die meisten nicht in hundert Lebensjahren zusammenbrachten. Und obwohl der Mann all diese grausamen Stunden über schrie und fluchte, spuckte und blutete, vervollständigten ihn gewissermaßen erst der Schmerz und das Wissen darüber, dass ein Wort von ihm eine Kugel bedeutet und alles beendet hätte. Aber er bat nicht darum, und Elijah bot es ihm aus Respekt auch nicht an. Und doch, wenn er die Möglichkeit gehabt hätte, sich wie Odysseus bei den Sirenen die Ohren mit Wachs zu verschließen, dann hätte Elijah es getan.

Solche Gewissensbisse beunruhigten ihn. Er sollte frei sein von Banalitäten wie Schuld und Zweifel. Die sah er als nutzlose Fallstricke einer infantilen Existenz an, und ließ man sich von ihnen lenken, dann trieb man auf einem Ozean voller Stürme hierhin und dorthin, ohne Kompass oder Sextanten, ohne Hafen oder auch nur eine felsige Küste am Horizont. Dann verging das Leben wie auf einem schäbigen, überfüllten Schiff, und keine Spur, keine in den Wind gehauchte Äußerung markierte den Weg. Hier saß er nun, und der Wind drückte seine Segel fort von der Gewissheit. Und statt seine Reise zu beenden, hatte er eine noch größere Strecke vor sich.

Baal hob den Kopf. Seine Ohren zuckten, ein Kojotenschwanz glitt keine hundert Meter entfernt durchs hohe Gras. Elijah stieg von seinem Aussichtspunkt herab, tätschelte das Pferd und fütterte es mit ein paar gezuckerten Rosinen aus der Satteltasche. Er aß die Felsenbirnen auf und schwang sich aufs Pferd. Die Habichte waren zu ihren Ansitzen geflogen, von denen aus sie das Gras nach Feldmäusen absuchen konnten oder ab und zu nach einem Kaninchen, das klein genug war, um gefressen werden zu können.

Pferd und Reiter stiegen entlang dem Einzugsgebiet des Nespelem River in die Berge hinauf, und als die Bäche nur noch Rinnsale waren, nahmen sie einen Weg um drei breitschultrige Berge herum, die dort gefaltet waren, wo sie einst zusammengehört hatten. Am südlichen Lauf des Nanamkin ließ Elijah das Pferd saufen, dann legten sie noch ein paar Meilen entlang einer schmalen Anhöhe zurück und lagerten ohne Feuer neben der nördlichen Gabelung. Beide Bäche flossen ostwärts in den San Poil. Elijah stand auf dem Rückgrat des Landes. Granit, von Kupfer- und Gips-, Sand- und Kalksteinstreifen durchzogen und durchsetzt von Lehm und Tonerde, trug die Hänge unter ihm, und auf dem Boden lagen überall Fichtennadeln und Zapfen in unterschiedlichem Verfallszustand. Kiefern, Fichten, Tamarack-Lärchen und gelegentlich eine Tanne standen auf den Hügeln, dünnten dort aus, wo der Kamm zu steil war, um Samen und Wasser zu halten, und ragten von den weichen Bachufern und Abläufen auf, wo auch Eichen und Pappeln Fuß gefasst hatten.

Zu Beginn hatten die Morde Elijah nur wenig Mühe bereitet. Er hatte Marvin von seinem Plan berichtet, der wiederum hatte sich mit Raymond Bird beraten. Sie erkannten die Philosophie darin, auch die Religion, und räumten ein, dass nur drastische Maßnahmen halfen. Da sie keinerlei Inspiration besaßen, die seine übertraf, gaben sie nach. Er sammelte das notwendige Werkzeug zusammen und durchdachte alles. Die ersten Opfer stattete er noch mit einfachen ironischen Bezügen aus. Er hatte eine Weile zuvor über das Massaker von Sand Creek gelesen. Die Demütigung, die die Truppen damals über Black Kettles Frauen und Kinder gebracht hatten, wirkte noch absurder, wenn man die Rassenfrage beiseiteließ. Elijah freute sich nach seinen Taten über die Berichte von entsetzten Frauen, die feststellten, dass man ihre neuen Hüte mit Haut und Schamhaar verziert hatte, war aber enttäuscht, dass sich die Nachrichten nur darauf beschränkten. Offenbar hatte niemand jemals von Sand Creek gehört.

Die Cloud-Jungs erwiesen sich als schwieriger. Die ersten Opfer waren faktisch Fremde gewesen, entweder Neuankömmlinge oder so weit ausgegrenzt, dass sie kaum sichtbar wirkten, wenn sie ihm in der Ketch-Pen-Taverne gegenübersaßen. Hätte Elijah nicht einen Riesenaufwand um ihren Tod betrieben, hätte sie wohl kaum jemand vermisst. Die Clouds allerdings waren durchaus angenehme Bekannte, und er bewunderte ihre Eltern zutiefst. Ihre Ermordung verlangte weniger nach Metaphorik als nach Kunst. Er wollte sie zu Fragen werden lassen, die noch von Generationen später gestellt und nie beantwortet würden. Elijah hielt ihren Tod für die beste Idee, die er je gehabt hatte.

Dann wurde der Mord an Jacob Chin unausweichlich. Das Wort allein – unausweichlich – spendete ihm Trost. Er wiederholte sich dessen Klang, die Vokale, wie Wind in einem Baum, dann die letzte Silbe, die verging wie ein Hauch. Er mochte auch die Bedeutung des Wortes, und er badete seine Zweifel in dem Klang, bis er schließlich bei Einbruch der Nacht eine schwer verdiente Ruhe über sich kommen spürte, mit der er schon viel früher gerechnet hatte. Beinahe war er enttäuscht, sie nicht bereits eher genossen zu haben. Er atmete tief ein und schloss die Augen, hatte das Gefühl, er würde in einem uferlosen See aus Fichtennadeln, Blättern und weicher Erde treiben, und der saubere, saure Duft des Waldes umfing ihn. Am Himmel standen mehr Sterne, als er in Erinnerung hatte, da war mehr Licht als Dunkelheit, so als wäre Gott kurz davor, das Lamm zurückzuschicken und die Nacht für immer zu beenden.

Eine halbe Stunde nach Elijahs Flucht hatte sich Strawl wieder so weit erholt, dass er die Verfolgung aufnehmen konnte. Sein Rücken schmerzte, und er musste sich einen Baumstumpf suchen, um aufs Pferd zu kommen. Sein Knie schwoll auf anderthalbfache Größe an, und er spürte durch das Hosenbein Blut und Schmerz pumpen. Sein Kopf hatte sich von jeglicher Romantik und Philosophie und Bedeutung geleert, alles war in entgegengesetzte Richtungen verschwunden.

Er döste während des Reitens und verweigerte jedem Gedanken Zutritt zu seinem Kopf. Wenn Elijahs Weg weniger geradlinig gewesen wäre, hätte Strawl ihm nicht folgen können. In der ersten Nacht kampierte er zehn Meilen hinterm Owhi

Lake und ebenso weit von Elijah entfernt. Er machte sich nicht die Mühe, den Jungen zu finden. Er schlief unruhig, der harte Boden zwang ihn, ständig die Position zu ändern, um mit seinen frischen und alten Verletzungen und der damit einhergehenden Arthritis zurechtzukommen.

Am Morgen folgte Strawl Elijah und Baal durch höher gelegenes Land. Das Sonnenlicht warf Farben über die grünen Fichten, die vergilbenden Eichen und Gräser und wärmte ihm den Rücken. Er suchte die Bachufer ab, ließ Stick grasen und saufen. Gelegentlich entdeckte er Spuren von Elijah – Pferdeäpfel, eine Feuerstelle, einen Haufen Federn von einem Raufußhuhn, das er gefangen haben musste. All dies lag entlang klar erkennbaren Wildwechseln, die regelmäßig von Rotwild, Pferden und ihren Reitern benutzt wurden.

Eine Elster schimpfte mit Stick, und die versammelten Krähen, die sich auf den Ästen einer Birke verteilt hatten, beobachteten sie auf ihrem Weg. Stick ließ einen Pferdeapfel fallen, und die Krähen krächzten und stürzten sich darauf. Etwas weiter entfernt duckte sich eine Reihe von Wachteln und eilte schnell davon, und noch weiter weg, zwischen den Steinen, trommelten ein Beifußhuhn und eine Handvoll Chukarhühner. Im Laufe des Nachmittags sprangen immer wieder Spatzen und Meisen von Baum zu Baum und jagten Fluginsekten. Stick schreckte einen Dachs auf, der sie anzischte und dann in seinem Bau verschwand. Köttel und Spuren von Rotwild sprenkelten den Pfad, aber die Wildtiere ruhten während der Hitze allesamt.

Strawl blieb schließlich auf der windabgewandten Seite eines Basaltkamins stehen. Sein ganzer Körper schien wehzutun, dabei gingen die Schmerzen nur von vier, fünf Stellen aus. Er drehte sich mit zittrigen Fingern eine Zigarette. Eine Stunde verging. Er lehnte sich an das Gestein und kaute auf einem Stück Trockenfleisch herum.

Eine weitere halbe Stunde später blieb ein Mann vor dem Horizont stehen. Er war zu Fuß unterwegs, beugte sich vor und rang um Atem. Er erholte sich ein wenig und suchte das Okanogan Valley nach etwas ab. Zwei Gewehre waren über seinen Rücken geschnallt, dazu ein uralter Armeerucksack. Strawl kam der Mann bekannt vor, doch erst, als er sich schlaksig und stolpernd an den Abstieg wagte, erkannte er in ihm Rutherford Hayes. Zwei seiner Hunde folgten ihm keuchend und sahen Hayes an, als könnte er das Meer teilen, wenn ihm nur danach wäre. Strawl pfiff, und Hayes blieb stehen, bis Strawl noch ein zweites Mal pfiff. Hayes und die Hunde kamen auf ihn zu. Strawl bot ihm eine Zigarette an, die Hayes zitternd anzündete. Sein glatt rasiertes Gesicht und die aufgerissenen Augen ließen ihn dümmer erscheinen, als er wahrscheinlich war.

»Du bist aber weit weg von zu Hause, mein Freund«, sagte Strawl. Hayes erwiderte nichts darauf. Strawl schaute zu, wie er an der Zigarette zog und den Qualm einatmete. Strawl fütterte die Hunde mit einem Stück Würstchen, das vom Frühstück übrig geblieben war.

»Wo sind die anderen?«

»Amos und Ahab sind tot. Esther ist abgehauen, und ich konnte nicht länger warten, ohne den Skalp zu verlieren.«

»Indianerpolizei?«

»Und ein paar Weiße.«

»Tut mir leid, dass sie dich heimgesucht haben, Rutherford«, sagte Strawl. »Die suchen nach mir.«

»Du bist doch einer von denen, oder?«

Strawl nickte. »Schätze, wir Stinktiere ertragen unsere eigene Gesellschaft nicht.«

»Läufst du weg oder suchst du nur nach einem guten Fleck, um ihnen einen Kampf zu liefern?«

»Da bin ich mir noch nicht sicher, Root.«

»Das hört sich überhaupt nicht nach dir an«, meinte Hayes.

Sie schwiegen eine Weile. Strawl kratzte einem der Hunde die Ohren und spürte, wie der Kopf gegen seine Hand drückte, damit er weitermachte. »Entschuldigung, dass ich so anmaßend bin«, sagte Hayes. »Schätze, ich habe keine Manieren.«

Strawl kicherte. »Ich kenne einen Haufen Leute, die meinen Skalp wollen, manche davon Verwandte. Ich habe kein Problem damit, dass du eine Beobachtung machst, die so sicher wahr ist wie der Norden kalt. Um darauf zu antworten: Ich denke, fliehen und kämpfen sind nicht so weit auseinander. Man flieht und kämpft, dann kämpft man und flieht.«

»Verstecken kommt noch dazu«, sagte Hayes. »Egal ob Kämpfen, Verstecken oder Fliehen, da kommt nichts Gutes raus. Ich gehe nach Kanada. Da kümmert sich keiner groß um einen.«

»Hört sich in meinen Ohren vernünftig an.«

Hayes spuckte. »Da ist es ruhig, habe ich mal gehört. Ich bin keine tolle Gesellschaft, aber vielleicht lerne ich das noch. Kannst dich mir ja anschließen.«

Strawl hatte nie über einen simplen Abgang nachgedacht – einfach weg und auch noch in ein anderes Land. Wenn die Behörden ihn von dort holen wollten, würde das viel Mühe und Papierkram nach sich ziehen. Seine Abwesenheit bedeutete für das Gesetz weniger Ärger, als wenn man seiner habhaft wurde. Das hatte er überdeutlich verstanden.

»Seit wann bist du das Genie von uns beiden?« fragte Strawl.

Hayes sah zum Horizont und antwortete nicht.

»Wo gehst du über die Grenze?«

»Chesaw.«

»Die Chinesenstraße?«

»Inzwischen nehmen die Schwarzbrenner den Weg. Die Mounties haben sie vergrault und die State Guard geschmiert.«

»Verdammt, du hast aber auch an alles gedacht.«

Strawl hatte schon überlegt, die ganze Mühe zu beenden und nach Hause zu reiten. Dort würde ihn wahrscheinlich eine wütende Ansammlung von Polizisten belästigen, aber auf der

Ranch hatte die BIA nichts zu sagen, und Dice mochte zwar sauer sein, aber sich mit Strawl anzulegen hatte sich als unpraktisch erwiesen, und Dice war Pragmatiker. Silberlöffel würde auf Rache aus sein, hatte aber keine Handhabe. Außerdem würde es Strawls Verfolger verwirren. Blieb noch Elijah. Aber wenn der schon genug Verstand beisammenhatte, um Strawl im Dunkeln tappen zu lassen, konnte er zweifellos auch dessen arme Ersatzleute austricksen. Elijahs Verbrechen waren seine eigene Angelegenheit.

Hayes meinte: »Die Familie hält dich hier, nehme ich an.«

Strawl fragte sich, was ihn zu Hause wohl erwartete: Armut und ein hohes Alter in der Obhut einer Tochter, die es für angebracht gehalten hatte, sich mit seiner Frau zu verschwören, deren Tod vorzuspielen und ihn zu etwas noch Schlimmerem zu machen als nur zu einem Witwer. Noch dazu nicht ohne Grund – er wusste jetzt, dass sie sich an das Ende ihrer eigenen Mutter erinnerte. Und Arlen und seine Enkelkinder konnten ohnehin nichts mit ihm anfangen.

Kanada wäre ein unbeschriebenes Blatt, er könnte darauf schreiben, aber auch auslassen, was er wollte. Trotzdem würde Elijah ihn jagen, das wusste er. Strawl hatte nicht die Absicht, ihn den Behörden auszuliefern, und er bezweifelte, dass er den Mumm hatte, ihn zu erschießen. Der Junge war der Einzige, den er unterhaltsam genug fand, um ihn ständig bei sich zu haben. Vielleicht wollte Strawl nichts weiter als Unterhaltung. Dennoch war das ein Punkt, um den er sich noch kümmern musste, und wohl eher früher als später angesichts der Anzahl an Gesetzeshütern, die ihnen auf den Fersen waren.

»Ich bin dabei, Root«, sagte Strawl. »Ich muss nur noch eine Sache erledigen. Hinterlasse deinen Namen bei jedem Postamt, von dem du unterwegs hörst, und in jeder Kneipe, bei der es sich lohnt, reinzuschneien. Ich komme bald hinterher. Wir schaffen das, verdammt.«

Strawl löste die Lederbänder an seinen Satteltaschen, zog

das Spesengeld heraus, das er noch nicht ausgegeben hatte, und stopfte es Hayes in die Hemdtasche.

»Hier ist unser Reisegeld«, sagte Strawl zu ihm. »Du machst den Anfang.«

Hayes holte Luft.

»Wenn du darüber streiten willst, knall ich dich ab«, warnte ihn Strawl.

Er drehte eine Zigarette, dann noch eine, und die beiden rauchten schweigend. Hayes nickte zu einer der Doggen hinüber. »Die da hat einen gemeinen Zug«, sagte er. »Ist nicht die Größte, aber sie bellt nie, sondern geht immer gleich an die Kehle.« Er tätschelte dem Hund den Schädel. »Sie gehört dir, wenn du möchtest.«

»Wenn wir uns im Norden treffen, nehme ich sie.«

Hayes sagte nichts weiter. Strawl schaute ihm nach, während Hayes zum Fuß des Höhenrückens abstieg. Dort füllte er seine Feldflaschen am Harrison Creek, ließ die Hunde trinken, dann bahnte er sich einen Weg durch Gestrüpp und Unterholz und verschwand.

Strawl ritt zwei weitere Tage, hielt sich von den Wiesen und kahlen Bergrücken fern, durchquerte schnell das Land und kam Elijah immer näher, der nun nur noch ein oder zwei Meilen vor ihm war. Von den Granitklippen und Basalthöckern aus hörte Strawl Autoreifen über den asphaltierten San Poil Highway summen, später dann klappernde Achsen und jaulende Schaltungen, als die Wagen sich über die einzige andere befahrbare Strecke quälten, die zerfurchten Rückewege der Holzfäller.

Am dritten Abend bellte ein Hund. Strawl schätzte, dass das Tier in Wauconda oder Republic wohnte, zwanzig Meilen Luftlinie von seinem Platz entfernt. Am nächsten Morgen hörte er es beim Frühstück wieder, diesmal ein ganzes Rudel, das einer Fährte folgte. Dice und seine Lakaien waren so tollpatschig wie dreibeinige Maultiere, aber das machte sie nur umso lästiger, also saß Strawl auf und ritt, bis er auf etwa eine

Meile an sie herangekommen war. Er schlug ein Taschentuch auf und hängte es an einen niedrigen Ast, darunter legte er ein Pfund von Truax' scharfem Trockenfleisch aus. Er führte Stick zu einem schattigen Kamm zurück, von wo aus er die Hunde dabei beobachtete, wie sie durchs Buschwerk brachen, den Baum und das Fleisch entdeckten, das sie gierig verschlangen, bis das Niesen und Husten ihnen jegliches Schlucken unmöglich machte. Dann tauchten Pferde auf, aber Strawl hatte dreißig Meter weiter einen Baumstumpf mit Wolfsduftstoff eingeschmiert, den er mal bei einem Trapper getauscht hatte. Die Pferde bäumten sich auf und warfen ihre Reiter ab, als wären sie in einen Zaun gerannt.

Strawl erkannte einen von Dice' Hilfssheriffs, dann Dice selbst und sogar Silberlöffel mit bandagierten Füßen, der auf sein Pferd eindrosch, als hätte es ihm ins Frühstück geschissen. Strawl hätte ihm am liebsten auf der Stelle eine Kugel zwischen die Augenbrauen gejagt, um die Anspannung loszuwerden, die an seinen eigenen Schultern zerrte, doch dann ließ er den Mann noch einen weiteren helllichten Tag erleben, den er ohnehin nur verfluchen würde, und eine weitere finstere Nacht, um sie zu durchleiden.

Elijah erwachte bei Sonnenaufgang. Er ritt weiter, hielt die Zügel locker, ließ Baal langsam einen Weg finden; er wollte das Pferd nicht zuschanden reiten. Er umging Republic, den Verwaltungssitz von Ferry County, dann begann er, mühevoll die Serpentinen der Berge hinaufzusteigen, aus denen sich der Kettle River in den Columbia River ergoss. Sie stillten ihren Durst an einer Reihe von kreisrunden Wasserstellen, die sich fast in jedem Tal fanden. Tausende von Jahren zuvor hatte sich dort Schnee zu Gletschern aufgetürmt, die bis in die steinernen Höhen reichten. Das Eis und sein Gewicht hatten die Vegetation für mehrere Jahrtausende ausgelöscht und aus den Steinböden darunter Quellen aufspringen lassen. Das Wasser, das von der großen Schmelze übrig geblieben war, war tausend Jahre alt und grün oder himmelblau oder rot oder pechschwarz, je nach Gestein und Mineral darunter. Ein Becken aus Gips schien wie mit Milch gefüllt.

Faltige Granitplatten, jede davon mehrere Dutzend Quadratmeter groß, lagen auf einer Anhöhe verstreut wie Bauklötze. Elijah bahnte sich vorsichtig einen Weg zwischen ihnen hindurch, denn die Steine waren glatt und die Pfade dazwischen sandig und locker. Von oben beschattete ein Kamm seinen Weg. An der höchsten Stelle erstreckte sich eine Meile weit eine Wiese vor Elijah, mit zarten weißen Blumen gesprenkelt, für die er keinen Namen hatte. Verdorrendes Gras, flaches Gestrüpp und stämmige Tannen verteilten sich dort und umstanden die Fläche. Zedern und stattliche Murray-Kiefern forderten dem Boden zu viel ab, um in dieser Höhe überleben zu können, und der Mangel an hohen Bäumen ließ das Land wie skalpiert wirken, den aufragenden kahlen Berg noch viel stärker.

Selbst gegen Mittag war es so weit oben kühl und die Luft so dünn, dass Baal mehr Pausen benötigte. Dabei wirkten in der glasklaren Luft zehn Meilen wie ein Steinwurf. In anderen Winkeln dieser Berge hatten Schürfer genug Gips, Eisenerz, Gold oder Kupfer gefunden, um ein karges Auskommen zu sichern, doch für die Gegend zwischen dem Columbia River und dem San Poil hatte sich noch niemand interessiert. Während Elijah über den Schiefer ging und Baal hinter sich herführte, wenn sich kein Pfad erkennen ließ, lief ihm immer wieder Wild über den Weg, das man unten nur selten zu Gesicht bekam, Wapitis und sogar ein junger Elchbulle, der im Timber Creek stand und dem Wasser und Fäden aus dem mahlenden Maul liefen. Später entdeckte Elijah noch ein paar Dickhornschafe, in der Ferne eine Gruppe Karibus, die auf einem Feld unterhalb eines Überhangs rastete, und mithilfe seines Zielfernrohrs einen Luchs, der ihnen folgte – Tiere, die er nur aus Büchern kannte. Als er später wieder in tiefer gelegene Regionen kam, blieb er stehen und besah sich Bäume, die von riesigen Grizzlyklauen gezeichnet und vernarbt waren, daneben einen Jungbaum, den ein Prankenhieb zersplittert hatte.

Durch eine Wetteranomalie war es hier wärmer und feuchter als in den meisten anderen Bergregionen, und selbst im Spätherbst war die Gegend ebenso oft in Wolken gehüllt wie in Schnee. Gegen Abend sammelte sich filigraner Nebel in den Spalten und Senken dieser eigenartigen Welt. Der blaue Schein des Mondes warf eine leuchtende Blässe über die Bäume, ließ sie licht wirken, wie von weißem Feuer entzündet. In dieser Nacht durchbrach ein wölfisches Knurren die Stille und schreckte Baal so sehr auf, dass Elijah ihm die Augen verdecken musste, um ihn zu beruhigen.

Einen Tag später und zwanzig Meilen weiter nördlich wurde es schon vor Sonnenuntergang Abend, und Baals Atem dampfte bald in der klaren, frostigen, roten Nacht. Elijah wollte sich gerade das Lager herrichten und Feuerholz sammeln, als er einen Kojoten hörte, dann das Zwitschern einer Virginiawachtel. Er pfiff zur Antwort, und als diese ihrerseits erwidert wurde, stieg er aus dem Sattel und führte Baal eine Meile weit durch den Schatten des Bergs, bis er an eine steinige Klippe kam. Dort überquerte er den Schieferbruch zur anderen Seite. Baals Hufe klapperten auf dem flachen Fels, was das Tier ganz nervös machte. Elijah zog an den Zügeln, besänftigte es und ging weiter. Schon bald lockte ihn der Duft von kochendem Fleisch.

Als sie die Steine hinter sich gelassen hatten, beruhigte sich Baal, und Elijah ritt zwischen den Fichten und sich verfärbenden Tamarack-Lärchen hindurch. Die Luft seufzte in den Nadeln, und gelber Pollen umschwebte Elijah und sein Pferd. Sie schreckten einen Fasan auf; das Flügelschlagen machte das Pferd wieder unruhig. Elijah sah, wie der Vogel in einem Gestrüpp landete und einen anderen Fasan auffliegen ließ. Bald hörte er auch Frauenstimmen. Kinder ärgerten die kleine Hündin, die Rutherford Hayes im Frühling verschenkt hatte. Das Tier bellte, erschreckte damit aber niemanden. Der Feuerschein wankte in orangenen und goldenen Streifen vor den dunklen Bäumen und gedrängten Schatten.

Zwanzig robuste Armeezelte aus Leinen, mit Stangen aus den umliegenden Wäldern aufgebaut und gestützt, umstanden einen Gemeinschaftsplatz. Achtzehn davon waren geschlossen, für Familien und ihre Privatsphäre bestimmt – acht für die schwangeren Witwen, zehn für die Familien, die sich ihnen angeschlossen hatten. Die restlichen zwei hatten offene Seitenwände und waren für öffentliche Versammlungen, religiöse Zeremonien und Mahlzeiten vorgesehen, wenn das Wetter es verlangte. In jedem Familienzelt stand ein Franklin-Ofen mit Abzug zum Einheizen, die öffentlichen Zelte hatten davon je einen zu beiden Seiten und einen in der Mitte. Bei schlimmstem Wetter packten die fünfzig Bewohner dieser notdürftigen Siedlung ihre Decken und Hunde und sparten Brennstoff, indem sie sich alle in einem Zelt versammelten, wie es die kanadischen Stämme schon jahrhundertelang getan hatten. Zwei weitere Bauten schlossen den Kreis, beide aus Metall, fensterlos, verriegelt. In dem einen lagerten die haltbaren Essensvorräte – Säcke voller Getreide, Mehl, Zucker, Salz, Dosenfrüchte, Backpulver, Maisstärke und Tierfutter –, in dem anderen Medikamente für mehrere Tausend Dollar und eine kleine Bibliothek. Vorräte und Medikamente machten etwa die Hälfte des Erlöses aus dem Verkauf der Ranch aus.

Im Zentrum des Kreises thronte ein sechs Meter langer Felstrog zum Kochen. Auf den Seitenwänden standen Eisengrills, Pfannen und gusseiserne Spieße, mit denen man Kaninchen oder Wildvögel grillen konnte, am Ende lag eine weitere, größere Stange zum Aufspießen eines halben Hirsches oder Wapitis. Zu beiden Seiten hatte Raymonds Familie ziegelverstärkte Öfen gebaut, auf denen man Gemüse, Brot und Eintöpfe langsam zubereiten und köcheln konnte. Vier Kühe und ihre Kälber ruhten auf einem grob umdrahteten Fleck in der östlichen Ecke des Camps, zusammen mit einem halben Dutzend Schafe und einer Ziege, ebenfalls aus dem Erlös der Ranch bezahlt.

Zwei Meter hoch gestapeltes Brennholz umgrenzte – bis auf das Viehgatter – drei Viertel des Lagers. Dreißig Meter tiefer im Wald hatte Marvin zusammen mit den Enkelkindern einen Wurzelkeller gegraben, Felsbrocken bildeten die Wände, gekreuzte Holzpfosten die Sparren.

Marvin hatte Elijahs Ankunft am Verstummen der Insekten und dem Aufflattern der Vögel erkannt. Er wartete am Rand des Lichtscheins, um ihn mit einem Streifen Fleisch und einer Pfeife Kinnikinnick zu begrüßen. Elijah und er rauchten, dann aß Elijah das sehnige, feste Muskelfleisch. Es war hier pikanter als unten, wo das Rotwild bei Nacht den Weizen fraß und kaum anders schmeckte als Rind. Elijah roch daran, war enttäuscht, dass es ihm anders besser schmeckte. Er ließ Baal los, damit er von dem Gras fressen konnte, das trotz des wenigen, durch die Bäume dringenden Lichts wuchs.

»Ich bin fertig.«

»Ich weiß«, sagte Marvin.

»Glaubst du, ich bin ein Sünder?«

»Haben dir die Dinge Spaß gemacht, die die Menschen Sünde nennen?« fragte Marvin.

»Nein.«

»Dann kann es keine Sünde gewesen sein«, erklärte Marvin.

Elijah nickte. Marvin führte ihn zu einem Tipi außerhalb der Umzäunung, gleich neben dem Bach, der der kleinen Ansiedlung Wasser lieferte, aber weit genug entfernt, um dort den eigenen Gedanken nachhängen zu können. Drinnen warteten eine Laterne mit Öl und das Gute Wort.

22

Strawl ruhte einen ganzen Tag unterhalb des Copper-Mountain-Gipfels und aß das letzte Stück Brot und die Reste einer Salamistange. Elijah hatte seinen Weg unbeirrt fortgesetzt und war geritten, als interessierte sich niemand für ihn, oder, noch wahrscheinlicher, als wüsste er, wer ihm folgte, und als sähe er keinen Grund, jemanden abzuschütteln. Das Lager, das sich vor ihm erstreckte, war beeindruckend – das konnte Elijah nicht allein bewerkstelligt haben, glaubte Strawl. Am Abend sah er, wie die Wachen wechselten, und durch das Fernglas beobachtete er Gruppen von Frauen, die an der langen Grube schufteten, und Männergestalten, die allein oder zu zweit über den vom Feuerschein erhellten Gemeinschaftsplatz gingen und Zelte betraten oder verließen, gelbe Geistererscheinungen im abnehmenden Licht. Strawl hörte Steine im Bachbett schaben. Eine weitere Frauen- und Mädchengruppe wusch Töpfe ab oder schlug mit in Seifenlauge getränkten Besenstielen auf Wäschestücke ein.

Das Lager wirkte komisch. Selbst in dieser Gegend baute keiner Dörfer oder Städte, wenn er sich verstecken wollte. Man brauchte Geschäfte, Straßen und Eisenbahnen, um sie zu führen. Jedes Städtchen wollte gefunden werden. Ein Mann wie Rutherford Hayes mochte möglicherweise in die Einsiedelei gehen. Vielleicht fanden auch ein, zwei Familien, die an irgendeine verräucherte private Gottheit glaubten, die dafür nötige Einsamkeit, indem sie in urwüchsige Ecken der Region verschwanden. Jede größere Gruppe aber benötigte Läden und Pferdeställe, allein um die Vorräte aufzufüllen, und die gab es eben nicht ohne Menschen. Doch wenn man darauf schon angewiesen war, wozu sich dann überhaupt noch verstecken?

Zu später Stunde machte sich Strawl auf den Weg ins Camp. Er wich den Wachleuten ohne Schwierigkeiten aus, selbst mit Pferd im Schlepptau. Am Bach waren sieben Frauen, alle schwanger. Sie schrubbten einen Stapel Pfannen und Töpfe mit Kies und schwatzten dabei. Er ging an ihnen vorbei, ohne zu nicken, und kam vierhundert Meter weiter auf die Lichtung. Man hatte riesige Bäume in drei Metern Höhe gestutzt, und die langen, phallischen Stümpfe wirkten wie Sünden aus den nicht kartografierten Regionen des menschlichen Verstandes. Eine braune Plane war fünf Meter hoch an einigen Bäumen befestigt, an manchen Stellen mit Hanfseilen an den kräftigsten Ästen verzurrt und an anderen mit Eisenstangen im Boden verankert worden. Auf die Plane hatte die Gruppe Blätter und Nadeln gestreut, um den Platz zu tarnen. Darunter war der harte Boden so sauber gefegt wie Dielen. Die Feuerstelle in der Mitte war von hohen Wänden umgeben und lag tief in einer Grube, damit das Licht gedämpft wurde. Inez rührte in einer Suppe. Hinter ihrem Ohr war noch immer ein blauer Fleck zu sehen. Die Enkelkinder eilten in ein Zelt, als sie Strawl sahen, und Marvin trat aus der Dunkelheit und stellte sich ihm in den Weg.

»Machst du hierbei mit?« fragte Strawl.

»Ja«, antwortete Marvin.

»Ich dachte, du wüsstest nichts darüber.«

»Ich habe gelogen.«

Strawl lächelte. »Tja, die Wahrheit wird überbewertet.«

Er beschloss, nicht nachzuhaken. Marvin stopfte eine Pfeife mit Kinnikinnick und zündete sie an.

»Ich entschuldige mich dafür, Inez wehgetan zu haben«, sagte Strawl.

Marvin nickte. »Niemand kann ändern, wer er ist.«

»Gilt das auch für dich?«

»Ja«, antwortete Marvin.

»Sind Waffen auf mich gerichtet?«

Marvin zuckte mit den Schultern. »Ich kann nicht für alle hier sprechen. Wenn du gekommen bist, um uns zu erschießen werden einige zurückschießen.«

»Ich bin es gewohnt, dass die, die ich erschießen will, zurückfeuern«, meinte Strawl.

Er setzte sich auf einen flachen Stein, der so aussah, als wäre er genau dafür bestimmt. Das Lager machte sich zur Nacht bereit. Mütter trieben Kinder in ihre Unterkünfte, mehrere Schwangere schleppten sich über die Lichtung und warfen verwachsene Schatten, als sie aus dem Schein des Feuers traten Strawl sah, wie zwei Zelte aufleuchteten, sobald drinnen Laternen angezündet wurden; die Öllichter flackerten.

»Willst du einen Waffenstillstand?« fragte Strawl.

»Ja.«

Strawl starrte zu Boden.

»Du weißt, wegen wem ich hier bin?«

»Er hat es mir gesagt.«

»Und dieser Waffenstillstand soll auch für ihn gelten, schätze ich?«

Marvin nickte.

»Du weißt, was er getan hat?«

»Ja«, antwortete Marvin.

»In der Angelegenheit kann ich dir nichts versprechen.«

»Bist du deshalb gekommen? Um deinen Sohn zu erschießen?«

»Er ist nicht mein eigen Blut.«

Marvin erwiderte: »Er ist wie du. Er hat keinen Blutsvater. Er ist dein Sohn. Du bist sein Vater. Seine Taten sind deine. Dazu braucht man kein Blut. Er ist der Grund, warum du hier bist.«

Strawl schüttelte den Kopf. »Ich bin mir nicht sicher, warum ich hier bin, aber solange keiner Blei in meine Richtung wirft, habe ich nicht vor, zu schießen.«

»Wirst du uns dann verhaften?«

»Wer hier würde das zulassen ohne Waffeneinsatz? Und ich habe ja schon gesagt, das habe ich nicht vor. Elijah ist davon allerdings ausgenommen.«

Marvin nickte. Er führte Strawl einen Pfad entlang bis zu einem Felsbrocken, von dem aus man das Lager überblicken konnte. Sie saßen da und rauchten lange.

»Ist eine von den Frauen mit einem Cloud verheiratet gewesen?« fragte Strawl.

»Zwei«, antwortete Marvin. »Jeweils eine.«

Unterhalb von ihnen reihte Inez die Frauen an zwei gespaltenen Baumstämmen auf, die als Tische dienten. Ein paar hackten Wurzeln und Gemüse, das in einem Garten gezogen wurde. Andere nahmen Forellen aus, zwei rupften Beifußhühner. Sie bereiteten das Essen für den nächsten Tag vor.

»Kaum zu übersehen, dass sie schwanger ist. Ziemlich viele andere auch. Ich schätze nicht, dass du so weit draußen ein Heim für gefallene Mädchen aufmachen willst.«

»Nein«, sagte Marvin.

»Ist kein Verbrechen«, sagte Strawl. »Unfein und sündhaft vielleicht, aber das Gesetz greift hier nicht.«

»Die sind alle von Elijah.« Marvin stopfte die Pfeife, zündete sie an und reichte sie Strawl, der beim Rauchen der groben Mischung versuchte, nicht zu husten.

»Aber die Cloud-Mädchen – die Männer sind doch noch nicht mal kalt.«

»Er hat sie vorher geschwängert.«

»Hat er sie deswegen umgebracht?«

Marvin schüttelte den Kopf. »Dass sie sterben sollten, hatte er beschlossen, bevor er ihre Frauen geschwängert hat.«

Strawl reichte ihm die Pfeife zurück. Die Frauen teilten unten die Bestandteile der Mahlzeit auf Töpfe auf, in denen sie die Nacht hindurch köcheln sollten. Inez zermalmte ein paar Körner mit einem selbst gemachten Stößel. Marvin beobachtete sie dabei. Seine Haare waren lang, er hatte sie zu einem Zopf geflochten, den er mit einem gelben Taschentuch festgeknotet hatte.

»Und du hast ihn nicht davon abgehalten?«

Marvin paffte und schaute zu, wie der Qualm in die kalte Luft aufstieg. »Er hat um Erlaubnis gebeten.«

»Um Erlaubnis, jemanden zu töten? Wen, sein Gutes Wort?«

»Mich«, antwortete Marvin. »Auf sein Buch hat er aber auch gehört.«

»Und du hast ihm gesagt, es ist in Ordnung, die Clouds zu töten.«

Marvin nickte. »Ich habe ihm gesagt, er solle mit den Frauen schlafen und dann die Männer töten.«

»Die anderen auch?«

Marvin nickte. »Außer Jacob Chin. Das war seine eigene Sache, aber die hat er für nötig erachtet.«

»Marvin.«

Der alte Mann hob die Hand. »Er hat nicht ohne vorherige Überlegung getötet, und wir haben ihm auch nicht erlaubt, unvorsichtig oder gedankenlos vorzugehen. Bei manchen haben wir Nein gesagt, und dann hat er es auch nicht getan. Die leben immer noch. Sind zwar krank, aber sie haben noch Leben in sich.«

»In all den Jahren, die ich dich schon kenne, warst du immer ein friedliebender Mensch. Warum zum Teufel würdest du ihm so etwas erlauben?«

»Die Männer waren schon tot«, antwortete Marvin. »Sie zu ersetzen war der einzige Weg. Wenn sie noch länger gelebt hätten, wäre das bald so gewesen, als hätten sie nie gelebt.«

Wie Marvin es darstellte, waren diese Männer jeden Tag ein Stückchen weniger anwesend gewesen, senil mit dreißig, aber ohne ferne Kindheit, in die sie sich hätten flüchten können. Ihre Körper und Stimmen waren Hüllen, die nur Alkohol oder

Blutvergießen mal für eine Stunde lebendig werden ließen, bevor sich alle Empfindungen wieder verzogen und die Männer zu Geistern wurden. Elijah konnte nicht ertragen, sie dahinschwinden zu sehen. Sie waren entschlossen gewesen, vergessen zu werden, sogar von sich selbst, und Elijah hatte entschieden, ihnen diese Selbstauflösung nicht zu gestatten.

Strawl erinnerte sich daran, dass Dot ihm aus einem von Shakespeares Stücken über die Ermordung Cäsars vorgelesen hatte. Lasst Opferer uns sein, nicht Schlächter, hatte Brutus gesagt. Und deshalb blieb Cäsar im Gedächtnis; Antonius überlebte, und Brutus wurde umgebracht. Wäre Cäsar doppelt so alt geworden, bis er einen krummen Rücken gehabt hätte, trübe Augen und einen sabbernden Mund, dann hätte man sich wohl nur zu einem Bruchteil an ihn erinnert.

Elijah hatte ihnen Kinder geschenkt, erklärte Marvin. Jungen, die keine Geister zu Vätern haben würden, sondern Geschichten. Elijah würde ihr Großonkel sein und ihnen die Geschichten ihrer Väter einhauchen, so wie man eine Glut anhauchte, um das Feuer neu zu entfachen, bis jedes Kind zu einer Feuersbrunst werden würde.

Diese Kinder würden vom merkwürdigen Ableben ihrer Väter hören, darüber nachdenken und es weitererzählen, bis die Geschichten voller Sinn und Göttlichkeit wären. Das wäre dann der Beginn von Geschichten, die alles andere überdauerten. Sie würden überleben wie Lazarus.

»Eine sehr generöse Vorstellung«, sagte Strawl.

»Seine Vorstellung.«

»Glaubst du daran?«

»Würde ich gern. Ich habe nichts anderes, an das ich glauben kann.«

»Wo ist er denn jetzt?«

»Er schläft. Er ist fertig mit dem Morden. Sieben schwangere Frauen«, sagte Marvin. »Er hat alle Geschichten beisammen, die er erzählen kann.«

»Das Blut kommt dem Menschen in die Quere«, sagte Strawl.

»Es war nicht das Blut, das sie umgebracht hat«, entgegnete Marvin. »Nicht die Wut. Es war die Gnade.«

Strawl schwieg. Die Grillen sägten an der Nacht.

»Du wirst ihn nicht erschießen?«

»Und du glaubst, er ist fertig damit.«

»Ich bin sicher«, sagte Marvin. »Er ist müde.«

»Die Müden schlafen und stehen unruhig wieder auf«, sagte Strawl.

»Nicht diejenigen, die auf solche Weise müde sind. Für die ist Schlaf keine Medizin.«

Strawl nickte. »Was ändert es, ob ich ihn erledige oder nicht?«

Marvin antwortete nicht darauf, Strawl hatte auch nicht damit gerechnet. Sie rauchten noch eine Weile schweigend weiter. Unten bellte die Dogge einen anderen jungen Hund an, der den Birds gehörte. Fünf Minuten später teilten sich die Zweige, und Raymond Bird tauchte auf. Strawl bot ihm die Pfeife an, er zog daran und lächelte. Sie machten ihm Platz. Der Großteil des Clans traf eine halbe Stunde später ein, vier Paare, jedes mit einem geviertelten Karibu an einer Stange. Strawl konnte das Tier und die Männer riechen, das Blut und die menschlichen Ausdünstungen nach einem Tag voller Aufgaben, bei denen man sich nützlich fühlte.

»Rutherford Hayes ist nach Kanada unterwegs«, sagte Raymond.

Strawl nickte.

»Wir haben ihn gebeten, bei uns zu bleiben«, sagte Marvin.

»Er ist fertig mit den Menschen.« Raymond hustete und spuckte aus. »Ich hab ihm mal eine Hirschkeule auf die Veranda gelegt, und da hat er mir ein Jahr später den Hund ans Haus gebunden. Oder jemanden dafür bezahlt. Schade, dass er geht.«

Er schraubte seine Armeefeldflasche auf, reichte sie Marvin und Strawl, die ordentlich tranken und sie ihm dann zurückgaben.

Die Ofengerüche drangen bis zu ihnen. Marvin stand auf. Strawl und Raymond schauten zu, wie er vorsichtig den Pfad zum Camp hinunterging. Dort angekommen, nahm er zwei Kuchenteller und hielt sie den Frauen hin wie ein Sünder, der auf die Segnung wartet. Die Frauen schaufelten Essen darauf, dann suchte er nach Löffeln und kehrte zurück.

Strawl bedankte sich bei ihm für das Essen. Raymond und er aßen schweigend und wischten die letzten Reste Soße und Fett mit Fladenbrot auf. Marvin stopfte wieder die Pfeife mit Kinnikinnick, doch Raymond drehte für Strawl und sich Zigaretten.

»Die Gesetzeshüter sind hinter ihm her«, sagte er.

»Sind aber noch weit weg«, meinte Strawl. »Wahrscheinlich wissen sie nicht mal genau, warum sie mich verfolgen, aber ich habe sie kürzlich ziemlich auf die Palme gebracht.«

Raymond schaute die rote Glut seiner Zigarette an.

»Woher weißt du, dass sie noch weit weg sind?«

»Ich kann sie nicht hören«, antwortete Strawl.

»Wenn sie in Hörweite sind, ist das auch schon zu nah.«

Strawl schüttelte den Kopf. »Meine Ohren sind besser als bei den meisten anderen.«

»Wie gut?«

»Wie weit sind wir von dem Wolf weg?«

»Von welchem Wolf?« fragte Raymond.

»Von dem, den ich da heulen höre«, antwortete Strawl. Dann rauchte er seine Zigarette zu Ende.

Raymond sah Marvin an. »Angeberei?«

Marvin schüttelte den Kopf. »Es stimmt, erzählt man sich.«

Raymond überlegte. »Ich dachte, nur Hunde könnten so gut hören.«

»Vielleicht bin ich ein Hundemann«, sagte Strawl.

Marvin und Raymond kicherten darüber. Die Hunde huschten unten am Feuer hin und her wie die Schatten jagender Fledermäuse, hofften auf Reste oder ein Eichhörnchen, das sie jagen konnten. Die Eulen riefen, und die Hunde bellten zurück, bis jemand aus den Zelten einen von ihnen mit einem Stein traf. Der Hund jaulte auf, und die anderen verstummten.

»Da ist jemand sauer auf deine Brüder«, sagte Raymond. Er stellte seinen Teller auf den Boden und lehnte sich zurück, damit er die Sterne sehen konnte, die den Himmel bedeckten. »Wenn du ein Hundemann bist, dann solltest du auch die Geschichten des Hundes kennen«, sagte er.

»Es gibt ein ganzes Buch voller Hundegeschichten«, erwiderte Strawl.

»Kennst du die, in der der Hund am Hintern seines Bruders schnüffelt, weil jemand seinen Lachs gestohlen hat?« fragte Raymond.

Strawl schüttelte den Kopf.

»Er kennt den Unterschied nicht zwischen Essen und Exkrementen. Der Hund ist dumm. Einmal ging er zu den Menschen und bat um Feuer für sein Volk.«

»Und was geschah dann?«

»Sie fütterten ihn.«

Sie schwiegen eine Weile. »War's das?« fragte Strawl.

»Wenn du den Hund kennst, dann weißt du, dass es so ist«, erklärte Raymond. »Der Hund hat kein Ziel. Deshalb wird er vom Menschen beherrscht. Ich frage mich nur, ob das, was die Menschen beherrscht, dieselbe Meinung von uns hat.«

»Glaubst du, Elijah ist fertig?« fragte Strawl Raymond.

»Ja«, antwortete er.

»Überzeug mich.«

»Töten ist Arbeit. Sie müssen selbst dich dafür bezahlen, und du hast sogar noch das Gesetz hinter dir, und trotzdem erschöpft es dich.«

Strawl nickte.

»Nun«, sagte Raymond, »Elijah hat Verstand, aber in einer Hinsicht ist er wie der Hund. Er ist faul.«

Strawl lachte und schob seinen Hut nach hinten. »Das hätte ein Anwalt nicht überzeugender vorbringen können«, sagte er.

Strawl ging um die Feuerstelle zu Stick hinüber. Das Pferd wieherte leise, als es ihn roch. Strawl führte Stick zu einer grasigen Stelle unterhalb des Felsvorsprungs. Raymond und Marvin hatten ihm einen Platz bei ihren Decken und Zelten angeboten, aber Strawl hatte abgelehnt. Er zog es vor, bei Stick zu bleiben, nur für den Fall, dass Dice oder die BIA so viel Ehrgeiz aufbrachten, auch nachts zu arbeiten.

Strawl füllte eine Senke mit Zweigen und Kiefernnadeln und brachte ein kleines Feuer in Gang. Er fütterte es mit Ästen einer Ponderosa-Kiefer, die von einem Blitz halbiert worden war. Der Stamm hatte seinen Neuwuchs um das abgestorbene Holz gewunden, und in der Dunkelheit wirkte er wie ein langer, schmerzhaft verrenkter Hals. Darüber war das Holz halb mit Nadeln befiedert und von einem Schlag aus Strom, Licht und Qualm geschwärzt; das Ganze zitterte vor dem Himmel wie ein monströser, sterbender Kopf.

Strawls Tabakbeutel war leer. Er öffnete die Schnüre an seiner Satteltasche und entdeckte ein Stück Dörrfleisch, das von Truax' Chili noch nicht völlig ruiniert worden war. Er kaute, spuckte aus und trank aus der Feldflasche, dann goss er sich Wasser in die gewölbte Handfläche und ließ es Stick auflecken. Das wiederholte er, bis Sticks Durst nachließ und er ihm leicht auf die Nüstern klopfte, um ihm zu bedeuten, dass es reichte.

Das Feuer brannte gut, flammte aber nicht zu hoch auf. Strawl zog einen größeren Ast heraus, der loderte, und ließ ihn auf einem Stein verglimmen, aus Angst, das Feuer könnte von oben zu sehen sein. Er schlang seine Decke um sich. Der Himmel war klar, Licht und Dunkel meilenweit übereinandergestapelt.

Elijah hatte es geschafft, Mord in Kunst, Philosophie und Religion zu verwandeln, alles zugleich. Er war wohl niemandem begegnet, der ihm gleichgekommen wäre, aber auch keinem, der Interesse daran gehabt hätte. Es schien, als würde der Junge versuchen, dem Verbrechen die Grausamkeit und Eigensucht zu nehmen. Nur Blut und Abwesenheit sollten übrig bleiben, dazu temporär auftretender Schmerz. Die Erleichterung aber wollte er permanent werden lassen, so als würde man einen eitrigen Zahn ziehen.

Lächerlich, wusste Strawl, aber ein einfallsreicher, zutiefst heroischer, absurd epischer Witz, der sich selbst so verschrieben war, dass er nicht mehr amüsierte, genau wie Elijah selbst. Und Marvin hielt sie für Vater und Sohn. Strawl hatte noch nie viel Sinn für Humor gehabt, aber das bisschen, das er hatte, hätte er niemals für eine Idee hergegeben. Nicht, dass er dem Lachen einen besonderen Wert beimaß. Er kannte nur keine Ideen, die es wert waren, auch nur fünf Cent auf den Gabenteller zu werfen. Elijah und er waren in ihren Möglichkeiten verwandt, aber nicht in ihrem Ziel, denn Strawl hatte keins. Was sie gemein hatten, war das Blutvergießen. Strawls Fähigkeiten lagen darin, und die hatte er Elijah mitgegeben wie die Ranch, auch wenn Elijah dieses Erbe nicht dem Nachbarn verkaufen konnte. Es gehörte ihm.

Strawl lehnte sich an den Sattel und füllte den Himmel mit seinem Atem, der Rauch in der Kälte war und dann verging. Immerhin, dachte er, hatte der Junge versprochen, aufzuhören, und zwei gute Männer glaubten ihm. Obwohl Elijah seinen Teil an Übertretungen begangen hatte und die Brandstiftung sicherlich eine Straftat gewesen war, hatte er zuvor doch weder Mensch noch Tier etwas angetan, selbst wenn er Grund dazu gehabt hätte.

Unten häufte einer der Männer die Kohle des Kochfeuers

auf. Es rauchte kurz wegen der Störung, dann nicht mehr. Strawl schlief ein unter der Betrachtung des Himmels über sich und bei dem Gedanken, dass dieser Himmel auch über Kanada hing. Er fragte sich noch, ob auch andere Dinge für ihn gleich bleiben würden, wenn er dort liegen und nachts nach oben schauen würde.

23

Strawl stand auf, erwärmte den letzten Rest seines Wassers und legte einen von Elijahs Teebeuteln in eine Tasse. Der Kaffee war ihm ausgegangen. Er schaute zu, wie der Dampf aus dem ziehenden Tee aufstieg, und hielt sein Gesicht in den heißen Dampf. Stick wieherte, und Strawl ließ einen Apfel in seine Richtung rollen, den er aufgehoben hatte. Das Pferd schnaubte und kaute, der Apfel zerbarst zwischen seinen Kiefern. Strawl legte ihm Zaumzeug an, strich die Decke glatt und warf sie ihm über den Rücken. Dann kam der Sattel dran. Das Pferd blies den Bauch auf, um sich gegen den Gurt zu wehren; das hatte es schon als Jungtier getan, als Strawl es gerade gekauft hatte. Strawl warf einen Stein ins Gestrüpp, und als Stick sich danach umdrehte und dadurch abgelenkt war, zog Strawl den Sattelgurt stramm. Das Pferd wieherte, weil es wieder mal reingelegt worden war. Es trat von einem Bein aufs andere und warf den Kopf hin und her. Strawl schimpfte mit ihm und stieg auf. Er umkreiste erneut das schlafende Camp und durchquerte den Bach zu dem Pfad hin, auf dem er gekommen war. Eine halbe Meile weiter traf er auf Raymond, der zu Fuß unterwegs war. Strawl hielt sein Pferd an.

»Brichst du auf?« fragte Raymond.

Strawl nickte.

Raymond schüttelte den Kopf. »Diese Menschen. Wir. Wir werden es nicht lange schaffen.«

»Glaubst du nicht?«

Raymond sagte: »Wir kochen in Töpfen und Pfannen aus dem Fort, schlafen unter billigen Decken. Es ist noch nicht kalt.

Nicht so, wie es noch wird. Außer Totholz gibt es kein Brennmaterial, und das wird der Schnee zudecken. Selbst wenn wir uns an genügend Dinge erinnern, um es in den Winter zu schaffen, werden uns Typhus, Cholera, Keuchhusten oder die Grippe erledigen, so eng, wie wir aufeinander leben.«

»Schätze, es hat schon seinen Grund, dass hier normalerweise keine Menschen sind.«

Raymond nickte. »Das werden wir bald merken. Ich würde dich ja einladen, zu bleiben, aber das scheint mir nicht so aufmerksam zu sein wie dich ziehen zu lassen.«

Strawl erwiderte nichts.

»Wir könnten jemanden Hartes brauchen, der uns diese Gesetzesleute vom Hals hält. Ob die nun nach dir suchen oder nach ihm, nach irgendjemandem suchen sie. Und die sind mit dem Ersten zufrieden, den sie finden. Das werden doch wahrscheinlich fünfzig Männer sein, und die können sich nicht fortbewegen wie ein einzelner Flüchtender. Vielleicht verhaften sie uns und bewahren uns so davor, an einer Seuche zu sterben.«

»Könnte aber ein schlimmes Schicksal bedeuten«, sagte Strawl. »Man kann nie wissen.«

»Glaubst du?«

»Ich glaube, wenn man einen Bären jagt, sollte man die Möglichkeit nicht außer Acht lassen, dass der Bär ebenfalls auf der Jagd ist.«

Raymond lehnte sich auf einen Stock, den er sich zum Gehen zurechtgeschnitten hatte. »Weißt du, ich gehörte zu denen, die sie ins Fort zur Schule geschickt haben. Ich weiß noch, das hat mir Spaß gemacht. Ich konnte schon lesen, und sie hatten da Geschichtsbücher, die fast so spannend waren wie die Geschichten vom alten Großvater. In diesen Büchern gab es auch Stämme. Ich erinnere mich noch, wie schlimm die Hunnen waren. Die haben Rom dem Erdboden gleichgemacht. Ich kannte natürlich keinen, deshalb fragte ich die Pater danach, und die erklärten mir, es gäbe keine Hunnen mehr. Wurden sie ausgelöscht, fragte ich, aber nein, meinten die Pater, sie sind einfach nur keine Hunnen mehr und gehören jetzt zu anderen Stämmen. Zu den Deutschen oder Bayern oder Kosaken vielleicht.‹ Er sah zu Strawl auf. »Du hast niemandem etwas genommen, das er nicht schon verloren hatte. Elijah auch nicht.«

Stick warf den Kopf hoch und schnaubte. Strawl tätschelte ihn.

»Elijah ist oben auf dem Kamm«, sagte Raymond. »Horcht nach den Verfolgern.«

»Nein, er wartet auf mich.«

Raymond nickte. »Könnte gut sein.«

»Du bleibst hier, nehme ich an«, sagte Strawl.

Raymond zuckte mit den Schultern. »Wenn ich nicht dabei umkomme, wird die Geschichte zumindest jedes Mal einen Eimer Bier wert sein, wenn ich sie erzähle. Man kann nie wissen, wann schwere Zeiten kommen.«

»Ich frage mich nur, womit hat er sie umgebracht?« sagte Strawl.

»Er hat sich einen Eselskiefer mit Zähnen bronziert, hat ein Ende zu einem groben Hammer geschliffen und den Rest so scharf wie ein Rasiermesser. Ich fand, das war ein ziemlicher Aufwand.«

Strawl schüttelte den Kopf. »Den Kiefer hatte er schon seit Langem rumliegen. Ich hab das immer nur für Dekoration gehalten. Tja, der Junge hat bei den paar Dingen, denen er sich verpflichtet fühlte, ziemliche Weitsicht bewiesen.«

»Schätze, das zählt dazu.« Raymond wirkte nicht traurig, sondern eher wie jemand, der begriff, dass Traurigkeit in jedem Augenblick des Tages steckt.

»Na, dann viel Glück«, sagte Strawl.

Er packte Sticks Zügel und drängte ihn voran. Der Pfad wand sich durch Farne und gelb werdende Felsenbirnenbüsche.

Oben angekommen, schaute er auf den Wald und die Felsen herunter. Er konnte Kinder sprechen und Mütter sie zurechtweisen hören, dann das Lachen zweier Männer. Knapp dreihundert Meter entfernt saß Elijah auf Baal, im Schatten einer riesigen Granitbruchplatte.

Elijah wartete schon seit vor dem Morgengrauen auf Strawl. Seine eigene Geduld bereitete ihm Freude. Er hatte sich über die Zeit erhoben. Sie zog über ihn hinweg wie ein Sturm, ohne ihn zu durchnässen. Eine Stunde im aufziehenden Licht war nur eine Stunde, wenn er bestimmte, dass dem so war. Entschied er, dass es ein Jahr war oder eine Sekunde, dann war es eben so. Er wollte nichts, nicht leben, nicht sterben. Das konnte er nicht mal sich selbst erklären, und er versuchte es auch gar nicht erst. Elijah drehte sich eine Zigarette und rauchte sie. Strawl war am Kamm zu sehen, Stick trat auf der Stelle, begierig darauf, seinen Willen durchzusetzen und sich seinen Weg durch die unterhalb verlaufenden Schluchten zu bahnen.

Elijah hatte an diesem Morgen eine gute Leinenhose und ein sauberes kariertes Hemd angezogen. Darüber trug er eine hirschlederne Weste, die er von seinem Großvater übernommen hatte, unter den Armen dünn und dunkel von Schweiß, harten Ritten und dem Heben des Gewehrs oder Bogens, außerdem mit drei Löchern, zwei von schweren Auseinandersetzungen mit den Entiat, das dritte vom Angriff eines Shorthorn-Stiers während der Holzfällerzeit.

Strawls Silhouette stand starr und schwarz wie ein Baum oder Fels vor dem Horizont. In Elijahs Schaft steckte sein Gewehr, Kaliber .30-30. Er stemmte es über den Kopf und jaulte. Strawl erwiderte weder den Ruf noch die Geste. Elijah drückte das Gewehr an die Schulter und gab einen Schuss ab. Staub sprang drei Meter vor Strawl auf, und der Knall hallte wider. Baal scheute. Elijah zwang ihn zu Boden. Stick drehte einen ganzen Kreis mit Strawl, und als der wieder die Kontrolle hatte, gab Elijah erneut einen Schuss ab. Diesmal landete er splitternd in einem Baumstamm drei Meter oberhalb von Reiter und Pferd. Rinde und Pollen flogen auf und fielen herab. Wieder winkte Elijah. Strawl hob die Hand, eine Geste, die Elijah weder aufhalten noch ermutigen wollte, sondern nur besagte, dass er ihn registriert hatte.

»Alter Mann«, rief Elijah. »Ich hab gehört, du willst denjenigen treffen, der die Morde begangen hat. Dass du ihn kennenlernen willst.«

Strawl war abgestiegen, um das Pferd zu beruhigen.

»Es wird ganz fair abgehen«, sagte Elijah.

»Wie der Schlag mit dem Brett?« fragte Strawl. Er konnte Elijah lachen hören und war froh darüber.

»Hat dir nicht sonderlich gefallen, hm?« antwortete Elijah.

»Keine sehr höfliche Art, einen alten Mann zu behandeln, vor allem, wenn der auch noch deine Siedlung hier bezahlt hat.«

»Na, jetzt ist es nicht dasselbe.«

»Nein, weil ich weiß, dass du ein Killer bist.«

»Das weiß ich von dir schon, seit wir uns kennengelernt haben«, erwiderte Elijah.

»Und jetzt sind wir gleich?«

»Jedenfalls sorgt das für einen fairen Kampf. Ein Mörder gegen einen anderen.«

Strawl spuckte zu Boden.

»Willst du bestreiten, dass du ein Mörder bist?« fragte Elijah.

»Nein. Ich wage nur zu bestreiten, dass deine paar Skalpe meine vielen aufwiegen.«

»Dann werde ich wohl verlieren«, sagte Elijah. »Aber es wird immerhin fair sein.«

Strawl schätzte, dass er ihn beim Wort nehmen konnte. Er war sich nicht sicher, ob der Junge darauf hoffte, getötet zu werden, oder ob es ihm gleich war, wie die Sache endete, Hauptsache, sie fand ein Ende, ein gerechtes.

»Da draußen sind noch andere, die mit keinem von uns sonderlich fair umgehen werden.«

»Sollen sie nur kommen. Du bist jetzt hier.«

»Und ich gehe wieder.«

»Du willst dich mir also nicht stellen?«

»Ich habe dich gefunden«, sagte Strawl. »Unsere Angelegenheiten sind erledigt.«

Strawl stieg auf, Stick drehte sich um, und Strawl sah noch einmal zu Elijah zurück. Der steckte sein Gewehr zurück in den Schaft und klopfte Baal auf die Flanken. Dann saß er aufrecht und aufmerksam im Sattel. Er fuhr sich mit der Hand über das Gesicht, das frei von Falten oder Pockennarben war. Die Finger kämmten durch sein Haar, das in der aufsteigenden Sonne rötlich leuchtete. Er wirkte so jung, wie er tatsächlich war, und Strawl war merkwürdig erleichtert darüber, so als würden dem Jungen die Morde nicht anhängen, sondern von ihm abgleiten wie eine müde Haut, und er würde bald in einer neuen stecken.

Er sah, wie Elijah den Pfad begutachtete, der ihn zum Camp zurückleiten würde. Baal hielt vor dem Abstieg inne, und Strawl konnte erkennen, wie für einen Augenblick jedes Leben aus Elijahs Gesicht wich. Haut und Mund hingen herab. Seine Augen, so stellte Strawl es sich vor, schauten blicklos in den Lehm des Pfades. Es war, als hätte er sich selbst verlassen und Haut und Knochen wären nur noch eine Hülle. So mussten Elijah seine Opfer vorgekommen sein. Deshalb hatte er sich für sie entschieden. Strawl sah dem Jungen nach, als der sich an den Abstieg machte, und führte Stick nach vorne, damit er über den Kamm blicken konnte. Er sah Elijah durch Schatten und Lichtbalken ziehen. Elijahs Gesichtsausdruck blieb unverändert, bis ein Kaninchen aus dem Gebüsch brach und auf dem Pfad davoneilte. Baal jagte ihm ein paar Meter hinterher, Elijah blinzelte und lächelte, und sein Gesicht nahm wieder den normalen Ausdruck an.

Strawl führte Stick südwärts in Richtung Zivilisation. Wieder war er müde, aber es war noch nicht Zeit zum Schlafen.

24

Die Polizisten der BIA, die Strawl und Elijah in die Berge gefolgt waren, hatten dummerweise ihre Waffen in den Streifenwagen gelassen, die eine Viertelmeile von ihrem Lager entfernt standen, so als wären Automobile nicht töricht genug für solch ein Unterfangen. Die Männer kauerten um das Feuer herum und stritten sich darüber, wer als Letzter Kaffee gekocht hatte Strawl zählte fünf Mann.

Stick galoppierte über den Platz, den sie für ihre Bettrollen gesäubert hatten, und Strawl schoss drei von ihnen an. Er wollte sie nur verletzen, doch einer namens Elvin erhob sich, als er lieber hätte sitzen bleiben sollen, und das war das letzte Mal, dass er aufstand, ohne dass ihm jemand dafür die steifen Beine gerade bog. Die anderen beiden verschwanden im Wald. Strawl lauschte, und als er sie im Gestrüpp lärmen hörte, gab er zwei Schüsse ab und vernahm nach jedem Knall, wie jemand umfiel und stöhnte. Dann wendete er Stick und stand über den beiden noch verbliebenen Männern, die im abendlichen Feuerschein nach Luft schnappten und stotterten.

»Suchet und ihr werdet finden, Jungs«, sagte er. »Das Problem ist nur, was ihr haben wolltet, ist euch nun entgegengekommen. Also, auf Wiedersehen.«

Er schoss einem ins Bein und hörte ihn aufschreien. Der andere flehte ihn jämmerlich stammelnd an, und Strawl entschied, sie am Leben zu lassen. »Wenn ihr wieder gesund seid und noch mehr wollt, dann kommt auf meine Seite des Flusses, und wir beenden dieses Tänzchen.«

Drei Stunden später stieg Strawl, der nur seinem Gehör

folgte, ein Stück vor Dice und Silberlöffel die Serpentinen eines Canyons hinauf. Er legte sich hin, nutzte eine umgekippte Birke als Auflage und entdeckte Dice' Pferd. Es bäumte sich gar nicht erst auf, sondern stürzte nur hin und warf Dice in den Boden wie einen Zaunpfahl. Dasselbe machte Strawl mit Silberlöffels Tier. Leider handelte es sich um ein Vollblut. Strawl hasste es, gutes Pferdematerial zu vergeuden.

Er eilte den Hügel hinunter, um eine bessere Position einzunehmen, während Silberlöffel den Kopf hin und her drehte und ganz verwirrt schien ob seiner misslichen Lage. Dice blieb unter seinem Pferd liegen – sein Knöchel war gebrochen, wie sich herausstellte –, was Strawl den Luxus verschaffte, viel Zeit zu haben. Silberlöffel humpelte auf bandagierten Füßen zu seinem Gewehr, bis Strawl ihm das linke Knie wegschoss. Er fiel in sich zusammen wie ein gesprengtes Gebäude, dann stützte er sich auf das andere Knie. Eine zweite Kugel traf seinen rechten Ellbogen. Er fiel wieder um.

Strawl lud nach und trat auf die Lichtung. Dice rang um Luft und drückte gegen das Pferd, aber das Gewicht nagelte ihn am Boden fest wie die Hand Gottes. Silberlöffel zuckte wie ein Fisch an der Leine, bis seine linke Hand sich in die Erde krallte. Er spuckte und fluchte. Strawl bewunderte den Mumm des Kerls und schoss ihm aus Respekt in die Schulter und den anderen Ellbogen. Damit war Silberlöffel so hilflos wie ein Winddrache im Sturm.

»Bitte. Aufhören«, sagte er.

»Okay«, sagte Strawl.

Er tat drei Schritte – er zählte sie – und stand über Dice.

»Du wirst mich nicht töten«, sagte Dice.

Strawl nickte. »Ich werde noch nicht mal auf dich schießen.« Er drehte eine Zigarette und zündete sie an, schob sie Dice zwischen die Lippen. Als Dice gezogen und ausgeatmet hatte, nahm er sie ihm wieder aus dem Mund.

Er nickte in Richtung von Dice' Sattel. »Dein Gewehr

steckt noch in der Scheide«, sagte er. »Wäre doch ganz vernünftig gewesen, es herauszunehmen.«

Dice erwiderte nichts darauf. Silberlöffel konnte sich nicht rühren und stöhnte nur. Strawl drehte sich so, dass er sie beide sehen konnte. »Dein Sheriff hätte mich abhalten können«, sagte er. »Damit müsst ihr nun beide leben.« Er nickte zu Hollingsworth hinüber. »Er wird vielleicht nicht sterben, aber er wird nie mehr der Alte sein. Das hat er dir zu verdanken.«

»Ich habe ihn nicht in Stücke geschossen.«

»Nein, aber du hast es zugelassen, obwohl deine Waffe nur dreißig Zentimeter von deiner Hand entfernt war.«

»Du versuchst doch nur, die Schuld von dir zu weisen.«

»Ich hatte noch nie etwas anderes als Schuld«, entgegnete Strawl.

Dice' Pferd schnappte nach Luft, und aus dem Einschussloch unter seinem Herzen quoll roter Schaum, während seine Lungenflügel sich mühten, ihre Arbeit zu machen. Das Tier hatte die Augen weit aufgerissen, und es addierte und subtrahierte etwas, wie dies jedes sterbende Wesen tut in der Hoffnung auf eine neue Mathematik. Strawl tätschelte dem Tier den Kopf und sagte zu ihm, es sei ein braver, starker Kumpel, der seine Pflicht immer gut getan habe. Das Pferd sah ihm in die Augen, Strawl erkannte sein eigenes Spiegelbild in der Pupille. Er legte ihm die Hände auf die Nüstern, dann auf die Stirn und sprach noch einmal beruhigend auf das Tier ein. Dann trat er zurück und erlöste es von seinen Leiden.

25

Die meisten Menschen halten Hoffnung für das Gegenteil von Angst. Russell Strawl wusste es besser: Das Gegenteil von Angst ist Gewissheit. Die Angst endet dort, wo das Wissen beginnt, selbst wenn es ein Wissen um das Schlimmste ist. Strawl erinnerte sich nicht daran, jemals Angst gehabt zu haben. Die Welt hatte schon lange die Fähigkeit eingebüßt, ihn zu überraschen.

Mehrere Monate später – es war fast Frühling – tauchte Strawl eines späten Nachmittags auf der Ranch auf. Die Luft war frisch, der winterliche Frost hielt die Bäume noch immer davon ab zu knospen. Er band Stick an und füllte den Trog, dann schüttete er den Rest aus einem Hafersack in den Futtereimer. Das Pferd wieherte und fraß.

Am Abend schaukelte Strawl auf einer Verandaschaukel, lauschte der quietschenden Kette und seinen Enkelkindern, die eine Viertelmeile entfernt auf dem Hof spielten. Die Mädchen kreischten und jagten sich gegenseitig mit Weidenruten, und das Baby lachte einmal mit solcher Freude, dass Strawl sich unwillkürlich leichter fühlte.

In jener Nacht schlief er tief und traumlos; als er aufwachte, spürte er all die Wunden, mit denen er die Jahre und die letzten Monate versehen hatte. Er zog sich langsam an, setzte Kaffee auf und trank ihn, dann briet er sich etwas Speck und zwei Eier und schlang es hinunter. Es schmeckte ihm so gut, dass er noch ein halbes Dutzend Eier aufschlug und den Rest vom Schinkenspeck dazugab. Er genoss das Essen mehr als jede andere Mahlzeit, an die er sich erinnern konnte.

Dann ging er hinaus, stieg auf eine Hügelflanke hinter dem Haus, die zu steil zum Pflügen war, und legte sich ins Gras. Das war der erste Augenblick in seinem Leben, glaubte er, an dem es nichts Dringendes gab, das seine Aufmerksamkeit erforderte.

Hinter dem Bird Mountain wurde es heller. Eine Stunde später suchte Strawl in seiner Jackentasche herum, bis er eine Zigarette fand. Er zündete sie an und zog, bis sie gut brannte. Der Tabak knisterte im Wind. Er legte den Kopf zurück auf das Land, das vor ihm niemandem gehört hatte. Er wollte über dieses Land ziehen wie das Wetter, wie die alljährlichen Frühlingsnebel, wollte nur ein Schatten auf den großen Felswänden sein, auf der gelben Prärie, den wenigen Bären und Pumas, die noch immer durch die Wälder streiften, auf den Kiefern, Tamarack-Lärchen, Ulmen und weißen Birken, die die Canyon-Einschnitte umstanden, und auf den schmalen Bächen, die sich zum Fluss hinzogen. Der Fluss hatte sich dreihundert Meter tief in Basalt und Granit geschnitten und sich dort seinen Platz gesichert.

Arlen hatte den Pflug hinter den Traktor gespannt und grub das Stück Land unterhalb der Scheune um. Grauer Staub lag in der leichten Brise und hüllte Mann und Maschine ein. Die Erde beugte sich der Gerätschaft, blieb aber doch unverändert. Steckte man seine Hände hinein, zerbröselte sie und kehrte zu sich selbst zurück wie Wasser. Zog man eine Messerklinge hindurch, nahm sie sie geduldig auf, so als wüsste sie um die Vergeblichkeit jeden Versuchs, sie zu verletzen. Ihre Schwerkraft hielt den Mond fest, doch jeder Bauer, der Newtons Erklärungen brauchte, hatte seinen Beruf entweder durch Zufall ergriffen oder geerbt. Physik und Formeln aus Büchern besaßen keinerlei Weisheit im Vergleich zu einer gewöhnlichen Handvoll Erde. In ihr lagen die einzige Gewissheit und Ruhe, die es gab. Nichts war gewöhnlicher als Erde, nichts gerechter.

Die frischen Blätter wirkten im Schein des Lichts regennass.

Rostiger Basalt und Schieferbrüche bildeten drei der vier Horizonte, ein paar dürre Heuschrecken huschten zwischen dem scharfkantigen Vulkangestein umher. In den schroffen Canyons lagerten Erde und Fels aus den eiszeitlichen Fluten.

Gegen Mittag hatte Arlen das Stück Land fertig bearbeitet und fuhr zu einem anderen Feld jenseits einer Basaltklippe, auf der eine riesige Ponderosa-Kiefer stand. Die Jahre und die Schwerkraft hatten sie gefährlich weit über die steile Kante gebeugt. Staub stieg hinter dem Felsstück auf und verschmierte den Himmel, das Klappern des Dieselmotors war nur noch ein leises Ticken. Arlen würde dieselben Wellen und Wirbel durch denselben nichts ahnenden Boden ziehen, bis er verschied und der kleine Junge seinen Platz auf dem Traktorsitz einnahm.

Erst im letzten Monat hatte Strawl von einem Möbelfahrer gelesen, der seine Frau mit der Zugmaschine aus den Blumenbeeten gejagt und dann Gas gegeben und sie auf freier Wiese unter die Räder genommen hatte. Als die Polizei eingetroffen war und nach einem Motiv suchte, hatte er nur gesagt, er liebe sie.

In derselben Zeitung hatte auch ein kurzer Bericht über zwei arbeitslose Maurer gestanden, die nach einem Tag Betteln und einer Nacht Saufen ihren Pick-up rückwärts ins Wasser gesetzt hatten und dann eingeschlafen waren, bis kurz vor der Dämmerung die abgenutzte Kupplung, die den Pick-up in Gang hielt, nachgab und sie mit dem Fahrzeug unter Wasser gerieten. Sie nahmen noch kurz den Geruch von dreckigen Socken wahr, dann wich die Luft in ihren Nasenflügeln dem Wasser, kam die Umkehrung ihrer Geburtsstunde, dann war nur noch Stille, bis der Abschleppwagen des Sheriffs am folgenden Morgen die Leichen barg.

Das waren Tatsachen, hatte Strawl sich gesagt, und ein Mann oder eine Frau, die der Welt abhandenkamen – nun, das Leben war eben nur ein Produkt von Hirnzellen, die Chemikalien hin und her schossen und die Zeit dehnten. Hamlet hatte es falsch gesagt, fand Strawl. Das Bewusstsein machte Feiglinge aus allen, nicht das Gewissen. Richtig und falsch waren harmlos im Vergleich zu der simplen Erkenntnis, lebendig zu sein. Das Wissen von der Existenz war mehr als bloß die Summe aus Blutkreislauf und Verdauung. Diese Körperfunktionen dienten nur der Galaxis zwischen den Ohren des Menschen, und die Sonnen und Planeten darin gehorchten seiner eigenen besonderen Physik, deren Ordnung nur der Mensch allein erkennen konnte, und das auch nur in kurz erhaschten Einblicken, Epiphanien, die wieder vergingen, bevor man sie aussprechen oder auch nur durchdenken konnte. Dazu kam noch das Wissen, dass dieses distanzierte Ich nicht einem selbst gehörte, sondern anderen, die das schwache, weit entfernte Licht wogen und beurteilten, das es aussendete. Wenn ein Mensch, der all das wusste, trotzdem oder gerade deshalb seiner Bestimmung entgegenging, dann konnte man das heldenhaft nennen. Strawl wusste, er war es nicht.

Für ihn wie für die übergroße Mehrheit beendete Schicksal oder Zufall alle Illusionen: durchgetrenntes Rückenmark, auslaufende Flüssigkeiten, von Herzen abgerissene Aorten, in die Körperhöhlen fließendes Blut, verstopfte Venen oder Arterien, die einen lebenswichtigen Vorgang unterbanden. Das Leben entwich mit dem Gefühl, das man aus einer leerlaufenden Badewanne kannte, einem Gefühl vom Ende aller Wärme und Zeit.

Das Leben war zu kurz für philosophische Grübeleien. Am Ende blieb nur Angst, nutzlose Angst. Mehr gab es nicht zu wissen. Das war Weisheit.

Arlen beendete die Arbeit vor Einbruch der Dämmerung und ließ den Scheibenpflug auf dem Acker liegen, von wo er ihn am nächsten Morgen holen würde, um die Sommerbrache umzupflügen. Er stellte den Traktor auf dem harten Lehmboden vor der Scheune ab, kontrollierte die Flüssigkeiten und zog eine Mutter am Sitz nach, die sich durch die Vibrationen ständig löste. Als er auf das Haus zuging, hängten sich die Mädchen an seine Beine. Dot und das Baby erwarteten ihn am Fuß der Veranda, und die Mädchen bedienten den Pumpenschwengel, damit er sich Gesicht und Hände waschen konnte, bevor er ins Haus ging. Strawl konnte einen Braten riechen – irgendeine Sorte Fleisch, wohl eher Rind als Schwein, glaubte er. Er hatte keine Laterne angezündet und die Vorhänge nicht aufgezogen, er wusste also nicht, ob sie überhaupt schon mitbekommen hatten, dass er zurück war. Vermutlich nicht, nahm er an. Denn Dot hätte sich wohl sonst schon die Neuigkeiten berichten lassen, ganz gleich, wie hässlich sie waren.

Doch dann sah er nach etwa einer Stunde ihren Schatten den Hügel heraufkommen, vorbei am Ranchhaus, direkt auf ihn zu. Er legte sich ins Gras zurück und lauschte ihren Schritten, die das Gestrüpp rauschen ließen.

»Wie ich sehe, tust du dich leichter, mich zu finden, als die anderen, die mich jagen«, sagte Strawl mit geschlossenen Augen. »Ich habe auch nichts anderes erwartet.«

»Du warst lange fort.«

Strawl nickte. »War Dice hier?«

»Und andere. Einen Monat lang täglich, dann einmal die Woche. Jetzt sehen wir sie manchmal bei dir vorbeischauen, aber sie machen sich gar nicht erst die Mühe, noch bei uns nachzufragen.«

»Tut mir leid, dir Mühe gemacht zu haben.«

»Hast du nicht«, erwiderte sie. »Jedenfalls nicht so viel, als wenn du hier gewesen wärst.«

Strawl lächelte darüber.

»Warst du weit weg? Kanada, dachten die.«

»Nein«, antwortete Strawl. »Ich hab mich nur von den Hauptstraßen ferngehalten.«

»Warum nicht Kanada? Scheint der einzig sichere Ort zu sein.«

»Ich bin offenbar nirgendwo sicher.«

»Na ja, du bist ja auch gefährliche Gesellschaft. Das ist schwer zu übersehen.«

»Genug. Wenn ich nach Kanada gehe, ändert sich nichts, nur Kanada.«

»Bist du wirklich so eingebildet, zu glauben, du könntest ein ganzes Land verderben?«

»Du glaubst, dass ich das nicht könnte. Ich höre mir gerne deine Argumente an.«

»Ich habe keine, nur Hoffnung«, sagte Dot.

»Das klingt wie ein Gebet, nicht wie eine Diskussion.«

Dot schwieg. Strawl hörte, wie sie vom Aufstieg noch schwer atmete.

»Hab unterwegs Ida getroffen.«

Dot sagte nichts.

»Scheint, dass die Beerdigung etwas verfrüht war.«

»Wie geht es ihr?«

»Sie ist gesund und glücklich und erwerbstätig.«

Dot blieb stumm.

»Schätze, ihr alle habt mich hier zum Narren gemacht.«

Dots Stimme klang verbittert: »Das war kein Scherz. Sie wollte weg, und du neigst nicht sonderlich dazu, anderen Menschen ihren Willen zu lassen.« Sie seufzte. »Ich dachte, es wäre so einfacher, als sich zu streiten.«

»Einfacher für sie. Einfacher für dich.«

»Ja«, sagte Dot. »Für dich ist sowieso nichts einfach.«

Strawl entgegnete nichts.

»Hast du etwas von deinem Bruder gehört?« fragte er schließlich.

»Kein Sterbenswörtchen.«

»Das ist gut.«

»Ist die Polizei auch hinter ihm her?«

»Nehme ich nicht an.«

Jene, die glaubten, Strawls gutes Gehör wäre seine einzige Stärke, wussten wenig über das Zuhören. Allein zu leben hatte ihm zu einer Intuition verholfen, die der einer Frau glich, er hörte nicht nur alles, er hörte zu. Manchmal leistete ihm diese Fähigkeit gute Dienste. Andere Male war es nicht von Bedeutung.

»Hast du den Gesetzeshütern schon gesagt, dass ich in der Gegend bin?« fragte Strawl.

»Nenn mir einen Grund, warum ich das nicht tun sollte«, antwortete Dot.

»Wozu? Entweder du hast oder du hast nicht. Ich bin so oder so hier.«

Strawl hörte sie weggehen.

Am folgenden Morgen öffnete er die Tür, und auf dem festen Lehmboden des Hofs standen Dice – mit Krücke, sein Knöchel war noch immer im Gips – und fünf Männer der National Guard. Dot und die Mädchen warteten ein wenig abseits mit Arlen, der zu Boden blickte und mit dem Stiefel dort herumbohrte. Was für eine gottverdammte Zeitverschwendung, dachte Strawl.

»Ich bin unbewaffnet«, sagte er.

Die Männer hielten ihre Waffen im Anschlag, einer von ihnen näherte sich und klopfte ihn ab. Zufrieden trat er zurück.

»Ich möchte gern den alten Stick füttern, bevor ich gehe«, sagte Strawl. »Mein Pferd.«

Dice schüttelte den Kopf, aber der Sergeant der National Guard erlaubte es Strawl. Sie gaben den Weg frei. In der Scheune war es kühl. Stick hob den Kopf, als Strawl das Tor aufzog. Das Licht verwandelte Boden und Wände in Geometrie, in Quadrate, Achtecke, Rechtecke mit nicht parallelen Seiten. Rhomben, dachte Strawl, ein merkwürdiges Wort, eins, das mehr bedeuten sollte. Er suchte herum, bis er einen Getreidesack fand, und schnitt ihn mit dem Taschenmesser auf, das zu konfiszieren der Soldat nicht für nötig erachtet hatte. Er schüttete zwei Schaufeln in den Futtertrog und pumpte Wasser, bis das halbe Fass, das er zu einer Stalltränke für die Pferde umgebaut hatte, gefüllt war. Stick fraß, und Strawl drückte sein Ohr unterhalb der Flanke ans Tier, lauschte, wie der Magen grummelte und die großen Blasebälge der Lunge Luft holten, hörte das stete Summen des fließenden Blutes und das muskulöse Herz, das den Takt dazu schlug. Die Bibel, dachte Strawl, hat kein Monopol auf Wunder.

Am anderen Ende der Scheune führten Doppeltüren auf den Pferch hinaus. Strawl öffnete sie, damit das Pferd ein wenig Auslauf hatte. Neben der Außenwand stand unter einer Leinwandplane die erste Dreschmaschine des Countys, gebraucht, aber funktionstüchtig. Strawl ging zurück, kam an der Werkbank mit dem Reitzeug und dem Sattel vorbei. Er hatte das Gewehr in der Scheide stecken lassen. Jetzt zog er es heraus, klappte es auf und lud es.

Draußen war es hell, und er musste blinzeln, um die Gestalten, die Schatten auf seinem Hof zu erkennen, bis sich seine Augen daran gewöhnt hatten. Die Männer der Garde sprachen miteinander, Dice stand abseits und rauchte. Die kleinen Mädchen waren bei Dot, sie hatte die Hände auf ihre Schultern gelegt, hielt sie fest; der Junge saß in einem kleinen Karren daneben. Arlen war der Erste, der Strawl zurückkehren sah. Er machte zwei, drei Schritte über den Hof auf ihn zu. In seinen Augen erkannte Strawl die Sicherheiten, die sein Schwiegersohn zu bieten hatte, die Hingabe, die er seiner Tochter und seinen Enkelkindern widmen würde, die praktische Vernunft, mit der er sich um die Arbeit kümmerte. Strawl wusste auch, dass Arlens Absichten nicht unaufrichtig waren, er war tatsächlich entschlossen, sie zu erfüllen, bis zu dem Augenblick, als er den Gewehrlauf bemerkte, den Strawl bei jedem Schritt hatte mitschwingen lassen, um ihn zu verbergen. Arlen sah den Lauf auf sich zeigen, sah ihn husten und qualmen, dann spürte er, wie die Kugel ihm die Brust zerriss, und er blinzelte und dachte nicht mehr an seine Verantwortung.

Die Gardisten und Dice rissen ihre Gewehre an die Schultern. Strawl warf seins in den Staub, legte die Hände auf den Kopf und ging zu Dice' Streifenwagen. Der Knall hatte die Kinder verstummen lassen, selbst das Baby. Strawl war ganz taub von der Explosion. Dot starrte ihn mit offenem Mund an, so als würde sie keine Luft bekommen.

Strawl öffnete die Wagentür, Dice kam schließlich zu ihm gehumpelt und legte ihm Handschellen an. Strawl streckte ihm die Hände mit den Handflächen nach oben hin, um ihm nicht noch mehr Arbeit als nötig zu machen.

EPILOG

Strawl starb sieben Monate später, nachdem ein Schlaganfall ihn linksseitig gelähmt und eine Lungenentzündung ihm Herz und Lungen verstopft hatte. Schließlich entschied er, dass er zu müde war, dieses Gewicht noch zu heben. In der ganzen Zeit der Haft hatte er keine Besucher gehabt und nur beim Zählappell mit den Wachen gesprochen. Er liegt auf dem alten Gefängnisfriedhof begraben, zumindest den Unterlagen nach, doch Wetter und Zeit haben alle Steine aus jener Zeit zu glatten, bemoosten Platten abgeschliffen.

Wegen der Morde im Reservat wurde niemand angeklagt. Die Morde hörten auf, und das war ja auch Ziel der Ermittlungen gewesen. Die Taten sind bemerkenswert schnell aus dem Gedächtnis in die Erzählungen gewandert, aus vielen Gerüchten wurde Vergessen, doch das ist in den Zeiten, in denen wir leben, nun mal das Schicksal von Geschichten. Nur wenige überdauern.

Der Bird-Clan zeigt im Reservat noch immer große Präsenz. Viele dieses Namens sind nun kanadische Staatsbürger und arbeiten auf Ranches oder in Papierfabriken in Kelowna und Osoyoos. Marvin wurde ein Jahr nach Strawls Verhaftung in Nespelem gesichtet, doch er verschwand, und man hörte nie wieder von ihm. Rutherford B. Hayes blieb Kanada so treu ergeben, dass er sich nach dem Kriegseintritt Großbritanniens und dem Beginn der kanadischen Einberufung freiwillig meldete und das British Cross und die Queens Medal für Tapferkeit errang – für seine Verdienste am Juno Beach, wo er eine Infanterieeinheit vor einem Maschinengewehrnest bewahrte.

Dessen Schützen hatte er dadurch vertrieben, dass er Steine und Granathülsen nach ihnen warf. Dann schnappte er sich das Maschinengewehr, richtete es auf die flüchtenden Deutschen und tötete ein Dutzend von ihnen. Nach dem Krieg landete er in Cranbrook, wo er Hunde züchtete und Pferde verarztete, bis er bei einer Wahl, bei der die Namen einfach handschriftlich auf die Wahlzettel zu schreiben waren, zum Bürgermeister gewählt wurde. Das regte ihn derart auf, dass er die Gemeinde verließ und sich in die Berge zurückzog.

Dice wiederum nahm die Wahl durch das Volk gerne an und wurde sieben Mal zum State Senator ernannt, bis er sich in Spokane zur Ruhe setzte, wo er einen Großteil seiner Pension bei Getreidespekulationen verlor. Allerdings holte er es sich bald zurück und vermehrte es noch deutlich, als das Bureau of Reclamation eine dritte Kraftwerkstation bauen wollte und dazu hundert Hektar Land kaufte, die Dice dreißig Jahre zuvor für eine lächerliche Summe erworben hatte. Bis zu seinem Tod mit 79 Jahren blieb er mit Karen verheiratet, seiner einzigen Frau.

Elijah verschwand schlicht und einfach. Niemand hörte jemals wieder etwas von ihm. Einen Monat nach Strawls Verhaftung allerdings vernichtete trotz des feuchten Aprilwetters ein Brand den Wald seiner Ansiedlung. Die Wände der Schlucht, die zu steil waren für die Feuerwehrleute, verwandelten sich in die glühende Kohle einer Schmiedeesse; die eine Seite heizte die andere auf und beide gemeinsam erhitzten den Boden darunter. Bäume explodierten, bevor die Flammen sie überhaupt erreichten, und der Basalt glänzte wie das Glas, das er einst gewesen war. Hitze stieg in Wellen auf, und als der Wind den Qualm fortriss, waberte selbst das Blau des Himmels. Nachts lenkte die Hitze das Sternenlicht um, und jeden Morgen brachen Hirsche und Bären aus den Wäldern auf die Landstraßen, in die Wohngegenden und die von Läden gesäumten Geschäftsstraßen der äußeren Siedlungen. Sie hauchten heißen Atem aus durchglühten Lungen und sprangen und drehten sich

Phenotypic Variation in Populations

Relevance to Risk Assessment

BASIC LIFE SCIENCES
Alexander Hollaender, Founding Editor

Recent volumes in the series:

Volume 31 GENETIC CONSEQUENCES OF NUCLEOTIDE POOL IMBALANCE
Edited by Frederick J. de Serres

Volume 32 TISSUE CULTURE IN FORESTRY AND AGRICULTURE
Edited by Randolph R. Henke, Karen W. Hughes, Milton J. Constantin, and Alexander Hollaender

Volume 33 ASSESSMENT OF RISK FROM LOW-LEVEL EXPOSURE TO RADIATION AND CHEMICALS: A Critical Overview
Edited by Avril D. Woodhead, Claire J. Shellabarger, Virginia Pond, and Alexander Hollaender

Volume 34 BASIC AND APPLIED MUTAGENESIS: With Special Reference to Agricultural Chemicals in Developing Countries
Edited by Amir Muhammed and R. C. von Borstel

Volume 35 MOLECULAR BIOLOGY OF AGING
Edited by Avril D. Woodhead, Anthony D. Blackett, and Alexander Hollaender

Volume 36 ANEUPLOIDY: Etiology and Mechanisms
Edited by Vicki L. Dellarco, Peter E. Voytek, and Alexander Hollaender

Volume 37 GENETIC ENGINEERING OF ANIMALS: An Agricultural Perspective
Edited by J. Warren Evans and Alexander Hollaender

Volume 38 MECHANISMS OF DNA DAMAGE AND REPAIR: Implications for Carcinogenesis and Risk Assessment
Edited by Michael G. Simic, Lawrence Grossman, and Arthur C. Upton

Volume 39 ANTIMUTAGENESIS AND ANTICARCINOGENESIS MECHANISMS
Edited by Delbert M. Shankel, Philip E. Hartman, Tsuneo Kada, and Alexander Hollaender

Volume 40 EXTRACHROMOSOMAL ELEMENTS IN LOWER EUKARYOTES
Edited by Reed B. Wickner, Alan Hinnebusch, Alan M. Lambowitz, I. C. Gunsalus, and Alexander Hollaender

Volume 41 TAILORING GENES FOR CROP IMPROVEMENT: An Agricultural Perspective
Edited by George Bruening, John Harada, Tsune Kosuge, and Alexander Hollaender

Volume 42 EVOLUTION OF LONGEVITY IN ANIMALS: A Comparative Approach
Edited by Avril D. Woodhead and Keith H. Thompson

Volume 43 PHENOTYPIC VARIATION IN POPULATIONS: Relevance to Risk Assessment
Edited by Avril D. Woodhead, Michael A Bender, and Robin C. Leonard

---

Phenotypic Variation in Populations

Relevance to Risk Assessment

Edited by
Avril D. Woodhead
Michael A Bender
Robin C. Leonard
Brookhaven National Laboratory
Upton, New York

Springer Science+Business Media, LLC

Library of Congress Cataloging in Publication Data

Symposium on Phenotypic Variation in Populations: Relevance to Risk Assessment (1986: Brookhaven National Laboratory)
Phenotypic variation in populations.

(Basic life sciences; v. 43)
"Proceedings of the Symposium on Phenotypic Variation in Populations: Relevance to Risk Assessment, held December 7-10, 1986, at Brookhaven National Laboratory, Upton, New York"–T.p. verso.
Includes bibliographies and index.
1. Health risk assessment–Congresses. 2. Human genetics–Variation–Congresses. 3. Genetic polymorphism–Congresses. 4. Human population genetics–Congresses. I. Woodhead, Avril D. II. Bender, Michael A. III. Leonard, Robin C. IV. Title. V. Series. [DNLM: 1. Phenotype–congresses. 2. Risk Factors–congresses. 3. Variation (Genetics)–congresses. W3 BA255 v.43 / QH 401 S9915p 1986]
RA566.27.S95 1986 616'.001'5752 87-35795

ISBN 978-1-4684-5462-8 ISBN 978-1-4684-5460-4 (eBook)
DOI 10.1007/978-1-4684-5460-4

Proceedings of the Symposium on Phenotypic Variation in Populations: Relevance to Risk Assessment, held December 7-10, 1986, at Brookhaven National Laboratory, Upton, New York

Originally published by Plenum Press New York in 1988
Softcover reprint of the hardcover 1st edition 1988

Alexander Hollaender
(1898-1986)

DEDICATION

Alexander Hollaender contributed to the intellectual organization of this symposium on Phenotypic Variation in Populations: Relevance to Risk Assessment, although he died on the eve of its commencement.

Blending original ideas, various scientific disciplines, and different cultures, genders, and generations was a sort of art with Hollaender--an art of which many of us became the raw materials. It's no secret that Dr. Hollaender saw science, in its larger perspective, as a tool for building peace by encouraging open communication and sharing among scientists from all over the world. The many scientific symposia he helped to initiate throughout the years are evidence of this special interaction that has nurtured scientific progress and fostered international goodwill.

He was a man of integrity and vision, a creative and diligent researcher, a personality of support and encouragement. His smile and German accent may be gone, but the spirit of cooperation, the perseverance to unravel nature's secrets through fundamental research, and the pursuit of one's personal best will be carried on by those who have been inspired by his example.

Claire M. Wilson

Washington, D.C.

PREFACE

The human race has enormous heterogeneity, founded on genetic and environmental sources. Variability, therefore, is a vital dimension in any consideration of human risk assessment. In the estimation of risks, current methods of extrapolation based upon converting the response of a median man are inadequate, as they ignore phenotypic variation and therefore, susceptible subgroups. There is a growing literature defining the extent of human variation in normal populations; thus, the normal young adult population may have 10-20% known hyperreactors. How far can we ignore human variability in risk assessment? Should we be concerned with susceptible groups, and how can we modify the risk assessment analysis accordingly? The aim of our meeting was to bring together experts from the fields of human epidemiology, toxicology, aging, genetics, carcinogenesis and teratology, and to provide a forum in which we might assimilate knowledge of human heterogeneity as a coherent whole. Since the resolution and obligations of risk assessment, in the last analysis, are a political process, we also involved representatives from the legal field, the unions, and the regulatory agencies.

We are most grateful for financial support from the National Institute on Aging; the U.S. Environmental Protection Agency; the U.S. Department of Energy; FDA - National Center for Toxicological Research; The Council for Tobacco Research-USA, Inc; Johnson and Johnson; Merck Sharp and Dohme Research Laboratories; and Associated Universities, Inc. We thank our Symposium Coordinator, Ms. Helen Kondratuk, who, as usual, came through perfectly and ensured a valuable and enjoyable meeting. Finally, we thank Ms. Nancy Siemon for her tireless efforts with the correspondence and the manuscripts.

Symposium Committee:

A. D. Woodhead, Chairperson
M. A. Bender
L. D. Hamilton
R. C. Leonard
R. B. Setlow

H. Z. Kondratuk, Coordinator

CONTENTS

RELEVANCE OF PHENOTYPIC VARIATION IN RISK ASSESSMENT:

THE SCIENTIFIC VIEWPOINT

Richard B. Setlow

Biology Department
Brookhaven National Laboratory
Upton, NY 11973

INTRODUCTION

Everyone knows that people vary widely in their responses to local environmental changes such as heat or cold, pollen, rotation, or high altitudes. We know a great deal about such responses; how they depend on an individual's previous exposures, lifestyle and age, for example. A much more difficult problem, because of the absence of good, human data, is the evaluation of dose-response curves for exposures to radiations or environmental chemicals. If we had such data, it would be possible to estimate risk from exposure; unfortunately, almost all the human data that exist are not the result of chronic exposures, but come from acute, high doses. Likewise, animal data almost always represent effects at high doses. Thus the problem is how to extrapolate from high doses to low doses. One can either do the extrapolation arbitrarily or take some scientific approach to the problem. One such approach is to understand the mechanisms at the molecular level responsible for the observed effects and then to use this understanding to construct theories permitting the extrapolation from high to low doses. Therefore, what we need are good biological theories. However, superimposed on such theories must be an analysis of the variability in the responses of the human population. These variabilities can be thought of as subsets within rather broad categories, as indicated in Table 1. Thus, women cannot be lumped with men because, among other things, they have a different hormonal status and hence are more susceptible to breast cancer; similarly, only men have prostrate cancer. We know that older individuals usually are less able to cope with stress than younger ones and moreover, they seem less proficient in DNA repair than are younger people[1].

Skin Cancer

Almost all skin cancer in fair-skinned people is associated with sunlight exposure: usually the prevalence of skin cancer in pigmented individuals is one or two orders of magnitude less because pigment in superficial layers of their skin absorbs the incident sunlight, so shielding and protecting the underlying growing cells. As a result, fair-skinned people will be much more affected than pigmented individuals by any depletion of stratospheric ozone, with the attendant increase in UV radiation at the earth's surface that may result from chemical emissions into the atmosphere[2]. Thus, at the level of pigmentation, it is clear that minimizing the ozone depletion is in the best interest of Caucasians. However, the

Table 1. Subsets with Variability in Response Within the Human Population

1.	Women versus men
2.	Old versus young
3.	Dark skin versus fair skin
4.	Repair proficiency versus repair deficiency
5.	Proficient carcinogen metabolizer versus deficient metabolizer

white population represents a minority of the world's inhabitants, and there is a significant ethical problem in denying the majority of people the benefits of such chemicals because of concerns for their effects upon the minority.

Even in the fair-skinned population there are wide variations in sensitivity to UV-radiation. Genetic analysis of cancer-prone families and studies on their cells in culture showed that several cancer-prone syndromes are closely associated with deficits in the ability of cells to repair exogenous, and possibly, endogenous damage to their DNA[3,4]. The best understood of these syndromes is xeroderma pigmentosum (XP) a syndrome in which homozygous individuals are extraordinarily sensitive to sunlight-induced cancer--approximately 10,000-fold more sensitive than unaffected people[5]. The frequency of the homozygous condition in the United States is approximately 1 in 250,000. Hence, the condition is not an overwhelming concern for public health. However, since the various types of XP cells investigated seem, on the average, to be only about 20% as proficient as normal cells in the repair of ultraviolet damage, we see that an 80% defect in repair results in a 10,000-fold enhancement in the susceptibility to a particular exogenous agent, ultraviolet radiation. The important question is, What would be the effect of a 10 or a 20% defect in DNA repair? Could such a relatively small defect, one within the range of what we would call the normal distribution, increase susceptibility by as much as 10-fold? Note that the variations observed in repair-deficient syndromes may far outweigh those of differences in pigmentation, so that within each pigmentation group there is a large variation in repair capabilities. We know that there are extensive variations in repair capacity, as measured by the ability of cells in culture to repair ultraviolet damage[6]. For example, unscheduled DNA synthesis, a measure of DNA repair, in epidermal cells varies as much as 3-fold among individuals of similar ages from whom the epidermal cells were obtained. In addition, the average repair decreases almost 3-fold from age 20 to 80.

The dose-response curves for skin cancer in animals and the estimated curves from epidemiological studies on humans are excellent. In the case of humans, these are some of the best dose-response curves available, because the number of new cases of skin cancer per year in the United States is close to 500,000. The reason for this large number probably is very high doses that sunlight provides compared to other environmental insults.

Ionizing Radiation

Ataxia telangiectasia (AT) is a complicated homozygous recessive condition in which the affected individuals and their cells are extraordinarily sensitive to the cytotoxic effects of ionizing radiation. The nature of the repair defect in AT is not known; the disease is more commmon than XP, affecting in the neighborhood of 1 person per 40,000 in the United

Table 2. Estimated DNA Damage Rates and Repair Rates in Human Cells at 37°C[1]

Damage

Endogenous	No./hr	Exogenous	No./hr
Depurination	580	Pyrimidine dimers (noon Texas sun)	5×10^4
Single strand breaks	2300		
0^6-methylguanine	130	Single strand breaks (background radiation)	10^{-4}
Thymine glycol	13	Thymine glycol (background radiation)	10^{-5}- 10^{-4}

Repair

	No./hr
Single strand breaks	2×10^5
Thymine glycols	10^5
Pyrimidine dimers	
Normal cells	5×10^4
XP C cells	5×10^3
0^6-methyguanine	$\sim 10^4$

States and hence, the number of heterozygotes in the population is approximately 1%. A significant fraction of the latter group may be at increased risk, especially when one considers the observations in several studies that the cells of AT heterozygotes are more sensitive than normal to ionizing radiation and to chemicals that cause DNA strand breaks[8,9].

Lacking a direct measure of DNA repair in AT, a convenient measure is the cytotoxic sensitivity given by D_0, the reciprocal of the slope of the survival curve (a graph of logarithm of survival versus radiation dose). Values of D_0 have been measured for a large number of fibroblast strains obtained from normal individuals, from AT homozygotes and AT heterozygotes. The results from a number of surveys show that there is a large difference between normal cells and AT cells, that in normal cells there is a wide distribution in sensitivities, and that, on the average, AT heterozygotes fall somewhere on the low side of the normal distribution[6,8,9]. If we had confidence in using such data to predict dose-response curves for people, we could construct the curves associated with each segment of the population and then estimate risks for these individual segments.

Endogenous vs. Exogenous Damage

When most of us think of hazards or risks, we think of bombs, nuclear reactors, food additives and toxic waste dumps. However, the biggest source of damage to the DNA of our cells results from endogenous chemical reactions at 37°. Table 2 compares the amount of DNA damage per hour per mammalian cell resulting from endogenous reactions and from exogenous ones[1]. The rate of introduction of endogenous damage into DNA is so large that if it were not repaired, approximately 10% of the DNA bases per cell would be damaged in a 70-year lifetime. One would conclude from such a number either that DNA is not the genetic material, nor does it form the basis for transcription, or that there are potent DNA repair mechanisms. The latter is the case. Table 2 also indicates some of the rates of repair of damage. A comparison of these numbers indicates that endogenous damage is much more important than exogenous damage, except for that produced by exposure to ultraviolet radiation. The amount of damage resulting from background ionizing radiation is negligible compared to the damage resulting from endogenous reactions. Indeed it is these reactions that are probably responsible for a large fraction of the background rates of cancer in the human population.

A special case in which the repair reaction is much faster than the reaction introducing the damage is the production and repair of 0^6-methylguanine. This mutagenic, and presumably carcinogenic, adduct is introduced into DNA as a by-product of an essential metabolic reaction. Its repair is intriguing, in that the repair reaction is a stochiometric one. The repair protein can repair only one adduct, and upon effecting this, it is inactivated[4]. Although this system works rapidly, it is soon used up and there is no further repair until new protein is made. On this basis one would expect that the dose-response curve for effects arising from this particular adduct have a concave upwards shape. At low doses repair is very effective, and little damage persists. At high doses, the repair system becomes saturated and the crucial adduct can persist long enough to cause mutations in dividing cells. Indeed, this seems to be the case for mutations induced in male mice treated with the alkylating agent ethylnitrosourea[10]. The induction of mutants is a function of injected concentration and the response curve is concave upward, and appears as if it has a threshold that would not be detectable by extrapolation from high doses.

Smoke contains alkylating agents derived from tobacco[11]: presumably the DNA adducts from such alkylating agents are repaired effectively. However, at high levels of 0^6-alkylguanine, the repair system may be saturated and, indeed, it was observed that cells washed out of the lungs of smokers have a significantly lower repair capacity for 0^6-methylguanine than cells washed out of the lungs of nonsmokers[12]. The decreased repair observed in smokers could either be the result of the inactivation of repair protein during the repair reaction itself, or could result from the fact that smoke contains oxidizing agents which oxidize the crucial SH-group responsible for the activity of the repair protein. In either event, in smokers we have a situation in which smoke contains nitrosamines, both alkylating agents and carcinogens, and the lungs of smokers have less repair activity. Here we have an environmental agent that not only reacts with DNA but tends to destroy the repair activity that would ameliorate the effects of DNA damage.

CONCLUSION

A number of examples have been presented indicating the types of variations that may be expected in the responses of the human population to deleterious agents of an endogenous or exogenous nature. If one assumes that the variations in repair in the normal population are reflected in large variations in carcinogenic risk per unit of exposure, then the dose-response curves at low doses cannot be extrapolated from high doses without knowing the distribution of sensitivities among humans. The probability of determining this range by epidemiological studies on a random population by small. On the other hand, the probability of determining the range by careful genetic and molecular studies appears high enough so that such experiments now are being carried out. They cannot be carried out on real populations, using chronic exposures. Hence, the ability to estimate dose-response relations in the low dose region on human populations can only be by making theoretical constructs that, in turn, are dependent on fundamental research.

REFERENCES

1. R. R. Tice and R. B. Setlow, DNA repair and replication in aging organisms and cells, in: "Handbook of the Biology of Aging, second edition," C. E. Finch and E. L. Schneider, eds., Van Nostrand Reinhold, New York (1985).
2. National Research Council, "Causes and Effects of Stratospheric Ozone Reduction: An Update," National Academy Press, Washington (1982).
3. R. B. Setlow, Repair deficient human disorders and cancer, Nature 271:713 (1978).
4. E. C. Friedberg, "DNA Repair," W. H. Freeman, New York (1985).
5. K. H. Kraemer, M. M. Lee, and J. Scotto, DNA repair protects against cutaneous and internal neoplasia: Evidence from xeroderma pigmentosum, Carcinogenesis 5:511 (1984).
6. R. B. Setlow, Variations in DNA repair among humans, in: "Human Carcinogenesis," C. C. Harris and H. N. Autrup, eds., Academic Press, New York (1983).
7. E. G. Nette, Y.-P. Xi, Y.-K. Sun, A. D. Andrews, and D. W. King, A correlation between aging and DNA repair in human epidermal cells, Mech. Age. Develop. 24:283 (1984).
8. Y. Shiloh, E. Tabov, and Y. Becker, The responses of ataxia-telangiectasia homozygous and heterozygous skin fibroblasts to neocarzinostatin, Carcinogenesis 3:815 (1982).
9. H. Nagasawa, K. H. Kraemer, Y. Shiloh, and J. B. Little, Detection of ataxia telangiectasia heterozygous cell lines by post irradiation cumulative labeling index: Measurements with coded samples, Cancer Res., 47:398 (1987).
10. W. L. Russell, P. R. Hunsicker, G. D. Raymer, M. H. Steele, K. F. Stelzner, and H. M. Thompson, Dose-response curve for ethylnitrosourea-induced specific-locus mutations in mouse spermatogonia, Proc. Natl. Acad. Sci. USA, 79:3589 (1982).
11. D. Hoffmann, J. D. Adams, K. D. Brunnemann, and S. S. Hecht, Assessment of tobacco-specific N-nitrosamines in tobacco products, Cancer Res., 39:2505 (1979).
12. E.-H. Cao, R. B. Setlow, and A. Janoff, Alkylation repair activity in the lung macrophages of smokers and nonsmokers, Annals N.Y. Acad. Sci., 459:269 (1985).

HUMAN GENETIC INDIVIDUALITY AND RISK ASSESSMENT

A. G. Motulsky

Departments of Medicine and Genetics
and Center for Inherited Diseases
University of Washington
Seattle, WA 98195

The decline of infectious diseases and malnourishment in the Western world has made for greater attention to birth defects, genetic diseases, cancer, and various chronic diseases of later life. Good evidence exists for the involvement of various environmental agents in the etiology of many of these diseases. However, the exact contribution of environmental insults to the total health burden is poorly understood. The public is informed about ever more environmental or dietary substances which are said to cause cancer, birth defects, or other maladies and many people are alarmed about the possibility of deteriorating health condition in our society.

A few observations place concerns regarding environmental health risks in perspective. With the exception of a new infectious disease of presumable African origin - AIDS - there is no evidence of new chronic diseases having appeared in our and other Western-type societies. The age-specific mortality for coronary heart disease in the USA is declining. Age-specific mortalities for most common cancers such as breast and colon show no increases (or decreases) over the past generation. Cancer of the stomach is becoming remarkably less frequent and cancer of the lung is becoming much more frequent. We know that the environmental cause for lung cancer is cigaret smoking and strongly suspect that improved food preservation has caused the gradual decline in the frequency of stomach cancer. It is unlikely that widespread environmental exposures over the past generation have introduced new agents that cause any of the <u>common</u> cancers. Since the latency period between initiation and clinical cancer may last a generation, careful epidemiologic surveillance for various cancers needs to be continued.

Similarly, a few medicinal agents such as thalidomide, dilantin, dicumarol, lithium, isoretinoin, and some cancer-chemotherapeutic drugs can cause rare human birth defects. However, epidemiologic and other evidence suggests that most common human birth defects with the exception of the fetal alcohol syndrome are unlikely to be caused by teratogenic agents. Radiation can cause germ line mutations, but the total proportion of human genetic diseases induced by man made radiation is small. Followup studies in Hiroshima and Nagasaki among the offspring of atom bomb survivors failed to show statistically significant differences in various birth outcomes that might be ascribed to mutations. Nevertheless, some mutations undoubtedly occurred but the number of subjects studied was insufficient to demonstrate the effect of these mutations directly. The calculation of the radiation dose that doubles the human mutation rate is therefore beset with many difficulties. No human data exist regarding germ line mutations induced by environmental chemicals.

Since the human life span in Western countries is steadily increasing, these various considerations suggest that our society as a whole is not facing a health crisis posed by environmental agents. Nevertheless, potentially teratogenic, carcinogenic, or mutagenic chemicals and other pollutants do exist. Various regulatory decisions regarding avoidance of exposure therefore need to be made. These decisions are difficult since they must be based on studies carried out in lower organisms with difficult extrapolations to the human species. A conservative stance by not allowing the introduction of potentially noxious agents is therefore mandatory realizing that in many cases the setting of human exposure standards is inaccurate. Besides interspecies variation that causes difficulties in standard setting, human variability due to intraspecies genetic variation is an additional factor that requires attention for risk assessment.

What do we know about the genetic contribution to human individuality?

Human physiognomy is unique and no two human beings except identical twins are alike. The involved genes remain unknown. Remarkable genetic individuality also exists for red cell and tissue cell (HLA) groups, enzymes, and proteins. Enzyme variation is usually associated with variable enzyme levels in the normal range so that a person's exact activity level for a given enzyme (i.e., high normal, average, low normal, etc.) may be genetically determined. Most enzyme variation will lead to differences in the speed of breakdown of various substances. Protein variation may lead to differential binding of foreign substances. Variability in receptor activity may cause differential metabolism of foreign or endogenous ligands. Various HLA and related markers may lead to differential immunologic reactions that predispose to certain autoimmune diseases.

Genetic variation may be under control of a single gene. Rare variants (i.e., <1/1000) are less important for risk assessment than common variants. Common genetic polymorphisms exist in the population in frequencies ranging from 2 to 40% and may therefore cause sizeable proportions of the population to react differently. The field of pharmacogenetics evolved from the recognizition of such enzyme variation. In addition to common single gene determined variants which can cause drug reactions because of enzyme deficiencies (such as G6PD deficiency, acetylation variants, some P450 variation, etc.) twin studies have shown that the breakdown of most drugs is under genetic control - presumably because of minor genetic variation affecting different enzymes involved in drug metabolism, drug action, and drug excretion. The detailed nature of such variation usually is unknown. The term "ecogenetics" extends the pharmacogenetic concept to all xenobiotic agents. The single gene determined variability at the paraoxonase locus (parathione sensitivity) and at the aldehyde dehydrogenase locus (alcohol sensitivity) are examples of such kind.

There are significant population differences for many gene determined common enzyme deficiencies. G6PD deficiency is most common in populations from tropical and subtropical countries. The acetylase transferase gene is more common in Japanese as is the aldehyde dehydrogenase deficiency gene. Study of one ethnic group therefore may give misleading data about another population.

Variability at the DNA level is more striking. There are frequent differences at the individual nucleotide level (every 500th nucleotide) as well as size variability of longer stretches of DNA (minisatellites). The vast majority of such DNA variants are phenotypically silent but can often be used as "markers" for closely linked gene loci specifying proteins that have physiologic, biochemical, or immunologic effects.

Genetic toxicology training and practice requires more input from human biologists and human geneticists. Considerably more studies to detect human variability are necessary. New problems of regulatory policy will be posed as we learn more about genetic variation. As an example, should we not supplement flour with iron to prevent iron deficiency since about 1 in 500 persons are homozygotes for hemochromatosis and therefore will develop serious iron toxicity many years after exposure because of enhanced iron absorption? More difficulties are likely to arise when proportions of more than 5 to 10% of a population are at risk. In such cases, policy will need to be set to protect all members of the population even though the majority of the population could be exposed to higher levels of a given environmental agent without damage. As a related example, we vaccinate everyone against poliomyelitis even though only some persons are genetically susceptible to paralytic poliomyelitis.

The general problem of health risk assessment and human genetic individuality has been dealt with in more detail (Motulsky, 1982; Motulsky, 1984). Problems of genetic variation involving human nutrition have been discussed elsewhere (Motulsky, 1987).

References

Motulsky, A. G., 1982, Interspecies and human genetic variation, problems of risk assessment in chemical mutagenesis and carcinogenesis, in "Chemical Mutagenesis, Human Population Monitoring and Genetic Risk Assessment," (Progress in Mutation Research, Vol. 3), K. C. Bora, G. R. Douglas, E. R. Nestmann, eds., Elsevier Biomedical Press.

Motulsky, A. G., 1984, Environmental mutagenesis and disease in human populations, in "Mutation, Cancer, and Malformation," E. H. Y. Chu, W. M. Generoso, eds., Plenum, New York.

Motulsky, A. G., 1987, Human genetic variation and nutrition, Am. J. Clin. Nutr., 45:1108.

FRAGILE SITES, MUTAGENS AND GENOMIC REARRANGEMENTS IN CANCER

Jorge J. Yunis

Department of Laboratory Medicine
and Pathology
University of Minnesota Medical School
Minneapolis, Minnesota 55455

The finding of specific genomic rearrangements in human cancer over the past several years is having important biologic implications. Although the genomic mechanisms involved in these rearrangements for the most part remain to be elucidated, critical clues are being uncovered in a number of different malignancies.

In the great majority of leukemias and non-Hodgkin's lymphomas, a specific clonal structural chromosomal defect is frequently observed in the malignant cells (Yunis, 1986). The defect found is often a reciprocal translocation with two precise breakpoints. Evidence from molecular investigation suggests that one of the breakpoints is often the site of a proto-oncogene which may become deregulated, following rearrangement, by its new proximity to a regulatory sequence normally used by an active gene of a specific cell type. The translocation of myc to the heavy chain immunoglobulin gene region in the t(8;14) found in Burkitt's lymphoma is the best studied example (Yunis, 1986). Another mechanism may operate in the rearrangement of abl with the bcr gene in the t(9;22) found in almost all patients with chronic myelogenous leukemia (CML). This translocation results in an abl-bcr hybrid and establishes a hybrid-gene mechanism of oncogene deregulation as fundamental in the development of Ph^1-positive CML (Yunis, 1986).

The chromosomal defects found in the great majority of malignancies, however, involve recurrent genomic deletions and duplications rather than translocations and inversions (Yunis, 1987). In the common solid tumors of childhood such as retinoblastoma and Wilms' tumor, for example, patients have a loss or defect in band 13q14 and 11p13, respectively (Yunis and Ramsay, 1978; 1980), resulting in the functional loss of a critical DNA sequence. For tumorigenesis, both alleles must be affected either by deletion/mutation, deletion/deletion, mutation/mutation, or a heterozygous mutation reduced to homozygosity by somatic recombination (Cavenee et al., 1983; Raizis et al., 1985). Recently, two groups of investigators cloned a DNA locus at band 13q14 found to be missing in patients with retinoblastoma and those with osteosarcoma, which is known to develop in some retinoblastoma patients following treatment (Friend et al., 1986; Lee et al., 1987).

We are now finding that human cancers often have multiple recurrent deletions and duplications and that fewer than three percent have reciprocal translocations (Yunis, 1987). These multiple recurrent chromosomal deletions and duplications may be present at diagnosis or may appear during the evolution of the disease. The best example demonstrating this is follicular lymphoma, which is the most common type of non-Hodgkin's lymphoma (NHL). In a study of 71 consecutive patients with this disorder (Yunis et al., 1987a), we found that 85 percent had a t(14;18). Besides a t(14;18), 14 other recurrent chromosome defects were observed. Patients with follicular small cleaved cell disease with a t(14;18) as the only defect had a generally indolent course. The presence at diagnosis or acquisition of a deletion 6q, a duplication 7p or a duplication 12q was associated with the more aggressive histology of follicular mixed small and large cell or follicular large cell disease. When a duplication 3p, a duplication 18q and/or a duplication 21q was found, the tumor appeared as follicular large cell. An especially poor prognosis was associated with the finding of a duplication 2p, a deletion 13q or homogeneous staining regions (HSRs) or double minutes (DMs) (Yunis et al., 1987a).

It is becoming apparent that the great majority of malignant solid tumors also have multiple recurrent genomic defects (Yunis, 1987). Besides the presence of a microscopic or submicroscopic defect of the locus 13q14 in retinoblastoma, for example, at least three other defects have been reported in large chromosome studies (Squire et al., 1984; Pogosianz and Kuznetsova, 1986; Lee et al., 1984). They include the presence of two normal chromosomes 6 and an extra isochromosome 6p in 60 percent of all patients, a duplication 1q25q32 generally found at the beginning of tumor development, and DMs that may represent the cytological expression of N-*myc* gene amplification often found in this tumor.

Most investigators agree that cancer represents a problem of cell growth and differentiation. It is therefore reasonable to suspect that cancer may involve genes such as those for growth factor receptors and growth factor inhibitors. We recently found, however, that most mapped growth factors do not generally correlate with most of the duplicated or deleted chromosomal regions (Yunis, 1987). This may in part relate to the fact that most known growth factors are of fibroblastic or hematopoietic cell origin and the great majority of neoplasias are epithelial. Another possibility is that growth factors or oncogenes may not be directly involved in deletions and duplications. Instead, repressors, hormone receptors, cytotoxic factors, proteolytic enzymes or other yet to be discovered mechanisms may prove central to the neoplastic process (Yunis, 1987).

The way chromosome defects in cancer precisely develop is not known. Recent studies of chromosomal fragile sites by our laboratory, however, may shed some light on the process. Treatment of normal cells in culture with a variety of muta-

Table 1. Mutagens/Carcinogens Tested with Fragile Sites Assay[a]

Class/Agent	Fragile Sites	Carcinogen[b]
Ionizing radiation		
Gamma radiation	+	+
Alkylating agent		
Busulfan	+	+
Chlorambucil	+	+
Dimethyl sulfate	+	+
N-nitrosamine		
Diethylnitrosamine	+	+
Aromatic hydrocarbon		
Benzene	+	+
Benzo(a)pyrene	+	+
Halogenated hydrocarbon		
Carbon tetrachloride	+	+
Bromoacetaldehyde	+	+
Antifolate		
Fluorodeoxyuridine	+	
Methotrexate	+	
α-polymerase inhibitor		
Aphidicolin	+	
Cytosine arabinoside	+	
Antibiotic		
Actinomycin D	+	+
Bleomycin	+	
Distamycin A	+	
Other		
5-azacytidine	+	
Control substances		
Anthracene	-	
Acetone	-	
Dimethyl sulfoxide	-	
Mannitol	-	
12-myristate 13-acetate diester	-	

[a] Modified from Yunis, Soreng and Bowe, 1987. See this reference for dosage used.

[b] Agents found to be carcinogenic in vivo. For details see IARC, 1982. Bromoacetaldehyde has not been tested for carcinogenicity. Results correspond to acetaldehyde, a related agent.

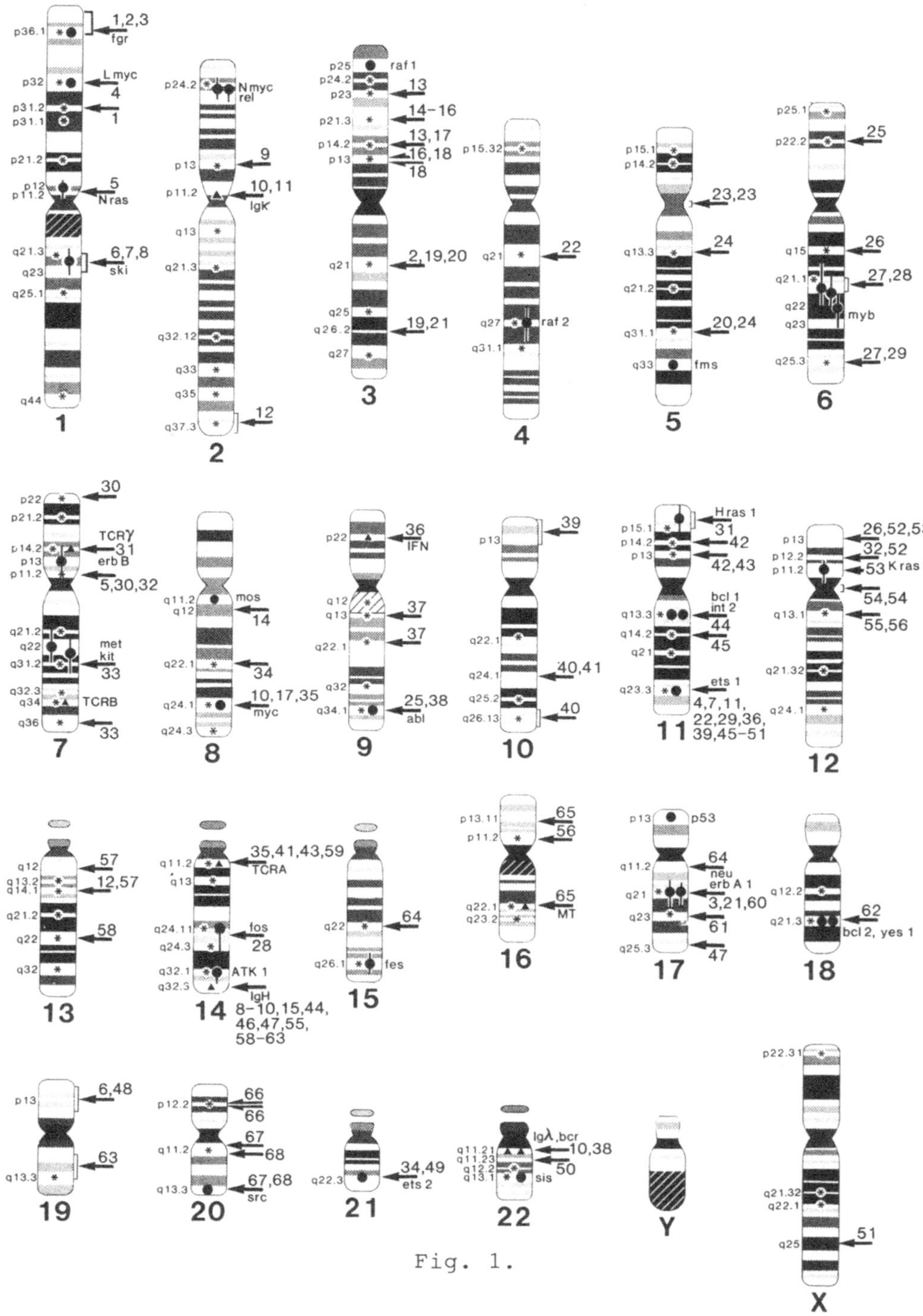
1
p36.1 1,2,3 fgr
p32 L myc 4
p31.2 p31.1 1
p21.2
p12 p11.2 5 N ras
q21.3 q23 6,7,8 ski
q25.1
q44
2
p24.2 N myc rel
p13 9
p11.2 10,11 Igk
q13
q21.3
q32.12
q33
q35
q37.3 12
3
p25 raf 1
p24.2 13
p23
p21.3 14-16
p14.2 13,17
p13 16,18 18
q21 2,19,20
q25
q26.2 19,21
q27
4
p15.32
q21 22
q27 raf 2
q31.1
5
p15.1 p14.2
23,23
q13.3 24
q21.2
q31.1 20,24
q33 fms
6
p25.1
p22.2 25
q15 26
q21.1 27,28
q22 q23 myb
q25.3 27,29
7
p22 30
p21.2
p14.2 TCRγ 31
p13 erb B
p11.2 5,30,32
q21.2
q22 met kit
q31.2 33
q32.3 q34 TCRB
q36 33
8
q11.2 mos
q12 14
q22.1 34
q24.1 10,17,35 myc
q24.3
9
p22 36 IFN
q12 q13 37
q22.1 37
q32
q34.1 25,38 abl
10
p13 39
q22.1
q24.1 40,41
q25.2
q26.13 40
11
Hras 1
p15.1 31
p14.2 42
p13 42,43
bcl 1 int 2
q13.3 44
q14.2 45
q21
q23.3 ets 1
4,7,11, 22,29,36, 39,45-51
12
p13 26,52,53
p12.2 32,52
p11.2 53 K ras 2
54,54
q13.1 55,56
q21.32
q24.1
13
q12 57
q13.2 q14.1 12,57
q21.2
q22 58
q32
14
q11.2 35,41,43,59 TCRA
q13
q24.11 fos
q24.3 28
q32.1 ATK 1
q32.3 IgH
8-10,15,44, 46,47,55, 58-63
15
q22 64
q26.1 fes
16
p13.11 65
p11.2 56
q22.1 65 MT
q23.2
17
p13 p53
q11.2 64 neu
q21 erb A 1 3,21,60
q23 61
q25.3 47
18
q12.2
q21.3 62 bcl 2, yes 1
19
p13 6,48
q13.3 63
20
p12.2 66 66
q11.2 67 68
q13.3 67,68 src
21
q22.3 34,49 ets 2
22
Igλ,bcr
q11.21 q11.23 10,38
q12.2 50
q13.1 sis
Y
X
p22.31
q21.32 q22.1
q25 51

Fig. 1.

Fig. 1. Human chromosomal map depicting approximately 650 Giemsa bands, 110 constitutive fragile sites (black asterisks), 36 oncogenes (black dots), nine active genes of differentiated cells (triangles), and two breakpoints for each of 66 of the 68 specific structural chromosome defects found in various neoplasias (arrows). Pertinent bands are marked on the left of each chromosome, and names of oncogenes and cell-differentiation genes on the right. When an oncogene or active gene of a differentiated cell is mapped to a small chromosomal region rather than a band, a black dot crossed by a bar is used. When the precise location of a cancer breakpoint is uncertain, an arrow is preceded by a bracket. The defects are numbered as follows: 1=del(1)(p31.2p36) in disseminated neuroblastoma; 2=t(1;3) (p36;q21) in myelodysplastic syndrome (MDS) and acute nonlymphocytic leukemia (ANLL); 3=t(1;17)(p36;q21) in ANLL; 4=t(1;11)(p32;q23.3) in acute lymphocytic leukemia (ALL); 5=t(1;7) (p11.2;p11.2) in MDS and ANLL; 6=(1;19)(q21-23;p13) in pre-B ALL; 7=t(1;11)(q21-23;q23) in ANLL; 8= t(1;14)(q21-23;q32.3) in non-Hodgkin's lymphoma (NHL); 9= t(2;14)(p13;q32.3) in NHL; 10=t(2;8) (p11.2;q24.1), t(8;14)(q24.1;q32.3) or t(8;22)(q24.1;q11.21) in ALL-L3, Burkitt's, non-Burkitt's, and immunoblastic lymphoma; 11=t(2;11) (p11.2;q23.3) in MDS; 12=t(2;13)(q37;q14) in alveolar rhabdomyosarcoma; 13=del(3)(p14.2p23) in small cell lung cancer; 14=t(3;8) (p21.3;q12) in mixed parotid gland tumor; 15=t(3;14)(p21;q32.3) in NHL; 16=del(3)(p13p21) in ovarian cancer; 17=t(3;8)(p14.2;q24.1) in familial renal carcinoma; 18=del(3)(p13) in B-cell prolymphocytic leukemia (B-PLL); 19=inv(3)(q21q26.2) in MDS and ANLL; 20=t(3;5) (q21;q31) in ANLL; 21=t(3;17)(q26;q22) in myeloproliferative syndrome (MPS); 22=t(4;11)(q21;q23.3) in bilineal ALL/ANLL; 23=iso(5p) in bladder cancer; 24=del(5)(q13.3q31.1) in MDS and ANLL; 25=t(6;9)(p22.2;q34.1) in ANLL; 26= t(6;12)(q15;p13) in B-PLL; 27=del(6)(q21q25.3) in large cell lymphomas; 28=t(6;14) (q21;q24) in ovarian papillary carcinoma; 29=t(6;11)(q25.3;q23.3) in ANLL; 30=del(7)(p11.2p22) in MDS; 31=t(7;11)(p14;p15) in chronic myelogenous leukemia (CML) and ANLL; 32=t(7;12)(p11;p12) in ALL; 33=del(7)(q31.2q36.3) in MDS and ANLL; 34=t(8;21) (p22.1;q22.3) in ANLL; 35=t(8;14)(q24;q11.2) in NHL; 36=t(9;11)(p22;q23.3) in ANLL; 37=del(9)(q13q22.1) in MDS and ANLL; 38=t(9;22)(q34.1;q11.21) in CML, ANLL and ALL; 39=t(10;11)(p13-15;q23.3) in ANLL; 40=del(10) (q24q26) in prostate carcinoma; 41= t(10;14)(q24;q11.2) in T-cell ALL; 42= del(11) (p13p14.2) in Wilms' tumor; 43=t(11;14)(p13;q11.2) in T-cell ALL; 44=t(11;14)(q13.3;q32.3) in NHL; 45=del(11)(q14.2 q23.3) in MDS, NHL and chronic lymphocytic leukemia (CLL); 46=t(11;14)(q23.3;q32.3) in diffuse large cell lymphoma; 47=t(11;17)(q23.3;q25.3) in ANLL; 48=t(11;19)(q23.3;p13) in ANLL; 49=inv ins(21;11)(q22.3;q23.3q14.2) in NHL; 50=t(11;22)(q24;q12) in Ewing's sarcoma, neuroepithelioma and Askin's tumor; 51=t(11;X) (q23;q25) in ANLL; 52=del(12)(p12p13) in ALL; 53=del(12) (p11p13) in MDS and ANLL; 54=iso(12p) in testicular tumors; 55=t(12;14) (q13.1;q32.3) in T-cell lymphoma; 56=t(12;16)(q13;p11.2) in mixoid liposarcoma; 57=del(13)(q12q14) in retinoblastoma; 58=t(13;14)(q22; q32.3) in NHL; 59=inv(14)(q11.2q32.3) in T-CLL, Sézary syndrome and mycosis fungoides; 60=t(14;17)(q32.3;q21.3) in NHL; 61=t(14;17) (q32;q23) in B-CLL; 62=t(14;18)(q32.3;q21.3) in follicular lymphomas; 63=t(14;19) (q32;q13) in NHL and B-CLL; 64=t(15;17) (q22;q11.2) in ANLL-M3; 65=inv(16)(p13.11q22.1) in acute myelomonocytic leukemia with eosinophilia; 66=del(20)(p12.2) in multiple endocrine cell carcinoma; 67=del(20)(q11.203q13.3) in MPS; and 68=del(20)(q11.208q13.3) in MDS. From Yunis, Soreng and Bowe, 1987.

gens and carcinogens (Table 1) induced patterns of chromosome breaks and rearrangements similar to those found in cancer cells (Yunis et al., 1987b). These breaks largely occur at genetic weak points or fragile sites and are conserved through evolution since humans and great apes have a remarkably similar pattern of fragile site expression (Yunis and Soreng, 1984). Seventeen different mutagens and carcinogens tested (Table 1) induced a total of 110 fragile sites (Fig. 1). The majority of them were induced by at least half of all the agents tested and 50 fragile sites coincide with the location of 50 of 75 recurrent chromosome breakpoints found in 68 specific cancer chromosome defects described in different types of leukemia, lymphoma and solid tumor. Twenty-six of 36 oncogenes that have been mapped to a chromosome band or subband correlated with a fragile site (Fig. 1). Three of the agents used (benzo(a)pyrene [BaP], dimethyl sulfate [DMS], and bromoacetaldehyde [BAc]) are known to induce chromatin hypersensitivity in regulatory regions of active genes (Boles and Hogan, 1986; Sheffrey, 1986; Kohwi-Shigematsu et al., 1983). Four others (actinomycin D, bleomycin, diethylnitrosamine and gamma radiation) have also been found to preferentially attack chromatin active in transcription (Yunis et al., 1987b). These findings suggest that fragile sites may be general targets of mutagenic action and may serve as markers for transcriptionally active genomic sites.

Fragile sites could be related to several major classes of critical DNA sequences. Such sequences may include regulatory guanine-rich and recombinational CACA sequences. G-rich sequences or multiple GC boxes are often found in the promoter region of growth factors, oncogenes and housekeeping genes (Ishii et al., 1985). They have also been found where hypersensitive chromatin sites are elicited by DNase I and nuclease-like agents such as DMS and BaP (Sheffrey, 1986; Boles and Hogan, 1986). Interestingly, these sites serve as preferential targets of oncogenic viral integration (Vijaya et al., 1986; Robinson and Gagnon, 1986) and are targets of several types of carcinogens, including alkylating agents (Mattes et al., 1986). Agents that attack G-rich sequences also elicit the expression of fragile sites (Yunis et al., 1987b) and it is possible that oncogenic viruses may integrate at or near fragile sites (Popescu, Amsbaugh and DiPaolo, 1987; Popescu, DiPaolo and Amsbaugh, 1987). In contrast to BaP, DMS and alkylating agents, BAc preferentially attacks unpaired C and A bases (Kohwi-Shigematsu et al., 1983) and may possibly attack CACA sequences believed to play a role in several recombinational cellular processes (Rogers, 1983).

Exposure of cultured lymphocytes from normal adults to the mutagens aphidicolin and fluorodeoxyuridine (FdU) and the carcinogens gamma radiation and busulfan yielded chromosome defects involving fragile-site breakpoints. These defects were cytologically indistinguishable from those found in several different types of neoplasia including acute leukemia, non-Hodgkin's lymphoma, retinoblastoma and Wilms' tumor (Yunis et al., 1987b). Among the defects found were a deletion involving band 13q14 as seen in retinoblastoma and a deletion 3p14.2p21 observed in small cell lung cancer. The interstitial deletion 3p has been reported with variable breakpoints at p14.2, p21, and p23 (Whang-Peng et al., 1982), all of which correspond to fragile site bands.

Fragile site 3p14.2 is the most sensitive fragile site and is highly expressed with agents such as benzene, benzo(a)-pyrene and nitrosamines in man, chimpanzee and gorilla (Fig. 2). These agents are among the most active found in tobacco smoke (IARC, 1986). Since tobacco has been implicated as a causal agent in one third of all cancers in the United States, the structure of fragile site 3p14.2 should be a focal point of investigation to elucidate possible differences in its DNA sequence between cigarette smokers that develop and those that do not develop cancer.

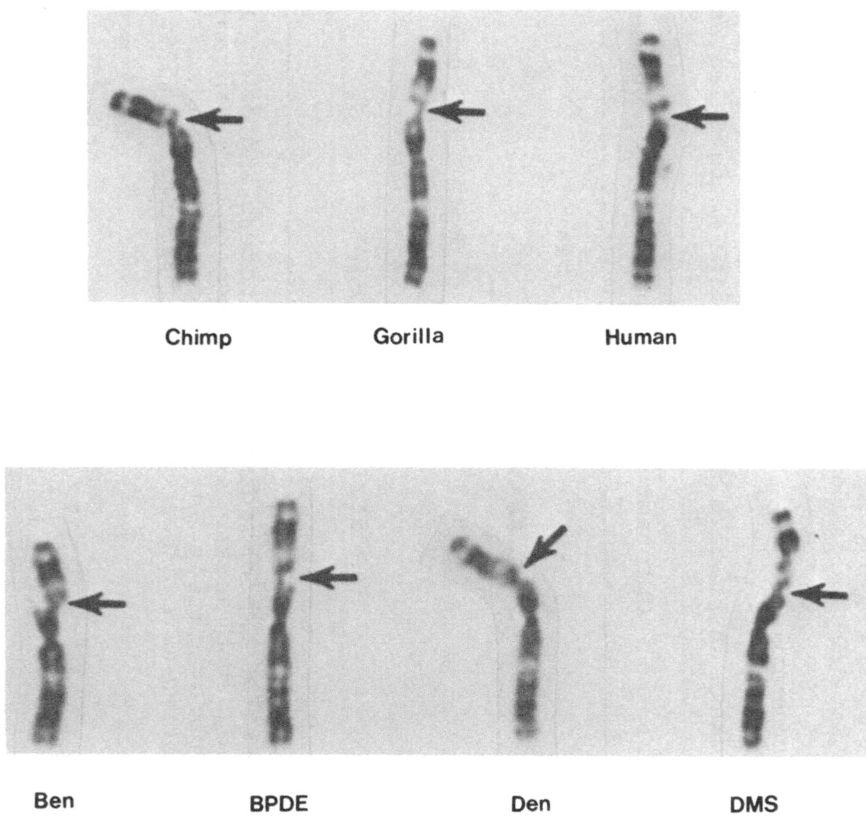

Fig. 2. Fragile site 3p14.2 is conserved through human evolution (top row) and expressed by a variety of different carcinogens (bottom row) including benzene, benzo(a)pyrene-diol-epoxide, diethyl-nitrosamine and dimethyl sulfate. This highly expressed fragile site may be involved in the deletion 3p found in small cell lung cancer. Ben, BPDE, and Den are present in tobacco smoke.

Table 2. Concordance in Fragile Site Expression Among Selected Mutagens and Carcinogens[a]

	Fluorodeoxyuridine	Chlorambucil	Dimethyl Sulfate	Gamma Radiation	Carbon Tetrachloride
Methotrexate	85%	62%	54%	59%	50%
Busulfan	63%	80%	75%	69%	50%
Bleomycin[b]	61%	64%	67%	77%	49%
Benzene	61%	51%	52%	47%	69%
Bromoacetaldehyde	61%	51%	54%	51%	62%

[a] For specific fragile sites expressed see Yunis, Soreng and Bowe, 1987. Compounds belonging to a given class of mutagen, such as the alkylating agents busulfan and chlorambucil, express similar fragile sites with approximately 80% concordance. Dissimilar agents such as methotrexate and carbon tetrachloride often have a concordance of approximately 50%.

[b] Radiomimetic agent.

In our fragile sites studies, we have identified several patients with leukemia or lymphoma with an increased rate of chromosomal breakage at a fragile site in their normal cells that corresponded to a chromosome breakpoint in their tumor cells (Yunis, 1983; 1984; Yunis and Soreng, 1984). Such findings suggest the possibility that fragile sites may serve as a predisposition factor to cancer. Because such data is quantitative and difficult to ascertain, attempts shoud be made to identify the DNA sequences involved in fragile sites to explore the possibility that cancer predisposition could be tested for at the molecular level.

A related area of interest would be to explore fragile site expression in different tissues and different stages of cell differentiation to learn why certain agents and cell types are more efficient than other in rearranging genomic segments in different cancers. Preliminary evidence suggests that there are similarities and differences in fragile sites expression when T and B lymphocytes, fibroblasts and bone marrow cells are tested with agents such as FdU, DMS and BAc. Furthermore, although 15 of 17 mutagens tested (Table 1) attacked between 47 and 70 of the 110 fragile sites, it was of interest to find that agents that belong to one class of mutagens (e.g. alkylating agents) break similar fragile sites, while a comparison of agents from different classes of mutagens shows a lower degree of concordance (Table 2). The fact that diverse mutagens and carcinogens break chromosomes not only at common sites but also at distinctive ones suggests that certain fragile sites may be more sensitive to a given agent and this could conceivably relate to its potential to induce specific types of neoplasia (Merletti et al., 1984).

REFERENCES

Boles, T.C., and Hogan, M.E., 1986, High-resolution mapping of carcinogen binding sites on DNA, Biochem., 25:3039.

Cavenee, W., Dryja, T.P., Phillips, R.A., Benedict, W.F., Godbout, R., Gallie, B.L., Murphree, A.L., Strong, L.C., and White, R.L., 1983, Expression of recessive alleles by chromosomal mechanisms in retinoblastoma, Nature, 305:779.

Friend, S.H., Bernards, R., Rogelj, S., Weinberg, R.A., Rapaport, J.M., Albert, D.M., and Dryja, T.P., 1986, A human DNA segment with properties of the gene that predisposes to retinoblastoma and osteosarcoma, Nature, 323:643.

IARC monographs on the evaluation of the carcinogenic risk of chemicals to human, 1986, Tobacco smoking. Vol. 38, IARC, Lyon, France.

IARC monographs on the evolution of carcinogenic risk of chemicals to humans, suppl. 4, 1982, IARC, Lyon, France.

Ishii, S., Merlino, G.T., and Pastan, I., 1985, Promoter region of the human Harvey ras proto-oncogene: similarity to the EGF receptor proto-oncogene promoter, Science, 230:1378.

Kohwi-Shigematsu, T., Gelinas, R., and Weintraub, H., 1983, Detection of an altered DNA conformation at specific sites in chromatin and supercoiled DNA, Proc. Natl. Acad. Sci. U.S.A., 80:4389.

Lee, W.H., Bookstein, R., Hong, F., Young, L-J., Shew, J-Y, and Lee, Y.H-P., 1987, Human retinoblastoma susceptibility gene: cloning, identification, and sequence, Science, 235:1394.

Lee, W.H., Murphree, A.L., and Benedict, W.F., Expression and amplification of the N-myc gene in primary retinoblastoma, Nature, 309:458.

Mattes, W.B., Hartley, J.A., and Kohn, K.W., 1986, DNA sequence selectivity of guanine-N7 alkylation by nitrogen mustards, Nucleic Acids Res., 14:2971.

Merletti, F., Heseltine, E., Saracci, R., Simonato, L., Vainio, H., and Wilbourn, J., 1984, Target organs for carcinogenicity of chemicals and industrial exposures in humans: A review of results in the IARC monographs on the evaluation of the carcinogenic risk of chemicals to humans, Cancer Res., 44:2244.

Pogosianz, H.E., and Kuznetsova, L.E., 1986, Nonrandom chromosomal changes in retinoblastomas, Arch. Geschwulstforsch., 56:135.

Popescu, N.C., Amsbaugh, S.C., and DiPaolo, J.A., 1987, Human papillomavirus type 18 DNA is integrated at a single chromosome site in cervical carcinoma cell line SW 756, J.Virol., 51:1682.

Popescu, N.C., DiPaolo, J.A., and Amsbaugh, S.C., 1987, Integration sites of human papillomavirus 18 DNA sequences on HeLa cell chromosomes, Cytogenet. Cell Genet., 44:58.

Raizis, A.M., Becroft, D.M., Shaw, R.L., and Reeve, A.E., 1985, A mitotic recombination in Wilms tumor occurs between the parathyroid hormone locus and 11p13, Hum. Genet., 70:344.

Robinson, H.L., and Gagnon, G.C., 1986, Patterns of proviral insertion and deletion in avian leukosis virus-induced lymphomas, J. Virol., 57:28.

Rogers, J., 1983, CACA sequence--the ends and the means? Nature, 305:101.

Sheffrey, M., 1986, Chromatin structure, gene expression and differentiation, in: M. Risley, ed. "Chromosome Structure and Function," Van Nostrand Reinhold Co., New York, pp. 39-91.

Squire, J., Phillip, R.A., Boyce, L., Godbout, R., Rogers, B., and Gallie, B., 1984, Iso-chromosome 6p, a unique chromosomal abnormality in retinoblastoma: Verification by standard staining techniques, new densitometric methods, and somatic cell hybridization, Hum. Genet., 66:46.

Vijaya, S., Steffen, D.L., and Robinson, H.L., 1986, Acceptor sites for retroviral integrations map near DNase I-hypersensitive sites in chromatin, J. Virol., 60:683.

Whang-Peng, J., Kao-Shan, C.S., Lee, E.C., Bunn, P.A., Carney, D.N., Gazdar, A.F., and Minna, J.D., 1982, Specific chromosome defect associated with human small-cell lung cancer: deletion 3p(14-23), Science, 215:181.

Yunis, J.J., 1983, The chromosomal basis of human neoplasia, Science, 221:227.

Yunis J.J., 1984, Fragile sites and predisposition to leukemia and lymphoma, Cancer Genet. Cytogenet., 12:85.

Yunis, J.J., 1986, Chromosomal rearrangements, genes, and fragile sites in cancer: Clinical and biologic implications, in: "Important Advances in Oncology 1986," V. DeVita, S. Hellman, and S. Rosenberg, eds. J.B. Lippincott, Philadelphia, pp. 93-128.

Yunis, J.J., 1987, Multiple recurrent genomic deletions and duplications are a common feature in most human neoplasias, UCLA Symposium: Recent advances in leukemia and lymphoma, R.P. Gale and D.W. Golde, eds, Alan R. Liss, Inc., New York.

Yunis, J.J., Frizzera, G., Oken, M.M., McKenna, J., Theologides, A., and Arnesen, M., 1987a, Multiple recurent genomic defects in follicular lymphoma: A possible model for cancer, N. Engl. J. Med., 316:79.

Yunis, J.J., and Ramsay, N.K.C., 1978, Retinoblastoma and subband deletion of chromosome 13, Am. J. Dis. Child., 132:161.

Yunis, J.J., and Ramsay N.K.C., 1980, Familial occurrence of aniridia--Wilms' tumor syndrome with deletion 11p13-14.1, J. Pediatr., 96:1027.

Yunis, J.J., and Soreng, A.L., 1984, Constitutive fragile sites and cancer, Science, 226:1199.

Yunis, J.J., Soreng, A.L., and Bowe, A.E., 1987b, Fragile sites are targets of diverse mutagens and carcinogens, Oncogene, 1:59.

SOURCES AND SIGNIFICANCE OF VARIATION AS MEASURED IN HUMAN POPULATIONS

Edmond A. Murphy and Kenneth R. Berger

Division of Medical Genetics
Johns Hopkins University School of Medicine
Baltimore Md 21205.

INTRODUCTION

Our commission is to discuss the nature and meaning of variation and yet to avoid overlap with the comments of our distinguished colleagues. As theorists, we shall take a somewhat abstract approach; and as physicians we shall try to extend it to include the level of human subtlety.

Abdominal surgeons have a saying that God made the rectus abdominis muscle and the Devil made the tendinous intersections in it. There has always been a subtext in genetics that God made the segregation ratios and the Devil made the variance: that variation is an impurity that in the perfect system would not occur; and that given full understanding we would have no need to invoke randomness and suchlike, which hence can have no survival value. In support of this deterministic claim, one may point to the simplicity of the primordial forms of life, which results in an interior determinism that throws all the burden of variation on the environment. At the other end, the evolutionary drive to multilocal control, and the laws of large numbers, acting in conjunction, lead to the convergence properties and hence engender a kind of secondary determinism.

Now in our view all this line of reasoning is specious. Variation is an inevitable component of a complex organism, even if only as a counter to variation in the environment. But more, it is not merely tolerable, it is highly advantageous. In attempting to defend that thesis we must pay some attention to the formal characterization of the types of variation and the sources of these types in biological systems.

We shall consider six more or less distinct kinds of variation (Table 1). They are progressively more subtle to define, discern and demonstrate; each is apt to be masked by the sources of variation earlier on the list. The list is ordered in something of the same way as evolution itself. Geneticists consider two types of variation: systematic and random. Everything that is not the former is the latter. Such definition by exclusion seems to us unsatisfactory. It explicitly supposes that systematic and random effects exhaust all sources of variation, and this claim is not at all self-evident. Randomness has well-defined properties that must be met by any effect that is to be

Table 1. Sources and Interpretation of Variation

Type	Characteristics	Domain of manifestation	Examples	Comments
Systematic	Predictability	Cause and effect	Differences among species Lyonization as mechanism.	Hence absurdity of the statement "Lung cancer is hereditary in ameba"
Ambiguous	Multiplicity of solutions	Stationary points maxima etc	Homeostasis Aristotle's ass	Ambiguous polarity
Random	Probabilit distribution	Covariance and dependence	Lyonization as an effect. Tertiary structure of protein Assembly of antibodies	
Chaotic	None	Unspecifiable	Chorea? Atrial fibrillation?	
Autochthonous	Meaning	Communicability	Freedom Creativity Cunning & bluff	Rules of evidence are <u>a posteriori</u>.
Cryptic	Occultation Semantically verifiable when decoded	Unobtrusiveness Meaninglessness	Dance of the harvest bee Camouflage	Epistemology is unstable

called random. The aim of this paper is to raise for serious consideration further sources of variation that are qualitatively different, which, for lack of formal and empirical insight, have not been addressed or even recognized.

SYSTEMATIC VARIATION

We understand systematic variation to mean either the demonstrably deterministic properties of physicochemical systems, such as the chemical identity of an allelic trait in parent and child; or, for more remote phenotypes, to mean the formal relation among variables inferred from empirical data, notably by regression analysis, in the face of extraneous factors. The primordial world is physicochemical; and the effects of statistical mechanics aside, on the scale of biology the physical phenomena are virtually deterministic. Physics has always sought laws that predict uniquely the outcome of the present state. Needless to say human beings remain subject to physicochemical laws: to gravity, to the destructive effect of great heat, to the law of conservation of energy. Scientifically, the preferred way of studying physical laws is by manipulation: by seeing how far manipulation of A is necessary and sufficient for it to be followed by an effect B.

However, there are at least two constraints on such studies. First, size: Manipulative astrophysics, for instance, is not as yet a practical reality; and second, ethics, which becomes the more demanding as our subjects rise in the evolutionary scale.

The whole concept of diversity of species classically supposes a qualitative leap from the one to the other; and this belief has survived the discovery that animals are all made up of the same chemical elements. Arguably, the notion of species is illusory, as indeed such phenomena as the ring species might suggest; but as it stands, we suppose that while all manner of factors may make one member of a species differ from another, the differences among species are impervious to noise and are to be looked on as fixed and immutable.

INFERENTIAL AMBIGUITY

Even in naive systems, however, there may be departures from this ultimate simplicity, especially where we have to rely on formal and inferential constructions. Formal methods may lead to equations with multiple roots; some of the roots may be absurd, and the geneticist discards them. For instance, a recombination fraction of -1 or a gene frequency of 150% would be meaningless. In other cases geneticists extricate themselves by convention. It is well known that for data on genetic linkage from two-generation families with unknown coupling phase, the likelihood curve is symmetrical about 0.5. In many cases, there are two equal maxima; and in all the others the maximum is at 0.5. Although the so-called recombination fraction is a probability and therefore has the parameter space [0,1], it is decreed that no estimate of a recombination fraction that is over 0.5 has meaning; for 0.5 corresponds to independent assortment, and there is nothing more independent than independence itself. This apparently necessary constraint gives maximum likelihood estimates of the recomination fraction some awkward properties[1,2].

However, sometimes there is true inferential ambiguity. For instance[3] in the formal theory of incomplete penetrance in families in which at least one of the parents is phenotypically normal, the segregation ratio is not a one-to-one function of the penetrance coefficient. Then a particular value of the segregation ratio may result from more than one value of the penetrance coefficient. In inferring the penetrance coefficient from the data on segregation, our theory has led to a true ambiguity.

In other instances ambiguity may result from investigating imprecise questions. We are accustomed to hearing questions like "Does gene A increase the blood pressure? Or lower it?" and expect a clear answer. However, for a gene that controls homeostasis the answer would be ambiguous. For the concept of physiological and postural homeostasis is that <u>both the direction and the degree</u> to which a corrective force operates depends on how far the current blood pressure is above or below the level that the patient's physiology is trying to maintain[4,5]. The ambiguity of the answer can be avoided by restating the question.

Likewise, no good comes of asking whether a neurological mutant that causes staggering affects the mean direction of motion; for the symmetry suggests that the amount of staggering to the right will be counterbalanced by that to the left. Otherwise the mutant could be described as a spinning, rather than a staggering, mutant. (Both types of mutant are known in mice e.g. vacillans, waddler and wabbler on the one hand; and waltzer and pirouette on the other[6].) The genetic information on the phenotype of behavior is rather more likely to lie in looking at the effect of the mutation on the variance. But a little theory shows that the information may not lie in the variance either.

The theory of angular homeostasis[7] furnishes another type of example in which a formal system may have an ambiguous outcome. If a structure, growing under humoral control emitted by the target, happens to start out in a direction precisely opposite to the target, the direction in which it should turn to correct its path is undecidable, for there is no preference between turning clockwise and turning anticlockwise. Contrived appeal to chance factors suggests from symmetry that the two outcomes are equally likely. However in normal ontogeny many developments exhibit no symmetry[8].

RANDOM VARIATION

In mathematical probability theory, the notion of a random process is one that has multiple possible outcomes, each with a stable associated probability, but that must assume one and only one of them. As such, it is a pure abstraction and there is nothing in the nature of things that demands that the pattern it describes have any counterpart in the world of empirical reality. For scientists, probability theory, cautiously used and punctiliously adequated to real life, helps to impart coherence to their data. But the responsibility of invoking it rests with those who use probability theory, not with those that invent it. The concerns arising out of the scientific use of random processes are twofold.

1. <u>How does one establish that the data to be studied are random?</u> There are no simple answers. The empiricist's counterpart of the probabilist's distribution is the histogram, and the two must not be confused. Despite some logical laxity on this point, it is not enough to show that empirical data yield a histogram; for if the data are measurements, they must assume values, and these may well be diverse. To show empirically that a process is <u>random</u> at the very least one

must demonstrate that, with ever repeated sampling, the histogram of empirical data must converge to a consistent form. For instance, if one were to collect data from what purports to be a homogeneous process and assign them in a random fashion to two or more subgroups, then if the data behave randomly, the histograms from the several subgroups should tend to assume the same form: that is they should converge on the same distribution function. One can construct systems, even deterministic systems, that do not converge to any specifiable form (see Appendix). Furthermore the pragmatic criterion may in practice fail us. For the behavior of a random system commonly evolves over time, and limited time over which it is even approximately homogeneous implies that there will be limited data, however complete the observations are. For instance, does the appearance of spots in chickenpox follow a random pattern over time? The total number of spots may be relatively small, and it is not disputed that over time they appear in crops and hence at a varying rate. The last word has not been said on tests of randomness; but the scientist must have reason for calling a process random other than inability to think of any better word for the process.

2. How are random data to be interpreted? The common preferred way of studying random processes is by random sampling. Results may be informative in various ways. For instance, they may establish the stable frequencies that characterize the process. Another objective is to explore the degree of dependence among random variables. For Gaussian data, independence and a correlation coefficient of zero are interchangeable terms. But it is easy to find bivariate distributions in which the two variates are totally dependent and yet are uncorrelated. Likewise, it is not too difficult to find plausible, if hypothetical, systems that are purely genetic in their cause but have a heritability of zero[9]. One can devise criteria for deciding dependence in particular cases, but to do so, we need to know a fair amount about the process. Unfortunately, statisticians (as distinct from probabilists) have nothing like a well-established criterion of dependence.

What are the implications of random variation? We may briefly cite several instances in which variation is not only tolerated but desirable, and eventually avidly conserved by evolution.

Family Size. In the simplest organisms in which multiplication is achieved (oddly enough) by division, there is no distribution of family size at all. There is only one way in which a cell can divide in two. In higher organisms, because the symmetry between parent and gamete has been lost, family size is a random variable. In human populations, family size may be deliberative. Fertility is a main channel through which genetic fitness operates[10,11], and also a mechanism by which the rate of growth of a population may be finely tuned to the resources of the environment. One only has to think of the alternative -- every family with exactly 2.24 children or some such horrendous structure -- to realize what we owe to random size of families.

Lyonization. This phenomenon is the classical solution to the problem of dosage-compensation for X-linked traits[12]. So far as we know its effect is a random process; and yet as a property of a species it seems to be as deterministic a structure as any character of a species. It is a deterministically programmed randomizing device.

Coding of Protein Structure. Everybody knows that nucleic acid codes for the primary structure of protein. It is a tightly controlled process, of considerable complexity and its product is relatively simple. But the protein operates not as a primary sequence of amino acids but as a sophisticated molecule with secondary, tertiary, and even quaternary, structure. None of these higher structures is coded for, and their operation is left to the purely random consequences of the thermodynamic structure[13]. One could well imagine how much more complex the genetic code would have to be, how many more mechanisms there would be to go wrong, and thus how much higher the selection and reproductive wastage would be, if an effective deterministic method of organizing higher structure were necessary.

Antibody Formation. The notion that the assembly of a very large repertoire of antibodies, attained by randomly permuted assembly of a much smaller set of components, is now so commonplace as to need no discussion[14]. However, we note yet once again that the stochastic properties of the pertinent thermodynamics are actively exploited genetically.

CHAOTIC VARIATION

We surmise that there are empirical processes that do not meet the criteria for either the deterministic or the random. Such processes, if they exist, may be so diverse that they cannot be usefully put into a single category. The safest way to approach these processes is as an empirical perception, that is, as an epistemological problem. It does not seem appropriate to make either affirmations or negations about their nature or how they might originate.

However, there exist examples in the theory of non-linear dynamics, the empirical realization of which would seem to be neither deterministic nor random. Thus, in any dynamical system, the orbits can be predicted from the initial conditions[15]. Moreover, there exist systems[16] such that the slightest imprecision about the initial conditions makes this prediction impossible; and certainly in the empirical world, where the resolving power of measurements is limited the orbit is unpredictable. Mathematicians call them chaotic. In such a system, the set of points of which the orbits converge to one point may form a fractal set. Mandelbrot[17] has given numerous examples of scientific applications of fractals. This is an area of active research in physics and theoretical biology[18].

One of the possible candidates for biological processes that are in some sense chaotic is the disorder known as Sydenham's or rheumatic chorea. Clinically, it is diagnosed on its total lack of pattern. Once there is any recognizable pattern at all -- in time, in the movements involved, in their magnitude -- the diagnosis becomes suspect. The major differential diagnosis, multiple tics, is distinguished by repetitive aspects in its pattern. But, in the milder forms at least, chorea can be almost impossible to distinguish from simple fidgeting or even from ordinary voluntary movement. (It is a clinical commonplace that patients with chorea become adept at concealing choreic movements by making them appear to be purposive.) This lack of a coherent pattern makes it almost impossible to devise useful quantititative descriptions of the movements in chorea. Yet at least one form of chorea seems to be a Mendelizing condition.

What is the meaning and survival value of chaos? One could certainly make surmises. In a rapidly changing environment, the operation of a chaotic system acting between the genotype and the phenotype would allow rapid adaptation.

It is, perhaps, best to pass on to a yet more subtle level of variation that may capitalize on chaos.

AUTOCHTHONOUS VARIATION

By autochthonous variation, we mean that set of distinctive characteristics that is the counterpart of the unique and the individual. So far, we have confined attention to the collective world of the population; it seems appropriate now to consider variation arising within the private internal world. Scientists, of course, do not like private worlds; for them the particular is the domain of the historian or the humanist[19]. But what unites the two is the universality of private worlds: the fact that every member of a species may have one, and that it is unique. If this sounds like a meaningless paradox, we do well to recall that <u>everybody</u> has a <u>private</u> set of fingerprints.

It is now a commonplace that to all of us there is a firm difference between self and non-self. It suggests that this very odd form of variation -- that of uniqueness -- is indispensible for survival of a species. It is well known even in the sea anemone. It is certainly often cited to explain the great diversity of tissue types and the elaborate randomizing device for gamma globulins. But we can rescue that apparent contradiction by the fact that <u>within</u> the individual there is a homogeneity that may in principle be extended and perpetuated by cell culture.

We may discern the Darwinian value of the private, the autochthonous, by an extension of these ideas. In the insect world behavior is hardwired: much of insect behavior admits of no deviation. More developed animals benefit by being able to follow more liberal policies; the advantages can be cultivated only in the organism that is endowed with enough uncommitted program space, and the leisure to learn[20]. A hare being chased by a greyhound makes much out of its greater capacity to change direction and accelerate by jinking. However it is only the very highest organisms, perhaps only man, that has converted misdirection into a process sufficiently abstract as to develop multiple levels of bluff. Bluff represents a process that transcends the canonical structure of game theory; and to our knowledge has so far baffled the formulations of whatever probabilists may have tried to deal with it. Yet clearly there are special advantages to survival in being able to bluff effectively.

Moreover, we see similar effects in the more sophisticated development of cultures. Kuhn in a famous book[21] makes much of the distinction between what he calls "normal science," that is science conducted according to, and entirely within, certain stereotyped and well-defined canons; and what he calls scientific revolutions that involve breaking outside these canons and constructing a radically new climate of ideas. It is our opinion that he treats such thought that transcends the canons on far too heroic a scale. Any scientist with a scintilla of originality is aware that in the last appeal he is not in fief to any scientific canon, however revered; and in the course of the research, he must needs makes countless little forays outside the canons. Of course, this capacity to escape outside programmed patterns of thought is by no means confined to science. It may seem odd that what may be inherited is the capacity, not to do something well, but rather to be different. For instance, the remarkable Bach dynasty[22] shows the operation of originality on a grand scale. It is significant that it has quite different idioms of expression: J.S. Bach as the master of the Baroque; his son, C.P.E. Bach, as the inventor of sonata form, and hence the key figure in the transition between the Baroque and the classical formalist movement; and his grandson W.F.E. Bach, as a successful composer in the late classical, early romantic epoch.

CRYPTIC VARIATION

This final group is included for completeness rather than because it denotes a self-evident and truly distinct category. It is not at all easy to analyze; but it is not for that reason to be dismissed as unimportant. In all the previous types of variation, the puzzle was to find the answers to questions about the nature of the kind of variation. But we can identify a yet more subtle form, in which there is not even a suspicion that there is variation to be discerned and interpreted. This property seems to be true of chaos in the mathematical sense, in which the variation can be totally concealed.

In biology, it may be that the survival value of a mechanism lies in concealing the fact that there is any question there to answer. Of course this notion of the concealed question operates at several different levels.

Part of why this category is so miscellaneous is purely epistemological: failure on the part of human enquirers even to perceive a source of variation that there was no attempt to conceal in the first place. A famous example is the dance of the harvester bee, which Von Frisch showed is a means of communicating to other bees places where there is a rich source of food[23]. Again there is much survival value in camouflage, both as a means of concealment against predators, and in the trapping of prey. For all we know, the most successful forms of variation may be successful <u>precisely because they effectively conceal from us the fact that they exist</u>.

However, much of the welfare and survival of the human species depends on sources of variation that have only an arbitrary relationship to the component of advantage. The genetic code is in this sense cryptic, an arbitrary relationship that (so far as we know at present) in no way arises from the nature of amino acids; but then so are verbal messages. The improvement to survival and civilization that has resulted from language and the capacity to record it is incalculable.

There is a final component to cryptic variation that is subtle but important because it demolishes the common cant of objectivity. In everything that has been previously said about variation, there is the implicit assumption that judging it falls within, not merely the professional training, but also within the theoretical scope, of the observer. There is an assumption (which is rather hard to articulate) that the resolving power of our analysis is far greater than what we are analyzing. By analogy, we can pick up a marble with a pair of forceps; but we cannot pick up an atom with one.

When we study the genetics of height, no problem arises in discerning the fact of variation. But it has been previously pointed out, that while a stereotyped intelligence test may be <u>administered</u> by a psychometrist to almost anybody, to <u>devise</u> an adequate test is possible only if the person devising it is of a higher order of intelligence than the subject of study. What the person devising the test may think is the right answer, may in fact not be a correct answer at all or may be only one of several answers, all with equal claims to be correct. Indeed, this flaw is not merely a theoretical possibility but has been empirically demonstrated. Again, psychiatrists have long since abandoned claims to mental privilege: to the idea that in assessing their patients they are themselves beyond defects which beset their patients. The difficulty involved is rather like what physics would be if there were no clear distinction between the measure and what is being measured. Indeed one recalls that to preserve the distinction, the reference standard of length is now no longer the distance between two scratches on a platinum bar in Paris (appeal to which is to say that the physical distance between one pair of points may be used to pass judgment on the distance between another pair); instead, physicists now use the wavelength of the principal band in the sodium spectrum, which is an abstract distance.

This subtle but fundamental issue of the privilege of the observer is of far more practical importance than may at first appear. We are well aware of the slow and precarious advance that has been made in understanding the genetics of behavior, intelligence, language, agility, social endowment, organization of society, altruism, drug addiction, criminal behavior and kindred topics. Nobody can question their importance.

But perhaps we should not be surprised at the slowness of our progress. All these topics are perilously close to the limits of the epistemological resolving power of our own means of analysis. There is a legal principle "No man shall be judge in his own cause" that should make us cautious. It seems likely that there are levels of variation that are beyond our power to analyze at present, and perhaps permanently.

COMMENTARY

The legacy of nineteenth century determinism led to earlier perceptions of genetics as a systematic process somewhat obscured by variance. Mendel managed to sidestep variance altogether and to single out segregation into groups as the point of the point. One cannot argue with his success; but there is a well-known paper by Fisher[24] reinstating the variance that Mendel had eliminated. It criticizes Mendel's results on the grounds that they are too good: that one would have looked for a greater discrepancy between the observed and the expected than are found in Mendel's data. One might argue from various statistical points of vantage about the soundness of Fisher's criticism; but it is certainly novel that this question should be raised at all. It would have puzzled scientists of yore brought up on the idea that the sole inalienable criterion of a model was how exactly the predictions and the empirical findings agree; and Fisher is demanding both that they agree within limits and that they disagree within limits. Right or wrong, with Fisher's paper a watershed is reached. Variance is no longer to be seen as a poor relation of genetics, or perhaps of science in general.

The habit of partition of variance and the classical Galton-Fisher theory that stemmed from it would have consolidated the claims to the importance of variance <u>if analysis of variance had been treated exclusively as a method of estimation</u>. In fact, this position was abandoned in quantitative genetics which became mainly a form of hypothesis testing; and every time a null hypothesis was rejected, there was nothing for it but to convert the conclusion of the test into a systematic effect. The elaboration of this idea in classical quantitative genetics has meant that more and more of the variation as measured in populations has been ascribed to systematic effects, however shapeless or mysterious these effects may be in the biological sense; and less and less of the variation is allowed to be identified as variance proper. Still less does this policy accommodate the more subtle forms of variation we have been discussing. The endpoint of fanatical hypothesis-testing would be exhaustion of the variation, proof that none of it is random. But if this were to happen, we would be in some logical difficulties. For the rationale of the method is that individual systematic effects are demonstrated by appealing to a standard that is random; and the outcome is to prove that the random standard does not exist. If successful, one demolishes the whole logical structure on which this conclusion rests. It is difficult to understand the logic of this process; it would not pass muster as a proof by contradiction, which classically does not allow one to change the rules of evidence in order to reach a conclusion. Moreover, it is hard to square it with the many apparently demonstrated examples of random variation (such as Lyonization and the assumption of the minimum energy state of the protein molecule). To say that the method of proof may be random but the outcome not, seems to be logically inconsistent. For on the one hand it seems to be a quibble: granted that even in a hypothetically random system there must be some outcome, to say after the event that it had no choice but to reach that state seems to meet the discipline of neither falsifiability nor authentication. On the other hand much of the interpretation (in the present state of our knowledge at least) is circular. For instance, hitherto the tertiary structure of a protein has not been investigated in its natural state but after it has been artificially fixed; and what does one expect in a fixed system except immobility? There is evidence that in the unfixed state a protein molecule never attains an absorbing (i.e. irreversible) state and that its energy state continues to have a distribution indefinitely.

The foregoing classification of variation is almost certainly not exhaustive. Even so, there are vast tracts of it that have not been touched by geneticists. We resist the temptation to moralize about whether the main energy of mathematical genetics is being dissipated on less important matters. However, we would plead for a more liberated outlook so that even though investigators may have their own preferences, they will still lend a kindly ear to those adventurous enough to approach these difficult areas. We cannot go on indefinitely refusing to confront, for instance, the formal Darwinian and genetic aspects of speech. The few studies that have been done in this area revolve around disorders of speech. But one can learn only so much about how a system works from examining what does not work. It is disappointing that the interesting field of semantics has been left almost exclusively to philosophy and linguistics.

APPENDIX

It is known from elementary probability theory that a sequence of random variables need not converge in any of the modes of convergence. On the other hand, it is known[25] that for a sequence of pairwise, independent, identically distributed random variables $\{X_j\}$ and finite mean m,

$$Y_n = \sum_{j=1}^{n} X_j/n$$

converges to m in probability. This is a version of the weak law of large numbers, and shows that under the formal assumptions of probability theory, stable frequencies are expected. We shall give an example of a sequence of random variables in which such stable frequencies do not occur.

With the above notion, we construct a sequences of random variable $\{X_r\}$ with the properties that

1. The $\{Y_i\}$ do not converge.
2. The $\{Y_i\}$ do not converge in probability.
3. The $\{Y_i\}$ do not converge in distribution.

Let the sample space $W = \{w_0, w_1\}$, and let P be a probability on W with $P(w_0) = 0$ and $P(w_1) = 1$. Define a sequence of positive integers $\{N_i\}$ with the property

$$\lim_{i \to \infty} \left(\sum_{j=1}^{i-1} N_j \right) / N_i = 0$$

Define a sequence of random variables X_j as follows:

$$\left. \begin{aligned} X_j(w_0) &= 0 \\ X_j(w_1) &= 1 \end{aligned} \right\} \text{ For } N_{i-1} < j \leq N_i \text{ and } i \text{ is even and}$$

$$\left. \begin{aligned} X_j(w_0) &= 1 \\ X_j(w_1) &= 0 \end{aligned} \right\} \text{ For } N_{i-1} < j \leq N_i \text{ and } i \text{ is odd.}$$

Define $Y_r = \sum_{j=1}^{r} X_j / r$

Then $0 < Y_r < 1$. To show that Y_r does not converge in probability it is sufficient to show that the sequence $\{Y_r(w_1)$ does not converge. Let $r = N_i$ where i is odd. Then it follows from the definitions of Y_r and N_i that

$$0 < Y_r(w_1) < \left(\sum_{j=1}^{i-1} N_j \right) / N_i \quad (1)$$

By construction of the N_i for i sufficiently large, the expression on the right side of the inequality can be made arbirarily small. For some values of r, then, Y_r can be made arbitrarily close to zero. Likewise, for $r = N_i$ with i even, we have

$$1 > Y_r(w_1) > (N_i - N_{i-1}) / N_i \quad (2)$$

The expression on the right can be made arbitrarily close to 1 for i sufficiently large. It follows that for i even and sufficiently large $Y_r(w_1)$ can be made arbitrarily close to 1. This proves that $Y_r(w_1)$ does not converge.

To show that $\{Y_r\}$ does not converge in distribution, first observe that there are two points in the sample space with probabilities 0 and 1 respectively. This implies that for fixed r, the distribution function of Y_r is a step function. Inequality (1) implies that for $r = N$ with i odd, the step occurs near $Y = 1$. On the other hand, for $\underline{r} = \underline{N}_{\underline{i}}$ with $\underline{i}$ even, inequality (2) implies that the step occurs near $\underline{Y}_r = 0$. These two results imply that the distribution functions do not converge, and that $\{\underline{Y}_r\}$ does not converge in distribution.

REFERENCES

Bolling, D. R., and Murphy, E. A., 1979, Finite sample properties of maximum likelihood estimates of the recombination fraction in double backcross matings in man. Am J Med Genet 3: 81-95.

Cannon, W. B., 1932, "The Wisdom of the Body." Norton, New York.

Cantor, C. R., and Schimmel, P. R. Schimmel, 1980, "Biophysical Chemistry." Freeman, San Francisco.

Chung, K. L., 1974, "A Course in Probability Theory." Academic Press, New York.

Crow, J. F., 1958, Some possibilities for measuring selection intensities in man. Hum Biol 30 1.

Fisher, R. A., 1936, Has Mendel's work been rediscovered? Annals Science 1:115.

Green, M. C., 1981, "Genetic Variants and Strains of the Laboratory Mouse." Gustav Fischer Verlag, Stuttgart.

Kuhn, T., 1970, "The Structure of Scientific Revolutions". Second edition. University of Chicago Press, Chicago.

Leder, P., 1982, The genetics of antibody diversity. Scientific Amer. 246:102.

Lyon, M. F., 1972, X-chromosome inactivation and developmental patterns in mammals. Biol. Rev. Cambridge Phil. Soc. 47:1.

Mandelbrot, B., 1983, "The Fractal Geometry of Nature." Freeman, New York.

McDougal, W., 1948, "Outline of Psychology." Methuen London, (1948).

Moreno, A., and Murphy, E. A., 1981, Inheritance of Kartegener syndrome. Amer. J. Med. Genet. 9:219.

Murphy, E. A., 1981, "Skepsis, Dogma and Belief. Uses and Abuses in Medicine." Johns Hopkins University Press, Baltimore.

Murphy, E. A., 1978, Genetic and evolutionary fitness. Amer. J. Med. Genet. 2:51.

Murphy, E. A., and Trojak, J. E., 1986, The genetics of quantifiable homeostasis: 1. The General Issues. Amer. J. Med. Genet. 24:159.

Murphy, E. A., and Berger, K. R., 1987, The dynamics of angular homeostasis: 1. General principles. Amer. J. Med. Genet. 26:457.

Murphy, E. A., 1970, Incomplete penetrance and the ascertainment of recessive characters in man. 1. Introduction and distribution theory. J. Chron. Dis. 23:9.

Nitecki, Z., 1971, "Differentiable dynamics." Massachusetts Institute of Technology Press, Cambridge, Mass.

Olsen, L. F., and Degn, H., 1985, Chaos in Biological Systems. Quarterly Review Biophysics 18:165.

Ott, J., 1985, "Analysis of Human Genetic Linkage." Johns Hopkins University Press, Baltimore.

Ruelle, D., 1977, Sensitive dependence on initial condition and turbulent behavior of dynamical systems. "Bifurcation Theory and Applications in Scientific Disciplines." Annals of the New York Academy of Sciences. vol 316. New York Academy of Sciences, New York.

von Frisch, K., 1950, "Bees: Their Vision, Chemical Senses, and Language." Cornell University Press, Ithica.

Wiener, N., 1848, "Cybernetics or Control and Communication in the Animal and the Machine." Wiley, New York.

Wolff, C., 1980, "The New Grove Bach Family." Norton, London.

NEW TECHNOLOGIES FOR STUDYING HUMAN GENETIC VARIATION

Norman Arnheim

Department of Biological Sciences
University of Southern California
Los Angeles, CA 90089-0371

The analysis of individual genetic variation is an important component of risk assessment. Recently a number of new technologies have been developed which can aid in the understanding of human variability at the genetic level. Together these techniques significantly enhance our ability to analyze the variation in the nucleotide sequence of specific genes in a population and to identify the spectrum of mutations in specific genes that are caused by a variety of agents.

Until recently the analysis of variation at the DNA level for most genes has been carried out either by Southern blot analysis (Southern, 1975) on total DNA or by cloning and direct DNA sequencing. In the case of Southern blot analysis the detection of variation in the structure of a gene depends upon either a nucleotide substitution in the recognition sequence of a restriction endonuclease or a major structural alteration in the gene such as a deletion, duplication, inversion or translocation. In either case however the exact molecular structure of the lesion would not always be apparent. Nucleotide substitutions that do not occur in a restriction enzyme site would not be detected by the Southern method. A complete search for variation in any particular gene demands the rigor of complete DNA sequence analysis. This in turn requires the cloning of the gene in question which is both time consuming and laborious.

Recently, a new technology has been developed which is likely to be very useful in molecular genetic analysis. The new technology involves the enzymatic amplification of DNA and has been termed polymerase chain reaction or PCR (Mullis and Faloona, 1987 and Saiki et al., 1985). This method is capable of substantially increasing the amount of a selected or target DNA sequence in a sample by enzymatically synthesizing many copies of the target DNA segment. Each cycle of amplification can in principal double the amount of target DNA and therefore the target is exponentially amplified. In practice the efficiency is 85% (Saiki et al., 1985).

The principle of the PCR method is shown in the series of figures below. The target genomic sequence to be amplified (....) and two small stretches of DNA of known nucleotide sequence that flank this target sequence are chosen first.

```
     5'-----------catggt........................agtgga-----------3'
     3'-----------gtacca........................tcacct-----------5'
```

Oligonucleotides (usually 20 bases but for the purposes of illustration shown here as six) that are complementary to the sequences flanking the target and will hybridize to opposite strands of the DNA are used to prime DNA synthesis by the Klenow fragment of DNA polymerase. The primers (see below) are oriented so that when they form a duplex with the flanking sequences their 3' ends face the target sequence.

```
                                  Primers
                  5' CTACCA 3'                    3' TCACCT 5'
```

After denaturation of the genomic DNA and annealing of the primers, DNA polymerase extension of the primers will produce DNA strands complementary to the target (xxxxxxx). These products (see below) are labeled L and they extend through the target for various distances (--->) but in opposite directions.

```
                                First Cycle
     5'-----------catggt........................agtgga-----------3'
L1       3'<------gtaccaxxxxxxxxxxxxxxxxxxxxxxxxTCACCT  5'

L2              5'  CATGGTxxxxxxxxxxxxxxxxxxxxxxxxagtgga------->3'
        3'--------gtacca........................tcacct----------5'
```

The products must extend far enough so that they will include the sequences complementary to the other primer. Following denaturation and primer annealing (to product L2 for example, see below) a second round of extension will again copy the target sequence. This results in a product labeled S which is exactly equal in length to the sum of the lengths of the two primers and the target DNA.

```
                               Second Round
                            (Shown for L2 Only)
L2              5' CATGGTxxxxxxxxxxxxxxxxxxxxxxxxagtgga------->3'
S               3' gtaccaxxxxxxxxxxxxxxxxxxxxxxxxTCACCT 5'
```

Continuation of the denaturation, primer annealing and polymerase extension steps results in doubling the amount of target at each cycle. The products, including the primers at each end ([ ]), that are found after the third cycle are shown below.

```
                               Third Cycle
                              (All Products)
   5'----------[     ]..............................[     ]----------3'
L           <---[     ]xxxxxxxxxxxxxxxxxxxxxxxxxxxxxx[     ]
L               [     ]xxxxxxxxxxxxxxxxxxxxxxxxxxxxxx[     ]--->
S               [     ]xxxxxxxxxxxxxxxxxxxxxxxxxxxxxx[     ]
L               [     ]xxxxxxxxxxxxxxxxxxxxxxxxxxxxxx[     ]--->
S               [     ]xxxxxxxxxxxxxxxxxxxxxxxxxxxxxx[     ]
S               [     ]xxxxxxxxxxxxxxxxxxxxxxxxxxxxxx[     ]
S               [     ]xxxxxxxxxxxxxxxxxxxxxxxxxxxxxx[     ]
L           <---[     ]xxxxxxxxxxxxxxxxxxxxxxxxxxxxxx[     ]
S               [     ]xxxxxxxxxxxxxxxxxxxxxxxxxxxxxx[     ]
S               [     ]xxxxxxxxxxxxxxxxxxxxxxxxxxxxxx[     ]
S               [     ]xxxxxxxxxxxxxxxxxxxxxxxxxxxxxx[     ]
S               [     ]xxxxxxxxxxxxxxxxxxxxxxxxxxxxxx[     ]
L               [     ]xxxxxxxxxxxxxxxxxxxxxxxxxxxxxx[     ]--->
L           <---[     ]xxxxxxxxxxxxxxxxxxxxxxxxxxxxxx[     ]
   3'----------[     ]..............................[     ]----------5'
```

As can be seen the number of target sequences found in the S forms accumulate rapidly and in an exponential fashion. For example, if this protocol were repeated 20 times, and at 100% efficiency, the target would be expected to be amplified a million fold (2 to the 20th power).

The polymerase chain reaction offers many advantages for the analysis of DNA sequence variation. One is that it can aid in the sequencing of a gene by allowing it to be cloned in a rapid and simplified manner. This, in fact, has recently been achieved with the cloning of a human beta globin gene DNA segment and a portion of one of the loci at the human major histocompatability complex (Scharf et al., 1986). In the cloning of a portion of the beta globin locus the PCR amplification products contained a Pst I restriction enzyme site at one end and a Hind III site at the other. This was made possible by constructing the PCR primers so that one had a Pst I site at its 5' end and the other a Hind III recognition sequence at its 5' end. These particular restriction enzyme sites were chosen for two reasons. It was known that the target DNA sequence did not contain these sites and the cloning vector was capable of accepting Pst I-Hind III DNA fragments. A sample of human genomic DNA was amplified using these special primers, digested with Pst I and Hind III and ligated into the cloning vector bacteriophage M13. The DNA was transformed into E. coli and plaques containing the target sequence were identified by hybridization using a radioactive probe homologous to the target. One percent of the plaques were found to contain the target sequence. This is a remarkable result compared to the standard method of cloning starting with unamplified genomic DNA. In this case one would have expected .002% of the lambda bacteriophage vectors used to make a genomic library to have contained the desired beta globin segment. This increase in efficiency makes a substantial contribution to decreasing the labor and shortening the time required to clone the gene in preparation for DNA sequencing. Amplified segments cloned directly into M13 can then be subjected to standard DNA sequencing procedures thereby eliminating the need to subclone segments of lambda genomic clones into the M13 sequencing vector.

The usefulness of enzymatic amplification for obtaining DNA sequence information has been carried one step further. It has recently been shown that the cloning of the amplified target material may not be necessary before DNA sequencing procedures are carried out. In a recent analysis of the degree of polymorphism in a segment of mitochondrial DNA in human populations, Higuchi and his colleagues carried out DNA sequencing reactions directly on the amplified target material (Wrischnik et al., 1987). In this procedure the amplified material consisting predominately of the S forms is denatured and hybridized to a third small oligonucleotide (+++) which serves as a sequencing primer.

```
5' [.   ]xxxxxxxxxxxxxxxxxxxxxxxxxxxxxxxxxxxxxxxxxxxx[    ] 3'
                                       3'+++++++++5'*

3' [    ]xxxxxxxxxxxxxxxxxxxxxxxxxxxxxxxxxxxxxxxxxxxx[    ] 5'
```

If this sequencing primer is radioactively labeled at its 5' end (*) it can be extended by the Klenow fragment of DNA polymerase in the presence of standard dideoxynucleotide sequencing reagents and subsequent to gel electrophoresis produce direct DNA sequence information. It should be noted that in the case of mitochondrial DNA every individual is homogeneous with respect to mitochondrial type. A population of males could also provide material for the analysis of most X and Y chromosome genes using this direct DNA sequencing procedure. Autosomal genes are of course present in diploid amounts and therefore direct sequence analysis would yield the sequence of both alleles in the same sequencing gel. Any variation between alleles in a heterozygous individual would show up in the DNA sequencing gel as an ambiguity and suggest that not one but two nucleotides occupied that position in the DNA. The extent to which this ambiguity due to alleles could be distinguished from technical problems in the sequencing reactions themselves needs to be carefully examined before this approach can be applied to autosomal loci. At the present time, using the Klenow fragment of DNA polymerase from E. coli, the efficiency of PCR falls off significantly as the size of the target increases. Thus it is practical to consider amplification of target sequences in the range of 50 to 300 base pairs. The application of other enzymes to PCR may increase this limit in the future.

Other new methods have been developed recently to examine variation in DNA sequences among individuals. Two of these methods are designed to be able to detect specific variants. In both cases their use depends upon knowing the exact molecular nature of the lesion to be analyzed. One of the methods, oligomer restriction (Saiki, Arnheim and Erlich, 1985) has been applied to the prenatal diagnosis of sickle cell anemia and can distinguish between two alleles at the beta globin locus. This procedure is based upon the fact that the normal beta globin allele (A) has a Dde I restriction enzyme site at the 6th codon but the nucleotide substitution that gives rise to the sickle cell allele (S) destroys this site (Geever et al., 1981). The method for distinguishing between the alleles, known as oligomer restriction, (OR) involves hybridization of genomic DNA with a 40 nucleotide (nt) single stranded and radioactively labeled oligonucleotide probe complementary to a portion of the beta globin gene including the region containing codon 6. The principle of OR is based upon the concept that when hybridized to genomic DNA, the probe will be cleaved by Dde I only if it forms a duplex with the target and perfectly reconstitutes the double stranded Dde I site at codon 6. Following hybridization to normal DNA, Dde I digestion of the probe/genomic DNA duplex cleaves the labeled probe. This releases a small radioactively labeled product since the probe was constructed so that the Dde I site is very close to the ^{32}p-labeled end of the probe. This product can be separated by gel electrophoresis from the original 40 nt probe. A genomic DNA sample containing a nucleotide substitution at the Dde I restriction site as in the case of an individual homozygous for sickle cell anemia will not produce a product after probe hybridization and Dde I digestion. In this case the base pair difference between the target and probe does not prevent hybridization but since a base pair mismatch exists at the Dde I site the enzyme is not able to cut the DNA at this site.

Coupling the OR method to the PCR amplification procedure has resulted in a rapid and sensitive method for the prenatal diagnosis of sickle cell anemia (Saiki et al., 1985; Embury et al., 1987). In these experiments the OR method was modified and involved a digestion with two enzymes, Dde I and Hinf I (for details see Saiki et al., 1985). In this particular case the cleavage of the hybridized oligonucleotide probe will produce a 3 nucleotide fragment with the sickle cell allele (due to Hinf I cleavage) and an 8 nucleotide product for the wild-type allele (due to Dde I cleavage). AA individuals will be expected to exhibit only the 8 nucleotide, SS individuals the 3 nucleotide, and heterozygotes both the 8 nucleotide and 3 nucleotide products which can be electrophoretically resolved with one another.

Another method for studying genetic variation at specific sites in a gene is not restricted to mutations affecting the ability of a restriction enzyme to cut at a particular site and is therefore a generally more useful method than OR. This procedure makes use of allele specific synthetic oligonucleotides and has been applied to the prenatal diagnosis of a number of genetic diseases. The first use of these allele-specific oligomer probes (ASO) was also to distinguish between the normal A allele and the sickle cell allele in the human beta globin gene (Conner et al., 1983). The method requires a small oligonucleotide (typically 19 bp) to be synthesized for each allele to be tested. Each oligonucleotide matches its homologous allele exactly but differs from the other alleles usually by a single base change. The radiolabeled oligonucleotides are each separately hybridized to an aliquot of the DNA sample to be typed according to its allelic content. Appropriate hybridization conditions (temperature, salt) are derived so that each oligonucleotide will form a stable duplex only if perfectly complementary sequences are present in the sample. Thus for example, the beta A and beta S allele probes will both hybridize to DNA from a sickle cell carrier (AS) but only the beta A specific oligonucleotide will hybridize to AA DNA and the beta S probe only to SS DNA. Allele specific probes have been used not only in the prenatal diagnosis of sickle cell anemia but in the diagnosis of Beta thalassemia and alpha 1 antitrypsin deficiency (Orkin, Markham and Kazazian, 1983; Pirastu et al., 1983; Kidd et al., 1984). In these applications microgram amounts of restriction enzyme digested DNA samples that were to be tested had to be run out on a gel to separate the target DNA fragment (for example, beta globin) from most of the other genomic DNA fragments. This was required because there is considerable non-specific binding of the ASO to non-target DNA resulting in a low signal to noise ratio. Amplification of the target by PCR dramatically increases the signal to noise ratio. As a result electrophoretic separation of the globin gene containing fragments is not required and the whole procedure is compatible with a dot blot format. Thus samples of the amplified DNA need only be spotted on nylon membranes and hybridized directly to labeled allele-specific probes under the appropriate conditions to determine the allelic makeup of each locus under investigation. The usefulness of this dot blot technique after PCR has been demonstrated for not only the beta globin system but in an analysis of genetic variation at the human major histocompatibility locus (Saiki et al., 1986). The simplicity of the method makes large scale screening analysis of allelic variation possible.

Oligomer restriction and allele-specific probes can be used to examine the nature of allelic variation at specific sites but are not useful for detecting variation whose exact molecular nature is unknown. Two other new methods have the potential for analyzing variation of this type. One of them involves the use of the enzyme Ribonuclease A. This method makes use of the fact that a base pair mismatch in an RNA-RNA or RNA-DNA hybrid can often be cleaved by this enzyme. One does not need any previous knowledge of the nature or position of a mutation in DNA or in the corresponding messenger RNA in order to detect its presence. In this procedure a segment of the genome is chosen for analysis. A DNA clone of the chosen region is used in vitro to produce a radioactively labeled RNA transcript complementary to the wild type allele using one of the commercially available transcription systems. This probe can then be hybridized to DNA samples from individuals to be examined for mutations in the gene. If any of these samples has a base pair substitution relative to the normal allele then Ribonuclease A may cleave the RNA probe at that position in the DNA-RNA duplex. This will produce radioactively labeled RNA probe products which are smaller than the original probe and which can be resolved by gel electrophoresis and identified by autoradiography. This method has been used to detect mutations found in individuals with beta thalassemia (Myers, Larin and Maniatis, 1985). It has also been employed to study the presence of mutations in Ras oncogenes by hybridization of an in vitro synthesized Ras RNA probe to Ras messenger RNA in tumor cells (Winter et al., 1985). Using the appropriate probes it has been estimated that at least 70% of all possible base pair mismatches can be detected by this method (Myers, Larin and Maniatis, 1985). Technical innovations may allow the remainder to eventually be detected.

The other method for detecting nucleotide substitutions of an unknown nature utilizes a new electrophoretic procedure involving GDGs or gradient denaturing gels (Fischer and Lerman, 1983; Myers et al., 1985). If a DNA duplex with no base pair mismatches is run on such a gel it will progress as a duplex until it has migrated to a point in the gel at which the denaturant concentration is high enough to render single stranded any low melting temperature DNA domains of the duplex. At this point the mobility of the partially single stranded-partially double stranded molecule is virtually arrested. If the duplex contains a base pair mismatch in the low melting temperature domain then it will be slightly more unstable and tend to become single stranded at a lower denaturant concentration. In other words it will have a slower mobility compared to a perfect duplex. DNA samples from different individuals therefore can be denatured, hybridized to a radioactively labeled probe and run on such a gel. Those with no base pair mismatches relative to the probe will have identical mobilities, while those with mutations will have slower mobilities. As in the case of the RNAse A method not all mismatches can be detected with equal efficiency. It has been estimated that within a low melting temperature domain approximately 25-40% of the mismatches will be observed by this technique (Myers et al., 1985).

Besides studying naturally occurring genetic variation combinations of these new methods can be applied to the analysis of induced mutations. For example, it has been proposed (Thilly, 1985; Cariello and Thilly, 1986) that the gradient denaturing gel method can be applied to the analysis of mutational spectra of a specific gene as a result of the exposure of somatic cells to a variety of mutagens. These studies of mutation hot spots would be significantly enhanced by coupling the GDG analysis to the PCR method as it would expand the sensitivity of the detection system (W. Thilly, personal communication).

The amplification technique increases the amount of target in an exponential fashion with reported efficiencies of 85% (Saiki et al., 1985). The power of this technique therefore may make it possible to examine mutation rates by studying individual mammalian gametes. Work by Saiki et al., (1986) showed that the amount of DNA in as few as 150 cells was sufficient to allow amplification and subsequently the detection of the allelic state of the human beta globin gene. This work also demonstrated that DNA need not be purified before amplification but that cells boiled in water were excellent templates for the amplification reaction. Work in my laboratory has demonstrated that as few as five cells can be used in the PCR system (Li and Arnheim, unpublished data). These results suggest that the analysis of a single cell may also be possible. One haploid mammalian gamete contains about 3 picograms or 1.5 x 10 exp-24 moles of any unique DNA sequence. We would need to amplify a target DNA segment by a factor of approximately 10 exp 9 to produce one femptomole (10 exp -15 moles) of product from a single gene (10 exp -15 / 10 exp -24) in a single cell. From previous work we know that we can easily detect 1 femptomole of a particular DNA sequence in less than a day with radioactive probes labeled by standard methods. At an efficiency equal to that demonstrated in our previous work (85%) a total of 34 cycles would be required. Cycle numbers of this magnitude would be extremely laborious to carry out by hand but can easily be accomplished using an automated PCR machine. The Cetus corporation has built several experimental models of this instrument by modifying their commercially available PROPETTE liquid handling apparatus.

The fields of molecular biology and molecular genetics have made rapid advances in the last decade including the development of many new technologies to study gene structure and function. In many cases these methods could be applied to the study of human genetic variation and mutation.

Cooperation and consultation among molecular biologists and scientists interested in risk assessment, as exemplified by this meeting, will hopefully speed up the process of technology transfer and ultimately the acquisition of fundamental new information of use to risk assessment in humans.

References

Cariello, N. F. and Thilly, W. G., (1986). Use of gradient denaturing gels to determine mutational spectrum in human cells: In: Mechanisms of DNA Damage and Repair. Michael G. Simic (ed.) Plenum Press, New York and London.

Conner, B. J., Reves, A. A., Morin, C., Itakura, K., Teplitz, R. L. and Wallace, B., (1983). Detection of sickle cell B^S-globin allele by hybridization with synthetic oligonucleotides. Proc. Natl. Acad. Sci. U.S.A. 80: 278-282.

Embury, S. H., Scharf, S. J., Saiki, R. K., Gholson, M. A., Golbus, M., Arnheim, N. and Erlich, H. A., (1987). Rapid prenatal diagnosis of sickle cell anemia by a new method of DNA analysis. New Engl J. of Med. 316(11): 656-662.

Fischer, S. G. and Lerman, L. S., (1983). DNA fragments differing by single base-pair substitutions are separated in denaturing gels: correspondence with melting theory. Proc. Natl. Acad. Sci. U.S.A. 80: 1579-1583.

Geever, R. F., Wilson, L. B., Nallaseth, F. S., Milner, P. F., Bittner, M., and Wilson, J. T., (1981). Direct identification of sickle cell anemia by blot hybridization. Proc. Natl. Acad. Sci. U.S.A. 78: 5081-5085.

Kidd, V. J., Golbus, M. S., Wallace, R. B., Itakura, K. and Wood, S. L. C. (1984). Prenatal diagnosis of $alpha_1$-antitrypsin deficiency by direct analysis of the mutation site in the gene. New. Engl. J. of Med. 310: 639.

Mullis, K. and Faloona, F., (1987). Specific synthesis of DNA in vitro via a polymerase catalysed chain reaction. Methods in Enzymology, Vol. 55, in press.

Myers, R. M., Larin, Z. and Maniatis, T., (1985). Detection of single base substitutions by ribonuclease cleavage at mismatches in RNA:DNA duplexes. Science 230: 1242-1246.

Myers, R. M., Lumelsky, N., Lerman, L. S. and Maniatis, T., (1985). Detection of single base substitutions in total genomic DNA. Nature 313: 495-498.

Orkin, S. H., Markham, A. F. and Kazazian, H. H., (1983). Direct detection of the common mediterranean beta-thalassemia gene with synthetic DNA probes. J. Clin. Invest. 71: 775.

Pirastu, M., Kan, Y. W., Cao, A., Conner, B. J., Teplitz, R. L. and Wallace, R. B., (1983). Prenatal diagnosis of beta-thalassemia. Detection of a single nucleotide mutation in DNA. New Engl. J. of Med. 309: 284.

Saiki, R. K., Arnheim, N. and Erlich, H. A., (1985). A novel method for the detection of polymorphic restriction sites by cleavage of oligonucleotide probes: application to sickle cell anemia. Biotechnology 3: 1008-1012.

Saiki, R. K., Bugawan, T. L., Horn, G. T., Mullis, K. B. and Erlich, H. A., (1986). Analysis of enzymatically amplified beta-globin and HLA-DQa DNA with allele-specific oligonucleotide probes. Nature 324: 163-166.

Saiki, R. K., Scharf, S., Faloona, F., Mullis, K. B., Horn, G. T., Erlich, H. A. and Arnheim, N., (1985). Enzymatic amplification of beta-globin genomic sequences and restriction site analysis for diagnosis of sickle cell anemia. Science 230: 1350-1354.

Scharf, S. J., Horn, G. T. and Erlich, H. A., (1986). Direct cloning and sequence analysis of enzymatically amplified genomic sequences. Science 233: 1076-1078.

Southern, E. M., (1975). Detection of specific sequences among DNA fragments separated by Gel Electrophoresis. J. Mol. Bio. 98: 503-517.

Thilly, W. G., (1985). Carcinogenesis, Volume 10, (E. Huberman and S. H. Barr, eds.) Raven Press, New York. pp. 511-528.

Winter, e., Yamamoto, F., Almoguera, C. and Perucho, M., (1985). A method to detect and characterize point mutations in transcribed genes: amplification and overexpression of the mutant c-Ki-ras allele in human tumor cells. Proc. Natl. Acad. Sci. U.S.A. 82: 7575-7579.

Wrischnik, L. A., Higuchi, R. G., Stoneking, M., Erlich, H. A., Arnheim, N. and Wilson, A. C., (1987). Length mutations in human mitochondrial DNA: direct sequencing of enzymatically amplified DNA. Nucleic Acids Res. 15(2): 529-542.

GENES ENCODING DRUG-METABOLIZING ENZYMES: POSSIBLE ROLE IN HUMAN DISEASE

Daniel W. Nebert

Laboratory of Developmental Pharmacology
National Institute of Child Health and Human Development
Bethesda, MD 20892

There are several important questions to address on the subject of genetic versus environmental contributions to individual risk of cancer and toxicity. (i) How large is the genetic contribution and how large is the environmental contribution? (ii) How great is the genetic variability between individuals? (iii) How can these differences be explained on a molecular basis? (iv) Is it possible to detect these differences in a routine assay? (v) Is it financially feasible to screen populations to determine risk? (vi) Who will want to know such information and why?

For the past two decades this laboratory has been studying the expression of genes encoding drug-metabolizing enzymes (Fig. 1). Although questions i, v and vi are above and beyond the scope of this Chapter, we believe that this laboratory and others have recently made important inroads into answering questions ii, iii and iv. This Chapter begins with a definition of pharmacogenetics, an important subset of which involves P450 polymorphisms. The current state in our understanding of the P450 gene superfamily will be presented next. Third, the molecular biologic characterization of those P450 genes having possible involvement in environmental disease will be described. Finally, the relationship of three pharmacogenetic polymorphisms to human cancer is discussed. The reader is referred to an Appendix at the end of this Chapter for a "Glossary of Terms" referring to the molecular biologic and genetic experiments described herein.

THE RESEARCH FIELD OF PHARMACOGENETICS

Pharmacogenetics concerns unusual (idiosyncratic) drug responses that have a hereditary basis (Kalow, 1962). An idiosyncratic drug response is distinct from unanticipated reactions such as accidental over-dosage or allergic phenomena. "Drugs" are meant here to include, in addition to the hundreds of clinically prescribed agents, the numerous foreign chemicals and other substances on this planet that range into the millions. The major source of man's exposure to this myriad of compounds is foodstuff, although a significant increase in the uptake of chemical pollutants (via the lungs and skin) has occurred in the past several hundred years of industrial endeavors. The important

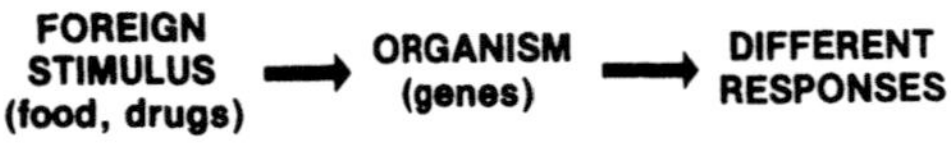

Fig. 1. The study of pharmacogenetic disorders.

difference between pharmacogenetic disorders and "inborn errors of metabolism" lies in the fact that a pharmacogenetic defect is covert and might never be realized in one's lifetime, unless challenged with the particular drug that will precipitate the idiosyncratic response.

Of the more than five dozen human pharmacogenetic differences so far described (Nebert, 1981b), three polymorphisms show an apparent association with malignancy: acetylation, debrisoquine 4-hydroxylase, and the *Ah* locus. The latter two involve differences in the expression of one or more P450 genes. Considerably more knowledge exists about the *Ah* locus than the other two polymorphisms. Following a brief summary of the acetylation polymorphism, the basic principles of drug metabolism (especially P450 enzymic activities and the corresponding genes) will be described.

THE ACETYLATION POLYMORPHISM

Although not a P450-mediated reaction and not yet studied at the molecular biologic level, the cytosolic N-acetyltransferases exhibit an important pharmacogenetic difference in the human population (Weber and Hein, 1984). The chemicals that undergo biological acetylation are, for the most part, either aromatic amines or hydrazines. This trait was initially called the "isoniazid acetylation polymorphism" because it was recognized in tuberculosis patients treated with isoniazid. Individuals can easily be phenotyped as "slow" or "rapid" acetylators: slow acetylators are homozygous for a slow allele (*r/r*), whereas rapid acetylators are either homozygous (*R/R*) or heterozygous (*R/r*) for the rapid allele. The slow acetylator allele frequency varies from approximately 0.10 in Japanese populations to more than 0.90 in some Mediterranean peoples, and is approximately 0.72 in the United States. The slow acetylation phenotype is more prone to neurotoxicities from isoniazid, lupus erythematoses from hydralazine and procainamide, sulfa drug-induced hemolytic anemia, and phenytoin toxicity accompanying the combined use of phenytoin and isoniazid. In these conditions, the slow acetylators have higher serum concentrations of the drug than rapid acetylators at any time after drug ingestion (Weber and Hein, 1984).

There is a statistically significant association between the occurrence of bladder cancer and slow acetylation (Evans et al., 1983). In one study of a random hospital population of 111 patients with bladder carcinoma (Table 1), a striking excess of slow acetylators was observed in a group of chemical workers employed in the dye industry (Cartwright et al., 1982). This group, which was exposed to benzidine, showed an excess of slow acetylators 40% above that expected ($P < 0.00005$), compared with controls. Moreover, a higher proportion of slow acetylators than fast acetylators developed generalized bladder disease both with carcinoma *in situ* and deeper invasion of the bladder wall. Additional support for the link between invasiveness and acetylator status has been provided by studies in Portuguese cases of bladder cancer (Cartwright, 1984).

Table 1. Acetylator Phenotypes and Industrial Bladder Cancer[a]

Acetylator type	Chemical workers	Never chemical workers	Cancer invasiveness	
			Low	High
Slow	22 (96%)	52 (59%)	59	14
Rapid	1	36	33	3
Total	23	88		

[a]Data taken from Cartwright et al. (1982) [Reproduced with permission from Little Brown & Company].

FUNDAMENTAL PRINCIPLES OF DRUG METABOLISM

Drug-metabolizing enzymes are classically divided into two broad categories (Fig. 2). "Phase I" enzymes involve almost exclusively cytochromes P450, which function by the insertion of one atom of atmospheric oxygen into a (usually) relatively inert substrate; "Phase II" enzymes act on the oxygenated intermediates by adding various endogenous groups (water, glucuronide, glutathione, sulfate) to produce extremely hydrophilic products that are easily excreted from the cell (Conney, 1982; Jerina, 1982; Pelkonen and Nebert, 1982; Boobis et al., 1985; Ortiz de Montillano, 1985; Nebert and Gonzalez, 1987). Since the reactive intermediates formed by P450 enzymes can be carcinogenic, mutagenic, and/or toxic, it is clear that the coordinate regulation of Phase I and Phase II genes and the architectural arrangement of Phase I and Phase II enzymes in each cell are important factors ensuring metabolic clearance of foreign substances from the body with a minimal risk of accumulation of the oxygenated intermediates that might lead to disease.

P450 ENZYMIC ACTIVITY

Cytochromes P450 are enzymes involved in the oxidative metabolism (biosynthesis and/or degradation) of steroids, fatty acids, prostaglandins, leukotrienes, biogenic amines, pheromones, plant metabolites, and bacterial cofactors. These monooxygenases also metabolize innumerable

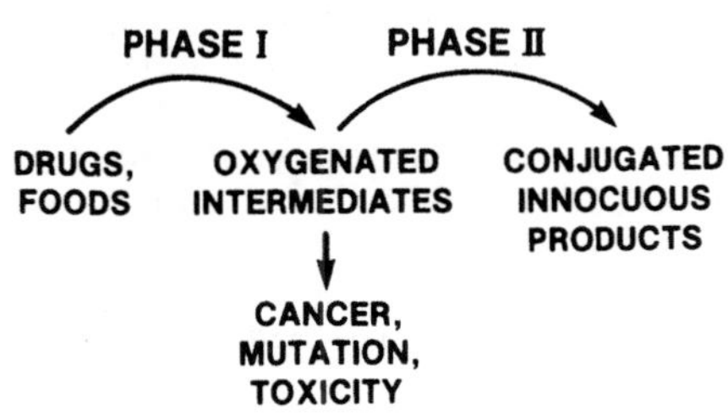

Fig. 2. Relationship of "Phase I" and "Phase II" drug-metabolizing enzymes to human disease.

drugs, chemical carcinogens and mutagens, and other environmental contaminants. The catalytic activity of the P450 drug-metabolizing enzymes is almost exclusively located in the endoplasmic reticulum (Nebert et al., 1982; Black and Coon, 1987). The multicomponent membrane-bound chain receives electrons from NADPH and/or NADH, and the reducing equivalents are passed, via one or the other flavoprotein reductase, either by way of cytochrome b_5 or directly to clusters of P450 proteins. The P450 enzyme is a heme-containing protein; in combination with atmospheric oxygen and any of thousands of substrates, the hemoprotein forms a trimolecular complex and the substrate is oxygenated. Depending upon the formation rate of reactive intermediates, the presence of nearby Phase II enzymes (epoxide hydrolase, UDP glucuronosyltransferase, glutathione transferase, sulfotransferase), and the inherent chemical stability of these oxygenated intermediates, two possible pathways exist. First, there can be further metabolism and cellular excretion of innocuous highly polar products. Second, covalent binding of oxygenated intermediates to nucleic acids and proteins can occur; this pathway has been shown in many laboratories to be correlated with chemical carcinogenesis and mutagenesis, drug toxicity, and teratogenesis (Conney, 1982; Jerina, 1982; Pelkonen and Nebert, 1982).

Various mammalian membrane-bound P450 systems have been solubilized with detergents, following which catalytic activity can be reconstituted. The reconstituted system requires flavoprotein, lipid and the P450 hemoprotein (French et al., 1980). Genetic differences in P450 activity have been shown to be associated only with the P450 protein (Haugen et al., 1976). P450 amino acid sequencing has lagged far behind nucleotide sequencing, because protein sequencing (especially of hydrophobic peptides) is laborious and there is a large number of antigenically similar mammalian membrane-bound P450 proteins that require detergent solubilization without inactivation of enzymic activity.

THE P450 GENE SUPERFAMILY

From the cDNA sequence results of more than five dozen P450 genes, combined with chromosomal mapping data, the P450 gene superfamily is presently known to comprise at least ten families, eight of which exist in all mammals including man (Fig. 3). There is sufficient homology between human and Pseudomonas P450 in the region (21 amino acids involved in heme binding) near the C-terminus of the proteins so as to be quite confident that both genes have diverged from a common ancestral gene (Nebert and Gonzalez, 1987). One can make several conclusions about the evolution of the P450 gene superfamily. First, the superfamily is an ancient one (existing for more than 1.5 billion years), because the system is present in certain prokaryotes and in all likelihood every eukaryotic cell. Second, the P450 gene superfamily can be divided into families and subfamilies on the basis of the percent resemblance of deduced amino acid sequences derived from the cDNA sequences. Third, the unit evolutionary period (UEP; millions of years needed for divergence of 1% in amino acid sequence) is not linear. UEP values range from 4.0 between the present and 80 million years ago, 9.0 between 80 million and 400 million years ago, and 14 between 400 million and 1 billion years ago (Nebert and Gonzalez, 1987).

HUMAN P450 GENES CHARACTERIZED TO DATE

More than one dozen human P450 full-length cDNA clones and the complete gene (including introns and 5' and 3' flanking regions) of

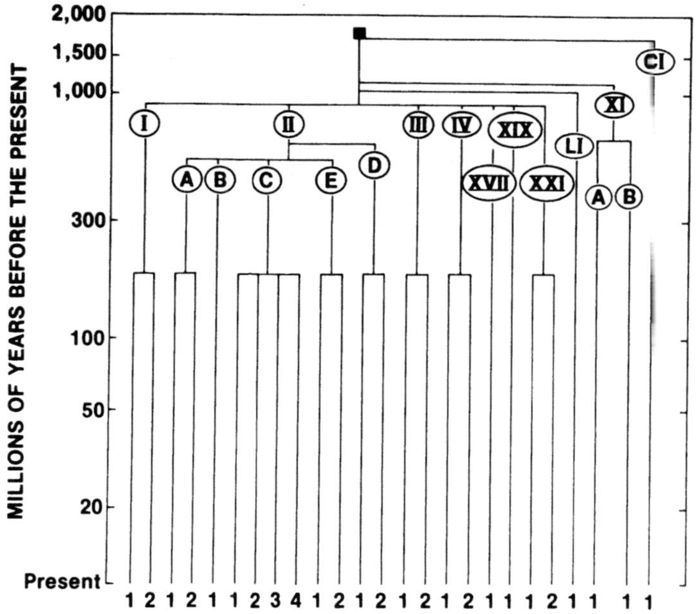

Fig. 3. The human, plant and bacterial P450 gene superfamily (Nebert et al., 1987b). Roman numerals denote families, upper-case letters subfamilies, and Arabic numerals denote individual genes that have been characterized to date. A P450 protein encoded by a gene in any one family is ≤36% similar to that encoded by a gene in any of the other families. P450 proteins within the same subfamily are ~70% or more similar, and their genes are chromosomally tightly linked without exception. P450 proteins having intermediate similarity (~38% to ~70%) are assigned to distinct subfamilies (Nebert et al., 1987a; Nebert and Gonzalez, 1987). The numbers at bottom denote the minimal number of genes known at the present time (i.e., end of 1986) to exist in each human, plant and bacterial subfamily. The LI and CI families have been characterized in yeast and Pseudomonas, respectively [Reproduced with permission from The Biochemical Society Transactions Press].

perhaps half of these have been sequenced to date. These include both genes of the P450I family (P_1 and P_3), most of a P450IIA cDNA, one IIC cDNA (mp), one IID gene (db1), one IIE gene, one P450III cDNA (nf or HLp), the XIA and XIB cDNAs, the XVIIA cDNA, most of the XIX cDNA, and both XXI genes (Nebert and Gonzalez, 1987). Among these P450 genes, at least four P450 enzymes are implicated in human carcinogenesis on the basis of epidemiologic studies and/or laboratory animal studies (Table 2).

Four P450 genes involved in steroidogenesis have been cloned and characterized. Although the steroid 21-hydroxylase polymorphism is by far the most common, the P450scc, 11β-hydroxylase and 17α-hydroxylase deficiencies can also cause variable degrees of hyperandrogenism and cortisol deficiency (Speiser and New, 1985). Defects in the enzymes of these four subfamilies (Table 2) are thus responsible for congenital adrenal hyperplasia.

Table 2. Human P450 Gene Expression Presumed to be Involved in Disease

Proposed gene name	Trivial enzyme name	Disease	Suspected environmental substance responsible for disease	References concerning sequencing
P450IA1	P_1	[?]Environmental cancer	Benzpyrene and combustion products [Conney, 1982; Jerina, 1982; Pelkonen and Nebert, 1982]	Jaiswal et al., 1985
P450IA2	P_3	[?]Environmental cancer	2-Acetylaminofluorine and aminobiphenyls [Conney, 1982; Jerina, 1982; Pelkonen and Nebert, 1982]	Jaiswal et al., 1986; 1987
P450IID1	db1	[?]Environmental cancer	Unknown [Idle et al., 1981; Ayesh et al., 1984]	Gonzalez et al., 1987c
P450IIE1	j	[?]Environmental cancer	Nitrosamines [Kamataki et al., 1983; Yang et al., 1985]	Song et al., 1986
P450XIA1	scc	Congenital adrenal hyperplasia		Chung et al., 1986
P450XIB1	11β	Congenital adrenal hyperplasia		P.C. White, personal communication
P450XVIIA1	17α	Congenital adrenal hyperplasia		Chung et al., 1987
P450XXIA2	21B	Congenital adrenal hyperplasia		Higashi et al., 1986; White et al., 1986

HUMAN P450j

Although no enzyme differences have yet been attributed to human P450j gene expression, restriction fragment length polymorphisms (RFLPs) of the gene have been found (F.J. Gonzalez, personal communication). Most of the increase in ethanol-inducible protein appears to occur in the absence of mRNA increases (Song et al., 1986). Thus, any discovery of a RFLP pattern that would correlate with posttranslational differences in P450j protein induction could be of major importance.

THE DEBRISOQUINE 4-HYDROXYLASE POLYMORPHISM

Debrisoquine and bufuralol are β-adrenergic blocking agents used to treat hypertension. The P450-mediated 4-hydroxylation of debrisoquine occurs at a rate 10- to 200-fold greater in "extensive metabolizers" (EM phenotype) than in "poor metabolizers" (PM phenotype). When the PM phenotype (homozygous autosomal recessive) receives this drug, a toxic response is seen acutely (Idle and Smith, 1979). A chronic response (association of the PM phenotype with Parkinson's disease) has also been suggested (Barbeau et al., 1985). For the patient who is a poor metabolizer of debrisoquine and bufuralol, there is a growing list of other drugs that are similarly metabolized poorly: sparteine, encainide, N-propylajmaline and several other antiarrhythmic agents; metoprolol, propranolol and many other β-adrenergic receptor blocking drugs; nortriptyline, desipramine and several other antidepressants; the hallucinogen 4-methoxyamphetamine; and some commonly used drugs such as the antitussive opioid dextromethorphan (Idle and Smith, 1979; Eichelbaum, 1984).

The human debrisoquine polymorphism appears to be associated with cancer risk. In a group of Nigerian patients with cancer of the liver and gastrointestinal tract, there was a disproportionately greater number of extensive metabolizer (EM) individuals (Idle et al., 1981). These data most likely reflect the enhanced metabolism of some dietary substance(s) to active carcinogen(s). In a study of 245 cigarette smokers with bronchogenic carcinoma, the cancer patients also represented a preponderance of EM phenotype individuals (Ayesh et al., 1984). Two rat P450db genes (debrisoquine metabolism) have been characterized (Gonzalez, 1987a), and the fact that their amino acid sequences are 73% similar implies that the human has orthologues of both genes in the IID subfamily, because db1 and db2 have diverged prior to the mammalian radiation about 80 million years ago (Fig. 3). It appears that the human db2 gene is no longer active, however (F.J. Gonzalez, personal communication).

The human P450db1 cDNA from an EM liver has been cloned and sequenced, and the cDNA in an expression vector exhibits bufuralol 1'-hydroxylase activity in monkey COS cells (Gonzalez et al., 1987b). Hepatic cDNAs from three PM individuals have also been sequenced and three variants identified (Fig. 4): a = retention of intron 5; b = retention of intron 6; b' = loss of first three exons and 3' half of exon 6; these variants represent defects in the splicing of db1 pre-mRNA, leading to the absence of immunodetectable db1 protein in PM livers. The P450db1 gene is linked to the SIS proto-oncogene on the long arm of human chromosome 22. The availability of a cDNA probe and detailed analysis of db1 mutant genes should lead to clinical identification of individuals overly sensitive to this class of drugs (Gonzalez et al., 1987b).

THE Ah LOCUS POLYMORPHISM

This genetic system was named more than 15 years ago for the observation that a certain P450-mediated activity [aryl hydrocarbon (benzpyrene) hydroxylase; (AHH)] was highly inducible in some inbred mouse strains but not others (Nebert et al., 1982; Eisen et al., 1983). AHH ($P_1$450) catalyzes the oxygenation of polycyclic hydrocarbons such as benzpyrene to phenolic products and epoxides, some of which are toxic, mutagenic and carcinogenic. The lack of AHH induction behaves as an autosomal recessive trait between C57BL/6 and DBA/2 mice, and the first inducing chemicals characterized were aromatic hydrocarbons (e.g., 3-methylcholanthrene and benzpyrene); hence, the name Ah locus. The Ah

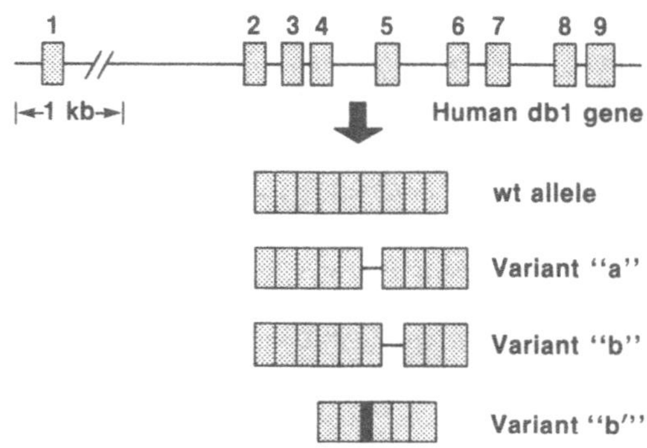

Fig. 4. Diagram of the exons (boxes) and approximate sizes of the eight introns of the human db1 gene, the normal splicing pattern of the wild-type (wt) pre-mRNA, and aberrant splicing patterns of the pre-mRNA from variants a, b and b' (Gonzalez et al., 1987b; Nebert et al., 1987b) [Reproduced with permission from The Biochemical Society Transactions Press].

locus encodes the cytosolic Ah receptor, which is involved in the regulation of both P_1 and P_3 genes (P450I family, Fig. 3). A receptor defect was postulated to be responsible for the decreased AHH induction in DBA/2 mice (Poland et al., 1974) and subsequently characterized (Poland et al., 1976). The Ah receptor has been studied in detail through use of the radiolabeled potent inducer tetrachlorodibenzo-p-dioxin (TCDD) (Poland et al., 1976; Hannah et al., 1981). TCDD, a synthetic by-product of Agent Orange and hexachlorophene soap, has been implicated in several examples of environmental pollution in the past 20 years (Poland and Knutson, 1982).

Many molecular details of the Ah locus (Fig. 5) have been elucidated in the inbred mouse and via somatic cell genetics (Nebert et al., 1984; Nebert and Gonzalez, 1987). Procarcinogens such as combustion

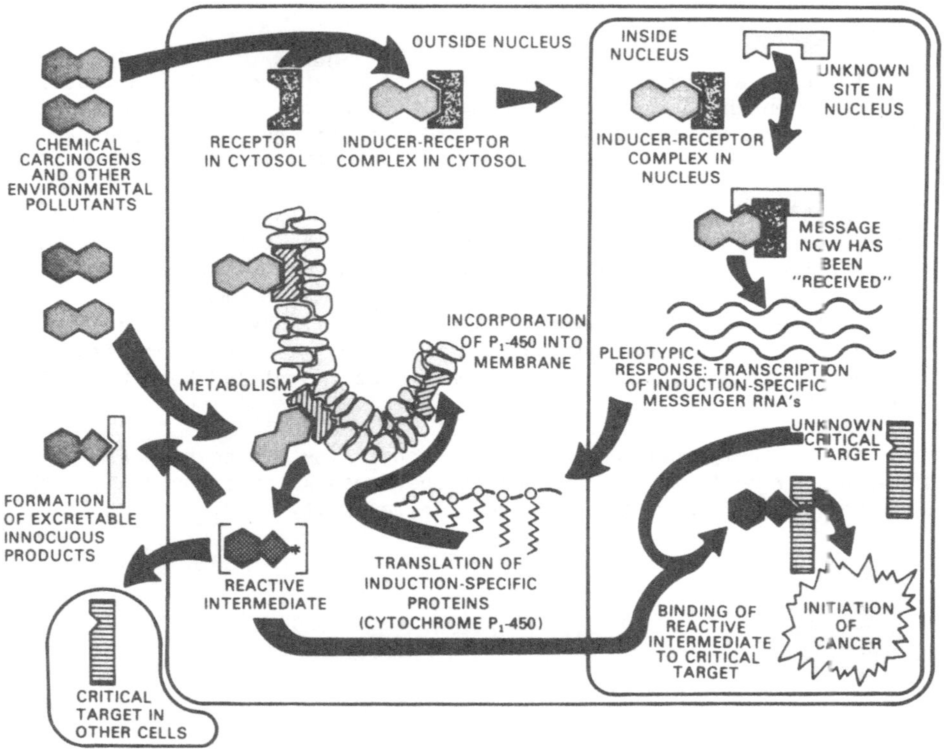

Fig. 5. Diagram of the Ah locus in a cell. The possibility that TCDD, as an extremely potent ligand, occupies the Ah receptor such that a critical life function cannot be carried out (Poland and Knutson, 1982) has been proposed to explain the extreme toxicity of this environmental contaminant. The possible inverse relationship between TCDD toxicity and euthyroid function (McKinney et al., 1985; Hong et al., 1987) is intriguing [Redrawn from Nebert, 1979 and reproduced with permission from Dr. W. Junk Publishers].

products (e.g., benzpyrene and more than a dozen other polycyclic hydrocarbons) and TCDD bind to the cytosolic Ah receptor with an apparent K_d ranging between 10 and less than 1.0 nM. The endogenous ligand is not known. It would appear that certain combustion products and plant flavones have appropriated the Ah receptor for stimulating their own metabolism (Eisen et al., 1983).

Following translocation of the TCDD-receptor complex to the nucleus, or the acquisition of chromatin-binding properties, the expression of several genes is augmented. Included among the TCDD-inducible genes are P_1450 and P_3450, UDP glucuronosyltransferase, NAD(P)H:menadione oxidoreductase, and glutathione transferase. The coordinate regulation of these five functionally-related enzymes by the Ah receptor has been called the [Ah] gene battery (Nebert and Gonzalez, 1987). The P_1 and P_3 genes are known to be transcriptionally activated (Gonzalez et al., 1984), and enhanced mRNA concentrations lead to increased levels of the P_1 and P_3 proteins in the endoplasmic reticulum and corresponding rises in benzo[a]pyrene and acetanilide metabolism, respectively (Negishi et al., 1981).

There is a very significant correlation between high AHH inducibility and enhanced risk of bronchogenic carcinoma in cigarette smokers (Fig. 6). The original report of a relationship between cigarette-induced lung cancer and high AHH inducibility (Kellermann et al., 1973) could not be substantiated for several years in many laboratories (Paigen et al., 1977). The use of a more recent assay that is substantially more reproducible, however, has led to the conclusion that the cigarette-smoking Ah-responsive individual is 20 to 40 times more prone to bronchogenic carcinoma than the Ah-nonresponsive smoker (Kouri et al., 1982). This increased risk of polycyclic hydrocarbon-caused cancer for the high AHH inducibility phenotype has also been demonstrated in numerous studies with inbred mice (Kouri and Nebert, 1977; Nebert, 1981a).

It is likely that this enhanced cancer risk due to high AHH inducibility reflects differences in the human Ah receptor gene, rather than the P_1 or P_3 structural genes. The quantity of P_1 mRNA is highly

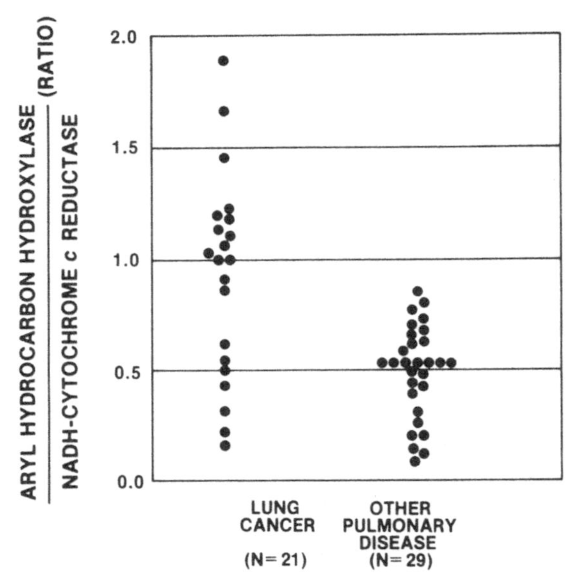

Fig. 6. Correlation of cigarette-induced bronchogenic carcinoma with high aryl hydrocarbon hydroxylase (AHH) inducibility. Lymphocytes from 50 patients were cultured for 4 days in the presence of mitogen and the AHH inducer 3-methylcholanthrene, and then assayed for AHH and NADH-cytochrome c reductase activities. All patients were matched for age, sex, and cigarette smoking history. The normal frequency of high AHH (P_1450) inducibility phenotype is about one in ten, yet 57% of the 21 lung cancer patients exhibited a statistically significantly higher P_1450 inducibility than any of the 29 patients with other types of lung pathology [Redrawn from Kouri et al., 1982 and reproduced with permission from Waverly Press].

correlated with inducible AHH activity in human lymphocytes cultured for 4 days in the presence of mitogen and the AHH inducer 3-methylcholanthrene (Jaiswal et al., 1985). Although two restriction enzymes have been found to delineate human P_1 restriction fragment length polymorphisms (Fig. 7), these RFLP patterns have not been correlated with the *Ah* phenotype in family studies and population screening studies (Jaiswal et al., 1985; Jaiswal and Nebert, 1986). Similar sequencing of the human P_3 gene and flanking regions, plus family studies and population screening studies with a 5' (exon 2) human P_3 probe, have uncovered to date no correlation between RFLP patterns and cancer risk (Jaiswal et al., 1987; K. Ikeya, S. Kimura, D.W. Nebert, R.A. Owens and A.K. Jaiswal, manuscript in preparation). In this laboratory it is anticipated that we can develop a simple, inexpensive, highly reproducible expression vector assay that will take into account differences in any of the three or more regulatory genes responsible for human P_1450 gene inducibility.

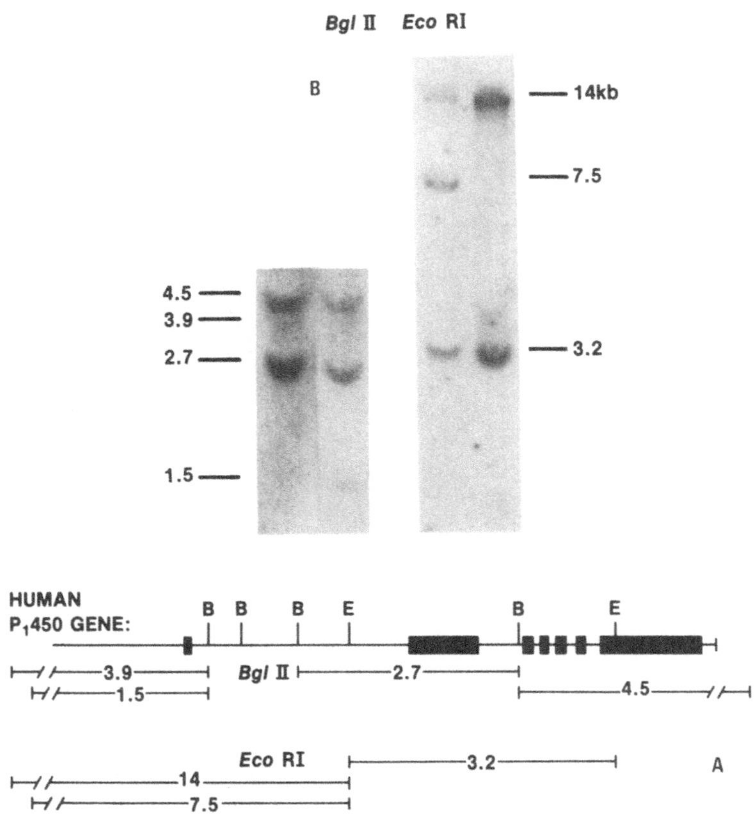

Fig. 7. *A*, Human P_1450 RFLP patterns when genomic DNA is digested with either *Bgl* II or *Eco* RI and probed with the 5' (1.5 kb) portion of the cDNA (Jaiswal and Nebert, 1986) [Reproduced with permission from IRL Press]. *B*, The human P_1 gene (exons denoted by *solid boxes*) and flanking regions that have been sequenced (Jaiswal et al., 1985). *Bgl* II (B) and *Eco* RI (E) sites in introns 1 and 2 and exon 7 are illustrated (Nebert and Jaiswal, 1987), leading to a likely explanation of the two polymorphisms shown in Figure 7A [Reproduced with permission from Pergamon Press, Ltd.].

POSSIBLE EXTRAPOLATION OF THE Ah LOCUS TO OCCUPATIONAL GENETICS

More than a decade ago we and others (Poland et al., 1974, 1976; Niwa et al., 1975; Kouri et al., 1978) carried out dose-response curves that demonstrated 12- to 18-fold differences in P_1450 inducibility between two inbred strains of mice (Fig. 8). These observations led to the finding that B6 mice have a high-affinity Ah receptor and D2 mice have a poor-affinity receptor (Poland et al., 1976; Eisen et al., 1983).

The same type of dose-response curve might be envisioned for other pharmacogenetic differences in the human population, i.e., the sensitive individual is 10 to 20 times more likely than the resistant individual to develop cancer--given the same exposure to an environmental carcinogen (Fig. 9). Consider that it would cost a company, for example, $50,000 per employee to lower its industrial pollution levels by 10-fold. Consider the alternative possibility that the company could

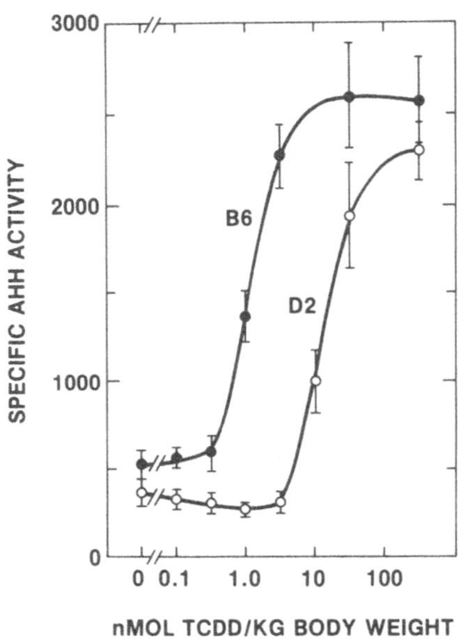

Fig. 8. Hepatic AHH (P_1450) induction as a function of TCDD dosage in B6 and D2 inbred mice. The dose-response curves are given on a semilog plot. A single intraperitoneal injection of TCDD was given 72 h before mice were killed. Symbols and brackets denote means ± standard deviations for groups of six mice. Numerous differences in drug metabolism, pharmacokinetics, malignancy, toxicity, and teratogenesis have been demonstrated in these mice, due to this genetic difference (Kouri and Nebert, 1977; Nebert, 1981a; Legraverend et al., 1983; 1984 [Redrawn from Kouri et al., 1978 and reproduced with permission from Waverly Press].

distinguish between the genetically sensitive and resistant individual by means of a clinical test costing, for example, $50 per employee. Which path would the individual and the company choose? Which route will society choose? These assays will soon become possible, but will we choose to use such assays extensively? It is anticipated that these types of decisions, based on molecular biology and genetics, will be asked of society before the end of this century.

PHARMACOGENETIC POLYMORPHISMS AND HUMAN CANCER

Three pharmacogenetic disorders described in this Chapter show an association with malignancy (Fig. 10). The slow acetylator phenotype among chemical dye workers exhibits an increased risk of bladder cancer, and the slow phenotype is also more prone to develop drug-induced neurotoxicity, lupus erythematoses, and liver disease. Recent studies suggest that the rapid acetylator phenotype is more likely to develop Type I diabetes and colo-rectal cancer (Weber, 1987). The extensive debrisoquine metabolizer phenotype has been reported to have a disproportionately higher risk of lung cancer among cigarette smokers and cancer of the liver and gastrointestinal tract (Fig. 10), yet the poor metabolizer phenotype experiences the acute idiosyncratic response of hypotension to adrenergic blocking agents. Finally,

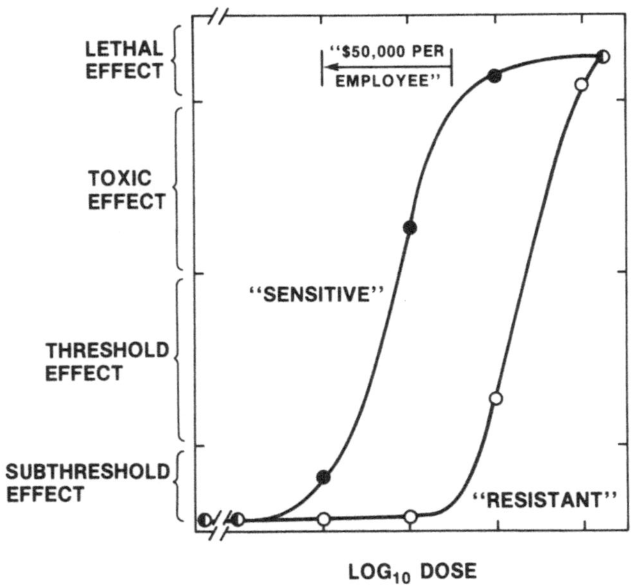

Fig. 9. Hypothetical dose-response curves designed to resemble the curves in Fig. 8. The hypothetical "sensitive" and "resistant" individuals correspond to those having high- and low-affinity receptors, respectively.

individuals of high AHH inducibility exhibit an increased risk of cigarette smoking-induced bronchogenic carcinoma; although we have cloned and sequenced the human P_1 and P_3 genes, RFLP patterns have not been found to be related to the Ah phenotype, suggesting that the true differences in P_1 and P_3 gene expression may reside in a regulatory gene such as the Ah receptor gene.

These observations illustrate the double-edged-sword nature of pharmacogenetic disorders. (i) The phenotype most likely to develop an acute drug response need not be the same as that most likely to develop the chronic drug response. (ii) Chronic drug responses associated with certain pharmacogenetics differences can include cancer. (iii) The same response, such as enhanced risk of lung cancer, can exist in two quite unrelated pharmacogenetic polymorphisms [e.g., the debrisoquine polymorphism involves a gene in the P450IID subfamily and the Ah locus is associated with regulation of the P450I gene family].

CONCLUSIONS

Several questions were asked at the start of this Chapter, and some conclusions can now be stated. The pharmacogenetic differences described

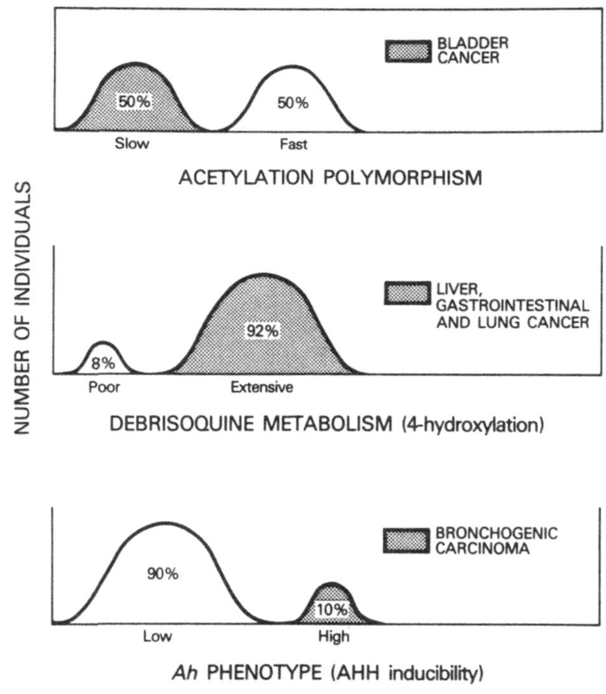

Fig. 10. Three pharmacogenetic polymorphisms having a putative correlation with human cancer caused by environmental agents (Gonzalez et al., 1986). In the United States, the slow acetylator phenotype comprises about half the population, the debrisoquine extensive metabolizer phenotype represents more than 90% of the population, and the high AHH ($P_1$450) inducibility phenotype is present in about one in ten individuals [Reproduced with permission from Cold Spring Harbor Laboratory Press].

herein range between 10- and 200-fold. If these data could be extrapolated directly to risk of human disease, we can conclude that--at any given dose of drug or environmental pollutant--one individual will be 10 to 200 times more sensitive to toxicity or cancer due to differences in expression of a particular gene.

Although most of the pharmacogenetic disorders cannot yet be explained at the level of molecular biology, the debrisoquine 4-hydroxylase polymorphism appears to be due to allelic mutants that lead to aberrant splicing and the *Ah* locus polymorphism is probably caused by defects in one or more genes that regulate human P_1450 and P_3450 inducibility. It is anticipated that the screening of volunteer populations for these two polymorphisms, and perhaps others, will be available within the next year or two. Large numbers of people may want such assays performed, which could reduce the costs of the assays to reasonable levels.

The current trend in our society includes increased efforts to maintain and improve one's health (e.g., jogging, participating in health spas, and eating nutritious food) and a desire by the individual to learn more about his body and medical research, reflected as increases in the sales of health food and exercise magazines, and science magazines for the layman. This new knowledge would allow the individual to effect changes in his lifestyle to compensate for any genetic strength or weakness he might discover. For example, upon learning of his high P_1450 inducibility phenotype, a person might decide to stop smoking cigarettes or to discontinue a job in which there is daily exposure to petroleum combustion products.

In addition, the physician would benefit from the availability of such assays in order to adjust appropriately the drug dosage and to choose the best drug in treating individual patients. For example, if the patient requires a β-adrenergic blocking agent and is determined to have the debrisoquine PM phenotype, the physician might prefer to prescribe a β-adrenergic blocking agent that is known not to be included among the growing list of drugs that are metabolized poorly by PM individuals.

ACKNOWLEDGMENTS

This Chapter is dedicated to the memory of my friend and colleague Alexander Hollaender. The careful reading of this manuscript by my colleagues--especially Kathleen Dixon, Frank J. Gonzalez and Arthur S. Levine--is gratefully acknowledged. The expert secretarial assistance of Ingrid E. Jordan is greatly appreciated.

REFERENCES

Ayesh, R., Idle, J. R., Ritchie, J. C., Crothers, M. J., and Hetzel, M. R., 1984, Metabolic oxidation phenotypes as markers for susceptibility to lung cancer, *Nature*, 312:169.

Barbeau, A., Cloutier, T., Roy, M., Plasse, L., Paris, S., and Poirier, J., 1985, Ecogenetics of Parkinson's disease: 4-Hydroxylation of debrisoquine, *Lancet*, 1:1213.

Black, S. D., and Coon, M. J., 1987, P-450 cytochromes: Structure and function, *Advanc. Enzymol. Relat. Areas Mol. Biol.*, 60:35.

Boobis, A., Caldwell, J., DeMatteis, F., and Davies, D., 1985, "Microsomes and Drug Oxidations," 428 p, Taylor and Francis Ltd., London.

Cartwright, R. A., 1984, Epidemiological studies on N-acetylation and C-center ring oxidation in neoplasia, in: "Genetic Variability in Responses to Chemical Exposure," G. S. Omenn, and H. V. Gelboin, eds., p. 359, Cold Spring Harbor Laboratory, Cold Spring Harbor, New York.
Cartwright, R. A., Glashan, R. W., Rogers, H. J., Ahmad, R. A., Hall, D. B., Higgins, E., and Kahn, M. A., 1982, The role of N-acetyltransferase phenotypes in bladder carcinogenesis: A pharmacogenetics epidemiological approach to bladder cancer, Lancet, 2:842.
Chung, B.-C., Matteson, K. J., Voutilainen, R., Mohandas, T. K., and Miller, W. L., 1986, Human cholesterol side-chain cleavage enzyme, P450scc: cDNA cloning, assignment of the gene to chromosome 15, and expression in the placenta, Proc. Natl. Acad. Sci. U.S.A., 83:8962.
Chung, B.-C., Picado-Leonard, J., Haniu, M., Bienkowski, M., Hall, P. F., Shively, J. E., and Miller, W. L., 1987, Cytochrome P450c17 (steroid 17α-hydroxylase/17,20 lyase): Cloning of human adrenal and testis cDNAs indicates the same gene is expressed in both tissues, Proc. Natl. Acad. Sci. U.S.A., 84:407.
Conney, A. H., 1982, Induction of microsomal enzymes by foreign chemicals and carcinogenesis by polycyclic aromatic hydrocarbons: G. H. A. Clowes memorial lecture, Cancer Res., 42:4875.
Eichelbaum, M., 1984, Polymorphic drug oxidation in humans, Fed. Proc., 43:2298.
Eisen, H. J., Hannah, R. R., Legraverend, C., Okey, A. B., and Nebert, D. W., 1983, The Ah receptor: Controlling factor in the induction of drug-metabolizing enzymes by certain chemical carcinogens and other environmental pollutants, in: "Biochemical Actions of Hormones," G. Litwack, ed., p. 227, Academic Press, New York.
Evans, D. A. P., Eze, L. C., and Whitley, E. J., 1983, The association of the slow acetylator phenotype with bladder cancer, J. Med. Genet., 20:330.
French, J. S., Guengerich, F. P., and Coon, M. J., 1980, Interactions of cytochrome P-450, NADPH-cytochrome P-450 reductase, phospholipid, and substrate in the reconstituted liver microsomal enzyme system, J. Biol. Chem., 255:4112.
Gonzalez, F. J., Jaiswal, A. K., and Nebert, D. W., 1986, P450 genes: Evolution, regulation and relationship to human cancer, in: "Cold Spring Harbor Symposia on Quantitative Biology: Molecular Biology of Homo sapiens," Vol. 51, p. 879, Cold Spring Harbor Laboratory, New York.
Gonzalez, F. J., Matsunaga, T., Nagata, K., Meyer, U., Nebert, D. W., Pastewka, J., Kozak, K., Gillette, J. R., Gelboin, H. V., and Hardwick, J. P., 1987a, Debrisoquine 4-hydroxylase: Characterization of a new P450 gene subfamily, regulation, chromosomal mapping, and molecular analysis of the DA rat polymorphism, DNA, 6:149.
Gonzalez, F. J., Skoda, R. C., Kimura, S., McBride, O. W., Umeno, M., Zanger, U. M., Nebert, D. W., Gelboin, H. V., Hardwick, J. P., and Meyer, U. A., 1987b, Deficient metabolism of debrisoquine and other drugs is due to defective alleles of a human P450 gene, Science, in press.
Gonzalez, F. J., Tukey, R. H., and Nebert, D. W., 1984, Structural gene products of the Ah locus. Transcriptional regulation of cytochrome P_1-450 and P_3-450 mRNA levels by 3-methylcholanthrene, Mol. Pharmacol., 26:117.
Hannah, R. R., Nebert, D. W., and Eisen, H. J., 1981, Regulatory gene product of the Ah complex. Comparison of 2,3,7,8-tetrachlorodibenzo-p-dioxin and 3-methylcholanthrene binding to several moieties in mouse liver cytosol, J. Biol. Chem., 256:4584.

Haugen, D. A., Coon, M. J., and Nebert, D. W., 1976, Induction of multiple forms of mouse liver cytochrome P-450. Evidence for genetically controlled de novo protein synthesis in response to treatment with β-naphthoflavone or phenobarbital, J. Biol. Chem., 251:1817.

Higashi, Y., Yoshioka, H., Yamane, M., Gotoh, O., and Fujii-Kuriyama, Y., 1986, Complete nucleotide sequence of two steroid 21-hydroxylase genes tandemly arranged in human chromosome: A pseudogene and a genuine gene, Proc. Natl. Acad. Sci. U.S.A., 83:2841.

Hong, L. H., McKinney, J. D., and Luster, M. I., 1987, Modulation of 2,3,7,8-tetrachlorodibenzo-p-dioxin (TCDD)-mediated myelotoxicity by thyroid hormones, Biochem. Pharmacol., 36:1361.

Idle, J. R., Mahgoub, A., Sloan, T. P., Smith, R. L., Mbanefo, C. C., and Bababunmi, E. A., 1981, Some observations on the oxidation phenotype status of Nigerian patients presenting with cancer, Cancer Lett., 11:331.

Idle, J. R., and Smith, R. L., 1979, Polymorphisms of oxidation at carbon centers of drugs and their clinical significance, Drug Metab. Rev., 9:301.

Jaiswal, A. K., Gonzalez, F. J., and Nebert, D. W., 1985, Human P_1-450 gene sequence and correlation of mRNA with genetic differences in benzo[a]pyrene metabolism, Nucl. Acids Res., 13:4503.

Jaiswal, A. K., and Nebert, D. W., 1986, Two RFLPs associated with the human $P_1$450 gene linked to the MPI locus on chromosome 15, Nucl. Acids Res., 14:4376.

Jaiswal, A. K., Nebert, D. W., and Gonzalez, F. J., 1986, Human $P_3$450: cDNA and complete amino acid sequence, Nucl. Acids Res., 14:5773.

Jaiswal, A. K., Nebert, D. W., McBride, O. W., and Gonzalez, F. J., 1987, Human $P_3$450: cDNA and complete protein sequence, repetitive sequences in the 3' nontranslated region, and localization of gene to chromosome 15, J. Exp. Pathol., 3:1.

Jerina, D. M., 1983, Metabolism of aromatic hydrocarbons by the cytochrome P-450 system and epoxide hydrolase, Drug Met. Disp., 11:1.

Kalow, W., 1962, Human hereditary defects with altered drug response, in: "Pharmacogenetics: Heredity and the Response to Drugs," W. Kalow, ed., p. 146, W. B. Saunders, Philadelphia.

Kamataki, T., Maeda, K., Yamazoe, Y., Matsuda, N., Ishii, K., and Kato, R., 1983, A high-spin form of cytochrome P-450 highly purified from polychlorinated biphenyl-treated rats. Catalytic characterization and immunochemical quantitation in liver microsomes, Mol. Pharmacol., 24:146.

Kellermann, G., Shaw, C. R., and Luyten-Kellermann, M., 1973, Aryl hydrocarbon hydroxylase inducibility and bronchogenic carcinoma, N. Eng. J. Med., 289:934.

Kouri, R. E., McKinney, C. E., Slomiany, D. J., Snodgrass, D. R., Wray, N. P., and McLemore, T. L., 1982, Positive correlation between high aryl hydrocarbon hydroxylase activity and primary lung cancer as analyzed in cryopreserved lymphocytes, Cancer Res., 42:5030.

Kouri, R. E., and Nebert, D. W., 1977, Genetic regulation of susceptibility to polycyclic hydrocarbon-induced tumors in the mouse, in: "Origins of Human Cancer," H. H. Hiatt, J. D. Watson, and J. A. Winsten, eds., p. 811, Cold Spring Harbor Laboratory, Cold Spring Harbor, New York.

Kouri, R. E., Rude, T. H., Joglekar, R., Dansette, P. M., Jerina, D. M., Atlas, S. A., Owens, I. S., and Nebert, D. W., 1978, 2,3,7,8-Tetrachlorodibenzo-p-dioxin: Cocarcinogen which enhances 3-methylcholanthrene-initiated subcutaneous tumors in mice genetically "nonresponsive" at Ah locus, Cancer Res., 38:2777.

Legraverend, C., Guenthner, T. M., and Nebert, D. W., 1984, Importance of the route of administration for genetic differences in benzo[a]pyrene-induced *in utero* toxicity and teratogenicity, *Teratology*, 29:35.

Legraverend, C., Harrison, D. E., Ruscetti, F. W., and Nebert, D. W., 1983, Bone marrow toxicity induced by oral benzo[a]pyrene: Protection resides at the level of the intestine and liver, *Toxicol. Appl. Pharmacol.*, 70:390.

McKinney, J. D., Fawkes, J., Jordan, S., Chae, K., Oatley, S., Coleman, R. E., and Briner, W., 1985, 2,3,7,8-Tetrachlorodibenzo-*p*-dioxin (TCDD) as a potent and persistent thyroxine agonist: A mechanistic model for toxicity based on molecular reactivity, *Environ. Health Perspect.*, 61:41.

Nebert, D. W., 1979, Multiple forms of inducible drug-metabolizing enzymes. A reasonable mechanism by which any organism can cope with adversity, *Mol. Cell. Biochem.*, 27:27.

Nebert, D. W., 1981a, Genetic differences in susceptibility to chemically induced myelotoxicity and leukemia, *Environ. Health Perspect.*, 39:11.

Nebert, D. W., 1981b, Possible clinical importance of genetic differences in drug metabolism, *Brit. Med. J.*, 283:537.

Nebert, D. W., Adesnik, M., Coon, M. J., Estabrook, R. W., Gonzalez, F. J., Guengerich, F. P., Gunsalus, I. C., Johnson, E. F., Kemper, B., Levin, W., Phillips, I. R., and Waterman, M. R., 1987a, The P450 gene superfamily. Recommended nomenclature, *DNA*, 6:1.

Nebert, D. W., Eisen, H. J., and Hankinson, O., 1984, The *Ah* receptor: Binding specificity only for foreign chemicals?, *Biochem. Pharmacol.*, 33:917.

Nebert, D. W., and Gonzalez, F. J., 1987, P450 genes. Structure, evolution and regulation, *Annu. Rev. Biochem.*, 56:945.

Nebert, D. W., and Jaiswal, A. K., 1987, Human drug metabolism polymorphisms: Use of recombinant DNA techniques, *Pharmacol. Ther.*, 33:in press.

Nebert, D. W., Jaiswal, A. K., Meyer, U. A., and Gonzalez, F. J., 1987b, Human P450 genes: Evolution, regulation and possible role in carcinogenesis, *Biochem. Soc. Transact.*, in press.

Nebert, D. W., Negishi, M., Lang, M. A., Hjelmeland, L. M., and Eisen, H. J., 1982, The *Ah* locus, a multigene family necessary for survival in a chemically adverse environment: Comparison with the immune system, *Advanc. Genet.*, 21:1.

Negishi, M., Jensen, N. M., Garcia, G. S., and Nebert, D. W., 1981, Structural gene products of the murine *Ah* locus. Differences in ontogenesis, membrane location, and glucosamine incorporation between liver microsomal cytochromes P_1-450 and P-448 induced by polycyclic aromatic compounds, *Eur. J. Biochem.*, 115:585.

Niwa, A., Kumaki, K., Nebert, D. W., and Poland, A. P., 1975, Genetic expression of aryl hydrocarbon hydroxylase activity in the mouse. Distinction between the "responsive" homozygote and heterozygote at the *Ah* locus, *Arch. Biochem. Biophys.*, 166:559.

Ortiz de Montellano, P. R., 1986, "Cytochrome P-450: Structure, Mechanism, and Biochemistry," 539 p., Plenum Publishing, New York.

Paigen, B., Gurtoo, H. L., Minowada, J., Houten, L., Vincent, R., Paigen, K., Parker, N. B., Ward, E., and Hayner, N. T., 1977, Questionable relation of aryl hydrocarbon hydroxylase to lung-cancer risk, *N. Eng. J. Med.*, 297:346.

Pelkonen, O., and Nebert, D. W., 1982, Metabolism of polycyclic aromatic hydrocarbons: Etiologic role in carcinogenesis, *Pharmacol. Rev.*, 34:189.

Poland, A. P., Glover, E., and Kende, A. S., 1976, Stereospecific, high affinity binding of 2,3,7,8-tetrachlorodibenzo-p-dioxin by hepatic cytosol. Evidence that the binding species is the receptor for the induction of aryl hydrocarbon hydroxylase, J. Biol. Chem., 251:4936.
Poland, A. P., Glover, E., Robinson, J. R., and Nebert, D. W., 1974, Genetic expression of aryl hydrocarbon hydroxylase activity. Induction of monooxygenase activities and cytochrome P_1450 formation by 2,3,7,8-tetrachlorodibenzo-p-dioxin in mice genetically "nonresponsive" to other aromatic hydrocarbons, J. Biol. Chem., 249:5599.
Poland, A., and Knutson, J. C., 1982, 2,3,7,8-Tetrachlorodibenzo-p-dioxin and related halogenated aromatic hydrocarbons: Examination of the mechanism of toxicity, Annu. Rev. Pharmacol. Toxicol., 22:517.
Song, B.-J., Gelboin, H. V., Park, S. S., Yang, C. S., and Gonzalez, F. J., 1986, Complementary DNA and protein sequences of ethanol-inducible rat and human P-450s: Transcriptional and posttranscriptional regulation of the rat enzyme, J. Biol. Chem., 261:16689.
Speiser, P. W., and New, M. I., 1985, Genetics of steroid 21-hydroxylase deficiency, Trends Genet., 1:275.
Weber, W. W., 1987, "The Acetylator Genes and Drug Response," in press, Oxford University Press, New York.
Weber, W. W., and Hein, D. W., 1984, N-Acetylation pharmacogenetics, Pharmacol. Rev., 37:25.
White, P. C., New, M. I., and Dupont, B., 1986, Structure of human steroid 21-hydroxylase genes, Proc. Natl. Acad. Sci. U.S.A., 83:5111.
Yang, C. S., Tu, Y. Y., Koop, D. R., and Coon, M. J., 1985, Metabolism of nitrosamines by purified rabbit liver cytochrome P-450 isozymes, Cancer Res., 45:1140.

APPENDIX: GLOSSARY OF TERMS

Aberrant splicing--Abnormal splicing of introns from the pre-messenger RNA (pre-mRNA) by the splicing machinery in the nucleus. Aberrant splicing, in contrast to alternative splicing, always leads to production of inactive proteins.

Allele--One of two or more genes situated at the same locus (gene) in homologous chromosomes. Normally each person has pairs of each chromosome; hence, two alleles per gene.

C-terminus of proteins--The last of the protein polypeptide to be translated from a messenger RNA (also called carboxy- or COOH-terminus).

Cytochrome--Quite literally, a "colored substance in the cell." Hemoproteins (cytochromes) appear red when isolated in a test tube due to electron properties of the heme iron.

Endoplasmic reticulum--Subcellular membranes located in the cytoplasm that are distinct from the Golgi apparatus and nuclear or mitochondrial membranes. Boundary between the cell sap and the extracellular milieu.

Exons--That portion of the pre-messenger RNA (pre-mRNA) that is not removed by RNA splicing machinery in the nucleus and thus comprises the mature mRNA that becomes transported to the cytoplasm and translated into protein.

Flavoprotein reductase--An FAD- and/or FMN-containing enzyme that passes electrons from NADPH or NADH to another protein, such as P450.

Heme--An iron-containing moiety that is essential for the function of certain enzymes.

Heterozygous--Having the two alleles at a particular genetic locus different from one another.

Homology--The quality of having similarity due to descent from a common ancestral form.

Homozygous--Having both alleles at the same genetic locus identical to one another.

Hyperandrogenism--An abnormally high level of circulating male hormone in the body.

Introns--That portion of the pre-messenger RNA (pre-mRNA) that is removed by RNA splicing machinery in the nucleus.

Monooxygenase--An enzyme that transfers one atom of atmospheric oxygen to its substrate.

N-acetyltransferase--An enzyme that transfers an acetyl group from the cofactor acetyl-CoA to the nitrogen atom of a substrate.

N-terminus of proteins--The first of the protein polypeptide to be translated from a messenger RNA (also called amino- or NH_2-terminus).

P450--Enzymes that contain heme and perform oxidative, oxygenative and peroxidative functions. "P" denotes "pigment" and "450" stands for the maximal absorption peak (450 nm) of the reduced hemoprotein complexed with carbon monoxide.

Phenotype--The outward (visible or measurable) expression of the hereditary constitution of an organism.

Polymorphism--A genetic response occurring in two or more distinct visible or measurable forms.

Regulatory gene--A gene whose product (protein, or possibly RNA) controls the expression of one or more other genes.

Restriction Fragment Length Polymorphism (RFLP)--DNA test reflecting differences among individual alleles of a particular gene or near that gene. After a person's DNA is cleaved with a certain restriction enzyme, the resulting fragments of DNA are electrophoresed on gels and separated according to size. Following exposure to a radiolabeled DNA probe, hybridization (chemical bonding) to homologous fragment(s) will occur, thereby giving a radioactive band at a particular location on the gel or filter and on an x-ray film exposed to that filter.

SIS gene--One of at least two dozen identified cellular proto-oncogenes, the changes in which somehow lead to cancer. The SIS gene exhibits striking homology to human platelet-derived-growth-factor (PDGF).

Splicing--The removal of introns from pre-messenger RNA (pre-mRNA) by the splicing machinery in the nucleus (sometimes called the "spliceosome") to yield a mature mRNA that can be transported to the cytoplasm. Almost invariant splicing signals include "GT" at the 5' (donor site) and "AG" at the 3' (acceptor site) ends of each intron.

Structural gene--A gene whose product is an enzyme or other protein.

EPIDEMIOLOGIC EVIDENCE FOR GENETIC VARIABILITY IN THE FREQUENCY OF CANCER: ETHNIC DIFFERENCES

Robert W. Miller

Clinical Epidemiology Branch
National Cancer Institute
Bethesda, MD

There are some remarkable ethnic differences in the frequency of cancer. Differences that change with migration are apparently due to the environment; those that remain constant are presumably due to inheritance, if diagnostic accuracy and reporting remain comparable.

BONE CANCER

Diagnoses from death certificates are coded according to the International Classification of Diseases (McKay et al., 1982), which combines Ewing's sarcoma and osteosarcoma under the rubric, "bone cancer." We overcame this problem by re-coding the diagnoses on death certificates by histologic type for all U.S. children who died of cancer, 1960-1969. It was then found that U.S. Blacks rarely develop Ewing's sarcoma (Fraumeni and Glass, 1970). Blacks in Africa also have a low frequency (Davies, 1973), as do Chinese (Li et al., 1980) and Japanese (Miller, 1987). The frequency of osteosarcoma among various ethnic groups shows no such difference. Hence, Ewing's sarcoma is primarily a disease of Whites. Non-whites are apparently resistant to the cause(s) of this neoplasm.

TESTICULAR CANCER

The frequency of testicular cancer among U.S. Whites begins to rise at 15-19 years of age to a tremendous peak at 25-29 years. There is no corresponding peak among Blacks (McKay et al, 1982) or Japanese (Miller, 1987). Whites are susceptible to various forms of testicular cancer in adolescence and early adulthood, but other ethnic groups are not. Soon after birth a small peak in the frequency of embryonal cancer of the testes occurs among U.S. Whites and Japanese, but not among U.S. Blacks (Miller, 1987).

SKIN CANCER

Among Whites, ultraviolet (UV) light is a cause of skin cancer. The frequency of this neoplasm is much less in Blacks, who are protected genetically by the pigmentation in their skin. A little pigment offers substantial protection. Thus, Whites with dark complexions have lower rates than those with fair skin, and the genetic deficiency in melanin among albinos makes them highly susceptible to skin cancer. In another genetic disorder, xeroderma pigmentosum (XP), a DNA repair defect is present which predisposes to skin cancer after exposure to UV (Lutzner, 1977). In these instances, there is an interaction between genetics and ultraviolet light in the development of dermal neoplasia.

Genetic susceptibility interacts with exposure to gamma radiation in the development of basal cell carcinomas in the multiple basal cell carcinoma syndrome. Children with the syndrome, when given radiotherapy for medulloblastoma, an early feature of the disorder, develop basal cell carcinomas in the field of radiation (Strong, 1977). In another genetic disorder, ataxiatelangiectasia (AT), lymphoma occurs with high frequency. Radiotherapy for the lymphoma causes an acute severe radiation reaction in the skin and other organs, which may be lethal (Pritchard et al, 1982). In one child with AT given radiotherapy for ringworm of the scalp (tinea capitis), a basal cell carcinoma of the scalp developed (Levin and Perlov, 1971). Skin cancer also develops in patients with epidermodysplasia verruciformis, in which warts may appear extensively early in life and is familial (Androphy et al., 1985). This represents an interaction between genetic susceptibility and a human papilloma virus.

MULTIPLE MYELOMA

Mortality from multiple myeloma in the United States is substantially higher in Blacks than in Whites (McKay et al., 1982). Possibly this difference is related to genetically determined levels of the three main immunoglobulin groups, which are higher at all ages in Blacks than in Whites, especially in the IgG fraction (Isobe and Osserman, 1971).

GASTROINTESTINAL TRACT CANCER

Marked ethnic differences in the frequencies of cancers of the gastrointestinal (GI) tract are well known, but the predilection for certain subsites within each organ is generally not well known. Through the use of population-based data from the Surveillance, Epidemiology and End Results (SEER) Program of NCI, we have determined the frequencies of GI cancers by ethnic groups in the United States. Data are available in ample numbers for Whites, Blacks, Japanese, Chinese and Filipinos, and were routinely coded by SEER according to histologic type and subsite affected, 1973-1984. The data show that the highest incidence of squamous cell carcinoma of the esophagus is in the mid-portion among black males, whose annual age-adjusted rate is 7.09 per 100,000 as compared with 1.14 among white males. The incidence rates for the lower third of the esophagus are 4.11 and 0.87, respectively. The upper third has the lowest rates of all. Among women, Blacks have the highest rates, which are substantially below the rates for males.

Squamous cell carcinoma is much more common than adenocarcinoma, which primarily affects the lowest third of the esophagus. Adenocarcinoma is presumably due to Barrett's esophagus, in which columnar epithelium replaces the normal squamous cell lining, and is presumably due to gastroesophageal reflux. It appears that non-whites are not susceptible to this alteration, and that the effect of carcinogens on columnar epithelium is greater than on squamous cell lining in the same locale.

In the United States, the highest incidence of gastric cancer is in the pyloric antrum of Japanese. The annual age-adjusted rate for males was 11.78 per 100,000 as compared with 4.75 for Blacks, 3.36 for Chinese and

1.40 for white males. The rates for females are about half those for males. The findings are similar in Japan except that, there, the mid-portion of the stomach has a rate for cancer almost equal to that of the antrum (Miwa, 1978). Cancer of the gastric antrum in Japan usually affects mucosa that has undergone intestinalization; that is, the mucosa looks like the intestinal lining. Might this be due to reflux, a counterpart of the presumed explanation for Barrett's esophagus?

Although cancer of the gastric antrum is frequent among males in China, no corresponding excess was found among Chinese in the United States. The reason appears to be that these migrants are from South China, where the rates for gastric cancer are low.

Colorectal cancer shows no marked variation in incidence rates by subsite among the five ethnic groups. The most frequent subsite affected for each race was the sigmoid colon, more in males than in females. The annual age-adjusted rate for Japanese males was 22.69 per 100,000, for Whites was 12.70, and for Blacks was 6.68. The corresponding rates for females were 14.30, 12.12, and 6.89. For rectal cancer, the rank order by ethnic group was the same, but the rates were lower. Among the colorectal subsites, the cecum was the next most frequent location of cancer for each sex. The rates were almost identical for each sex and ethnic group. The rank order by ethnic group was the reverse of that for cancer of the sigmoid colon. The rates were highest for Whites and Blacks, about half as great in Japanese, and intermediate in Chinese. The rates for Filipinos were generally the lowest for all subsites in the colon and rectum.

The nasopharynx, at the opposite end of the gastrointestinal tract, is the site with the greatest excess of cancer among Chinese in the United States and in South China, from whence they migrated. The adjacent GI structures, the oral pharynx and hypopharynx, show no excess over the rates for other ethnic groups. Infection with Epstein-Barr virus (EBV) is involved, and the nearness of the infected lymphatic tissue in Waldeyer's ring may account for involvement of only the nasopharynx. In addition, the Chinese at high risk have an HLA gene, BW46, not found in other ethnic groups, and an association has also been found with HLA-BW58 (Simons, 1984). These findings are regarded as evidence for a genetic-environmental interaction in the development of this neoplasm.

The greatest ethnic variation in U.S. cancer rates by subsites within the GI tract involve relatively small areas of tissue. It is the middle third of the esophagus of Blacks that is most often affected with squamous cell carcinoma. It is the lower third that has the greatest frequency of adenocarcinoma -- among white males. As for stomach cancer, the pyloric antrum of Japanese is most often affected. The Japanese also have the highest rate for cancer of the sigmoid colon. The diet is believed to be a strong influence on the development of these cancers (except for esophageal adenocarcinoma), but why does an ingested substance, as it speeds past the mid-esophagus, induce cancer there more than in the upper or lower thirds of this organ? Among Japanese, why is the pyloric antrum so much more often affected than the greater curvature of the stomach, with which gastric contents are in prolonged contact? Why is the cecum more prone to cancer among Whites and Blacks, but the sigmoid colon and rectum are more prone in Japanese and Chinese? Although the diet may be an important determinant of these cancers, the susceptibility of subsite tissues may differ by ethnic group. The high frequency of nasopharyngeal carcinoma in South China is believed to be partially genetic. Could the same be true for cancer of the mid-esophagus among Blacks, and of the gastric antrum in Japanese? Perhaps these epidemiologic findings can be the basis for laboratory research, as, for example, in comparing the in vitro response to carcinogens of cells from the mid-esophagus of black vs. white males.

ACUTE LYMPHOCYTIC LEUKEMIA

A peak in the occurrence of acute lymphocytic leukemia (ALL) in childhood began to appear at 4 years of age in Great Britain in the 1920s, in the United States in the 1940s and in Japan in the 1960s (Court Brown and Doll, 1961; Miller, 1967). There is little if any peak in childhood ALL among U.S. Blacks. They are apparently resistant to this form of leukemia. The explanation for the emergence of the peak among other ethnic groups at 20-year intervals is not known. Another peculiarity in the age-peak for ALL in childhood is that the excess in Down's syndrome occurs at one year of age, three years earlier than the peak in the general population (Miller, 1970).

LYMPHOMA

It has long been known that chronic lymphocytic leukemia (CLL) is rare in Japanese (Finch et al., 1969) and Chinese (Wells and Lau, 1960). In the United States about 25 percent of adult leukemia is of this type. In Chinese and Japanese it comprises only 1-2 percent. Recently, a low frequency of nodular non-Hodgkin's lymphoma has been found in Japanese as compared with people in Western countries (Kadin et al., 1983). In Japan, Hodgkin's disease has no early age peak at 25-29 years of age as it does in more than a dozen other countries (MacMahon, 1966).

In contrast to these deficiencies in lymphoproliferative diseases, the Japanese and other Asians have high rates of certain autoimmune diseases: systemic lupus erythematosus, Hashimoto's thyroiditis and Takayasu's aortitis, among them (Serdula and Rhoads, 1977; K. Aoki, personal communication). Takayasu's aortitis, extremely rare among children in Western countries, was diagnosed in 35 children at 2 hospitals in Korea between 1962 and 1983 (Hong et al., 1984). The Japanese eponyms for these disorders are probably a reflection of their high frequency in Japan.

Other lymphocytic diseases have unusual frequencies in Japan. Among them are mucocutaneous lymph node syndrome (Kawasaki's disease), which is epidemic there; subacute necrotizing lymphadenitis particularly among women 20-34 years of age in Hokkaido (Kadin et al., 1983) and Korea (Lee at al, 1984); Takatsuki's disease, a plasma cell dyscrasia with polyneuropathy of the Guillain-Barre type; and Kimura's disease, a T-cell cervical lymphadenopathy with eosinophilia (Kadin et al., 1983). These disorders, except for Kawasaki's disease, are seldom seen in other countries.

In brief, there is a reciprocal relationship between the frequency of certain lymphoproliferative diseases (high in the United States, low in Japan) and certain autoimmune diseases (low in the United States, high in Japan). The same differences occur between the sexes in each country: males have higher rates of these lymphoproliferative diseases and females have higher rates for the autoimmune diseases. Apparently an inherent immune function protects Japanese and women against lymphoma but predisposes them to autoimmune disorders.

WILMS' TUMOR AND RETINOBLASTOMA

Wilms' tumor, a cancer of the kidney in childhood, is associated with rare birth defects, notably congenital absence of the iris of the eye (aniridia). The coexistence of the malformation and the cancer is due to a partial deletion of the short arm of chromosome 11, where genes for both disorders are neighbors (Solomon, 1984). Wilms' tumor has a relatively constant frequency worldwide, except in Japan where the rate seems to be about half that elsewhere. Aniridia is found in 1 in 75 children with

Wilms' tumor, except in Japan where the rate appears to be about half that frequency. The low rate for the tumor and for the associated chromosomal deletion in Japan raises the question, might the Japanese be resistant to mutation involving these loci?

Retinoblastoma also is associated with certain birth defects, due to a partial deletion of the long arm of chromosome 13. The 40 percent of cases that are hereditary are usually bilateral. According to Knudson's hypothesis, two mutational events are involved, one before conception and the other after. The remaining 60 percent are sporadic and unilateral, and in these cases, both events occur within the retinal cell after conception of the child.

The highest rates for retinoblastoma occur in Israel, the Sudan, Bombay, Karachi and Cali, Colombia (Miller, 1977). The frequencies in these places appear to be 3-4 times greater than those in the United States or Manchester, England. The excess is apparently not due to bilateral or familial cases, and is therefore due either to an environmental influence after conception and/or increased mutability of the gene in somatic cells.

CONCLUSION

Epidemiologists think of cancer as being organ-specific, but not as being site-specific within an organ. Geographic pathologists have given some thought to subsite occurrence, but based on case-series rather than large-scale population-based data. These data are readily available by ethnic group from the SEER Program of NCI. This information, when supplemented with data from large type-specific cancer registries, as in Japan, reveal a wide array of differences in the frequency of cancer by subsite among ethnic groups. The role of genetics as a basis for these differences has not yet been given much consideration, and laboratory studies are needed of subsite tissue from a group at highest risk as compared with the same tissue from an ethnic group at low risk. The results should be useful in risk assessment for a diverse population.

REFERENCES

Androphy, E.J., Dvoretzky, I., and Lowy, D.R., 1971, X-linked inheritance of epidermodysplasia verruciformis. Genetic and virologic studies of a kindred, Arch. Dermatol., 121:864.

Court Brown W.M., and Doll, R., 1961, Leukaemia in childhood and young adult life. Trends in relation to aetiology, Br. Med. J., 1:981.

Davies, J.N.P., 1973, Childhood tumours, In: "Tumours in a Tropical Country," A.C. Templeton, ed., Springer-Verlag, Berlin.

Finch, S.C., Hoshino, T., Itoga, T., Ichimaru, M., and Ingram, R.J., Jr., 1969, Chronic lymphocytic leukemia in Hiroshima and Nagasaki, Japan, Blood, 33:79.

Fraumeni, J.F. Jr., and Glass A.G., 1970, Rarity of Ewing's sarcoma among U.S. Negro children, Lancet, 1:366.

Hong, C.Y., Hong, Y.J., Yun, Y.S., Han, M.C., Lee, K.S., and Sohn, K.C., 1984, Takayasu's arteritis in children. Clinical study of 35 cases, J. Korean Med. Assoc., 27:431.

Isobe, T., and Osserman, E.F., 1971, Pathologic conditions associated with plasma cell dyscrasias: a study of 806 cases, Ann. N.Y. Acad. Sci., 190:507.

Kadin, M.E., Berard, C.W., Nanba, K., and Wakasa, H., 1983, Lymphoproliferative diseases in Japan and western countries, Hum. Pathol., 14:772.

Lee, W.H., Yang, M.H., and Lee, C.K., 1984, An immunopathological study of necrotizing lymphadenitis, Kyung Hee Univ. Med. J., 9:17.

Levin, S., and Perlov, S., 1971, Ataxia-telangiectasia in Irael with observations on its relationship to malignant disease, Israel J. Med. Sci., 7:1535.

Li, F.P., Tu, J., Liu, F., and Shiang, E.L., 1980, Rarity of Ewing's sarcoma in China, Lancet 1:1255.

Lutzner, M.A., 1977, Nosology among the neoplastic genodermatoses, Progr. Cancer Res. Ther., 3:145.

MacMahon, B., 1966, Epidemiology of Hodgkin's disease, Cancer Res., 26:1189.

McKay, F.W., Hanson, M.R., and Miller, R.W., 1982, Cancer mortality in the United States: 1950-1977, Natl. Cancer Inst. Monogr., 59:1.

Miller, R.W., 1967, Childhood cancer mortality in U.S.A. and Japan, Tohoku J. Exp. Med., 91:103.

Miller, R.W., 1970, Neoplasia and Down's syndrome, Ann. N.Y. Acad. Sci., 171:637.

Miller, R.W., 1977, Ethnic differences in cancer occurrence: Genetic and environmental influences with particular reference to neuroblastoma, Progr. Cancer Res. Ther., 3:1.

Miller, R.W., and Sugano, H., 1987, Report on a U.S.-Japan Cooperative Cancer Research Progam workshop on adult-type cancer under age 30, Jpn. J. Cancer Res., In press.

Miwa Registry-Institute for Stomach Cancer, 1978, "The Report of Treatment Results of Stomach Cancer in Japan," National Cancer Center, Tokyo.

Pritchard, J., Sandland, M.R., Breatmach, F.B., Pincott, J.R., Cox, R., and Husband, P., 1982, The effects of radiation therapy for Hodgkin's disease in a child with ataxia telangiectasia, Cancer 50:877.

Serdula, M.K., and Rhoads, G.G., 1979, Frequency of systemic lupus erythematosus in different ethnic groups from Hawaii, Arthritis Rheum., 22:328.

Simons, M.J., 1985, Genetic aspects of EBV-associated malignancies, in "Epstein-Barr Virus and Associated Diseases," Levine, P.H., Ablashi, D.V., Pearson, G.R., and Kottaridis, S.D., eds, Martinus Nijhoff, Boston.

Soloman, E., 1984, Recessive mutation in aetiology of Wilms' tumor, Nature, 309:111.

Strong, L.C., 1977, Theories of pathogenesis: mutation and cancer, Progr. Cancer Res. Ther., 3:401.

PHENOTYPIC VARIATION WITHIN GENETICALLY HOMOGENEOUS POPULATIONS: RESPONSIVENESS TO TOXICANTS

George L. Wolff

Division of Comparative Toxicology
National Center for Toxicological Research
Food and Drug Administration
Department of Health and Human Services
Jefferson, Arkansas 72079

INTRODUCTION

Phenotypic variation in mammalian populations reflects not only genetic variability due to allelic and chromosomal differences but also the expressivity of genotypes. Expressivity is defined as the range of phenotypes expressed by a given genotype under any given set of environmental conditions or over a range of environmental conditions[1]. This type of phenotypic variation and its possible physiological and molecular bases are the subject of this discussion. The strain-associated susceptibility to tissue-specific lesions, which also is reflected in the responsiveness to toxic insults, is an example of this type of variation. It is of practical relevance to risk assessment if only because sample sizes and dose levels in subchronic and chronic toxicity assays depend on the relative responsiveness of the inbred or F-1 hybrid test animal population used. This type of phenotypic variation is present in genetically heterogeneous populations but there it is inextricably confounded with the variation due to genetic differences. Therefore, its molecular and physiological components can only be defined in genetically homogeneous populations, e.g., inbred strains or their F-1 hybrids. Once defined, however, they can be incorporated in the design of studies using genetically heterogeneous test animal populations.

Assessment of the risk of induction of toxicologic endpoints in a mammalian population exposed to a toxicant reflects the average metabolic capabilities and capacities of the constituent organisms' cells, as organized into tissues and organs, to detoxify the toxic agent and to repair whatever damage it or its metabolites have induced. Exposure to the majority of potential environmental toxicants occurs at dose levels and durations which can be efficiently handled by the organism's detoxification and repair processes. It is only when the exposure level and duration exceed the capacity of these defense mechanisms that toxic responses are induced, e.g., neoplasms, terata, and mutations. The detoxification and repair processes constitute part of the homeostatic regulatory network which enables mammals to maintain a relatively constant internal environment. Other examples of important factors and processes contributing to maintenance of internal homeostasis are hormones, intra- and extracellular pH, neuroendocrine regulation of pituitary hormone release, immune regulation by T suppressor cells, feedback inhibition and substrate induction of enzyme synthesis, and allosteric induction of enzyme activity. Each factor and process functions within a genome-specified range of activity[2]. The individual's capability to withstand toxic insults is the resultant of all regulatory modulations of metabolic processes by which cells and tissues respond to the particular environmental conditions existing at a given time. Because of circadian and other rhythmic alterations in hormone and enzyme synthesis, hormone secretion, enzyme activity, hormone and enzyme degradation, and other physiologic and biochemical processes, the individual's capability to defend itself against toxic insults differs at different times of the day, month, and year. In addition, age-associated changes in the activity of different components of the homeostatic network also change the individual's capacity to deal with toxicants at different periods of development from conception through senescence. All of these modulations and changes in the physiology and biochemistry of the organism reflect changes in gene expression and are phenotypic by definition since neither somatic mutations nor chromosomal aberrations need be postulated to account for them.

BACKGROUND GENOME AND PHENOTYPIC VARIATION

The role of the background genome in determining the expression of single genotypes at the level of the animal is well illustrated by the obese (ob) and diabetes (db) mutations on different chromosomes in the mouse. On all strain backgrounds ob/ob and db/db mice are hyperphagic and become grossly obese. However, this phenotypic expression, common to both of these mutations, evokes different responses in the animal depending on its background genome[3,4]. With the inbred C57BL/KsJ strain genome, ob/ob and db/db mice were characterized by marked hyperglycemia and atrophy of the islets of Langerhans; plasma insulin levels were elevated only in younger mice. In contrast, with the inbred C57BL/6J genome, both types of mutant mice exhibited a mild and transitory hyperglycemia and marked hypertrophy of the islets accompanied by increased proliferative capacity of the islet β cells. On this strain background plasma insulin levels were markedly elevated at all ages. Both types of mutant C57BL/KsJ mice stopped gaining weight at about four months of age, whereas ob/ob and db/db C57BL/6J mice continued gaining weight as long as they lived. There is an obvious difference in homeostatic capability between these two strains with respect to adaptation to the increased requirement for insulin synthesis and secretion induced indirectly by the mutations. The C57BL/6J strain responded by islet hypertrophy and β cell hyperplasia whereas the C57BL/KsJ strain did not. It should also be noted that both mutations interfere with normal regulation of cell metabolism in the mouse as indicated by their obesity. The capacity of the homeostatic network to buffer these cellular metabolic processes against the effects induced by the mutant protein is insufficient. Of course, this is true of any mutation which can be detected by the presence of functional or morphological alterations in the animal.

PHENOTYPIC VARIATION IN HOMEOSTASIS

Within genetically homogeneous populations, such as inbred strains and F-1 hybrids, a genome-specific proportion of individuals will develop a particular spontaneous neoplasm while the rest of the population remains free of the neoplasm. If an inbred or F-1 hybrid population is exposed to a given dose level of a carcinogen for a given length of time, a certain proportion of individuals of the same genotype fails to respond to this environmental insult by formation of the compound-specific tumors. Apparently there are phenotypic, as opposed to genotypic, differences in the relevant homeostatic regulatory mechanisms which prevent this response in the "resistant" individuals while permitting it to occur in the "susceptible" individuals. Non-genetic phenotypic variation is not limited to responses to toxic insults; in humans it is demonstrated by discordant traits in monozygotic twins and in inbred mice by the embryonic differentiation of A^{vy}/a concepti into the obese yellow and lean pseudoagouti adults[5].

These mutant mice demonstrate that altered efficiency of the homeostatic network plays an important role in non-genetic phenotypic variation. For example, the efficiency of nutrient utilization in the obese yellow mice is greater than in the lean pseudoagouti mice, i.e., the rate of weight gain in yellow mice is 178% greater than that in pseudoagouti mice with only a 15% increase in feed consumption[6]. Hepatocellular adenomas arise sooner and with a greater frequency in the yellow than in the pseudoagouti mice (unpublished data). Several immune responses also differ between the two phenotypes[6] and the regulation of hair pigment synthesis is more aberrant in the yellow than in the pseudoagouti $\underline{A}^{vy}/\underline{a}$ mice[7]. The determination of these phenotypes, and therefore also of the regulatory buffering capacities of the homeostatic network, takes place prenatally and appears to be strongly influenced by unknown local conditions in the maternal reproductive tract[5].

PHENOTYPIC VARIATION IN RESPONSIVENESS TO TOXICANTS WITHIN INBRED AND F-1 HYBRID POPULATIONS

The synthesis of many enzymes is initiated by particular nutrients or hormones which induce translation of the relevant DNA sequences. Presumably, if the same dose of a given hormone is administered to organisms of putatively identical genotype, sex, and age, the same cellular responses should be evoked in all organisms. This, however, is not necessarily the case. Recently, differences in tissue responses to diethylstilbestrol (DES) were described within a population of inbred C3HeB/FeJ female mice[8]. Females with a particular grade of uterine glandular hyperplasia, induced by treatment with 100 ppb DES, were matched with similar mice in which no glandular hyperplasia resulted from the same exposure. Differences between the mice with and without glandular hyperplasia in the responses of other target organs were examined. Prevalence of uterine fibrosis, vaginal mucoid stroma and keratinization increased with the severity of glandular hyperplasia. In contrast, mice with decreased severity of hyperplasia had a higher prevalence of mammary adenocarcinoma than those with more severe hyperplasia. Additionally, there were mice in which DES failed to induce any of the neoplastic or non-neoplastic endpoints. Thus, within this genetically homogeneous population at least three phenotypic subgroups could be identified with respect to toxic responses to DES.

Phenotypic subpopulation or subgroup, as used here, includes individuals which occupy a common sector of the genome-determined range of responsiveness to a particular environmental stimulus under a given set of environmental conditions[2]. This does not require the assumption that all members of a subgroup are physiologically and biochemically identical. The terms are intended to designate a conceptual focus for studies of the functional basis of phenotypic variation not confounded by genotypic variation.

This type of phenotypic variation in the response to environmental toxicants is not limited to hormone-related endpoints. We have recently detected in a (C3H x VY) F-1 hybrid population of mice the existence of phenotypic subgroups which are characterized by susceptibility or resistance to the promoting effect of 500 ppm sodium phenobarbital on formation of hepatocellular adenomas[9]. The study was designed so that one-half of the population consisted of the mottled yellow genotype $\underline{A}^{vy}/\underline{A}$ and the other half of the agouti genotype A/a; the (C3H x VY) F-1 hybrid background genome was identical for both genotypes. The increase in average body weight during the study was almost twice as great among treated tumor-bearing yellow mice as among the comparable agouti mice. In addition, those treated mice of both genotypes in which hepatocellular adenomas were found at necropsy had gained more weight during the 18 months treatment period than those mice in which no liver tumor formed. This difference in weight gain was independent of the weight of the liver tumors.

Among the treated mice, the tumor response was much greater in yellow than in agouti males. Prevalence among the yellows increased from 12% in the untreated mice to 55% in the treated animals, while among agouti mice it increased only from 16% to 24%[10]. Additionally, 36% of the treated yellow mice developed more than one adenoma compared with only 5% of the agouti mice. It is important to recognize that, while the yellow genotype included a higher proportion of mice which were responsive to the tumor-promoting effect of phenobarbital than the agouti genotype, 45% of the treated yellow animals and 76% of the treated agouti mice failed to develop any hepatocellular adenoma. In these mice, homeostatic mechanisms prevented or negated the tumor-promoting effect of phenobarbital as well as the initiating events of neoplastic transformation.

An analogous situation was found in a different F-1 hybrid mouse in the evocation of carcinogenic responses by long-term lindane (γ-hexachlorocyclohexane) administration. In the (YS x VY) F-1 hybrid, about 15% of the $\underline{A}^{vy}/\underline{a}$ concepti differentiate into a lean phenotype which can be prospectively identified by the quasi-species-type coat color pattern "pseudoagouti." The remaining 85% of the $\underline{A}^{vy}/\underline{a}$ concepti differentiate into the obese mottled yellow phenotype. The specific proportions of $\underline{A}^{vy}/\underline{a}$ embryos which differentiate into each of these phenotypic groups depends to a major extent on the background genome of the dam[11]. Presumably, local conditions in the reproductive tract of the female are modulated by the physiological expression of her genetic constitution and influence the differentiation of the $\underline{A}^{vy}/\underline{a}$ concepti. A similar influence of the dam's background genome is also exhibited by another mutation at the same locus, mottled agouti ($\underline{a}^{m}$). These mutants also segregate into two phenotypic classes, mottled agouti and pseudoagouti, and the proportion of each depends on the dam's genetic constitution[11]; so far, no characteristics other than coat color pattern[12] have been examined.

To detect possible genotypic and phenotypic differences in the carcinogenic response to chronic lindane administration, obese mottled yellow $\underline{A}^{vy}/\underline{a}$, lean pseudoagouti $\underline{A}^{vy}/\underline{a}$, and lean black $\underline{a}/\underline{a}$ female (YS x VY) F-1 hybrid mice were fed 160 ppm lindane for 24 months[13]. Because the particular sex/genome combination had very low background prevalences of spontaneous liver and lung tumors, it was possible to detect and differentiate between genotype- and phenotype-specific carcinogenic responses. While the livers and lungs of black $\underline{a}/\underline{a}$ mice appeared to be devoid of any neoplastic response to lindane, the $\underline{A}^{vy}$ mutation facilitated such responses which resulted in the formation of tumors in both organs. The cumulative incidence of hepatocellular adenomas was significantly greater among obese yellow than among lean pseudoagouti $\underline{A}^{vy}/\underline{a}$ mice whereas the prevalence of alveolar cell tumors did not differ statistically between these $\underline{A}^{vy}/\underline{a}$ phenotypes. This suggests that metabolic patterns in the liver, associated with the obesity of the yellow phenotype, amplified the $\underline{A}^{vy}$-associated carcinogenic response to lindane. Thus, in this system, a genotype-associated response to a toxicant as well as a phenotype-associated amplification of this response could be demonstrated.

Each of these phenotypic subpopulations, characterized by coat color pattern and obesity/leanness, is further divided into subgroups which differ in their susceptibility to formation of alveolar cell tumors and hepatocellular adenomas (Table 1). The susceptible subgroups include individuals in which one or the other of these tumors develop in the absence of exposure to any known toxicant as well as those in which the neoplasms develop in response to chronic exposure to lindane. Within the susceptible obese yellow subgroup there was a larger proportion of individuals which developed the neoplasms only after exposure to lindane than in the susceptible lean pseudoagouti subgroup (Table 1). Since the yellow and pseudoagouti mice have identical genotypes, it appears that a more efficient homeostatic network of the pseudoagouti mice reduces the frequency of the toxic response(s) to lindane exposure. The physiological and molecular bases for these differences are unknown. These differences probably are quantitative rather than qualitative since the degrees of susceptibility form a continuum among the different subgroups. This is also suggested by the previously mentioned phenobarbital study[10]

TABLE 1. PHENOTYPIC SUBGROUPS AMONG FEMALE (YS X VY) F-1 HYBRID MICE TREATED WITH 160 ppm LINDANE FOR 24 MONTHS

GENOTYPES:	A^{vy}/a				a/a	
PHENOTYPES:	Obese Yellow		Lean Pseudoagouti		Lean Black	
SUBGROUPS:	Susceptible*	Resistant*	Susceptible	Resistant	Susceptible	Resistant
	Relative Subgroup Sizes (RSS) In Untreated Mice					
Alveolar Cell Tumors:	4%	**	6%	**	2%	**
Hepatocellular Adenomas:	9%		5%		6%	
	Relative Subgroup Sizes (RSS) In Lindane Treated Mice					
Alveolar Cell Tumors:	19%		14%		3%	
Hepatocellular Adenomas:	35%		12%		3%	
	Proportions of Susceptible Subgroups Revealed By Lindane Treatment +					
Alveolar Cell Tumors:	79%		57%			
Hepatocellular Adenomas:	74%		58%			

* Susceptible or resistant to formation of alveolar cell tumors and/or hepatocellular adenomas

** $\left(\frac{\text{Total} - \text{Susceptible}}{\text{Total}}\right) \times 100$ + $\left(\frac{RSS_{Treated} - RSS_{Untreated}}{RSS_{Treated}}\right) \times 100$

in which the yellow $\underline{A^{vy}/A}$ subpopulation included more individuals which required exposure to the toxicant to unmask their susceptibility to hepatocellular adenoma formation than did the agouti $\underline{A/a}$ subpopulation.

WORKING HYPOTHESIS FOR INVESTIGATING PHENOTYPIC VARIATION WITHIN GENETICALLY HOMOGENEOUS POPULATIONS

What is the source of all this phenotypic variation among putative genetically identical mice? As a working hypothesis, I suggest a scenario which seems reasonable in terms of present knowledge of mammalian differentiation and development. The DNA sequences which constitute the genome serve as templates which specify the nucleotide sequences of the mRNAs which, in turn, specify the sequences of amino acids in proteins and other polypeptides. The amino acid sequence of a protein limits the conformations it can assume. The activity of a protein at any moment is determined by its conformation which may change under different microenvironmental conditions, especially if the protein has allosteric properties. Substrate and co-factor concentrations in the immediate environs of the protein also affect its activity. Thus, the internal milieu profoundly affects the metabolic dynamics of cells and tissues. In the adult, environmental fluctuations are largely buffered by the homeostatic network of regulatory factors and processes. However, in the developing embryo this network either is not yet present or has not matured and therefore is relatively ineffective. Thus, local fluctuations in the immediate maternal microenvironment can modulate the activities of many proteins specified by the genotype of the developing conceptus. If these fluctuations occur during phenocritical periods of differentiation, individual embryos may develop in slightly different directions than their littermates resulting in phenotypic variants which are still within the normal viable range[2]. Presumably, the processes involved are analogous, if not homologous, with those resulting in terata, except that the environmental stimuli are much milder, subtler and may occur earlier. The metabolic patterns characteristic of each individual differentiate prenatally and ultimately determine the physiological characteristics of the adult, including the efficiency of the homeostatic network. Thus, the degree of responsiveness of the adult to specific environmental insults is basically determined during embryonic differentiation. This suggests that definition of those conditions in the prenatal milieu which impact the adult efficiency of the embryo's developing homeostatic mechanisms should be a major research objective of preventive medicine.

REFERENCES

1. C. King and W.D. Stansfield, "A Dictionary of Genetics," Oxford University Press, New York (1985).
2. G.L. Wolff, Some genetic considerations for the design of better mammalian assay systems for the detection of chemical mutagens and carcinogens. J. Environ. Pathol. Toxicol., 1:79 (1977).
3. K.P. Hummel, D.L. Coleman, and P.W. Lane, The influence of genetic background on expression of mutations at the diabetes locus in the mouse. I. C57BL/KsJ and C57BL/6J strains, Biochem. Genetics, 7:1 (1972).
4. D.L. Coleman and K.P. Hummel, The influence of genetic background on the expression of the obese (ob) gene in the mouse, Diabetologia, 9:287 (1973).
5. G.L. Wolff, D.W. Roberts, and D.B. Galbraith, Prenatal determination of adult obesity, tumor susceptibility, and coat color pattern in viable yellow A^{vy}/a mice: the yellow mouse syndrome, J. Hered., 77:151 (1986).
6. D.W. Roberts, G.L. Wolff, and W.L. Campbell, Differential effects of the mottled yellow and pseudoagouti phenotypes on immunocompetence in A^{vy}/a mice, Proc. Natl. Acad. Sci. (USA), 81:2152 (1984).
7. D.B. Galbraith and G.L. Wolff, Aberrant regulation of the agouti pigment pattern in the viable yellow (A^{vy}/a) mouse. J. Hered., 65:137 (1974).
8. D.L. Greenman and R.R. Delongchamp, Interactive responses to diethylstilbestrol in C3H mice, Fd. Chem. Toxicol., 24:931 (1986).

9. G.L. Wolff, R.L. Morrissey, and J.J. Chen, Susceptible and resistant subgroups in genetically identical populations: response of mouse liver neoplasia and body weight to phenobarbital, Carcinogenesis, 7:1935 (1986).

10. G.L. Wolff, R.L. Morrissey, and J.J. Chen, Amplified response to phenobarbital promotion of hepatotumorigenesis in obese yellow A^{vy}/A (C3H x VY) F-1 hybrid mice, Carcinogenesis, 7:1895 (1986).

11. G.L. Wolff, Influence of maternal phenotype on metabolic differentiation of agouti locus mutants in the mouse, Genetics, 88:529 (1978).

12. T.W. Poole, Dermal-epidermal interactions and the action of alleles at the agouti locus in the mouse. II. The viable yellow (A^{vy}) and mottled agouti (a^{m}) alleles. Dev. Biol., 80:495 (1980).

13. G.L. Wolff and R.L. Morrissey, Increased responsiveness of lean pseudoagouti A^{vy}/a female mice to lindane enhancement of lung and liver tumorigenesis, Proc. Am. Assn. Cancer. Res., 27:138 (1986).

VARIABILITY IN ANTHROPOMETRIC TRAITS IN TWINS AND THEIR FAMILIES

Linda A. Corey, Lindon J. Eaves, and
Walter E. Nance

Medical College of Virginia
Virginia Commonwealth University
Richmond, VA 23298

INTRODUCTION

Studies of twins and their families can provide important insight into the nature of the factors responsible for observed phenotypic variation in anthropometric traits as well as for differences in risk for multifactorial disorders. Classical twin studies afford an incisive means for determining whether or not genetic factors contribute to observed differences in the occurrence of a trait or disorder. The kinships of twins are particularly valuable for differentiating between genetic, environmental and maternal effects and the causes of sex differences in gene expression because of the unusually large number of informative genetic and environmental relationships that are contained within each extended pedigree. This approach is especially productive when dealing with traits, such as blood pressure, which could be influenced by a number of different factors. While there has been general agreement that genetic differences are responsible for at least some of the observed variation in normal blood pressure, there is less consensus as to the relative magnitude of this effect. Thus in different studies genetic factors have been both implicated in (Moll et al., 1983; Morton et al., 1980; Annest et al., 1979; Ewell et al., 1978), and absolved of (Iselius et al., 1983; Harburg et al., 1977; Chakraborty et al., 1977) being the primary causal determinant of variation in blood pressure.

Most previous genetic studies of blood pressure have focused on nuclear families. However, this approach is of limited value for differentiating between genetic, environmental and maternal effects and the causes for sex differences in gene expression. Distinctions of this type can readily be made only with research designs that exploit more extended pedigrees. The kinships of twins are particularly valuable for this purpose. In this study, information collected on a sample of identical and fraternal twins, their parents, spouses and offspring will be used to evaluate the genetic, maternal and environmental influences on systolic and diastolic blood pressures.

MATERIALS AND METHODS

Study Population

The study population was comprised of 167 monozygotic and 20 dizygotic twin kinships, in addition to 72 sets of monozyotic and 33 sets of dizygotic twins and their parents. In all, measurements were obtained on a total of 1767 individuals in 292 families which included twins, their spouses, and offspring or parents. The subjects ranged in age from 1 to 75 years and the sample was composed primarily of Caucasians. All study participants were ascertained either through the Virginia Twin Registry or were seen at the Indiana University Human Genetics Center when one of the authors (WEN) was Principal Investigator of that project. Of the total sample, 231 families were seen in Virginia and the remaining 61 in the Indiana twin clinic. The sample includes the families previously reported by Ewell et al. (1978). An unspecified number of the later Indiana families were also included in an analysis reported by Rose et al. (1979).

Systolic and diastolic blood pressures were measured manually by a limited number of trained personnel using a Bauometer calibrated in millimeters of mercury. Systolic and diastolic blood pressures were recorded as the first and fourth Korotkoff sounds, respectively. Blood pressures of all individuals were measured in a quiet room after a brief period of rest with the subject in a sitting position. A pediatric blood pressure cuff was used for small children and at least two pressures were recorded on each subject when possible. The first measurement obtained was used in this analysis because it was characterized by the largest sample size.

Models for the Covariance Structure of Pedigrees

Our present analysis focuses on the comparison of alternative hypotheses about the genetic component of family resemblance based upon the assumption of random mating and the independence of genetic and environmental effects. The treatment of cultural inheritance was restricted to the inclusion of environmental effects attributable to the maternal genotype and residual environmental resemblance among siblings (E_C) which is not transmitted by parents. The same statistical methods could readily be extended to test hypotheses about mate selection and cultural inheritance.

The model used in this analysis includes three potential sources of genetic resemblance: autosomal genes, sex-linked genes, and maternal genes which contribute to the pre- or postnatal environment of offspring. In addition, two residual sources of environmental variance are specified: within-family environmental effects (E_W) and between-family environmental effects (E_C). The former does not contribute to familial covariance, while the latter is assumed to contribute only to the resemblance of siblings. The model also allows for the testing of a number of important sub-hypotheses. Thus, genetic effects may be additive or dominant, autosomal or sex-linked and sex-limited or sex-independent in their expression. Other non-additive effects, most of which will be confounded with dominance, are assumed to be absent.

As in the model developed by Eaves (1977), sex limitation is specified by three separate additive components V_{AM}, V_{AF}, and V_{AMF} to represent the additive component of genetic variance in males and females, and the covariance between additive genetic effects in males and females, respectively. If the same genes act uniformly in both sexes, then the correlation over sexes between additive genetic effects $r_{AMF} = V_{AMF}/(V_{AM} \cdot V_{AF})^{1/2}$ should be unity.

In practice, sex-limited effects are parameterized as follows:

$$V_{AF}/V_{AM} = S^2{}_A$$

$$V_{AMF} = r_{AMF} \cdot S_A \cdot V_{AM}.$$

S_A is thus a measure of the effects of sex on additive genetic effects and r_{AMF} is an index of the extent to which the same genes are expressed in the two sexes. In theory, sex-limitation of dominance effects may also be specified, leading to analogous parameters: V_{DM}, V_{DF}, V_{DMF} with the latter pair being reparameterized in terms of V_{DM}, S_D, and r_D.

Four parameters are required for a full specification of sex-linked effects (Mather and Jinks, 1982). Additive genetic components may be defined for males and females, V_{AXP} and V_{AX}, respectively. A third component, V_{AXX}, is required to represent the contribution of sex-linked effects to the covariance of relatives of unlike sex. Sex-linked dominant effects, V_{DX}, are only required in the expectations involving female pairs of relatives.

Even if the effect of an allelic substitution is identical in both sexes, the additive components of variation due to sex-linked genes will differ between sexes. In our treatment, the sex-linkage parameters are defined so that $V_{AX} = V_{AXX} = V_{AXP}$ when the difference between homozygotes (AA and aa) in the homogametic sex is equal to the difference between genotypes (A-and a-) in the heterogametic sex.

Effects of the maternal genotype are assumed to be independent of the sex of the offspring in this model. It is further assumed that no interaction occurs between the genes affecting the maternal component and the genes having a direct effect on the phenotype. The environmental effects of the maternal genotype may also be additive or dominant and contribute V_{MA} and V_{MD} to the covariance of siblings and maternal half-siblings. Any genes which contribute directly to the maternal effect will also contribute to V_{MA} and V_{MD}. In addition, however, genotype-environment covariance will be generated by any loci that have both a direct effect on the phenotype and an indirect effect by way of maternal inheritance. The same restriction is represented by Haley et al. (1981) in terms of "two character" and "one character" models of maternal effects. The "one character" model assumes the genes that affect the phenotype directly also create the maternal effect. The "two character" model assumes different are responsible for direct genetic and maternal effects. This distinction is not usually made in path models for maternal effects but has a reasonable biological basis. The additive and dominance components of genotype-maternal covariance are defined for those loci which have a common direct and maternal effect as C_{MA} and C_{DA}, respectively.

Several authors (Nance and Corey, 1976; Christian and Kang, 1977; Mather and Jinks, 1982; Haley et al., 1981; Eaves, 1982) have published some of the expectations for the covariance between relatives. For the most part, these expectations have been incomplete and occasionally, in error. Table 1 gives a more complete and, we hope, correct set of expectations embodying the assumptions of the model. In order to simplify the expectations included in the table, V_{AM} has been redefined as V_A and the expectations for female and unlike-sexed pairs of relatives have been specified in terms of the variance in males.

It must be emphasized that the ability to specify such expectations does not imply that all parameters can be estimated simultaneously with adequate precision (see Haley et al., 1981). However, they serve an important theoretical purpose by indicating the arbitrariness of many sets of assumptions made by earlier investigators. For example, Haley et al. (1981), point out that maternal effects can only be separated from sex-linkage in half-sibling studies if separate expectations are specified for offspring of different sexes. The "full" expectations also serve the convenient practical purpose of developing a computer program which allows special cases to be represented as constraints upon the parameters of a more general model.

Statistical Method

Under a given hypothesis about the causes of family resemblance, the method of maximum likelihood may be used to obtain estimates of the genetic components of variance as well as ancillary demographic parameters. Following Lange et al. (1976), we assume that the ith kinship of p individuals is sampled at random from a population of similiar kinships having the same structure with respect to age, sex and biological and social relationships.

The p-element vector of observations $\underset{\sim}{x}_i$ is assumed to be $N[E\underset{\sim}{x}_i,\underset{\sim}{\Sigma}_i]$. The expected values of $\underset{\sim}{x}_i$ can be expressed as a function of covariates such as age and sex. The expected covariance matrix, $\underset{\sim}{\Sigma}_i$, will depend on the kinds of relationship in the pedigree and is obtained by substituting the appropriate expectations from Table 1. We assume that $\underset{\sim}{\Sigma}_i$ is independent of other covariates, i.e. that genetic effects do not interact with age. The log-likelihood of the ith pedigree is thus:

$$\ln L = -1/2\{\ln|\underset{\sim}{\Sigma}_i|(\underset{\sim}{x}_i-E\underset{\sim}{x}_i)'\underset{\sim}{\Sigma}_i^{-1}(\underset{\sim}{x}_i-E\underset{\sim}{x}_i)\} \quad + \text{constant}.$$

The joint likelihood over all pedigrees is the sum of the individual $\ln L_i$.

In our example for systolic blood pressure, we allowed $E\underset{\sim}{x}_i$ to be a function of sex and a polynomial of the third degree in age. We also allowed for different intercepts in males and females and assumed different age regressions for each sex. New estimates for age parameters were obtained under each model evaluated, rather than adjusting for effects of age prior to model fitting. Conventional methods of adjustment for effects of age using regression techniques assume that the data points examined are independent. This assumption is not valid for this particular analysis. By re-estimating regression coefficients under each model evaluated we have allowed for the correlation between data points inherent in this sample. In practice, however, the difference in the estimates obtained using the two approaches is insignificant.

For a given model for the expected values and the covariance structure of the population, parameter values, $\underset{\sim}{\hat{\Theta}}_0$, may be obtained which maximize the joint likelihood over all pedigrees. If L is the likelihood computed under a more general hypothesis with $\underset{\sim}{\hat{\Theta}}_0$ the corresponding vector of parameter estimates, then a likelihood ratio test of the hypothesis that ι elements of $\underset{\sim}{\hat{\Theta}}_0$ are zero is given by

$$\chi^2_\iota = 2[L_0-L_1]$$

where L_1 is the maximum value of the log likelihood under the subsidiary hypothesis in which a subset of $\underset{\sim}{\hat{\Theta}}_0$ elements in are set to zero.

Table 1. Expectations for the Convariance Between Relatives Contained within Twin Kinships (Random Mating and No Cultural Inheritance Are Assumed)

Male MZ Twins	$V_A+V_D+V_{MA}+V_{MD}+V_{AXP}+C_{MA}+E_C$
Female MZ Twins	$S_A^2(V_A)+S_D^2(V_D)+V_{MA}+V_{MD}+V_{AX}+V_{DX}+C_{MA}+E_C$
Male DZ Twins	$1/2(V_A)+1/4(V_D)+V_{MA}+V_{MD}+1/2(V_{AXP})+C_{MA}+E_C$
Female DZ Twins	$1/2(S_A^2)(V_A)+1/4(S_D^2)(V_D)+V_{MA}+V_{MD}+3/4(V_{AX})+1/2(V_{DX})+C_{MA}+E_C$
Male-Female DZ Twins	$1/2(S_Ar_A)(V_A)+1/4(S_Dr_D)(V_D)+V_{MA}+V_{MD}+1/2(V_{AXX})+C_{MA}+E_C$
Spouses	0
Husband-Wife	0
Twin-Spouse of Co-twin	0
Male Half-sibs/Male Kinships	$1/4(V_A)$
Male Half-sib/Female Kinships	$1/4(V_A)+V_{MA}+V_{MD}+1/2(V_{AXP})+C_{MA}$
Female Half-sib/Male Kinships	$1/4(S_A^2)(V_A)+1/2(V_{AX})$
Female Half-sib/Female Kinships	$1/4(S_A^2)(V_A)+V_{MA}+V_{MD}+1/4(V_{AX})+C_{MA}$
Male-Female Half-sib/Male Kinships	$1/4(S_Ar_A)(V_A)$
Male-Female Half-sib/Female Kinships	$1/4(S_Ar_A)(V_A)+V_{MA}+V_{MD}+C_{MA}$
Male First Cousins/Male Kinships	$1/8(V_A)$
Male First Cousin/Female Kinships	$1/8(V_A)+1/2(V_{MA})+1/4(V_{MD})+3/8(V_{AXP})+1/2(C_{MA})$
Female First Cousin/Male Kinships	$1/8(S_A^2)(V_A)+1/4(V_{AX})$
Female First Cousin/Female Kinships	$1/8(S_A^2)(V_A)+1/2(V_{MA})+1/4(V_{MD})+3/16(V_{AX})+1/2(C_{MA})$
Male-Female First Cousin/Male Kinship	$1/8(S_Ar_A)(V_A)$
Male-Female First Cousin/Female Kinship	$1/8(S_Ar_A)(V_A)+1/2(V_{MA})+1/4(V_{DM})+3/8(V_{AXX})+1/2(C_{MA})$
Male Siblings	$1/2(V_A)+1/4(V_D)+V_{MA}+V_{MD}+1/2(V_{AXP})+C_{MA}+E_C$
Female Siblings	$1/2(S_A^2)(V_A)+1/4(S_D^2)(V_D)+V_{MA}+V_{MD}+3/4(V_{AX})+1/2(V_{DX})+C_{MA}+E_C$
Male-Female Siblings	$1/2(S_Ar_A)(V_A)+1/4(V_Dr_D)(V_D)+V_{MA}+V_{MD}+1/2(V_{AXX})+C_{MA}+E_C$
Mother-Son	$1/2(S_Ar_A)(V_A)+1/2(V_{MA})+V_{AXX}+5/4(C_{MA})+C_{MD}$
Mother-Daughter	$1/2(S_A^2)(V_A)+1/2(V_{MA})+1/2(V_{AX})+5/4(C_{MA})+C_{MD}$
Father-Son	$1/2(V_A)+1/4(C_{MA})$
Father-Daughter	$1/2(S_Ar_A)(V_A)+V_{AXX}+1/4(C_{MA})$
MZ Twin Aunt-Nephew	$1/2(S_Ar_A)(V_A)+1/2(V_{MA})+V_{AXX}+5/4(C_{MA})+C_{MD}$
MZ Twin Aunt-Niece	$1/2(S_A^2)(V_A)+1/2(V_{MA})+1/2(V_{AX})+5/4(C_{MA})+C_{MD}$
DZ Twin Aunt-Nephew	$1/4(S_Ar_A)(V_A)+1/2(V_{MA})+3/4(V_{AXX})+3/4(C_{MA})+C_{MD}$
DZ Twin Aunt-Niece	$1/4(S_A^2)(V_A)+1/2(V_{MA})+3/8(V_{AX})+3/4(C_{MA})+C_{MD}$
Spouse-Nephew/Niece	0
MZ Twin Uncle-Nephew	$1/2(V_A)+1/4(C_{MA})$
MZ Twin Uncle-Niece	$1/2(S_Ar_A)(V_A)+V_{AXX}+1/4(C_{MA})$
DZ Twin Uncle-Nephew	$1/4(V_A)+1/4(C_{MA})$
DZ Twin Uncle-Niece	$1/4(S_Ar_A)(V_A)+1/2(V_{AXX})+1/4(C_{MA})$

Numerical Methods

Maximum-likelihood estimates of the parameters of a given model were obtained with the aid of a FORTRAN program implemented on the University's IBM 3081A computer. The program evaluates the full set of expected convariances for the twin-kinship design (Table 1) for a given set of parameter values and substitutes appropriate expectations for each pedigree in turn. An ancillary program is used to code the structure of each pedigree as a triangular matrix with elements identifying the specific relationship between each pair of individuals in the kinship. The coding of pedigrees for this algorithm is illustrated in more detail by Eaves (1980).

Likelihoods are computed and accumulated over all pedigrees. The program calls the copyrighted subroutine EO4JBF for the minimization of a function subject to rectangular constraints (Numerical Algorithms Group, 1982). Although our problems are unconstrained in the strict sense, it is often helpful to impose constraints on parameter ranges in an attempt to avoid regions of the parameter space which yield n.p.d. Σ_i. The sub-routine minimizes an augmented Lagrangian function to ensure the constraints are satisfied and uses a numerical approximation to the Hessian which avoids costly evaluation of second derivatives at each iteration. We have found the algorithm easy to use and more robust than some that we have employed in similar analyses. This algorithm requires that -L be supplied as a function to be minimized.

The approximation of the Hessian employed for optimization is generally unsatisfactory for the purpose of constructing confidence intervals, For certain parameter sets, therefore, we obtained a direct numerical estimate of the matrix of information realized using an algorithm of Davis and Polonsky (1965, p. 884) to obtain second derivatives of -L from which approximate standard errors could be derived.

RESULTS

Separate analyses were conducted for systolic and diastolic blood pressures. Table 2 gives the distribution of the groups of relatives included in the analysis. The 167 monozygotic twin kinships studied represented the largest family type included in the analysis while dizygotic twin kinships represented the smallest. This discrepancy is a result of the more recent initiation of studies of dizygotic twins and their families.

Table 2. Distribution of Subjects Included in Blood Pressure Analyses

Family Type	Sample Size
MZ Twin Kinships	167
DZ Twin Kinships	20
MZ Twins and Parents	72
DZ Twins and Parents	33

Mean values obtained for systolic and diastolic blood pressures for males and females are given in Table 3. The differences observed in mean blood pressure between males and females were significant for both systolic and diastolic blood pressures. There were, however, no significant sex differences in total variance for either of the blood pressure variables examined.

Table 3. Mean Systolic and Diastolic Blood Pressures Partitioned By Sex

Sex	Systolic Blood Pressure		Diastolic Blood Pressure	
	N	Mean (s.e.)	N	Mean (s.e)
Male	842	115.71(0.06)	841	75.10(0.47)
Female	915	111.72(0.55)	914	72.04(0.41)

The results of fitting age and random environmental models to the data are given in Table 4. Since age effects were viewed as a possibly significant influence on observed systolic and diastolic blood pressures, specific models which evaluated this hypothesis were fit to the data. Model 1 gives the results of fitting random environmental effects to the data with no allowance made for any contribution of the effects of age. Models 2 through 4 represent the addition of linear, quadratic and cubic age effects, respectively to the simple V_{EW} model. Model 5 represents the addition of separate age effects for each sex. The results of this analysis indicate that the appropriate model for systolic blood pressure should allow for linear, quadratic and cubic effects of age, while that for diastolic blood pressure need only include linear and quadratic age effects. Further, effects of age should be estimated and accounted for separately in males and females for both systolic and diastolic blood pressures. In order to account for possible difference in the estimates obtained which were dependent upon the particular models that were fit to the data, the age regression coefficients were re-estimated for each model evaluated.

Table 4. Results of Fitting Models for Effects of Age to Systolic and Diastolic Blood Pressure

Model	Parameters					-ln L	
	V_{EW}	Age(L)	Age(Q)	Age(C)	Sex	Systolic	Diastolic
1	1	0	0	0	0	5862.5	5379.8
2	1	1	0	0	0	5525.0	5074.2
3	1	1	1	0	0	5513.9	5058.8
4	1	1	1	1	0	5500.6	5058.8
5	1	1	1	1	1	5495.9	5051.3

Table 5 presents the results of fitting more complicated genetic and environmental models to the data set. The model (Model 1) upon which all others were built included random environmental effects and the appropriate age effects. The goal of the present analysis was to determine the extent to which the array of cognate relationships that are contained within the kinships of twins could facilitate a more incisive resolution of genetic variation into its causal components. The effects of cultural transmission and non-random mate selection which can be evaluated by including the information provided by the spousal and non-twin uncle/aunt-offspring relationships will be considered elsewhere. Models 2 and 3 provide information on the extent to which additive genetic effects and common environment might independently account for the pattern of familial relationship observed for systolic and diastolic blood pressures. As shown by the results obtained, the inclusion of either of the two parameters in the basic model results in a significant improvement in fit. The inclusion of both parameters (model

4) results in a significant reduction in the negative ln likelihood obtained when either additive genetic effects or effects of common sibling environment are fit separately. Models 5 through 12 provide insight into the role other parameters - including dominance effects, maternal effects, effects of sex limitation and sex linkage - might additionally play in the control of systolic and diastolic blood pressures. Model 13 represents the case in which all parameters are simultaneously fit to the data. Given the assumptions under which the expectations were derived, sex-linkage is represented by three parameters V_{AX}. V_{AXX} and V_{AXP}; therefore it should be kept in mind that the addition of effects of sex-linkage to the model is associated with 3 degrees of freedom. As shown in the table, with the exception of sex-limitation for diastolic blood pressure, the addition of any one of these variables to the V_{EW} - V_A model resulted in a significant improvement in the overall fit of the model for both systolic and diastolic blood pressures. However, the inclusion of any of these parameters in the V_{EW}-V_A-E_C model did not result in any significant reduction in the negative ln likelihood which was associated with this model.

Table 5. Results of Fitting Specific Models to Systolic and Diastolic Blood Pressures (All Models Include Random Environment and Appropriate Age Effects)

	Parameters							-ln L	
Model	V_A	E_C	V_D	V_{AM}	s_A	r_A	$V_{A(Sex)}$	Systolic	Diastolic
1	0	0	0	0	0	0	0	5495.9	5051.3
2	1	0	0	0	0	0	0	5392.3	4968.7
3	0	1	0	0	0	0	0	5395.7	4993.3
4	1	1	0	0	0	0	0	5363.3	4959.9
5	1	0	1	0	0	0	0	5368.3	4961.3
6	1	0	0	1	0	0	0	5368.6	4962.6
7	1	0	0	0	1	1	0	5376.1	4965.6
8	1	0	0	0	0	0	1	5367.2	4962.5
9	1	1	1	0	0	0	0	5362.7	4959.6
10	1	1	0	1	0	0	0	5362.9	4959.9
11	1	1	0	0	1	1	0	5361.6	4959.5
12	1	1	0	0	0	0	1	5359.7	4957.6
13	1	1	1	1	1	1	1	5359.2*	4957.3*

* r_A at upper bound of 1.000 and V_{AM} at lower bound of 0.000 for systolic blood pressure, V_{AX} and V_{AXX} at lower bounds of 0.000.

In order to further evaluate the importance of common sibling environment, maternal effects, dominance effects, and the effects of sex-limitation and sex linkage, the result of individually dropping each of these parameters from the full model was examined. As shown in Table 6, the deletion of any one of these parameters from the complete model did not result in a significant reduction in the goodness of fit obtained under the full model. The deletion of E from the full model for systolic blood pressure resulted in a worsening of fit that only approached significance. A similar result was seen to a lesser extent for diastolic blood pressure.

Table 6. Results of Dropping Specific Effects from the Full Model for Systolic and Diastolic Blood Pressures

Model	-ln Likelihood Systolic	-ln Likelihood Diastolic
Full	5359.2	4957.3
-Sex linkage (3 parameters)	5360.6	4959.4
-Sex limitation (2 parameters)	5359.2	4957.5
-Maternal effects	5359.7	4957.3
-Dominance effects	5359.2	4957.6
-Common sibling environment	5360.7	4958.3

DISCUSSION

This study raises several important issues that are relevant to the genetic analysis of data on blood pressure. In particular, the age composition of family data can have an important influence on the magnitude of the statistics and parameter estimates that are derived from such data, and a simple linear adjustment for age that does not allow for sex differences may not be adequate to remove its effects. Since the effects of age on systolic and diastolic blood pressures are not the same, different regression coefficients must be used for each variable.

A large number of different genetic explanations could account for an observed familial resemblance for blood pressure. Our analysis has shown that in order to resolve and distinguish between these possibilities, a broad array of informative biologic relationships is required, many of which are included in the kinships of twins.

The most conservative interpretation of the results obtained would suggest that both systolic and diastolic blood pressures are best explained by a model that includes additive genetic and random environmental effects, in addition to the effects of age, which are expressed differently in males and females. Although the results of this study indicate that effects of common sibling environment can be discounted as an important source of observed variation in blood pressure in this data set, Iselius et al. (1983) concluded that common sibling environment rather than dominance effects was responsible for the increased similarity of siblings over that of parents and their offspring in an analysis of blood pressure correlations obtained from a number of family studies already in the literature. These findings, along with the fact that the inclusion of effects of common sibling environment resulted in a significant improvement in the fit of a model that included effects of age, random environment and additive gene action and the deletion of this parameter from the full model resulted in a worsening of fit that approached significance in the present study, suggest that an assessment of the relative importance of this influence in the determination of blood pressure may require further study. It is clear, however, that in this data set neither dominance effects, maternal effects, nor effects of sex linkage or sex-limitation were found to exert a significant influence on either systolic or diastolic blood pressure when these influences were examined in detail.

Contrary to other reports (Harburg et al., 1977; Iselius et al., 1983), our data indicate that both systolic and diastolic blood pressures are characterized by a significant heritable component. Additive genetic factors do, however, appear to exert a stronger influence on systolic blood pressure than they do on diastolic blood pressure.

REFERENCES

Annest, J. L., Sing, C. F., Biron, P., and Mongeau, J. G., 1979, Familial aggregation of blood pressure and weight in families. II. Estimation of the relative contributions of genetic and common environmental factors to blood pressure correlations between family members, Am. J. Epidemiol., 110:492.

Chakraborty, R., Schull, W. J., Harburg, E., Schork, M. A., and Roeper, P., 1977, Heredity, stress and blood pressure, a family set method. V. Heritability estimates, J. Chron. Dis., 30:683.

Christian, J. C., and Kang, K. W., 1977, Maternal influence on plasma cholesterol variation, Am. J. Hum. Genet., 20:462.

Davis, P. F., and Polonsky, I., 1965, Numerical interpolation, differientiation and integration. in: "Handbook of Mathematical Functions," M. Abramowitz, and I. A. Stegan, eds., Dover Press, New York.

Eaves, L. J., 1977, Inferring the causes of human variation, J. Roy. Stat. Soc. A, 140:324.

Eaves, L. J., and Last, K. A., 1980, Assessing empathy in twins through their mutual perception of social attitudes, J. Pers. Ind. Diff., 1:174.

Eaves, L. J., 1982, Utility of twins. in: "Genetic Basis of Epilepsies," V. E. Anderson, W. A. Hauser, J. K. Penry, and C. F. Sing, eds., Raven Press, New York.

Ewell, L. W., Nance, W. E., Corey, L. A., Boughman, J. A., and Winter, P. M., 1978, Blood pressure studies on monozygotic twins and their families. in "Progress in Clinical and Biological Research, Vol. 24C", W. E. Nance, G. Allen, and P. Parisi, eds., Alan R. Liss, Inc., New York.

Haley, C. S., Jinks, J. L., and Last, K. A., 1981, The monozygotic twin half-sib method for analysing maternal effects and sex linkage in humans, Heredity, 46:227.

Harburg, E., Erfurt, J. C., Schull, W. J., Schork, M. A., and Colman, R., 1977, Heredity, stress and blood pressure, a family set method. I. Study aims and sample flow, J. Chron. Dis., 30:625.

Havlik, R. J., Garrison, R. J., Feinleib, M., Kannel, W. B., Castelli, W. P., and McNamara, P. M., 1979, Blood pressure aggregation in families, Am. J. Epidemiol., 110:304.

Iselius, L., Morton, N. E., and Rao, D. C., 1983, Family resemblance for blood pressure, Hum. Hered., 33:277.

Lange, K. L., Westlake, J., and Spence, M. A., 1976, Extensions to pedigree analysis. III. Variance components by the scoring method, Ann. Hum. Genet., 39:485.

Mather, K., Jinks, J. L., 1982, "Biometrical Genetics", 3rd Edition, Chapman and Hall, London.

Moll, P. P., Harburg, E., Burns, T. L., Schork, M. A., and Ozgoren, F., 1983, Heredity, stress and blood pressure, a family set approach: the Detroit Project revisited, J. Chron. Dis., 36:317.

Morton, N. E., Gulbrandsen, C. L., Rao, D. C., Rhoads, G. G., and Kagan, A., 1980, Determinants of blood pressure in Japanese-American families, Hum. Genet., 53:261.

Nance, W. E., and Corey, L. A., 1976, Genetic models for the analysis of data from families of identical twins, Genetics, 83:811.

Numerical Algorithms Group, 1982, "NAG Library," Numerical Algorithms Ltd., Oxford.

Rose, R. J., Miller, J. Z., Grim, C. E., and Christian, J. C., 1979, Aggregation of blood pressure in the families of identical twins, Am. J. Epidemiol., 109:503.

VARIATION IN EXPRESSION OF CONGENITAL CARDIOVASCULAR MALFORMATIONS WITHIN AND AMONG FAMILIES

J.A. Boughman[1], J.A. Astemborski[1], K.A. Berg[1], E.B. Clark[2], and C. Ferencz[3]

[1]Division of Human Genetics, University of Maryland at Baltimore
[2]Division of Pediatric Cardiology, The Johns Hopkins University School of Medicine
[3]Department of Epidemiology and Preventive Medicine University of Maryland at Baltimore

INTRODUCTION

Congenital cardiovascular malformations (CCVM) constitute a major portion of clinically significant birth defects, with the clinical literature suggesting population frequencies estimated to be 4 to 8 per 1,000 (reviewed by Ferencz et al., 1985). Approximately 30% of children with CCVM have other major congenital malformations as well (Hoffman and Christianson, 1978). The etiologies of CCVM are heterogeneous, and include well defined Mendelian syndromes (McKusick, 1986), chromosomal abnormalities (DeGrouchy, 1984), and specific teratogenic causes (Smith, 1982). It is supposed that approximately 5% of CCVM are single gene disorders (Neill, 1972), and about 5-6% have been suggested to be associated with chromosomal anomalies, especially autosomal trisomies (Nora and Nora, 1983). Specific teratogenic agents are known to cause CCVM, but these exposures account for only a small proportion of cases.

Most congenital heart defects have been attributed to general and nonspecific multifactorial inheritance (Nora, 1968). Familial risks have most often been assessed in clinical series, in which ascertainment schemes are unknown or undefined (Sanchez-Cascos, 1978). In addition, etiologic relationships among specific cardiac malformations have been suggested (Fraser and Hunter, 1975), but the delineation of potential underlying mechanisms has been obscured by the classification of cases by specific anatomic lesion. More recently, new classification schemes have been created based on pathogenetic mechanisms uniquely affecting the embryologic development of certain components of the heart. Classification schemes based on this developmental and mechanistic approach (Clark, 1987; Van Praagh, 1980) have led to the definition of 6 basic groups of congenital cardiac defects: (I) cell migration defects; (II) errors or alterations in cardiac hemodynamics; (III) cellular death; (IV) abnormalities in the proliferation of extracellular matrix; (V) aberrations in targeted growth; and (VI) abnormal looping or spatial configurations. The most frequent anatomic defects in each of these groups is shown in Table 1. In a large population-based case-control study which we are currently conducting, we utilize this scheme for classification of cardiac defects in probands and their relatives to evaluate familial risks. Evaluation of these cases by mechanistic groups can help clarify relationships among malformations, suggest possible underlying mechanisms, and elucidate familial patterns and risks to relatives.

Table 1. Anatomic Defects Grouped by Embryonic Mechanism

Mechanistic Group	Anatomic Defect	Abbreviation
I. Cell Migration Abnormalities	Truncus arteriosus	
	Transposition of great arteries	TGA
	Double outlet right ventricle	DORV
	Tetralogy of Fallot	TOF
	Aortico-pulmonary window	A-P window
	Type B interrupted aortic arch	IAA-B
	Ventricular septal defect (Type I), supracristal	VSD I
II. Flow Lesions	Hypoplastic left heart, aortic atresia:mitral atresia	HLH
	Type A interrupted aortic arch	IAA-A
	Coarctation of the aorta	Coarc
	Aortic valve stenosis	ASV
	Bicuspid aortic valve	BAV
	Patent ductus arteriosus	PDA
	Secundum atrial septal defect	2° ASD
	Pulmonary valve stenosis	PSV
	Pulmonary atresia; intact ventricular septum	PAT
	Ventricular septal defect (Type II), perimembranous	VSD II
III. Cell Death	Ebstein anomaly	
	Ventricular septal defect (Type IV), muscular	VSD IV
IV. Extracellular Matrix Abnormalities	Endocardial cushion defect	ECD
	Ventricular septal defect (Type III)	VSD III
	Ostium primum atrial septal defect	1° ASD
V. Targeted Growth	Cor triatriatum	
	Total anomalous pulmonary venous return	TAPVR
	Partial anomalous pulmonary venous return	PAPVR
	Single atrium	
VI. Other	Abnormalities of looping or spatial configuration and cardiomyopathies	

METHODS

The Baltimore-Washington Infant Study (BWIS) is a case-control study of congenital cardiovascular malformations ongoing in a defined geographic area with 90,000 annual births. The methods of study are described in detail elsewhere (Rubin et al., 1985; Ferencz et al., 1985). All liveborn infants with CCVM are ascertained through multiple sources: five collaborating pediatric cardiology services, searches of obstetric and pathology logbooks, and review of death certificates. Cases are defined as liveborn infants with a CCVM confirmed during the first year of life by echocardiography, cardiac catheterization, surgery, or autopsy. Control infants are selected by computer algorithm to represent the birth cohort of the area. The cardiac defects are defined by the International Society of Cardiology coding system (1970), and a hierarchical approach defines the principal diagnosis as the earliest embryological lesion in each case. Non-cardiac malformations are coded by organ system, and chromosomal and Mendelian syndromes are recognized by accepted coding systems (Smith, 1982; McKusick, 1986). Detailed sociodemographic, medical, family history, pregnancy, and environmental exposure data are obtained through a comprehensive questionnaire administered in home visits by trained field personnel. Family history information on all reported cardiac malformations is confirmed by physician reports or review of medical records.

RESULTS

During the first four years (1981-84) of the ongoing study, 1492 cases and 1572 controls were enrolled. The CCVM case group has been divided into subsets according to isolated cardiac defects, associated chromosomal abnormalities, and Mendelian and multiple malformations. The focus of this analysis is on comparisons of isolated cardiac defects and chromosomal syndromes.

The distributions of defects among the mechanistic classifications for isolated and chromosomal syndromes are shown in Table 2. The two groups differ in their distributions, with flow lesions accounting for a higher proportion of the isolated CCVM (65%) than the chromosomal (42.7%) group. Perimembranous ventricular septal defect (Type II VSD, 39.2%) was the most commonly found lesion in the isolated CCVM group. Conotruncal defects, resulting from abnormal cell migration in Group I, were more common among isolated defects than chromosomal syndromes (15.1% and 7.8% respectively). There is a striking excess of extracellular matrix abnormalities in cases with abnormal karyotypes (48.4%) when compared to isolated cases (2.7%). Of the 192 cases with chromosomal abnormalities, 149 (76.5%) had trisomy 21. Among these probands, 91 (61.1%) were diagnosed as endocardial cushion defect, a malformation comprising only 2.7% of the isolated defects.

Data from the 1075 cases of isolated CCVM were examined for familial occurrence of cardiac malformations. The frequency of CCVM in mothers, fathers, and siblings is shown in Table 3 for specific defects grouped by the mechanistic classification. Group I, containing all conotruncal defects (e.g., tetralogy of Fallot, truncus arteriosus, transposition of the great arteries), is hypothesized to result from abnormalities of ectomesenchymal tissue and neural crest cell migration. Only one of a total of 74 (1.4%) siblings had a cardiac defect.

In Group II, defects associated with abnormal embryonic blood flow, (e.g., VSD II, secundum ASD, coarctation of the aorta, HLH), the frequency of familial occurrence varied among defects. CCVM were reported more frequently in mothers than in fathers. The rates of CCVM in siblings for

Table 2. Distribution of defects in cases with isolated CHD and in cases with chromosomal abnormalities

		Isolated CCVM		Chromosomal Abnormalities	
		#	%	#	%
I.	Cell Migration Abnormalities	162	(15.1)	15	(7.8)
II.	Flow Lesions	699	(65.Ø)	81	(42.7)
III.	Cellular Death	59	(5.5)	1	(Ø.5)
IV.	Extracellular Matrix Abnormalities	29	(2.7)	94	(48.4)
V.	Targeted growth	26	(2.4)	Ø	(Ø.Ø)
VI.	Other	1ØØ	(9.3)	1	(Ø.5)
	TOTAL	1Ø75		192	

the group was 5.2% (18/344). Cases with two of the specific malformations (aortic valve stenosis and pulmonary atresia) had no sibs affected, while rates varied from 2.6% to 12.5% in other anatomic classes.

The defects found in relatives in Group II are listed by proband diagnosis in Table 4. Only two of the affected relatives did not have a flow lesion, showing high concordance for Group II lesions. The affected father of a male with coarctation had a heterotaxy, and a proband with Type II VSD had a mother with TOF. There was no consistency by severity of lesions in sibs; some probands had milder defects than the precurrent cases, while in others the defects were more severe than their older affected sibs.

For Groups III-V (Cell Death, Extracellular Matrix, and Targeted Growth), no parents or previous sibs of cases were reported to have CCVM. One father and one of 49 (2.Ø%) sibs of cases with nonclassified anatomic malformations had a heart defect.

Table 5 summarizes the family history data for probands with chromosomal abnormalities. Two of 81 mothers interviewed reported a CCVM (2.5%), and one father with a bicuspid aortic valve. The only other proband with a positive family history for CCVM was one sib of a proband with a translocation and a VSD.

DISCUSSION

The Baltimore-Washington Infant Study is designed to achieve complete ascertainment of cases of confirmed significant CCVM in liveborn infants diagnosed by one year of age. While previous studies have usually classified defects by specific anatomic lesion (Nora and Nora, 1978; Sanchez-Cascos, 1978), we have classified cases by common pathogenetic mechanisms recently developed by embryologic studies (Van Praagh, 198Ø; Clark, 1986).

Table 3: Frequency Of CHD In Relatives Of Probands With Isolated CHD

CATEGORY Diagnosis	N Probands	Mothers (%)	Fathers (%)	Sibs (%)
I. CELL MIGRATION ABNORMALITIES (N = 162)				
Truncus arteriosus	11	Ø/7	Ø/7	Ø/2
TGA	66	Ø/58	Ø/58	1/32 (3.1)
DORV	8	Ø/8	Ø/8	Ø/2
DORV with PS	5	Ø/5	Ø/5	Ø/6
Tetralogy of Fallot	61	Ø/5Ø	Ø/5Ø	Ø/26
A-P window	3	Ø/2	Ø/2	Ø/1
Type B IAA	5	Ø/3	Ø/3	Ø/3
VSD (Type I, supracristal)	3	Ø/3	Ø/3	Ø/2
II. FLOW LESIONS (N = 699)				
Hypoplastic left heart	75	Ø/67	Ø/67	6/48 (12.5)
Coarctation of aorta	77	2/7Ø (2.8)	2/7Ø (2.8)	2/39 (5.1)
Aortic valve stenosis	24	1/2Ø (5.Ø)	Ø/2Ø	Ø/14
Bicuspid aortic valve	24	1/24 (4.2)	Ø/24	1/13 (7.7)
Patent ductus	31	Ø/26	Ø/26	1/14 (7.1)
Secundum ASD	9Ø	2/83 (2.4)	Ø/82	1/39 (2.6)
Pulmonary valve stenosis	82	1/72 (1.4)	2/72 (2.8)	2/4Ø (5.Ø)
Pulmonary atresia	22	Ø/18	Ø/18	Ø/8
VSD (Type II)	274	2/24Ø (Ø.8)	1/24Ø (Ø.4)	5/129 (3.9)
III. CELL DEATH (N = 59)				
Ebstein anomaly	14	Ø/14	Ø/14	Ø/1Ø
VSD (Type IV, muscular)	45	Ø/42	Ø/42	Ø/21
IV. EXTRACELLULAR MATRIX ABNORMALITIES (N = 29)				
ECD	29	Ø/25	Ø/25	Ø/18
VSD (Type III)	Ø			
V. TARGETED GROWTH DEFECTS (N = 26)				
Cor triatriatum	1	Ø/Ø	Ø/Ø	Ø/Ø
TAPVR	21	Ø/19	Ø/19	Ø/14
PAPVR	2	Ø/2	Ø/2	Ø/1
Single atrium	2	Ø/1	Ø/1	Ø/1
VI. OTHER (N = 1ØØ)	1ØØ	Ø/87	1/87 (1.1)	1/49 (2.Ø)

Table 4: Cardiac Malformations In Relatives Of Probands with Isolated CHD

Proband Diagnosis	Sex of Proband	Relationship	Defect in Relative
HLH	F	sister; mother	VSD(II); CHD
HLH	F	brother	Coarctation
HLH	M	brother;brother	Coarc; Coarc
HLH	F	brother	HLH
Coarctation	M	brother	Coarctation
Coarc, BAV	M	sister	PDA
Coarctation	M	mother	PDA
Coarctation	F	brother	VSD (II)
Coarctation	M	father	Heterotaxy
Bicuspid aortic valve	M	sib	HLH
Aortic stenosis	M	mother	Bicuspid AV
Aortic valve abn		mother	AV Abn
PDA	F	sister	PDA
Secundum ASD	M	mother	Secundum ASD
Secundum ASD	F	sister	Secundum ASD
Secundum ASD	F	mother	PS
PS	F	father	Aortic stenosis
PS	M	brother	AV abn
PS	F	father	PS with VSD
PS	F	brother	PV atresia
PS	M	sister	PS
VSD (II)	M	brother; sister	dTGA; VSD
VSD (II)	M	mother	Tetralogy of Fallot
VSD (II)	M	mother	VSD
VSD (II)	M	brother	VSD
VSD (II)	F	father	VSD
VSD (II)	F	sister	VSD
VSD (II)	F	sister	VSD
VSD (II)	F	mother	PDA

Legend: HLH: hypoplastic left heart; BAV: bicuspid aortic valve; PDA: patent ductus arteriosus; ASD: atrial septal defect; PS: pulmonic stenosis; VSD: ventricular septal defect; dTGA: dextro-transposition of the great arteries.

Development of the heart involves several basic mechanisms, starting with the formation of the cardiac tube and its subsequent septation into chambers, which is completed by neural crest cell migration very early in embryogenesis. The cardiovascular system actually begins functioning during its rapid growth and differentiation phase (Clark, 1987), so that some errors in later anatomic development may result from abnormal function, such as reduced blood flow. During development of the heart chambers, abnormalities in the extra-cellular matrix or cell death may lead to anatomic defects (e.g., ECD and Ebstein's anomaly). Problems with targeted cell growth may cause defects in the connection of vessels to the pumping chambers, as in TAPVR.

Table 5. Frequency of CCVM in Relatives of CCVM Probands with Chromosomal Abnormalities

Probands	N	Mothers #	Mothers %	Fathers #	Fathers %	Siblings #	Siblings %
Trisomy 21 w/ECD	92	2/82	(2.4)	1/82	(1.2)	0/72	
Trisomy 21 w/o ECD	57	0/47		0/47		0/60	
Other Chromosomal Abnormalities	43	0/37		0/37		1/40	(2.5)

Comparison of the distribution of lesions in isolated CCVM and CCVM in combination with chromosomal abnormalities (Table 2) reveals interesting contrasts. In the isolated CCVM group, lesions resulting from abnormal blood flow are much more common (65%) than in the chromosomal group (43%). This difference suggests that isolated defects may be more frequently the secondary result of altered function (flow) in the embryonic heart, while the lesions in the chromosomal group are more commonly the result of underlying structural defects in embryogenesis.

The additive multifactorial model developed by Falconer (see 1965) has been proposed by Nora (1968) to explain the familial risks for isolated congenital cardiac malformations. Specific consequences of this model for CCVM have been discussed elsewhere (Boughman et al., in press), including frequency of the trait in relatives as a result of: (a) the population frequency (Edwards, 1960); (b) severity of the proband's defect; and (c) sex of the proband (Carter, 1961). While the multifactorial model has been invoked to explain the increased risk for CCVM in general, the BWIS data demonstrate that risk to siblings may be heterogeneous and dependent on the type of mechanism. The results of the BWIS do not conform to the additive multifactorial model, even for flow lesions which have the most notable risks to relatives (Table 3). That hypoplastic left heart (HLH), the most severe flow lesion compatible with live birth, has the highest proportion of affected sibs may be consistent with a multifactorial inheritance model, but the remainder of the risks in Group II do not follow similar expectations (e.g., bicuspid aortic valve displays higher sib risks than coarctation of the aorta). The true frequency of CCVM, however, is obscure. Some defects are silent or clinically insignificant, while others are lethal to the embryo or fetus. Thus, the recognized cases may represent only a portion of the total frequency.

The proportion of affected sibs of HLH cases did not differ significantly from 25% for this sample size, and autosomal recessive inheritance has been proposed for HLH (Brownell and Shokeir, 1976). Such a familial pattern (higher sib risks, parents not affected) would also be consistent with a severe manifestation of a multifactorial qualitative phenotype subject to strong selection. While HLH is compatible with live birth, and a few newborns have survived into infancy, no parent could manifest HLH. It is interesting to note that very few autosomal recessive syndromes have heart defects as a characteristic finding, and most single gene disorders specifically causing heart malformation (e.g., ASD, Holt-Oram) are autosomal dominant in inheritance pattern. This is the exception rather than the rule in clinical genetics, as single gene defects of all other systems (skeletal, muscular, CNS, genito-urinary, gastrointestinal, respiratory, and special senses) have dominant, recessive and X-linked variants.

The lesions caused by abnormal function of altered embryonic blood flow might also represent variations on the theme of inheritance of a multifactorial threshold trait. First, Ferencz (1985) has previously noted in this continuing study an association of CCVM and syndromes which include hematologic abnormalities. Mendelian syndromes involving blood abnormalities or coagulopathies such as spherocytosis, hemophilia, and von Willebrand's occurred in cases and their nuclear families and so far, none have occurred in the control group. It may be intriguing to ask if the homo-, hemi-, or heterozygous genotype for these syndromes involving blood and blood products might represent a portion of the multiple factors involved in reaching a threshold.

Alternatively, while the genetic factors may involve the control of the blood flow, this group of flow defects may also be the result of the more common concept of genetic susceptibility, so that only minor alterations in function usually compensated for in the developmental process cannot be overcome by some embryos. This could explain the variation seen among sibs of probands with flow lesions, if selection is simultaneously operating to account for the apparently lower risk to parents. Other mechanisms may also account for these findings, however, including oligogenic additive models in which sibs might be at greater risk for inheriting some of the necessary genes from each parent, while the parents themselves are normal. An additional and provocative hypothesis might be the presence of an epistatic gene protecting the parent, but inheritance of a heart defect gene and not the epistatic gene by an affected child. The properties of this system have been examined by Trojak and Murphy (1981, 1983). Such a mechanism might explain autosomal dominant traits that appear to skip generations. This model also resembles the multifactorial model for liability with increasing risk in families proportional to the numbers of relatives affected. This system might also be explored in an effort to explain multiple cases of severe cardiovascular malformations in siblings with normal parents.

Maternal effects, another potentially non-additive multifactorial effect, have been proposed by some investigators (Rose et al., 1985; Whittemore et al., 1982), with other studies also supporting the evidence that children of mothers with CCVM may be at higher risk than affected fathers (Nora and Nora, 1984; Czeizel and Tusnady, 1984). Elucidation of the mechanism (genetic or environmental) will require more comprehensive studies of nuclear or extended families, or the more extensive use of predictive genetic models such as human twin or half-sib studies, or animal models.

The strong association of endocardial cushion defect (ECD) in Down syndrome provides a striking example of a specific extracellular matrix defect presumably caused by dosage effect of chromosome 21. While ECD accounted for 48.4% of the defects among all karyotypically abnormal infants, 60% of the Down cases had ECD. In comparison, less than 3% of those cases with an isolated malformation had similar extracellular matrix abnormalities. While the source of this association remains unproven, it has been suggested that the altered cellular adhesiveness noted in cells from trisomy 21 patients might be implicated (Wright et al., 1984; Kurnit et al., 1985a; Kurnit et al., 1985b). In computer simulations modeling of cushion-to-cushion fusion, Kurnit et al (1985a, 1985b) have demonstrated how altered cellular properties of migration, division, adhesion, and gradients might perturb normality, and predict that cell-surface molecules encoded by chromosome 21 might mediate the adhesiveness and produce the recognized association. The model yielded alternative unifactorial or oligofactorial explanations for nonsyndromic ECD, and for amplified instability in Down syndrome. Individuals at increased risk for isolated ECD may have alleles that alter these cellular properties of migration, division, and adhesiveness. This model does not completely explain the variability among trisomy 21 cases, nor the apparently very low recurrence risk for isolated ECD in families.

There is evidence that only rarely do relatives of chromosomally abnormal infants with CCVM have heart defects themselves (Table 4). It is fascinating to note, however, that one of the two mothers of Down syndrome children with ECD had an ECD herself. Additionally, one Down proband with ECD had a half-sibling (not in Table) with an ECD. Given that ECD is a rare, isolated malformation, this apparently elevated risk in relatives would support Kurnit's proposal that specific alleles altering the cellular properties responsible for fusion of endocardial cushions may be segregating in some families. These factors may relate to the endocardial cushion extracellular matrix. Recent experimental studies suggest that a gradient of fibronectin-protein complex is essential for the mesenchymal transformation of endocardial cells, a crucial step in cushion fusion (Clark, 1987b).

The challenges presented in the analysis of congenital cardiovascular malformations are many. This significant group of major birth defects is obviously heterogeneous. The alterations causing the defects might represent single or multiple genes, as well as environmental insults. The abnormal genotypes involved might well represent structural or regulatory genes that control anatomic or functional development or timing in embryogenesis. The careful descriptive evaluation of probands and their families will hopefully lead to the generation of more specific hypotheses regarding genetic and environmental control of embryonic mechanisms of cardiogenesis and perturbations that cause congenital cardiovascular malformations.

ACKNOWLEDGEMENT

The genetic analyses in the Baltimore-Washington Infant Study are supported by grants from the NIH (NHLBI HL 25629) and the Alpha Phi Foundation.

REFERENCES

Boughman, J.A., Berg, K.A., Astemborski, J.A., Clark, E.B., McCarter, R.J., Rubin, J.D., and Ferencz, C, 1987, Familial risks of congenital heart defect assessed in a population-based epidemiologic study. Am. J. Med. Genet. (in press).

Brownwell, L.G., Shokeir. M.H.K., 1976, Inheritance of hypoplastic left heart syndrome (HLHS): further observations. Clin. Genet. 9:245-249.

Carter, C.O., 1961, The inheritance of congenital pyloric stenosis. Br. Med. Bull. 17:251-254.

Clark, E.B., 1987, Mechanisms in the pathogenesis of congenital heart defects. In: Pierpont, M.E., Moller, J.M. (eds): "The Genetics of Cardiovascular Disease," Boston: Martinus-Nyhoff. pp. 3-11.

Clark, E.B., 1987b, Growth, morphogenesis, and function. The dynamics of cardiac development. In: Moller, J.H., Neill, W., and Lock, J., "Fetal, Neonatal, and Infant Heart Disease." Appleton, Century, Crofts, New York.

Czeizel, A., Tusnady, G., 1984, "Aetiological Studies of Isolated Common Congenital Abnormalities in Hungary". Budapest: Akademiai Kiado.

De Grouchy, J., Turleau, C., 1984, "Clinical Atlas of Human Chromosomes." New York: Wiley.

Edwards, J.H., 1960, The simulation of Mendelism. Acta Genet. (Basel) 10:63-70.
Falconer, D.S., 1965, The inheritance of liability to certain diseases, estimated from the incidence among relatives. Ann. Hum. Genet. 31:1-20.
Ferencz, C., 1985, The etiology of congenital cardiovascular malformations: observations on genetic risks with implications for further birth defects research. J. Med. 16:497-508.
Ferencz, C., Rubin, J.D., McCarter, R.J., Brenner, J.I., Neill, C.A., Perry, L.W., Hepner, S.I., Downing, J.W., 1985, Congenital heart disease: prevalence at live birth. Am. J. Epidemiol. 121:31-36.
Hoffman, J.I.E., Christianson, R., 1978, Congenital heart disease in a cohort of 19,502 births with long term follow-up. Am. J. Cardiol. 42:641-647.
International Society of Cardiology, 1970, Classification of heart disease in childhood. V.R.B. Offsetdrukkerij, Gronningen.
Kirby, M.L., Bockman, D.E., 1984, Neural crest and normal development: a new perspective. Anat. Rec. 209:1-6.
Kurnit, D.M., Aldridge, J.P., Matsuka, R., Matthysse. S., 1985a, Increased adhesiveness of trisomy 21 and atrioventricular canal malformations in Down syndrome: a stochastic model. Am. J. Med. Genet. 20:385-399.
Kurnit, D.M., Aldrige, J.F., Nive, R.L., Matthysse. S., 1985b, Genetics of congenital heart malformations: a stochastic model. Ann. New York Acad. Sci. 450:191-204.
Lamy, M., De Grouchy, J., Schweisguth, D., 1957, Genetic and nongenetic factors in the etiology of congenital heart disease: a study of 1188 cases. Am. J. Hum. Genet. 9:17-40.
McKusick, V.A., 1986, "Mendelian Inheritance in Man: Catalogs of Autosomal Dominant, Autosomal Recessive and X-Linked Phenotypes". 7th edition. Baltimore: The Johns Hopkins Press.
Neill, C.A., 1972, Genetic factors in congenital heart disease. Hosp. Prac. December:97-102.
Nora, J.J., 1968, Multifactorial inheritance hypothesis for the etiology of congenital heart diseases. the genetic-environmental interaction. Circulation 18:604-617.
Nora, J.J., Nora, A.H., 1978, The evolution of specific genetic and environmental counseling in congenital heart diseases. Circulation 57:205-213.
Nora, J.J., Nora. A.H., 1983, Genetic epidemiology of congenital heart disease. Prog. in Med. Genet. 5:91-137.
Rose, V., Gold, R.J.M., Lindsay, G., Allen, M., 1985, The risk of recurrence of four types of congenital heart defects in the children of affected parents. J. Am. Coll. Cardiol. 6:376-382.
Rubin, J.D., Ferencz, C., McCarter, R.J., Wilson, P.D., Boughman, J.A., Brenner, J.I., Neill, C.A., Perry, L.W., Hepner, S.I., Downing, J.W., 1985, Congenital cardiovascular malformations in the Baltimore-Washington area. M.M.J. 34:1079-1083.
Sanchez-Cascos, A., 1978, The recurrence risk in congenital heart disease. Europ. J. Cardiol. 7:197-210.
Smith, D.W., 1982, "Recognizable Patterns of Human Malformations." 3rd ed. Philadelphia: W.B. Saunders Company.
Trojak, J.E., Murphy, E.A., 1981, Recurrence risk for autosomal epistatic two-locus systems. The effects of linkage disequilibrium. Am. J. Med. Genet. 9:219-229.
Trojak, J.E., Murphy, E.A., 1983, Paradoxical fixation of deleterious alleles in two-locus systems with epistasis. Amer. J. Med. Genet. 16:493-502.
Van Praagh, R., Takao, A., 1980, "Etiology and Morphogenesis of Congenital Heart Disease." Mt. Kisco, NY: Future Publishing Co.

Whittemore, R., Hobbins, J.C., Engle, M.A., 1982, Pregnancy and its outcome in women with and without surgical treatment of congenital heart disease. Am. J. Cardiol. 50:641-650.
Wright, T.C., Orkin, R.W., Destrempes, M., Kurnit, D.M., 1984, Increased adhesiveness of Down syndrome fetal fibroblasts in vitro. Proc. Natl. Acad. Sci. (USA) 81:2426-2430.

THE USE OF POLYMORPHIC MARKERS TO DETECT GENETIC VARIABILITY

Robert C. Elston

Department of Biometry and Genetics
Louisiana State University Medical Center
New Orleans, Louisiana 70112

INTRODUCTION

In non-experimental organisms, such as humans, it is not an easy matter to demonstrate unequivocally that a genetic component is involved in the determination of a trait. Estimates of heritability are based on familial correlations on the assumption that non-genetic correlations between pairs of relatives can be allowed for statistically. There have been many recent advances in segregation analysis to detect single-gene effects, but it is still difficult to be certain that any apparent segregation is in fact due to an underlying genetic mechanism (Elston, 1986). The basic problem is that in general we cannot infer causal mechanisms from observational data (Kempthorne, 1978). However, the availability of polymorphic genetic markers allows us to circumvent this difficulty to a certain extent.

A genetic marker is a trait, such as the ABO blood group, whose mode of inheritance is known; and the smaller the proportion of the population that displays the most prevalent phenotypic form of it, the more polymorphic it is in that population. Thus polymorphism is a question of degree, although we can arbitrarily consider a marker to be polymorphic if the most prevalent phenotypic form occurs in less than 99% of the population. Elston (1985) listed 80 polymorphic markers, accessible in human blood, saliva or urine, that are antigenic variants or protein variants, and hence can be determined by agglutination or electrophoretic techniques. Over the past few years, however, it has become apparent that at the DNA level there exists an enormous number of polymorphic markers, the so-called restriction fragment length polymorphisms (Botstein et al., 1981).

One way of using these markers to demonstrate the existence of genetic control for a trait is to search for associations between each of a set of such markers and the trait. This can be done in a straightforward manner on the basis of a random sample of unrelated persons, though a few words of caution are in order. First, any overall statistical test of association must take account of the fact that multiple markers are being examined (Holm, 1979); second, the population must not be racially mixed, because genetic heterogeneity *per se* may cause a marker-trait association; and third, the marker should not have a selective effect, because an association between such an effect and the trait being studied will similarly result in a marker-trait association. It is generally believed that most restriction fragment length polymorphisms have no selective effects.

Provided it is due to genetic control of the trait, and not to one of the causes just alluded to, an association between a polymorphic marker and a trait will only occur if the trait is controlled by genes at the marker locus itself or at a locus very close to the marker - so close, in fact, that there is linkage disequilibrium between the two loci. If we are sampling from a population that has undergone random mating (with respect to the trait and the marker locus) for many generations, this means, typically, that such tests of association can only detect the effects of genes that lie within, e.g., 1 centimorgan of each marker investigated. Linkage tests, on the other hand, can detect the effects of genes much further away from the markers. In principle the effects of any locus less than 50 centimorgans away from a marker can be detected by linkage analysis, though in practice the locus must be within 5 or 10 centimorgans of a marker if its effect is to be detectable with reasonable power. It has been estimated (Botstein et al., 1980) that about 160 markers equally spaced along the human genome would "cover" the entire genetic material in that any gene would then be at most 10 centimorgans away from the nearest marker.

If the genetic mechanism underlying the variability of a trait is known, standard likelihood methods can be used to detect and estimate linkage relationships between that trait and marker loci (Ott, 1985). Here, however, I shall be concerned with the case in which the underlying genetic mechanism is unknown, and linkage analysis is used to detect such a mechanism. I shall first review a method of linkage analysis, based on the sib-sib relationship, proposed by Haseman and Elston (1972) for quantitative traits. Then I shall indicate how the method can be extended to dichotomous traits or to disease traits with variable age of onset, and how well-known statistical techniques can be incorporated to generalize the method even further.

HASEMAN AND ELSTON'S (1972) METHOD

Haseman and Elston (1972) proposed a method of detecting linkage between a locus for a quantitative trait and a marker locus. The development they gave is for the case of a single two-allele trait locus, although under their assumptions the method is valid for one or more multiple-allele loci, all linked to the same marker. The method is based on data collected from a sample of independent sib pairs and takes account of information on parental phenotypes for the marker, if available. The assumptions made include random mating, linkage equilibrium and no selection or pleiotropic effect of the marker locus on the trait (so that there is no association in the population between the phenotypes for the two linked loci), and an additive model as follows.

Suppose we have a random sample of n sib pairs and let x_{ij} (i = 1, 2; j = 1, ... , n) denote the value of the quantitative trait for the i-th member of the j-th sib pair. The model is of the form

$$x_{ij} = \mu + g_{ij} + e_{ij} ,$$

where μ is an overall mean and g_{ij} and e_{ij} are "genetic" and "environmental" effects, respectively. (The "environmental" effect includes any contribution to x_{ij} not due to the single two-allele trait locus under consideration, and may in fact include a genetic component due to loci unlinked to the marker.)

Denote the alleles at the trait locus by T and t, with respective gene frequencies p and $q = 1-p$; T is the dominant allele if there is complete dominance. Then the genetic effect g_{ij} is as follows:

$$g_{ij} = \begin{cases} a \text{ for a TT individual,} \\ d \text{ for a Tt individual} \\ -a \text{ for a tt individual .} \end{cases}$$

For the purely additive case $d = 0$; the case $d = a$ is referred to as "complete dominance." Under random mating, the genetic variance σ_g^2 (variance of the genetic effect over the entire population) is given by

$$\sigma_g^2 = \sigma_a^2 + \sigma_d^2 ,$$

where $\sigma_a^2 = 2pq[a-d(p-q)]^2$ and $\sigma_d^2 = 4p^2q^2d^2$.

Hence the genetic variance σ_g^2 is the sum of an additive component σ_a^2 and a dominance component σ_d^2 (see, for example, Li (1955)). Let $e_j = e_{1j} - e_{2j}$. It is assumed that e_j is a random variable with mean 0 and variance σ_e^2 .

Knowledge of the sibs' and their parents' phenotypes at the marker locus is used to estimate π_j, the proportion of genes the j-th sib pair share identical by descent (i.b.d.) at the marker locus. In general, two genes are i.b.d. if each is a copy of the same gene in a common ancestor. A pair of sibs share genes i.b.d. through their parents; at a particular autosomal locus they have 0, 1, or 2 genes i.b.d. with prior probabilities $\frac{1}{4}$, $\frac{1}{2}$ and $\frac{1}{4}$, respectively. This can be seen by inspecting Table 1, in which in each cell is indicated the number of genes shared i.b.d. by the 16 possible sib pairs arising from a mating of the type $A_1A_2 \times A_3A_4$. (We assume random mating, so that none of the parental alleles are i.b.d.; for this reason each parental allele is indicated by a distinct subscript). The sib pairs share 0, 1 or 2 genes i.b.d. in $\frac{1}{4}$, $\frac{1}{2}$ and $\frac{1}{4}$ of the cases (cells), respectively. Using these prior probabilities and the marker information, we can use Bayes' theorem to calculate the posterior probabilities of sharing 0, 1 or 2 genes i.b.d., which we shall denote f_{0j}, f_{1j} and f_{2j}, respectively.

Table 1. Numbers of genes shared identical by descent by the sib pairs arising from the mating type $A_1A_2 \times A_3A_4$

		Genotype of first sib			
		A_1A_3	A_1A_4	A_2A_3	A_2A_4
Genotype	A_1A_3	2	1	1	0
of second	A_1A_4	1	2	0	1
sib	A_2A_3	1	0	2	1
	A_2A_4	0	1	1	2

Table 2. Probability of occurrence of each of the six possible sib pair types conditional on the pair sharing i genes identical by descent, for a two-allele autosomal locus with alleles A, a and corresponding gene frequencies p, q = 1 - p.

Type of pair	i=0	i=1	i=2
AA - AA	p^4	p^3	p^2
AA - Aa	$4p^3q$	$2p^2q$	0
AA - aa	$2p^2q^2$	0	0
Aa - Aa	$4p^2q^2$	pq	2pq
Aa - aa	$4pq^3$	$2pq^2$	0
aa - aa	q^4	q^3	q^2

Haseman and Elston then estimate π_j by

$$\hat{\pi}_j = f_{2j} + f_{1j}/2 \ . \qquad (1)$$

The use of Bayes' theorem to calculate the probabilities f_{ij} is most easily illustrated by considering the case in which there is no marker information available on the parents. Consider, for example, a marker with two codominant alleles, A and a, with respective gene frequencies p and q = 1 - p. Table 2 indicates, for each of the six types of sib pairs possible, the probability of its occurrence conditional on the pair sharing 0, 1 or 2 genes i.b.d. Denoting these probabilities P(marker information on sib pair|i genes i.b.d.), we calculate for the j-th sib pair, i = 1, 2,

$$f_{ij} = \frac{P(i)P(\text{marker information on j-th sib pair}|\text{i genes i.b.d.})}{\sum_k P(k)P(\text{marker information on j-th sib pair}|\text{k genes i.b.d}).},$$

where $P(0) = \frac{1}{4}$, $P(1) = \frac{1}{2}$, $P(2) = \frac{1}{4}$, and hence $\pi_j = f_{2j} + f_{1j}/2$.

Now let θ denote the recombination fraction between the quantitative trait locus and the marker locus, and define $Y_j = (x_{1j} - x_{2j})^2$, the squared difference between the trait values for the j-th sib pair. Then it can be shown that

$$E(Y_j|\pi_j, f_{1j}) = \alpha + \beta_1\pi_j + \beta_2 f_{ij} \ , \qquad (2)$$

where $\alpha = \sigma_e^2 + 2[1-2\theta(1-\theta)]^2\sigma_g^2 - (1-2\theta)^2[1-2\theta(1-\theta)]\sigma_d^2$

$\beta_1 = -2(1-2\theta)^2\sigma_g^2$

and $\beta_2 = (1-2\theta)^4\sigma_d^2$.

If there is no dominance at the trait locus, then $\sigma_d^2 = 0$ and the regression of Y_j on $\hat{\pi}_j$ and f_{ij} is a function of $\hat{\pi}_j$ alone.

Haseman and Elston (1972) based their linkage test on the simple regression of Y_j on $\hat{\pi}_j$, in effect assuming $\sigma_d^2 = 0$ and that, conditional on $\hat{\pi}_j$, Y_j is normally distributed. In other words, they assumed the model

$$E(Y_j|\hat{\pi}_j) = \alpha + \beta\hat{\pi}_j \tag{3}$$

and a normally distributed residual to test whether or not $\beta < 0$. If $\beta = 0$, then either $\sigma_g^2 = 0$ or $\theta = 1/2$, corresponding to no linkage (free recombination). If, on the other hand, $\beta < 0$, then $\sigma_g^2 > 0$ and $\theta \neq 1/2$; $\theta < 1/2$ corresponds to linkage, while $\theta > 1/2$ has no simple biological explanation (it is impossible to distinguish between the alternative hypotheses $\theta < 1/2$ and $\theta > 1/2$ on the basis of sib-pair data alone). Since β_2 is much smaller than β_1 in absolute magnitude, unless σ_d^2 is almost as large as σ_g^2, most of the dependence of Y on f_{ij} is already accounted for by the regression on $\hat{\pi}$. Furthermore, the usual estimate of β under the model (3) has expectation 0. The assumption that $\sigma_d^2 = 0$ is therefore usually not critical (Blackwelder and Elston, 1982).

DISEASE TRAITS

If the trait x_{ij} is a dichotomy, to which we can without loss of generality assign the values 0 and 1, Y_j also takes on the two values 0 and 1, corresponding to concordance or discordance of the j-th sib pair for the disease. Haseman and Elston's test is then identical to testing whether the mean proportion of genes i.b.d. is the same for concordant and discordant sib pairs (Elston et al., 1973). Blackwelder and Elston (1985) showed that in most situations this sib-pair test for linkage between a dichotomous trait and a marker is the most powerful of several such tests that have been proposed.

Note that when x_{ij} is a dichotomy and Y_j takes on the values 0 or 1, Y_j can be interpreted as the probability that the j-th sib pair is discordant for the disease. Now in the case of a disease trait with variable age of onset, an unaffected individual may be either not susceptible to the disease, or susceptible but not yet affected. In such a situation, it would seem reasonable to define Y_j as the probability that the j-th sib pair is discordant for *susceptibility* to the disease, as follows.

Assume that each sib is either susceptible or not susceptible and let γ be the probability that a sib is susceptible. Sibs who are not susceptible never become affected. Now let $\Phi(a)$ be the distribution function of the age of onset, a, for a susceptible sib. Thus the probability that a sib is affected by age a is $\gamma\Phi(a)$, and the probability of not being affected at age a is $1 - \gamma\Phi(a)$. Furthermore, the probability that a sib is susceptible if unaffected at age a is given by

$$P(\text{susceptible}|\text{unaffected at age } a)$$
$$= \frac{P(\text{susceptible})P(\text{unaffected at age } a|\text{susceptible})}{P(\text{unaffected at age } a)}$$

$$= \frac{\gamma[1 - \Phi(a)]}{1 - \gamma\Phi(a)} \quad .$$

Now let x_{ij} be the probability that the i-th member of the j-th sib pair is susceptible, conditional on phenotype and age, so that

$$x_{ij} = \begin{cases} 1 & \text{if the sib is affected} \\ \dfrac{\gamma[1 - \Phi(a_{ij})]}{1 - \gamma\Phi(a_{ij})} & \text{if the sib is unaffected at age } a_{ij}. \end{cases}$$

Then, if we assume independence of the sib pairs' susceptibilities (i.e., susceptibility is determined by random environmental factors, not by environmental factors common to a sibship), the probability that the j-th sib pair is discordant for susceptibility is

$$\begin{aligned} Y_j &= x_{1j}(1 - x_{2j}) + (1 - x_{1j})x_{2j} \\ &= x_{1j} + x_{2j} - 2x_{1j}x_{2j}, \end{aligned}$$

and this is the quantity to be regressed on $\hat{\pi}_j$.

The susceptibility γ and/or the parameters of $\Phi(a)$ can be made dependent on the phenotypes of the parents of each sib. For example, we might let γ depend on which of the following six mating types the sib comes from:

(1) unknown x unknown
(2) unknown x affected
(3) unknown x unaffected
(4) affected x affected
(5) affected x unaffected
(6) unaffected x unaffected.

More generally, γ could also depend on the ages of the parents. The distribution $\Phi(a)$ can be conveniently taken to be such that a power transform of a is normally distributed. All the unknown parameters can be estimated from the sample by maximum likelihood, using numerical techniques for maximization. Provided the sibs are independent conditional on the unknown parameters, the likelihood of the sample is simply the product of a set of factors, one for each sib. If, for example, γ_h denotes the susceptibility for sibs from the h-th mating type and the parameters of $\Phi(a)$ are common to all sibs, each factor is either

$\gamma_h\Phi(a)$, for a sib affected by age a,

or $1 - \gamma_h \Phi(a)$, for a sib unaffected at age a.

replacing $\gamma_h\Phi(a)$ by $\gamma_h\Phi'(a)$, where $\Phi'(a)$ is the age of onset density evaluated at the observed age of onset, will result in a more informative likelihood.

GENERALIZATIONS

In most linkage studies, a single trait of interest and multiple polymorphic markers are determined on each member of the sample. More than one locus may affect the trait of interest, and hence more than one marker locus may be linked to the trait. Even if pure monogenic inheritance underlies the trait of interest, there may still be more than one marker linked to it. Eventually, we should have available one polymorphic marker every 10-20 centimorgans along the human genome, so that we might expect every trait locus to be linked to a group of 5-8 marker loci. This situation can be handled by a very simple generalization of the methods so far proposed. Let $\hat{\pi}_j$, as given in (1), be denoted $\hat{\pi}_{jk}$ for the k-th marker. Then linkage of the trait to all the markers can be jointly detected by performing a multiple regression of Y_j on the set of $\hat{\pi}_{jk}$. Individual partial regression coefficients can be tested in the usual way, using t-tests; the appropriate p-value for a negative coefficient is half the p-value for a two-sided test. Similarly, a set of s negative partial regression coefficients can be tested using the usual F-test, the appropriate p-value being 2^{-s} times the p-value for the usual joint two-sided test. In the case of a simple dichotomous trait, logistic regression can be used: the dependent variable Y_j is concordance or discordance for the trait, and the independent variables are the $\hat{\pi}_{jk}$.

Eventually, when a marker is available every 10-20 centimorgans along each of the human chromosomes, it will be possible to perform a systematic search for linkage, regressing Y_j on successive sequences of linked loci, each sequence covering less than 100 centimorgans. Although likelihood methods are now feasible for multilocus linkage analysis, they are computationally much more time-consuming than the simple method proposed here, and they also require a knowledge of the mode of inheritance of the trait, including genotypic frequencies and penetrances.

It may happen that a locus has pleiotropic effects and that linkage to a marker locus can be better detected on the basis of measuring several traits simultaneously. In this situation we have a multivariate Y_j that we wish to test for regression on π_j. Similarly a multivariate multiple regression analysis can be performed if Y_j is multivariate and we wish to test for linkage to a set of marker loci. In each case standard methods can be used to determine which traits do not add significantly to detecting linkage. This kind of analysis can help eliminate non-significant traits and/or non-linked markers, and hence is useful as a screening analysis to precede more sophisticated forms of analysis based on maximum likelihood methods.

Finally, it should be noted that the proposed method of using polymorphic markers to detect genetic variability is not limited to samples of independent sib pairs. Blackwelder and Elston (1982) showed that it is valid to include in the analysis, as though they were independent, all distinct sib pairs that can be formed from a larger sibship. Other pairs of relatives, such as grandparent-grandchild pairs, are also information for linkage and the method can be extended to incorporate them (Elston, 1987). The general procedure of regressing Y_j on $\hat{\pi}_j$, where Y_j is the squared trait difference for the j-th pair of relatives, and $\hat{\pi}_j$ the proportion of genes they are estimated to share i.b.d. at a marker locus, affords a robust method of detecting genetic linkage, and hence genetic variability.

REFERENCES

Blackwelder, W. C. and Elston, R. C., 1982, Power and robustness of sib-pair linkage tests and extension to larger sibships, Commun. Stat., Theor. Meth., 11:449.

Blackwelder, W. C. and Elston, R. C., 1985, A comparison of sib-pair linkage tests for disease susceptibility loci, Genet. Epid., 2:85.

Botstein, D, White, R. L., Skolnick, M. H., and Davis, R. W., 1980, Construction of a genetic linkage map in man using restriction fragment length polymorphisms, Am. J. Hum. Genet., 32:314.

Elston, R. C., 1985, Polymorphic markers and their use in genetic linkage, in "Biomarkers, Genetics and Cancer," H. Anton-Guirgis and H. T. Lynch, eds., Van Nostrand Rheinold Co., New York.

Elston, R. C., 1986, Modern methods of segregation analysis, in "Modern Statistical Methods in Chronic Disease Epidemiology," S. H. Moolgavkar and R. L. Prentice, eds., John Wiley and Sons.

Elston, R. C., 1987, Linkage methods for detection of major genes, paper presented at the international symposium on "Advances in Statistical Methods for Genetic Improvement of Livestock," Armidale, Australia, Feb. 17-20.

Elston, R. C., Kringlen, E., and Namboodiri, K. K., 1973, Possible linkage relationships between certain blood groups and schizophrenia or other psychoses, Behav. Genet., 3:101-106.

Haseman, J. K. and Elston, R. C., 1972, The investigation of linkage between a quantitative trait and a marker locus, Behav Genet., 2:3.

Holm, S., 1979, A simple sequentially rejective multiple test procedure, Scand. J. Statist., 6:65.

Kempthorne, O., 1978, Logical, epistemological and statistical aspects of nature-nurture data interpretation, Biometrics, 34:1.

Li, C. C., 1955, "Population Genetics," University of Chicago Press, Chicago.

Ott, J., 1985, "Analysis of Human Genetic Linkage," The Johns Hopkins University Press, Baltimore.

THE ARROGANCE OF INTELLECTUAL POWER

Sheldon W. Samuels

Director, Health, Safety and Environment
Industrial Union Department, AFL-CIO
815 Sixteenth Street, N.W., Room 301, Washington, D.C. 20006

Little more than a week ago, in Bologna, I attended the annual conference of Collegium Ramazzini. The highlight of the meeting is the Ramazzini Lecture, this year presented by Arthur Upton, formerly of this laboratory.

Arthur sketched for us the first century of the investigation and control of ionizing radiation. It was his able history that moves me to title my remarks to you this evening: The Arrogance of Intellectual Power. His presentation led me to some perceptions critical to understanding the ethical and institutional parameters of phenotypic variation in risk assessment:

- There has been a radical change in the prevailing ethic (and therefore in the law) from merely protection of the individual and a person's rights to protection in addition of the physical and biological milieu itself (the environment) and the imputed rights of nature itself.

- The change in the perception of causation in ethics and law from Blackstone's distortion of Newton's reductionist single cause-single effect paradigm is more than an understanding of the multi-factoral and often multiplicative vector system that explains biological phenomena. It is the triumph of "population thinking".[1]

Population Thinking

During the past century, a fundamental change in our understanding of biology has taken place which enables us to shed approaches to management of disease inscribed in archaic law and medical custom. Ernst Mayr, a crystallizer of this view, stresses the uniqueness of everything in the organic world. Every individual in a sexually reproducing species is uniquely different from all others. There is not a "typical" individual. Averages are abstractions, deviations from which have little biological meaning. This uniqueness is true not only for individuals but even for stages in the life cycle of any individual. Averages used to describe inherited differences, in blood enzymes, for example, are man-made calculations that may have no meaning for an expressed difference. The expressed differences are a response to what individuals inherit plus environmental conditions. In a very broad sense, the meaning of "inherit" includes the fact that we differ by age and sex. By "environment", we mean nutrition, life-style, the work and community environment, and another critical environment: the continually changing internal environment of the body which provides the medium for the populations of cells that make up our tissues and organs.

The long-held[2] and strong consensus among geneticists is that the final expression of any gene (the individual characteristics that vary according to a pattern associated with a gene) depends upon the complex end results of physiochemical reactions that may be started by the gene and other factors, but are influenced by the internal and external environments of the organism -- and by other genes. Differences in environment result in differences in the expression of genes. The phenotypic expression is a graded response, a continuum that often depends upon the extent of the environmental exposure. Indeed, many geneticists hold that no statement about genetic differences has meaning unless the environment in which the gene manifests is specified.

Given this understanding, we can develop significant new tools in our struggle to manage populations at risk. A barrier to using this understanding is the failure to understand at the same time that even the simplest organisms are not pieces of putty, infinitely moldable, but are rather resilient structures.

Some will see in genetics an opportunity to ignore this organic limitation as part of their continuous effort to bypass environmental control, to attempt to mold man to the machine, and, failing that, to eliminate some men and women either from work or, by distortion of science, from just care and compensation for damage related to workplace exposures. The scientific legitimacy of genetic analysis is perverted by the rising tendency to isolate and favor it as an explanation of disease for ideological and economic purposes in the briefs of government and management, to shift the blame for disease, and to rationalize the continuing tragedy in which the workplace is permitted to contribute unnecessarily to death and sickness.

This approach flies in the face of the reality of an added burden of occupationally-attributable risk of disease that will be eliminated only if the occupational exposure to the population is eliminated; that is, there is a population burden independent of genetics and other factors outside the workplace.[3]

Our inability to identify with certainty the role of that added burden in the natural history of an individual means that, as an ethical axiom, we must treat all members of the population <u>as if</u> they are equally at risk and will inevitably suffer without intervention. Implementing such intervention, however, is dependent upon an appropriate social context, a human community in which ethical behavior is possible.

The Macro-Context

Human ecology teaches us to look at the community in terms of the relations of its components -- institutions and individuals -- in terms of the relations of one community to others.

The components of the human community are limited in large part by the division of labor and adjustment to physical habitat. Habitat adjustment can mean exploitation of natural resources. Dependence upon local habitat resources for our population as a whole has progressively declined, as seen most clearly in the pattern of activity and in the decline in the proportion of population engaged in food production. This change may be attributable almost entirely to positive technologic-based changes in the division of labor.

The changes wrought by technology have not all been positive and are often viewed as the main factor in environmental decay. The significance of technology in negative change is not without challenge. Population growth and the multiplication of per capita impacts also can be seen, e.g. producing over-development, including a decrease in the quality of life which is magnified in affluent societies.

Regardless of their relative significance in environmental change, there is a parallel alteration of the structure of our habitat associated with its industrial composition not necessarily related to changing technology or population growth, i.e. a third factor the relative importance of which may be accelerated but not initiated by technological and population change: a fundamental social change through the reduction of the empowerment of a sub-population, a change associated with a reduction in size alone of the sub-population, which implies potential changes in the political process currently a characteristic of the North American community.

The decreasing numbers of family food producers (farmers and waterment) and supporting white collar workers in the same socio-economic spectrum -- the bulk of a society "middle class" in character, i.e. in social values, financial utilization pattern, mobility (social and geographic), and cultural values reflected in language, leisure-time use and mating behaviour -- impacts the essential character of the entire population. The mobility factor is especially important. In America, there has been no "working class" in the Marxian sense because of our flexible class structure. The traditional ability to move up and down the social-economic scale traditionally militates against rigid social class identification and acceptance.

The massive elimination or downgrading (in earnings and skills) of perhaps thirty million jobs since World War II tends to create a two-tier society characterized by class inflexiblity with a concentration of economic burden and other symptoms of anomie -- a sick society -- concentrated in the lowest tier. From a society with social mobility and loosely defined classes, we are tending toward a rigid caste structure in which the largely blue collar lower tier is characterized by upper tier-imposed and indigenous cannibalism, suicide, transgenerational poverty, worklessness, alcohol and drug dependency, socially-bifurcated public education and safety, institutionalized illegitimacy (no recognizable nuclear families), endemic violence, and decreased community communication through radical changes in language, art forms and leisure-time use. Parallel this with changing (relativistic) moral values associated with increasingly unrestrained concentration of political power in the upper tier, powers that would utilize existing molecular biological technologies to select workers with compliant genotypes! In these kinds of societies, change historically has not taken place in the polling booth but by revolution.

Consider just two typically unrecognized aspects of what could be the emerging structure of our society: cannibalism and suicide.

Cannibalism did not disappear with the demise of a few primitive tribes. Nor is it found only in unusual, stressed circumstances routinely found among species (e.g. termites) living in crowded communities.

Awaiting the approval* of the President are recommendations to guide Federal agencies in radiation protection for its workers transmitted by the Administrator of the Environmental Protection Agency. The cannibalism is explicit: ". . . any activity involving occupational exposure should be determined to be useful enough to society to warrant the exposure of workers . . .". This use is to be determined by making "informed value judgments" in a process of "quantifying in comparable terms costs (including risks) and benefits."

The consequences are measurable in terms of a social class mortality gradient even for those workers who have survived to retire.[4] Our social structures have incorporated cannibalism among their mores as a matter of nearly uncontested public policy.

A human society that permits the practice of cannibalism is sick and suicide rates measure the extent of the disease. Only a couple of decades ago, suicide was a minor cause of death. Today, in America, suicide is the eighth leading cause of death. From our own observations, we know that an increasingly common factor in these deaths is despair over the consequences to self and family of occupational disease.

The trend toward a two-caste system denoted by occupation is likely to be reversed by the countervailing force of the democratic institutions in our society still controlled by a middle class that has <u>not yet</u> disappeared either in fact or in the memory of those who have recently fallen into the lower tier. Pressures to support legislation against corporate raiders and their hollow and unproductive corporations, unfair international competition, continued strong support for unions and other citizen organizations and increasing or persisting demands for environmental protection are among the factors that militate against a two-tier society. The economic basis is being laid for <u>reindustrialization</u> fed by emerging technologies that will spur our need to site and house the changing techniques in manufacture and agriculture.

The consequences of <u>not</u> shaping the industrial process to human and physical environmental limits needs no reiteration. Most of the existing literature on the work, community and natural environments consists of a compilation of such negative impacts. From these data alone, however, a comprehensive management process cannot be conceived. Issues of environmental regulation are not solely related to science and economics. Implicit in each option for regulatory policy and practice is a set of human values. Historically, we have largely ignored these values.

Even among those of us who are not guilty of this charge, even among the most thorough pantheists, there is a lack of understanding that the impacts on <u>human</u> life are <u>the</u> paramount concerns. This is not to say that life <u>per se</u> is not a concern, or that there are not animal (even plant) "rights". If it is true, however, that human life is dependent upon all other life, the interdependence means that only if we are successful in protecting that of which we are most aware and in a position to control -- ourselves and our actions -- only then will we be successful in protecting the whole. Without this success, there can only be anomie, a diseased society.

---

*This document was approved by President Reagan subsequent to this presentation.

There are, of course, extreme difficulties in establishing even factual understandings. Investigations establishing an effect on the health of populations has been plagued with a difficulty analogous to that of determining physiological causation, in which the tendency towards equilibrium in the internal milieu often obscures clear cut single cause and effect relationships let alone the multifactoral biological reality. In the external environment, this kind of homeostatic phenomenon produces the same kind of obscurity among entire populations. These ecologic effects are evident in the disappearance of quantitative limits to our cities (but without a total loss of heterogeneity).

Nevertheless, a dose-response relationship -- a key relationship in establishing causation in populations as well as in individuals -- has been demonstrated in a number of studies establishing a continuous response in the form of a rural-urban gradient of adverse effects associated with this change.[5]

One consequence of this finding is the absence of established thresholds of "safety" in populations at even very low levels of exposure (a concept widely recognized for carcinogens but apparently valid for all toxic agents).

In the assessment of human risks from exposure to environmental agents, evidence is extrapolated from effects observed under one set of conditions in one population group or biological system to estimate the magnitude of effects expected under a different set of conditions in the human population of interest. In this process, models used to describe the dose-response relationships have traditionally fallen into two general categories: threshold and non-threshold response models. Threshold models assume that the toxic reaction to a particular stimulus depends on an individual's "tolerance level"; a level of the stimulus above this tolerance will produce a specific, singular toxic response with a high level of certainty, whereas a stimulus level below this tolerance will produce no response with certainty.

Even if we were to assume that tolerance levels can be -- or have been -- found in individuals, they must be rejected in population analysis because of the wide spectrum of individual biological and environmental variability in any exposed population. In populations, it is heuristic to assume that any level of exposure is certainly expected to produce a toxic effect over time in any population, the ease of discovery being dependent only on population size, length of study, modes of detection and methods of analysis. It is not necessary to assume a straight line relationship between dose and response, except for regulatory purposes which require the most conservative set of assumptions. Thus, the National Cancer Advisory Board has concluded that the concept of "safe" has no demonstrable scientific base.[6]

The repetitive arguments of the polluters and their echoes in government that assume "safe" dose levels are based on converting the response of a median human, who does not exist, and ignoring genetic variability (and therefore significant numbers of sensitive sub-populations). The acceptance of these arguments in evolutionary terms constitutes social, as distinct from natural, selection against these groups.

What is the practical consequence of this understanding of thresholds? It means that when a government official tells you there is no danger, rather than little danger, of toxic chemical spill or of radiation from Chernobyl, they are lying. They are lying because they know thresholds have not been found or because they have re-defined "safety" without telling the listener. This lie, among others, has not been accepted by a skeptical public and in part explains the low level of confidence we have in pronouncements of government and industry when disaster occurs. People are not stupid and they can assess danger qualitatively, if not quantitatively. The polluters and their echoes, however, have a substitute notion ready and polished for you to swallow -- it's called "acceptable risk".

The concept requires an omniscient being able to engage successfully in massive data manipulation implied by cost-benefit analysis prior to even the simplest decisions, such as crossing the street. Is it also the basis for complex decisions such as taking a job or swallowing a pill?

The concept of "acceptable risk" -- an exercise in necromancy -- has become part of the intellectual armory in health policy.

What is "acceptable risk"? The message is clear. Determining an acceptable risk is like playing Monopoly with the Mafia: they always start the game owning the Boardwalk.

What I am saying is that the greatest good (determined by special interests in a position to have social leverage) for the greatest number (without regard for the welfare of the less powerful few) can mean precisely that form of collective tyranny which we as a society supposedly reject. It is a game in which the rules can be changed at the will of the most lawless players regardless of the toll in human life or the distortion of the humblest concept of truth.

Ironically, it can result in precisely those despotisms most feared by the well-meaning progenitors of some of the concepts both used and abused in this game.

In nearly any Washington-focused forum the latter-day sophist can be found taking advantage of the utilitarian, albeit superficial utilitarianism, poltergeist that has dominated governmental thinking for the past quarter century. Even Jeremy Bentham, the godfather of cost/benefit analysis, recognized that the existence of evil is not justified by greater evils.

What are our alternatives?

My own answer is in the concept of Necessary Risk, based on discoverable historical reality, that is, the need to choose life utilizing not the form of precision identified with mere numbers but the substance of precision through the platonic dialectics of democracy.

What do I mean? Are the uses (benefits), none of which may be necessary to society, of any benzidine-based dye, used in any quantity, with any dollar value, worth the risk of a single case of bladder cancer? Would any kind of quantitative risk assessment change the qualitative character of the morally critical data suggested by the question? Would the mere quantification of a socially unnecessary benefit permit a morally heuristic calculation or judgment?

The determination of what is "necessary" is a political process that can be morally heuristic and yield an appropriate "datum" for use in a balanced judgment. The key role in this process is played by the legislators. But the intellectual, when not arrogant, can assist this process.

Why do we not point out that cost/benefit analysis used in determining acceptable risks is an impoverished concept fundamentally because it ignores generic laws of clear thinking such as the impossibility of a calculus of incommensurates.

Why do we not point out that the presumption of so-called voluntary risks assumes not only a free will, but the freedom to exercise that will, a concept not intellectually difficult, but ethically difficult because it is dependent upon a caste system defined by the color of one's collar.

There is an historically persistent myth that the clear thinking associated with scientific endeavors must be abandoned in dealing with issues of value. This is an absurd instance of arrogance. The conceptual framework of science is applicable to examinations of morality, for example, through a method in which ethical axioms postulate empirical information, or postulate presumptions about the empirical, in two forms: observations, which presume that we correctly perceive the world as it is, and presumptions, which make no pretense of reality, but permit us to act as if fact is established. Presumptions are necessary to bridge gaps in knowledge and to systemize our experience. They are methodologic assumptions neither true nor false and are retained only as long as they are fruitful.

The use of axiomatic methods has been a part of the art of science at least since Euclid. The classic gene, noted Sewall Wright,[2] is primarily a "hypothetical entity postulated to make sense out of the results of breeding experiments." They are an important tool not for wishful thinking, but for dealing with the world "warts and all"!

Presumptions enable us to act without solving in advance recurring issues that defy scientific consensus; determinism v. chance in disease causation, "practical" v. biological thresholds, specific mechanisms of causation, or the quantification of the weight of any etiologic factor in a specific case. Their use in deriving ethical axioms is fruitful because such axioms are needed to guide moral judgments. Without them, we become dependent upon social caste-derived personal preferences judgeable only in political trial devoid of any semblance of consistency either with an idea of the good society or (more pertinent to the issue here) the protection of life.

To determine which set of ethical axioms is heuristic is to determine which will best preserve human life. We are not required to go beyond deciding which have been more successful in this regard. Although they are formulated with less precision than in some other sciences, axioms that are derived from this absolute standard need not be obscure or culturally relative, i.e., result in moral uncertainty. No recourse to misleading intuitions or felicific calculi is needed. While moral judgments ascribe "good" and "bad" values to human action made in a specific and variable cultural context, the ethical axioms that guide these judgments must and can have in common this historically and rationally justified transcendent, a universal need necessary to be met whose achievement determines whether or not the axiom "works" or is fruitful.

Life preservation is both an objective criterion for evaluating axioms and a premise in their derivation. More, mandating the life principle reduces uncertainty in the judgments themselves.

Thus, we can construct an ethical axiom that guides us in the selection of the risks we may impose on others. A risk is ethically acceptable only if it is necessary to protect life and well-being or is 1) culturally-impacted and very difficult to eliminate or control and 2) another biologically-adverse hazard has a higher priority for control within a rational abatement scheme.

Still another example: the worker's right to be notified of membership in a population clearly at risk is an ethical axiom that must be protected without compromise because the information generated in its exercise is absolutely necessary to essential decisions a worker must make if he or she is to participate in reducing his or her own risk and, therefore, preserve his or her own life.

The right-to-know, to be protected from unnecessary risks, and other rights or axioms in the class are what the master moral philosopher Alan Gewirth[7] calls "specifications of the rights to freedom and well-being." For Gewirth, freedom and well-being are generic, human, fundamental rights because they are the necessary conditions by which we act as humans. Only when we act as humans will the arrogance -- the tyranny -- of intellectual power find its constraint in reason.

References

1. E. Mayr, "The growth of biological thought: diversity, evolution, and inheritance," Harvard University Press, Cambridge, MA (1982).
2. S. Wright, Genes as physiological agents: General considerations, Am. Naturalist, 79:289 (1945).
3. N. Nelson, A personal view of occupational cancer and its prevention, J. Epid and Comm. Hlth., 39:1 (1981).
4. A. J. Fox, P. O. Goldblatt, and D. R. Jones, Social class mortality differentials, J. Epid. and Comm. Hlth. 39:1 (1985).
5. I. J. Brightman, A. Rihm, and S. W. Samuels, Air pollution and health, J. Air Pollut. Control Assoc., 12:225 (1962).
6. S. W. Samuels, and R. H. Adamson, Quantitative risk assessment, J. Natl. Cancer Instit., 74:945 (1985).
7. A. Gewirth, Human rights and the workplace, in: "The Environment of the Workplace and Human Values," S. W. Samuels, ed., Alan R. Liss, New York, (1986).

RISK ASSESSMENT, REGULATION, AND THE LIMITS OF SCIENCE

Alvin M. Weinberg

Institute for Energy Analysis
Oak Ridge Associated Universities
Oak Ridge, Tennessee

My paper deals with two different topics: first, the relation between population heterogeneity and dose-response at low dose; and second, the intrinsic limits to what science can say about dose-response at low dose, and how this affects regulatory policy.

POPULATION HETEROGENEITY AND DOSE RESPONSE

In 1977 John Totter and I, in a paper entitled Repair and Dose-Response at Low Dose[1] proposed a mathematical model for low-dose response to carcinogens based on population heterogeneity. We assumed that each member of a population exposed to a carcinogen is characterized by a threshold D_t. Only if the exposure exceeds D_t, does the individual contract cancer. The distribution of susceptibilities, that is the fraction of individuals whose threshold lie between D_t and D_t+dD_t, we denote as $f(D_t)dD_t$, where $f(D_t)$ is normalized to unity, i.e.:

$$\int_0^\infty f(D_t)\, dD_t = 1. \qquad (1)$$

Suppose this population is exposed to carcinogen of magnitude D (if the carcinogen is radiation, D is expressed in rems or sieverts). Then the fraction of individuals that will contract cancer, that is the response to a dose D, is:

$$R(D) = \int_0^D f(D_t)\, dD_t , \qquad (2)$$

i.e., every individual whose threshold D_t is below D will succumb.

At low dose, we can expand $f(D_t)$ in Taylor series around the origin:

$$f(D_t) = f(o) + f'(o)D_t + \frac{f''(o)}{2} D_t^2 \qquad (3)$$

$$R(D) = Df(o) + \frac{D^2}{2} f'(o) +... \qquad (4)$$

In other words, a linear dose-response curve implies there are some individuals whose threshold is zero. We used this argument in support of the claim that the dose response could not be linear at extremely low dose, since if there were some individuals with zero thresholds, they could hardly have survived background radiation in the first place.

We further noted that, according to (2):

$$f(D_t) = R'(D_t) \tag{5}$$

i.e., $f(D_t)$, the distribution of thresholds within the population, is simply the first derivative of the dose-response, $R(D_t)$. From this we can conclude two things:

(i) In principle, a determination of the dose-response accurate enough to allow us to compute the first derivative of R(D), would allow us to determine the threshold distribution, $f(D_t)$. Unfortunately at the time we did not try to carry out this differentiation of R(D), and so I cannot say how practical this suggestion might be.

(ii) Of more practical importance might be the evidence relation (5) gives against a super-linear dose response at low dose. A super linear response is exemplified by:

$$R(D) \sim \sqrt{D} \tag{6}$$

According to (5), this would lead to a distribution of thresholds

$$f(D_t) \sim \frac{1}{\sqrt{D_t}} \tag{7}$$

i.e., the distribution is singular at the origin! This seemed to be so unphysical a result that we became, and remain, skeptical of claimed super-linear dose-response at extremely low levels of exposure!

Our paper was not published since it was considered that the model which we used was too schematic, even though it led to a better agreement with the observed low dose leukemia response at Nagasaki than did the usual linear hypothesis.

UNDECIDEDNESS IN SCIENCE

I retell this parable in part because it may be relevant at this meeting on phenotypic variation in populations; but mostly to bring out the enormous uncertainty that is involved in establishing the dose-response, of whatever kind, at very low dose. Yet, as Ruckelshaus said in his 1985 paper, "Risk, Science & Democracy,"[2] government regulators are more and more required to establish standards of occupational and population exposure, at levels so low that science can no longer say whether any harm is caused. In short one is dealing not with science, but with what I call trans-science, i.e., questions that are isomorphic with questions answerable by science, but which are beyond the capacity of science to answer.

Trans-scientific questions fall into at least three categories: Poincare instabilities, rare events, and ethically inadmissible issues. Poincare instabilities are phenomena governed by underlying nonlinear differential equations whose solutions at long times are extremely sensitive to tiny changes in the initial conditions. Such situations arise in hydrodynamics, in climatology, and, very probably, in economics. Thus we can predict the weather tomorrow; we shall never be able to predict the weather 366 days after today, since the long-term unfolding of weather patterns is too sensitive to tiny uncertainties in the initial conditions. Poincare instabilities are intrinsic and can never be overcome; though the two questions: What is the weather one day after today and 366 days after today are identical in structure, the one is answerable, the other is not--and no improvement in computers or understanding of the weather is likely to remedy the matter.

Rare events, such as the increased incidence of cancer among 1,000 humans each subjected to, say, 50 millirems of radiation, are also trans-scientific, though in a rather different sense. Here the difficulty is statistical. In principle, we could expose the entire world's population of $5x10^9$ souls to 50 mr, and (assuming the linear hypothesis with say, 10,000 person rems per cancer), detect the additional 25,000 cancers. In practice, we can do no such thing; thus at least with our science in its present stage of development, we must regard dose-response in humans at very low dose as being trans-scientific.

Time in principle annihilates uncertainty of this kind. I can well imagine that, over the next 1,000 years, human epidemiology will become a much more exact science than it now seems to be. After all, when Henry Ford introduced his autos, no one could predict the fatalities per passenger mile. Today, we know that each year about 45,000 Americans will lose their lives on the highways, the uncertainty being about 10 percent!

A third kind of trans-scientific question involves those questions that can be answered unequivocally only by unethical experiments on humans. The monstrous violation of this barrier by the Nazi physicians during World War II evokes well-justified revulsion among civilized people. I cannot imagine this boundary of science ever being breached: it constitutes a limit on science every bit as formidable as a Poincare instability.

Of course, even in discourse that is regarded as scientific, large uncertainties often remain. Of relevance in this gathering are perhaps (i) the existence of ambiguous carcinogens, and (ii) the importance of natural carcinogens. In a paper[3] Storer and I published two years ago we pointed out that a surprising number of agents increase the incidence of some cancers but reduce the incidence of others. One particularly controversial example is, surprisingly, smoking which, according to the Framingham study seems to reduce colon cancer at the same time it increases lung cancer. Should such agents be regarded as carcinogens even if their net effect is to lengthen life?

Finally, I mention the view of people such as Ames[4] and Totter[5] that cancer is primarily caused by agents that are natural in the sense that they cannot be eliminated. Most important are the oxidizing radicals resulting from normal metabolism. Evidence for this view comes from the observation, that the cancer mortality, when corrected for competing risks, seems to be remarkably independent of degree of industrialization, as measured by per capita energy production.

I mention these two complications not to insist that their elucidation is beyond our reach--but simply to remind ourselves that much is still to be learned about cancer, and much remains uncertain.

Let us grant then that there are uncertainties, as well as trans-scientific questions, and that at least for the foreseeable future, the dose-response at very low dose will remain very poorly known. Under the circumstances it is not surprising, as pointed out by Whittemore,[6] that value judgments enter into scientific discourse to a far greater degree than in scientific discourse concerned with answerable scientific questions. A Friend of the Earth and a Nuclear Engineer agree completely on the fission cross-section of U^{235}. They disagree seriously on the probability of a reactor accident, and perhaps even more seriously on the number of casualties caused by fallout from Chernobyl.

As an aside, I might mention that this undeniable injection of irrelevant non-scientific value judgments into scientific discourse at the boundary between science and trans-science, has led some extreme "sociologists of science"[7] to claim that such value judgments pervade science as a whole. To be sure, even in scientific discourse regarding answerable questions ad hominem and even value judgments surely arise; but to claim that science generally is simply a branch of sociology, and that truth in science bears more relation to the relative prestige and power of competing scientific claimants on truth, rather than upon the objective facts, seems to me to grossly caricature science!

Jasanoff in a recent study[8] pointed out that the degree to which regulatory bodies, faced with difficult decisions, depend upon scientific bodies for help in deciding on acceptable risk depends on the political culture. In Germany, resolution of scientific issues, including those marked by uncertainty, is delegated to the technical experts, who apply and explain their own criteria for establishing acceptable risk. In Britain and Canada, the process involves both administrative and scientific bodies: but the government does not feel compelled to explain the basis for its action. In the United States, with its strongly litigious, openly participatory, and fragmented political structure, regulators rather than scientists are expected to resolve conflicts caused by scientific uncertainty, generally in accordance with agency guidelines. The effort going into regulation in the U.S. is ever so much greater than it is in these other countries; yet, according to Jasanoff, the regulations themselves are not so very different.

Is there a better way? Can regulators somehow change their relation to and dependence on scientific advisors so that they do not forever ask scientists for answers to unanswerable questions? Is it possible to frame some of the questions asked by regulators so as to avoid having to answer the unanswerable?

This question is itself probably unanswerable. Nevertheless I believe there may be certain approaches that deserve more attention than they have received thus far--namely, the technical fix, and the background-mediated de minimis.

The Technical Fix

My example here is derived from nuclear engineering. The safety of all nuclear reactors is probabilistic, not deterministic--that is, though there is a certain probability of a reactor accident, we accept nuclear reactors as long as this probability is low enough. Since we do not have enough data to determine this probability by observing tens of thousands of reactors--Chernobyl occurred after 100 reactor years, Three Mile Island (TMI) after 400 reactor years--nuclear engineers resort to

Probabilistic Risk Analysis; that is, they try to determine the probability of a reactor failure by estimating the failure probabilities of the various sub-systems that make up the reactor. Presumably there is enough data on the failure probabilities of pumps, of valves, of electronic switches, to allow an analyst to estimate the sub-system failure rate. By adding up the probabilities for all imaginable failure sequences, the analyst can estimate P(C), the probability of an accident whose consequences are C. In this way, Rasmussen in 1975[9] estimated the median likelihood of failure in a Light Water Reactor (LWR) to be 5×10^{-5} per reactor year. Though the failure at TMI occurred much sooner than this, the TMI reactor was one which, in retrospect, was more susceptible to failure than were the reactors examined by Rasmussen. At any rate, LWRs have accumulated around 3000 reactor years of operation without "core melt" since TMI, which means that we can say with 78 percent confidence that the a priori failure probability is no higher than 3×10^{-4}/RY.

All this is reassuring, but it may not be good enough. Many nuclear technologists therefore have proposed, especially after Chernobyl, to design reactors whose safety was deterministic, not probabilistic--that is, reactors whose safety depended on immutable laws of nature rather than upon timely interventions by electro-mechanical devices, or by human beings. Such reactors are called "inherently safe," and much imagination has gone into their design.

Inherently safe reactors constitute a technical fix for the problem of nuclear safety. Indeed, were all our reactors to be inherently safe, the need for the body that regulates nuclear safety, the Nuclear Regulatory Commission, would diminish greatly; and one would hope the public's apprehension about nuclear energy would also fade.

Can the principle of the technical fix be applied to the underlying issues considered at this symposium, namely the relation between regulation of carcinogens and other toxics and the science that determines individual susceptibility? I can see several ways in which this might be accomplished.

First, and this applies to occupational risk much more than to population risk, inherently safe technologies, those which do not expose workers to carcinogens, or at least greatly reduce the degree of exposure are possible. For example, in the wake of the 1974 Flixborough Disaster, T. Kletz of Loughborough Technical University advocated inherently safe chemical plants which were not susceptible to catastrophe, or even to untoward chronic exposure of workers.[10] Substitution of inherently safe, i.e., non-polluting, technologies for polluting technologies would obviate many current concerns over exposure of workers to noxious materials.

Such inherent safety costs perhaps more than the society can afford. A second avenue for avoiding occupationally induced disease is opened if we could identify by a simple test the susceptible sub-population so that every individual would routinely be categorized as to susceptibility, just as we are now routinely informed as to our blood group. With this knowledge, each individual would be able to choose that lifestyle, including workplace, that minimizes risks.

But second, and I think eventually more practical, is it too much to expect that premature cancer can eventually be cured? Note that I speak only of premature cancer. I believe that most cancer is a disease of senescence, and that to completely "cure" cancer is equivalent to granting immortality. I am, in effect, arguing that to identify and regulate all the environmental insults that may be carcinogens is hopeless. Ames in his famous EAT-DIE paper[4] estimates that the naturally occurring carcinogens are 10,000 times more important than those imposed by the use of pesticides. Would it not be more practical in the long run to cure cancer rather than to avoid contact with carcinogens?

Our experience with infectious disease may hold some lesson for us. Here three technical fixes were responsible for our triumph over these diseases. First and most important, sanitary engineering; second, immunization; and third, antibiotics. When we compare infectious disease with cancer we recognize that though at one time many were convinced that almost all cancer was of environmental origin--that by cleaning the environment or the workplace sufficiently, in the same way the sanitary engineers cleaned up our wastes, we would conquer cancer--I think many are having second thoughts on this matter. The etiology of cancer is still a matter of dispute; so I should think that the first technical fix, clean up, is much less appropriate than are early detection and cure. And, should our science lead to the equivalent of immunization for premature cancer, or indeed, reliable early detection and cure (after all, Hodgkins disease is now regarded as largely curable), I would imagine that the need for environmental regulation and the kind of analysis represented by the Jasanoff study would fade, just as a truly safe reactor would gradually put NRC out of a job, or at least reduce its scope.

De Minimus

A technical fix, i.e., a cure, for cancer is hardly realistic today. In the meantime we shall be required to regulate carcinogens and mutagens, even when we have only a dim view as to the actual significance of a particular agent in causing cancer. Are there approaches to such regulation that do not depend so strongly on some uncertain assumption as to the dose-response at low dose, or the occurrence of particularly susceptible individuals in the population?

Some nine years ago, Adler and I[11] suggested such an approach; it was simply to relate the allowed exposures of a deleterious agent, in particular, radiation, to the natural background rather than to some level deemed safe for those exposed occupationally.

This is the scheme originally considered by BEIR-I in 1958, but was unfortunately rejected by the committee. We proposed that the acceptble radiation dose be the standard deviation of the natural background--around 20 mr/yr--which is the standard proposed by the EPA for the population exposure for the entire fuel cycle. This we suggested as a De Minimus level.

Westermark[12] suggested the same approach for three carcinogens that occur naturally--Beryllium, Cadmium, and Arsenic--proposing a De Minimis at 10 percent of the natural background.

This scheme does not work where the carcinogen does not occur in nature. Here there are several, possibly fanciful suggestions, but all depend on some knowledge of dose response at high dose. One suggestion is to use radiation as the primary standard, and then set standards of other carcinogens at a level which, according to the linear hypothesis, has the same effect as the standard set for radiation.

Another suggestion would be to define a "Below Demonstrable Effect" threshold as that level below which no effect is discernible in mammals. The De Minimis would then be some fraction, say 10 percent, of the Below Demonstrable Effect threshold.

My suggestions for population regulations, in particular De Minimis (where one basically concedes the inability of science to give proper answers), may strike some as heartlessly condemning those "unknown others who happen to have a genetic or phenotypic susceptibility" to death by industrial cannibalism. I stand so accused; yet in extenuation I would point out that any who insist that they know that this individual, exposed to a De Minimis exposure of whatever agent has died because of that exposure, are being scientifically arrogant. They are claiming knowledge when they do not know; they are attributing a cause of death when they do not know the cause of death.

Is this view fundamentally different from the attribution of death and other misfortunes to witches, an affliction that spread over Europe during the 14th to 16th centuries, and resulted in the execution of over a million "witches"? As Clark[13] described it, this hysteria subsided but only after the Inquisitor of Spain convened an advisory council of learned savants who decided that the connection between witches and misfortune was anything but proven. Will it take a similar council to demonstrate that the connection between low-level environmental insult and human health is similarly weak, and that our society ought to devote its efforts to managing the many real health problems we face rather than waste its energy on essentially insoluble and, by comparison, intrinsically unimportant problems? I should hope that we can come to our senses long before two centuries have passed, and that the next generation can look back at our current environmental hypochondria with the same bemused wonderment with which we view the witch hunts of the late Middle Ages.

REFERENCES

1. J. Totter and A. M. Weinberg, Repair and dose-response at low dose, ORAU/IEA(O)77-11, Institute for Energy Analysis, Oak Ridge Associated Universities, Oak Ridge, Tennessee (1977).
2. W. Ruckelshaus, Risk, Science & Democracy, Issues in Science and Technology I: 19-38 (1985).
3. A. M. Weinberg and J. B. Storer, On ambiguous carcinogens and their regulation, Risk Analysis 5: 151-155 (1985).
4. B. N. Ames, Dietary carcinogens and anti-carcinogens, Science 221, 1256-64 (1983).
5. J. R. Totter, Spontaneous cancer and its possible relation to oxygen metabolism, Proc. Nat'l Acad. Sciences 77: 1763-67 (1980).
6. A. Whittemore, Facts and values in risk analysis for environmental toxicants, Risk Analysis 3, 23-33 (1983).
7. T. J. Pinch and W. E. Bijker, The social construction of facts and artifacts or how the sociology of science and the sociology of technology might benefit each other, Social Studies of Science 14: 22-30 (1983).
8. S. Jasanoff, "Risk Management and Political Culture," Russell Sage Foundation, New York, New York (1986).
9. U.S. Nuclear Regulatory Commission, Reactor Safety Study: An Assessment of Accident Risks in U.S. Commercial Nuclear Plants (WASH-1400, NUREG 75/014) Washington, D.C. (1975).

10. T. Kletz, Inherent safety and the nuclear industry, The Chemical Engineer, p. 35 (July/August 1984). Also, T. Kletz, Cheaper, safer plants, or wealth and safety at work, Institution of Chemical Engineers (1984).
11. H. Adler and A. M. Weinberg, An approach to setting radiation standards, Health Physics 34: 719-720 (1978).
12. T. Westermark, Persistent Genotoxic Wastes: An Attempt at a Risk Assessment, Royal Institute of Technology, Stockholm (1980).
13. W. C. Clark, Witches, Floods and Wonder Drugs: Historical Perspectives on Risk Management, RR-81-3, Laxenburg, Austria, International Institute for Applied Systems Analysis (1981).

VARIABILITY IN DIET AND ITS RELATION TO RISK IN ETHNIC AND MIGRANT GROUPS

Laurence N. Kolonel

Epidemiology Program
Cancer Research Center
University of Hawaii
Honolulu, Hawaii

VARIATIONS IN RISK FOR CANCER

The inhabited islands of Hawaii encompass a land mass of 6,422 square miles[1] and an ethnically heterogeneous population. Five ethnic groups in particular have resided in the islands for many decades and comprise the majority of the present population. These include Caucasians, Japanese, Chinese, Filipinos, and native Polynesians or Hawaiians. Although these ethnic groups are generally intermixed throughout the islands, their risks for disease are markedly different[2]. The incidence rates for cancer well illustrate this variability[3], as shown in Table 1.

ENVIRONMENTAL VERSUS GENETIC INFLUENCES

Of interest to researchers and public health officials alike are the reasons for this variability in cancer rates. The contribution of genetic factors is a first consideration. The role of such factors can be addressed at the population level in two ways: 1) by examining secular trends in cancer incidence in these groups; and 2) by comparing incidence rates between Hawaii and the parent countries of its inhabitants, or between first and second generation migrants living in Hawaii.

Table 2 shows trends in cancer incidence for selected sites and ethnic groups. Because these data are based on a comprehensive cancer registry which has existed in Hawaii since 1960, one can be confident that improvements in reporting are not responsible for the observed trends. Furthermore, diagnostic practices in Hawaii have not changed greatly over this period. As seen in the table, cancer incidence rates have not been static during this 20-year period for any of the groups. For example, breast cancer incidence increased 100% among Filipino women during this interval. In contrast, stomach cancer declined by 45% among Japanese women during this same period. Such impressive changes in risk within a single generation must largely reflect environmental influences.

Table 3 compares cancer incidence rates among Japanese in Hawaii and Fukuoka Prefecture in southern Japan, the region from which most of Hawaii's Japanese population originated. The Japanese population in

Table 1. Cancer Incidence for Selected Sites among Five Ethnic Groups in Hawaii, 1978-1981

Cancer Site	Rate per 100,000 Population[a]				
	Caucasians	Japanese	Chinese	Filipinos	Hawaiians[b]
Lung	58.2	28.7	33.0	28.8	68.0
Breast[c]	97.4	52.8	66.1	38.9	111.1
Prostate	83.0	46.1	32.4	51.6	57.9
Stomach	12.2	28.5	10.1	8.2	32.4
Colon	33.8	34.4	29.1	20.7	18.4
All Sites	390.9	251.9	239.7	229.4	357.9

[a]Data for both sexes combined, age-adjusted to the 1970 U.S. population
[b]Includes part-Hawaiians
[c]Rate for females only

Hawaii has been quite stable in recent years; most of the migration of Japanese to Hawaii occurred between 1886 and 1924[5]. Furthermore, there was little intermarriage between Japanese and other ethnic groups until more recent years. Thus, in the age groups where most adult cancers occur, the comparison of rates between Hawaii and Fukuoka involves a genetically homeogeneous group. As the table reveals, the incidence rates are markedly different for the Japanese in these two locations[4]. For example, breast cancer incidence among Japanese women in Hawaii is three times greater than among women in Japan, while stomach cancer incidence among Japanese women in Japan is 2.5 times greater than among the women in Hawaii.

To address the thesis that the migrants to Hawaii were a selected subset of the Fukuoka population whose cancer rates initially were more like those in Hawaii than those prevailing in Japan, we can examine data based on two generations of Japanese living in Hawaii, namely, the migrant group (Issei) and their offspring (Nisei)[6]. As shown in Table 4, there are remarkable differences in incidence rates between these two generations. Clearly, one cannot use the migrant selection argument to explain these differences. Thus, the migrant comparisons of both Tables 3 and 4 offer compelling evidence that environmental factors play a dominant role in determining the risks for cancers of several major sites.

ROLE OF DIET

Of the many possible environmental factors that might account for the variations in cancer incidence among ethnic groups in Hawaii, diet seems likeliest. Hawaii has generally low levels of air or water pollution and little regional variation within the state[1]. Hawaii also has little heavy industry. The main differences in environmental exposures among the ethnic groups pertain to lifestyle. Chief among these lifestyle differences is diet.

Table 2. Trends in Cancer Incidence of Selected Sites and Ethnic Groups in Hawaii, 1962-1977

Cancer Site	Sex	Ethnic Group	Rate per 100,000 Population[a]				
			1962-65	1966-69	1970-73	1974-77	1978-81
Lung	M	Filipinos	15.9	20.2	20.6	26.3	27.3
Breast	F	Filipinos	18.2	22.6	22.6	25.6	36.2
Prostate	M	Caucasians	33.7	34.4	27.3	59.6	69.0
Stomach	F	Japanese	26.9	24.5	18.1	17.4	14.6
Colon	M	Japanese	19.1	25.4	22.3	27.3	34.2

[a]Age-adjusted to the World Population Standard[4]

Table 3. Comparison of Cancer Incidence for Selected Sites between Japanese in Hawaii and Fukuoka, Japan, 1973-77

Cancer Site	Incidence Rate per 100,000 Population[a]			
	Males		Females	
	Hawaii	Fukuoka	Hawaii	Fukuoka
Breast	--	--	47.1	15.5
Prostate	35.9	4.1	--	--
Stomach	34.0	75.0	15.1	38.4
Colon	27.5	8.1	18.8	6.7

[a]Age-adjusted to the World Population Standard[4]

During the period 1975-1980, we collected dietary information from representative samples of the adult population of the state of Hawaii. This information was obtained by direct personal interview in the home and included all ethnic groups. Although more than 50,000 persons were sampled for broad categories of dietary intake, detailed information that could be used to estimate nutrient intakes was only collected on a smaller subset of approximately 5,000 subjects.

Table 5 compares the five major ethnic groups in Hawaii on intakes of a variety of foods and nutrients based on data from this survey[7]. From this table, it is evident that not only food preferences, but also overall nutrient intakes vary among these groups. These differences could provide an explanation for at least some of the observed differences in cancer incidence by ethnicity within the population of Hawaii.

We have compared these dietary patterns with cancer incidence rates in several analyses. For example, we correlated dietary fat, protein and carbohydrate intake for different ethnic, sex and age groups with corresponding cancer incidence rates and found certain significant associations[8], as shown in Table 6.

On further study, the fat association with prostate cancer was confirmed in a case-control study among five ethnic groups, although the relationship was apparent only in men 70 or more years of age[9]. The finding for fat and breast cancer was also seen in a case-control study among Caucasian and Japanese women in Hawaii[10] (Table 7).

Another example of a relationship between diet and cancer in this population concerns cholesterol. We found a significant positive association between dietary cholesterol and lung cancer risk in both a correlational analysis[8] and in a subsequent case-control study[11] (Table 8).

Analyses of alcohol consumption also showed significant correlations[12-14]. Table 9 shows an ethnic comparison of mean alcohol

Table 4. Comparison of Cancer Incidence for Selected Sites between First Generation (Issei) and Second Generation (Nisei) Japanese in Hawaii, 1973-1977

Cancer Site	Incidence Rate per 100,000 Population[a]			
	Males		Females	
	Issei	Nisei	Issei	Nisei
Breast	--	--	35.9	57.2
Prostate	35.2	21.1	--	--
Stomach	46.9	28.5	22.9	13.2
Colon	29.2	28.0	19.4	18.8
Lung	47.2	28.0	17.6	9.1

[a]Age-adjusted to the World Population Standard[4]

Table 5. Ethnic Differences in Average Daily Food and Nutrient Intake in Hawaii, 1975-1980[a]

Food or Nutrient	Caucasian	Japanese	Chinese	Filipino	Hawaiians
			MEN		
Rice (g)	90.2	339.9	237.2	431.9	218.6
Beef (g)	51.4	40.4	41.1	34.6	46.5
Broccoli (g)	6.8	4.2	5.9	3.6	4.8
Fat (g)	81.9	68.0	72.1	57.9	74.8
Protein (g)	69.6	66.0	65.3	61.8	69.1
Vitamin C (mg)	305.6	292.4	200.7	136.1	262.6
			WOMEN		
Rice (g)	59.8	211.8	172.5	300.6	133.7
Beef (g)	37.0	30.5	30.9	24.2	34.5
Broccoli (g)	7.1	4.3	6.2	3.5	3.9
Fat (g)	63.0	53.0	56.7	48.1	58.7
Protein (g)	54.4	51.3	53.8	51.2	53.4
Vitamin C (mg)	349.9	288.1	227.3	208.1	239.2

[a]Age-adjusted by analysis of covariance

intake levels, as well as the correlation between consumption and the incidence of cancers of the oropharynx and esophagus[14].

There is also consistency between some of the previous dietary findings and observations on the Japanese migrants. For example, alcohol use and cholesterol intake in the migrant generations show the same correspondence with esophageal and lung cancer incidence, respectively, as was seen in the correlational analyses among the five ethnic groups[15] (Table 10).

Table 6. Significant Correlations between Mean Daily Nutrient Intakes and Cancer Incidence for 10 Ethnic-Sex Groups in Hawaii

Cancer Site	Correlation Coefficient[a]: Saturated Fat	Animal Protein	Cholesterol	Complex Carbohydrate
Breast	0.95	0.92	--	-0.71
Corpus uteri	1.00	0.96	--	-0.82
Prostate	0.87	0.83	--	--
Lung	--	--	0.94	--

[a]Partial correlation cofficient, adjusted for sex where appropriate

Table 7. Odds Ratios for Saturated Fat Intake and Risk of Cancers of the Breast and Prostate

Intake Quartile	Breast Cancer[a]		Prostate Cancer[b]
	Japanese	Caucasian	
1 (lowest)	1.0	1.0	1.0
2	1.5 (0.8,3.1)[c]	0.9 (0.4,1.7)	1.1 (0.7,1.7)
3	0.9 (0.5,1.8)	0.8 (0.4,1.8)	1.5 (1.0,2.3)
4 (highest)	2.2 (1.1,4.4)	2.0 (0.9,4.1)	1.7 (1.0,2.8)
	p = .14[d]	p = .08	p = .01

[a]Adjusted for age, age at first birth, age at menopause, history of benign breast disease, and family history of breast cancer by conditional logistic regression analysis.
regression analysis.
[b]Among men ≥70 years, adjusted for age and ethnicity by multiple logistic regression analysis
[c]95% confidence limits
[d]Test for linear trend

Table 8. Association between Dietary Cholesterol Intake and Male Lung Cancer Risk among Five Ethnic Groups in Hawaii

Intake Quartile	Odds Ratio[a]	95% Confidence Limits
1 (low)	1.0	—
2	1.3	0.9 - 2.0
3	1.4	0.9 - 2.1
4 (high)	2.0	1.3 - 3.1

[a]Adjusted for age, sex, ethnicity, pack-years of smoking, occupational status and vitamin A intake by multiple logistic regression analysis

COMMENT

The data presented in this review indicate that environmental, especially dietary, influences are major determinants of risk for cancers of such sites as the breast, prostate, stomach, colon and lung. There is probably little reason to consider other sources of phenotypic variation to explain group differences in risk for these cancer sites. Indeed, available evidence suggests that purely genetic factors probably account for less than 2% of cancer incidence overall[16-17] and are not of public health significance. On the other hand, despite widespread exposure to such risk factors as dietary fat, not all exposed individuals develop cancer. Possible explanations that might be considered for this observation include the following:

1) The incidence of cancer is a stochastic phenomenon. Since the interaction between the carcinogen and the genome of the cell is a chance occurrence, only a small fraction of appropriately exposed individuals will develop cancer during their lifetimes. However, while this explanation can account for variations in risk among similarly-exposed individuals, it does not explain group differences, such as the more than 2-fold greater lung cancer incidence in Hawaiian than Japanese men, despite comparable cigarette smoking rates in the two groups.

Table 9. Alcohol Intake Levels and Correlations with Cancer Incidence[a] for 10 Ethnic-Sex Groups in Hawaii, 1975-1980

	Mean Intake (g/d)					Correlation Coefficient (r)	
Sex	Cauc.	Japn.	Chin.	Fili.	Hawn.	Esophageal Cancer	Oropharyngeal Cancer
M	15.4	8.9	4.4	7.1	14.1	0.70	0.80
F	5.3	0.5	0.4	0.8	3.0		

[a]Age-adjusted to 1970 U.S. Standard Population

Table 10. Correspondence between Dietary Intakes and Cancer Incidence for Japanese Migrants in Hawaii

Cancer Site		Males Issei	Males Nisei	Females Issei	Females Nisei
Esophagus	Incidence Rate[a]	8.5	2.0	0.6	0.3
	Alcohol Use[b]	46.5	37.3	11.2	7.5
Lung	Incidence Rate[a]	47.2	28.0	17.6	9.1
	Cholesterol Intake[c]	356.3	326.7	273.3	246.2

[a]Per 100,000 population, age-adjusted to the World Population Standard[4]
[b]Regular drinkers (at least one drink per week)
[c]Mean daily intake (mg)

2) The etiology of cancer is multifactorial, involving complex interactions between both risk and protective factors in the environment. Examination of only one or two of these variables can lead to errors in assessment of true risk in individuals or groups. For example, differences in consumption of carotenes may partially explain why some heavy smokers do not develop lung cancer. Other environmental factors may act even more indirectly, influencing the body's general response to carcinogenic exposures through effects on the immune or other systems.

3) Genetic factors may influence responses to environmental exposures to carcinogens. For example, there may be sufficient variability in the inducibility of enzymes involved in the activation or deactivation of carcinogens (such as aryl-hydrocarbon-hydroxylase) to account for at least some variations in risk at the individual or group level.

We can examine variations in cancer rates among genetically homogeneous population groups to estimate the minimal contribution of the environment to risk for certain sites. For example, from the incidence data for Fukuoka Prefecture and the Nisei population in Hawaii, one could infer that at the very least, 73% of the incidence of breast cancer among Nisei women in Hawaii is attributable to environmental influences (Table 11). Similarly, for the other sites shown, the minimal environmental influence ranges from 62% to 81%. It is unlikely, however, that even the cancer levels in the low risk groups in the table represent non-environmental factors or influences.

Table 11. Estimated Minimal Contributions of Environmental Factors to Risk for Selected Cancers among Japanese in Hawaii

Cancer Site	Sex	Incidence per 100,000 Population[a] Fukuoka	Nisei in Hawaii	Minimal Environmental Contribution to Risk
Stomach	M	75.0	28.5	62.0%
Colon	F	6.7	18.8	64.4%
Breast	F	15.5	57.2	72.9%
Cervix (invasive)	F	19.4	5.2	73.2%
Prostate	M	4.1	21.1	80.6%

[a]Age-adjusted to the World Population Standard[4]

REFERENCES

1. Hawaii Department of Planning and Economic Development, State of Hawaii data book; a statistical abstract, Honolulu (1985).
2. T. A. Burch, Ethnicity and Health in Hawaii, 1975, R & S Report, No. 23, Research and Statistics Office, State Department of Health, Honolulu, Hawaii (1978).
3. J. W. Horm, A. J. Asire, J. L. Young, Jr., and E. S. Pollack, eds., SEER Program: Cancer Incidence and Mortality in the United States, 1973-81, NIH Publ. No. 85-1837, U.S. Department of Health and Human Services (1984).
4. J. Waterhouse, C. Muir, K. Shanmugaratnam, and J. Powell, eds., Cancer Incidence in Five Continents, Vol. IV, IARC Scientific Publ. No. 42, International Agency for Research on Cancer, Lyon (1982).

5. L. H. Fuchs, Hawaii Pono: A social history, New York:Harcourt, Brace and World, pp. 106-107 (1961).
6. L. N. Kolonel, M. W. Hinds, and J. H. Hankin, Cancer patterns among migrant and native-born Japanese in Hawaii in relation to smoking, drinking, and dietary habits, in: Genetic and Environmental Factors in Experimental and Human Cancer, H. V. Gelboin, et al., eds., Japan Scientific Society Press, Tokyo, pp. 327-40 (1980).
7. L. N. Kolonel, J. H. Hankin, A. M. Y. Nomura, and M. W. Hinds, Studies of nutrients and their relationship to cancer in the multiethnic population of Hawaii, in: The Role of Essential Nutrients in Carcinogenesis,,L. A. Poirier, P. Newberne, and M. Pariza, eds. (in press).
8. L. N. Kolonel, J. H. Hankin, J. Lee, S. Chu, A. M. Y. Nomura, and M. W. Hinds, Nutrient intakes in relation to cancer incidence in Hawaii, Br. J. Cancer 44:332-39 (1981).
9. L. N. Kolonel, M. W. Hinds, A. M. Y. Nomura, J. H. Hankin, and J. Lee, The relationship of dietary vitamin A and C intake to the risk of cancers of the lung, bladder and prostate in Hawaii, Natl. Cancer Inst. Monogr. 69:137-42 (1985).
10. T. Hirohata, A. M. Y. Nomura, J. H. Hankin, L. N. Kolonel, and J. Lee, An epidemiologic study on the association between diet and breast cancer, J. Natl. Cancer Inst. (in press).
11. M. W. Hinds, L. N. Kolonel, J. H. Hankin, and J. Lee, Dietary cholesterol and lung cancer risk in a multiethnic population in Hawaii, Int J. Cancer 32:727-32 (1983).
12. L. N. Kolonel, Smoking and drinking patterns among five ethnic groups in Hawaii, Natl. Cancer Inst. Monogr. 53:81-87 (1979).
13. M. W. Hinds, L. N. Kolonel, J. Lee, and T. Hirohata, Association between cancer incidence and alcohol-cigarette consumption among five ethnic groups in Hawaii, Br. J. Cancer 41:929-40 (1980).
14. L. Le Marchand, L. N. Kolonel, and C. N. Yoshizawa, Alcohol consumption patterns among the five major ethnic groups in Hawaii: correlations with esophageal and oropharyngeal cancer incidence rates, in: Epidemiology of Alcohol Use and Abuse among U.S. Ethnic Minority Groups, Natl. Inst. on Alcohol Abuse and Alcoholism (in press).
15. J. H. Hankin, L. N. Kolonel, K. Yano, L. Heilbrun, and A. M. Y. Nomura, Epidemiology of diet-related diseases in the Japanese migrant population of Hawaii, Proc. Nutr. Soc. Austral. 8:22-40 (1983).
16. J. Higginson, and C. S. Muir, Environmental carcinogenesis: misconceptions and limitations to cancer control, J. Natl. Cancer Inst. 63:1291-1298 (1979).
17. A. G. Knudson, Jr., Genetic predisposition to cancer, in: Origins of Human Cancer, Book A, H. H. Hiatt, J. D. Watson, and J. A. Winston, eds., Cold Spring Harbor Laboratory, pp. 45-52 (1977).

CANCER RISK AND LIFE-STYLE: CANCER AMONG MORMONS FROM 1967-1975

Joseph L. Lyon, John Wl. Gardner, and Dee W. West

Department of Family and Preventive Medicine
University of Utah School of Medicine
Salt Lake City, Utah 84132

Since 1950, the state of Utah has had the lowest cancer mortality of all the states (Mason and McKay 1974). The area now comprising Utah was settled, beginning in 1847 by a religious group that actively advocates certain behaviors which have been found to have a direct bearing on the risk of developing cancer. This religious group, The Church of Jesus Christ of Latter-Day Saints (LDS), commonly called Mormons, has proscribed the use of alcohol, tobacco, coffee, and tea in all forms, for health reasons, for at least 80 years. Additional church teachings emphasize strong families (Spicer and Gustavus 1974), high educational attainment (Hard 1974), and strict sexual mores proscribing premarital and extramarital sexual intercourse for both men and women (Gardner and Lyon 1977).

Since about 70% of the Utah population are presently members of the LDS church, this presents the opportunity to study, in a defined geographic area, two populations sharing the same physical environment but differing in a number of personal habits and behaviors that relate to the risk of developing cancer.

METHODS

There were 20,379 cases of cancer diagnosed in Utah residents in the period 1967-75. These cases were identified by the Utah Cancer Registry, a population-based cancer registry whose operations have been described previously (Lyon et al. 1977; Young et al. 1978). Table 1 shows the percentage of all cancer cases in this period, verified histologically, and the overall percentage for all cancer sites identified by death certificate only. To characterize each cancer case as to religion, we used the central membership files maintained by the LDS church, which have been described elsewhere (Lyon et al 1976, 1978). Briefly, the matching procedure involved search of this file using the individual's name, birthdate, place of residence, and next of kin as matching variables.

Table 1
Utah Cancer Registry from 1966 to 1975, Percentage of Cases by Site Confirmed by Histology

ICD[a]	Site	Percent	ICD[a]	Site	Percent
140	lip	96	181	placenta	95
141	tongue	97	182	corpus uteri	98
142	salivary gland	95	183	ovary-tube-ligament	97
143-145	mouth	97			
146-149	pharynx	97	184	female genital	96
150	esophagus	91	185	prostate	94
151	stomach	86	186	testis	97
152	small intestine	97	187	male genital	98
153	colon	93	188	bladder	98
154	rectum-anus	96	189	kidney	93
155	liver	73	190	eye	92
156	gall bladder	94	191-192	brain and central nervous system	91
157	pancreas	73			
160	nasal cavity-sinus	96	193	thyroid	98
161	larynx	97	194	other endocrine glands	79
162	lung	88			
163	pleura	95		ill-defined sites	81
164	mediastinum	95	199	unknown primary	80
165	respiratory	100	200-202	lymph, non-Hodgkins,	95
170	bone	96			
171	connective tissue	97		Hodgkins	98
172	melanoma	98	204-205	multiple myeloma	91
174	breast	97		acute leukemia	95
175	breast (male)	94		chronic leukemia	93
180	cervix uteri	98		other hemopoietic	83
				Total sites	94

Death certificate only cases, 1967-1975; all cases registered, 20,379; death certificate only, 652.

[a]International Classification of Diseases number.

Populations for the midpoint of the interval 1967-75 were obtained by linear interpolation of annual church censuses. The age distribution was estimated from a 5% systematic sample of the church population taken in August 1971 (Lyon et al. 1976, 1978). The non-LDS population was obtained by subtraction of the LDS from the total state population, which was derived by linear interpolation of the 1970 U.S. census and a 1975 population estimate from the State Bureau of Vital Statistics. The incidence of cancer in the LDS and non-LDS populations for the state was compared to the Third National Cancer Survey (TNCS) white rates, using standardized incidence ratios (SIRs) (Cutler and Young 1975). The expected cases were calculated by applying the TNCS age-specific incidence rates to the respective Utah populations, using 5-year groupings. Statistical significance of the difference for each population from the TNCS and U.S. were determined using the method of Bailar and Ederer (1964), and differences between LDS and non-LDS rates were tested using a modification of the

Mantel-Haenszel procedure controlling for sex and age in 5-year age intervals (Mantel 1963; Lyon et al. 1978). Because of the large proportion of the Utah population residing in the urban areas (approximately 80% at the 1970 census) and the known increased risk to urban residents versus rural residents, we also divided the state into urban and rural areas and calculated rates for each geographic area, using the procedure described above.

Beginning in 1977, we carried out three case-control studies in the State of Utah, using a random digit dialing (RDD) technique to select control groups as representative of the state general population. The overall response rate from the control group was 85% with the majority of non-completions being due to individuals moving between the time of ascertainment through the telephone census and t he time when they were approached by an interviewer.

The control groups, although randomly drawn from the general population of the state, generally had age distributions reflecting a disease under study. Weighting factors were therefore necessary to adjust their responses to the general population of the state.

RESULTS

Of the 20,379 cases, 439 (2.2%) were excluded because of inability to ascertain religion, and an additional 187 (0.9%) because no county residence was available (63 LDS and 124 non-LDS cases). Of the 19,753 cases remaining, 12,112 were classified as LDS (9,002 urban and 3,110 rural) and 7,641 were classified as non-LDS (6,158 urban and 1,483 rural). Tables 2-5 present SIRs by cancer site for both LDS and non-LDS populations of the state. Figures 1-8 contain the same data, represented graphically.

Utah's comparative advantage in cancer incidence, compared to the U.S. population, is clearly reflected and is contributed exclusively by the LDS portion of the state population. The non-LDS have cancer rates slightly higher than expected from the TNCS. The incidence of cancer for urban and rural areas of the state shows the expected gradient (Haenszel et al. 1956; Clemmsen and Neilsen 1957; Levin et al. 1960; Buell and Dunn 1967; Haenszel and Dawson 1972), but only for non-LDS men and women. A slight gradient was observed for LDS women, but virtually none for LDS men (Fig. 1).

The cancer sites associated with cigarette use in prior studies (Department of Health, Education, and Welfare 1973)(lung, larynx, tongue, gum and mouth, esophagus, and bladder) demonstrate the largest difference, with the incidence in LDS men and women about 55% less than that of the U.S. population (see Figs. 2 and 3). Non-LDS men and women have SIRs about 7% below that of the U.S. population primarily because of a deficit of lung cancer cases.

For LDS men, there was no difference in cancer risk for the tobacco-related sites by place of residence, but for LDS women there was a small (8%) but significant difference. For non-LDS, large urban-rural gradients were present for all cancers related to tobacco.

For digestive tract sites of stomach, pancreas, and colon and rectum (see Figs. 4, 5, and 6), significant differences between the two religious groups were present, with the LDS substantially lower than the non-LDS. Again, these same sits (particularly colon) demonstrated an urban-rural difference for the two religious groups, with the

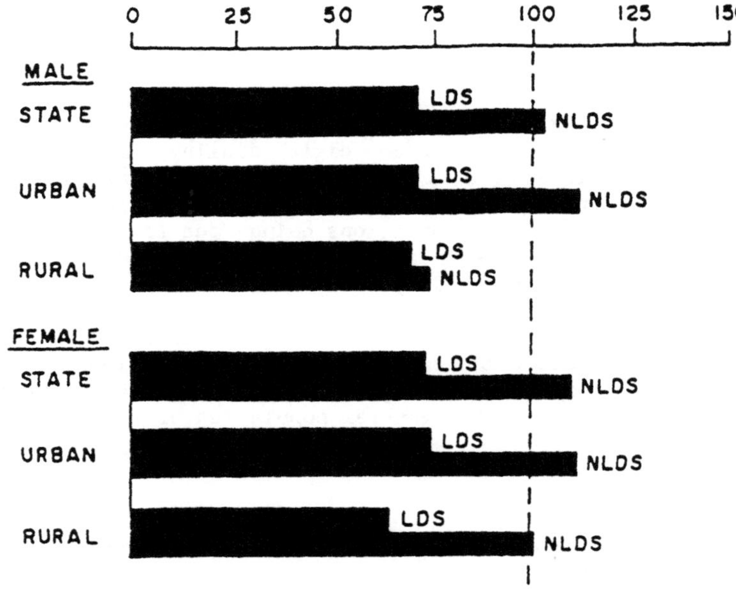

Figure 1
SIRs for men and women by religion and residence--all sites

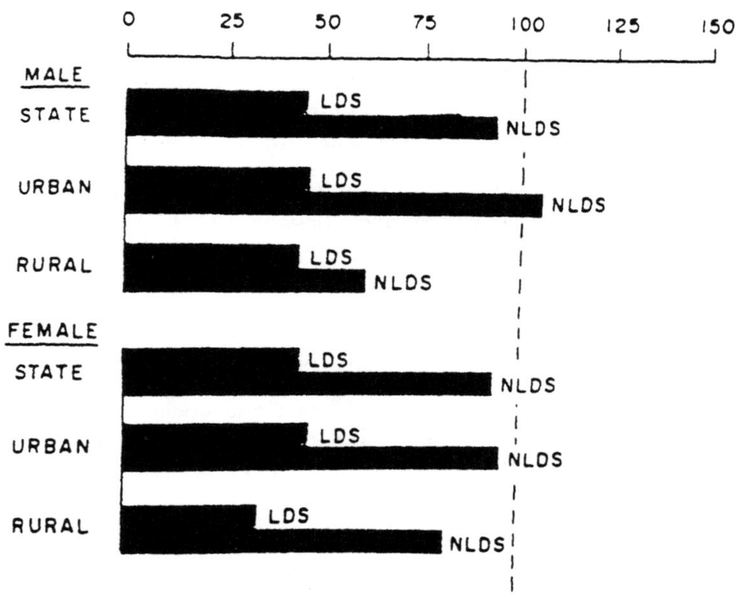

Figure 2
SIRs for men and women by religion and residence for smoking associated sites (mouth, pharynx, larynx, lung, esophagus, bladder)

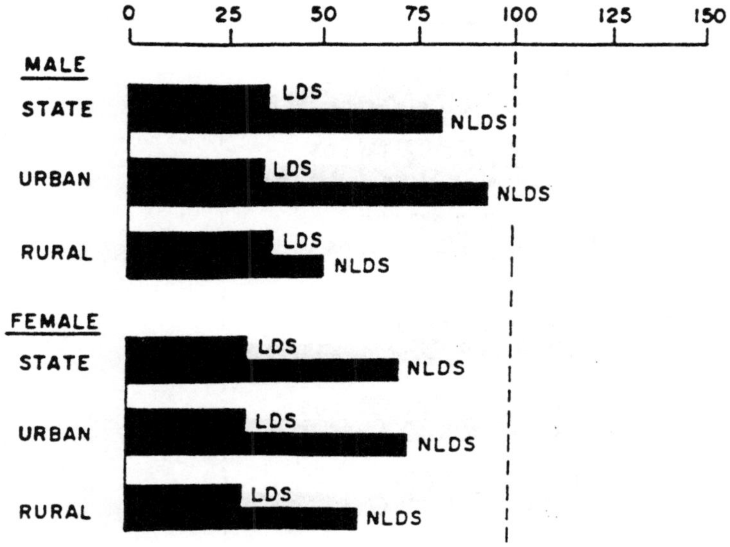

Figure 3
SIRs for men and women by religion and residence for lung

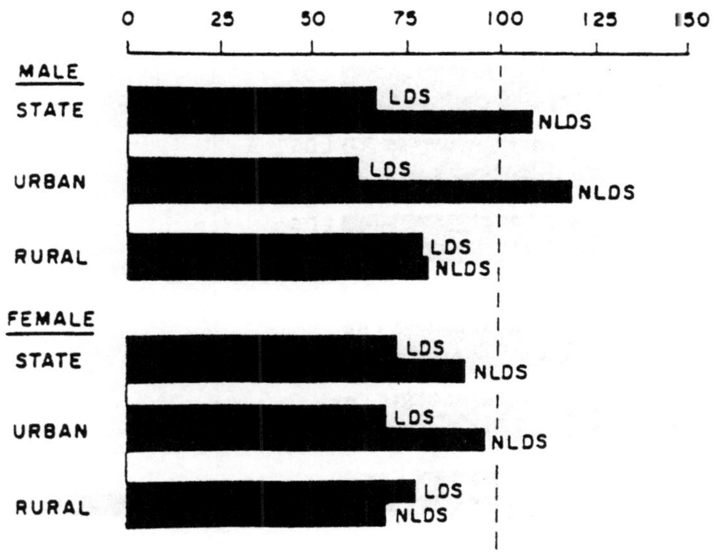

Figure 4
SIRs for men and women by religion and residence for stomach

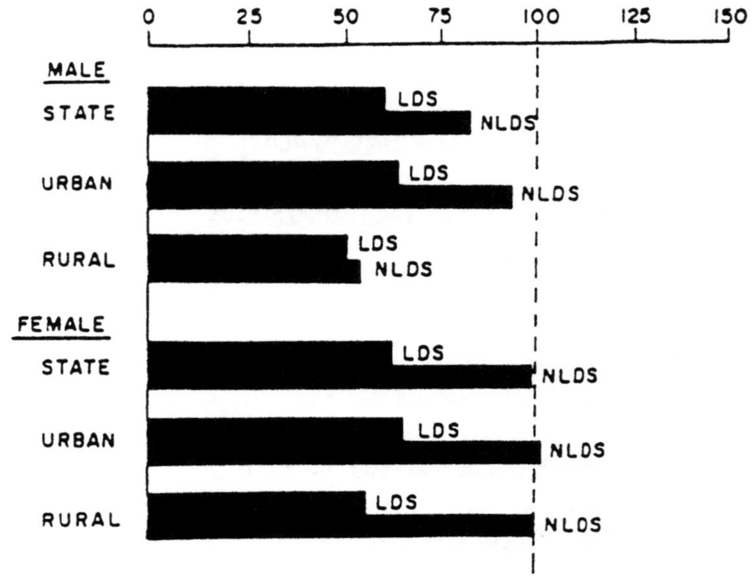

Figure 5
SIRS for men and women by religion and residence for colon-rectum

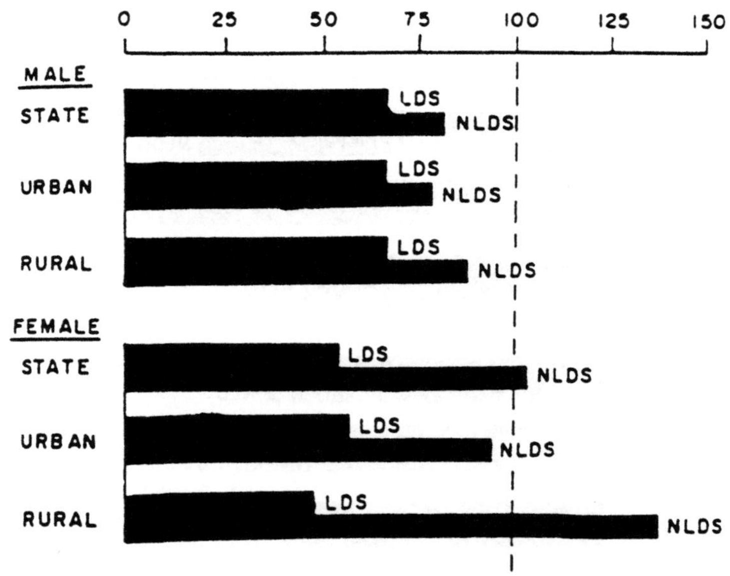

Figure 6
SIRs for men and women by religion and residence for pancreas

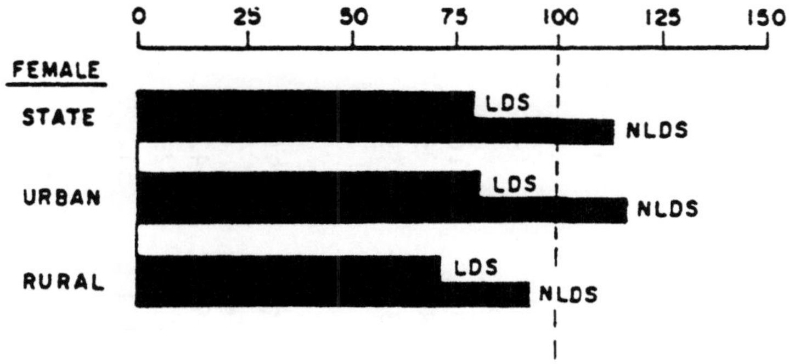

Figure 7
SIRs for women by religion and residence for breast

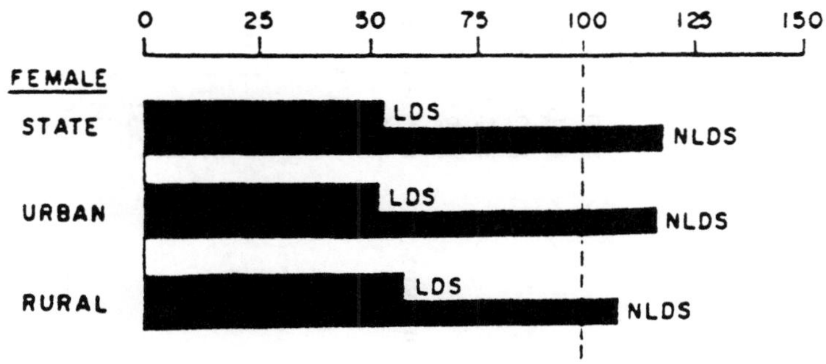

Figure 8
SIRs for women by religion and residence for uteri-invasive

Table 2

Observed and Expected Numbers and SIRs for Cancers by Site Occurring Among Utah LDS Males and Females 1967-75

Primary site of malignant neoplasms	MOTNAC[a] topography code number[b]	Male			Female		
		number observed	number expected	SIR[g]	number observed	number expected	SIR[g]
Total malignant neoplasms		6070	8347.6	73†	6105	8050.0	76†
Lip, oral cavity, and pharynx		(434)	(413.2)	(105)	(91)	(158.9)	(57)
Lip	1400-1409	294	100.4	294†	26	7.9	329†
Tongue	1410-1419	31	76.0	41†	13	32.2	40†
Salivary glands	1420-1429	28	30.7	91	19	27.0	70
Gum and mouth	1430-1459	38	94.5	40†	16	52.6	30†
Nasopharynx	1471-1479	14	17.6	80	9	7.2	125
Other and unspecified pharynx	1461-1469, 1480-1489, 1499	29	93.8	31†	8	29.6	27†
Digestive organs and peritoneum		(1326)	(2137.1)	(62)†	(1191)	(1844.9)	(65†)
Esophagus	1500-1509	42	111.6	38†	7	39.1	18†
Stomach	1510-1519	216	323.1	67†	142	192.2	74†
Small intestine	1520-1529	24	23.3	103	22	19.0	116
Colon	1531-1539, 544[c]	489	787.7	62†	542	869.3	62†
Rectum, rectosigmoid junction, and anal canal	1540-1542, 1549	257	425.6	60†	225	324.7	69†
Liver	1550	32	71.2	45†	21	40.8	51†
Gallbladder	1560	22	26.4	83	53	64.6	82
Other biliary	1551, 1561-1569	28	38.3	73	31	30.3	102

Primary site of malignant neoplasms	MOTNAC[a] topography code number[b]	Male			Female		
		number observed	number expected	SIR[g]	number observed	number expected	SIR[g]
Pancreas	1570–1579	198	287.7	69†	122	214.2	57†
Retroperitoneum, peritoneum, and unspecified digestive organs including abdomen	1580–1588, 1599	18	40.1	45†	26	48.3	54†
Respiratory system		(745)	(1924.5)	(39)†	(166)	(461.3)	(36)†
Larynx	1610–1619	77	196.1	39†	10	26.4	38†
Lung	1620–1622, 623–624[c]	639	1691.8	38†	137	414.7	33†
Other respiratory organs including pleura, mediastinum, intrathoracic site	1600–1609, 1630–1639, 649[c]	29	36.6	79	19	19.5	97
Bones and joints	1700–1709	41	28.4	144*	19	22.9	83
Connective subcutaneous and other soft tissues	1710–1719	65	61.9	105	60	51.2	117
Melanomas–skin	1730–1739 for M-8723–8783	150	126.3	119*	183	137.1	133†
Breast	1740–1749	17	17.4	98	1786	2184.4	82†

Continued

Table 2 – *Continued*

Primary site of malignant neoplasms	MOTNAC[a] topography code number[b]	Male number observed	Male number expected	Male SIR[g]	Female number observed	Female number expected	Female SIR[g]
Female genital system					(1259)	(1635.7)	(77)†
Cervix-in-situ[d]	1800–1809 for M-8-2				517		
Cervix	1800–1809 excluding M-8-2				252	455.1	55†
Corpus uteri	1820				609	602.0	101
Uterus, NOS	1829				29	68.5	42†
Ovary	1830				308	419.0	74†
Vagina	1840				5	17.2	29†
Vulva and clitoris	1842, 1843				23	52.9	43†
Other female genital	1810, 1832–1839, 1849				33	19.6	168†
Male genital system		(1589)	(1471.7)	(108)†			
Prostate	1859	1453	1332.5	109†			
Testis	1869	127	111.3	114†			
Penis	1870	7	22.8	31†			
Scrotum and other male genital	1871–1874, 879[c]	2	4.2	48			
Urinary system		(519)	(793.3)	(65)†	(219)	(318.3)	(69)†
Bladder	1889	370	558.2	66†	132	183.9	72†
Kidney and renal pelvis	1890, 1891	135	212.9	63†	77	121.0	64†

Primary site of malignant neoplasms	MOTNAC[a] topography code number[b]	Male			Female		
		number observed	number expected	SIR[g]	number observed	number expected	SIR[g]
Other urinary organs	1892–1898, 899[c]	14	21.7	65	10	13.2	76
Eye	1900–1909	27	23.3	116	29	24.3	119
Nervous system		(142)	(166.6)	(85)	(141)	(136.8)	(103)
Brain	1910–1919 except M-9533						
Other nervous system	1920–1920 and 1910–1919 for M-9533						
Endocrine system		(67)	(76.6)	(87)	(193)	(182.4)	(106)
Thyroid	1930–1931	57	61.6	93	182	172.1	106
Other endocrine glands	1940–1949	10	15.0	67	11	11.0	100
Lymphomas		(371)	(396.7)	(94)	(248)	(312.2)	(79)†
Lymphosarcoma and reticulum cell sarcomas all sites[c]	M-9613, M-9623, M-9633, M-9643	197	204.2	96	139	166.9	83*
Hodgkin's disease all sites[c]	M-9653–M-9683	130	128.2	101	67	95.7	70†

Continued

Table 2 – *Continued*

Primary site of malignant neoplasms	MOTNAC[a] topography code number[b]	Male number observed	Male number expected	Male SIR[g]	Female number observed	Female number expected	Female SIR[g]
Other lymphomas including mycosis fungoides all sites[e]	M-9593, M-9603, M-9693–9723 M-9743, M-9753, T-1692, T-1690 T-1692, T-698[c], T-1699 except M-9803–9933	44	64.6	68†	42	50.2	84
Multiple myeloma all sites[e]	M-9733	78	93.3	84	65	80.9	80
Leukemia		(244)	(345.6)	(71)†	(207)	(244.1)	(85)*
Lymphatic (lymphocytic) all sites							
Acute	M-9825	54	53.0	102	45	35.1	128
Chronic	M-9827	47	86.7	54†	28	54.7	51†
Other	M-9823, M-9828–9829	8	13.6	59†	5	11.1	45
Other leukemia (granulocytic, monocytic, etc.) all sites							
Acute	M-9805, M-9865, M-9895	75	103.6	72†	74	80.8	92
Chronic	M-9807, M-9867, M-9897	38	51.5	74	34	33.8	101

Primary site of malignant neoplasms	MOTNAC[a] topography code number[b]	Male			Female		
		number observed	number expected	SIR[g]	number observed	number expected	SIR[g]
Other	M-9803–9933 except those specified above under leukemia	22	36.4	60*	21	28.9	73
Other and unknown primary	1543, 589[c] 1730–1739[f] except M-8723–M-8793 and M-8003, M-8013 M-8073 and M-8093, 1960–1969 except M-9593–9933, 1991	255	271.8	94	248	255.3	97

[a] Manual of Tumor Nomenclature and Coding.

[b] In certain places morphologic code numbers must be taken into account.

[c] TNCS special code.

[d] If carcinoma-in-situ of cervix figures are available, include here, but exclude from any total figures for malignant neoplasms.

[e] All sites for the specific types of lymphomas are being placed here, even extranodal lymphomas (e.g., lymphosarcoma of stomach). This is a different rule than was followed in TNCS.

[f] Exclude superficial skins.

[g] †$p < .05$; *$p < .01$.

Table 3
Observed and Expected Numbers and SIRs for Cancers by Site Occurring among Utah non-LDS Males and Females, 1967-75

Primary site of malignant neoplasms	MOTNAC[a] topography code number[b]	Male			Female		
		number observed	number expected	SIR[g]	number observed	number expected	SIR[g]
Total malignant neoplasms		3943	3708.5	(106)†	3822	3314.3	115†
Lip, oral cavity, and pharynx		(320)	(197.0)	(162)*	(96)	(65.8)	(146)†
Lip	1400-1409	169	47.0	360†	17	3.1	548†
Tongue	1410-1419	46	36.3	127	22	13.3	165*
Salivary glands	1420-1429	20	13.6	147	13	10.7	121
Gum and mouth	1430-1459	44	45.2	97	28	22.2	126
Nasopharynx	1471-1479	5	8.7	57	5	3.0	167
Other and unspecified pharynx	1461-1469, 1480-1489, 1499	36	46.1	78	11	12.5	88
Digestive organs and peritoneum		(838)	(943.1)	(89)†	(745)	(739.5)	(101)
Esophagus	1500-1509	57	50.2	114	13	15.8	82
Stomach	1510-1519	153	139.1	110	68	76.4	89
Small intestine	1520--1529	13	11.0	118	15	7.7	195*
Colon	1531-1539, 544[c]	311	343.5	91	372	348.4	107
Rectum, rectosigmoid junction, and anal canal	1540-1542, 1549	144	191.9	75†	122	131.4	193
Liver	1550	18	31.9	56†	10	16.1	62
Gallbladder	1560	15	10.9	138	30	25.3	119
Other biliary	1551, 1561-1569	10	17.3	58	11	12.2	90

Primary site of malignant neoplasms	MOTNAC[a] topography code number[b]	Male			Female		
		number observed	number expected	SIR[g]	number observed	number expected	SIR[g]
Other urinary organs	1892–1898, 899[c]	10	10.0	100	7	5.3	132
Eye	1900–1909	15	10.5	143	13	9.8	133
Nervous system		(71)	(78.8)	(90)	(58)	(55.9)	(104)
Brain	1910–1919 except M-9533						
Other nervous system	1920–1929 and 1910–1919 for M-9533						
Endocrine system		(29)	(33.6)	(86)	(107)	(70.3)	(152)†
Thyroid	1930–1931	22	26.7	82	99	66.2	150†
Other endocrine glands	1940–1949	7	6.7	104	8	4.3	186
Lymphomas		(161)	(170.8)	(94)	(162)	(122.5)	(132)†
Lymphosarcoma and reticulum cell sarcomas all sites[e]	M-9613, M-9623, M-9633, M-9643	94	91.6	103	74	68.2	109
Hodgkin's disease – all sites[e]	M-9653–M-9683	49	50.4	97	53	34.5	154†

Continued

Table 3 – *Continued*

Primary site of malignant neoplasms	MOTNAC[a] topography code number[b]	Male number observed	Male number expected	Male SIR[g]	Female number observed	Female number expected	Female SIR[g]
Female genital system					(799)	(685.8)	(117)†
Cervix-in-situ[d]	1800–1809 for M-8–2				597		
Cervix	1800–1809 excluding M-8–2				232	190.1	122†
Corpus uteri	1820				324	255.5	127†
Uterus, NOS	1829				11	28.6	38†
Ovary	1830				184	175.2	105
Vagina	1840				9	6.7	134
Vulva and clitoris	1842, 1843				21	21.3	99
Other female genital	1810, 1832–1839, 1849				18	7.6	237†
Male genital system		(763)	(586.4)	(130)†			
Prostate	1859	709	531.3	133†			
Testis	1869	47	42.4	111			
Penis	1870	7	10.5	67			
Scrotum and other male genital	1871–1874, 879[c]	0	1.9	0			
Urinary system		(363)	(355.9)	(102)	(141)	(128.5)	(110)
Bladder	1889	264	247.0	107	86	73.4	117
Kidney and renal pelvis	1890, 1891	89	98.8	90	48	49.7	97

Primary site of malignant neoplasms	MOTNAC[a] topography code number[b]	Male			Female		
		number observed	number expected	SIR[g]	number observed	number expected	SIR[g]
Pancreas	1570–1579	108	128.6	84	92	86.3	107
Reptroperitoneum, peritoneum, and unspecified digestive organs including abdomen	1580–1588, 1599	8	7.4	108	8	5.8	138
Respiratory system		(829)	(924.6)	(90)†	(163)	(193.9)	(84)*
Larynx	1610–1619	118	96.7	122*	16	11.2	143
Lung	1620–1622, 623–624[c]	684	811.5	84†	129	174.6	74†
Other respiratory organs including pleura, mediastinum, and intrathoracic site	1600–1609, 1630–1639, 649[c]	27	16.4	165*	18	7.7	234†
Bones and joints	1700–1709	19	11.0	173*	12	8.4	143
Connective subcutaneous and other soft tissues	1710–1719	46	26.3	175†	36	20.2	178†
Melanomas–skin	1730–1739 for M-8723-8783	89	56.7	157	111	55.6	200†
Breast	1740–1749	9	8.1	111†	1084	927.0	117†

Continued

Table 3 – *Continued.*

Primary site of malignant neoplasms	MOTNAC[a] topography code number[b]	Male number observed	Male number expected	Male SIR[g]	Female number observed	Female number expected	Female SIR[g]
Other lymphomas including mycosis fungoides all sites[c]	M-9593, M-9603 M9693-9723, M-9743, M-9753, T-1692, T-1690, T-1692, T-698[c], T-1699 except M-9803-9933	18	28.8	63*	35	20.1	174†
Multiple myeloma all sites[c]	M-9733	44	42.0	105	39	32.4	120
Leukemia		(141)	(144.4)	(98)	(85)	(95.5)	(89)
Lymphatic (lymphocytic) all sites[c]							
Acute	M-9825	23	22.7	101	21	13.6	154
Chronic	M-9827	35	36.1	97	15	21.6	69
Other	M-9823, M-9828-9829	7	5.3	132	2	4.2	48
Other leukemia (granulocytic, monocytic, etc.) all sites							
Acute	M-9805, M-9865, M-9895,	38	43.6	87	23	31.2	74
Chronic	M-9807, M-9867, M-9897	24	21.0	114	18	13.4	134
Other	M-9803-9933 except those specified above under leukemia	14	15.2	92	6	11.3	53

Primary site of malignant neoplasms	MOTNAC[a] topography code number[b]	Male			Female		
		number observed	number expected	SIR[g]	number observed	number expected	SIR[g]
Other and unknown primary	1543, 589[c] 1730–1739[f] except M-8723–M-8793 and M-8003, M-8013, M-8073 and M-8093, 1960–1969 except M-9593–9933, 1991	206	119.0	173†	171	102.9	166†

[a] Manual of Tumor Nomenclature and Coding.
[b] In certain places morphologic code numbers must be taken into account.
[c] TNCS special code.
[d] If carcinoma-in-situ of cervix figures are available, include here, but exclude from any total figures for malignant neoplasms.
[e] All sites for the specific types of lymphomas are being placed here, even extranodal lymphomas (e.g., lymphosarcoma of stomach). This is a different rule than was followed in TNCS.
[f] Exclude superficial skins.
[g] †$p < .05$; *$p < .01$.

Table 4
Cancer Incidence in Utah, 1967-75, by Religion and Residence

			LDS			Non-LDS		
ICD[a]	Site	Sex	urban[b]	rural[b]	difference[c]	urban[b]	rural[b]	difference[c]
140–207	all sites	M	73†	72†	–	115†	76†	$p = .0005$
		F	78†	67†	$p = .02$	116†	105	–
	tobacco-related sites	M	44†	43†	–	106	59†	$p = 10^{-5}$
		F	46†	33†	$p = .01$	97	86	–
141, 143–9	oral cavity and pharynx	M	39†	39†	–	108	54†	$p = .0006$
		F	41†	30†	–	128	127	–
150	esophagus	M	36†	38†	–	134	63	$p = .02$
		F	21†	9†	–	79	97	–
161	larynx	M	39†	37†	–	130*	90	$p = .08$
		F	41†	28†	–	157	86	–
162	lung	M	37†	39†	–	96	54†	$p = .00003$
		F	33†	32†	–	76†	64*	–
188	bladder	M	69†	59†	–	122†	66†	$p = .002$
		F	83	41†	$p = .0006$	12	107	–
140	lip	M	250†	370†	$p = .004$	304†	406†	–
		F	296†	357†	–	431†	808†	–
151	stomach	M	62†	80	–	120	81	$p = .05$
		F	72†	78		95	62	–
153	colon	M	67†	49†	$p = .02$	104	54†	$p = .0003$
		F	66†	53†	$p = .09$	105	112	–
154	rectum	M	62†	55†	–	78*	57†	–
		F	69†	68†	–	95	70	–
157	pancreas	M	69†	69†	–	81	91	–
		F	60†	50†	–	98	144	–

exception of non-LDS women. Interestingly, among the LDS we found significantly lower rates of cancers of the colon and stomach, a pattern not generally seen elsewhere in the world (Waterhouse et al 1976).

Cancer of the female breast showed a significant difference between the two religious groups and demonstrated an urban-rural gradient in both groups (see Fig. 7). Cancer of the uterine cervix demonstrated the largest difference in a nontobacco-related site and, for LDS women, had slightly lower urban incidence than rural incidence. The reverse was not, however, held for the non-LDS (see Fig.8).

Finally, cancers of the prostate and lip and malignant melanoma both demonstrated rates above expectation. Tables 2-5 contain information concerning different risk factors in the LDS population. These tables contain a proportion of respondents reporting Church membership, and a proportion of the smokers of each of the control groups, the information on education level, marital status, reproductive and sexual factors, and preliminary data on the use of fats in cooking.

Significant differences between the two religious groups and their reported use of alcohol, tobacco, coffee, and tea are striking, as are differences in marital status and reproductive factors.

DISCUSSION

The validity of the data in the Utah Cancer Registry has been discussed in a number of prior publications (Lyon et al. 1976), 1977, 1978).

Cancer Associated with Cigarette and Alcohol Use

Much of the difference in cancer incidence between Utah and the remainder of the U.S. occurs because of the strikingly lower rates in the LDS population at certain cancer sites. Using the formulas for attributing an etiologic fraction to an incidence rate (MacMahon and Pugh 1970), and using the state incidence rate and the control-group data on smoking to estimate the incidence in the unexposed, we find that for lung cancer the predicted incidence explains 96% of the difference observed between the LDS and the state rates. however, applying the same formula to cancer of the larynx leaves a residual of about 22% (LDS rates are 22% less than predicted if smoking were the single risk factor involved and using a relative risk of 5). This finding, however, is compatible with the reported synergistic association between alcohol and tobacco for cancers of the oral cavity, larynx, and esophagus (Rothman 1975).

The urban-rural cancer risk reported in previous studies does not hold for LDS men, but is quite striking in non-LDS men and women. Again, past explanations have attempted to implicate air pollution as a causal factor (Dean 1966; Shy 1976). The paucity of any gradient in the LDS population, particularly males, is counter to this explanation. Unfortunately, our case-control studies did not contain an adequate number of rural residents to permit precise estimates of smoking for LDS and non-LDS by rural areas.

The issue of whether smoking-related cancer explains the differences between Utah and the remainder of the U.S. can partly be

Table 5
Cancer Incidence in Utah, 1967-75, by Religion and Residence

			Urban			Rural		
ICD[a]	Site	Sex	LDS[b]	non-LDS[b]	difference[c]	LDS[b]	non-LDS[b]	difference[c]
140–207	all sites	M	73†	115†	$p < 10^{-5}$	72†	76†	
		F	78†	116†	$p < 10^{-5}$	67†	105	$p = .0000$
	tobacco-related sites	M	44†	106	$p < 10^{-5}$	43†	59†	$p = .009$
		F	46†	97	$p < 10^{-5}$	33†	86	$p = 10^{-5}$
141, 143–9	oral cavity and pharynx	M	39†	108	$p < 10^{-5}$	39†	54†	–
		F	41†	128	$p < 10^{-5}$	30†	127	$p = .0002$
150	esophagus	M	36†	134	$p < 10^{-5}$	38†	63	–
		F	21†	79	$p = .0004$	9†	97	$p < 10^{-5}$
161	larynx	M	39†	130*	$p < 10^{-5}$	37†	90	$p = .006$
		F	41†	157	$p = .0003$	28	86	–
162	lung	M	37†	96	$p < 10^{-5}$	39†	54†	$p = .03$
		F	33†	76†	$p < 10^{-5}$	32†	64*	$p = .009$
188	bladder	M	69†	122†	$p < 10^{-5}$	59†	66†	
		F	83	120	$p < 10^{-5}$	41†	107	$p = .02$
153	colon	M	67†	104	$p = .0001$	49†	54†	–
		F	66†	105	$p < 10^{-5}$	53†	112	$p = .0004$
154	rectum	M	62†	78*	–	55†	57†	–
		F	69†	95	$p = .04$	68†	70	–
174	breast	F	84†	121†	$p < 10^{-5}$	74†	97	$p = .03$
180	cervix-in-situ[d]	F			$p < 10^{-5}$			$p < 10^{-5}$
	invasive	F	54†	120*	$p < 10^{-5}$	60†	111	$p = .008$
140	lip	M	250†	304†	–	370†	406†	–
		F	296†	431†	–	357†	808†	–

ICD[a]	Site	Sex	Urban LDS[b]	Urban non-LDS[b]	Urban difference[c]	Rural LDS[b]	Rural non-LDS[b]	Rural difference[c]
151	stomach	M	62†	120	$p = .05$	80	81	–
		F	72†	95	–	78	62	–
157	pancreas	M	69†	81	–	69†	91	–
		F	60†	98	$p = .005$	50†	144	$p = .002$
173	melanoma	M	125*	164†	$p = .06$	99	129	
		F	142†	194†	$p = .04$	108	213	$p = .01$
182.0	corpus uteri	F	104	130†	$p = .02$	91	107	–
183.0	ovary	F	76†	108	$p = .003$	65†	92	–
185	prostate	M	108†	145†	$p = .01$	111	98	–
		M	62†	92		68*	85	
189.0–1	kidney	F	68†	93	–	52†	109	$p = .07$

SIRs compared to the TNCS with comparison of LDS to non-LDS.

[a] International Classification of Diseases number.

[b] $*p < .05$, $\dagger p < .01$ indicates significance of difference from TNCS.

[c] p Values from modified Mantel-Haenszel chi-square tet of difference in religious status.

[d] Not included in "all sites" category.

answered by removing these sites from consideration and computing SIRs from remaining observed and expected numbers of cases. For LDS men, an SIR of 87.7 is obtained, and for LDS women, 79.5 if the tobacco-related sites are removed. If we further remove the two sites that were found to be significantly higher for LDS men (lip and prostate), and SIR of 75.7 is obtained. This contrasts with SIRs for non-LSD men and women of 113.6 and 117.6. If we remove cancers of the lip and prostate from consideration in non-LDS men, we obtain an SIR of 101.3. These differences are not explained by tobacco, but must have some other causal factor or factors.

Cancers Not Associated with Smoking

Differences between the LDS and non-LDS populations persist for cancers at a number of sites not associated with cigarette smoking. These include cancers of the stomach, colon, breast, ovary, and uterine cervix. For cancer of the uterine cervix, a more complex pattern emerges between urban and rural risks, with rural LDS risks higher than urban. This may be due to the possible effect of better acceptance of screening in the urban areas. Again, applying the formula for attributable risk in a population to cervical cancer data, some interesting results emerge. If we assume that sexual intercourse with multiple sexual partners is a risk factor (with risk of 4.7 for our control group), we then apply these data to the LDS and non-LDS population to predict the expected LDS incidence from the observed frequent of intercourse with more than one sexual partner. We find that 92% of the LDS rates would be explained by this factor. However, if we used the smaller risk ratio of 2, then only about 77% of the LDS rates would be explained by this factor.

For cancer of the female breast, significant differences were present between LDS and non-LDS. This disease does show an urban-rural gradient for both the LDS and non-LDS in the state.

Finally, cancer of the lip and prostate and melanoma all show incidence significantly above U.S. expectation. The reasons for these excesses are not clear.

Thus, factors in life-style relating to use of alcohol, tobacco, and sexual behavior, appear to have a significant modifying behavior on the risk of cancer for a subset of the U.S. population either compared to other populations in the U.S. or to a similar group sharing the same environment in the state of Utah.

REFERENCES

Bailer, J.C. III and R. Ederer. 1964. Significance factors for the ratio of a Poisson variable to its expectation. Biometrics 10:639.

Buell, P. and J.E. Dunn. 1967. The relative impact of smoking and air pollution on lung cancer. Arch.Environ.Health 15:291.

Clemmsen, J. and A. Neilsen. 1957. Comparison of age-adjusted cancer incidence rates in Denmark and the United States. J.Natl.Cancer Inst. 19:989.

Cutler, S.J. and J.L. Young, eds. 1975. Third National Cancer Survey: Incidence data. DHEW publication number (NIH) 75-787. Government Printing Office, Washington, D.C.

Dean, G. 1966. Lung cancer and bronchitis in Northern Ireland 1960-61. Brit.J.Med. 1:506.

Department of Health, Education, and Welfare. 1973. The health consequences of smoking. DHEW publication number (HMS) 73-8704. Government Printing Office, Washington, D.C.

Gardner, J.W. and J.L. Lyon. 1977. Low incidence of cervical cancer in Utah. Gynecol.Oncol. 5:68.

Haenszel, W. and E.A. Dawson. 1972. A note on mortality from cancer of the colon and rectum in the United States. Cancer 18:265.

Haenszel, W., S.C. Marcus, and E.T. Zimmerer. 1956. Cancer morbidity in urban and rural Iowa. Public Health Monograph no.37, PHS publication no. 426. Government Printing Office, Washington, D.C.

Hardy, R. 1974. Social origins of American scientists and scholars. Science 185:497.

Levin, M.L., W. Haenszel, and B.E.Carrol. 1960. Cancer incidence in urban and rural areas of New York State. J. Natl.Cancer Inst. 24:1243.

Lyon, J.L., J.W. Gardner, and D.W. West. 1978. "Cancer in Utah, risk by religion and place of residence." Paper read at Workshop on Low Risk Populations, August 23-25, at Snowbird, Utah.

Lyon, J.L., M.R. Klauber, J.W. Gardner, and C.R. Smart. 1976. Cancer incidence in Mormons and non-Mormons in Utah, 1966-1970. N.Engl.J.Med. 194:129.

Lyon, J.L., H.P. Wetzler, J.W. Gardner, M.R. Klauber, and R. R. Williams. 1978. Cardiovascular mortality in Mormons and non-Mormons in Utah, 1969-1971. Am J Epidemiol 108:357.

MacMahon, B. and T. Pugh. 1970. Epidemiology principles and methods, p. 274. Little Brown and Company, Boston.

Mantel, N. 1963. Chi-square tests with one degree of freedom: Extensions of the Mantel-Haenszel procedure. J.Am Stat. Assoc. 58:690.

Mason, T.J. and F.W. McKay. 1974. U.S. cancer mortality 1950-1960. DHEW publication number (NIH) 74-615. Government Printing Office, Washington, D.C.

Rothman, K.J. 1975. Alcohol. In Persons at high risk of cancer (ed., J.F. Fraumeni, Jr.) p. 139. Academic Press, New York.

Shy, C.M. 1976. Lung cancer. In urban environment review and clinical applications of pollution research (eds., A.J. Finkle and W.C. Duel), p.3. Publishing Sciences Group Incorporated, Acton, Massachusetts.

Spicer, J.O. and S.O. Gustavus. 1974. Mormon fertility through half a century: Another test of the Americanization hypothesis. Soc.Biol.21:70.

Waterhouse, J., C. Muir, P. Correa, and J. Powell. 1976. Cancer incidence in 5 continents, vol. III. IARC scientific publication number 15. International Agency for Research on Cancer, Lyon, France.

Young, J.L., Jr., A.J. Asire, and E.S. Pollack, eds. 1978. Cancer incidence and mortality in the U.S. 1973-1976. DHEW publication number (NIH) 78-1837, National Cancer Institute, Bethesda, Maryland.

GENE-ENVIRONMENTAL INTERACTION AS A CAUSE OF HUMAN VARIATION

H. Eldon Sutton

Genetics Institute and
Department of Zoology
The University of Texas at Austin
Austin, Texas 78712

To Mendel has often been attributed the good luck or good judgment of choosing for study traits that were clearly alternative characters and that were free of environmental influence. Galton, on the other hand, studied characteristics that were complex and that often had the potential for alteration by the environment, so-called multifactorial traits. The Galtonian approach, although it uses ever more sophisticated statistical and computational tools, has provided little insight into the mode of action of individual genes. It has, of course, been useful in plant and animal breeding experiments to study the contributions of both genetic and environmental variation and, as we have heard at this symposium, may help us to estimate inherited risk.

During the course of Mendelian analysis in many species, mutant forms have been identified that make an individual more susceptible to environmental influences. In many instances, such mutants do little to clarify an already complex genetic system. In other instances, the mutants may identify new loci and are important in dissecting complex biological systems. Among the more thoroughly studied classes of mutants are the many temperature-sensitive mutants in which a change in the structure of a polypeptide chain leads to increased thermal lability. Even in warm blooded mammals such mutants may be observed, as in the case of Himalayan rabbits, in which fur on colder surfaces is dark, while fur on warm surfaces is albino. Temperature-sensitive mutants occur in humans also, as exemplified by the many unstable variants of hemoglobin and glucose 6-phosphate dehydrogenase. And even the permissive and nonpermissive temperatures of certain mutations in Drosophila find a parallel in human cystic fibrosis.

A number of other mutations are known that make us more sensitive to environmental factors. DNA-repair defects have been studied in many species and occur in humans as well. Xeroderma pigmentosum is associated with deficiencies in excision repair of DNA, causing persons homozygous for this allele to be sensitive to ultraviolet light. While we do not know how to modify the sensitivity, affected persons can reduce the effects by avoiding exposure to the offending agent. In keeping with Muller's classification of mutations based on their phenotypic effects, we may use the term exoalleles to designate those mutations that make us more responsive to environmental variables.

Table 1. Vitamin-responsive inherited metabolic diseases

Thiamine	Cobalamin
branched chain ketoaciduria	ileal transport defect
cerebellar ataxia	inert intrinsic factor
lacticacidosis	intrinsic factor deficiency
megaloblastic anemia	methylmalonic acidemia
	transcobalamin II deficiency
Pyridoxine	
cystathionuria	
homocystinuria	Folic acid
hypochromic anemia	formiminotransferase deficiency
infantile convulsions	
oxalosis	homocystinuria + hypomethioninemia
xanthurenic aciduria	
	intestinal malabsorption
Biotin	megaloblastic anemia
beta-methylcrotonylglycinuria	
	Nicotinamide
propionic acidemia	Hartnup disease

From L. E. Rosenberg, 1976, Vitamin-responsive inherited metabolic disorders. Adv. Human Genet., 6:1-74.

In this discussion, I should like to focus on a group of mutations that have been studied very little but that may contribute to normal and abnormal variability. These are low activity enzyme variants. There are good reasons why relatively few such mutants are known. Since we are talking about low activity rather than zero activity, many are not associated with any striking metabolic abnormality. Indeed, many such mutants, perhaps most, are associated with completely normal phenotypes. We know from the number of recessive metabolic disorders that 50% of normal activity is often normal, at least insofar as obvious pathology is concerned. Yet we also learn from these metabolic mutants that the extreme departures from normality that are easily recognized as overt disease are generally the result of complete absence of activity of a specific enzyme.

A model system for low activity mutants is found in hypoxanthine phosphoribosyl transferase (HPRT). Complete absence of activity of the enzyme causes Lesch-Nyhan syndrome, a disorder involving mental retardation and other aberrant functions of the nervous system. The gene for HPRT is on the X chromosome. Therefore, only hemizygous males are deficient. Of special interest are the males with mutant forms of the enzyme and activities on the order of 10% of normal. These males would be considered normal, but they do have a rare form of gout. In this case, the X-linked transmission distinguishes these patients from others with gout, and the elevated uric acid levels suggested HPRT as a possible target for study. Had the locus been autosomal, it is doubtful that this group of patients would be distinguished as yet from the more numerous other patients with gout due to other primary causes.

Another group of mutants that merit special consideration are those that cause vitamin-responsive disorders. Some of these are listed in Table 1. Each of the conditions listed is due to low or absent activity of a specific enzyme and is known in two forms. In one, very large doses of the vitamin that serves as coenzyme will produce a beneficial response. Patients with the second form do not respond to vitamin therapy.

The explanation for this difference lies in the nature of the mutations. Persons who are vitamin responsive produce a variant form of enzyme with a lower affinity for the coenzyme. By simple mass action, increased levels of coenzyme cause more active enzyme to form, thereby allowing the metabolic reaction to occur at a greater rate. Persons who do not respond to large amounts of vitamin have mutant forms of the enzyme that are defective in ways other than reduced affinity for the coenzyme, or they may have a mutation that leads to complete absence of any polypeptide product at that locus.

The vitamin-responsive disorders are known because of the profound defects in development associated with these particular enzyme deficiencies. However, one may speculate that these are but the extreme expressions that are possible. As we know from studies of many other loci, there are likely to be many other mutations that produce apoenzymes with affinities for coenzyme that are reduced but to a lesser extent. These may not be associated with frank abnormality. They may be considered normal variants but they may make us relatively vitamin-dependent. Such a concept was put forth many years ago by Roger J. Williams, who coined the term genetotrophic disease to describe an unusually high requirement for a vitamin or other nutritional element (Williams, Berry, and Beerstecher, 1949). One can imagine mutant forms of an enzyme that have diminished but not absent activity at the usual levels of intake of a particular vitamin but that are fully active at somewhat higher levels.

One question to be addressed is the frequency with which such mutants may occur. No direct answer is possible, but there are several observations that bear on the question. First, we may assume without substantial error that all such mutants are amino acid substitutions, hence nucleotide substitutions at the DNA level. Frameshift mutants, splicing mutants, and deletions would produce a grossly abnormal polypeptide or none at all. Regulatory mutants would produce an altered amount of a completely normal product. Approximately one-third of the nucleotide substitutions produce an amino acid substitution associated with a difference in charge, so-called electromorphic mutants.

The frequency of such mutants in randomly chosen proteins has been estimated in several studies. The most relevant for our purposes would appear to be the studies of H. Harris and associates. These investigators found that 24 of 104 randomly selected enzyme loci are polymorphic in European populations (Harris, 1980). The average heterozygosity for these 104 loci was .063, that is, for any one locus, 6.3% of the population is heterozygous. This figure is slightly higher than reported for studies of 2D gels that also detect nonenzymatic proteins (e.g. Goldman & Merrill, 1983; Takahashi et al., 1986), but I shall use it as representative of the enzymes under discussion. Keeping in mind that the figure is based only on electrophoretic variants, the total heterozygosity should be three times 6.3%, or approximately 20%. Most of this is due to polymorphic variation, although some 1 per 1000 alleles is a rare nonpolymorphic variant.

What this figure means is that for the average enzyme locus, there is an expectation that 20% of the population will be heterozygous for a variant allele associated with an amino acid substitution. Many, probably most of these variant forms function normally. But many will vary somewhat from other normal forms in their properties, including thermal stability, pH optima, and affinities for substrates, coenzymes, and regulatory molecules. Most such variation would not lead to abnormality, even when the variant is homozygous, but some variants would surely be associated with increased risk of metabolic imbalance. Considering the large number of loci that code for enzymes, one can conclude that all of us are heterozygous for many alleles with altered activity. Indeed, most are also homozygous for alleles that produce enzymes with properties distinct from those of the majority of the population.

Table 2. Frequency of G6PD variants with increased Km among all G6PD variants*

Class	N	Electromorphs	Nonelectromorphs
1	67	26/41 (.63)	12/26 (.46)
2	50	16/36 (.44)	6/14 (.43)
3	41	14/38 (.37)	2/3 (.67)
4	22	9/21 (.43)	1/1
Total	180	65/136(.48)	21/44 (.48)

Class 1: severe deficiency.
Class 4: very mild or no deficiency.
*Compiled from V. A. McKusick, 1983, Mendelian Inheritance in Man, 6th ed., Johns Hopkins Univ. Press, Baltimore, pp. 1110-1129.

Such a conclusion is, of course, not surprising to geneticists. However, geneticists have been largely limited experimentally to studying one locus at a time or to estimating the frequencies of recessive lethals that are otherwise not identified. In particular, the opportunities to study environmental interactions have been limited. We do have examples from the field of pharmacogenetics. The best known is the acetylator locus (isoniazid inactivation) in which rapid actylation of various drugs is inherited as a simple dominant trait as opposed to slow inactivation. This polymorphic trait is significant in isoniazid therapy, since, for a given dose, rapid inactivators will have a lower blood level and faster rate of removal.

Another way in which variant forms of enzymes vary is their affinities for cofactors and substrates. I am especially interested in cofactors and should like to ask the question, what fraction of structural variants have diminished binding of cofactors? There is obviously no body of observations that permits us to give a general answer to this question. The best we can do is to examine the one enzyme locus for which a very large number of variants is known, glucose 6-phosphate dehydrogenase (G6PD). This enzyme may well be atypical. Our knowledge of variants is almost certainly biassed in favor of those with diminished enzyme activity. With these caveats, let us see if the available information provides guidance on the question.

The 6th edition of McKusick lists 180 G6PD variants that have information both on electrophoretic mobility and on the affinity for the cofactor NADP. These data are summarized in Table 2. The variants are also broken down into classes based on severity of defect, class 1 being the most severely deficient and class 4 being the least, with very mild or no deficiency. The numerator of each fraction is the number of variants for which an increased Km or other evidence of lower affinity for NADP was available.

It is apparent from inspection of the table that a high proportion of variants, almost half, have an increased Km. This is true whether or not the variant is an electromorph. It is also true even though the deficiency may not be severe, although this group is dominated by the electromorphic variants. With only a mild deficiency, most nonelectromorphic variants would escape attention. I shall use the value 1/2 as the best available estimate of the fraction of structural variants likely to have reduced affinity for cofactor. This value may be high by some unknown amount, but it seems unlikely to be high by an order of magnitude. The same argument can be extended to substrates and other specific regulators.

Among the cofactors that are especially interesting from the genetic viewpoint are the B vitamins. These have been identified primarily by the association of severe deficiencies with various pathological disorders, such as pellagra and beriberi in humans. In addition, a number of Mendelian conditions in humans lead to increased nutritional requirement for a vitamin, the vitamin-responsive disorders mentioned earlier. In each of these cases in which a specific enzyme defect has been identified, the increased requirement is due to a structural alteration of the enzyme molecule that produces a lower affinity for the coenzyme. Increased intake can compensate in part for the low affinity. In addition to cases that are vitamin responsive, there are other clinically identical cases due to enzyme defects that cannot be reversed nutritionally.

These defects illustrate two aspects of vitamin nutrition that have not been fully exploited: (1) Not everyone has the same quantitative requirement. (2) The expression of a deficiency is a function of which enzyme activities are impaired by marginal intake of the various vitamins. Expressed otherwise, our nutritional requirements are determined by the enzyme that is least effective in binding the cofactor in question. The phenotype produced by deficiency of that cofactor depends on the specific enzyme or enzymes that cannot function at the level of cofactor available. Only in the case of gross deficiency do the more sensitive of the normal enzymes drop below a critical threshold of activity, thereby producing the classic deficiency phenotypes.

I should like now to consider one particular cofactor, vitamin B6 or pyridoxal phosphate (PLP), that we have been studying and that I think exemplifies the interaction of genes and environment. Furthermore, I think some of the genes that code for B6 enzymes are good candidates for genes that make certain members of the population susceptible to pathological and degenerative changes. Our reasons for selecting PLP-enzymes are several. One consideration is the very large number of enzymes for which PLP is a cofactor. The various amino acid transaminases, deaminases, decarboxylases, and racemases depend on PLP. It is also involved in beta-elimination and replacement enzymes and transsulfuration. Large amounts are bound to glycogen phosphorylase. In short, there are many dozens of enzymes that depend on PLP for activity.

A second reason for interest in PLP enzymes is that the PLP is bound to the apoenzyme in a reversible Schiff base. The catalytic reactions involve various rearrangements of this structure, but the net effect is that the binding of PLP can be viewed as reversible, dependent both on the concentration of PLP and the dissociation constant of the PLP-apoenzyme complex. The existence of several inherited vitamin B6-responsive disorders (Lui and Lumeng, 1986) suggests that many of the enzymes may have Km's that are not too different from the levels of PLP that are commonly encountered.

A third reason is the involvement of PLP-enzymes in so many of the reactions of the nervous system. The principal signs of vitamin B6 deficiency include disorders of the central nervous system. PLP-enzymes are required for the formation or breakdown of many molecules that are critical to nerve function: dopamine, serotonin, epinephrine, tryptamine, tyramine, histamine, gamma-aminobutyric acid, and taurine (Sturman 1986). Any insight that can be gained into genetic variation in the formation and destruction of these substances is likely to aid in understanding the biological background of behavioral disorders.

These facts led us to attempt to develop a general method of detecting PLP enzymes. The method that we are currently using is based on selective reduction of the Schiff base with tritium-labeled cyanoborohydride at pH 7 (Jentoft and Dearborn, 1979). Under these circumstances, there appears to be no nonspecific labeling of proteins, although we cannot yet be sure that all labeling indicates the presence of PLP. Indeed, we suspect that is not the case. However, we have demonstrated that a variety of PLP-enzymes do label under the conditions of the reaction. Furthermore, when various labeled lysates or other biological preparations are subjected to electrophoresis, a number of radioactive bands are observed, as shown in Figure 1. This particular figure illustrates the varieties of patterns obtained in different tissues of a mouse. There are many incompletely resolved bands, and we currently are working out the conditions for 2D electrophoresis for these systems. Our early results lead us to believe that the method holds potential for detecting a large array of PLP-enzymes with great sensitivity. In addition to detecting electrophoretic variants, the method should reveal marked changes in the amount of enzyme in a particular spot, although such a quantitative variation is more difficult to detect and to interpret than a qualitative variation.

Whether or not this particular laboratory method proves to be the ultimate approach, it suggests studies that have bearing on the issue of phenotypic variation and risk. First, of course, is the question of polymorphic forms of the PLP-enzymes. From earlier arguments, one would expect a substantial fraction of the loci to be polymorphic. It will be especially interesting to examine the frequency of variant alleles in persons with behavioral disorders.

A second question is the extent to which function of the various enzymes is influenced by nutrition. Some enzymes bind PLP avidly; others do not. For example, cystathionine synthase of rat liver is saturated with PLP on a normal diet. Cystathionase, which functions in the same metabolic pathway, is

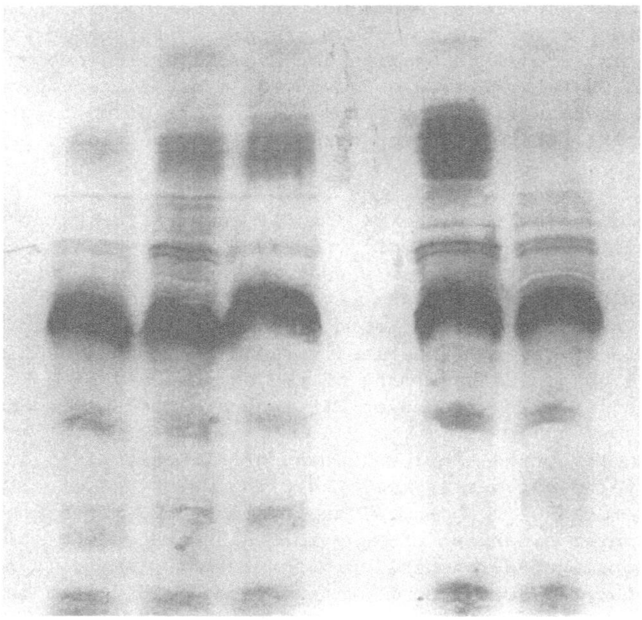

Figure 1. Autoradiograph of proteins from cell lysates of various mouse tissues. The proteins were labeled with tritium-cyanoborohydride under conditions that should limit reduction to Schiff bases. Labeled proteins were separated by isoelectric focusing, with the acidic region at the bottom. Left-to-right: brain, heart, kidney, markers, liver, muscle. (Furnished by Merle Kennard.)

not saturated. Addition of vitamin B6 to the diet increases the activity (Finkelstein and Chalmers, 1970). The latter situation has been reported for various transaminases. The formation of gamma-aminobutyric acid from glutamic acid is catalyzed by glutamic acid decarboxylase, and its breakdown is catalyzed by a gamma-transaminase, both PLP enzymes. Dietary deficiency of vitamin B6 causes a reduction in brain gamma-aminobutyric acid because the formation is inhibited more than the breakdown, apparently due to the higher Km of the decarboxylase.

At this point I should like to speculate on the topic of my presentation: gene-environment interaction and phenotypic variation. Let us suppose that there are a hundred enzymes that depend on PLP, a figure that almost certainly is low. Some 20% of the population would be heterozygous for variants of these enzymes, of which most would involve polymorphic alleles and a third would be electromorphic. About 10% of persons would be heterozygous for a rare nonpolymorphic variant. Half of the nonpolymorphic variants and perhaps almost that many of the polymorphic variants would have reduced affinities for PLP. Some unknown but substantial fraction of these would have reduced enzyme activity because the usual Km for PLP is near the normal tissue levels.

Reduced enzyme activity would not necessarily lead to impaired function. However, in many cases one might expect a particular reaction to become limiting if the activity drops to 50% of its normal level. These would be less likely to show up as the phenotypically distinct metabolic errors expressed in newborns. Rather, they would be likely to appear as chronic or late onset problems, the kinds of problems that often accompany ageing but which many persons seem to escape, perhaps because of their genes and perhaps on occasion because of good nutrition.

The arguments advanced above suggest that the activities of many of the variants should be influenced by the level of coenzyme, which is a function of nutrition in the case of the vitamin B cofactors. Another way of looking at the situation is to judge the adequacy of nutrition not by the level of coenzyme or the presence of classical deficiency syndromes but by the functional adequacy of each of the many enzymes that depend on a particular coenzyme. This argues against judging the adequacy of a diet by the amount of a nutrient consumed, although that is by far the easiest approach. Rather, each person has an array of enzymes, many of which vary from the more common forms. Judgments of nutritional adequacy should take into consideration the fact that the least functional, that is, the variant enzymes with the lowest affinities for cofactor, set the standards for each individual. Statistical analyses often disregard the outlying values of a distribution because of the distortion introduced by them. But in assessing dietary requirements for a vitamin, it is the outlying value that sets the requirement. Included in these arguments is the assumption that any one of the many enzymes that require PLP, for example, might be the variant outlier, depending on the genotype of the individual.

One speculation that I should like to put forward is that many persons whose diets meet accepted minimal standards may nevertheless be suboptimal for a specific nutrient because of inherited variants of one or more enzymes. Such persons may be essentially normal, but one would expect many to express the deficiency, not by the accepted measures of deficiency for that nutrient but by other phenotypic changes.

Similar considerations have led some to advocate much higher levels of vitamin intake than is currently recommended. Occasional efforts to treat disorders, especially behavioral disorders, with megadoses of vitamins have led to reports of success in some individuals, a success that cannot be repeated in others. There are various explanations of such discrepancies;

one possibility is that conditions that may be indistinguishable clinically are due to many different causes. One of the causes may be a higher than usual requirement for some coenzyme because of a variant apoenzyme. Whatever benefit that individual may derive from megavitamin therapy would not extend to other persons who have different genotypes.

Present evidence does not support the general use of high levels of vitamins or other nutrients as insurance against possible high requirements. Even so innocuous a vitamin as B6 has now been shown to cause problems when taken in very large doses. The evidence and the considerations presented here do argue that increased attention be given to the existence of persons with unusual requirements. They may pass all the tests for nutritional adequacy because those tests are based on enzymes other than the one that is responsible for the unusual requirement. It is interesting to note that plasma PLP levels tend to decline with age unless vitamin supplements are used. One can speculate that such diminished levels of PLP may interact with genotype to make some elderly persons less able to cope with the demands of existence.

In considering genetic risk, we must not be constrained in our thinking to present knowledge and approaches. The technology now exists to saturate the human chromosomes with genetic markers. This will permit analyses that are substantially beyond anything done at present. For example, in a paternity suit, it will be possible to exclude every male in the world except the true father or his identical twin. Within a family, it will be possible to identify which parts of each chromosome are transmitted from parents to children. This will permit establishment of risk, indeed certainty, for many inherited disorders in an embryo. In addition, a potentially high risk will often be signaled by the genotype of a relative. Let us suppose the relative is a biological parent of an adopted child. What information will be transmitted to the foster parents and the child? How will we settle the conflict between the right of the child to know and the right of privacy of the biological parent? What will we do with information that an individual's genotype creates twice the health risk in a certain occupation than is experienced by other workers?

We are ill prepared to respond to these questions at present, but we haven't much time to ponder them. We have too often balanced risks from different sources by equating the stimulus rather than the response. In the context of my own profession of teaching, we treat the students equally by exposing them to (more or less) identical experiences rather than giving each the experience that would yield an equal result. Equal risks are not always generated by equal exposure.

My summary statement is to urge the continuation of research that is designed to identify variant enzymes that influence our phenotypes, particularly those enzymes whose activities can be manipulated for our welfare. The many spectacular achievements in understanding gene structure and regulation at the DNA level have tended to obscure the rather limited progress made in relating the structure of a gene product to function of the organism. In particular, our knowledge of enzyme variants is highly biassed, being limited largely to those with little or no function and about which little can be done to ameliorate symptoms. If we look with the right perspective, we may find that some of the disorders that have so far proved intractable can be explained by variant genotypes that create special nutritional or other environmental requirements. Those risks may be under our control.

REFERENCES

Finkelstein, J. D., and Chalmers, F. T., 1970, Pyridoxine effects on cystathionine synthase in rat liver, J. Nutr., 100:467-469.

Goldman, D., and Merrill, C. R., 1983, Human lymphocyte polymorphisms detected by quantitative two-dimensional electrophoresis, Am. J. Hum. Genet., 35:827-837.

Harris, H., 1980, The Principles of Human Biochemical Genetics, 3rd ed. Elsevier/North-Holland, New York.

Jentoft, N., and Dearborn, D. G., 1979, Labeling of proteins by reductive methylation using sodium cyanoborohydride. J. Biol. Chem., 254: 4359-4365.

Lui, A., and Lumeng, L., 1986, Pharmacology and therapeutic usage of vitamin B_6, in: Vitamin B_6 Pyridoxal Phosphate: Chemical, Biochemical, and Medical Aspects, Part B (D. Dolphin, R. Poulson, and O. Avramovic, eds.), John Wiley & Sons, New York, pp. 601-674.

Sturman, J. A., 1986, Vitamin B_6 and sulfur amino acid metabolism, inborn errors, brain function, and megavitamin therapy, ibid. pp. 507-572.

Takahashi, N., Neel, J. V., Nagahata-Shimoichi, Y., Asakawa, J., Tanaka, Y., and Satoh, C., 1986, Inherited electrophoretic variants detected in a Japanese population with two-dimensional gels of erythrocyte lysates, Ann. Hum. Genet., 50:313-325.

Williams, R. J., Berry, L. J., and Beerstecher, E. Jr., 1949, Individual metabolic patterns, alcoholism, genetotrophic diseases, Proc. Natl. Acad. Sci. (U.S.), 35:265-271.

RISK ASSESSMENT: SHORT-TERM EXPOSURE AT VARIOUS AGES

David W. Gaylor

National Center for Toxicological Research
Jefferson, Arkansas 72079

Studies to estimate tumor incidence are frequently conducted in rodents exposed daily to a chemical for approximately two years. Dosing may be followed by a period of several weeks to allow tumors to develop before terminating the study. Exposure of humans to many carcinogens may occur for less than a lifetime; from occupations, changing lifestyles, or accidents. The question arises as to how to estimate the risk of tumors for short-term exposure at various ages from lifetime chronic bioassays.

Cancer risk is a function of the dose rate, length of exposure, and age at exposure. A simplifying assumption often is made in risk assessment that risk is proportional to the total dose. That is, dose rate and length of exposure are combined into one measure (total dose = dose rate * length of exposure) and the age at the time of exposure is ignored. Hence, the estimated cancer risk from an exposure for a fraction (1/F) of a lifetime is the lifetime tumor incidence divided by F, where the daily exposure rates are the same. These assumptions are seldom true, but they provide a first approximation to risk for short-term exposure.

The multistage model of carcinogenesis of Armitage and Doll (1961), has been used extensively for estimating cancer risk (Anderson et al. 1983). For the multistage model, the probability (P) of an individual developing a tumor from continuous exposure to a dose rate (d) of a carcinogen up until time (t) is:

$$P(d,t) = 1 - \exp[-(b_0+b_1d+\ldots+b_rd^r)(t-w)^k / k!]$$

where k is the number of stages, r is the number of stages affected by the carcinogen, w is the latent period and the b's are constants which are estimated from dose-response data. This model provides a mathematical framework from which risk from short-term exposure at various ages can be estimated from lifetime tumor incidence. Expanding on the work of Whittemore and Keller (1978), Day and Brown (1980), and Crump and Howe (1984), Kodell et al. (1987) showed that the risk from a short-term exposure to a carcinogen is less than k/r times the risk predicted from the total dose where r out of k stages are affected by the carcinogen. For example, risk at any early age to a carcinogen that affects the first stage of the carcinogenic process may be up to k/r times the risk from the same dose obtained over a lifetime. These results are based upon the premise

Table 1. Ratio of Observed to Estimated Tumor Incidence for Fractional Lifetime Exposure

Reference	Chemical	Species/Sex/Site	Exposure Short / Long	Incidence Observed/ Estimated
Littlefield, N.	2-AAF*	Mouse/F/Bladder	9/24 mos.	0.6
J. Env. Path. Tox.			12/24	0.6
3:17-34, 1980			15/24	0.8
		Mouse/F/Liver	9/24	1.6
			12/24	1.2
			15/24	1.0
Lijinsky, W.	NMEA*	Rat/F/Esoph	7/24	0.9
Food Cos. Tox.		Rat/F/Forstom	7/24	3.4
20:393-399, 1982		Rat/F/GI	7/24	3.1
Lijinsky, W.	NDEA*	Rat/F/Liver	14/24	1.7
Cancer Res.		Rat/F/Esoph	14/24	0.3
41:4997-5003, 1981				
Lijinsky, W.	NTHP*	Rat/F/GI	6/23	0
Ecotox. Env. Safety		Rat/F/Liver	6/23	2.7
6:513-527, 1982				
Kimbrough, R.	Aroclor	Mouse/M/Liver	6/11	0.2
J. Natl. Cancer Inst.				
53:547-549, 1974				
Hong, C.	Vinyl	Mouse/M/Lung	1/6	3.4
J. Tox. Env. Hlth.	Chloride	Mouse/F/Lung	1/6	6.0
7:909-924, 1981		Mouse/F/Mammary	1/6	6.0
Lee, P.	BaP*	Mouse/?/Skin	6/24	3.1
Unpublished			8/24	2.6
Tomatis, L. et al.	DDT*	Mouse/M/Liver	3.5/7.0	0.9
Z. Kreb. Klin. Onk.		Mouse/F/Liver	3.5/7.0	0.7
82:25-35, 1974				
Richardson, F.	DES*	Mouse/F/Mammary	1/22	11.4
J. Natl. Cancer Inst.			2/22	11.9
18:813-822, 1957		Mouse/M/Mammary	1.0/27	0.7
			1.5/27	2.3
			2.0/27	1.4
Richardson, F. & Hall, G.	DES*	Mouse/M/Mammary	1.0/24	1.8
J. Natl. Cancer Inst.			1.5/24	10.2
25:1023-1033, 1960			2.0/24	9.8

* 2-AAF: 2-acetylaminofluorene
NMEA : Nitroso-N-methyl-N-(2-phenyl) ethylamine
NDEA : N-Nitrosodiethylamine
NTHP : Nitroso-1,2,3,6-tetrahydropyridine
BaP : Benzo(a)pyrene
DDT : Dichloro-diphenyl-trichloroethane
DES : Diethylstilbestrol

that at low dosages the transition rate for a stage affected by the carcinogen is proportional to the dosage rate.

The multistage model, as it is generally used, does not allow for different sensitivities to a carcinogen at different ages. The different risks arising from these calculations for exposures at different ages are due to the different lengths of time available for the previous and subsequent stages to occur.

When time-to-tumor observance data are available, the proportion of individuals with tumors is a function of the time (age) to the kth power. Also, for low doses the degree of the dose response curve is r. Crump et al. (1976), Peto (1978) and Hoel (1980) show that when a carcinogen augments a spontaneously occurring process (e.g., when tumors occur in untreated animals) the dose response is linear (r=1) at low doses. When estimates of k and r can not be obtained, it has been observed that k is generally 6 or less and since r may frequently be one, the maximum value of k/r is around 6. Hence, a conservative estimate of risk from an exposure for a fraction of a lifetime (1/F) is less than 6 * (lifetime risk) / F where 1/F is less than 1/6. The significance of this result is that lifetime tumor incidences available from animals exposed continuously from existing chronic bioassays can be used to obtain conservative estimates of cancer risk for any short-term exposure at any age without conducting any additional chronic bioassays for different exposure patterns. Also, it can be shown that the risk from intermittent exposures is the sum of their short-term exposures. For a latent period of w, the risk at time t also needs to be multiplied by t/(t-w) (Kodell et al., (1987).

There is a rather limited data base in which tumor incidence at the same age can be compared for different lengths of exposure at the same dose rate. From ten such studies, the observed tumor rates from shorter exposures were from near zero up to 12 times the rates predicted from total dose, Table 1. The estimated tumor incidence for the shorter exposure from the longer exposure was obtained by multiplying the tumor incidence from the longer exposure by the ratio of the length of the shorter exposure to the longer exposure. For the first entry in Table 1, the bladder tumor incidence in female mice for a 24-month exposure to 2-AAF was 0.77. The incidence estimated for a 9-month exposure was (9/24) * 0.77 = 0.29. The observed tumor incidence was 0.18 for a 9-month exposure. The ratio of the observed to the estimated tumor incidence was 0.18/0.29 = 0.6, as reported in Table 1. A ratio of one indicates that the age of exposure was not important and that tumor incidence was only a function of the total accumulated lifetime dose.

Tumor incidence can vary considerably depending upon the age at the time of exposure. Differences in tumor incidence among different age subgroups in a population does not necessarily indicate different sensitivities to a carcinogen at different ages. Differences in tumor incidence from exposures to carcinogens at different ages may be due to the different lengths of time available from the previous or subsequent stages in a multistage process to occur.

REFERENCES

Anderson, E. L., and Carcinogen Assessment Group of EPA, 1983, Quantitative approaches in use to assess cancer risk, Risk Analysis, 3:227.

Armitage, P., and Doll, R., 1961, Stochastic models for carcinogenesis, in "Proc. of the Fourth Berkeley Sympos. on Mathematical Statistics and Probability," 4:19, University of California Press, Berkeley, Ca.

Crump, K. S., Hoel, D. G., Langley, C. H., and Peto, R., 1976, Fundamental carcinogenic processes and their implications for low dose risk assessment, Cancer Res., 36:2973.

Crump, K. S., and Howe, R. B., 1984, The multistage model with a time-dependent dose pattern: applications to carcinogenic risk assessment, Risk Analysis, 4:163.

Day, N. E., and Brown, C. C., 1980, Multistage models and primary prevention of cancer, J. of the Natl. Cancer Instit., 64:977.

Hoel, D. G., 1980, Incorporation of background in dose-response models, Fed. Proc., 39:73.

Kodell, R. L., Gaylor, D. W., and Chen, J. J., 1987, Using average lifetime dose rate for intermittent exposures to carcinogens, Risk Analysis, 7: in press.

Peto, R., 1978, Carcinogenic effects of chronic exposure to very low levels of toxic substances, Environmental Health Perspectives, 22:155.

Whittemore, A., and Keller, J. B., 1978, Quantitative theories of carcinogenesis, SIAM Review, 20:1.

VARIABILITY IN LIFE SPAN FUNCTIONAL CAPACITY*

David W.E. Smith

National Institute on Aging
National Institutes of Health
Bethesda, Maryland

Northwestern University Medical School
Chicago, Illinois

Aging is a process in which both risk and phenotypic variability have important roles and significant interactions. Other contributions to this volume include examples of age as a determinant of responses to environmental challenges and examples in which variations in longevity are the ultimate consequence of phenotypic variability.

Age accounts for much diversity in the human population. Young, old, and middle aged individuals are readily recognized on the basis of phenotypes and stereotypes which are generally accepted. Still, chronological age is only part of the story. Biological age as defined by anatomical, physiological, biochemical and behavioral characteristics does not always agree with chronological age, and chronological age is often not a good indicator of the nearness of death or the functional capacity of the individual. The reason is that each chronologically defined cohort is heterogeneous and contains individuals who differ considerably in any characteristic that is studied. Moreover, characteristics vary more or less independently with respect to each other unless they happen to be functionally or causally related. Traditionally it is held that the variability within a cohort increases with age, and casual observation tends to support this generalization.

A point which must be made early about diversity as a function of age is that with increasing age, populations include increasing numbers of individuals who are sick and moribund and show, therefore, variability beyond what can be considered normal or healthy. While it is true that being sick and being old are not the same, the incidence of the diseases of which humans die today, for example, most kinds of cancer and ischemic heart disease, increases with age -- in some cases by the fourth or fifth power. It must also be recognized that the individuals surviving in an elderly cohort have lived beyond their mean life expectancy, have outlived most of their contemporaries, and can, in this respect, be regarded as superior beings. In most studies on functional changes in aging there is a problem of comparing cohorts. What is a normal 90 year old? Can a 20 year old who will die at 50 and a 90 year old be compared meaningfully? Such questions are addressed but not answered by investigators.

Diversity which increases with age is sometimes more apparent than real. Thus, newborn kittens appear to be uniformly small while at a later age large cats and small cats and fat and thin cats are readily distinguishable. Yet, if the scatters in kitten and adult cat weights are compared, the variability as a standard deviation from the mean body weight is about the same percentage of the mean body weight (1). A scatter of ± one kilo in adult cats with a mean body weight of three kilos is comparable with a scatter of ± 100 g in the weight of kittens with a mean body weight of 300 g. This is an obvious point but one which is often overlooked in casual observation.

In surveying diversity or variability as a function of age by examining more or less well-defined functional parameters, several patterns of variability emerge. Sometimes variability increases with age, sometimes it does not change, and sometimes it decreases. More subject to generalization than changes in variability is that most functional characteristics and measurements undergo decrements with age. When there is an increase, it is in something negative like blood pressure or serum cholesterol.

EXAMPLES OF PHYSIOLOGICAL VARIABILITY AS A FUNCTION OF AGE

Much data are available comparing young and old humans and other mammals in characteristics which reflect function (2-4), and more data are becoming available from research supported by the National Institute on Aging on biomarkers of aging -- characteristics which change with age and reflect the biology of the aging process more accurately than chronological age or any characteristic as studied up until now. Several such physiological measurements will be considered here. These examples from the literature are classics in that they are widely cited; however, the problems of defining and selecting elderly subjects are evident.

Peripheral Vascular Resistance

Peripheral vascular resistance is an example of a negative characteristic which increases with age (5). It is also an example of a characteristic that increases in its variability with age, and it has real significance for the health and survival of the individual. It is the resistance of the vascular beds in the tissues to the perfusion of blood pumped form the heart, and is one of the determinants of blood pressure which, in the mean, increases with age (6). The age-related increase in peripheral vascular resistance is the result of the gradual but progressive occlusion of small vessels and this has a negative effect on the oxygenation and nourishment of tissues and has a role in the dropping out of parenchymal elements. The occlusion of the vasculature with age does not occur uniformly in all organs but generally affects, for example, the splanchnic and renal circulations more than the cerebral and coronary circulations. The occurrence of localized atherosclerosis in larger vessels affects the pattern of peripheral blood flow and makes measurements of peripheral vascular resistance in elderly subjects suspect. The increased variability of peripheral vascular resistance with age is not surprising. Elderly individuals have more variation in their blood pressure than younger individuals (6). A pathologist could find variable degrees of occlusion of small vessels and variable distribution of these occlusive lesions in different tissues.

Some elderly individuals have peripheral vascular resistance similar to that of young people. In trying to interpret these findings, the advantage of longitudinal over cross-sectional studies becomes apparent. Are individuals with lower peripheral vascular resistance healthier or will they live longer than those with higher peripheral vascular resistance, or if they die, will it be of something other than ischemic vascular disease?

<u>Glomerular Filtration Rate</u>

Sometimes there is a general decrement in function but no change in variability as, for example, in measurements of the glomerular filtration rate -- an aspect of renal function (7). In the study cited, in fact, there appears to be a small decrease in variability, but this could easily be the statistical consequence of the small numbers of elderly subjects. In the case of the glomerular filtration rate, the decrements are not life-threatening. Even the subjects with the lowest glomerular filtration rates were not dying of renal failure, but their renal function was within the limits of viability. Such decrements may be considered as neutral for survival, although it can be predicted that if the subjects lived long enough and function continued to decline as shown, renal failure would eventually occur. Glomerular filtration rate decreases for the same reasons that peripheral vascular resistance increases with age -- vascular occlusion and the dropping out of glomeruli. Still, the kidneys provide great functional reserve which is more than adequate to maintain renal function and homeostasis throughout the life spans of most people. Changes in functional reserve with aging will be discussed further.

<u>The Internal Environment</u>

There is neither an age-related decrement nor a change in variability in some characteristics. For example, the composition of the internal environment changes little with age (8). In some respects life is possible only within narrow limits, and this is an imperative that constrains changes in level and variability. If homestasis is not maintained in certain parameters, then death results.

<u>Resting Cardiac Output</u>

A functional decrement combined with a physiolcgical limit below which life is not sustained may result in decreased variability. Consider the cardiac output at rest normalized for body size (9). One study, admittedly now criticized for the selection of its subjects, estimated that between ages 20 and 80 there is a mean 50% decline in the cardiac index. With age, cardiac output in some subjects may approach the limit below which life is not possible, thus restricting the amount of possible variability.

Maximum Cardiac Output

Variability which increases with age is seen in the maximum cardiac output (10), consistent with the fact that some elderly people can participate in a marathon while others cannot get out of bed. The resting cardiac output can be expanded several-fold in the first group, which has some functional reserve, while in the second group the cardiac output at rest is the maximum cardiac output. A fair generalization is that the most striking examples of increased variability with age among individuals are in measurements of reserve or adaptive capacity. In describing the reserve capacity of elderly individuals, the question arises, of course, what changes should be considered an normal with age and what changes are the consequence of disease.

Serum Free Testosterone Levels of Males

Another example of a functional measurement that undergoes a decrement in its mean value and also a decrease in its variability with age is the free serum testosterone level in human males. These changes are secondary to the decreased responsiveness with age of the Leydig cells of the testis to gonadotropic stimulation. The change in the Leydig cells usually occurs in human males during the sixth decade of life. The range of values for free serum testosterone, which is large in young males, is smaller in older males (11) in whom the higher values are no longer seen. Males become more alike in this measurement. On the other hand, the free serum testosterone level correlates poorly with other aspects of maleness, so, not only is it neutral for survival, but it is not very significant to the phenotype of the elderly male.

RELATIONSHIP OF FUNCTIONAL CHANGES TO LONGEVITY

Challenges to Homeostasis

What do these patterns have to do with longevity? How are the variability and the life spans of individuals related? As described above, some functional parameters are more important to survival than others. Functional decrements mean an ever smaller reserve and an ever declining capacity to respond to challenges to homeostasis and to keep the internal medium within limits where life is possible. Inasmuch as the maintenance of homeostasis is a complex process, the vulnerability of the individual is most related to the most rapidly declining of the critical functions.

An example from life is a comparison of the ability of young and old mice to respond to an environmental challenge, namely, a low environmental temperature, by maintaining homeostasis -- in this case, a body temperature compatible with life (12). The necessary responses include heat conservation and generation and tolerance of cold. Younger mice are more successful than older mice, and therefore, older mice are more subject to hypothermia and to death from this cause. The variability of the adaptive ability is greater in older mice, reflecting the variable persistance of reserve capacity. This reduced capacity combined with greater variability is in agreement with an earlier study (13), on the ability of mice to survive at low temperature for several days. Survival was 95% in the young mice compared to only 20% in the older animals.

Predisposition to Disease

Not only is the older individual more vulnerable to external challenges, but, as mentioned above, is predisposed to the development of the diseases of old age and more vulnerable to some of the life-shortening effects of these diseases. There is, of course, variability in the predisposition to the various diseases.

One aspect of variability in the human species and probably in other mammals which is both phenotypic and genotypic and which has a profound effect on longevity is gender. Human females have a mean longevity in Western society which is nearly 8 years longer than males -- about 10% of the mean life expectancy (14). The mechanism of inheritance of sex is basic to the gender gap in longevity, with female mammals having two X chromosomes and males having one X and one Y chromosome. Testicular differentiation, which is a Y chromosome determined process, establishes the hormonal physiology of the male, and sex hormones modulate processes like the immune response and the synthesis of lipoproteins which have significant effects on vulnerability and predisposition to diseases (14). There are genes for vital functions on the X chromosome, and it must be advantageous to the female to have two alleles for each of these genes and selective X chromosome inactivation in different cells with a resulting mosaicism of gene expression.

The Effects of Risk and Risk Factors

Finally the interplay of age, risk and risk factors should be considered. Exposure to risk factors affects the pheontype in various ways. Cells are damaged or killed that cannot be replaced, and molecules that cannot be repaired are damaged. To some extent each individual is a consequence of its cumulative exposure to risk factors, and the exposure to risk factors is a determinant of the predisposition to disease.

The effects of risk factors vary with age. Individuals past the reproductive age can no longer pass the effects of mutagens and teratogens on to the next generation, although this is not to say that such individuals will not suffer from the effects of these substances on their own somatic cells in the form of neoplastic disease. The experimental chemical and viral carcinogenesis literatures are replete with examples of agents which have effects on prenatal and newborn animals which are not seen in adult or aged animals. Mechanisms for handling xenobiotic agents differ with age with complex results which are specific to each agent because several processes are involved including distribution, metabolism to both more active and to detoxified intermediates and products, variable inducibility of metabolizing enzymes, and effectiveness of excretion.

CONCLUSIONS

Thus age is a variable that must be reckoned with in any risk assessment or consideration of phenotypic variability. Hopefully enough examples and issues are raised here to emphasize this point and to convince the reader that the effects of age must not be overlooked or over-simplified. Each risk factor must be considered separately and in detail in assessing its effect on aged individuals who are different from younger individuals and from each other.

* ACKNOWLEDGEMENT. The author wishes to thank Dr. Richard L. Sprott, Associate Director, National Institute on Aging who prepared the original abstract for this presentation on aging and functional variability and who provided the author with much helpful discussion.

REFERENCES

1. L. Rosentstein, and E. Berman, Postnatal body weight changes of domestic cats maintained in an outdoor colony, Am. J. Veterinary Res. 34: 575 (1973).
2. C.E. Finch, and L. Hayflick, "Handbook of the Biology of Aging," Van Nostrand Reinhold Company, New York (1977).
3. C.E. Finch, and E.L. Schneider, "Handbook of the Biology of Aging," Second Edition, Van Nostrand Reinhold Company, New York (1985).
4. E.J. Masoro, "Handbook of Physiology in Aging," CRC Press, Boca Ratan (1981).
5. M. Landowne, M. Brandfonbrenner and N.W. Shock, The relation of age to certain measures of performance of the heart and circulation, Circulation 12: 567 (1955).
6. W.E. Miall, and H.G. Lovell, Relation between change of blood pressure and age, Brit. Med. J. 2: 600 (1967).
7. L.G. Wesson, "Physiology of the human kidney," Grune and Stratton, New York (1969).
8. H.W. Shock, Physiological aspects of aging in man, Ann. Rev. Physiol. 23: 97 (1961).
9. M. Brandfonbrenner, M. Landowne, and N.W. Shock, Changes in cardiac output with age, Circulation 12: 557 (1955).
10. M.R. Becklake, F.G.R. Dagenaic, G.L. Ostiguy and C.A. Guzman, Influence of age and sex on exercise cardiac output, J. Appl. Physiol. 20: 938 (1965).
11. K.M. Pirke and P. Doerr, Age realted changes in free plasma testosterone, dihydrotestosterone, and oestradiol, Acta. Endocrinol. 80: 171 (1975).
12. C.E. Finch, J.R. Foster and A.E. Mirsky, Aging and the regulation of cell activities during exposure to cold, J. Gen. Physiol. 54: 690 (1969).
13. B. Grad and V.A. Kral, Response of young and old mice to cold, J. Geront. 12: 172 (1957).
14. W.R. Hazard, Biological basis of the sex differential in longevity, J. Am. Geriatrics Soc. 34: 455 (1986).

CONSTITUTIONAL, SOMATIC GENETIC AND ENVIRONMENTAL ASPECTS OF THE PHENOTYPIC DIVERSITY OF AGING IN HUMAN SUBJECTS

George M. Martin

Department of Pathology and Genetics
University of Washington
Seattle, Washington 98195

INTRODUCTION

For the case of a large number of parameters, gerontologists typically report an increase in variance as a function of age. This is particularly true when the parameter of interest is subject to physiological stress, thus testing the degree to which the organism can maintain homeostasis. Such observations are so common that the phenomenon could be a candidate for one of the few "laws" of gerontology so far uncovered. Like all laws, there are exceptions, the best example of which is the loss of accommodation of the ocular lens as a function of age in human subjects. As one approaches age 50, the lens has already lost most of its mobility, with very little interindividual variation, much less than what is observed during the early phases of life (Friedenwald, 1952; Ponten, 1977). Most such studies of individual variations are cross-sectional in design. The question can therefore be raised that the observed differences may derive, at least in part, from a cohort effect--some differential environmental experience of the contrasting age groups. Therefore, longitudinal studies of individual variations during aging should be pursued whenever feasible. Unfortunately, such studies are rare, although we can expect to learn a great deal from ongoing investigations such as those of the Baltimore Longitudinal Study of the National Institute on Aging (Shock et al., 1984).

What are the determinants of individual variation in patterns of aging? This review will consider three such categories: i) differences in one's constitutional genetic makeup; ii) stochastic somatic genetic events; and iii) environmental factors. Because of the author's special interests in the first two categories and, more importantly, because of the exceedingly limited information on putative environmental "gerontogens" and "anti-gerontogens," only brief attention is given to the last category, despite its obvious great importance to society. Of course, in the final analysis, the senescent phenotype, like all phenotypes, is the result of nature-nurture interactions. A thorough understanding of the nature of individual variations in patterns of aging will therefore require detailed information on both the genetic substrate and its environmental context.

THE BIOMARKERS PROBLEM

A basic difficulty in assessing the potential role, in aging, of an agent--be it genetic or environmental--is the confusion over what might be regarded as bonafide biological and behavioral markers of aging. In an influential review published in 1964, George Cassarett (Cassarett, 1964) proposed that an agent (in his case, ionizing irradiation) can be "regarded as causing premature aging" if it:

"1. Causes the force of mortality to increase earlier in the treated than in the nontreated control group, without alteration of the shape of the entire mortality curve.
2. Brings forward proportionately in time the age of onset and the time of development of all the diseases or causes of death affecting the control group, without alteration of degree, sequence, or absolute incidence of the disease and causes of death, and without induction of disease.
3. Causes all the morphological and physiological manifestations of the aging process to appear and develop at proportionately earlier chronological ages, to degrees and rates in the various organs proportional to those degrees and rates in organs of nonirradiated animals."

In my view, it is extraordinarily unlikely that any single agent--be it a gene or particular environmental intervention--can fulfill the above criteria. There is little evidence, either on theoretical or experimental grounds, that we are dealing with a single "aging process." It would seem much more likely that there are a number of different aging processes; Cassarett himself used the plural term in the concluding remarks of his review. Multiple processes imply multiple families of markers. Agents might therefore influence only discrete subsets of such markers, or even a single marker. This is the view that I shall pursue in the subsequent discussion. I shall not be concerned with the question of the extent to which a marker is an epiphenomenon versus a more proximal concomitant of aging. At this stage of our ignorance of fundamental cellular and molecular mechanisms of aging, it would seem prudent to cast a broad net, inquiring as to how agents might influence pathological as well as physiological age-related alterations.

THE ROLE OF THE CONSTITUTIONAL GENOME

The most compelling evidence for the existence of constitutional genetic factors comes from comparisons of the maximum life-span potentials (MLSP) of different species. Among mammals, the range is perhaps 30-fold (Altman and Dittmer, 1962), humans being the longest-lived mammals, with an MLSP estimated at around 120 years; the best authenticated longevity record is between 114-115 years (Comfort, 1979). When environmental factors are well controlled, reproducible and predictable differences in rates of aging can be documented with laboratory murine species of comparable sizes, as is illustrated in the now classical research of the late George Sacher, who showed that a wild-type cohort of Mus musculus ages at twice the rate as a wild-type cohort of Peromyscus leucopus (Sacher, 1977). Substantial differences in the life spans of these two species have also been observed in different environments, including that of my own laboratory (Martin, et al., 1983).

We can safely assume that changes in the expression of a large number of genes are involved in the evolution of a new species. For example, chromosomal rearrangements typically accompany speciation (Busch et al., 1977); a single such rearrangement has the potential, via a position effect, of influencing the expression of a large number of genetic loci. A polygenic basis for species-specific differences in MLSP would therefore appear probable.

The question of the extent of the genetic complexity underlying aging might be approachable, in part, by a consideration of mutations and polymorphisms within a species. I have made a crude attempt to carry out such an analysis in our own species by taking advantage of McKusick's systematic compilations of loci and phenotypes (McKusick, 1986). Unfortunately, physicians, pathologists, and medical geneticists rarely examine the Mendelian basis for unusually well-preserved structure and function. One is therefore largely limited to an examination of predominantly abiotrophic mutations with phenotypes that overlap, to some extent, with the debilities of ordinary aging. The particular set of criteria chosen (Martin, 1978) could easily be criticized, especially since they included preconceived notions about loci relevant to certain extant theories on mechanisms of aging. Nevertheless, the exercise did serve to yield order-of-magnitude estimates of the number of genes capable of modulating one or more features of the senescent phenotype. The upper limit of the proportion of total loci having a potential role in aging, as estimated from three successive editions of McKusick's catalogues, was close to 7%. Even if this estimate was exaggerated by a factor of ten, one would still have to conclude that a large number of genes had the potential to modulate aspects of aging in man. How many genes would depend upon one's estimate of the total number of functioning genes in humans, a subject of continuing controversy. Recent experiments on insertional mutagenesis in yeast (Goebl and Petes, 1986) raise the question that a surprisingly large proportion of genomic DNA might be without any known function; 70% of random insertions gave no discernible phenotype. Thus, one could argue that the traditional figure of 100,000 for the number of functional genes in humans might be excessive. Perhaps we have as few as 30,000 functional genes. The finding of much larger numbers of species of polyadenylated and nonpolyadenylated mRNA (approximately 150,000 species in adult mouse brains) (Chaudhari and Hahn, 1983) is no guarantee of functionality, although this would seem likely. In any event, a conservative conclusion is that at least several hundred genes and perhaps thousands of genes can modulate aspects of aging. This is not to say that there do not exist a few genetic loci of extraordinary importance to aging in humans. One such locus might be that involved in the pathogenesis of the Werner syndrome, sometimes known as adult progeria (Salk et al., 1985). Patients affected with this autosomal recessive disorder appear to be perfectly normal at birth. While they may exhibit lesser growth than siblings, they show no obvious pathology until about the time of adolescence, when they fail to exhibit the expected growth spurt. There follows an apparent acceleration of such age-related features as premature graying and loss of hair, atrophy and wrinkling of skin with pigmentary aberrations, ocular cataracts, osteoporosis, diabetes mellitus, various forms of arteriosclerosis (arteriolosclerosis, medial calcinosis and atherosclerosis) and a large variety of benign and malignant tumors (Salk et al., 1985). The median age of death is 47 years, usually as the result of a myocardial infarction (Epstein et al., 1966). I have referred to such syndromes, which appear to affect multiple aspects of the senescent phenotype as "segmental progeroid syndromes," (Martin, 1978). Use of the suffix -oid is deliberate, since there is plenty of evidence that Werner syndrome and other progeroid syndromes, including progeria (Hutchinson-Gilford syndrome, progeria of childhood) differ from ordinary aging in a number of ways (Epstein et al., 1966; Martin, 1978; Salk et al., 1985). While such differences might suggest a pathogenesis different from that of ordinary aging as it occurs in most of us, allelic variation at such loci may nonetheless have the potential to modulate, for better or worse, important aspects of aging in at least some individuals. Similar arguments can be made for the importance of identifying genetic loci associated with "unimodal progeroid syndromes" (Martin, 1982), in which predominantly a single aspect of the phenotype is involved. The most important example is probably familial dementia of the Alzheimer type, an autosomal dominant (St. George-Hyslop et al., 1987). Affected individuals typically have comparatively early onset and a rapid progression of a set of pathologies that are ordinarily not evident until advanced old age: neuritic plaques, neurofibrillary tangles, amyloid depositions, decreased cholinergic and other neurotransmitter activities, associated clinical features of memory loss and dementia. The extent to which such alterations are tightly coupled to the aging process in humans is still controversial. Clinically significant cognitive dysfunction is not an inevitable consequence of advanced age, although some features of the pathology are essentially always present to some degree.

Similar controversy exists concerning the extent to which the common age-related neoplasms are coupled to a basic aging process. Age-specific incidences of many such cancers begin to exhibit striking increases about halfway through the maximum life-span potentials of mammalian species, strongly suggesting that the phenomenon is closely related to the biology of aging. (Although thoroughly documented in mice and humans, we need much more systematic information for the case of other species.) Thus, one is justified, I believe, in designating such genetic disorders as familial polyposis and certain complementation groups of xeroderma pigmentosum as "unimodal progeroid syndromes," resulting in a greatly increased susceptibility, respectively, of adenocarcinoma of the colon and various malignant neoplasms of sun-exposed skin, all of which are common age-related tumors.

Thus, a picture emerges of an enormous potential repertoire of constitutional genetic variation for differing susceptibility patterns, presumably involving susceptibility to intrinsic and/or extrinsic factors affecting particular features of aging.

THE ROLE OF STOCHASTIC EVENTS WITHIN THE SOMATIC GENOME

Nature has evolved two contrasting reproductive strategies. Semelparous species, such as flowering plants, migrating Pacific salmon and certain species of marsupial mice are characterized by synchronized periods of somatic and organismal death following sharply sychnchronized periods of massive reproduction ("big bang" reproduction) (Diamond, 1982). There is little opportunity for the playing out of stochastic events following sexual maturation. In contrast, virtually all mammals exhibit an iteroparous mode of reproduction and a prolonged period of gradual decline in physical and reproductive fitness following sexual maturation; for the case of the human male, this period is typically around half a century--plenty of time for the emergence of a panoply of random somatic cell genetic events.

Table 1 briefly summarizes the enormous range of possibilities for remodeling the genomes of one's somatic cells during aging. Much of my own research career has been devoted to documenting different modes of heritable somatic cell variation in mammalian cells and to considering the potential role of such variation in the pathogenesis of the debilities of aging in human subjects, including the genesis of the major age-related diseases. It is virtually certain that, to a greater or lesser extent, a number of the mechanisms listed in Table 1 are contributing to our varying patterns of aging. One important line of evidence of their potential importance is the ubiquitous observation of striking variations in the life span and times of origin of various pathophysiologies among individual members of cohorts of genetically inbred rodents kept under environmentally controlled conditions (unpublished observations).

Which of the various mechanisms of somatic cell variation listed in Table 1 are of special significance to the pathobiology of aging? There are as yet no definitive answers to this question. Our research, however,

Table 1. The Plasticity of the Somatic Genome: Processes That May Lead to Alterations in the Quantity, Quality, or Arrangements of the Genetic Material of Somatic Cells

I. Changes in gene dosage
   A. Ploidy
   B. Aneuploidy
   C. Tandem duplications
   D. Selective gene amplification
   E. Deletions
   F. Faculative heterochromatization

II. Changes in gene arrangements
   A. Chromosomal inversions
   B. Chromosomal translocations

III. Modifications in the primary structure (sequence of nucleotide bases of genes)
   A. Base substitutions
   B. Depurinations and depyrimidinations
   C. Frameshift mutations
   D. Insertional mutation via transposable elements
   E. Mitotic crossing-over
   F. Gene conversion
   G. DNA-mediated transformation or transfection

IV. Modifications in the structure of DNA that do not change the sequence of nucleotide bases.
   A. Base modifications
      1. Methylation of cytosine residues
      2. Adduct formation

(Martin et al., 1985) supports the pioneering investigations carried out at Brookhaven National Laboratories by the late Howard Curtis, (Crowley and Curtis, 1963; Curtis et al., 1966; Curtis and Miller, 1971) in that relatively gross levels of genetic instability (various types of chromosomal mutations) appear to be much more frequent concomitants of aging than are point mutations. Such findings highlight the need, in aging research, to investigate genetic and environmental susceptibility factors for chromosomal instability.

We have already heard evidence, at this conference, for the important role of chromosomal rearrangements in the genesis of neoplasia (Yunis, this volume). It remains to be seen to what extent such gross levels of genomic instability might play a role in the aging of postreplicative cells, such as neurons. Microbial geneticists now have good evidence for the existence of a class of transposons that operate via a "cut and paste" mechanism, without the necessity of semiconservative DNA replication (Bender and Kleckner, 1986), so the idea of gross chromosomal rearrangements in postreplicative cells, such as neurons, with resulting potential aberrations in gene expression, is no longer so far fetched.

THE ROLE OF ENVIRONMENTAL AGENTS

Given the enormous differences in lifestyle within and between human populations, the rapid rate of environmental change in developed and developing societies, the remarkable increases in the geographical mobility of modern humans, and the many decades during which exogenous agents can act and interact, it would be safe to predict an increasingly major role of the environment in the genesis of phenotypic variations in patterns of aging. We know surprisingly little, however, about the impact of specific physical, chemical, nutritional and microbial agents on basic aging processes, mainly because there is as yet no unanimity concerning the molecular and cellular nature of aging. Because of its potentially great importance on the length and the quality of life and the related issue of special vulnerabilities of aging subjects, a committee of the National Research Council of the National Academy of Sciences is currently addressing this question.

We have already considered some evidence for certain types of genomic instability as possible mechanisms of aging. Thus, there is a developing rationale for the assessment of the impact of clastogenic agents and of agents that impact on different modalities of the repair of DNA damage.

There is a special need, in my opinion, for an assessment of the role of exogenous neurotoxins in depleting specific subsets of neurons known to be particularly vulnerable to age-related declines in structure and function. An excellent model system is the population of dopaminergic neurons of the substantia nigra, depletion of which can lead to Parkinson's disease, a common debility of aging human. It would be surprising if there did not exist both intrinsic and extrinsic modulation of the rates of decline among various neuronal populations, including those of the substantia nigra. The discovery of MPTP (Langston et al., 1983; Burns et al., 1983) as a potent and specific neurotoxin for the dopaminergic family of cells provides a dramatic model for future lines of such research, hopefully focused on the neurotransmitter systems associated with dementia of the Alzheimer type.

Of particular interest, from the point of view of possible nature-nurture interactions, is the evidence for a role of glial enzyme monoamine oxidase B in converting MPTP to a proximal neurotoxin (Del Zompo et al., 1986). Are there polymorphisms that determine differences in the levels of induction of such enzyme systems? Are there allelic variants at such loci that confer important quantitative variations in substrate specificity? Another important lesson from the MPTP story is that this chemical probe has identified a family of related compounds that are also effective neurotoxins for that system, including compounds, such as paraquat, that are of greater epidemiologic significance.

Potentially excitatory amino acid analogues are also candidates for environmental neurotoxins that might accelerate particular patterns of age-related neuronal loss. One such agent, beta-N-methylaminopropionic acid (or alpha-amino-beta-methylaminopropionic acid) has been implicated as the etiologic agent of a neurodegenerative disorder producing an amyotrophic lateral sclerosis--Parkinsonism-dementia complex on the Island of Guam, where natives are known to have ingested the seeds of a false sago palm known to contain that compound (Spencer et al., 1986)

On a more positive note, there is increasing experimental evidence (summarized by Masaro, 1985; Weindruch et al., 1986; and Holehan and Merry, 1986) that, at least for the case of rodent species, dietary restriction leads to substantial enhancements of both mean and maximum life spans of experimental cohorts. I am not yet convinced, however, that the species-specific maximum life-span potentials of these species have been exceeded by such experimental manipulations. In other words, given sufficiently large cohort sizes (thousands rather than the usual 100-400) of genetically inbred controls, subsets of animals that are fed ad libidum may in fact achieve comparable or even greater life spans. A further difficulty is that the possibility of a toxic component in the laboratory chow has yet to be rigorously excluded, although Masaro and his colleagues have gone a long way towards ruling out that possibility. Nevertheless, the dietary restriction experiments do argue in favor of the existence of comparatively few fundamental mechanisms of aging. Holehan and Merry (1986) suggest that a major effect of dietary restriction is to enhance protein turnover, thus ameliorating the effects of accumulations of a variety of abnormal proteins that are known to accumulate with aging, especially posttranslationally modified proteins (Adelman and Dekker, 1985).

You will recall that in the section above on "The Role of the Constitutional Genome," arguments were developed that implicated a large number of genes (at least several hundred if not thousands) in the modulation of the rates of development of aspects of aging in human aging. This would suggest the existence of a rather large number of fundamental aging processes. It remains to be seen which view--many processes or a few processes--is closer to the truth.

REFERENCES

Adelman, E. C., and Dekker, E. E., eds., 1985, "Modification of Proteins During Aging," Alan Liss, Inc., New York.

Altman, P. L., and Dittmer, D. S., 1962, Lifespans: Mammals, in: "Growth. Biological Handbook," page 445, Fed. Soc. Exp. Biol., Washington, D.C.

Bender, J., and Kleckner, N., 1986, Genetic evidence that Tn10 transposes by a nonreplicative mechanism, Cell, 45:801.

Burns, R. S., Chierek, C. C., Markey, S. P., Ebert, M. H., Jacobowitz, D. M., and Kopin, D. J., 1983, A primate model of Parkinsonism: selective destruction of the pars compacta of the substantia nigra by N-methyl-4-phenyl-1,2,3,6-tetrahydropyridine, Proc. Natl. Acad. Sci. USA, 80:4546.

Busch, G. L., Case, S. M., Wilson, A. C., and Patton, J. L., 1977, Rapid speciation and chromosomal evolution in mammals, Proc. Natl. Acad. Sci. USA, 74:3942.

Cassarett, G. W., 1964, Similarities and contrasts between radiation and time pathology, Adv. Gerontol. Res., 1:109.

Chaudhari, N., and Hahn, W. E., 1983, Genetic expression in the developing brain, Science, 220:924.

Comfort, A., 1979, "The Biology of Senescence," 3rd edition, Elsevier, New York.

Crowley, C., and Curtis, H. J., 1963, The development of somatic mutations in mice with age, Proc. Natl. Acad. Sci. USA, 49:626.

Curtis, H. J., Leith, J., and Tilley, J., 1966, Chromosome aberrations in liver cells of dogs of different ages, J. Gerontol., 21:268.

Curtis, H. J., and Miller, K., 1971, Chromosomal aberrations in liver cells of guinea pigs, J. Gerontol., 26:292.

Del Zompo, M., Piccardi, M. P., Bernardi, F., Bonuccelli, U., and Corsini, G. U., 1986, Involvement of monoamine oxidase enzymes in the action of 1-methyl-4-phenyl-1,2,5,6-tetrahydropyridine, a selective neurotoxin, in the squirrel monkey: Binding and biochemical studies, Brain Res., 378:320.

Diamond, J. M., 1982, Big-bang reproduction and aging in male marsupial mice, Nature, 298:115.

Epstein, C. J., Martin, G. M., Schultz, A. L., and Motulsky, A. G., 1966, Werner's syndrome: A review of its symptomatology, natural history,

pathologic features, genetics and relationship to the natural aging process, Medicine, 45:177.
Friedenwald, J. S., 1952, The eye, in "Cowdry's Problems of Aging, Biological and Medical Aspects," page 239, A. Lansing, ed., Williams and Wilkens, Baltimore.
Goebl, M. G., and Petes, T. D., 1986, Most of the yeast genomic sequences are not essential for cell growth and division, Cell, 46:983.
Holehan, A., and Merry, B., 1986, The experimental manipulation of aging by diet, Biol. Rev., 61:329.
Langston, J. W., Ullard, P., Tetrud, J. W., and Irwin, I., 1983, Chronic Parkinsonism in humans due to a product of Meperidine-analog synthesis, Science, 219:979.
Martin, G. M., 1978, Genetic syndromes in man with potential relevance to the pathobiology of aging, in: "Genetic Effects on Aging, Birth Defects Original Article Series," vol 14, no. 7, page 5, D. Bergsma and D.E. Harrison, eds., Alan R. Liss, Inc., New York.
Martin, G. M., 1982, Syndromes of accelerated aging, Natl. Cancer Inst. Monogr., 60:241.
Martin, G. M., Ogburn, C. E., and Wight, T. N., 1983, Comparative rates of decline in the primary cloning efficiencies of smooth muscle cells from the aging thoracic aorta of two murine species of contrasting maximum lifespan potentials, Am. J. Pathol., 110:236.
Martin, G. M., Fry, M., and Loeb, L. A., 1985, Somatic mutation and aging in mammalian cells, in: "Molecular Biology of Aging: Gene Stability and Gene Expression," page 7, R. S. Sohal, L. S. Birnbaum and R. G. Cutler, eds., Raven Press, New York.
Masaro, E., 1985, State of knowledge on action of food restriction and aging, in: "Molecular Biology of Aging," page 105, A. D. Woodhead, A. D. Blackett and A. Hollaender, eds., Plenum Press, New York
McKusick, V. A., 1986, "Mendelian Inheritance in Man," 7th edition, Johns Hopkins, Baltimore.
Ponten, J., 1977, Abnormal cell growth (neoplasia) and aging, in: "Handbook of the Biology of Aging," page 536, C. E. Finch and L. Hayflick, eds., Van Nostrand Reinhold, New York.
Sacher, G. A., 1977, Life table modification and life prolongation, in: "Handbook of the Biology of Aging," page 582, C. E. Finch and L. Hayflick, eds., Van Nostrand Reinhold, New York.
Salk, D., Fujiwara, U., and Martin, G. M., editors, 1985, "Werner's Syndrome and Human Aging.," Adv. Exper. Med. Biol. 190, Plenum Press, New York.
Shock, N. W., Greulich, R. C., Andres, R., Arenberg, D., Costa, P. T., Jr., Lakatta, E. G., and Tobin, J. D., 1984, "Normal Human Aging: The Baltimore Longitudinal Study of Aging," NIH Publication No. 84.2450, U.S. Government Printing Office, Washington, D.C.
Spencer, P. S., Nunn, P. B., Hugon, J., Ludolph, A., and Roy, D. N., 1986, Motorneurone disease on Guam: Possible role of a food neurotoxin, Lancet, 1:965.
St. George-Hyslop, P. H., Tanzi, R. E., Polinsky, R. J., Haines, J. L., Nee, L., Watkins, P. C., Myers, R. H., Feldman, R. G., Pollen, D. Drachman, D. et al., 1987, The genetic defect causing familial Alzheimer's disease maps on chromosome 21, Science, 235:885.
Weindruch, R., Walford, R. L., Fligiel, S., and Guthrie, D., 1986, The retardation of aging in mice by dietary restriction: Longevity, cancer immunity and lifetime energy intake, J. Nutrition, 116:641.

VARIABILITY IN COGNITIVE FUNCTION IN THE ELDERLY:

IMPLICATIONS FOR SOCIETAL PARTICIPATION

K. Warner Schaie

The Pennsylvania State University
University Park, PA 16802

INTRODUCTION

There is a vast literature on the course of psychometric intelligence over the adult life span that has made us familiar with the finding that most abilities tend to peak in early midlife, plateau until the late fifties or early sixties, and then show decline, initially at slow pace, but accelerating as the late seventies are reached (Botwinick, 1977; Cunningham, in press; Labouvie-Vief, 1985; Schaie, 1980a). There remains some controversy on the specific ages at which certain abilities peak and on the ages at which significant decline can first be detected (Botwinick, 1977; Willis, 1985). Data from cross-sectional studies usually draw relatively pessimistic conclusions for those variables where positive cohort trends have been observed, and unduly optimistic conclusions for those variables where cohort trends have been negative. Age-comparative work is often flawed, moreover, because of the fact that it is difficult or impossible to match samples differing widely in age with respect to other variables that might critically effect the dependent variable of interest. Longitudinal studies are consequently called for, because they control for cohort effects and, of course, allow within-subject comparisons. Nevertheless, longitudinal studies may also yield under- or over-estimates of mean age changes, depending upon whether the longitudinal panel has been exposed to favorable or unfavorable attrition (Schaie, 1983b; Schaie & Hertzog, 1982).

Most of this research literature on cognitive functioning in adulthood has been useful primarily in informing us on group trends. Such trends, however, do not necessarily represent the patterns of cognitive change found for all or most individuals. Vast individual differences have been observed in virtually all biological and behavioral processes involved in human development (Shock et al., 1984). It thus becomes necessary to give close consideration to the many variations in which individual aging may be expressed (cf. Birren & Renner, 1977; Birren & Cunningham, 1985; Schaie, in press). No one would deny the inevitability of an accumulation of deleterious changes as we age. Many different factors, however, whether genetically or environmentally programmed, will influence the rate at which age changes occur. The specific purpose of this paper, therefore, is to examine the issue of variability in cognitive function by examining data on variability in a number of mental abilities. To do so, I shall present some detailed analyses from the

Seattle Longitudinal Study (SLS) for which data are available for five panels over a period of 28 years.

I will begin by presenting traditional cross-sectional data on group means from our most recent data collection to show that there are reliable average age differences between groups of different ages at one point in time. These data will also inform us on gender differences in abilities at various ages, as well as the age levels at which negative differences occur for various abilities. I will introduce a criterion at that point that will give us a first clue as to the extent of the overlap that is to be noted between the youngest and successively older samples. Next, I will examine the cohort gradients for selected abilities to show that the steep age differences observed at advanced ages might be spurious projections obtained by contrasting groups of individuals that have started adult life at different levels of ability. I will then contrast age differences with age changes, as estimated from seven-year longitudinal data to show that reliable age changes do occur as well within many individuals as they reach advanced age. I will further consider the distribution of individual differences across the age range from the twenties to the eighties and examine the extent of the empirically observed overlap between performance distributions at successive ages. Finally, I will comment on some of implications of these data for the societal participation of the elderly.

CHARACTERISTICS OF THE DATA BASE

The Subject Population

I began my inquiry into adult cognitive functioning some 30 years ago by randomly sampling 500 subjects equally distributed by sex and age across the range from 20 to 70 years from the approximately 18,000 members of a health maintenance organization in the Pacific Northwest (Schaie, 1983a). I reassessed survivors of the original sample and added additional panels in seven-year intervals. The sampling frame represents a broad distribution of educational and occupational levels, probably well representing the upper 75 per cent of the socio-economic spectrum. The population frame from which I have been sampling repeatedly has grown to a membership of over 300,000 individuals, but the general characteristics remain very comparable. The primary data to be examined here include the 1629 community-dwelling individuals (741 males and 888 females) who were examined in the fifth SLS cycle during 1983/85. These individuals had an average educational level of 14.3 years (*SD* = 3.06;Range: 1 to 20 years); their family income averaged $23,200 (*SD* = $9,606; Range: $1,000 to $50,000+). Occupational levels were rated on a scale from 0 for unskilled to 9 for professional occupations. Those individuals gainfully employed at the time of assessment averaged an occupational level of 6.8 (*SD* = 1.87). Most frequent occupations represented involve skilled trades, clerical, sales, managerial and semi-professional jobs.

The Measurement Variables

The variables to be discussed here include the first five Primary Mental Abilities identified by the Thurstones (1941). They were assessed with the SRA Primary Mental Abilities test (Thurstone & Thurstone, 1949; Schaie, 1985). *Verbal Meaning* (V) involves the ability to recognize and comprehend words; it is a measure of a person's recognition or passive vocabulary. This ability is assessed by providing individuals with a stimulus word and asking them to match it from a multiple choice list. Verbal Meaning is thought to be a crystallized ability that is acquired and maintained by exposure to culture-determined experiences. *Spatial Orientation* (S) is the ability to rotate objects mentally in two-dimensional space. This ability is involved, for example, in visualizing the direction one might enter a highway after having inspected a map, or in assembling a piece of furniture by following a set of instructions. Spatial Orientation is measured by providing the subject with an abstract stimulus figure and then asking the subject to select rotated examples of that figure that would match the stimulus upon mental rotation. Inductive Reasoning (R) is the ability to identify regularities and to infer principles or rules. It is a critical component of most problem - solving tasks. This ability is measured by asking subjects to complete a letter series task. Both Spatial Orientation and Inductive Reasoning are thought to be fluid abilities that are involved in the mastering of novel experiences. Number (N) is the ability to apply numerical concepts. The ability is measured by requiring subjects to check simple addition problems. Word Fluency (W) reflects the ability to retrieve words from long-term memory by means of a lexical rule; it is a measure of a persons's recallable or active vocabulary. Subjects are given a letter and are then asked to write as many words beginning with that letter as they can think of during a short time period. All of these measures are slightly speeded paper and pencil tasks.

In addition to the first five primary mental abilities, we will also report data on a verbal memory task, requiring immediate recall of a list of twenty meaningful words studied by our subjects (Zelinski, Gilewski, & Schaie, 1979). Finally, we present data on a basic skills test (Educational Testing Service, 1975) that measures a series of real life tasks (e.g., interpreting medicine bottle labels, obtaining information from bus schedules, charts, yellow pages in the telephone book, newspaper advertisements and editorials, and interpreting maps).

The Assessment Procedure

These measures were administered to small groups of subjects as part of a broader test battery that originally required approximately two hours in a single session, but has since grown to a 5-hour battery spread over two sessions. The Primary Mental Ability measures, however, always have been given in the same position during the first part of the testing session. The tests are administered in a standard format and order by an examiner assisted by a proctor. Testing locations are at familiar sites close to the homes of our participants. Subjects first were tested in 1956 and survivors were retested in 1963, 1970, 1977 and 1983/85. The data discussed here, however, are restricted to those obtained in 1977 and in 1983/85.

FINDINGS ON AVERAGE AGE DIFFERENCES

We begin our exploration by examining the cross-sectional age differences for the 1983/85 assessment. To facilitate convenient comparisons across all the measures, all raw scores were rescaled in T-score form (M = 50, SD = 10) using the parameters obtained for the entire 1983/85 sample. Scaling in this fashion also helps us to understand the magnitude of age differences by placing them within the context of a broader population frame. For example, since 50 per cent of the population is found within the range of plus/minus 2/3 SD about the mean, an average shift of 13 T-score points would be required before the middle half of one age group would cease to overlap with the middle half of another age group.

Performance differences for the seven variables described above are listed in Tables 1 and 2, with means, standard deviations and sample sizes for each age group from mean age 25 to mean age 88 in seven-year intervals. Since one of the major individual difference variables is gender, we have

Table 1. Means and standard deviations for five Primary Mental Abilities for mean ages 25 to 88 years in T-Score units (M = 50, S.D. = 10).

Mean Age	N	Verbal Meaning		Spatial Orientation		Inductive Reasoning		Number		Word Fluency	
		Mean	S.D.	Mean	S.D.	Mean	S.D.	Mean	S.D.	Mean	S.D.
25	(84)	54.38	7.87	56.25	10.45	59.11	7.59	48.87	8.61	55.06	10.86
32	(81)	54.53	7.58	55.40	7.87	58.15	7.80	51.44	9.80	55.11	9.16
39	(124)	56.17	6.54	55.21	10.39	57.84	6.83	51.39	8.78	54.93	9.01
46	(154)	55.68	7.88	55.69	9.47	56.23	7.51	51.77	9.51	53.64	8.43
53	(194)	53.90	7.43	53.46	9.30	54.17	8.01	50.98	10.55	52.58	9.44
60	(262)	52.65	8.16	51.44	8.71	51.43	7.97	52.31	10.73	50.09	10.00
67	(292)	49.31	8.90	48.27	8.68	47.44	8.18	50.67	9.64	48.06	8.82
74	(261)	44.59	8.72	44.63	7.70	43.37	7.59	48.80	9.16	46.58	9.05
81	(136)	39.14	8.77	41.53	6.48	38.74	6.59	44.15	9.20	43.53	9.04
88	(41)	34.42	8.49	37.54	5.12	36.31	6.17	41.29	8.70	40.58	7.66

Table 2. Means and standard deviations for measures of immediate recall and for performance on real life tasks for mean ages 25 to 88 years in T-Score units (M = 50, S.D. = 10).

Mean Age	N	Immediate Recall		Real Life Tasks	
		Mean	S.D.	Mean	S.D.
25	(37)	59.48	7.78	56.06	3.52
32	(74)	56.94	7.95	55.87	4.78
39	(112)	57.23	7.89	56.07	2.33
46	(144)	55.62	8.39	55.21	3.93
53	(182)	52.12	8.38	54.02	4.09
60	(246)	50.53	8.79	52.76	5.63
67	(288)	48.77	9.72	50.51	8.53
74	(254)	45.04	8.32	45.19	10.25
81	(124)	41.99	8.83	37.30	12.80
88	(39)	39.68	9.38	28.22	11.94

provided graphic representations of age differences in performance separately for men and women in Figures 1 to 7. As will become evident, there are substantial reliable age differences favoring younger adults, as well as significant gender differences. However, the age level at which significant differences from young adults can be detected, as well as the presence and direction of gender differences are quite ability-specific. These specific patterns of age differences will next be examined.

Figure 1 shows the age difference patterns for Verbal Meaning, a measure of recognition vocabulary. Overall there is a slight trend for women to perform better then men ($p = .06$). However, sex differences reach statistical significance only at age 60. Note that positive age differences prevail to a peak at age 39. A significant negative age difference is first detected at age 67. However, it is not until age 81 that the middle half of that age group ceases to overlap with the youngest sample (25 year-olds). Variability within samples decreases slightly until age 39, increases until age 67 and then remains at the same level.

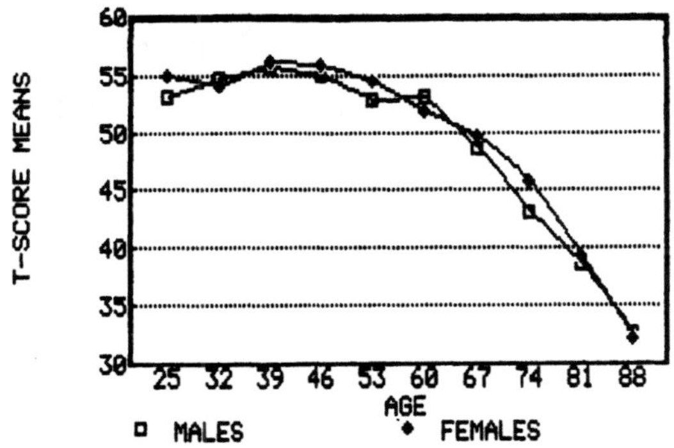

Fig. 1. Age difference patterns for Verbal Meaning

Age difference patterns for Spatial Orientation is shown in Figure 2. There is a highly significant gender difference in favor of males. This difference appears throughout the adult life span, although it is not statistically significant for the two oldest groups. Significant negative age differences for Spatial Orientation are first shown at age 53. Again, it is not until age 81 that there is no overlap for the middle half with the youngest sample. Variability on Spatial Orientation, however, peaks in young adulthood and linearly decreases thereafter.

Figure 3 shows the age difference patterns for Inductive Reasoning, the ability to draw inferences and identify rules; skills that are basic for activities requiring complex problem-solving. Overall, women perform significantly better than do men. When examined separately by age, however, this female superiority is statistically significant only during middle age and early old age (46 through 67 years). Significant negative age differences are first noted as early as age 46. Overlap of the middle half of the older sample with the younger group ceases to be found by age 74. Variability decreases slightly in young adulthood, then rises again until early old age, with decreasing variability thereafter.

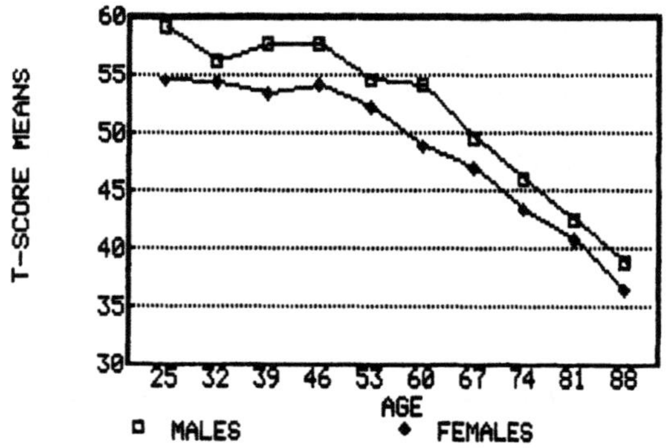

Fig. 2. Age difference patterns for Spatial Orientation

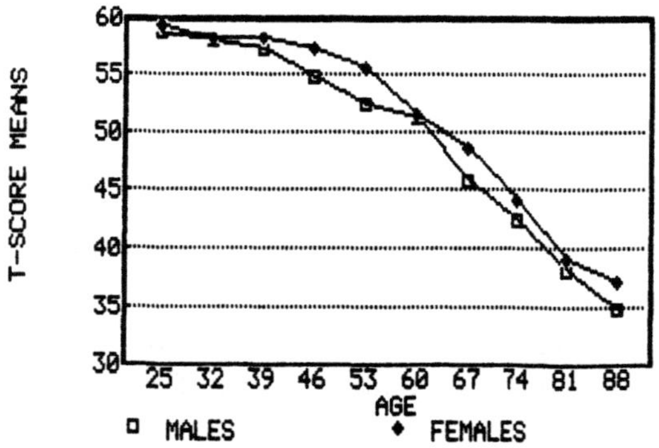

Fig. 3. Age difference patterns for Inductive Reasoning

Age difference patterns for Number, our measure of quantitative skills, are shown in Figure 4. Although there is an overall significant gender effect favoring males, we can detect reliable sex differences within age groups only at ages 32 and 60. Age differences for this variable differ markedly from those previously examined. Statistically significant positive age differences are found up until age 60, and significant negative differences do not occur until age 81. Even at age 88, the middle half of the sample still overlaps with the youngest group. Further, variability on Number increases until age 60, with subsequently decreased variability remaining at about the young adult level.

Word Fluency is our active vocabulary measure involving the recall of words; its age difference patterns are shown in Figure 5. Overall gender differences for this variable favor women. However, statistically significant within sub-sample differences are found only at age 46 and for the three oldest sub-groups. Significant negative age differences are first detected at age 60, but overlap of the older and youngest middle halfs does not cease until age 88. Word Fluency shows a modest decline in variability from young adulthood until middle age, with increased variability into early old age, and then further restriction of variability.

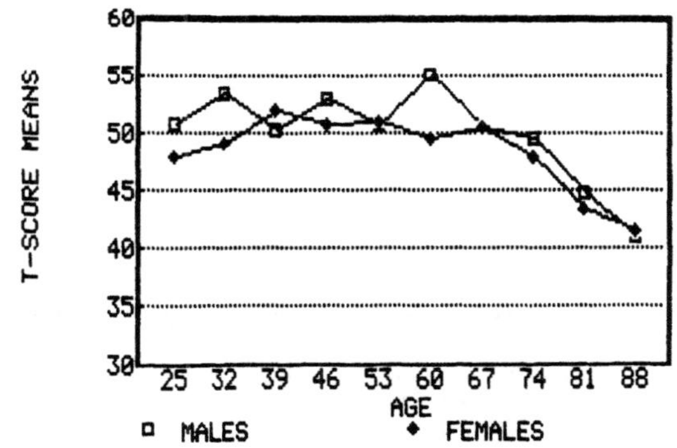

Fig. 4. Age difference patterns on Number.

Figure 6 provides the age difference pattern for our memory measures involving Immediate Recall of a list of meaningful words. Gender differences in memory clearly favor women. However, gender differences are not significant for the two youngest, the 60 year-old, and the oldest sample. Negative age differences in memory are the earliest detected difference and occur at age 39. Overlap of middle halves ceases to prevail by age 74. There are only relatively modest age differences in variability, with a trend for greater variability with advancing age.

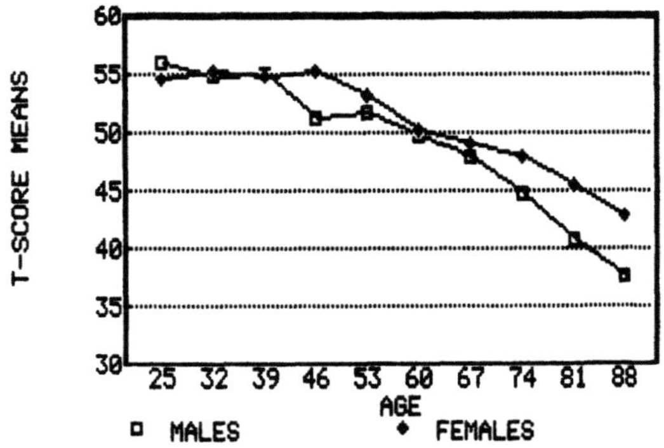

Fig. 5. Age difference patterns on Word Fluency.

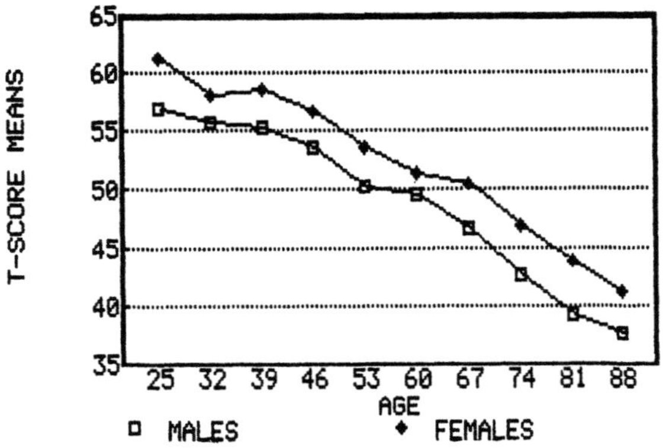

Fig. 6. Age difference patterns on Immediate Recall.

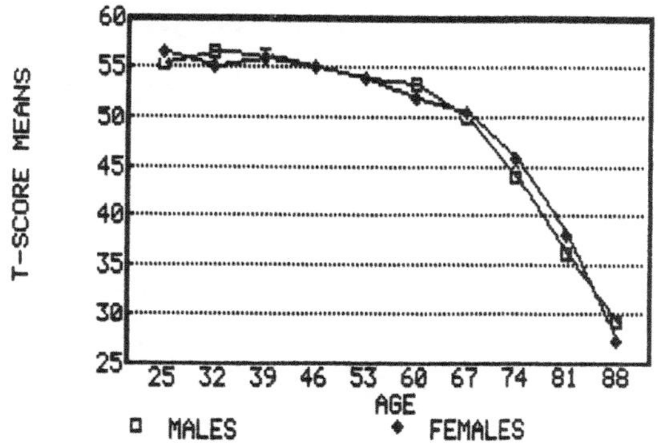

Figure 7. Age Difference Patterns on Real Life Tasks.

Our final variable is the measure of Real Life Tasks, age difference patterns for which are shown in Figure 7. No significant gender differences were found on this measure. Significant negative age differences are first detected here at age 53, but once again, overlap of middle halves for the older and youngest groups does not ceases until age 81. By contrast with the other variables, there is a marked and almost exponential increase in variability from young adulthood until old age. That is, there is much greater variability in old age on the complex measure of everyday activities than in the more specific and abstract laboratory measures of the basic mental abilities.

EFFECTS OF COHORT CHANGES IN ABILITY LEVEL

We must next consider the possible effects of socio-cultural change and consequent changes in population characteristics that might affect performance on measures of cognitive abilities (Schaie, 1986). For those abilities that have been measured in the SLS on several occasions it is possible to obtain fairly good estimates of differences in average performance for successive cohorts at the same age. In fact, we have available as many as four estimates for successive cohorts data for the Primary Mental Ability measures which were reported above, so we can obtain cumulative estimates of cohort changes. In Figure 8 we contrast the cumulative effects of cohort changes upon four of the abilities discussed earlier. Cumulative changes have been computed from the 1896 base cohort, the earliest included in our study.

There are substantially different patterns. The cohort change gradient for Inductive Reasoning displays virtually linear increment. If the youngest and oldest cohort could have been compared at the same ages we would have found no overlap between the middle halves for the two groups. The cohort changes for Verbal Meaning are almost as substantial. However, change here has slowed, with no further increment observed for the two most recent cohorts. Spatial Orientation shows modest positive cohort change until the 1938 cohort. From then on the cohort profile is mildly negative. The pattern for Number is one of positive change for the two oldest cohorts followed by a shallow negative profile up until the most recent cohorts. Given these performance level changes across cohorts, it follows that

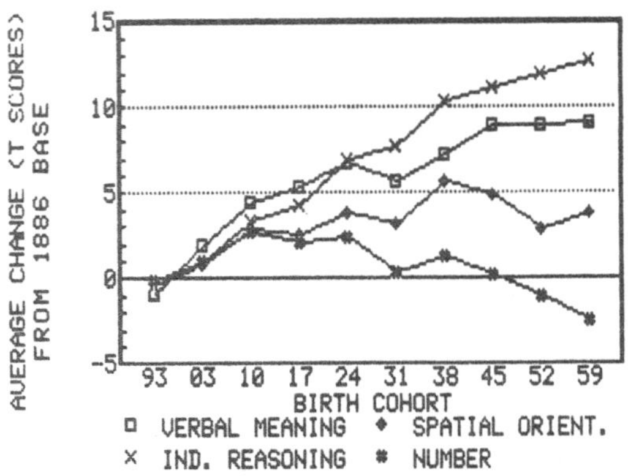

Fig. 8. Cumulative cohort changes for the Primary Mental Abilities.

cross-sectional data should yield over-estimates of negative age differences for Inductive Reasoning and Verbal Meaning, relatively realistic estimates for Spatial Orientation, and under-estimates of negative differences for Number. We can test this proposition by contrasting cross-sectional with short-term longitudinal data.

COMPARISON OF CROSS-SECTIONAL AND LONGITUDINAL ABILITY DATA

We are interested in obtaining sample parameter estimates that tell us whether age-comparative data collected at one point in time provide a distorted estimate of age changes within the same cohort. We consequently base our estimates of longitudinal change over time on the differences between average scores for each cohort obtained in 1977 and 1983/85. To obtain the largest possible cell sizes we aggregate the data across gender. The within-cohort differences then are cumulated from the youngest age level. Since the estimates come from independent random samples from each cohort they control for attrition, practice and testing effects, and are thus directly comparable to the cross-sectional data (Schaie, 1977). These cross-sectional/longitudinal comparisons are shown in Figures 9 to 12.

As predicted, the discrepancy between cross-sectional and longitudinal data is the greatest for Inductive Reasoning and Verbal Meaning, those abilities that showed the most dramatic cohort change gradients. For Inductive Reasoning, that the early decrement suggested by the cross-sectional data appear to be an artifact of the cohort changes. In the longitudinal data, the age difference profile is virtually flat until age 60, with the first statistically significant negative age difference shown by age 67 (see Figure 9). Moreover, the difference between the youngest and oldest group is now less than a standard deviation. Equally dramatic are the differences between cross-sectional and longitudinal data for Verbal Meaning. Here there are significant positive differences until age 60 is reached. Thereafter modest negative differences occur that become statistically significant by age 74. However, estimated performance in old age remains equal or better than that shown in young adulthood; e.g., there is no significant difference between the longitudinal estimates for ages 25 and 88 (Figure 10).

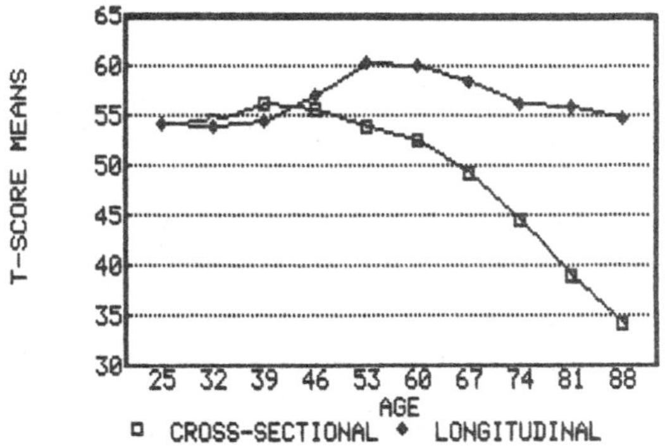

Fig. 9. Comparison of cross-sectional and longitudinal age differences for Inductive Reasoning.

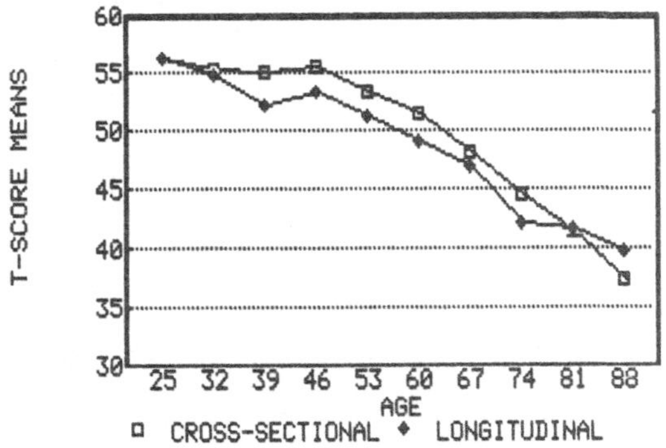

Fig. 10. Comparison of cross-sectional and longitudinal age differences for Verbal Meaning.

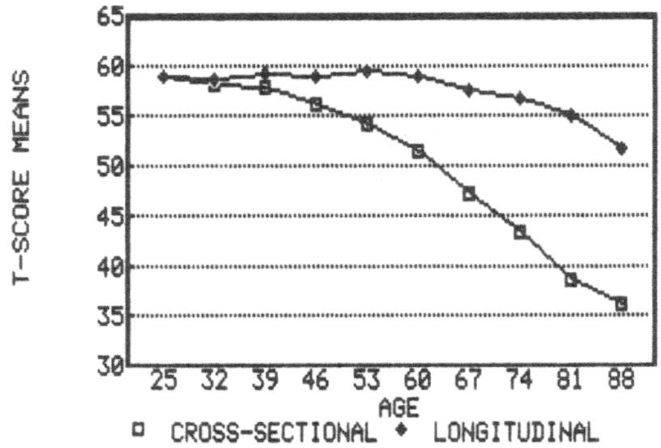

Fig. 11. Comparison of cross-sectional and longitudinal age differences for Spatial Orientation.

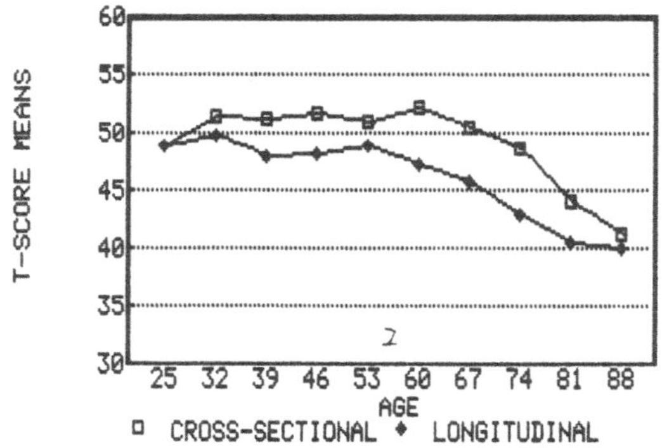

Fig. 12. Comparison of cross-sectional and longitudinal age differences for Number.

Quite different findings occur for Spatial Orientation and Number. The longitudinal age gradient for Spatial Orientation shown in Figure 11 has a negative slope quite comparable to the cross-sectional data. The major difference is that longitudinal data suggest possibly even earlier age changes (albeit not statistically significant until age 53), but somewhat less pronounced differences in advanced old age. Likewise, the longitudinal data for Number (Figure 12) suggest a virtually level age difference pattern until age 53, with negative age differences becoming apparent by age 60 and statistically significant by age 67. Just as the positive cohort gradients for the first two abilities suggest the possibility of greater decline within individuals than shown in the longitudinal data, so do the negative cohort gradients lead to over-optimistic projections for the latter abilities. The moral, of course, is that one needs to obtain data across time to fully understand the magnitude of changes within individuals or populations.

CONCURRENT OVERLAP OF PERFORMANCE IN SAMPLES OF DIFFERENT AGE

Whether cross-sectional samples under- or over-estimate age differences that may occur within individuals as a function of cohort changes, they are, nevertheless, of considerable interest in examining concurrent levels and distributions of performance at different ages. In fact, such data are needed to give us the kind of information on the relative advantage or disadvantage of populations at different ages that are required to adjudicate a number of current policy issues. For example, these data allow us to determine what proportion of individuals have sufficient cognitive competence to live independently, or to consider what might be the consequences of modifications of retirement rules. For these purposes it does not suffice to consider merely data on group averages such as those provided in Tables 1 and 2 and displayed graphically in the first seven figures. First of all we must examine just how powerful age is as a predictor of performance, and then examine specifically the degree of empirically observed overlap of performance across age levels to determine the probability that older persons at specific ages will be at a disadvantage when compared with younger individuals, or conversely to note the proportion of older individuals that are found to function within the range provided by a younger reference population.

Rather than computing correlations between age and abilities directly, we used our ten seven-year cohort classifications as our independent variable. Positive correlations, consequently, imply that the later born cohorts perform at a higher level than the cohorts born earlier. As suggested by the mean age difference data presented earlier, the highest age/ability correlation is shown by Inductive Reasoning ($\underline{r}$ = .621); with age thus accounting for roughly 38 per cent of the individual difference variance in the dependent variable. Considerably less variance is explained by age for the other four ability measures. Age accounts for approximately 25 per cent of the variance for Verbal Meaning ($\underline{r}$ = .496); 22 per cent for Spatial Orientation ($\underline{r}$ = .470); 13 per cent for Word Fluency ($\underline{r}$ = .365); and only 2 per cent of the variance for Number ($\underline{r}$ = .147). Age is a more important predictor with respect to our memory measure of Immediate Recall, accounting for about 24 per cent of the variance ($\underline{r}$ = .488); and even more so for the measure of Real Life Tasks ($\underline{r}$ = .545), where age accounts for approximately 30 per cent of the variance.

These figures show that age is an important characteristic that may indicate an individual's relative cognitive performance with respect to the population distribution at a particular point in time. They also suggest, however, that in all instances variables other than together are more important than age in assigning an individual's position on the ability

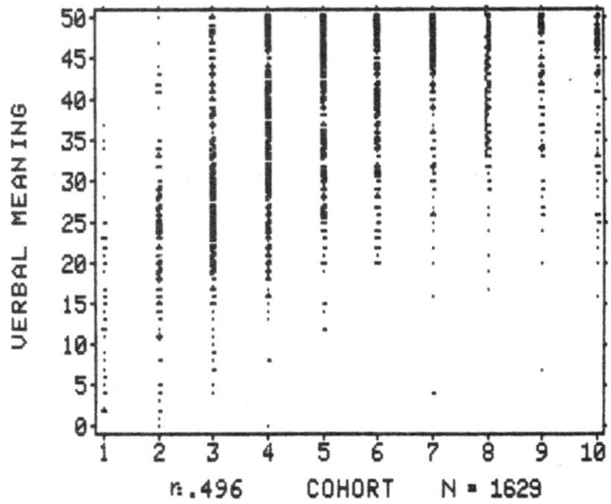

Fig. 13. Scattergram for the age distribution for Verbal Meaning.

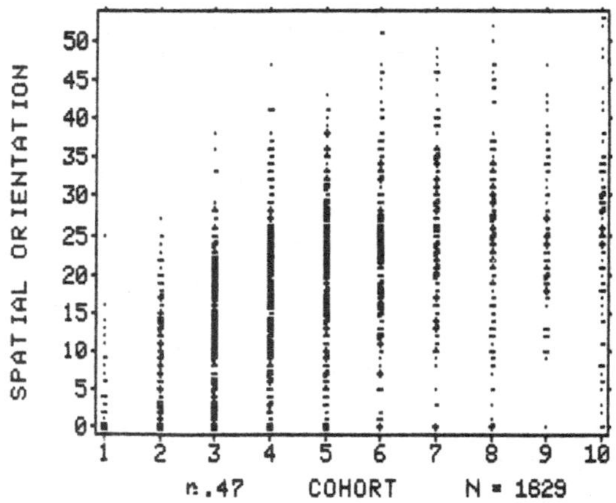

Fig. 14. Scattergram for the age distribution for Spatial Orientation.

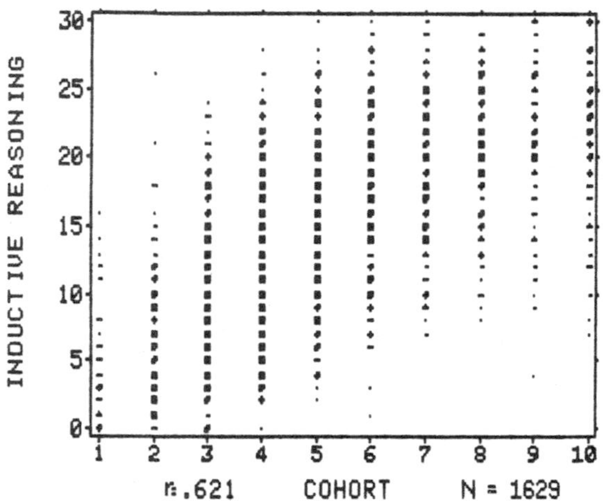

Fig. 15. Scattergram for the age distribution for Inductive Reasoning.

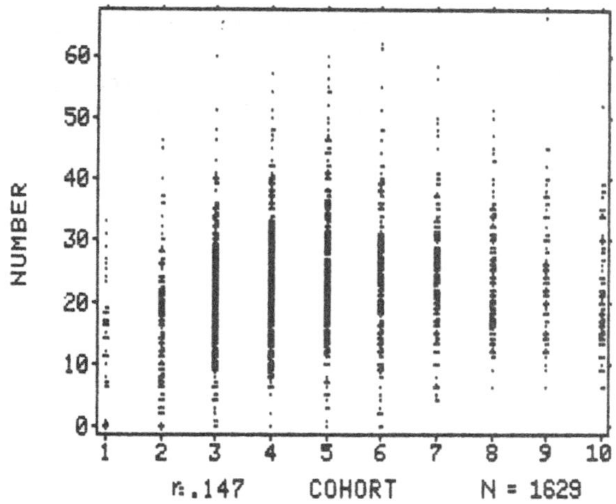

Fig. 16. Scattergram for the age distribution for Number.

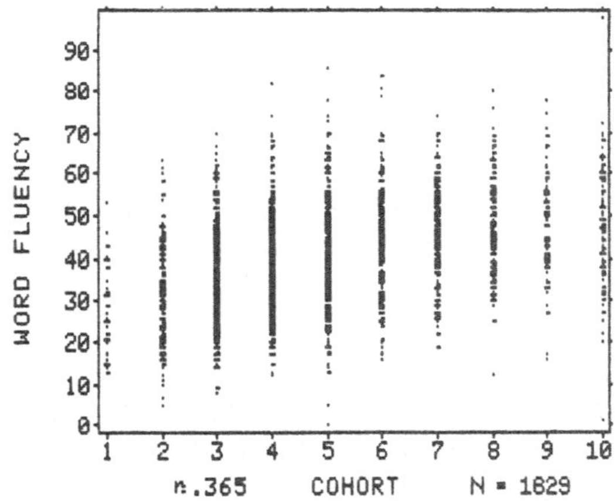

Fig. 17. Scattergram for the age distribution for Word Fluency.

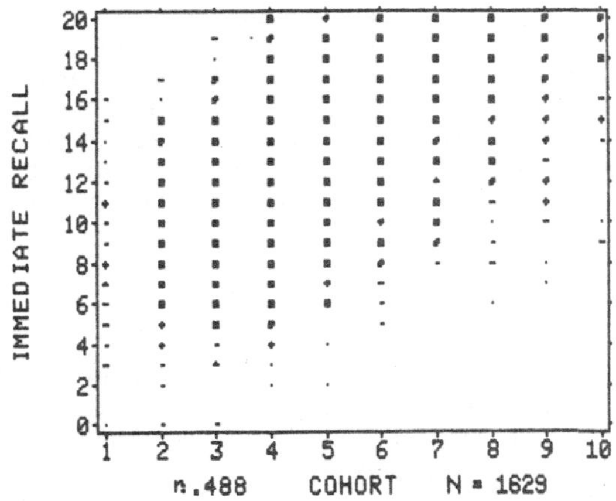

Fig. 18. Scattergram for the age distribution for Immediate Recall.

spectrum. To illustrate the resultant overlap of sample distributions over the adult life span, we provide scattergrams linking cohort membership and performance level in Figures 13 to 19. These scattergrams show the oldest to the youngest cohorts (age range from 25 to 88 years) from left to right. Although, with the exception of numerical skills, there are clear age trends, we also find that there is substantial overlap of distributions well into old age.

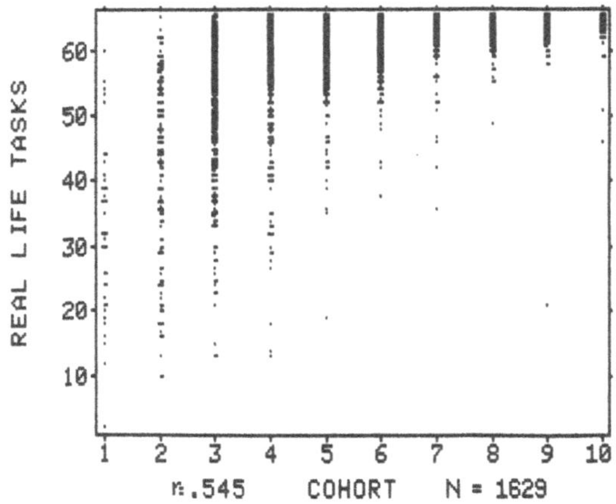

Figure 19. Scattergram for the age distribution for Real Life Tasks.

To examine the degree of overlap in a somewhat more formal fashion, I have computed proportions of overlap of successive age groups with the youngest sample (average age 25), from the variance estimates provided in Tables 1 and 2. If one assumes that the underlying populations are normally distributed,tables of the normal curve can be used to estimate the proportion of the joint distribution of two samples shared by members of both samples. Table 3 provides the results of these calculations for the seven variables shown in the scattergrams. The data immediately show that for all groups until age 60 there is greater than 90 per cent overlap for all variables with the youngest age group. Even at age 67 that degree of overlap prevails for all variables except Inductive Reasoning. At age 74 there is still better than 90 per cent overlap for Verbal Meaning, Spatial Orientation, Number, and Word Fluency, all variables other than Inductive Reasoning. That degree of overlap prevails at age 81 for the latter two variables, and even at 88 for number skills. Indeed, it is only for Inductive Reasoning that there is complete lack of overlap at any age.

SOME IMPLICATIONS FOR SOCIETAL PARTICIPATION

The major portion of this paper has been concerned with presenting current data on variation with age in cognitive abilities across the major portion of the adult life span, to characterize the distortions introduced by differential cohort flow, and then to demonstrate the tremendous degree of overlap in performance across the adult age range. It now remains to comment briefly on some of the implication of these findings for the societal participation of older individuals.

Table 3. Proportion of overlap at successive ages with score distribution at age 25.

Mean Age	Verbal Meaning	Spatial Orient.	Inductive Reasoning	Number	Word Fluency	Immediate Recall	Life Tasks
			Per Cent Overlap				
32	99.74	99.63	99.59	99.90	99.74	99.25	99.69
39	99.86	99.62	99.52	99.90	99.72	99.32	99.72
46	99.87	99.68	99.12	99.91	99.66	98.93	99.34
53	99.68	99.32	98.19	99.86	99.40	96.18	97.76
60	99.66	98.74	95.91	99.91	98.81	94.39	97.23
67	97.34	96.87	86.97	99.85	98.04	91.87	91.28
74	93.01	90.25	70.08	99.72	94.71	76.91	42.07
81	75.16	70.83	12.55	98.72	93.20	51.72	43.70
88	53.39	38.69	0.00	96.64	81.90	49.05	24.86

To begin with, it might be suggested that limitations imposed upon the full participation of our society's older members may generally be related to three major influences: increasing physical frailty, reduced cognitive competence, and societal constraints imposed by erroneous stereotypes. With the increased availability of environmental support reducing the physical demands of most occupations or everyday pursuits, physical frailty, except for those suffering from an acute disease, has ceased to be a major limitation for most older persons prior to the late eighties and above (Schaie & Willis, 1986a). As a consequence cognitive limitations have assumed increased importance in determining whether older individuals can continue to remain employed, participate in societal decision-making, or even continue to enjoy independent living and exert control over the economic resources they have acquired over a life time.

The data on age differences presented here demonstrate that the average older person, whether because of age-related decline or having started out at a lower level than today's young adults, may well be at disadvantage on many cognitive skills when compared with young adults. It is important to note, however, that statistically significant age differences may represent quite limited absolute orders of magnitude. For example, although average reaction times tends to increase by a factor of 1.5 to 2 from the twenties to the seventies, the actual increment in time required for the successful performance of a task of reasonable complexity will typically not exceed one or two seconds (Salthouse, 1985). Likewise, data from the SLS suggest that more complex cognitive processes show changes that are large in terms of absolute performance do not occur until the late seventies or early eighties (Schaie, 1980b, 1983a). Again, it is quite rare, that age differences reported in the literature prior to the late seventies attain a magnitude that on average would interfere with successful job performance.

To give a specific example, let me share with you my own observations, in the course of developing testimony in age discrimination litigation, of the performance of operators weighing trucks on a highway scale. I found that it took a truck on average something like 30 seconds to pass a scale operator's station, while only 6 seconds were required to perform the measurements. Slowing of reaction time leading to an increase of a second or two in time needed for the job operation consequently would be irrelevant to the operator's ability to do the job.

Much of the literature on adult cognitive development deals with very specific aspects of cognition and employs laboratory paradigms that are not necessarily representative of the complex processes involved in everyday tasks or occupational pursuits. For example, it is not at all clear whether the age distributions shown for performance on laboratory tasks would also be found for occupational pursuits. The literature on expertise shows that although many individuals experience some behavioral decrement by the time the late sixties are reached, such decrement does not seem to occur for highly practiced tasks at which the individual is an "expert." Maintenance of "expert" functions typically involves experience in carrying out a complex task. In other words, experience usually suffices to compensate for behavioral slowing on well-practiced tasks that are part of a person's job skill requirements (Charness, 1981; Glaser, 1987; Salthouse, 1987; Salthouse & Somberg, 1982).

It would seem to me, that the evidence suggests strongly that many factors other than age are more salient in determining cognitive performance than does chronological age until late mid-life. As old age approaches an increasing proportion of individuals, for a variety of physiological and experiential reasons, do suffer some decline in cognitive performance, albeit those aspects of decline that are primarily experiential are reversible (Schaie & Willis, 1986b). What is most important to keep in mind, however, is that the range of individual differences is so great, that until the late eighties are reached, many older persons can still be found who function at least within the average range of young adults. Consequently, it seems necessary to conclude that chronological age is not a proper indicator for the development of public policies that would exclude any person from full societal participation. The United States Congress in its recent revision of the Age Discrimination Employment Act seems to agree with this position.

The above considerations raise some exciting possibilities for behavioral and social scientists to engage in primary prevention of cognitive dysfunction in later adulthood at a number of different levels. There are three major areas that seem to be particularly amenable to behavioral intervention. The first is concerned with educating the media and the public services sector. Many of the assumed cognitive disabilities of early old age, as shown by our data, are for most persons not fact, but the presumption of such disabilities is directly related to stereotypes about aging that become self-fulfilling prophecies. It is of considerable importance therefore to provide guidance to the media that will lead journalists to concentrate upon the 95% of the elderly who are not institutionalized and to report on and show successful older individuals who display full cognitive competence. The public service sector, moreover, must be educated to be more understanding of the moderate cognitive changes occurring with age in some individuals and to consider the possibility of intervention in many such instances regardless of their client's age. Obviously this involves adoption of attitudes that lead to value their older clients as being of equal importance as those at other life stages and deserving of equally high quality service and attention.

Applied developmental scientists need also become active in the area of health education. Although an increasingly successful effort is being made to convince the public that dietary, smoking and drinking behaviors must be controlled by mid-life at the latest to assure physical fitness in old age, similar efforts still remain to be implemented in other behavioral areas. For example, educational efforts are needed to convince individuals to seek adequate compensation for sensory changes by attending to suitable modifications of their working and living environments. The data presented here suggest that many older persons function at cognitive levels that are well within the range of much younger populations groups. Those who do have the personality characteristics that let them structure their environment in appropriate ways can contribute serendipitously to maintain active stimulation of their cognitive processes (Schaie, 1984). But it is also possible to program formal obsolescence-reducing educational mechanisms and cognitive training programs that will improve the functional level of those older persons who show significant but experientially induced cognitive decline (Schaie & Willis, 1986b).

A third area in which behavioral and social scientists can provide interventions that would maintain the societal participation of a greater proportion of the elderly relates to the transition from the world of work to that of (not infrequently enforced) leisure. In the United States, recent changes in mandatory retirement legislation have led retirement to become an increasingly complex decision. The arbitrary guideposts of chronological age now provide constraining time frames rather than specific end points. With the end of legally permissible mandatory retirement for most employees, many employers are beginning to offer more flexible retirement options, with the intent of better utilization of older workers, but also providing more realistic plans for change and continuity in industrial organizations. These developments open new options and opportunities for individuals moving into old age but also add much uncertainty. Applied developmental scientists consequently need to become increasingly active in preretirement counseling programs, including formal assessment programs that help workers and their employers to appraise needs and abilities as they relate to reassignment or retirement decisions. Such processes will lean heavily on our understanding of the variability of individual performance at all ages.

ACKNOWLEDGEMENT

Preparation of this paper was supported in part by research grant R01 AG04470 from the National Institute on Aging. The cooperation of members and staff of the Group Health Cooperative of Puget Sound is gratefully acknowledged.

REFERENCES

Birren, J. E., and Cunningham, W., 1985, Research on the psychology of aging: Principles, concepts and theory, in: "Handbook of the Psychology of Aging," 2nd ed., J. E. Birren and K. W. Schaie, eds., Van Nostrand Reinhold, New York.

Birren, J. E., and Renner, V. J., 1977, Research on the psychology of aging: Principles and experimentation, in: "Handbook of the Psychology of Aging," J. E. Birren and K. W. Schaie, eds., Van Nostrand Reinhold, New York.

Botwinick, J., 1977, Intellectual abilities, in: "Handbook of the Psychology of Aging," J. E. Birren and K. W. Schaie, eds., Van Nostrand Reinhold, New York.

Charness, N., 1981, Age and skilled problem solving, J. Exper. Psychol. Gen., 110:21.
Cunningham, W. R., in press, Recent developments in research on psychomteric intelligence in adulthood, in: "Annual Review of Gerontology and Geriatrics," Vol. 7, K. W. Schaie, ed., Springer Publishing Co., New York.
Educational Testing Service, 1975, "Basic Skills Test - Reading," Educational Testing Service, Princeton, NJ.
Glaser, R., 1987, On the nature of expertise, in: "Cognitive Functioning and Social Structure over the Life Course," C. Schooler and K. W. Schaie, eds., Ablex, Norwood, NJ.
Labouvie-Vief, G., 1985, Intelligence and cognition, in: "Handbook of the Psychology of Aging," 2nd ed., J. E. Birren and K. W. Schaie, eds., Van Nostrand Reinhold, New York.
Salthouse, T. A., 1985, Speed of behavior and its implication for cognition, in: "Handbook of the Psychology of Aging," 2nd ed., J. E. Birren and K. W. Schaie, eds., Van Nostrand Reinhold, New York.
Salthouse, T. A., 1987, Age, experience and compensation, in: "Cognitive Functioning and Social Structure over the Life Course," C. Schooler and K. W. Schaie, eds., Ablex, Norwood, NJ.
Salthouse, T. A., and Somberg, B. L., 1982, Skilled performance: The effects of adult age and experience on elementary processes. J. Exper. Psych. Gen., 111:176.
Schaie, K. W., 1977, Quasi-experimental designs in the psychology of aging, in: "Handbook of the Psychology of Aging," J. E. Birren and K. W. Schaie, eds., Van Nostrand Reinhold, New York.
Schaie, K. W., 1980a, Age changes in intelligence, in: "Age, Learning and Intelligence, R. D. Sprott, ed., Van Nostrand Reinhold, New York.
Schaie, K. W., 1980b, Intelligence and problem solving, in:."Handbook of Mental Health and Aging," J. E. Birren and R. B. Sloane, eds., Prentice-Hall, Englewood Cliffs, NJ.
Schaie, K. W., 1981, Psychological changes from midlife to early old age: Implications for the maintenance of mental health, Amer. J. Orthopsy., 51:199.
Schaie, K. W., 1983a, The Seattle Longitudinal Study: A 21-year exploration of psychometric intelligence in adulthood, in: "Longitudinal Studies of Adult Psychological Development, K. W. Schaie, ed., Guilford Press, New York.
Schaie, K. W., 1983b, What can we learn from the longitudinal study of adult psychological development, in: "Longitudinal Studies of Adult Psychological Development, K. W. Schaie, ed., Guilford Press, New York.
Schaie, K. W., 1984, Midlife influences upon intellectual functioning in old age, Int. J. Beh. Devel., 7:463.
Schaie, K. W., 1985, "Manual for the Schaie-Thurstone Test of Adult Mental Abilities (STAMAT)," Consulting Psychologists Press, Palo Alto, CA.
Schaie, K. W., 1986, September, Social context of cognition in old age, Paper presented at the annual meeting of the American Sociological Association, New York.
Schaie, K. W., in press, Individual differences in rate of cognitive change in adulthood, in: "Adult Development: The Search for Meaning," V. L. Bengtson and K. W. Schaie, eds., Springer Publishing Co., New York.
Schaie, K. W., and Hertzog, C., 1982, Longitudinal methods, in: "Handbook of Developmental Psychology," B. B. Wolman, ed., Prentice-Hall, Englewood Cliffs, NJ.
Schaie, K. W., and Willis, S. L., 1986a, "Adult Development and Aging." 2nd ed., Little, Brown, and Co., Boston.

Schaie, K. W., and Willis, S. L., 1986b, Can intellectual decline in the elderly be reversed? Developm. Psych., 22:323.
Shock, N. W., Greulich, R. C., Andres, D. A., Costa, P. T., Jr., Lakatta, E. G., and Tobin, J. D., 1984, "Normal Human Aging: The Baltimore Longitudinal Study of Aging," U.S. Government Printing Office, Washington, DC.
Thurstone, L. L., and Thurstone, T. G., 1941, "Factorial Studies of Intelligence," University of Chicago Press, Chicago.
Thurstone, L. L., and Thurstone, T. G., 1949, "Manual for the SRA Primary Mental Abilities, 11-14," Science Research Associates, Chicago.
Willis, S. L., 1985, Towards an educational psychology of the adult learner, in: "Handbook of the Psychology of Aging," 2nd ed., J. E. Birren and K. W. Schaie, eds., Van Nostrand Reinhold, New York.
Zelinski, E. M., Gilewski, M., Schaie, K. W., 1979, August, Age differences in memory for facts vs. inferences, Paper presented at the annual meeting of the American Psychological Association, New York.

A LEGAL VIEWPOINT ON THE RELEVANCE OF PHENOTYPIC VARIATION TO RISK ASSESSMENTS

John G. Harkins, Jr.
Ellen Kittredge Scott and
William J. Walsh

Pepper, Hamilton & Scheetz
2001 The Fidelity Building
123 South Broad Street
Philadelphia, PA

INTRODUCTION

Despite substantial efforts to regulate the discharge of hazardous and potentially hazardous substances into the general environment and into the workplace, there is a residual level of such substances that will remain there for some time. Moreover, much remains to be learned about materials which are still regularly discharged; and continuing discharges at some level are virtually inevitable even as to substances about which we know a great deal.

Two societal goals have emerged from these circumstances. First, there is broad recognition of the desirability of taking all feasible steps to ensure that the level of environmental contaminants created by humans is not so high as to present a significant risk of harm. What level presents a "significant" risk is, of course, the subject of frequent dispute. And second, there is a sense that it is moral, or some would say only fair, that means be found to compensate those who can demonstrate that they have been harmed as a result of the risks created by others. One of the most complex and important challenges arising from these goals is the need to develop and apply methods by which risks can be assessed, both prospectively and retrospectively, as a predicate to intelligent decision making.

The challenge is a difficult one, especially in the context of the relationship between low level exposures and late effects, such as cancer. Since we have a very imperfect understanding of the precise manner in which and the circumstances under which a cell progresses from an initial condition of apparent stasis to a clinically recognizable tumor, science presently cannot provide definitive answers to such issues.

Against this background, to express a "legal viewpoint"

concerning the relevance of phenotypic variation to risk assessment is a formidable task. One must begin with the recognition that there may be almost an infinite number of variations in the human genomic structure, with risk consequences ranging from life-protective to life-threatening and life-extinguishing. Relevance, which is at best an ambiguous concept, must at least serve as a screen to distinguish the consequential from the inconsequential within this enormous range of significance. Moreover, while the state of knowledge concerning the implications of such variations is well advanced, it is far from complete. In fact, it might more accurately be said that the study of the interaction of phenotypic variation and environmental and workplace pollutants is filled with possibilities, but little more than possibilities, at this point. A "legal viewpoint" therefore must be tentative and sufficiently flexible to accommodate this state of uncertainty while recognizing the promise of greater certainty to follow.

Still another reason the task is formidable lies in the type of concerns forcefully stated by Sheldon Samuels (this Symposium). In the interaction between science and law, one must take into account ethical and moral concerns as well as a whole spectrum of other questions of social policy. Scientists demand no less. In communicating beyond the realm of science, and even within it, scientists, as concerned humans, often couch their scientific conclusions in a larger ethical framework. And the law, which in a sense is an ordered means of expressing social policy, receives these communications as only one part of an agenda of concerns which extends far beyond pure science itself. In general, science does not become law except as filtered through a complex value-oriented process; and even then there may be conflicts with other laws or policies which bar full recognition of scientific advances.

Finally, the very concept of relevance differs depending on the circumstances. What is relevant to Congress in adopting a health protective statute is almost anything which Congress decides is relevant. In a rulemaking proceeding, what is relevant to a regulatory agency which has a mandate to resolve uncertainties in favor of protecting public health may not be limited to what is considered relevant by the scientist who performs the original research or his or her scientific peers. Other standards of relevance may apply in agency compensation decisions and in judicial adjudications. And, as will be seen, the formulation of certain judicial rules may render irrelevant certain kinds of evidence which a scientist would consider relevant and may admit other evidence which most scientists would reject or view with caution.

All that having been said, the marriage of law and science ought at least to be promising. Law can help translate the discoveries of science into practical applications, such as measures for the protection of human health and safety. And science can assist the law by reducing uncertainties and permitting surer resolution of issues which the law must confront.

As science gains greater knowledge about the relation

between phenotypic variation and risk, in theory more precision should be possible in crafting regulations to protect human health. That process, as we report, is underway. Too much should not be expected of it, however, for at least three reasons which we will explore.

In the adjudicative area -- the world of tort litigation, for example -- knowledge of phenotypic variation and its relation to risk might be seen as supplying better answers to questions of causation. That promise, however, is probably largely an illusion. In many cases, the possible contribution of a biological explanation for the ultimate result is irrelevant. And in other cases in which a phenotypic variation or its absence might have some role to play in establishing or negating causation, there is a high risk that the complexities of legal doctrine, legal procedures and the rules of evidence may negate the benefit. More specifically, expert testimony may be misunderstood, misused or ignored.

Having in mind these preliminary thoughts, we will comment briefly on three aspects of the general subject assigned to this paper. First, we will examine the relevance of phenotypic variation in the risk assessment and management process as practiced by federal agencies. Second, as a kind of case study in the accommodation of competing values, we will look at the so-called "gene screening" issue from the perspective of two federal statutes which promote the goals of fairness and nondiscrimination in employment. And third, we will comment on the very cloudy and probably limited role that phenotypic variation may play in claims for compensation, focusing here on an area of friction between science and law.

THE RELEVANCE OF PHENOTYPIC VARIATION IN FEDERAL RISK ASSESSMENT AND RISK MANAGEMENT

Congress only has occasionally made explicit reference to the importance of susceptible subpopulations in the context of the regulation of risk. Nevertheless, all of the major federal health-related regulatory statutes are drawn in terms broad enough to permit, if not require, the agency to consider such subpopulations generally and the implications of phenotypic variation more particularly.

There are at least two cases in which Congress has specifically referred to susceptible subpopulations. In the legislative history of the Clean Air Act, reference is made to the fact that the public to be protected by the statute includes "sensitive and vulnerable groups" and specific mention is made of bronchial asthmatics and emphysematics.* Similarly, the Congressional Conference Report, in addressing Section 313 of the Superfund Amendments and Reauthorization Act of 1986, indicates that the EPA Administrator "is to consider individuals who are sensitive

*Comm. on Public Works, National Air Quality Act of 1970, S. Rep. No. 91-1196, 91st Cong., 2d Sess. 7, 10 (1970).

to a particular chemical"* in selecting for listing chemicals which are known to cause or are reasonably likely to cause human health effects if they are released and travel beyond a facility's boundary.

Whether or not Congress has spoken explicitly, in practice federal agencies have taken account of sensitive subpopulations, although that subpopulation may be defined other than by reference to a phenotypic variation. For example, EPA's National Ambient Air Quality Standard for lead** was based on protecting young children, a sensitive subpopulation which EPA defined as:

> Population at risk is a segment of a defined population exhibiting characteristics associated with significantly higher probability of developing a condition, illness, or other abnormal status. This high risk may result from either greater inherent susceptibility or from exposure situations peculiar to that group. What is meant by inherent susceptibility is a host characteristic or status that predisposes the host to a greater risk of heightened response to an external stimulus or agent.***

EPA also takes into account sensitive subpopulations in its risk assessments at hazardous waste sites. The soil cleanup values used by EPA are derived by assuming that a child may eat a certain amount of soil per day.**** Since children not only may eat soil but are at higher risk than adults from a given exposure to a chemical, the cleanup level is designed to protect that sensitive subpopulation. If sufficient scientific data were available, EPA might use other subpopulations at higher than "normal"

---

*Conference Report on SARA, H. R. Rep. No. 99-962, 99th Cong. 2d Sess. 294, reprinted in, 1986 U.S. Code Cong. & Ad. News 3276, 3387.

**EPA, Air Quality Criteria for Lead, 42 Fed. Reg. 63076 (December 14, 1977). See also Lead Industries Association v. EPA, 647 F.2d 1130, 1155-56 (D.C. Cir.), cert. denied, 449 U.S. 1042 (1980) (statute is preventative in nature and requires EPA personnel to use their judgment in face of uncertainty and to err on the side of protecting people's health).

***EPA, Air Quality Criteria for Lead, 42 Fed. Reg. 63076 (December 4, 1977).

****See R. Kimbrough, et al., Health Implications of 2, 3, 7, 8-Tetrachlorodibenzo-p-Dioxin (TCDD): Contamination of Residential Soil, 14 J. Toxicol. Environ. Health 47 (1984) (describing the rationale for the one part per billion soil cleanup level for TCDD used by EPA at hazardous waste sites which assumes a child eats 10 grams of soil per day).

risk based on phenotypic variation to derive cleanup levels at hazardous waste sites.

The desirability of taking into account increased risk arising from phenotypic variation is explicitly recognized in EPA's recent final guidelines to be used in carcinogen exposure and risk assessments.* These guidelines acknowledge that uncertainty in risk assessment arises on account of the variability of human populations in terms of genetic constitution, as well as other factors. In assessing risk, account is to be taken of pharmacokinetic and metabolism data, which would frequently include reference to phenotypic variation.** And, when possible, the guideline directs that assessments of exposure will identify subpopulations with heightened susceptability based on predisposition.***

Another example of an agency addressing an added risk to a sensitive subpopulation is found in a recent series of actions taken by the Food and Drug Administration. FDA may not approve a food additive unless "the proposed use of the food additive, under conditions of use to be specified in the regulation, will be safe."**** The legislative history of the applicable statute indicates that "safety requires proof of a reasonable certainty that no harm will result from the proposed use of an additive," although the "concept of safety ... does not -- and cannot -- require proof beyond any possible doubt that no harm will result under any conceivable circumstances."*****

Relying upon this statutory authority, the FDA revoked the "generally recognized as safe" status of sulfiting agents****** because of evidence that demonstrates or suggests reasonable grounds to suspect a hazard of unpredictable severity to a fraction of the public who are sensitive

---

*EPA, Guidelines for Carcinogen Risk Assessment, 51 Fed. Reg. 33,992 (Sept. 24, 1986).

***Id*. at 33,998.

****Id*.

****21 U.S.C. §348(c)(3)(A).

*****H.R. Rep. No. 2284, 85th Cong. 2d Sess. 4-5 (1958), *reprinted in*, Legislative Record of 1958 Food Additives Amendment to Federal Food, Drug, and Cosmetics Act at 12-13, (C. Dunn ed. 1959) ("Legislative Record"); S. Rep. No. 2422, 85th Cong. 2d Sess. 2-3 (1985), *reprinted in*, Legislative Record, *supra* at 64 and n.106.

******FDA, *Sulfiting Agents: Revocation of GRAS Status for Use on Fruits and Vegetables Intended to be Served or Sold Raw to Consumers*, 51 Fed. Reg. 25,012 (July 9, 1986) (Final Rule).

to sulfites.* The agency ordered the elimination of the use of such agents as a preservative on fresh fruits and vegetables and required warning labels, effective June 3, 1987, on drugs containing sulfites.**

In sum, three conclusions can be drawn:

First, the relevant federal agencies have the power derived from Congressional delegation to take into account phenotypic variation when scientific evidence is available to support such action.

Second, the risk assessment and risk management techniques of agencies are so structured as to accommodate use of evidence of phenotypic variation when available.

And third, agencies have shown a disposition, even if in a limited number of cases, to make regulatory decisions protective of sensitive subpopulations.

The question then becomes what are the practical prospects for future action. For at least three reasons, significant additional action based on phenotypic variation should not be expected in the near term.

First, wide ranges of uncertainty already exist in the process of risk assessment depending on such things as the quality of the data available, its source (human epidemiologic studies, animal studies, in vitro studies), and models chosen to express risk. The practice today is to acknowledge these uncertainties, while at the same time compensating for them by a variety of health-protective assumptions, including introduction of safety margins into the process. The result frequently reflects an estimate of the upper limit of risk to the general population at a stated exposure level which in most instances may be sufficient to protect more susceptible subpopulations. Put differently, except in special cases adding more data about phenotypic variation may not add precision to the risk estimate chosen.

Second, the influence of phenotypic variation on risk is not always, nor perhaps generally, sharply defined. Individual susceptibility to risk may reflect a complex interaction among phenotypic variation and such other factors as age, general health, nutritional status, lifestyle and

---

*Id. See also Sulfiting Agents: Proposal to Revoke GRAS Status for Use on Fruits and Vegetables Intended to be Served or Sold Raw to Consumers, 50 Fed. Reg. 32,830 (August 14, 1985) (Proposed Rule); Report of the Ad Hoc Review Panel on the Re-examination of the GRAS Status of Sulfiting Agents at 60 (January 31, 1985).

**51 Fed. Reg. 43,900 (December 5, 1986); 51 Fed. Reg. 25,021 (July 9, 1986).

behavior.* As a practical matter, the phenotypic variation component may be incapable of separation from other variables. Moreover, even when it is separable, it is probable in most cases that major uncertainties will still be present in any quantification of added risk. In practice, then, the major relevance of phenotypic variation may be in providing qualitative support for agencie's decisions to assume in their models that virtually any concentration of a chemical may result in a small increased risk to a large population and that at least a few people out of a large population might be adversely affected by a relatively low level of exposure.

Third, the rate at which knowledge of the role of phenotypic variation is absorbed by agencies is bound to be slow because of the limitations on the agency's resources, the priorities placed on those resources, and the procedural requirements imposed by statute on the process by which an agency may adopt or amend specific regulations.

Nothwithstanding what may seem to be a slow process, it is clearly desirable that science impart to regulators its growing awareness of the significance of phenotypic variation, making certain, however, that the uncertainties are elucidated. It should be expected that with improvement in risk assessments made possible by keener appreciation of the significance of phenotypic variation, more refinement should be possible in defining the options available for risk management decisions.

"GENE SCREENING" AS A RISK MANAGEMENT TECHNIQUE

Let us assume that scientific knowledge has reached the point at which screening in the workplace for certain types of phenotypic variations would represent a valid means of reducing future risk. Before such a risk management strategy is adopted, however, consideration must be given to other ethical, economic and political concerns. The tensions are significant. In an analogous situation, OSHA elected in connection with its lead regulations not to make medical monitoring after exposure mandatory.** Participation in such monitoring is voluntary because of sensitivity to concerns of an individual's right of privacy and freedom of religion.

Assume further, however, that an employer decides to adopt a screening program, even though not compelled to do so. The motivation may be a legitimate health concern, a wish to avoid other, more costly controls, a desire to

---

*See E. Calabrese, Ecogenetics, Genetic Variation in Susceptibility to Environmental Agents at 331 (John Wiley & Sons, 1984).

**See United Steelworkers of America v. Marshall, 647 F.2d 1189, 1238 (D.C. Cir. 1980), cert. denied, 453 U.S. 913 (1981).

minimize future liability or some combination of all three. It is here that other legal constraints may become operative.

Societal concern for fairness in employment is embodied in Title VII of the Civil Rights Act of 1964, the Rehabilitation Act of 1973 and various state laws on fair employment practice.* These statutory enactments may serve to protect workers from the impact of decisions on employment that are based on an individual's peculiar biological makeup. For example, may an employer lawfully refuse to hire or assign to certain jobs all persons carrying the sickle-cell trait or exhibiting a G-6-PD deficiency to avoid hemolytic episodes upon exposure to various agents? Should the answer depend on the fact that such a policy would have a disproportionate impact upon a particular racial or ethnic population? These are not the only racial or ethnic examples which might be given, since the apparent origin of other phenotypic variations may be in a selection process protective against disease or other conditions found in areas largely inhabited by a certain race or ethnic group. Moreover, some kinds of phenotypic variation may corollate with sex, thus giving rise to another class of cases in which there is a disproportionate impact which might have legal significance.

Title VII of the Civil Rights Act of 1964 prohibits discrimination in the hiring, discharge, compensation, or other terms, conditions, or privileges of employment because of an individual's race, color, religion, sex or national origin.** When an employer uses a selection criterion which itself classifies employees on a basis protected by the Act, the employer has engaged in overt discrimination.*** The Act permits such differentiation only where certain criteria are a "bonafide occupational qualification reasonably necessary to the normal operation of that particular business

---

*Other potential sources of protection may be found in the United States Constitution and the Civil Rights Acts. For a variety of reasons, these avenues of relief are often less successful. See McGarity and Schroeder, Risk Oriented Employment Screening, 59 Tex. L. Rev. 999, 1022 n.104 (1981).

Many states have fair employment practice laws which in some instances prohibit discrimination on the basis of factors not contained in federal law. For instance, New Jersey law protects against employment discrimination based on "atypical hereditary cellular blood traits," N.J. Stat. An. §10:5-12a (West Supp. 1985), while Florida, North Carolina and Louisiana prohibit discrimination in employment based on sickle cell trait. For a discussion of these state law analogies, see [1986] 3 Empl. Prac. Guide (CCH) ¶¶20,000-29,335.

**42 U.S.C. §§2003 et seq. (1964).

***See generally B. Schlei and P. Grossman, Employment Discrimination Law, Ch. 2 (2d ed. 1984).

or enterprise.* This is a narrow exception to the proscription against discrimination which has been strictly construed.** It should apply only where the employer has a factual basis for believing that all or substantially all persons within the category selected out would be unable to perform safely and efficiently the duties of the job involved.***

Where employee selection criteria which are neutral on their face, that is, they are applied to all employees, have a disproportionate impact upon persons of a particular race, sex, religion or national origin, they may also be found to be discriminatory in effect and thus unlawful.**** To make out a prima facie case of this sort of discrimination, a plaintiff must establish that a particular employment practice has a disparate impact upon a protected group of which he is a member.***** The burden then shifts to

---

*42 U.S.C. §2000e-2(e).

**B. Schlei and P. Grossman, _supra_ note 18 at 341.

***_See_, _e.g._, _Dothard v. Rawlinson_, 433 U.S. 321 (1977) (state correctional facility had valid defense against claim that policy of refusing to hire women in maximum security male prison due to the impact of womanhood on a woman's relative ability to maintain control); _Weeks v. Southern Bell Telephone and Telegraph Co._, 408 F.2d 228, 235 (5th Cir. 1969) (BFOQ defense did not apply to justify refusal to hire females for jobs requiring lifting over 30 pounds). In _Diaz v. Pan American World Airways_, 442 F.2d 385, 388 (5th Cir.), _cert. denied_, 404 U.S. 950 (1971), the Court of Appeals for the Fifth Circuit also required a showing that the "_essence_ of the business operation would be undermined by not hiring members of one sex exclusively." _See generally_ B. Schlei and P. Grossman, _supra_ note 18 at 244, 327, 341-60. _See also_ Rothstein, _Employee Selection Based on Susceptibility to Occupational Illness_, 81 Mich. L. Rev. 1379, 1459 (1983).

****_Griggs v. Duke Power Co._, 401 U.S. 424, 432 (1971) ("Congress directed the thrust of the Act to the _consequences_ of employment practices, not simply the motivation"); _Albemarle Paper Co. v. Moody_, 422 U.S. 405, 425 (1975) (plaintiff's prima facie case is made by showing that "the tests in question select applicants for hire or promotion in a racial pattern signficantly different from the pool of applicants.")

*****Generally, statistical data is used to establish plaintiff's prima facie case, which data must be validated and relevant to the geographical area and the labor pool. To support a finding of sufficient statistical significance, courts have employed a rule of "greater than two to three standard deviations" from the expected rate, _see Castineda v. Partida_, 430 U.S. 482, 496 n.17 (1977), or 80% of the selection rate of the group with the highest selection rate. _See_ Uniform Guidelines on Employee Selection Procedures, 29 CFR Pt. 1607 (1978). _See generally_ B. Schlei and P. Grossman, _supra_ note 18 at 98 and Supp. 1985 at 15.

the employer to justify the practice. As stated by the Supreme Court, the "touchstone" of Title VII's prohibition of employment selection practices that are "fair in form, but discriminatory in operation" is "business necessity."* Thus, "If an employment practice which operates to exclude [a protected group] cannot be shown to be related to job performance, the practice is prohibited" and the burden is on the employer to show that the practice "bear[s] a demonstrable relationship to the successful performance of the jobs for which it was used."** If an employer can establish that the selection device at issue is job-related, the plaintiff may still rebut the employer's evidence by showing that the practice does not constitute a "business necessity" in that an alternative selection device with comparable utility exists which would have a lesser adverse impact.***

One example in which discriminatory practices are implicated in a context analogous to screening arises when employers refuse to hire pregnant women or women of child bearing age on the grounds that such exclusion is necessary to protect fetal health or the reproductive capacity of the female employee. In this context it has been held that employers who exclude fertile women workers from a toxic environment must show two things: first, that such exclusion is "necessary" not to protect the women, but to protect unborn children, that is, that the workplace exposure presents a significant risk of harm to the unborn; and second, that the exclusion is "effective", which would require a determination that the policy is not under-inclusive in that its nonapplicability to males is justified.****

---

*Griggs v. Duke Power Co., 401 U.S. 424, 431 (1971).

**Id. See also B. Schlei and P. Grossman supra note 18 at 83.

***Id. at 92.

****See Wright v. Olin Corp., 697 F.2d 1172 (4th Cir. 1982). See also Hayes v. Shelby Memorial Hospital, 726 F.2d 1543 (11th Cir. 1984). In Hayes the court held that "when a policy designed to protect employee offspring from workplace hazards proves facially discriminatory there is, in effect, no defense, unless the employer shows a direct relationship between the policy and the actual ability of a pregnant fertile female to perform her job" and questioned whether the hospital's desire to avoid litigation which might arise from an injury to the fetus could constitute a business necessity. Id. at 1549, 155-53 n.15. See generally Rothstein, supra note 21 at 1460-66; Williams, Firing the Woman to Protect the Fetus: The Reconciliation of Fetal Protection with Employment Opportunity Goals Under Title VII, 69 Geo. L. J. 641 (1981); Comment, Birth Defects Caused by Parental Exposure to Workplace Hazards: The Interface of Title VII with OSHA and Tort Law, 12 J. L. Ref. 237 (1979).

Similar contentions of discrimination have been raised by blacks expelled from or denied entry into certain occupations in the armed services on the ground that as carriers of the sickle cell trait they would be subject to a risk of harm from rigorous training at high altitudes or other places of potential oxygen deprivation. Lawsuits were filed but prior to their resolution the allegedly discriminatory policies were withdrawn.*

Where the use of genetic screening devices has an impact which cuts across the workforce in a nondiscriminatory manner, the employee who has been refused employment may still have a remedy under the Rehabilitation Act of 1973.** This Act protects individuals from discrimination based on handicap, regardless of their race, gender or origin. The Act applies to employers who receive federal funding and bans them from discriminating against an otherwise qualified handicapped individual. The Act defines a handicapped individual as:

> any person who (i) has a physical or mental impairment which substantially limits one or more of such person's major life activities, (ii) has a record of such impairment, or (iii) is regarded as having such an impairment.***

Individuals who have been determined to be peculiarly susceptible to disease in a particular environment may be entitled to the protection of the Act. Regardless of whether a particular susceptibility actually falls within the definition of "handicapped," the effect of the "regarded as having such an impairment" provision of the definition

---

*See Matthewman, Title VII and Genetic Testing: Can Your Genes Screen You Out of a Job?, 27 How. L. J. 1185, 1206 (1984); Rothstein, supra note 21 at 1387; C. Holden, Air Force Challenged on Sickle Trait Policy, 211 Science 257 (January 16, 1981); D. Uddin, L. Dickson, C. Brodine, Screening of Military Recruits for Hemoglobin Variants, 227 JAMA 1405 (March 25, 1974).

**29 U.S.C. §§701-796 (1982). Many states have adopted their own laws prohibiting discrimination against handicapped individuals which, in many instances, provide greater protection than the Rehabilitation Act by encompassing a greater number of employers and including a greater number of persons within the protected group of handicapped individuals. See McGarity and Schroeder, supra note 16 at 1054-56; Rothstein, supra note 21 at 1436-37 n.392; Hoffman, Employment Discrimination Based on Cancer History: The Need for Federal Legislation, 59 Temp. L. Q. 1, 14-21.

***Id. at §706(7)(B).

protects individuals based on an employer's perceptions.* To be within the terms of the Act, the perceived impairment must "substantially limit" a "major life activit[y]" and the individual must be "otherwise qualified" for the job.**

The statutory proscriptions against discrimination discussed thus create a barrier, albeit an incomplete one, to the use of genetic screening as a basis for employment decisions. Title VII does not reach all workers and the Rehabilitation Act is subject to procedural constraints

---

*School Board of Nassau County v. Arline, 107 S. Ct. 1123, 1129 (1987) ("By amending the definition of "handicapped individual" to include not only those who are actually physically impaired, but also those who are regarded as impaired ... Congress acknowledged that society's accumulated myths and fears about disability and disease are as handicapping as are the physical limitations that flow from actual impairment.").

**Regulations promulgated by the Department of Health and Human Services define "major life activities" as:

> functions such as caring for one's self, performing manual tasks, walking, seeing, hearing, speaking, breathing, learning, and working.

45 C.F.R. §84.3(j)(2)(ii) (1985). Whether an impairment of employment, for example, is "substantial" necessitates a case-by-case inquiry into the "number and type of jobs which the individual's impairment affects, the geographical area and employment opportunities therein and the individual's own expectations and desires." E.E. Black, Ltd. v. Marshall, 497 F. Supp. 1088, 1100-1101 (D. Hawaii 1980). An "otherwise qualified" individual is one who is able to meet all of the employment requirements in spite of his or her handicap. School Board of Nassau County v. Arline, 107 S. Ct. 1123, 1131 n.17 (1987) (citing Southeastern Community College v. Davis, 442 U.S. 397, 406 (1979)). In Mantolete v. Bolger, 767 F.2d 1416 (9th Cir. 1985), the court held that in order to screen out a handicapped individual on the basis that he or she is not otherwise qualified due to possible future injury, there must be a showing of a "reasonable probability of substantial harm," a mere 'elevated risk' standard would not be sufficient. Id. at 1422. When a handicapped individual is not otherwise qualified, the court must also consider whether any "reasonable accommodation by the employer would enable the individual to perform the essential functions of the job. Arline, supra at 1131 n.17 (citing 45 C.F.R. §84.3(k) (1985)). "Accommodation is not reasonable if it either imposes ... 'undue financial and administrative burdens upon an [employer]' ... or 'requires a fundamental alteration in the nature of the program.'" Id. (quoting Southeastern Community College v. Davis, 442 U.S. 397, 410 (1979)).

as well as the potentially confining definition of "handicapped individuals" who are "substantially limited" in their pursuit of employment. The full reach of these proscriptions is not clear at this time. But as long as their proscriptions are not breached, risk-oriented screens with high predictive values may be an appropriate tool of risk management. There would then remain the moral and other issues referred to previously.

PHENOTYPIC VARIATION AND ITS RELEVANCE TO RETROSPECTIVE RISK ASSESSMENT IN THE CONTEXT OF CLAIMS FOR COMPENSATION

The statutes, regulations and risk management issues discussed have their primary focus on the future. Measures which they require to be taken today should help tomorrow in the prevention of disease and other undesirable effects, such as degradation of the environment more generally. But our society is also enormously concerned with the compensation of victims of yesterday's hazardous exposures. Such compensation is sought in tort actions within the judicial system and through alternative compensation systems administered by agencies other than courts.

Before exploring the possible relevance of phenotypic variation in this context, a few background comments may be useful. First, the word "compensation" often connotes something that is owed. And when people use the word "victim" in juxtaposition with "compensation", they are implicitly expressing a judgment that causation has been demonstrated or can be assumed and that what is owed is justified by the fact that some harm was caused to the individual by another or others. Discussion of the subject often begins in an emotional, judgmental atmosphere.

Second, the word "compensation" has different meanings in different contexts. Under various types of social programs, compensation may be largely, if not entirely, intended to fill a perceived social need, without attribution of fault. In these programs, the amount of compensation may be modest, but it is widely available under non-stringent conditions. Medical benefits may or may not be separately paid. In most workmen's compensation programs and other workers' disability schemes, a showing of exposure and work-relatedness may be sufficient for eligibility The tendency in these programs, which are often regarded as substitutes for the tort system, is to err on the side of granting compensation rather than denying it and to develop conclusive or nearly conclusive presumptions that as to certain work environments, certain illnesses are work-related.* Recent legislative initiatives to award partial compensation under circumstances where the probability

*<u>See</u> A. Larson, <u>The Law of Workmen's Compensation</u> §§ 2.00, 6.60, 7.00, 41.90, 80.33.

of causation is less than fifty percent reflect the same orientation to social needs.*

In the tort system, compensation originally was conceived as a justifiable shifting of the risk of loss from someone who had suffered injury to someone who had caused it, when the person who caused it was at fault in doing so. If fault were established, then all injury proximately caused thereby would be compensable. While the common law also recognized limited circumstances in which compensation without fault would be allowed, for example, in some situations said to constitute nuisances, the fault principle was firmly established and a notion of deterrence was an element in the justification for the imposition of liability.

The tort system is now quite different and the changes are an interesting reflection of changing social values and attitudes. First, what constitutes adequate compensation has undergone change. More items of damage are recognized, such as pain and suffering and loss of life's pleasures. And the amounts of money thought to be necessary adequately to compensate a victim have grown. Second, the definition of what constitutes fault has been expanded greatly and, at the same time, a whole body of strict liability law has grown up to permit the awarding of compensation even where fault is not, and perhaps cannot, be demonstrated. And even while more bases are sought for awarding damages without proof of fault, the notions of fault, deterrence and even punishment are alive and well in the form of increasingly frequent punitive damage awards.

In legal theory, causation remains an issue on which the plaintiff has the burden of proof, whether he or she is proceeding under a fault theory or a strict liability theory. The trier of fact, whether a jury or a court sitting without a jury, is not supposed to find for the plaintiff unless, after weighing all the evidence, it concludes that the scales tip in favor of the conclusion that defendant's conduct was a substantial factor in causing plaintiff's injury.

The ultimate issue of causation thus, is regarded as an issue of fact. The outcome of the deliberation on this issue, no matter how sharp the conflict in the evidence, must be a "yes" or "no" answer. In this respect the situation differs dramatically from the regulatory context. In that context, a "yes" or "no" answer concerning causation is not necessary. A great range of uncertainty is recognized

---

*See, e.g., The Radiogenic Cancer Compensation Act. S. 921. 98th Cong., 1st Sess., 129 Cong. Rec. §3924 (March 24, 1983), which proposes that all radiation cancer victims who, by use of radioepidemiological tables developed pursuant to the Orphan Drug Act, 42 U.S.C. §241, can establish a probability of causation of 51% or more, may recover damages in full up to a ceiling amount, while those who show a 10% or less probability of causation would be denied compensation, with those between 10% and 51% recovering proportionally.

and policy judgments are advertently made to compensate for that uncertainty.

In a tort action, the evidence which may be offered by either side on the causation issue, as on any other issue, must be deemed to be "relevant evidence". Under the Federal Rules of Evidence, "'Relevant evidence' means evidence having any tendency to make the existence of any fact that is of consequence to the determination of the action more probable or less probable than it would be without the evidence."* All states apply the same or a similar definition.

When the existence or nonexistence of a fact is outside the usual grasp of the trier of fact, it is then appropriate to offer expert testimony on that fact. Again citing the Federal Rules of Evidence, "If scientific, technical, or other specialized knowledge will assist the trier of fact to understand the evidence or to determine a fact in issue, a witness qualified as an expert by knowledge, skill, experience, training, or education, may testify thereto in the form of an opinion or otherwise."** Thus, the expert may assist the trier of fact by interpreting data, for example, data gathered in the form of scientific studies, or may express an opinion with respect to an issue such as causation. If an opinion is expressed, it is conventional that such opinion be expressed to a reasonable degree of medical or scientific certainty.

Lawyers have a great deal of difficulty with these seemingly simple precepts and it is no wonder that scientists, called upon to act as expert witnesses, have an enormous amount of difficulty with them.*** While the trier of fact is expected to answer a "yes" or "no" question, the scientist in a late-effects case, such as a cancer case, can rarely, or perhaps even never, answer a causation question in such black or white terms.

For example, more is probably known about the induction of cancer by radiation than by any other agent. In the case of low-level radiation exposure, it is known that a quantal change in a cell in the form of what might be termed its transformation may result from a single stochastic encounter between a charged particle and a cell target; but the precise nature of the mechanism or mechanisms of action is not fully known. The progression of the cell from that point forward to a clinically observable tumor can only be characterized by after-the-fact conclusions based on epidemiologic evidence. From this evidence, risk coefficients can be derived which, in turn, lead to the

---

*Fed. R. Evid. 401.

**Fed. R. Evid. 702.

***See Abraham and Merrill, Scientific Uncertainty in the Courts, Issues in Science and Technology 93 (Winter 1986).

possibility of expressing an opinion on the probability of causation or attribution or assigned share of risk in the context of a given exposure and a known end-point. Certain other data such as sex and age at exposure and diagnosis are helpful in arriving at that probability or attribution.* Even then, the conclusion may be suspect, given the fact that the calculation is not really specific to the individual in question, given the uncertainties in the underlying models, given dose uncertainties and the possibility of other unknown, but relevant, information which may affect the risk of that individual. This is about all that can be said and no competent scientist would opine with certainty that a particular tumor was caused by a certain exposure.** Indeed, to make the point more graphic, if the tumor in question is of a type which may have a radiogenic origin and if a sufficient period has elapsed since exposure for the expression of a tumor, no competent scientist would testify with complete certainty that the tumor was not caused by the exposure. In the case of most other agents, the evidence is less extensive, which may further cloud any expression of opinion.

Let us assume that it is documented that the plaintiff has a repair mechanism deficiency. One might suppose that this additional information would hold some further explanatory power in terms of the causation issue. In fact, it is doubtful that this would be so, for two reasons. First, there is the problem of interpreting the data available with respect to the significance of the deficiency, in risk terms. And second, if it is concluded that there is a higher order of risk, then natural background radiation, other radiation and other types of insults to which such an individual would have been exposed would have involved a higher than normal level of risk. Attempting to superimpose knowledge that there is a higher level of risk, but a level which may not be capable of expression in quantitative terms, upon general population-based data would be a highly suspect exercise. We will return to the subject of phenotypic variation and late effects cases but it might be useful

*Lagakos and Mosteller, Assigned Shares in Compensation for Radiation-Related Cancers, 6 Risk Analysis 345 (1986).

**At best, in such circumstances, an expert can only state a probability of causation, and the most important evidence of that probability is epidemiology. For a discussion of judicial treatment of epidemiological evidence, see, e.g., McElveen and Eddy, Cancer and Toxic Substances: The Problem of Causation and the Use of Epidemiology, 33 Cleveland St. L. Rev. 29 (1984); Black and Lillienfeld, Epidemiologic Proof in Toxic Tort Litigation, 52 Fordham L. Rev. 732 (1984); Comment, Epidemiologic Proof of Probability: Implementing the Proportional Recovery Approach in Toxic Exposure Torts, 89 Dick. L. Rev. 233 (1984); Hall and Silbergeld, Reappraising Epidemiology: A Response to Mr. Dore, 7 Harv. Env. L. Rev. 441 (1983); Dore, A Commentary on the Use of Epidemiological Evidence in Demonstrating Cause in Fact, 7 Harv. Env. L. Rev. 429 (1983). See also Kaye, The Limits of the Preponderance of the Evidence Standard: Justifiably Naked Statistical Evidence and Multiple Causation, A.B.A. Res. J. 487 (1982).

first to illustrate why a phenotypic variation is likely to hold the potential of relevance only in that type of case and perhaps a few other special situations, as well.

Most tort litigation arises in a context in which the insult and the initial manifestation of the effect are virtually simultaneous. In these cases, such as automobile accident cases, there is no real issue of causation. And even in those situations in which the severity of the effect is unusual and unexpected, and might be explained by phenotypic variation, the law is not interested in the explanation.

For example, assume that "A" negligently drives his automobile and grazes pedestrian "B". "B" is a hemophiliac and dies of loss of blood before help can arrive. Assume further that the "normal" pedestrian would have suffered only minor injuries in this accident. In this case, the estate of the deceased pedestrian could collect the full range of damages arising out of the wrongful death. The familiar rule of law is that the defendant takes the plaintiff in whatever condition the plaintiff is found and is liable for all injuries that flow from the negligence.* The explanation which science could offer for the severity of the injury suffered by the pedestrian in this hypothetical case is of no interest to the law.

Suppose in a second case a plant emits fumes which cause only minor irritation to most of the neighbors but send six of the neighbors to the hospital the next day with extreme respiratory distress. If exposure is established, it is probable that a court would not inquire into why these six individuals were hospitalized while other seemingly similarly situated individuals were not. So long as it is shown that an expected effect of exposure to the chemical or chemicals involved is some level of respiratory distress, a delayed, more severe reaction, which might well depend upon phenotypic variation, would be compensable without further scientific explanation.**

---

*Restatement (Second) of Torts §461 (1965) ("The negligent actor is subject to liability for harm to another although a physical condition of the other which is neither known nor should be known to the actor makes the injury greater than that which the actor as a reasonable man should have foreseen as a probable result of his conduct.")

**See, e.g., Tiderman v. Fleetwood Homes of Washington, 102 Wash.2d 335, 684 P.2d 1302 (1984) (because formaldehyde used in construction of mobile home was "harmful to some extent to a reasonably foreseeable and appreciable percentage of users," manufacturer had duty to make its product safe for the plaintiff who allegedly sustained a severe and permanent case of asthma from her exposure); Advance Chemical Co. v. Harter, 478 So.2d 444 (Fla. App. 1985), rev. denied, 488 So.2d 829 (Fla. 1986) (abnormally severe reaction to ammonia fumes compensable); Ferebee v. Chevron Chemical Co., 736 F.2d 1529 (D.C. Cir.), cert. denied, 469 U.S. 1062 (1984) (rare reaction to long-term exposure to paraquat compensable).

Now consider a third case in which fumes from the plant give rise to a chronic low level exposure to a suspected carcinogen. After some years, members of a neighboring population develop a variety of neoplastic diseases. Assume further that an epidemiology study demonstrates that there are 120 cases of cancer in this population in which 100 might have been expected. It is in this type of case that the most troublesome issues of causation arise. If, as is almost always the case, there is no valid way of establishing the etiology of any single individual's cancer, then, it would seem, no recovery by any individual should be allowed under these assumed circumstances.

It should come as no surprise, however, that "experts" can be found who will nevertheless testify to causation in such a case. And it would not be surprising to see such experts basing their opinions in the future on grounds of increased risk accounted for by a reference to phenotypic variation.

These comments are not intended as an indictment of the morality of all such experts since many may proceed on an honest belief that the data before them and their experience are sufficient to justify the conclusion. For example, it is not unusual for treating or examining physicians to so testify and many courts will permit a treating or examining physician simply to opine to a reasonable degree of medical certainty that A's latent injury was caused by B's conduct.* If that testimony is admitted into evidence,

---

*See, e.g., Ferebee v. Chevron Chemical Co., supra note at 1535, in which the Court stated:

> a cause-effect relationship need not be clearly established by animal or epidemiological studies before a doctor can testify that, in his opinion, such a relationship exists. As long as the basic methodology employed to reach such a conclusion is sound, such as use of tissue samples, standard tests, and patient examination, products liability law does not preclude recovery until a "statistically significant" number of people have been injured or until science has had the time and resources to complete sophisticated laboratory studies of the chemical. In a courtroom, the test for allowing a plaintiff to recover in a tort suit of this type is not scientific certainty but legal sufficiency; if reasonable jurors could conclude from the expert testimony that paraquat more likely than not caused Ferebee's injury, the fact that another jury might reach the opposite conclusion or that science would require more evidence before conclusively considering the causation question resolved is irrelevant.

it will often be tremendously persuasive even though other qualified experts opine that there is either no scientific basis for assigning a causal relationship or that the probability of causation is less (often a good deal less) than 50 percent.* This is because lay persons, including judges, believe that a physician's diagnosis should be trusted, not realizing that the issue is not one of diagnosis but of etiology, a far different question.**

The point is simply that courts, which must decide whether evidence is either admissible as relevant, or not, are often unable to discriminate between testimony which has a sound scientific basis and testimony which does not. An ingrained notion is that if a condition occurs subsequent to an insult it is plausible that the insult caused the condition. If someone with apparent scientific credentials is then prepared to bless that logic with an opinion, courts may be prone to admit it.

Given the enormous complexity surrounding the relationship between phenotypic variation and increased risk, it should be the unusual case in which such evidence will have explanatory power in terms of the causation issue. But it is probable that courts would have difficulty in discriminating between sound and unsound opinions, just as they do today.

---

*See, e.g., Wells v. Ortho Pharmaceutical Corp., 788 F.2d 741 (11th Cir.), cert. denied, 107 S. Ct. 437 (1986); Reyes v. Wyeth Laboratories, 498 F.2d 1264 (5th Cir.), cert. denied, 419 U.S. 1096 (1974).

**The point is illustrated by an opinion written by a well respected federal jurist, Judge John Minor Wisdom. In Reyes v. Wyeth Laboratories, 498 F.2d 1264 (5th Cir.), cert. denied, 419 U.S. 1096 (1974), Sabin oral polio vaccine had been administered to a child who thereafter contracted polio. Virus recovered from the child was of a wild type, thereby tending to negate on scientific grounds a causative relationship between the vaccine and the subsequent illness. The court nevertheless affirmed a jury verdict for the plaintiff on the ground of a failure to warn of a very small risk that the vaccine could cause polio and on the additional ground that it is desirable to spread the risk of an untoward result as a cost of manufacturing a product. While this case has nothing to do with phenotypic variation, per se, it seems to ignore evidence a scientist would deem relevant (the identity of the virus) and to credit evidence a scientist would view with caution (the mere sequence of events involving administration of the vaccine followed by the onset of polio).

COMPARATIVE RISK MEASURES FOR HETEROGENOUS POPULATIONS

Louis Anthony Cox, Jr.

U. S. West Advanced Technologies
Englewood, CO 80111

INTRODUCTION

Comparing population risks is a crucial part of many policy-directed risk analyses. In estimating the public health risks from operation of a power plant, sale of a new pharmaceutical product, exposure of individuals to ionizing radiation, reductions in automotive safety standards, or other proposed changes in the status quo, the risk analyst typically compares the estimated population risk in a target population in the presence of the proposed change with the estimated population risk in the same population (or in a matched control population) in the absence of the proposed change. If the absolute population risk at any time is defined as the average incidence rate of an undesirable event or "response" (such as death, illness or injury) in the target population, then the population risk attributed to the proposed change is commonly expressed through epidemiological measures such as relative risk (the ratio of response incidence rates with and without the proposed change), attributable risk (the difference between the two incidence rates), or the odds ratio (the ratio of the odds of response among members of the exposed and unexposed groups.) 1,2

Average incidence rate is a useful measure of the population (and each individual's) risk when all members of the target population have constant, identical probabilities of response as a function of time (i.e., identical constant hazard functions.) Under these conditions, a lower incidence rate is unambiguously preferred to a higher one, other things being equal. If different individuals have different hazard functions, however, e.g., because of differences in exposure or in probabilistic response characteristics, then the average incidence rate at any time may not indicate anything useful at all about population risk. Three principal reasons for this are as follows:

1. If the target population consists of several internally

homogeneous subgroups, then it is possible for exposure to be associated with a decrease in the incidence rate within each subgroup and yet to be associated with an increase in the aggregate incidence rate for the group as a whole. (This is sometimes called "Simpson's Paradox" in the statistics literature. 3,4) For example, consider the following two groups:

Population A (Occupational Group): 50% of those exposed in any year show a response, while 91% of those not exposed develop the response.

Population B (General Public): 5% of those exposed respond, while 10% of those not exposed respond.

In both groups, exposure is associated with a lower individual response probability. (Individual response probabilities, given exposure conditions, are assumed to be identical within groups, although heterogeneous across the two groups.) Now consider the association between exposure and average response probability for the population as a whole. To calculate the overall response percentages, the numbers of exposed and unexposed people in each subgroup must be known. Suppose that out of the entire target population, 1000 group A people but only 100 group B people are exposed; while 1000 group B people but only 11 group A people are unexposed. Thus, exposure is also heterogeneous across groups. Then the observed average response probabilities for the entire target population will be [(0.5)(1000) + (0.05)(100)]/1100 = 46% in the exposed group, and [(0.10)(1000) + (0.91)(11)] = 11% in the unexposed group. Aggregation causes average response rate to be higher in the exposed group than in the unexposed group for the population as a whole, even though it is lower in the exposed group than in the unexposed group within each of the homogeneous subpopulations.

2. If hazard functions are constant over time for each individual but different for different individuals, then the group average incidence rate will be decreasing over time (as relatively high-risk individuals develop responses, and thus drop out of the group still at risk relatively early on.) More generally, consistent aggregation of individual hazard functions into a single "equivalent" group hazard function is not usually possible: the group hazard function will have qualitative properties (e.g., being decreasing over time) that do not correspond to the qualitative properties of any individual's hazard function.

3. Finally, even if all individuals have the same age-specific hazard function for development of a response, the observed average incidence rate at any moment will reflect age-specific hazard rates weighted by an age composition of the population that is usually changing over time. Thus, the observed incidence rate for the population as a whole will be confounded by population dynamics.

For at least these reasons, the term "population risk" needs to be redefined to be useful when individual response probabilities given exposure conditions are heterogeneous and change over time.

This paper investigates quantitative definitions of population risk for populations with members having heterogeneous individual risks. Each individual is assumed to have a true hazard function that depends on his own endogenous characteristics or "type" as well as on the exogenous risk factors to which he is exposed. (In some works, "type" is assumed to be a numerical variable, and is referred to as "frailty" (5); more general, e.g., vector-valued or function-valued, "type" variables are sometimes realistic.) An individual may be uncertain about his own hazard function, either because he does not know his exposure or because he is uncertain about his exposure-response "type".

The purpose of risk assessment in this context is assumed to be support of a policy decision: whether to implement a change that will, among other things, change individual hazard functions by changing exposure conditions. Without looking at the benefits produced by the proposed change, we can ask whether the set of individual hazard functions in the target population following the proposed change will be preferable to the original set. If so, I will say that the change reduces "population risk" in the target population. In other words, I propose that "population risk" be defined as a numerical measure of the desirability of a set of individual risks (here represented by hazard functions) in a target population: a greater population risk corresponds to a less preferred set of individual risks. It seems to be a minimal common ground for any useful definition of risk that more of it is less desirable, other things being equal.

When all individuals have identical, constant hazard functions for a response, average incidence rate (i.e., the value of the hazard function) and average lifetime probability of response are both adequate measures of population risk according to this criterion. In heterogeneous populations, however, adequate measures of population risk are harder to come by. The relative desirabilities of different sets of heterogeneous individual risks can often not be unambiguously decided without examining individual preferences and specifying a decision mechanism. The problem of defining population risk for heterogeneous populations merges inextricably with broader problems of social decision making.

The remainder of this paper examines approaches to defining population risk in which the roles of individual preferences and social decisions are made explicit. The fundamental questions addressed are (i) Given two sets of individual risks, which is preferable? and (ii) Can the relative desirabilities of different sets of individual risks be measured and compared numerically?

ANALYTIC FORMULATION

Consider a target population consisting of N individuals. At time $t = 0$, each individual i faces a future hazard function $h(.;i) = h[.;s(i)]$, where $s(i)$ indicates his "type" and $h[t;s(i)]$ is defined as the conditional probability that he will develop a response (e.g., death) in year t, given that he has not developed it prior to year t and that he is of type s(i). (For simplicity, let us assume that i's hazard function depends only on his type.) At time 0, a public decision maker (d.m.) has the opportunity to take a decision that will, among other things, change each type-specific hazard function h(.;s) to a new hazard function, g(.;s). The question is, does this change increase or decrease the risk to the target population? Equivalently, is the N-tuple [h(.;1),…,h(.;N)], where h(.;i) denotes i's future hazard function at time 0, preferred or not preferred to the new N-tuple [g(.;1),…,g(.;N)]?

Known Population Risks, Unknown Individual Risks

In practical applications, the hazard functions (and, indeed, the types) of specific individuals will not be known. Although there has been some theoretical research on the "risk equity" of different N-tuples of individual risks (9,10), there is usually no way of obtaining the data to support such a comparison. Instead of trying to compare N-tuples of known individual risks, therefore, let us initially assume that the d.m. knows only the hazard function h(.;s) for each type, s, and the frequency distribution of types in the population. If there are M types in the target population, each corresponding to an internally homogeneous subpopulation, and if the number of individuals of type s is N(s), then the policy problem is to compare the two population risk M-tuples [h(.;s), N(s), s = 1,…,M] and [g(.;s), N(s), s = 1,2,…,M.] For brevity, I shall refer to these two population risks as h* and g*, respectively.

Population Risk and Social Choice

How can preferences for population risks be evaluated for decision making purposes, and whose preferences should be used to make the evaluation? Equivalently, who should decide whether h* or g* represents the greater risk, and how? Possible answers include

- Paternalistic evaluation by the public d.m., e.g., through development of a multi-attribute utility function for risk M-tuples.

- Utilitarian evaluation, in which each affected individual computes his own expected utility for population risks h* and g* and in which social expected utility is defined as the sum of individual expected utilities (assuming that each individual knows h* and g* but knows nothing further about population risks, including his own type.)

- Collective evaluation, in which ordinal social preferences between h* and g* are determined from ordinal individual preferences by a preference aggregation rule.

- Political and other process-based approaches, in which individuals (or their agents) negotiate, bid, or contract, or otherwise reach agreement with each other on what social choices shall be made.

I shall explore the consequences of assuming that (i) The social choice between h* and g* should be based only on the preferences of the N affected individuals; and (ii) Conflicts among individual preferences are resolved by majority rule. Similar issues would arise for other social choice mechanisms based on preference aggregation.

In summary, I am proposing that h* be defined as riskier than g* (i.e., as less desirable than g*, other things being equal) if the N members of the target population collectively think that h* is riskier than g* — assuming that they all know h* and g* exactly. Collective preference is defined here as majority preference, although other definitions could well be considered. In practice, of course, members of the target population affected by a social decision may not know about the alternative risks h* and g* being decided on, or even that a decision affecting their individual risks is being made. But h* can still be defined as being riskier than g* if the N affected people would collectively think so, were they given the relevant information. The public d.m. need not actually hold a referendum to decide which of h* and g* is riskier if he knows what the outcome would be; indeed, this is one of the important differences between preference aggregation and process-based definitions of social preference. I shall assume for most of the remainder of this paper that the d.m. bases his decision at time 0 on the following "implicit referendum" process: first, he calculates the preferences that individuals would have for the different risky options if they were fully informed; and then he applies majority rule to these implicit preferences to reach a decision. Various definitions of "fully informed" are explored below.

INDIVIDUAL RISKS AND TIME-VARYING EXPECTATIONS

The account just given is incomplete in an important respect: it fails to specify <u>when</u> individual preferences between alternative population risks h* and g* are to be assessed. An obvious choice is the decision date, t = 0. But at time t, each of the N individuals can know only that he has probability p(s) = N(s)/N of belonging to group s (i.e., of being of type s) and thus of being exposed to hazard function h(.;s) if h* is chosen or to g(.;s) if g* is chosen. As time passes, however, the probability that individual i belongs to group s changes to become conditioned on his survival experience to date. If we let H(t;s) denote the cumulative (integrated) hazard up to time t for a member of type s if h* is chosen, then after he has survived for an amount of time t under scenario h*, the posterior probability that i is of type s will be given by

$$p(s;t) - r(s;t)/[r(1;t) + \ldots + r(M;t)],$$

$$\text{where } r(s;t) = p(s) \times \exp[-H(t;s)].$$

This evolving sequence of posterior probability measures over types induces a flow of individual risk for each individual, where the "risk" for individual i at time t is defined as his expected hazard rate at time t, conditioned on all information available up to time t. (That is, i's risk at time t, say h(i;t), is the sum over s of p(s;t)h(t;s).) If individual i develops a response at time T(i), then his beliefs about his type will typically be different at time T(i) than they were at time 0.

Now individual i's preferences between population risk scenarios h* and g* presumably depend (only) on (i) his knowledge about the frequency distribution over types, captured in [N(s), s =- 1,…,M]; and (ii) his beliefs about his own type. Although the former remains fixed (since the frequency distribution of types in the population is assumed to be correctly known), the latter change over time. Therefore, i's preferences between h* and g* may also change over time, as he gains more information about his own probable type. This means that his time 0 preferences, computed with respect to his prior probability measure p(s), are not necessarily the ones that should be used in the time 0 social choice.

Although the d.m. cannot at time 0 know the future preferences of specific individuals, he can, under certain assumptions, estimate the frequency distribution of future preferences in the population as a whole. Majority rule decision making requires only knowledge of the distribution of preferences, and not of the identities of the individuals holding them. (Similarly, in a utilitarian calculation, only the distribution of utilities is needed to calculate their sum.) A d.m. who at time 0 can predict the frequency distribution of future preferences in a population thus has the option of implementing the social choice that the majority of the population will eventually come to prefer. Since future preferences will be based on better information, it can be argued that the d.m. should use them (if he can predict them) to make his time 0 comparison of h* and g* h*. Then h* will be defined to be riskier than g* (at time 0) if and only if a majority of the members of the target population would prefer g* and h* at time 0 if they were given all the information at time 0 that they will ever have, i.e., if each individual had the same probability measure for his type at time 0 as he will have at the time of his death. In effect, the d.m.'s evaluation of h* and g* at time 0 is based on the results of an implicit "exit poll" in which each individual is asked at the time of his death which of h* and g* he would, in retrospect, have preferred for selection at time 0 (if the choice could be made over again), given what he has learned about his own probable type. Knowing in advance what the results of such an exit poll would be (though not who will have which preferences), the d.m. can implement the retrospective majority preference at time 0. Predicted retrospective preferences can be made the basis for current social choices and population risk comparisons, even if they conflict with current (forward-looking) preferences based on time 0 information.

Prospective and retrospective collective preferences may differ sharply and predictably. For example, if survival times are identically exponentially distributed with mean E(T) = 1/h, then the median survival time is only 0.693/h, and 63% of the population will perish before time T. Everyone expects ex ante to survive for longer than most of them actually will. Suppose that a decision whether to accept this risk in exchange for a deterministic flow of benefits per unit time to each member of the target population must be made at $t = 0$, and that the "break even" survival time that an individual must survive in order to obtain a net benefit from the process is between the mean and the median survival times. Should this risk be accepted? All individuals are of the same type and each individual knows his own type at time 0; thus, in this case, there is no evolution of individual type probabilities to justify paternalistic interference with time 0 majority preferences. Nonetheless, the d.m. must still decide whether it is socially desirable to implement a risk-benefit combination that everyone expects to gain from ex ante if he knows that the majority will regret the decision ex post. I leave this as an open question.

Application to a Proportional Hazards Model

The idea of an implicit referendum with improved individual information (but with aggregate results that are predictable from present information) as a normative basis for present choice can be pushed even further. Instead of using the improved (but still incomplete) information that individuals will eventually have as the basis for time 0 evaluations, we can imagine using theoretically "perfect" information as the basis for current social choice. Suppose that each member of the target population could have the amount of time that he will survive under each of the alternative risk scenarios h^* and g^* revealed to him at time 0, and that, with this perfect foresight, he will prefer the alternative under which he lives longer. Suppose further that the effect of h^* is to multiply the hazard function $h(.;s)$ in each group s by some constant, $k(s)$, relative to $g(.;s)$. That is, $h(t;s)/g(t;s) = k(s)$ for all t. (This "proportional hazards" model is common in many risk-analytic assessments of population risks (5,6).) The expected frequency distribution of survival times in group s will be shifted right, if $k(s)$ is less than 1, or left, if $k(s)$ is greater than 1. If there are sufficiently many members of the target population in each group s so that the empirical distribution of survival times is guaranteed to be close to the theoretical (expected) distribution (e.g., using the Kolmogorov-Smirnov metric) then with probability 1, the perfect-information majority preference for members of group s will be for h^* if $k(s)$ is less than 1, and for $g^*(s)$ if $k(s)$ is greater than 1.

Let $e(s)$ be an indicator function taking the value -1 if $k(s)$ is smaller than 1 and +1 if $k(s)$ is greater than 1. Then an ordinal numerical measure of the population risk induced by h^* compared to g^* is the sum over all groups s of $N(s)e(s)$. It follows that h^* is "riskier than" g^*, with respect to a hypothetical perfect-information referendum, if and only if this sum is positive.

A UTILITARIAN APPROACH

This section shows how the type of "preposterior analysis" just outlined for majority rule might be adapted for application by a paternalistic public decision maker. For simplicity, I shall assume that the d.m.'s objective is to maximize the total number of remaining life-years in the target population; thus, rather than comparing only ordinal survival times for each individual under h* and g* , as in the implicit referendum model, the probability distributions over each individual's total remaining survival time under h* and g* are of interest. Taking the sum of individual life times as the objective function is compatible both with decision making by a single benevolent social decision maker (having this objective function) and with a strict Benthamite utilitarian model in which the additional psychological utility contributed by each individual to total social welfare is assumed to be proportional to his remaining life.

For a given population risk scenario, the remaining survival times of the N(s) members of group s, starting from time 0, are independent, identically distributed random variables with finite means and variances. Assuming that there are a "large" number of members of the target population (e.g., at least thirty) in each group s, the total number of remaining life years of group s members under risk scenario h* will therefore be approximately normally distributed with mean and variance, say m(s;h*) and v(s;h*) respectively, equal to N(s) times the mean and variance of the underlying survival time distribution for each individual. The remaining life time in the target population as a whole under risk scenario h* will be approximately normal with mean M(h*) and variance V(h*), where M(h*) is defined as the sum over all types s of N(s)m(s;h*) and V(h*) is defined as the sum over s of N(s)v(s;h*). In choosing at a time 0 between population risks h* and g*, therefore, the d.m. is choosing between alternative normal distributions over total remaining life-years (and average remaining life) for the individuals in the target population.

The choice between alternative normal distributions can be analyzed using the tools of single-attribute utility theory. I will assume that the d.m.'s preferences are strictly increasing in the attribute "remaining life-years in the target population," and that for any four values, u, v, x, and y of this attribute, with u greater than v and x greater than y, he prefers u to v as the outcome more strongly than he prefers x to y if the only if u - v is greater than x - y. This makes it possible to apply the recent theory of "measurable value functions" (7,8) to conclude that, under plausible conditions, the d.m.'s preferences among probability distributions over remaining life-years can be represented by a von Neumann-Morgenstern utility function of the form u(x) = 1 - exp(-kx), where x is the total (or average) number of remaining life years in the population, and k is the d.m.'s "coefficient of relative risk aversion." Using this exponential utility function, any two normal distributions over x can be compared as follows:

THEOREM: Let N(m,v) denote a normal distribution with mean m and variance v. Then a d.m. with a positive relative risk aversion coefficient k will prefer N(m,v) to N(m',v') if and only if m+kv/2 is greater than m'+kv'/2; while a d.m. with a negative relative risk aversion coefficient will prefer N(m,v) to N(m',v') if and only if m-kv/2 is greater than m' - kv'/2.

This may be proved by noting that the expected utility of

a probability distribution with respect to an exponential utility function is essentially its moment generating function, which for a normal distribution has the form $\exp[k(m+kv/2)]$. Taking natural logarithms preserves order and establishes the theorem.

An index of the "population risk" from a risk scenario h*, for a relatively risk averse d.m. (i.e., one for whom the relative risk coefficient k is negative) can now be defined as

$$r(h^*;k) = k' + kV(h^*)/2 - M(h^*),$$

where k' is an arbitrary constant and M(h*) and V(h*) are the mean and the variance of the total number of remaining life years, as defined above. A "relatively risk neutral" d.m., for whom k=0, will consider h* riskier than g* if and only if average remaining life for members of the target population is smaller under h* than under g*. A relatively risk-averse d.m. adds a risk premium equal to k/2 times the variance in remaining life years, to obtain his assessment of population risk.

Although there is no objective way of fixing the origin of the above risk scale (i.e., of determining k'), it provides a ratio scale for measuring "attributable risk," defined as the <u>change</u> in risk caused by a decision made at t=0. Let N(m,v) be the distribution of total remaining life years in the target population before the change is made, and let N(m',v') be the distribution following the change. [The difference between these two normal distributions will also be a normal distribution (assuming a sufficiently large target population), and will be N(m' - m, v' + v).] Thus, the change in population risk, as assessed by a d.m. with negative relative risk coefficient k, is

$$d(m, m',v,v') = (k/2)(v' - v) + (m - m').$$

This expression may be used as a definition of "attributable risk" for heterogeneous populations with time-varying individual risks. Interpretively, it is proportional (with constant of proportionality 1/k) to the deterministic number of life years gained or lost (depending on the sign of the expression) that a relatively risk averse d.m. considers "equivalent" to (or indifferent to) the random change in life years produced by the time 0 decision.

In the special case where individuals are exposed to identical, constant hazard functions over time, the variance of the total number of remaining life years in the population is the square of the mean, and the above expression for attributable risk factors is

$$(m - m')[1 - (k/2)(m + m')].$$

For any k less than or equal to zero, the sign of this expression is the sign of (m - m'): there is an increase in attributable risk if and only if m' is greater than m. This agrees with the classical definition of attributable risk for a homogeneous population as (1/m) - (1/m'). Despite this ordinal agreement, however, the interpretation of the magnitude of attributable risk as proportional to the ex ante "equivalent" number of life-years lost or saved by a change in population risk is only possible with the new definition of attributable risk proposed above.

CONCLUDING COMMENTS

Definitions of "population risk" that are to be used to help guide policy decisions must incorporate a decision-analytic component to be useful for this purpose. In this paper, I have proposed two approaches to public decision making about population risks: an "implicit referendum" approach, in which a public d.m. bases his choice at time 0 on the preferences that individuals would have if they were well informed about their own types; and a utilitarian model, in which the d.m. maximizes the expected utility of total remaining lie years in the target population. In the latter case, the central limit theorem for the sum of individual remaining lives in each homogeneous subpopulation of the target population, combined with an assumption that all life years are equally valued on a ratio scale, leads to a simple generalization of the conventional "attributable risk" formula for homogeneous populations. The new formula for the risk attributed to a source that changes the distribution of survival times from N(m,v) to N(m',v') is

$$d(m,m',v,v') = (k/2)(v' - v) + (m - m'),$$

where k is a subjective coefficient of relative risk aversion, usually assumed to be less than or equal to zero. This measure of attributable risk is unique up to positive scalar multiplication, i.e., up to choice of units. If it is multiplied by 1/k, it can be interpreted intuitively as the "equivalent" deterministic number of life-years gained or lost by the change in risk.

Rather than positing a single public d.m. who assesses the attributable risk from a possible change at time 0 using his own relative risk attitude, each member of the target population could assess d(m,m',v,v') based on his own risk attitude. Since each individual knows only the frequency distribution of types in the population, choosing the option that maximizes his own expected utility of remaining life with respect to this distribution is equivalent to choosing the option that will maximize the expected total social utility of all remaining life years in the population, given his risk attitude. Individuals with different risk attitudes may disagree about the comparative risk magnitudes of different population risk scenarios, even though they agree on the distribution of individual survival times under each scenario. In such cases, it is natural to turn again to preference aggregation methods such as majority rule to reconcile conflicting individual preferences and to decide which options are considered socially "riskier" than others, given the relative risk preferences of the individuals affected. In the view offered here, there is no purely "objective" definition of comparative population risk that can help resolve such conflicts: comparative risks for heterogeneous populations depend on the relative risk attitude of the assessor.

REFERENCES

1. S. Anderson, et al, "Statistical Methods for Comparative Studies," John Wiley, New York (1980).

2. J. Schlesselman, "Case Control Studies: Design, Conduct, Analysis," Oxford University Press, London (1982).

3. C. R. Blyth, On Simpson's Paradox and the Sure Thing Principle, Journal of the American Statistical Association, 67:364 (1972).

4. L.A. Cox, Statistical Issues int he Estimation of Assigned Shares for Carcinogenesis Liability, Risk Analysis, 1987 (in press.)

5. K.G. Manton, et al, Alternative Models for the Heterogeneity of Mortality Risks among the Aged, Journal of the American Statistical Association, 81:395 (1986).

6. J.D. Kalbfleisch, and R.L. Prentice, "The Statistical Analysis of Failure Time Data", Wiley, New York (1980).

7. J.S. Dyer and R.K. Sarin, Relative Risk Aversion, Management Science 28:875 (1982).

8. D.E. Bell, Regret in Decision Making Under Uncertainty, Operations Research 30:961 (1982).

9. P.C. Fishburn, Equity Axioms for Public Risks, Operations Research, 32:901 (1984).

10. R.L. Keeney and R.L. Winkler, Evaluating Decision Strategies for Equity of Public Risks, Operations Research, 33:955 (1985).

RISK ASSESSMENT:

EXTRAPOLATION TO INDIVIDUAL RISK

Renate D. Kimbrough and Philippe A. Grandjean*

Centers for Disease Control, Public Health Service
U. S. Department of Health and Human Services
Atlanta, Georgia 30333

INTRODUCTION

Environmentally related disease is, in principle, preventable. Therefore, public health policies must be developed to minimize the risk from hazardous exposures which may be associated with some environmentally related diseases. An effort must be made to determine what the hazards of specific chemicals might be and how the hazards of one chemical compare with those of another. A variety of environmentally related factors are major determinants for human health: lifestyle (nutrition, smoking, etc.), exposure to infectious agents, and exposure to multiple chemicals and physical factors. However, it is extremely difficult to determine the health risk of low-level exposure to individual environmental pollutants and the impact that current preventive measures make on human health. For example, although a chemical exposure may theoretically cause some effect, in practice, at very low concentrations, many competing elements come into play, and the isolated contribution of individual chemicals to adverse health effects may appear to be of no consequence. Thus, the relationship between human health and environmental pollutants is extremely complex. Further, this relationship becomes even more complicated when considering its health significance on an individual level. Genetic predisposition, pre-existing disease and physiological variations, such as those due to age or pregnancy, will determine considerable differences in individual susceptibility. Thus, the extrapolation of risk assessment to individual risk is fraught with difficulties.

BASIC ASSUMPTIONS IN RISK ASSESSMENT

Risk assessments are mainly based on experimental data, and properly conducted animal experiments have provided the main basis for assigning risk to humans exposed to pollutants. Epidemiological studies have identified associations between various human health risks and environmental factors, frequently in the form of heavy, occupational exposures. However, such studies rarely provide detailed dose-response relationships, thus limiting their use for risk assessment.

The measured effects of chemicals can be divided into acute and

*Present address: Dept. of Environmental Med., Odense Univ. 3000 Denmark

chronic effects. There is usually less controversy about acute health effects. With chronic effects, less information is available and variation among and between species seems greater. For example, 2,3,7,8 tetrachlorodibenzodioxin (TCDD), benzene, and B-naphthylamine, and trichloroethylene, show marked species variation in their effects on specific organs and in the dose needed to elicit such effects.

For logistic and economic reasons, most experimental animal studies are conducted with relatively high dose levels and small groups of animals. On the basis of such studies, investigators (1) make extrapolations based on mathematical models to determine effects at dose levels to which the general population would or could reasonably be exposed, or (2) employ a safety factor to determine a dose considered virtually safe. Such predictions are then used for various enforcement policies, with the intent of reducing human exposure to levels that are unlikely to have any impact on human health.

When information from epidemiological studies is available, the assumption is usually made that the exposed occupational cohort is a representative sample of the general population, although most cohorts mainly comprise an initially healthy sub-set of the male population. Due to insufficient follow-up, limited size of cohorts and problems related to possible bias, conclusions from epidemiological studies tend to err towards the null hypothesis.

The basic assumptions in risk assessment usually include: (1) dose-response relationships are monotonous functions which can be accurately described by mathematical models, (2) extrapolation to low-dose exposures is warranted, (3) extrapolation to other species is permissible, and (4) intra-species variation is limited.

SOURCES OF INACCURACY

Several parameters are of crucial importance in risk assessment and may contribute significant inaccuracy to the predictions. In particular, assessments of both exposure and effect may be inadequate.

The degree of absorption is often unclear, particularly for dermal exposure. Absorption may also be affected by the medium in which the chemical is carried, such as solvents, soil or particulate matter. Once a chemical is absorbed its toxicity will be affected by its metabolism. Chemicals to which humans are exposed can be divided into those that are rapidly metabolized and excreted and those that are retained for days, weeks, or even years. Most medications, ethanol and other solvents, such as acetone and hexane are excreted relatively rapidly. Chemicals that are retained from a day up to a few weeks include the organophosphorus compounds and/or their metabolites, the chlorinated aliphatic solvents, such as the chlorinated ethylenes and ethanes; hexachlorophene and pentachlorophenol, also fall into this category. Certain halogenated aromatic compounds and some metals have very long half-lives and therefore are very persistent in biological systems; these chemicals bioaccumulate in humans and build up in the food chain. When dealing with long-term, variable exposures from a variety of sources and pathways, a considerable amount of inaccuracy is introduced. That these chemicals bioaccumulate, pass through the placenta and are excreted in milk has been known since methods of analysis were developed to detect concentrations of such chemicals in the mg/kg to the ng/kg range (Kimbrough, 1982; Jensen, 1983). The problems in relation to accurate exposure estimations are perhaps best illustrated by the chlorinated dibenzodioxins and dibenzofurans.

Most recently, studies have determined that the chlorinated dibenzodioxins and chlorinated dibenzofurans are present in fish, and that they are present in low concentrations in human tissues (Patterson et al. 1986; Stanley et al. in press; Ryan et al. 1985). These chemicals appear to come from a variety of sources, such as incinerators, industrial processes, contaminated products, automobile exhaust and cigarette smoke (Rappe, 1980; NRCC 1981; Ballschmitter et al., in press). Once the presence of such chemicals has been determined quantitatively, questions about the magnitude of human exposure and their significance for human health arise.

Another source of uncertainty relates to the adverse effects. Usually, we have access to information from some animal experiments in which the effects of chemicals have been studied at doses much higher than those to which the general population is exposed. Particularly for persistent chemicals, it is important to determine chronic health effects. The lesions produced by specific chemicals in different species vary, and this variation may be either qualitative or quantitative. For instance, the type of morphological changes and the target organs affected by 2,3,7,8-TCDD vary widely in different species (Kociba and Schwetz, 1982). Similarly, some organophosphorus compounds are neurotoxic in humans, as well as in cats and chickens, but this effect is difficult, if not impossible, to demonstrate in other species (Durham et al., 1956).

Thus, a major source of inaccuracy is the question of validity for both the exposure and the effect parameters. More specific sources of inaccuracy include two other factors: the unknown or incompletely known health significance of early changes; and the variability of individual susceptibility.

HEALTH SIGNIFICANCE OF EARLY CHANGES

Exogeneous chemicals interact with body constituents and, at higher doses, may cause a variety of biochemical and morphological changes. What is the significance of these findings? What is their importance as predictors for health outcomes? Studies have not yet been conducted in which populations have been adequately followed to determine whether individuals with these types of abnormalities will develop clinical disease (Kimbrough, in press).

Many common diseases such as hypertension, heart attacks and most cancers (e.g., breast and colon cancer) are multifactorial diseases, and a simple measure of the impact of one factor cannot predict the future health of the individual. For example, a person with an elevated serum cholesterol level is more likely to have a heart attack than somebody with a low cholesterol level. Whether or not the person will actually have a heart attack depends on other factors as well. Which patient with atypical cells in a cytological examination will ultimately develop cancer? Certainly not every patient will do so. Which individual with non-hereditary chromosomal aberrations above background level will ultimately have cancer? At present, these questions simply cannot be answered. Before we can use results of such tests as predictors of disease, rather than as indirect measures of exposure, we need to learn much more about the significance of these findings.

During the last two decades, scientists have introduced biological tests as screening methods for early indicators of chemical exposure in humans. These tests are designed to measure, e.g., the inhibition or induction of specific enzymes, effects on chromosomes, changes in the immune response, changes in plasma and erythrocyte proteins, occurrence of hemoglobin adducts, and morphological changes in sperm. Bloom (1981) and Vainio et al. (1981) have summarized information on available tests for genotoxic agents.

The problem with such non-specific biological tests is illustrated by the induction of mixed-function oxidases in the liver. D-glucaric acid, a urinary end product of the inducible glucuronidation/deglucuronidation pathway, is considered to be an indirect indicator of hepatic microsomal enzyme induction by xenobiotics (Herzberg et al., 1977). For example, TCDD-exposed children with chloracne showed an increased level of D-glucaric acid in urine (Ideo et al., 1982). However, the normal range of urinary D-glucaric acid in the general population has not been established, and many variables might influence D-glucaric acid levels, such as age, sex, kidney disease, smoking, ethanol intake, and the use of medication or recreational drugs. Induction of mixed-function oxidases in liver cells may, on the one hand, be beneficial because it increases the metabolism of exogenous substances; in that respect, such induction is a defense mechanism. Induction of mixed function oxidases in liver cells may, on the other hand, accelerate the metabolism of endogeneous substances, such as hormones, which would be less desirable. The formation of reactive metabolites of some xenobiotics could also be increased (Fouts, 1970). Therefore, the ultimate health significance of induction of mixed-function oxidases is still unclear. At present, increased excretion of D-glucaric acid as a result of the induction of mixed-function oxidases should be interpreted as a biological marker, but not as a predictive test for chronic disease.

Many genotoxic chemicals alkylate DNA. For instance, dimethyl nitrosamine may methylate guanine at the nitrogen atom at position seven (Cooper and Kimbrough, 1980). Through hydrolysis, the methylated guanine is freed and excreted in urine and, theoretically, could be measured. However, the normal background variation for the excretion of methylated guanine in the general population and its significance is not known. Many other similar tests (Vanio et al., 1981) could be listed, but the results of such tests can rarely be interpreted intelligently.

Some changes in human chromosomes are always detectable and include breaks, aberrations, and sister chromatid exchanges. For practical purposes, studies of such chromosomal changes have been primarily conducted with human lymphocytes.

Although chromosomal aberrations are deemed undesirable--as are induced mutations in general--the presence of cytogenetic changes cannot be used to predict specific health effects. However, they may give an estimate of the magnitude of an exposure that could increase the risk of disease in a given population. Under those circumstances, measurement of cytogenetic changes may be very useful for prevention strategies. Such studies must be done carefully, however, with appropriate controls and with proper methods for statistical analyses. The chromosomes may be affected by many factors other than exposure to the chemicals under study. Such other factors include, age medications, viral infections, nutritional deficiencies, and smoking habits (Bloom, 1981). Thus, changes noted in chromosomes may indicate exposure only, if confounders have been effectively eliminated. So far, even for radiation, it has not been established how frequently individuals with chromosome aberrations will subsequently develop cancer or other adverse health effects.

INDIVIDUAL SUSCEPTIBILITY

In experimental animal studies, inbred strains may be used to limit biological variability and achieve more homogeneous results. However, human populations represent a wide diversity of genetic predispositions which may constitute a major determining factor in relation to health effects associated with an environmental exposure. Also, epidemiological studies of gainfully employed males followed in studies of occupational exposures may not represent the range of individual variation present in the population at large. Thus, the basic data available may not reflect the whole range of risk associated with a defined exposure.

Many uncertainties are inherent in the evaluation of variability. Major uncertainties include the partially unknown species variation on a quantitative and qualitative basis (Kimbrough, 1984), in particular variations associated with gender, age and genetic differences, as reflected, e.g., by the metabolism of chemicals in different species, and differences in metabolic pathways at high and low doses. Also, effects of other insults such as infections and variation in nutrition play a major role in health outcomes (Kimbrough, 1984).

The individual variability relates to three different forms of susceptibility: 1) Increased transport of the active compound to the action site in the target organ; 2) Increased susceptibility of the action site to the presence of the compound; and 3) Increased progression of the disease process following the initial toxic reaction at the action site (Breimer, 1983).

The range of relevant factors may be illustrated by some examples. With regard to absorption, the oral intake of the same amount of lead may result in a 5-fold higher absorption in a small child, as compared to an adult (Ziegler et al., 1978). Distribution and retention patterns may also vary considerably. Thus, blood-brain barrier passage may be increased in small children, while placental transfer may significantly influence toxicokinetic characteristics in pregnant women. Also, lactation may be an important route of excretion for persistent, lipophilic compounds which are otherwise not excreted to any major degree (Jensen, 1983). Induction of the mixed-function oxidases in the liver, e.g., due to prior exposure to chemical inducers, may result in an augmented rate of break-down or, in some cases, increased formation of reactive metabolites (Davison 1955). The health effects of absorbed chemicals will also depend on individual resistence and repair potentials, e.g., in the case of DNA damage (Inoue et al., 1982; Setlow, 1978).

THRESHOLDS AND LIMITS

Recently, Aldridge (1986) reviewed the concept of thresholds. The effect of a chemical depends on its dose: At high doses it may be lethal; lower doses may have no clinically discernible effects, but finer measures of, e.g., behavioral effects may still detect subtle impairment. Eventually at even lower doses, a point is reached where no impairment of health can be documented. At this level, the exposed individuals are tolerant to the chemical. A variety of factors influence this tolerance. For example, if a chemical is poorly absorbed, the received dose will be small. If the nuclei of particular cells are the target for a given substance, sufficient amounts may not reach the nucleus, e.g., because the chemical is bound in plasma or in cytoplasm or because it is rapidly metabolized and excreted.

For practical purposes, methods to assess risk often utilize mathematical models of varying complexity. However, the use of generalized mathematical schemes for assessing risk cannot at present accommodate the wide variation in animal and human response and the variable quality and quantity of available data. The biological information required for a logical approach to the problem includes measures of received dose at the target cell rather than the concentration in the external environment and knowledge of mechanisms of action derived from experimental studies on animals (Wright 1983).

Short of employing thresholds, as discussed by Aldridge (1986), regulatory agencies have tended to set tolerance levels, levels of acceptable risk and other types of exposure levels at low concentrations or at the lowest "practicable" or "feasible" level. For enforcement purposes, in some instances such levels have most recently been set at concentrations corresponding to 2.5 times the detection limit by the current analytical method, or two standard deviations above the detection limit. Occasionally levels have been set at concentrations which could not be reliably measured.

At times, levels found in food or drinking water may be slightly above such levels of "acceptable risk." What does it mean if concentrations of chemicals found in drinking water or in foods are slightly above regulatory levels? For example, would it make a difference if the polychlorinated biphenyl (PCB) concentration in the edible portion of fish were occasionally 2.5 ppm (mg/kg) rather than below 2 ppm (mg/kg)? Most likely, the effect would be negligible, if exposures were not continuous for extended periods of time. Whether the drinking water levels of chemicals measured in ppb (mg/l) are slightly below or above the standards set by EPA also would not be likely to make any difference as far as the health of individuals is concerned. At these very low concentrations, the analytical methods may introduce imprecisions which may, in part or totally, account for excursions above the limit. However, larger excursions over longer time periods could obviously represent a health risk, but enforcement policies would require strict criteria and clear-cut limits, even when not documented by scientific evidence.

CASE EVALUATION

Individual cases or clusters with a possible link to chemical exposure are sometimes reported as a proof of hazardous pollution without reference to other potential etiologies. It is beyond the scope of this paper to address this problem in detail, but the complexities have recently been pointed out (Kimbrough and Simonds, 1986; Feinberg et al., 1986). The criteria used to identify population at risk because of chemical exposure are usually not sufficient to determine whether a particular illness was caused by the exposure. The diseases are multifactorial, the effect a chemical may have on the health of an individual will vary with the dose, the type of exposure, the susceptibility of the individual and other risk factors in the individual's environment.

Unless a logical approach is taken to evaluate these different factors the individual may be rendered a disservice. A proper diagnosis may not be made and other possible etiologies may be overlooked. A great deal of anxiety could be created in the patient. In a worst case scenario it could lead to improper treatment and exploitation. Only by critically evaluating each situation will the health and interests of the individual be protected.

CONCLUSIONS

Risk assessments are to a large degree based on laboratory animal experiments. Such assessments can be used as a basis for introduction of preventive efforts to reduce perceived risks for populations. However, they cannot be used to predict the likelihood of future illness in an individual. With few exceptions, they can also not be used to establish if a specific illness in an individual was caused by such an exposure. Similarly, biological indicators of exposure may not necessarily be predictors of disease. How significant biological indicators are and how they should be interpreted with regard to individual risk is not known in detail. Individual susceptibility is related to genetic predisposition, preexisting disease, physiological variations, lifestyle and concomitant exposure to other environmental factors. Variability in susceptibility of human population groups has not yet been sufficiently addressed. Future use of risk assessment must confront these problems and include realistic estimates of individual variability. Evaluation of cases and clusters of a particular disease must also confront these factors.

References

Aldridge, N., 1986, The biological basis and measurement of thresholds, Ann. Reviews Pharmacol. and Toxicol., 26:39.

Ballschmiter, K., Buchert, H., Niemczyk, R., Munder, A., and Severev, M., 1986, Automobile exhausts versus municipal-waste incineration as sources of the polychlorinated dibenzodioxins (PCDD) and-furans (PCDF) found in the environment, Chemosphere, 15:901.

Bloom, A.D., ed., 1981, Guidelines for studies of human populations exposedto mutagenic and reproductive hazards. White Plains, NY: March of Dimes Birth Defects Foundation: pp. 1-140.

Breimer, D.D., 1983, Interindividual variation in drug disposition, clinical implications and methods of investigation, Clin. Pharmacokinetics, 8:371.

Cooper, S.W., and Kimbrough, R.D,, 1980, Acute dimethylnitrosamine poisoning outbreak: A case report, J. Forensic Sciences, 25:874.

Davison, A.N., 1955, The conversion of Schradan (OMPA) and parathion into inhibitors of cholinesterase by mammalian liver, Biochem. J., 61:203.

Durham, W.F., Gaines, T.B., and Hayes, W.J., 1956, Paralytic and related effects of certain organic phosphorus compounds, A.M.A. Arch. Industr. Health, 13:326.

Feinberg, K.R., Cheek, L., Nicholas, R.B., Priest, G. and Whittenberger, J.L., 1986, Causation and financial compensation. Final report of the conference panel. The Institute for Health Policy Analysis. Georgetown University Medical Center 2121 Wisconsin Ave. N.W., Suite 220, Washington, D.C. 20007.

Fouts, J.R., 1970, Some effects of insecticides on hepatic microsomal enzymes in various animal species, Rev. Can. Biol., 29:377.

Herzberg, M., Fishel, B., and Wiener, M.H., 1977, Hepatic microsomal induction and its evaluation in a clinical laboratory, Isr. J. Med. Sci., 13:471.

Ideo, G., Bellate, G., Bellabuono, A., Mocarelli, P., Marocche, A., and Brambilla, P., 1982, Increased urinary D-glucaric acid excretion by children living in an area polluted with tetrachlorodibenzoparadioxin (TCDD), Clin. Chem. Acta, 120: 273.

Inoue, S., Brown, L. Ravindranath, Y., Ottenbreit, J., 1982, Normal sister chromatid exchange frequency in long term survivors with acute leukemia, Cancer Res., 42:2906.

Jensen, A.A., 1983, Chemical contaminants in human milk, Residue Reviews, 89:1.

Kimbrough, R.D., 1982, Disposition and body burdens of halogenated aromatic compounds possible association with health effects in humans, Drug Metab. Reviews, 13:485.

Kimbrough, R.D., 1984, Relationship between dose and health effects, Clinical Lab. Med., 4:507.

Kimbrough, R.D., 1987, Early biological indicators of chemical exposure and their significance for disease, Dahlem Conference (in press).

Kimbrough, R.D., Mitchell, F.L., and Houk, V.N., 1985, Trichloroethylene: An update, J. Toxicol. and Environ. Health, 15:369.

Kimbrough, R.D. and Simonds, M., 1986, Compensation of Victims exposed to environmental pollutants, Arch. Environ. Health, 41:185.

Kociba, R.J. and Schwetz, B.A., 1982, Toxicity of 2,3,7,8 tetrachlorodibenzodioxin (TCDD), Drug Metabolism Reviews, 13:387.

NRCC (National Research Council of Canada), 1981, Polychlorinated dibenzo-p-dioxins: limitation to the current analytical technique, Pub. No. 18576, NRCC/(National Research Council), Ottawa, Canada.

Patterson, D.G., Hoffman, R.E., Needham, L.L., Roberts, D.W., Bagby, J.R., Pirkle, J.L., Falk, H., Sampson, E.J., and Houk, V.N., 1986, Levels of 2,3,7,8-tetrachlorodibenzo-p-dixoin in adipose tissue of exposed and control persons in Missouri, JAMA, 256:2683.

Rappe, C., and Buser, H.R., 1980, Chemical properties and analytical methods, in: Halogenated Biphenyls Terphenyls, Naphthalenes, Dibenzodioxins and Related Products, R.D. Kimbrough, ed., Elsevier-North Holland, Amsterdam, New York.

Ryan, J.J., Schecter, A., Lizotte, R., Sun, W.F., and Miller, L., 1985, Tissue distribution of dioxins and furans in humans from the general population, Chemosphere, 14:929.

Setlow, R.B., 1978, Repair deficient human disorders and cancer, Nature, 271:713.

Stanley, J.S., Boggess, K.E., Onstot, J., Sack, T.M., Remmers, J.C., Breen, J., Kutz, F.W., Carra, J., Robinson, P., and Mack, G.A., 1987, PCDDs and PCDFs in human adipose tissue from the EPA FY 82 NHATS Repository, Chemosphere (in press).

Unger, M., and Nordberg, G.F., 1979, Distribution of PCB and DDT among human tissues, Arch. Ind. Hyg. Toxicol., 30(Suppl.):537.

Vainio, H., Sorsa, M., Rantanen, J., Hemminski, K., and Aitio, A.,1981, Biological monitoring in the identification of the cancer risk of individuals exposed to chemical carcinogens, Scan. J. Work Environ. Health, 7:241.

Wright, Alan, S., 1983, Molecular Dosimetry Techniques in Human Risk Assessment: An Industrial Perspective, in: Developments in the Science and Practice of Toxicology. Elsevier Science Publishers, Amsterdam, pp. 311-318.

Ziegler, E.E., Edwards, B.B., Jensen, R.L., Mahaffey, K.R., and Fomon, S.J., 1978, Absorption and retention of lead by infants, Pediat. Res., 12:29.

DIFFERENTIAL SUSCEPTIBILITY: IMPLICATIONS FOR EPIDEMIOLOGY, RISK ASSESSMENT, AND PUBLIC POLICY

Stephen L. Brown

Environ Corporation
Washington, DC

INTRODUCTION

In conventional toxicologic analysis for acute toxicity, differential susceptibility is assumed as the explanation for the dose-response relationship. For example, if susceptibility to the fatal effects of a chemical substance is distributed normally in a population, then the dose-response relationship will follow the cumulative normal distribution and will appear linear on probit graph paper. Some of the explanation for the spread in susceptibility can lie in genetic factors such as the presence or absence of detoxifying enzymes, while the remainder is usually assumed to be associated with age, body morphology, general health status, and other environmental factors. Chance is not often assigned a significant role in acute toxicity.

If two inbred strains of laboratory animals are tested for such acute toxicity, the distributions may be relatively narrow, because the environment is controlled and the animals in each group are not very genetically diverse. The doses that cause 50% mortality, however, may be quite different in the two strains, and the distributions may not overlap significantly. If a regulatory agency then sets a standard using the laboratory results as a guide, it often uses only the more sensitive strain as a starting point. Furthermore, it often assumes that an outbred human population, with greater genetic diversity and living in an uncontrolled environment, will show a wider distribution of sensitivities. If the goal is to protect the more susceptible individuals (even if not the single most sensitive individual), the agency often applies a safety or uncertainty factor to the data from the animal experiment (in addition to any other factors applied for different reasons).

When scientists analyze data on carcinogenicity or some other "stochastic" effect, a quite different assumption is often made. The shape of the dose-response relationship, whether linear or more complicated, may be attributed solely to the joint action of the probabilities of various chance events that, occurring together (or in some particular order), produce an overt effect. With such an assumption, it becomes unnecessary to point to genetic or environmental factors that determine why one individual develops cancer as a result of a given dose, while another individual escapes at the same dose; only chance is to blame. With such an assumption, the public policy stance is different: the agency does not attempt to protect a hypothetical very susceptible individual but instead attempts to keep every exposed individual from exceeding a specified probability (or "risk") of incurring the effect.

In this symposium, we are trying to examine the implications of a synthesis of these two views of toxic action. We assume that genetic differences manifest themselves as phenotypic variations that cause some people to metabolize chemicals differently, or to be more or less efficient at repairing damage from toxic substances or removing initiated cells before they can be promoted into tumors. The primary intent is to infuse the study of stochastic effects with more consideration of phenotypic variation, but the toxicology of nonstochastic or graded effects could also be enriched by the introduction of probabilistic concepts taken from the study of carcinogenicity.

If a phenotypic variation involves a unimodal continuum of susceptibilities, its significance will probably be lost in the general spread of susceptibilities due to environmental factors. If the variation is expressed as discrete differences upon which environmental variation is superimposed, however, then the distribution will be bimodal or even multimodal. If these modes are reasonably well separated, interesting consequences for epidemiology, risk assessment, and public policy arise. To illustrate these consequences, I will first present a hypothetical example derived from some reasonably reliable findings about differential susceptibility to cancer from exposure to benzidine. Then I will discuss some wider questions that stem from the existence or even suspicion of phenotypic variation in susceptibility.

CANCER AND BENZIDINE

Benzidine has long been recognized as a bladder carcinogen in occupational populations such as dye workers (Case et al., 1954). Not so well known is that it shows convincing evidence of a phenotypic variation in susceptibility explainable by biochemical processes. Figure 1 shows a chronology of some important discoveries that have led to our current understanding.

Polymorphism in Isoniazid Metabolism

One line of evidence came from a different set of substances. In the late 1950s it was found that some people metabolized the tuberculosis drug isoniazid differently than did others, so that different amounts of the drug could be found in serum a few hours after administration. The distribution of levels appeared bimodal (Knight et al., 1959; Evans et al., 1960). Figure 2 shows a typical distribution, smoothed from the data presented by Evans et al. (1960).

By analyzing the levels in members of families, it was shown that the trait for metabolizing isoniazid seemed to follow simple Mendelian genetics,

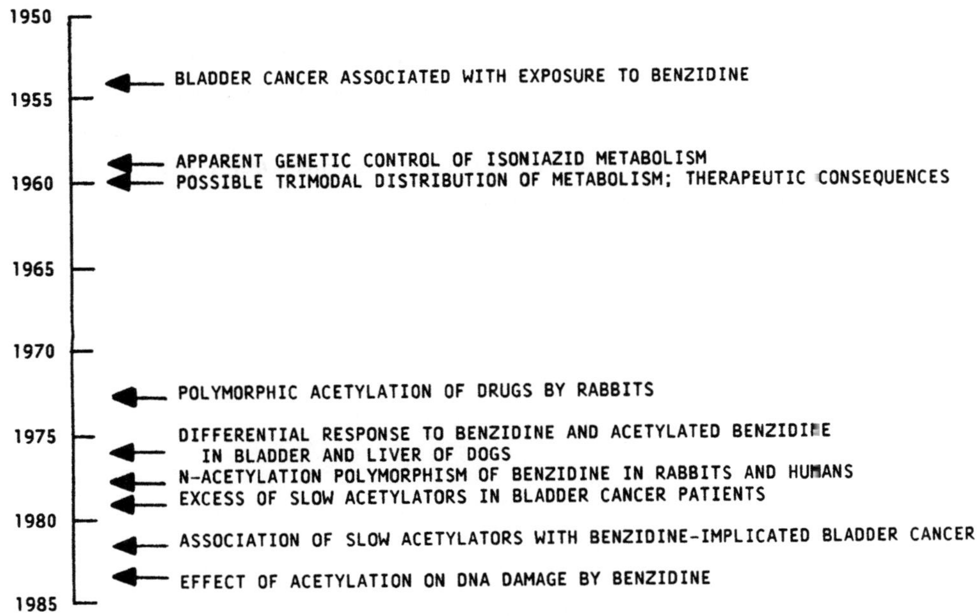

Fig. 1. Selected events in the understanding of the genetic control of susceptibility to bladder cancer from exposure to benzidine.

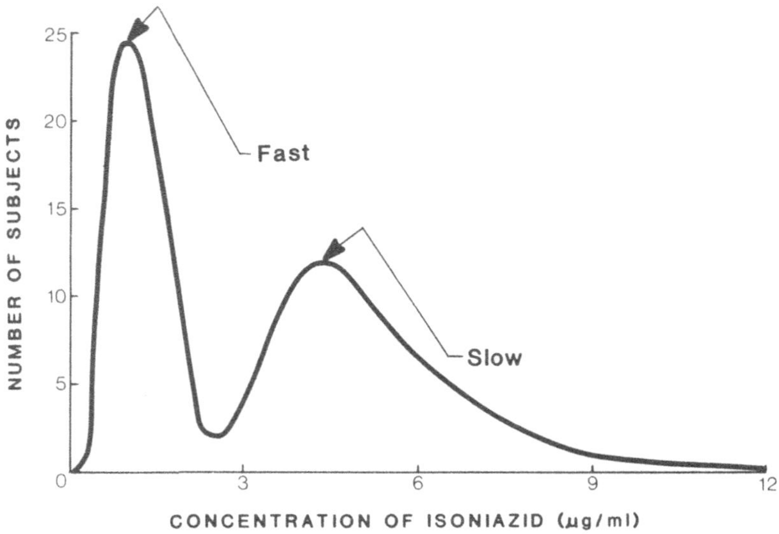

Fig. 2. Plasma isoniazid concentrations six hours after ingestion of 9.8 mg of the drug. Adapted from Evans et al., 1960.

with the "slow" gene recessive. About 72% of the genes of black and Caucasian North Americans appear to be "slow", meaning that about 52% of the population show the "slow" phenotype. Consequently, about 8% of the population would be homozygous for the "fast" trait, and 40% would be heterozygous but exhibit the "fast" phenotype. The evidence is not strong, but there may be a further phenotypic difference between the "fast" homozygotes and heterozygotes, so that the distribution of isoniazid levels may be trimodal (Figure 3). Different frequencies can be found in other populations; Japanese-Americans showed only about 10% "slow" phenotype (Knight et al., 1959), while a rural Swedish population showed 67% "slow" phenotype (Lower et al., 1979).

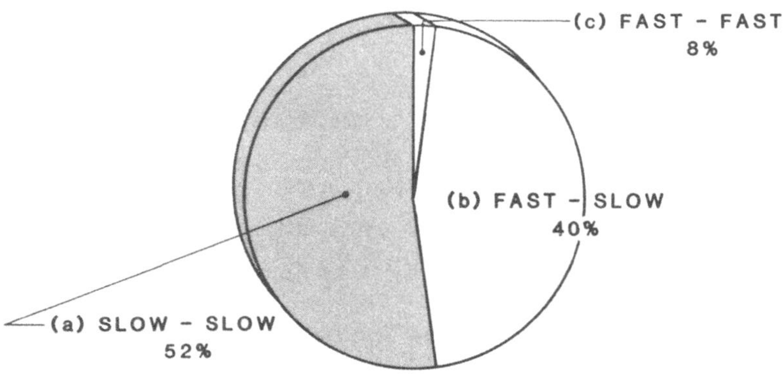

Fig. 3. Distribution of acetylation genotypes in the U.S. population. (a) Slow phenotype; (b) fast phenotype; (c) very fast phenotype (?).

Acetylation by Liver Enzymes

In the 1960s, it was found that the metabolism involved was the N-acetylation of the isoniazid and that the same liver enzyme, N-acetyl transferase or NAT, also acted on a number of other substances. In the 1970s, it was discovered that rabbits exhibited the same polymorphism in acetylation capacity as do humans (Gordon et al., 1973), and later that the difference could be quantified in both rabbits and humans and that it applied to several aromatic amine carcinogens including benzidine (Glowinski et al., 1978). Initial N-acetylation rates differed by about 9-fold between "slow" and "fast" human phenotypes, but perhaps by 200-fold or more in rabbits. (Note that these initial acetylation rates in response to a challenge may not be indicative of the overall capacity of an individual to detoxify substances.)

Meanwhile, Lower and Bryan (1976) showed that acetylated aromatic amines caused liver cancer in dogs, while the corresponding unacetylated compounds would cause bladder cancer but not liver cancer (Figure 4). (Dogs cannot detoxify aromatic amines by acetylating them, but can deacetylate the acetylated compound. Thus they are especially prone to bladder cancer from administration of either benzidine or acetylated benzidine.)

Differential Susceptibility to Bladder Cancer

Lower et al. (1979) studied acetylation phenotypes in bladder cancer patients and found that there was a small excess of the "slow" phenotype in urban patients (64.8% versus 51.4% in controls, significant at $p = 0.065$). The excess in rural patients (69.6% versus 66.9% in controls) was not significant.

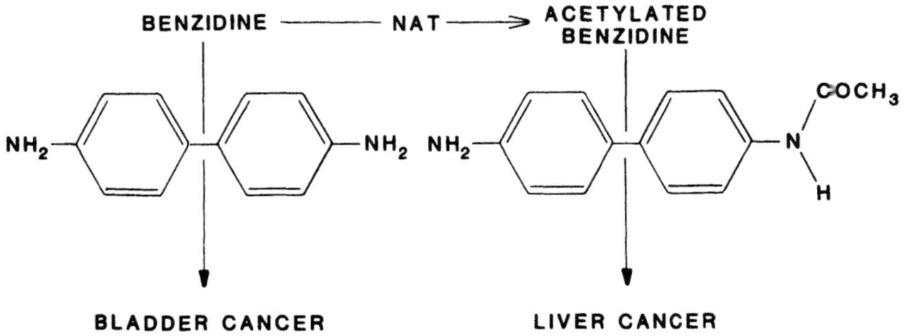

Fig. 4. Benzidine is associated with bladder cancer but not with liver cancer. Acetylated benzidine is associated with liver cancer but not with bladder cancer. NAT = N-acetyl transferase.

The authors suggested that arylamine carcinogens might have been involved in about 40% of the urban bladder cancers but few of the rural ones.

The general concept was confirmed in a study of bladder cancer patients in England (Cartwright et al., 1982). For patients never exposed to dye chemicals, there seemed to be no excess of "slow" over "fast" acetylators, but in dye workers, 22 out of 23 were "slow" acetylators, when only about 13 would be expected, based on the frequency in controls. Cartwright et al. also suggested that the types of bladder cancer induced by benzidine were different from the types induced by other factors such as smoking, and that only the former showed polymorphism with respect to acetylation rate.

Finally, McQueen et al. (1983) showed that acetylation enhanced damage to DNA in rabbit hepatocytes treated with benzidine and that these cells exhibited polymorphic differences in acetylation rates and consequent damage, thus providing the missing mechanistic link in the story of benzidine and cancer induction.

Benzidine, Polymorphism in Acetylation, and Cancer

In summary, the following assumptions seem reasonable for benzidine carcinogenesis in humans:

- Benzidine causes bladder cancer, but not all bladder cancer is caused by benzidine or even by other aromatic amines.

- Acetylated benzidine may cause liver cancer (demonstrated in dogs and rodents but not confirmed epidemiologically).

- Among the majority of Americans, about 52% are "slow" acetylators, about 40% are heterozygous for the "fast" acetylator trait, and about 8% are homozygous for the "fast" trait and are potentially very fast acetylators.

- Acetylation rates may be 8 times higher in "fast" acetylators than in "slow" ones; alternatively, heterozygotes might have five times higher rates and "fast" homozygotes 20 times higher rates than "slow" acetylators. (These numerical ratios are hypothetical but are consistent with the data.)

o Benzidine will therefore likely be a more potent bladder carcinogen in "slow" acetylators than in "fast" ones. (The differences in susceptibility are not necessarily the same as the differences in acetylation rates but are presumably related to them.)

o Benzidine might be a more potent liver carcinogen in "fast" acetylators than in "slow" ones, if it is a human liver carcinogen at all.

Figure 5 illustrates some of these findings about benzidine metabolism and the risks of cancer.

DIFFERENTIAL SUSCEPTIBILITY TO BENZIDINE AND RISK ASSESSMENT

The consequences of the above assumptions about differential susceptibility to benzidine can be illustrated by a hypothetical example.

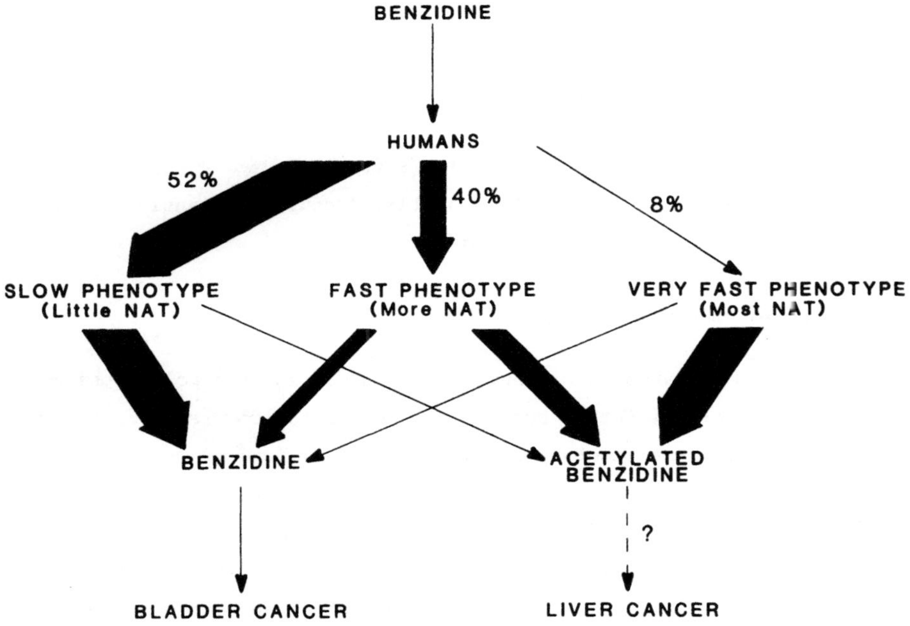

Fig. 5. Summary of principal factors in the risk of cancer from exposure to benzidine.

Knowing that 200 g of benzidine can cause detectable excess cancer rates in a relatively small group of people (Williams et al., 1985), let us suppose that we study a group of 1000 people all exposed to 100 g of benzidine over an occupational lifetime of 40 years, and compare their cancer experience with that of a control group of 1000 people not exposed to benzidine but otherwise reasonably similar. According to the SEER data base (NCI, 1981), the control group is expected to incur about 13 cases of bladder cancer, of which 3 will be fatal, and about 2 cases of liver cancer, both of which will be fatal.

Conventional Analysis

Now suppose we followed the exposed group until all its members had died of some cause, and found that 40 had developed bladder cancer, of whom 10 had died. The relative risks of incidence and mortality would be 40/13 = 3.08 and 10/3 = 3.33, respectively. The excess relative risks are 2.08 and 2.33, for an average of 2.2, which we will consider our best estimate of the increase in incidence rate caused by 100 g of benzidine. If we further assume that the relative risk model is linear in administered dose, then the "potency" of benzidine is 0.022 per g. On the basis of absolute lifetime risk of death from bladder cancer, it is 0.022x0.003 or 6.6×10^{-5} per g.

If we adopted a criterion risk level of 10^{-4} per lifetime for the occupational environment, we would need to limit exposure to $10^{-4}/6.6 \times 10^{-5}$, or about 1.5 g for the working lifetime. Over 40 years of 225 working days, exposure would need to be limited to 1.5/9000 or about 170 μg/day. If exposure were exclusively by inhalation, this criterion could be translated into an air concentration of about 170/10 = 17 $\mu g/m^3$.

Recognizing Polymorphism

How might our perception change if we recognized the polymorphism in benzidine metabolism? Let us suppose our population consisted of 520 "slow" acetylators, 400 "fast" acetylators (heterozygous), and 80 "very fast" acetylators (homozygous dominant). For the sake of argument, but without any specific evidence, let us further assume that of the 100 g administered dose, 10 g passes through the bladder as untransformed benzidine in the "slow" acetylators, but only 2 g in the "fast" acetylators and 0.5 g in the "very fast" acetylators. These are the biologically significant doses as far as bladder cancer is concerned, and we will assume the risks are proportional to these doses.

The average dose to the bladder for the 1000 people is:

$$[(520)(10) + (400)(2) + (80)(0.5)]/1000 = 6.04 \text{ g},$$

and the relative risk per unit target organ dose is 2.2/6.04 or 0.36 per g. The corresponding absolute risk of death is 0.003x0.36 or about 10^{-3} per g.

Using this target-organ risk, the excess deaths in the population at risk are estimated as (520)(10)(0.001), (400)(2)(0.001), and (80)(0.50)(0.001) or 5.2, 0.8, and 0.04. With the three expected deaths, we almost account for the 10 deaths observed. (The difference is due to the fact that we averaged the excess relative risk between the mortality and incidence estimates in the original analysis.) Note that the half of the population composed of "slow" acetylators accounts for 5/6 of the excess deaths.

With these estimates, we estimate that the potency of the administered dose is (5.2)/(520x100) or 10^{-4} per g in the "slow" acetylators but only 2×10^{-5} and 5×10^{-6} per g, respectively, in the "fast" and "very fast" acetylators. The corresponding criterion air concentrations are about 11, 55, and 220 $\mu g/m^3$ for the three groups if each was allowed to reach the 10^{-4} risk level. To protect the susceptible subgroup, we would need to reduce the workplace standard by about a third; if we screened for acetylation capacity and hired only "fast" and "very fast" acetylators, we could increase the standard by a factor of three. (It is doubtful that it would be socially acceptable to exclude over half of the population from an employment opportunity to achieve this looser standard. Moreover, if over half of the population is "susceptible," which members of that population are "normal"?)

Incorporating Liver Cancer Risk

We now introduce a final complication. From laboratory studies with mice and rats, we know that benzidine can also cause liver cancer (Williams et al., 1985). These species do not seem susceptible to bladder cancer from benzidine and produce copious amounts of NAT (Lower and Bryan, 1976); from these observations and the previously discussed findings in the dog, we suspect that acetylated benzidine is necessary for liver carcinogenesis. It is reasonable to suspect also that some risk of liver cancer may exist in the human cohort, even though no statistically significant excess was detected. (With only 2 deaths expected, the excess relative risk would need to be substantial to be detected.)

If we assume that excess absolute risk is the same in humans as in rodents for equal dose per unit body weight, we can use the data summarized by Williams et al. (1984) to estimate the number of excess liver cancers in our cohort. The risks range from about 10^{-6} to 10^{-4} per (mg/kg) or from about $1.5x10^{-5}$ to $1.5x10^{-3}$ per g for a typical adult human weighing between 60 and 70 kg. The risk for 100 g doses thus ranges between 0.15% and 15%. Because we know that humans seem not to acetylate as strongly as rodents, we will assume that the overall excess is near the lower end of the range at 0.2%, producing 2 excess liver cancers, or an excess relative risk of 1.0.

We can arrive at the same result by another set of assumptions that, while plausible, have no direct support. Suppose that a pool of benzidine exists that can either appear in the bladder unreacted or reach the liver in acetylated form. Let us assume that this pool amounts to 15 g out of the 100 g administered dose. Then the liver doses (benzidine-equivalents) will be 5, 13, and 14.5 g in the "slow," "fast," and "very fast" acetylators, respectively. Finally, assume that (at the target organ) the potency for liver cancer from acetylated benzidine is one third that for bladder cancer from benzidine, i.e., 0.12 excess relative risk per g to liver. The estimated excess number of liver cancers in the "slow" acetylators would then be (520)(0.002)(5)(0.12) = 0.62 cases, that in the "fast" acetylators (400)(0.002)(13)(0.12) = 1.25 cases, and that in the "very fast" acetylators (80)(0.002)(14.5)(0.12) = 0.28 cases, for a total of 2.15 excess liver cancers.

We could use these liver cancer rates to derive a different set of limits on air concentrations for the three acetylator types. Instead, we will examine the limits suggested by the combined risks of bladder and liver cancers. The totals are 5.82, 2.05, and 0.32 excess cases, which translate to $1.1x10^{-4}$, $5.1x10^{-5}$, and $4.0x10^{-5}$ risks per g administered dose for "slow," "fast," and "very fast" acetylators, respectively. The allowable concentrations are 10, 22, and 27 $\mu g/m^3$, respectively. If we knew only the total cancer risk and did not suspect differential susceptibility, the excess of 8.19 cancers yields $8.2x10^{-5}$ risk per g and a criterion for air concentrations of about 14 $\mu g/m^3$. Thus, because of the tradeoff between bladder cancer risks and liver cancer risks assumed for benzidine, the standards would not be very different whether or not phenotypic variations in susceptibility were considered.

PHENOTYPIC VARIATION AND LABORATORY EXPERIMENTS

Suppose a lifetime bioassay is conducted with animals, such as rabbits in our benzidine example, that show a phenotypic variation in the activation or deactivation of a carcinogen. Suppose that 10% of the animals process the administered material in such a way that 100% reaches the target organ, while the other 90% process it so that only 1% reaches the target organ. Suppose that the organ responds as in a one-hit model with dose to target organ, with a slope of 1/10 $(mg)^{-1}$. Suppose finally that the two test doses produce 20 and 40 mg to the target organ for the susceptible animals, and therefore 0.2 and 0.4 mg for the nonsusceptible animals. The theoretical cancer rates would therefore be as shown in Table 1.

The rates shown as "whole group" combine the rates shown weighted by the fraction of animals in the group. The rates shown as "best fit" would provide the best fit to a one-hit model forced through the origin. Such would be the result of the test analysis if the phenotypic variation were not recognized by the experimenters. Obviously the overall response is not well represented by a one-hit model as a function of administered dose, even though each group responds according to a one-hit model as a function of target organ dose. The potency is underestimated in the low-dose range by the one-hit fit, but the slope estimated by the low-dose point would overestimate the potency in the high-dose range (see Figure 6).

The complete dose-response curve that will occur in the heterogeneous group of rabbits is indicated by the dashed curve in the inset to Figure 6. At

Table 1. Theoretical lifetime cancer rates in a phenotypically diverse group of experimental animals.

Group of animals analyzed	low dose	high dose[a]
Susceptible (10%)	0.865	0.982
Not susceptible (90%)	0.020	0.040
Whole group	0.105	0.134
Best fit[b]	0.081	0.156

[a]high dose = 2 x low dose
[b]one-hit model, forced through origin

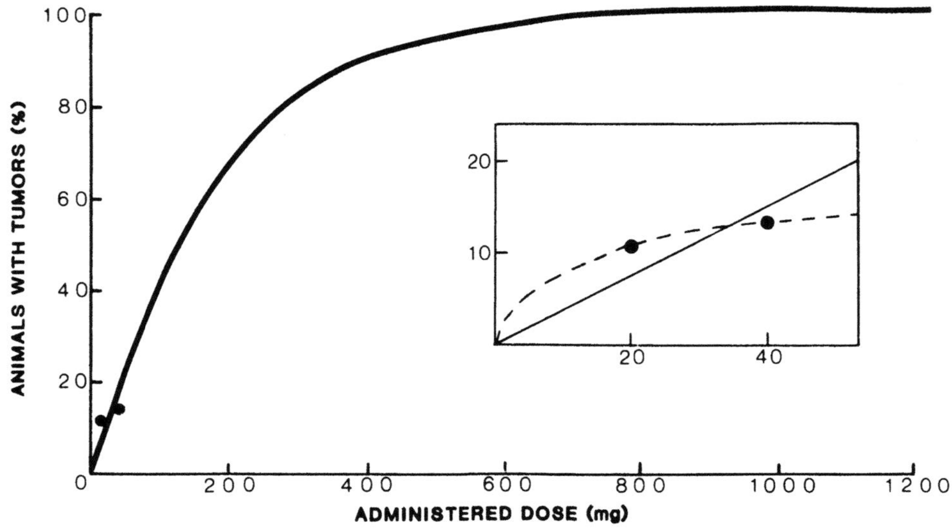

Fig. 6. One-hit dose-response relationship fitted to data from a population of animals 10% of which do not detoxify the administered dose and 90% of which detoxify it by 99% Closed circles are data points; curve is best fit.

low doses, it becomes linear with a slope of (1/10)(0.1) + (1/1000)(0.9) or 0.0109 per mg of administered dose. In this region, the 10% of animals that are susceptible would account for 91% of the cancers.

The corresponding policy questions are manifold. Are humans more like the susceptible or the nonsusceptible animals? Do humans also have a discrete phenotypic variation? If so, is the difference between the susceptibilities smaller or greater than in the laboratory species? How does one act when one acknowledges the possibility of phenotypic variation in either laboratory animals or humans but has no evidence for one? Should one preferentially study highly inbred strains to narrow the spread in dose-response relationships due to phenotypic variation, or outbred ones to show more similarity to the human situation? If the phenotypic variation in the laboratory animals is known, should only the susceptible animals be tested, to give a (possibly very) conservative estimate of potency?

PHENOTYPIC VARIATION AND EPIDEMIOLOGY

Epidemiology is subject to almost exactly the same problems from phenotypic variation as is experimentation with laboratory animals. Except for the greater variation in environmental conditions, the potentially greater variability in genetic makeup, and the poorer definition of exposures, Table 1 could apply equally well to the analysis of a cohort mortality study with internal controls, at least if the study population had all died of some cause by the end of the study. Thus, most of the people who are presumed to have incurred a fatal cancer from exposure to the agent under study in fact may come from the group of more susceptible individuals. If the same distribution of susceptibilities existed in humans as in the example of Table 1, but doses were ten times lower, 90% of the cancers would occur in the 10% of the population that are susceptible.

As with the animals, the analysis of these data in the absence of suspicion of the phenotypic variation may underestimate risks to susceptible people and overestimate it for less susceptible people. The proper course of action for protecting another group of people may depend on whether the distribution of susceptible and nonsusceptible people is the same as in the studied group as well as on the criterion for protection (population risk versus greatest individual risk).

PROTECTING SUSCEPTIBLE INDIVIDUALS

As suggested in the introduction, both scientific approaches and policy responses have tended to differ between carcinogens and conventional toxicants. Conventional toxicology is oriented to safety factors that are presumed to protect the most sensitive individual on the assumption of a distribution of susceptibilities not fully captured in animal experiments. For carcinogens, however, risks per unit dose are often assumed to be uniform among all people; thus protection of the most exposed individual (MEI = most or maximally exposed individual) is the corresponding conservative philosophy. Acknowledgment of phenotypic variation in susceptibility to carcinogens may introduce a second conservative practice in regulation of carcinogens: protection of the most sensitive individual, perhaps borrowing from conventional toxicology the idea of safety factors.

Again, many questions arise. In a protection decision for a carcinogen, is the criterion the risk to the most susceptible individual or to the "average" member of the population? (Using an "average" person, who does not exist if the phenotypes are discrete, is equivalent to using population risk or body count as a criterion.) If the same genetic variation is known to occur in humans as in animals, but has not been demonstrated to result in phenotypic differences in susceptibility, how should it be treated? Should we be doubly conservative by assuming the most susceptible individual is also the MEI? If the difference in susceptibility is large but the fraction of the population that is susceptible is very small, should the protective response be different than if the differences are less? When is it acceptable to use warnings instead of restrictions on exposure? When is it sufficient to screen individuals for the phenotype before exposure, controlling exposures only enough to limit the risks for nonsusceptible people to an acceptable level?

The answers to all the above questions transcend science and clearly involve value judgements that must be made in the political realm. Decisions may be distorted if regulators either fail to recognize phenotypic variation at all or seriously misinterpret its significance. Scientists need to ensure that their risk assessments include a careful exposition of the significance of phenotypic variation if it is suspected to play a role in the carcinogenicity of the substance under study.

REFERENCES

Cartwright, R. A., Rogers, H. J., Barham-Hall, D., Glashan, R. W., Ahmad, R. A., Higgins, E. and Kahn, M. A., 1982, Role of N-acetyltransferase phenotypes in bladder carcinogenesis, a pharmacogenetic epidemiological approach to bladder cancer, Lancet, 842.

Case, R. A. M., Hosker, M. E., McDonald, D. B., and Pearson, J. T., 1954, Tumors of the urinary bladder in workmen engaged in the manufacture and use of certain dyestuff intermediates in the British chemical industry, Brit. J. Indust. Med., 11:75.

Evans, D. A. P., Manley, K. A., and McKusick, V. A., 1960, Genetic Control of Isoniazid Metabolism in Man, Brit. Med. J., 485.

Glowinski, I. B., Radtke, H. E., and Weber, W. W., 1978, Genetic variation in N-acetylation of carcinogenic arylamines by human and rabbit liver, Mol. Pharm., 14:940.

Gordon, G. R., Shafizadeh, A. G., and Peters, J. H., 1973, Polymorphic acetylation of drugs in rabbits, Xenobiotica, 3:133.

Knight, R. A., Selin, M. J. and Harris, H. W., 1959, Genetic factors influencing isoniazid blood levels in humans, in: "Transactions of the 18th conference on the Chemotherapy of Tuberculosis," Veterans Administration, Washington, 52.

Lower, G. M. Jr. and Bryan, G. T., 1976, Enzymic deacetylation of carcinogenic arylacetamides by tissue microsomes of the dog and other species, J. Toxicol. Environ. Health, 1:421.

Lower, G. M. Jr., Nilsson, T., Nelson, C. E., Wolf, H., Gamsky, T. E., and Bryan, G. T., 1979, N-acetyltransferase phenotype and rise in urinary bladder cancer: approaches in molecular epidemiology. Preliminary results in Sweden and Denmark, Environ. Health Perspect., 29:71.

McQueen, C. A., Maslansky, C. J., and Williams, G. M., 1983, Role of the acetylation polymorphism in determining susceptibility of cultured rabbit hepatocytes to DNA damage by aromatic amines, Cancer Res., 43:3120.

National Cancer Institute, 1981, "Surveillance, Epidemiology, and End Results: Incidence and Mortality Data, 1973-1977," NCI Monograph 57, U.S. Government Printing Office, Washington.

Williams, G. M., Reiss, B., and Weisburger, J. H., 1985, A comparison of the animal and human carcinogenicity of environmental, occupational and therapeutic chemicals, in: "Advances in Modern Environmental Toxicology," Vol. XII, W. G. Flamm and R. J. Lorentzen, eds., Princeton Scientific Publishers, Inc., Princeton, 207.

EFFICIENCY, LIBERTY AND JUSTICE IN SCREENING FOR PHENOTYPIC VARIATION

Thomas H. Murray

Institute for the Medical Humanities
The University of Texas Medical Branch
Galveston, TX 77550

The scientific and social issues raised by the subject of this conference--phenotypic variation and risk assessment--are clearly significant. What is less clear is why one should turn to philosophy for enlightenment on questions that appear to depend more on technologic complexities. Yet once we ask what we should do with our scientific knowledge, we have entered the realm of non-scientific values and in the case before us, of conflict between values. On the one hand is the important non-moral value efficiency; on the other hand are the moral values justice and liberty. A mature science and technology of screening for phenotypic variation could hold great promise for enhancing efficiency. And a tool for public policy decision-making such as cost-benefit analysis that so emphasizes efficiency might well commend the technology for just that reason. Yet if we did adopt large scale screening for phenotypic variation, we could do grave damage to justice and liberty.

Since my readers likely will be non-philosophers, a few comments about what one can reasonably expect from philosophy are in order. Philosophers have a few simple, though powerful, tools at their disposal: making distinctions; developing reasoned arguments; creating analogies that help us see the familiar within the unfamiliar; some modest theories, more or less useful over a given range of moral problems; hypotheticals designed to illuminate points by pressing them to their logical conclusion (while avoiding the ever-present danger of creating a burlesque). What we hope for is clear thinking--lucidity--and, on rare but satisfying occasions, insight or illumination. I will avoid unexplained technical language, since I believe that even complex moral ideas can be communicated in plain English, given care and time. (The same is true of complex scientific ideas.)

I hope that the discussion will show that rational discourse in ethics is possible, and for people first trained as scientists such as myself, not even such a foreign or hostile territory. I will propose some answers, but not to all the important ethical questions. In addition, judgments about the moral acceptibility of screening for phenotypic variation will depend heavily on the answers to a number of empirical questions, some of which can only be anticipated.

At times, all I can do is try to make clearer the grounds for disagreement. It is often helpful to distinguish between matters of moral and empirical disagreement. We may disagree over what the likely effects of a policy will be, and over the moral significance of these consequences. The former conflict can be alleviated by gathering more data; the latter cannot, although moral disputes may be addressed through rational discourse. It is important to know the nature of our disagreement before we attempt to resolve it.

The array of data on phenotypic variations presented at this conference brings to mind a tension present almost from the beginning of a research project on ethical issues in workplace genetic screening conducted by an interdisciplinary research group at the Hastings Center. On the one hand, the scientists working on our project argued persuasively that at that time (circa 1982), there was no good scientific evidence linking any asymptomatic genetic anomalies to occupational diseases at the levels of exposure found in contemporary U.S. industries.[1] Without such evidence, the only public policy that made any sense was to continue to do research. Certainly no company could be justified in using genetic screening tests to decide whom to hire. There was no moral subtlety there. Whether or not the law would prohibit it, such a coercive use of genetic screening in the complete absence of evidence as to its efficacy was clearly unwarranted. It was a violation of justice and an insult to the dignity of persons. Several of my colleagues argued that it was a waste of time to research this issue.

On the other hand, though, there were two forces. First, the same scientists who declared that no good evidence existed at that moment linking screenable genetic anomalies with exposures with disease also were saying that it would not be long in arriving--five years, ten at most seemed to be the common wisdom. Second, public interest in the issue remained high. Whether it took the form of a project by the U.S. Congress Office of Technology Assessment[2] or the seemingly unquenchable desires of the media[3], the public wish to know more about workplace genetic screening persisted.

Eventually I came to believe that people were after all correct in wanting to know more about this potent mixture of scientific knowledge and technologic capacities just over the horizon. They saw correctly that along with the abundant promise came a potential threat to profoundly important moral and political values--especially to justice and to liberty. Let me outline briefly why that is so.

First the principle concern all along has not been the knowledge, per se, but potential uses of it that would be coercive; in general, the use of characteristics to sort and sift people, without their permission; in particular, the use of genetic screening to identify so-called "hypersusceptible" workers and deny them jobs on that basis.

Second, genetic characteristics, identified to some degree with ethnicity or race, evoked memories of the not-long-past misuses of genetics or pseudo-genetics for iniquitous political purposes. With good reason the American public is suspicious of schemes for sorting people out by race or ethnicity. That the first publicized instance of workplace genetic screening took place at a DuPont plant for sickle-cell trait among black employees did little to dampen that suspicion, even though DuPont denies any bad motives or coercive use of the information generated through the screening. Company officials plausibly assert that the screening was offered as a service to black employees at about the same time that community-based screening programs for sickle-cell trait were initiated. Especially if DuPont's motives were good, the incident serves as a powerful reminder of the political sensitivity of genetic screening associated with race.

Third, workplace genetic screening touches one of the most contested and important intersections in U.S. society: the nexus between employers and workers. For most adults, work is a economic and psychological necessity. They regard obstacles to finding or keeping a job as a serious threat to their well-being.

These three considerations help explain why so much negative attention has focused on <u>one</u> example of a much larger class of possible policies based on a wide variety of phenotypic variations. It will be my reference point for a discussion of the ethical possibilities and pitfalls of phenotypic variation and risk assessment in general. If there are significant dissimilarities with other forms of screening, then whatever conclusions are reached may not be generalizable. But if the similarities are more impressive, then workplace genetic screening may be an illuminating case study for public policy on phenotypic variation in general.

NEW VARIATIONS ON OLD MORAL ISSUES

The rapidly emerging capacity to detect individual differences in reactions to toxic exposures creates new social possibilities and new variations on old moral problems.

Although this is a very rough typology, it may be helpful to think of three possible relationships between scientific and technological advances on the one hand, and moral problems on the other. First, science or technology may soften or diminish a moral problem. Until this century, widespread, virulent epidemics of infectious diseases made medicine and nursing hazardous professions. Nurses and physicians sometimes faced difficult moral choices about whether to assume the risks associated with exposure to such diseases. Antisepsis, the germ theory and then the antibiotics greatly reduced the chance that physicians or nurses would become seriously ill or even die from diseases contracted through their work. The moral problem of balancing duties to patients with the understandable desire not to die of some horrible infectious disease faded along with the risk of contracting untreatable, lethal infections. It took the entry of AIDS patients into the modern hospital to revivify the old moral dilemma.

Second, science or technology may create a novel moral problem. Much, perhaps too much, has been said about how medical technology leads to new moral dilemmas. This claim has become such a bromide that it is easy to overlook the kernal of truth it contains. Before antibiotics were available, when an old person was dying of bacterial pneumonia, there was no moral dilemma. Pneumonia, the so-called "old man's friend" was likely to kill that person. Once the technology of the antibiotics appeared, we faced a choice: should we treat the pneumonia and perhaps prolong life--or perhaps merely prolong dying, possibly by some less peaceful, more horrible and painful cause--or should we allow death to claim that person unopposed? We now confronted a moral choice, an opportunity for human intervention, where before there was no moral choice, certainly no ethical dilemma.

Lastly, advances in science or technology may sharpen an existing moral problem. I believe that is a major facet of what has happened with the so-called "Babies Doe", including Baby Jane Doe--newborns who enter the world with a tenuous grip on life. Some of these babies will survive with standard medical treatment but with disabilities of various types and severities, for others the odds for survival are longer but impairment less certain, and commonly iatrogenic. In addition to the questions about using medical technologies on persons who may be dying, these babies have brought age-old, latent moral conflicts to the surface. At present, I am trying to identify disparate, conflicting ideas about the moral status of children--the "worth" of a child. These ideas have deep historical roots, but they take an especially pointed form in the context of decisions of whether to treat imperiled newborns. They also are relevant in other biomedical contexts including reproductive technologies, fetal therapies and abortion.

THE MORALITY OF EQUALITY AND THE SCIENCES OF INEQUALITY

Where does the science and technology of phenotypic variation in populations as it relates to risk assessment fit into this admittedly oversimplified, but I hope useful, schema? I believe it is an instance of the third type, the sharpening of an old moral and political conflict. It is the conflict any society must face when it subscribes to moral ideals of human dignity, liberty, and justice, and to political ideals that include some vital form of egalitarianism. The religious heritage of so many of our citizens shares, with the secular moral tradition of the Enlightenment, profound convictions about the importance of individual human dignity, liberty, equality and justice. And what more ringing political endorsement of egalitarianism could be found than that in our own Declaration of Independence? The first of the "self-evident" "truths" enumerated there is simply "that all men are created equal..."

The sciences that study individual differences should not be seen as efforts to undermine our moral or political commitments to equality. Of course, individuals differ in countless ways. All the various demonstrations of such differences are, strictly speaking, only further refinements of what we have always known: that people vary enormously in their talents, capacities, and circumstances. Only the crudest reading of the Declaration of Independence, or of our secular and religious traditions would find any direct, logical contradictions between the empirical proofs of human variation--of empirical inequality--and the insistence on equal treatment and equal regard as fundamental moral and political principles. (Unfortunately, such crude readings are possible: e.g., the claims of some fundamentalists that the empirical belief in evolution is incompatible with their religious narratives on the origins of life.) When the founders of our nation asserted the equality of all persons (or at least, in the original, all male persons), we can assume that they were not offering a scientific hypothesis.

We may be safe, then, from any logical contradiction between the sciences of inequality and the principles of moral and political equality. But there is a corollary to this thesis: that the mere existence of scientific evidence or of technological capabilities is never sufficient to justify a social practice. To put it slightly differently, sound and defensible public policy requires both good facts and good moral and political justifications.

RISK ASSESSMENT AND RISK MANAGEMENT

Some of the points I have made are reflected reasonably well in the distinction between risk assessment and risk management. The former, though it requires judgments that must incorporate other than strictly scientific values, can provide fair accounts of the scientific evidence regarding particular risks in the hands of competent and unbiased practitioners. (Risk assessments depend heavily upon judgments incorporating values epistemic to science--e.g., values pertaining to the quality of research as a function of its design, analysis, etc. Less obvious, perhaps, is the role of non-epistemic values in risk assessment: what the NRC report Risk Assessment in the Federal Government: Managing the Process calls choices among "inference options." The report urges that such unavoidable judgments be made explicit.[4]) Risk management, while it certainly should be based on the best evidence available, ultimately rests upon consideration of moral and other values.

COST-BENEFIT ANALYSIS

One very popular tool for making policy decisions, including risk management decisions, is cost-benefit analysis. The title of this session is "Cost Benefit Ethics," which comes perilously close to being an oxymoron. Like any other tool, cost-benefit analysis can work very effectively on the kind of job for which it is best fit. Also like any other tool, when it is used to do a job for which it is not well-designed, it can do more harm than good.

Cost-benefit analysis may provide an objective means for making certain kinds of decisions with at least two fundamental properties. First, all of the significant inputs and outputs should be identifiable and quantifiable on the same metric--usually in terms of money. Second, the only important value to be considered should be efficiency, in this instance, economic efficiency. If the problem is whether to buy machine x or machine y, or whether to adopt manufacturing process a or b, then cost-benefit analysis might be a very helpful tool. But when the inputs and outputs are not readily or objectively quantifiable on the same metric, in dollars, and when efficiency is not the only or the most important value to be considered, then cost-benefit analysis could be useless or worse--worse if it creates a false belief that it somehow permits decisions to be made "objectively," that all factors are being given their due weight, and that under such circumstances decisions are either value-free, or else take all relevant values into account. In this way, it conceals the arbitrary assumptions it makes, its awkwardness with the non-quantifiable consequences of choices, and its heavily value-laden nature. That ineluctable confrontation with values takes place on at least two levels: first, in the assumptions necessitated by attaching some finite number to such things as the value of a human life; second, by its exclusive focus on a single, non-moral value--efficiency.

EFFICIENCY, MACHINES, AND PERSONS

To my knowledge, not even the fiercest proponent of the rights of animals or trees believes that machines have any moral standing. So if I choose gear-grinder a over gear-grinder b because a is marginally more efficient, I have done no moral wrong to anyone or anything. But what about denying a job to a person on the same grounds? Like the two machines, both persons can do the job. But perhaps person b is marginally less efficient than person a. Let us assume that b has a disability, say, she requires a wheelchair to move any distance. Since the job involves monitoring the performance of the gear-grinding machine, and therefore depends on the abilities to see, hear, think, and manipulate, the disability is irrelevant to job performance. But, let's face it, job candidate b will take longer getting back and forth to the bathroom, and so will lose a few more minutes of work each day than an otherwise comparable person who is not dependent on a wheelchair. So b is less efficient than _a_. Is that a good enough reason for denying the job to _b_, as it was for not purchasing machine _b_?

Of course, the reasoning behind either choice is more complex than this. Most importantly, we usually understand the differences between machines as a prediction based on statistical analyses of classes of such machines. We never really know that the particular machine _a_ we buy will outlast _b_, although we may know that _as_ outlast _bs_ on average. But if anyone claimed that we had discriminated against a particular machine _b_ because we had judged it as a member of a class instead of on its individual merits, we would dismiss this as absurd and confused--treating a machine as if it were a person.

The question facing this conference resembles the second scenario. Rather than a virtually 100 percent probability of a very small difference in productivity, we will face many small probability differentials in perhaps major risks to health and therefore productivity. But we will only know about classes of persons: all those with particular HLA-antigen profiles; all heterozygotes for sickle-cell, all people with G-6-PD deficiency. We will not know with certainty that worker _b_ who is in one of the classes with higher relative risk will, in fact, become ill more quickly or be less productive than worker _a_. Is choosing people according to such uncertain probabilitic predictions of efficiency a bit like treating persons as if they were machines?

AN "EFFICIENCY FANTASY"

Imagine for a minute an "efficiency fantasy" where all potential workers were screened for their susceptibility to a wide range of job-related illnesses, and individuals were placed in jobs with very low risks to themselves. If we could do this accurately, there would be benefits to those workers who would avoid occupational diseases and to employers who would incur fewer direct and indirect expenses associated with occupational disease. If free to do so, employers could choose to relax emission controls, work practice rules and the like, so that production would be more efficient, while workplace-related illness remained the same. A policy choice would have to be made balancing our desire for efficient production against our desire to avoid human suffering. Of course we might have some of both in a workplace populated by low-susceptibility workers: enhanced efficiency as capital and process costs are lessened, and fewer work-related illnesses and deaths.

But why stop there? This is, after all, a fantasy. If we can improve efficiency by telling people where they may and may not work, why not also find out their susceptibility to environmental hazards and then steer people to live in whatever community poses the least risk to their health?

In practice, we would not tolerate anyone forcing us to live in a certain place because of some notion of probabilistic minimizing of risk to our own health. (On the other hand, we might be grateful for the same information which we would be free to use in deciding where to live.) Yet there is serious discussion of allowing analogous information about individual susceptibility to health risks to be used by employers to deny jobs to individuals who happen to be in a class with an elevated risk. From the point of view of ethics, what reasons do we have for favoring or opposing such a policy?

What is wrong, if anything, with the "efficiency fantasy"? One caveat is simply that it could not be as efficient in practice as it is in principle; even if the technology were perfectly errorless, the policy would be administered by fallible human beings. All known bureaucracies muddle things, make erroneous classifications and bad judgments. This is still an argument about efficiency, and only indirectly about morality.

A more direct moral problem is that we would be stripping people of their liberty to decide where to live, and what sort of work to pursue. It may also violate justice, the moral requirement of equal treatment. Let us examine them in turn.

LIBERTY

There are many good reasons for making a strong presumption in favor of liberty; that is, for requiring those who would interfere with liberty to bear the burden of proving that their interference is justified. One of the most common arguments is that since human flourishing requires "a dynamic process of growth and self-realization,"[5] people must be given the freedom to make choices, including the freedom to make poor choices: otherwise how do we learn?

The presumption in favor of liberty is rebuttable: there can be convincing reasons for restricting the free choices of individuals, but the proponent of such restrictions must offer good reasons for them. Four of the most typical reasons for infringing on liberty are:

1. that by reason of age or impairment, the person lacks the mental competence to decide (lack of rational autonomy);
2. that because of coercion, the person is not free to choose (coercion);
3. that the person's choice would result in harm to others (harm to others);
4. that the person's choice would be harmful to himself or herself (paternalism).

Would these four grounds for interfering with liberty justify a program of workplace genetic screening that would deny jobs to workers with genetic anomalies? The first, lack of rational autonomy, is mostly irrelevant. We should assume that adult workers are of sufficient age and sound mind to make their own choices in the absence of compelling evidence to the contrary.

The second, coercion, is dubious. If workers are being coerced into accepting a job with great risks to their life and health, we may conclude that there is something so seriously wrong with the organization of work in that society that workplace screening does not begin to address the core problems. In most cases, whatever coercive pressures workers will face, their choice whether to accept a job is more free than not. So the argument from coercion does not support limiting liberty in this circumstance.

The third reason for limiting liberty is when the unrestrained actions of a person would result in harm to others. Most people in the U.S. do not feel that being forced to drive on the right side of the road is an odious infringement on their liberty. Clearly, this requirement is justified to prevent harm to others (as well as harm to self). Workplace genetic screening capable of identifying individuals who, if they became suddenly ill, would pose a significant danger to others could be justified on that ground. The usual sort of example cited for justified workplace screening is that of a commercial airline pilot prone to sudden loss of consciousness or control. We would not object to denying a pilot's job to someone subject to uncontrollable seizures. But few if any genetically linked diseases appear to have much potential for such catastrophic harm to others. So, while this could justify workplace genetic screening under a highly restricted set of facts (immediate danger to others because of genetically linked disease), preventing physical harm to others is not a valid reason for most imaginable programs of workplace genetic screening.

What about economic harm? Employers could argue that being forced to hire people who might, on average, be more likely to fall ill would be inefficient and might harm the employer's economic interests. Employers have legitimate interests in making efficient use of their resources. The crucial question is whether, in the context of workplace genetic screening, the likely small marginal gains employers might achieve in efficiency and profit are enough to outweigh the infringements on liberty and justice that such a program would entail. While harm to employers' economic interests is certainly a relevant consideration, it is unlikely to be compellingly persuasive in this instance.

A fourth possible justification for limiting liberty is paternalism--infringing on persons' liberty for the sake of their own good. While paternalistic interventions can be justified, they impose a heavy burden of proof on the paternalist to show that persons are either ignorant of their own interests or incapable of pursuing them, or both. When dealing with presumably rational adults who are applying for jobs, even jobs that may pose increased risks to them because of some genetic anomaly, the paternalist must show that he or she knows better than the applicant what is best for that individual. There may be isolated cases of people stubbornly or stupidly insisting on an unnecessary and highly probable risk to their own health, but a program of screening and job denial is based on a presumption that <u>all</u> applicants are irrational, and that is obviously absurd.

JUSTICE

In perhaps its oldest formulation the principle of justice admonishes us to "treat like cases alike." The trick, of course, is to determine what attributes are relevant to making cases dissimilar. This is no easy job. Indeed, one of the chief tasks of any society is to decide what shall weigh as like and unlike on the scales of justice.

When it comes to employment, we regard a host of attributes as morally relevant differences, among them talent, energy, training, experience, creativity, and loyalty. But other things strike us as <u>not</u> morally relevant including such things as race, sex, religion and disability (unconnected to job performance). I assume that a sense that these attributes are not morally relevant but were nonetheless figuring in employment practices was an operative force behind the legislation forbidding discrimination on account of race, sex, etc. Our laws now reflect, to this extent, our moral convictions about what is just and unjust in employment decisions--about what factors are irrelevant to making people "unlike" in this context. To the question Why can't I work here? some answers strike us as clearly valid: you are incompetent, untrained, dishonest, lazy... Other answers are just as clearly invalid: you are a woman, black, Catholic, disabled...

Suppose an employer defends not hiring someone on grounds of efficiency only indirectly related to one of the invalid categories: hiring a black supervisor would anger white employees who will try to undermine the supervisor by subverting production; a woman on the factory floor will distract males resulting in inefficiency and increasing the risk of accidents due to inattentiveness. Most of us, I suspect, would reject these rationales on the grounds that the social good achieved, including opening employment opportunities for categories of people who have suffered discrimination, far outweighs the marginal and probably temporary losses in efficiency. Efficiency, that is, must give way in these circumstances to liberty and justice.

PRACTICAL CONSIDERATIONS

The ethical acceptability of workplace genetic screening (and by analogy other policies with respect to phenotypic variation) cannot be settled in the abstract. I have tried to show why efforts to justify such programs on the grounds of efficiency are often seductive but never sufficient. We must always take other values into account, especially those of liberty and justice. Liberty and justice, and efficiency as well, may be "abstract" principles, but their application to specific problems must always take empirical realities into account. In these concluding practical considerations, I suggest a number of empirical factors that could influence the ethical acceptability of a program of workplace genetic screening.[6] I will phrase them as considerations that would tend to make such a program more likely to be justifiable:

1. the number of people affected should be small;
2. both relative and absolute risk should be high;
3. misidentifications should be few. (The number of false positives and false negatives should be low.);
4. the number of jobs affected should be small. (Especially in isolated labor markets, applicants' opportunities should not be seriously restricted.)
5. the illness in question should be severe and irreversible. (It is easier to justify denying jobs in order to prevent lethal cancers than it would be to prevent psoriasis or some reversible metabolic disorder.)
6. though this should go without saying, there must be adequate scientific evidence linking anomaly with exposure with disease. (Without this minimum condition, no coercive screening program could be morally justified);
7. programs with disproportionate impact on groups that have suffered from discrimination should be subject to special scrutiny;
8. possible alternative policies must be considered. (There will usually be other means of reaching the same goal without the ethically objectionable features of the one in question, even if it may not be as efficient in theory.)

It is possible to take ethical considerations into account when choosing what policies to adopt with respect to human phenotypic variation. More than possible, it is necessary to do so if we are to retain those qualities that make us a society worth preserving.

REFERENCES

1. Omenn, G. S., 1982, Predictive identification of hypersusceptible individuals, J of Occ Med 24:369-374, (1982).
2. U.S. Congress Office of Technology Assessment, 1983, "Genetic Testing in the Workplace," U.S. Government Printing Office, Washington, D.C.

3. Murray, T. H., 1984, The Social Context of Workplace Screening, Hastings Cent Rep Oct:21-23.
4. National Research Council, 1983, Risk assessment in the federal government: managing the process, National Academy Press: Washington, D.C.
5. Feinberg, J., 1973, "Social Philosophy," Prentice-Hall: Englewood Cliffs, N.J.
6. Murray, T. H., 1983, Warning: screening workers for genetic risk, Hastings Cent Rep Feb:5-8.

VARIATION IN INDIVIDUAL RESPONSE - WILL IT REALLY AFFECT THE REGULATORY RESPONSE?

Roger S. Cortesi

Office of Exploratory Research
Office of Research and Development
Environmental Protection Agency
Washington, DC 20460

INTRODUCTION

The question this paper addresses is whether knowledge of variation of individual human response to toxicants introduces elements into the regulatory process that, in some sense, are radically different, thereby forcing major changes into the regulatory process. In this paper I will examine the regulatory process as I perceive it, i.e., the views presented here do not bear the nihil obstat or imprimatur of any agency or instrumentality of the U.S. Government. The views will also perforce reflect the fact that virtually all the regulatory processes I have observed have been those of the U.S. Environmental Protection Agency. However I hope by examining the workings of the regulatory process to see where and to what extent information on individual response will effect the regulatory process.

STRUCTURE OF THE REGULATORY PROCESS

The particular regulatory process I will discuss is the one of deciding what human exposures will be allowed to a chemical or physical toxicant. It is useful to identify three main forces that drive the regulatory process as it relates to human health. They are:

1. legal forces
2. scientific and technical forces
3. policy and economic forces

These forces are not orthogonal; they interact, sometimes quite strongly, in the regulatory process.

<u>Legal Forces</u>

The legal forces on the standard-setting process are great. Some specifics are discussed below, but an almost invariable result, either proximate or ultimate, of setting a standard is the forcing of someone to spend money or to give up a source of it. This situation leads to disputes that will have to be resolved by a legal process, with the courts being the final decision maker if necessary. That is: the legal process is how we resolve disputes and disagreements when a decision must be made lacking the agreement of the parties involved.

The specific legal forces on the process are, I believe, mainly four. First, it is the law that allows or insists that regulation occur and exposure limits be set. Second, the law defines the procedures to be followed in arriving at exposure limits. This has great influence because almost inevitably this means that the views of the public and its various components are solicited for their views on the subject, pertinent information they have or are aware of. In some serious sense of the word, the standard-setting process must take into account the information presented to it. This is a very time consuming process and in many cases is highly controversial, as the submissions will be flatly contradictory. Even where this is not the case, the opinions as to what the information implies for regulatory action can be wildly divergent. It should be noted that this process can easily become adversarial, as it pushes towards a decision.

Third, legal forces tend to prescribe what findings can and need to be made. There are a couple of interrelated points to be made here. The legislation under which health standards are issued either requires the standard to be based on health considerations alone (as, for example, the criteria and hazardous pollutant sections of the Clean Air Act) or to be balanced against benefits derived from using the substances (as in the pesticides and toxic substances acts). However when you look how the standards for protecting health are set, they look remarkably similar under both kinds of legislation. I believe the reason for this is that the law shies away from absolutist positions on "health consideration alone" and also from any precise definition as to how benefits, etc., can make a health risk acceptable. Because of this distaste for opposing absolutes the standard-setting process, and the court's review of it, the result is a mushing towards the middle, and the process essentially becomes the same under both types of legislation.

These factors raise a point that is worth expansion because it is very important to the standard-setting process and is one cause of a common perception that the process has too much slop in it. As I see it, the legal process does not like to get pushed into ridiculous positions, and hence has evolved some safety-valve principles. I mention two that I think are particularly relevant to standard setting. First, courts are reluctant to make decisions that will cost a lot of money for no practical benefit. (This is the principle that the law does not concern itself with trifles or the de minimis principle). Second, the law seems to allow standard-setters to do things, for example to grant exceptions, not explicitly authorized by the legislation when failure to do so would lead to an "unintended" and absurd result.

The fourth major legal force is the obvious one, that the final decision maker of unresolved disputes in standard-setting is the courts. Everybody in the standard-setting process must keep an eye on the possibility that a court will be the decision-maker. I emphasize this here, because a point that will arise later is that courts make decisions where consensus does not exist. Courts "resolve" disagreements in a different sense of word, than the way that the scientific disagreements are resolved. Scientific resolution implies consensus.

Scientific and Technical Forces

Many people believe that the setting of an exposure standard for a toxicant is a "scientific" process. Others believe that even if it is not now a "scientific" process that it can and should be such. One of the points of this paper is that not only is the standard-setting process not scientific but that it cannot so be. However this does not mean that scientific and technical forces have only a minor influence on the process. They influence it substantially.

I will discuss the scientific and technical forces separately. Scientific forces are those derived from the health threat the toxicant poses and generally come from information about (i) the health effect of concern, (ii) the vulnerable segment of the population and (iii) the dose-response. Technical forces arise from knowledge about the methods and their cost of reducing the level of exposure to the toxicant.

To understand the nature of the scientific forces we should understand what is meant by "science says". Science resolves disputes by consensus. There are no imposed rules as to how that consensus is reached, what evidence can be used, who can present and argue, or when such consensus will be reached. A scientific dispute is resolved (i.e., "science says" something) when all knowledgeable scientists essentially agree about the matter in question.

Such consensus cannot be forced into a standard schedule and in fact it may never be reached. Of the three areas of scientific information mentioned, the most difficult place to reach consensus is usually in dose-response. For environmental pollutants typically consensus might be reached on the effect, the vulnerable population and that exposures of less than X are alright and exposures of 3X are too much. Such consensus would almost assure that the standard would be somewhere in that range.* The standard setting problem is, of course, that the cost of meeting X may be hundreds of millions of dollars per year more than meeting 3X (as, for example, is the use for some of the ambient air pollutants).

Technical forces arise from a distaste for setting standards that we do not know how to meet without paying an unacceptable cost of one kind or another (e.g. banning a significant fraction of cars from Manhattan to meet an air standard may be an unacceptable cost). In other words, if the risk is caused by something that is important, an exposure standard level will be very strongly influenced by available engineering or other fixes. A recent example of this technical force is EPA's implied no action level for radon in houses. The EPA calculated lifetime incremental probability of lung cancer at this implied no action level was $1.3 - 5 \times 10^{-2}$.** This is an incremental risk 100 to 1000 times higher than other situations where acceptable fixes have been available. The EPA statement about this level is: "Exposures in this range are considered average or slightly above average for residential structures. Although exposures in this range do present some risk of lung cancer, reductions of levels this low may be difficult, and sometimes impossible, to achieve."

---

*In most of EPA's health standards such a range would usually be considered very narrow. This occurs because EPA, when it can, sets standards at levels with an incremental lifetime risk of less than 10^{-4} or 10^{-5}. This means that there will be no experimental data; and hence the dose-response curve must be extrapolated from data points with exposures orders of magnitude larger than where the standard is set. Present knowledge on mechanism of toxicity make such extrapolations a policy finding rather than a scientific one.

**A lifetime risk of 5 X 10-2 means that one out of twenty people living in such a house all their lives will get a lung cancer which they otherwise would not have gotten.

Policy and Economic Forces

From the above, we see that neither law nor science is capable, either alone or in combination of setting a level for a health-based exposure standard. They can only set boundaries within which such a standard must lie. This means that in practice the actual level chosen for the standard can and will be effected by policy (including economic) considerations. That is: the setting of such a standard is, and must be a profoundly political process (in the nonpejorative sense). In dealing with exposure to toxicants the first standard-setting position is to get rid of it, i.e., set the exposure level at zero. Hence the pressure is to set the standard as low as one can and still take the pressure from adversely affected people, groups and interests. Different standards will be set by different standard setters because they will differ in their ability to handle pressure from different groups and constituencies. Health, engineering and economic data affect this process only indirectly via the vehemence by which different groups press their views at various possible standard levels, and the concern that the standard setter has for those groups.

That the process proceeds this way is repellant to those who believe that somewhere in the legal, scientific and economic data (e.g. cost/benefit studies) and rules, there should be a way to get the "right" standard level with which no sensible person could disagree. Alas, this is not to be this side of paradise. To emphasize: it should be noted that this process does not produce results that are consistent in terms of such things as incremental risk or cost per life; and in my opinion it would be foolish to try to force it to be consistent in such ways.

CONCLUSION

Will knowledge of the variation in the human population's response to toxicants have a material effect on the standard setting procedure? I must conclude that such knowledge will not have a material effect. Knowledge on population variation is information that is not different from health effects information used now. Ideally such information allows more precise identification of the three key health factors, i.e., effect of concern, vulnerable population and dose-response. Since this information is what the process handles now, it is reasonable to expect it to be able to do so in the future. Furthermore, the problem of variation of response has been handled in past standard setting (e.g. EPA's lead and ozone standards).

Worry over the regulatory effects of variation of response arises, I think, from the belief that absolute health protection requirements in some laws will force standards to be set to protect the most sensitive individuals under all circumstances thereby bringing ridiculous results. I believe the likelihood of this happening to be very low in light of health based exposure standards set and upheld in the courts, not only under EPA s legislation but also under those of the Food and Drug Administration and the Occupational Safety and Health Administration.

Disclaimer: The views expressed here are those of the author and do not necessarily reflect the views of the U. S. Environmental Protection Agency or any part of it.

FEAR, FIAT, AND FIASCO:

CAUSATION IN CANCER RISK ASSESSMENT

Paolo F. Ricci and Andrea F. Henderson

Joint Research Center, European Communities
Ispra, Italy

INTRODUCTION

Causation is a central issue in toxic tort cases as it must be proven by the plaintiff to prevail against a defendant. If a tort action deals with obvious cause, causation may not be the focal point of the case and the central issue may turn to defining a product's defect or determining liability. Causation becomes the focal point when the link between cause and effect cannot easily be determined. Where such links have been needed in science and regulation, the process of risk assessment has been heavily relied on. However, considering recent tort cases and regulatory decisions, questions exist as to the reliability of risk assessment given uncertain cause and effect, its relevance in court, and its usefulness in regulation.

Fear, Fiat, and Fiasco is the topical framework for the paper; it provides examples of difficult decisions regarding causation. Three examples are used: a) a tort law case that tested the theory of causation for "fear" of an adverse health effect; b) the determination of causation by regulatory agencies by "fiat"; and c) a regulatory "fiasco" where regulatory action contradicted scientific and policy determination of causation. In different ways, these approaches attempt to determine causation and compensate those affected through legal recovery or regulation. Although all approaches share the goal of protecting and compensating individuals and industry while balancing the net benefit to society, meeting this goal is difficult and the course taken by agencies and the court has not been consistent.

CAUSATION IN LAW AND SCIENCE

Over the last two decades, there has been an overwhelming growth in the right of injured individuals to gain legal redress. Lengthy and complex litigation against the producers and distributors of drugs, devices, and chemicals is now feasible under a variety of legal theories in tort law and through various federal statutory actions.

Causation is central to notions of responsibility and compensation. Cancer risk assessment considers causation as the biologic process leading to an effect. For cancer, it begins at the molecular level, ranging to include epidemiological results. Biological cause and effect is the strongest scientific proof of causation as it directly bears evidence to the cause of a disease. This evidence is useful in litigation; it provides the data necessary in tort law cases to show: a) cause-in-fact, and b) proximate cause.

Cause-in-fact means that a consequence of the act occurred in a manner which a fact-finding may infer causation. This is usually measured by the "but for" test: If, but for the act, the harm would not have occurred, that act is a cause-in-fact of the harm. Proximate cause is the extent to which the court finds the injury and victim are legally, as opposed to factually, linked to the wrongdoer's act to determine liability.[1] If there have been post factum intervening events of sufficient unpredictability or unrelatedness that were sufficient contributers to the final result, the wrongdoer may not be liable, depending on the tortious legal theory adopted by the plaintiff. In negligence and strict liability law, to examine proximate cause, judicial scrutiny is directed to the foreseeability of intervening factors, to the injury, and to whether the victim is in the class of persons the law protects.

The aspect of causation that is difficult to deal with is that the nature of the scientific information is often conjectural and the data - in particular the probable incidence of cancers resulting from environmental exposure - are quite uncertain. Thus, the cause and effect relationship is uncertain. This is also true in medicine as there are many diseases for which the causes are unknown, and there are drug therapies whose mechanism of action is not clear. Biologists hypothesize a mechanism between cause (*e.g.*, exposure to total arsenic in the drinking water) and effect (*e.g.*, non-melanoma skin cancer). Results from epidemiology studies provide data gathered from examining a population of individuals; however, these do not normally demonstrate causation, and are generally inapplicable to a single individual. Such information can take years to gather and is often debated. The legal system, however, often requires data sooner than science can provide them. There are no principles for the evaluation of scientific evidence or medical testimony in a formal way; the credibility of the expert witnesses is a matter for the fact finder to consider, accept, or reject. The expert serves as an advisor, and the jury's decision is not a formal or probabilistically rigorous one.

FEAR: A JUDICIAL VIEW

The courts continue to struggle with the problem of causation. The struggle becomes more difficult where fear of a potential hazard is alleged as causally related to psychological disorders and other effects. This issue not only involves causation that is difficult, if not impossible, to quantify, but also a concern that is individualistic, as one individual's perception of a risk and their resulting fear (if any) may be much different from another individual's perception. The perception and understanding of the potential adverse effect and of its causes is not uniform, is biased, and often does not reflect the probability and uncertainty associated with the event. The causal link between fear and psychological distress was considered by the Supreme Court ruling on the restart of the undamaged unit at the Three Mile Island (TMI) nuclear power plant, Unit 1.

The operating utility, Metropolitan Edison, proposed to restart the Unit 1 which had been unaffected by the TMI-2 accident of March 12, 1979. An association of local residents, People Against Nuclear Energy

(PANE), petitioned to the Nuclear Regulatory Commission (NRC) to prevent the start-up, alleging that it would cause severe psychological distress to people living nearby, and harm the stability, cohesiveness, and well-being of the local community. PANE argued that the Environmental Policy Act (NEPA), requires that "all major Federal actions" be preceded by an Environmental Impact Statement considering all of the potential impacts from the proposed action. The psychological distress caused by the restart of Unit 1 would qualify as potential sociological impact from the proposed action. Although this legal issue arises under the key federal environmental statute, it does present the causation issue.

After a legal battle, in which the District of Columbia Court of Appeals agreed with PANE's contention, that the NRC should consider PANE's concerns, the Supreme Court unanimously held that the "adverse environmental effect(s)" that must be considered under NEPA do not include psychological harm.[2] Focusing on the causation issue raised by this case, the Court stated "Some effects that are 'caused by' a change in the physical environment in the sense of 'but for' causation, will nonetheless not fall within (NEPA) because the causal change is too attenuated." NEPA requires "a reasonably close causal relationship between a change in the physical environment and the effect at issue. This requirement is like the familiar doctrine of the proximate cause from tort law." The Court believed psychological fear, from a causative viewpoint was too remote because it was based on the possibility of a future accident, and because it hinged on a subjective individual belief. The Court noted that the "risk of an accident is not by definition an effect on the physical environment(.)"; it is "unrealized in the physical world. In a causal chain from renewed operation of TMI-1 to psychological health damage, the element of risk and its perception by PANE's members are middle links. We believe that the element of risk lengthens the causal chain beyond reach of NEPA."

The problem of causally evaluating individual fear has long been a subject of law suits under tort law. In such cases it has been shown that it is exceptionally difficult, for evidenciary and policy reasons, for the law to redress individual perception of risk leading to fear - especially when physical injury is absent. The legal system, however, is being asked to decide whether an individual faced with increased risk of harm, may recover damages. Such harm may be fear of a potential event or of exposure that could result in future illness. The law has steadily evolved toward a broader definition of compensable injury and has allowed recovery for emotional damages created concurrently with physical injuries, such as anxieties or persistent phobias. However, the courts have been reluctant to allow recovery when the claimant alleges emotional injury in the absence of physical injuries. The established view has been that lacking such injury, recovery is barred, as the cause-effect link is too conjectural. Without evidence of causation there would be no way to determine if the allegations of fear are frivolous or fraudulent. As one's own fears and the way one faces fear are unique to each individual, there is no reliable legal standard for measuring the emotions of one individual relative to others.

In recent years, however, a few states have allowed claims where the victim suffered no physical injury at all, but only showed 'serious mental distress" or the equivalent. For example, the California Supreme Court decided in 1980 that serious emotional distress existed where "a reasonable man, normally constituted, would be unable to cope adequately with the mental stress engendered by the circumstance of the case."[3] Other courts have added a requirement of medical proof to document the victim's response to stress but limit the recovery to "secondary recovery," such as phobias, nausea, weight loss, and headaches, to reduce the number of frivolous claims. In such cases, expert diagnosis has replaced scientific evidence of causation.

As knowledge about health and the environment increases, the awareness of risks and their origins may increase enough to make future health effects appear predictable, but perhaps not enough to provide logical solutions to this class of cases. As courts confront them, they will require standards which balance the probability of causality and the magnitude of the harm with the benefits resulting from the defendant's act. There is ample precedent in tort law for this balancing, as well as more complicated forms of balancing which relate to the overall acceptability of the defendant's action and the resulting benefits. Causation, we believe, can be established to satisfy the court as to its scientific validity.

FIAT: CANCER POLICY

The issue of uncertain causation poses difficulties to the regulatory system as well. Regulatory approaches provide various procedural ways through which their proposed policy can be discussed and reviewed. However, scrutiny of formal or informal record is difficult. Agencies are given a considerable amount of scientific freedom by the court that review their actions.

The use of policy in regulatory decision-making most often occurs when the link between cause and effect is uncertain. Therefore, policies that are credible only through their endorsement by the scientific community and accepted by regulatory agencies, exist as accepted fiat, subject to judicial scrutiny. This approach has the advantage of being detailed and certain, at least on the surface, as it is subjected to extensive peer reviews, administrative record-keeping, and quasi-judicial hearings. This is a dogmatic approach, as new ideas can not be readily incorporated into policy-making. Indeed, the reviewing courts can require that an agency adhere to mainstream scientific thinking. However, reliance on science policy may only provide seemingly precise answers, although what is required is an accurate answer. Paradoxically, where the necessary scientific facts are given, science policy may be contradicted casting doubts on future application.

Evaluating the use of science policy and its role becomes increasingly muddled as there are inherent links with social policy and politics; science policy decisions involve social values, both of which are influenced by political views. As political and social values change, so can science policy. Scientific knowledge, relevant to the policy, may have remained constant. Such can be the case with the policy of assessing carcinogenic risk to humans by regulation based solely on confirmed positive animal data; and where positive human epidemiological data are not available to conclude that a chemical substance poses significant human risk. Such approach is consistent with the accepted social policy that it is preferable to err on the side of caution in setting standards to avoid failure to regulate a serious health hazard. However, where society benefits from the use of a potentially hazardous substance, economically or otherwise, regulatory actions may be delayed by pressures from affected industries or users. More conclusive evidence of toxicity to humans is desired from science before regulatory agencies act to limit or ban exposure to a substance, if there is a high price to society resulting from banning a useful and ubiquitous chemical.

Uncertain cause and effect may be used to delay accepted regulatory policy. This is a pernicious situation: uncertainty becomes a defense. The argument is that the uncertainty - more specifically, its upper and lower bounds - are too large to provide useable information: more research is needed. The decision-maker is stymied by being told that the exposure to the chemical in question can cause, let us say, between zero and 100 excess cancer deaths per annum, with the uncertainty properly indicating that the results cannot be considered as a single number and that the value of interest to the decision-maker may fall - with a specific probability - within the interval of zero to 100. Depending on the level of confidence chosen for the analysis, the bound can be made more narrow, thus avoiding the zero lower confidence limit. This is a seemingly plausible approach: if certain statistical criteria (*i.e.* false positive and false negative rates) are considered, and made explicit, the decision-maker is provided with results that are apparently more "realistic". The fundamental flaw with this approach is that the upper and lower confidence limits can be made arbitrarily larger or smaller. Thus, there is a degree of arbitrariness that can be used to support one view or the other, depending on who is making the argument. In other words, the well known 95% confidence level (1 in 20) reduced to 90% (1 in 10). The cost is measured by the power of the statistical test. Decision-science methods are available and can be used to address some of the issues discussed. A first paradox of cancer policy: scientific data and their statistical uncertainty forestall decision-making. This has occurred both in the judicial and at the agency level. Formaldehyde provides an interesting example. In the decision in which overturned the ban of urea-formaldehyde by the Consumer Product Safety Commission (CPSC) for use in certain consumer products, the 5th Circuit Court of Appeals held that the uncertainty in the number of cancers predicted by the agency (0 to 51 per 10^6 individuals exposed) was unacceptably large; it amounts to information without legal weight. The Environmental Protection Agency (EPA), chose not to regulate, as discussed in the "Fiasco" section.

Guidelines currently exist to promote consistent cancer policy; they provide frameworks for analysis and evaluation of data. For instance, guidelines have been established by the EPA[4] for determining carcinogenic risks from chemical exposure at low doses and for evaluating data to formulate judgements concerning the nature and magnitude of the cancer hazard from suspect carcinogens. The guidelines attempt to detail the steps of cancer risk assessment, but also recognize a need to be flexible so that new knowledge and new assessment methods may be accommodated. Uncertainty as to cause and effect (scientifically appropriate) under the current state of knowledge remain. The guidelines state that "No single mathematical procedure...(is) recognized as the the most appropriate for low dose extrapolation in carcinogenesis." Although the linear multi-stage model yields a "plausible upper limit" on cancer risk, it may not be a "necessarily realistic prediction of the risk (as) the true value...is...unknown and may be as low as zero." Finally, established procedure does not yet exist for establishing "most likely" estimates of risk.[4] Thus a second paradox arises: policy provides a thoughtful framework which recognizes the limitations inherent to cancer risk assessment, at low environmental doses, but it can fail because of the limitations of establishing causality, given the current state of knowledge.

To overcome some of the effects of uncertain knowledge of causation, the guidelines provide a weight-of-evidence scheme for human carcinogenicity based on animal and human data, numerical risk values, and lettered categories to bridge the cause-effect relationship between exposure to a substance and cancer, absent causative evidence in humans. Thus, an investigation of a substance for regulation using the guidelines could result in a determination of the chemical's carcinogenic potential by fiat (the agreed upon scheme). For instance, the basis for classifying a chemical a "Probable" human carcinogen is based solely on "Sufficient" evidence of carcinogenicity in a long-term animal bioassay.

FIASCO: CAUSATION AND FORMALDEHYDE

In the fall of 1980, an interim report from the Chemical Industry Institute of Toxicology (CIIT) indicated that formaldehyde was a carcinogen in rats and mice. According to the final report[5], nasal squamous cell carcinomas were observed in 103 of 232 rats exposed by inhalation to 14.1 ppm of formaldehyde, in 2 of 235 rats exposed to 5.6 ppm of formaldehyde, and 2 of 225 mice exposed to 14.1 ppm of formaldehyde. No such cancers were found in mice exposed to 5.6 ppm of formaldehyde, and rats and mice exposed to 2.1 ppm, or in the control animals. An other animal experiment carried out in 1981 at New York University[6], supported the CIIT findings.

In response to the findings, the Federal Panel on Formaldehyde, convened by the National Toxicology Program, concluded, "Formaldehyde may be carcinogenic to species other than the rat and to tissues other than nasal." and "Formaldehyde should be presumed to pose a carcinogenic to humans."[7] The National Institute of Safety and Health recommended that formaldehyde be handled as a potential occupational carcinogen[8] and the American Cancer Society issued a statement urging regulatory agencies to set appropriate standards to minimize occupational and public exposure to formaldehyde as well as in industrial products and applications.[9] In response to the scientific findings and recommendations, many of the actions taken by the responsible agencies were not consistent with what had already been established as a broad cancer policy. For example, the EPA chose not to consider formaldehyde as a priority chemical for regulatory assessment under section 4(f) of the Toxic Substances Control Act which directs the Administrator to prevent or reduce to a sufficient extent risk from a chemical that "presents, or will present a significant risk of serious or widespread harm to human beings from cancer, gene mutations, or birth defects." Concurrently, the Occupational Safety and Health Administration denied a petition from 14 unions to issue an Emergency Temporary Standard (ETS) that would provide protective requirements for the handling of formaldehyde because the agency concluded there was insufficient evidence to find either that employees were in grave danger from exposure or that an ETS was necessary to protect workers. The petitioner's appeal to the District Court for the District of Columbia was also denied.[10]

In contrast, CPSC established that UFFI posed an unreasonable risk of injury from cancer and irritation and banned its use. Although the Commission's decision followed established cancer policy by relying on positive animal data, the ban was overturned in subsequent litigation when the court held that the Commission failed to support the ban by the substantial evidence standard. The court concluded that "...the Commission's cancer prediction of up to 51 in a million provides.....no basis for review under the substantial evidence standard." Declaring that "it is not good science to rely on a single experiment," the court found the Commission's "exclusive reliance" on the CIIT rat bioassay in its projection of human cancer risk to be unsupportable.[11] Yet, showing the uncertainty in the estimate of the magnitude of an adverse health effect is a well-established scientific practice and method of expressing the results of a risk assessment. Moreover, the court could have adopted as a risk measure the expected value for the cancers (thus implying to be risk neutral, altogether not an unreasonable approach). More on point, the CIIT study was well-conducted, had been validated, and it was of a sample size consistent with a good experimental protocol. The 5th Circuit gave short answers to these points, finding that the study was too small, that a single study was insufficient for causation, and that rats are poor substitutes for humans.

Arguments against the courts decision have been focused on its lack of consistency with accepted cancer policy set forth by the National Cancer Advisory Board stating that, "If a substance has been shown to be carcinogenic under the conditions of a single properly designed and conducted test, it should be considered as posing a risk of cancer to humans.....(T)he agency should attempt to obtain additional data,....(and) should not take the risk involved in waiting the two to four years required to complete an additional animal bioassay before initiating regulatory action."[12] Considering this, the 5th Circuit did not base its position on the Commission's statutory mandate or the National Cancer Advisory Board cancer policy, but rather on its own understanding of scientific methodology and, as such, substituted its policy judgement for that of the agency. The court's positions contradicts both principles that have been widely accepted by the scientific community and traditional review of regulatory agencies.[13] These principles assert that confirmed positive animal data are sufficient for use in establishing threshold or no-effect levels that can be reliably applied to the human population; and that positive human epidemiological data are not necessary to conclude that a chemical substance poses a significant human risk.[14] More specifically, agencies have long formulated their policies and the courts have deferred to agency expertise.

The nature and extent of positive evidence of carcinogenicity varies widely between chemicals and animal species, and yet, the assertion that animal carcinogens pose a cancer threat to humans remains steadfast in cancer regulation. Skepticism toward regulatory decisions may pose undue delay to regulatory action as the evaluation of the scientific evidence is questioned. The recent performance of the EPA and OSHA regarding formaldehyde suggests that these agencies based their regulatory decisions on rationale different from that of established policy.

Although the CIIT study is considered to be valid through rigorous peer-review, questions have been raised on the validity of the formaldehyde animal data for use in rulemaking, in view of the limited epidemiological evidence. Direct evidence that shows formaldehyde causes cancer in humans is very weak.[5] Many scientists dismiss the potential of formaldehyde as a human carcinogen by arguing that the animal studies focus on rats which are obligatory nose breathers and that the nasal tissues of the animals in the CIIT study may have been traumatized by high levels of the chemical. Some preliminary epidemiological investigations which have considered professionals who use formaldehyde such as embalmers, anatomists, and pathologists consistently have shown excess incidences of brain cancer and leukemia. Moreover, industrial workers exposed to formaldehyde consistently show increased incidents of skin cancer.

Many researchers believe that formaldehyde only reacts at a site of contact. Formaldehyde is quickly metabolized to formic acid and then to carbon dioxide and water and therefore, it may nearly be impossible for the chemical to enter the blood system or reach the brain. Because of this factor, the link between formaldehyde, leukemia and brain cancer is often dismissed. Others believe that a small percentage of formaldehyde may not be metabolized when the exposure levels are high and that the chemical may diffuse through the cell membrane, damage DNA and inhibit its repair. To further complicate the understanding of formaldehyde exposure, apparently not a single case of nasal cancer has been found among the professionals or industrial workers studied, except for a slight excess of incidents at a particleboard factory in Sweden. Nasal cancer, however, is a very rare form of cancer in humans and therefore difficult to detect by epidemiological studies because of the size of the sample necessary to detect the effect in the populations studied.

The example of formaldehyde presents questions regarding the validity of causative evidence from animal testing from a regulatory standpoint. Realizing that data from animal tests will continue to be the basis for regulation for the foreseeable future, and that protective regulatory action should not be delayed or barred altogether pending the development of long term epidemiological data, future agency action on other potentially hazardous chemicals may also contradict accepted policy. The inconsistent application of policy arises form the need for more convincing causative evidence, especially, as in the case of formaldehyde, where regulation of a chemical poses potential loss to society.

CONCLUSION

Although science and the law require "proof" of causation, it is important to remember their different roles and methodological differences. The results from each should not raise unrealistic expectations on the part of the user of risk assessment results. Both science and law deal with facts and attempt to link cause and effect; however, scientific proof often reflects uncertainty. This makes risk assessment results difficult to use at law when the results are given with very large uncertainty about the central value chosen for analysis.

Although courts rely on evidence provided by science, holdings by the courts have different standards of proof, procedural requirements, and, perhaps more importantly, look at scientific proof principally as aid to judicial decision-making and fact-finding. For example, under the predominant court-related outcome (*i.e.*, the plaintiff either wins or loses), biological causation need only be proven by the preponderance of evidence (51%). However, it is not the role of the court to quantify its decisions or quantify the uncertainty. If a decision cannot be made with the available information, the the judicial process has a number of options it may choose from, including out-of-court settlements, dismissals before trials or direct verdicts by the judge, procedural safeguards against spurious lawsuits, and other judicial tools. The court may also look to science for additional information, understanding that it may take considerable time.

Hence, when science cannot provide acceptable evidence of cause and effect, the court may provide a mechanism for resolving issues where causation is problematic. Risk assessment and decision science techniques provide necessary, but by no means sufficient, inputs to the judicial process. Thus, the courts provide a forum, with various levels of appeal, to consider the entirety of the problem under very carefully drawn guidelines subject to advisarial argumentation. Some neutrality can be expected in this process, perhaps above that found in other branches of government, resulting - on the average - in just decisions. These means are costly to those who chose them. Nevertheless, individual freedom to seek redress should not be foreclosed, especially when causation is iffy and as a result, regulatory agencies may fail to act and Congressional guidance may be limited.

REFERENCES

1. L.S. Molton and P.F. Ricci. Increased risk in science and law. Toxics Law Reporter. The Bureau of National Affairs, Inc. October 8, 1986.
2. *Metropolitan Edison Co.* v. *NRC,* 1033 SCt 1556 (1983).
3. *Molien* v. *Kaiser Foundation Hospitals,* 27 Cal3rd 916, 616 P2d 813 (1980).
4. Environmental Production Agency. Guidelines for carcinogenic risk assessment. Fed. Regist. 51:33991(1986).
5. Battelle Columbus Laboratories. Final report on a chronic inhalation study in rats and mice exposed to formaldehyde. report to: Chemical Industry Institute of Technology, submitted September 18, 1981; revised December 31, 1981.
6. R.E. Albert, A.R. Sellakumer, S. Laskin, M. Kuschner, N. Nelson, and D.A.Snyder. Gaseous formaldehyde and hydrogen chloride induction of cancer in the rat. J. Natl. Cancer Inst. 68:597(1986).
7. Report of the Federal Panel on Formaldehyde. Environ. Health Perspect. 43:139(1982).
8. National Institute for Occupational Safety and Health. Formaldehyde: evidence of carcinogenicity. National Institute for Occupational Safety and Health Intelligence Bulletin 34, Cincinnati, Ohio (1981).
9. American Cancer Society. Board of Directors Proceedings. February 1982.
10. Department of Labor, Occupational Safety and Health Administration. 1985. Occupational exposure to formaldehyde; proposed rule and notice of public rulemaking. Fed. Regist. 50:50421(1985).
11. *Gulf South Insulation* v. *U.S. Consumer Product Safety Comm.,* 701 F2nd 1137 (1983).
12. Regulatory Council. Statement on regulation of chemical carcinogens: Policy request for public comments. Fed. Regist. 44:660038 (1979).
13. N.A. Ashford, C.W. Ryan, and C.C. Caldart. A hard look at federal regulation of formaldehyde; a departure from reasoned decision making. Harv. Environ. Law Rev. 7:297(1983).
14. Office of Technology Assessment. Assessment of Technologies for Determining Cancer Risks from the Environment. Washington, D.C. (1981).

PARTICIPANTS

ABDULWAJID, Abdulwahid
Biology Dept.
Brookhaven National Lab.
Upton, NY 11973

ANDERSON, Carl
Biology Dept.
Brookhaven National Lab.
Upton, NY 11973

ARNHEIM, Norman
Dept. of Biological Sciences
U. of Southern California
Los Angeles, CA 90089

BANZON, Rosana B.
Biology Dept.
Brookhaven National Lab.
Upton, NY 11973

BARTLETT, John D.
Dept. of Neurology
U. Health Center
One South Prospect Street
Burlington, VT 05405

BAUM, John W.
Safety and Environmental Protection
Brookhaven National Lab.
Upton, NY 11973

BENDER, Michael A.
Medical Dept.
Brookhaven National Lab.
Upton, NY 11973

BERGER, Beverly
Office of Health and Environmental Research, ER-72, GTN
U. S. Dept. of Energy
Washington, DC 20545

BERGER, Kenneth R.
Dept. of Medicine
Johns Hopkins U. School of Medicine
600 N. Wolfe Street
Baltimore, MD 21205

BOND, Victor P.
Medical Dept.
Brookhaven National Lab.
Upton, NY 11973

BOUGHMAN, Joann A.
Dept. of Obstetrics/Gynecology
U. of Maryland School of Medicine
Baltimore, MD 21201

BROWN, Stephen L.
Environ Corporation
1000 Potomac Street, N.W.
Washington, DC 20007

BROWER, James F.
Safety and Environmental Protection
Brookhaven National Lab.
Upton, NY 11973

CONKLING, Katherine S.
Medical Dept.
Brookhaven National Lab.
Upton, NY 11973

COREY, Linda A.
Dept. of Human Genetics
Medical College of Virginia
Richmond, VA 23298

CORTESI, Roger S.
Office of Exploratory Res.
U. S. Environmental Protection Agency
RD 675, 401 M Street SW
Washington, DC 20460

COX, Jr., Louis Anthony
U. S. West Advanced Technologies
Englewood, CO 80111

DELIHAS, Neva C.
Biology Dept.
Brookhaven National Lab.
Upton, NY 11973

DE LISI, Charles
Office of Health and
Environmental Res.
ER-70, GTN
U. S. Dept. of Energy
Washington, DC, 20545

DUNMORE, Cheryl
Biology Dept.
Brookhaven National Lab.
Upton, NY 11973

DUNN, John J.
Biology Dept.
Brookhaven National Lab.
Upton, NY 11973

ELSTON, Robert C.
Depts. of Biometry and Genetics
Louisiana State U.
Medical Center
1901 Perdido Street
New Orleans, LA 70112-1393

FINKEL, Adam M.
Harvard School of Public Health
665 Huntington Avenue
Bldg. I, Rm. G-13A
Boston, MA 02115

GAYLOR, David W.
Natl. Center for Toxi-
cological Res.
Food and Drug Admin.
Dept. of Health and Human
Services
Jefferson, AR 72079

GRANDJEAN, Philippe
Dept. of Environmental Medicine
Odense U.
J. B. Winslowsnej 19
5000 Odense, Denmark

GRIMSHAW, Caroline
Dept. of Applied Science
Brookhaven National Lab.
Upton, NY 11973

GRIST, Eleanor
Biology Dept.
Brookhaven National Lab.
Upton, NY 11973

GROER, Peter G.
Medical and Health
Sciences Div.
Oak Ridge Associated U.
Oak Ridge, TN 37831

HAMILTON, Leonard D.
Dept. of Applied Science
Brookhaven National Lab.
Upton, NY 11973

HARKINS, Jr., John G.
Pepper, Hamilton and Scheetz
2001 The Fidelity Building
123 South Broad Street
Philadelphia, PA 19109

HEOTIS, Peter M.
Medical Dept.
Brookhaven National Lab.
Upton, NY 11973

HOLTZMAN, Seymour
Physiology Dept.
N. Y. College of Osteopathic
Medicine
Old Westbury, NY 11568

HYMAN, David H.
Dept. of Pediatrics, T11 020
Health Sciences Center
State U. of New York
Stony Brook, NY 11794

JOHNSON, Barbara Lea
Dept. of Oncology
State U. of New York
Stony Brook, NY 11794

KASTENBAUM, Marvin A.
The Tobacco Institute
1875 Eye Street, NW
Washington, DC 20006

KIMBROUGH, Renate D.
Center for Environmental Health
Centers for Disease Control
Public Health Service
Dept. of Health and Human
Services
Atlanta, GA 30333

KITTREDGE-SCOTT, Ellen
Pepper, Hamilton and Scheetz
2001 The Fidelity Building
Philadelphia, PA 19109

KOLONEL, Laurence N.
Cancer Research Center
U. of Hawaii
1236 Lauhala Street, Rm 407
Honolulu, Hawaii 96813,

LEONARD, Robin C.
Medical Dept.
Brookhaven National Lab.
Upton, NY 11973
LYON, Joseph L.
Dept. of Family and
Preventive Medicine
U. of Utah School of
Medicine
50 North Medical Drive
Salt Lake City, Utah 84132

MARTIN, George M.
Dept. of Pathology and Genetics
SM-30
U. of Washington
School of Medicine
Seattle, WA 98195
MARTINEZ, Susana
Biology Dept.
Brookhaven National Lab.
Upton, NY 11973
MILES, Carolyn
Dept. of Applied Science
Brookhaven National Lab.
Upton, NY 11973
MILLER, Robert W.
Clinical Epidemiology Branch
National Cancer Institute
8C41 Landow Building
National Institutes of Health
Bethesda, MD 20892
MILLER, Valerie M.
Medical Dept.
Brookhaven National Lab.
Upton, NY 11973
MOTULSKY, Arno G.
Depts. of Medicine and Genetics
Center for Inherited Diseases
U. of Washington
1959 N.E. Pacific
Seattle, WA 98195
MURPHY, Edmond A.
Dept. of Medicine
Division of Medical Genetics
Johns Hopkins U.
School of Medicine
600 N. Wolfe Street
Baltimore, MD 21205
MURRAY, Thomas H.
Institute for the Medical
Humanities
U. of Texas Medical Branch
Galveston TX 77550

NAWROCKY, Marta
Medical Dept.
Brookhaven National Lab.
Upton, NY 11973

NEBERT, Daniel W.
Lab. of Developmental
Pharmacology
Natl. Institute of Child
Health and Human Development
Rm 6C-101, Building 10
Natl. Institutes of Health
Bethesda, MD 20892
NOVAK, Kenneth M.
Dept. of Applied Science
Brookhaven National Lab.
Upton, NY 11973

PESCATORE, Claudio
Dept. of Nuclear Energy
Brookhaven National Lab.
Upton, NY 11973

RICCI, Paolo F.
Commission of the European
Communities
Joint Research Centre
Ispra Establishment
21020 Ispra (Varese)
Italy
RUDENKO, Larisa
Biology Dept.
Brookhaven National Lab.
Upton, NY 11973
RYBICKA, Krystyna
Dept. of Applied Science
Brookhaven National Lab.
Upton, NY 11973

SAMUELS, Sheldon W.
Health, Safety and Environment
Industrial Union Dept., AFL-CIO
815 16th Street, NW, Rm 301,
Washington, DC 20006
SCHAIE, K. Warner
Dept. of Individual and
Family Studies
S-110 Henderson
Human Development Building
Pennsylvania State U.
University Park, PA 16802
SCHWARTZ, Ann G.
Division of Epidemiology
Michigan Cancer Foundation
110 E. Warren Avenue
Detroit, MI 48201-1379
SETLOW, Richard B.
Biology Dept.
Brookhaven National Lab.
Upton, NY 11973
SHELLABARGER, Claire J.
Medical Dept.
Brookhaven National Lab.
Upton, NY 11973

SONNENBLICK, Benjamin P.
91 Chestnut Street
Millburn, NJ 07041
SMITH, David W. E.
Natl. Institute on Aging
Building 31, Rm 5C19
Natl. Institutes of Health
9000 Rockville Pike
Bethesda, MD 20892
STONE, Judith
St. Joseph's College
155 Roe Boulevard
Patchogue, NY 11772
SUTTON, H. Eldon
The Genetics Institute and
Dept. of Zoology
Patterson Laboratories
U. of Texas at Austin
Austin TX 78712

THOMPSON, Margaret H.
Medical Dept.
Brookhaven National Lab.
Upton, NY 11973
TRUNCA, Carolyn
Dept. of Obstetrics and
Gynocology
State U. of New York
Stony Brook, NY 11973

WANG, Long-gui
Biology Dept.
Brookhaven National Lab.
Upton, NY 11973
WEINBERG, Alvin M.
Institute for Energy Analysis
Oak Ridge Associated U.
P.O. Box 117
Oak Ridge, TN 37831
WIELAND, Judith M.
Medical Department
Brookhaven National Lab.
Upton, NY 11973
WOLFF, George L.
Natl. Center for Toxicol-
ogical Research
Food and Drug Admin.
Dept. of Health and
Human Services
Jefferson, AR 72079
WOODHEAD, Avril D.
Biology Dept.
Brookhaven National Lab.
Upton, NY 11973

YUNIS, Jorge J.
Div. of Laboratory Medicine
and Pathology
U. of Minnesota Medical School
P.O. Box 198
420 Delaware Street, SE
Minneapolis, MN 55404

INDEX

GPSR Compliance

The European Union's (EU) General Product Safety Regulation (GPSR) is a set of rules that requires consumer products to be safe and our obligations to ensure this.

If you have any concerns about our products, you can contact us on ProductSafety@springernature.com

In case Publisher is established outside the EU, the EU authorized representative is:

Springer Nature Customer Service Center GmbH
Europaplatz 3
69115 Heidelberg, Germany

Batch number: 10684222

Printed by Printforce, the Netherlands